Gottfried Keller

Gefördert durch

Stadt Zürich
Kultur

Ulrich Kittstein

Gottfried Keller

Ein bürgerlicher Außenseiter

wbg Academic

Die Deutsche Nationalbibliothek verzeichnet diese
Publikation in der Deutschen Nationalbibliografie;
detaillierte bibliografische Daten sind im Internet über
http://dnb.de abrufbar.

wbg Academic ist ein Imprint der wbg.

Die Herausgabe des Werkes wurde durch die
Vereinsmitglieder der wbg ermöglicht.
Satz: Anja Harms, Oberursel
Gedruckt auf säurefreiem und alterungsbeständigem Papier
Printed in Germany

Besuchen Sie uns im Internet: www.wissenverbindet.de.

ISBN 978-3-534-27072-9

Elektronisch sind folgende Ausgaben erhältlich:
eBook (PDF): 978-3-534-74418-3
eBook (epub): 978-3-534-74419-0

Inhalt

I. Einleitung: Gottfried Keller und Seldwyla

Ein wonniger und sonniger Ort

In Gottfried Kellers Werken tummeln sich viele plastisch geschilderte und mitunter recht skurrile Figuren, die sich dem Gedächtnis des Lesers tief einprägen, zum Beispiel der grüne Heinrich, Hauptfigur und Titelheld seines ersten Romans, der notorische Schmoller Pankraz, die drei ‚gerechten Kammmacher' und ihre Angebetete mit dem wundervollen Namen Züs Bünzlin, der kluge Kater Spiegel oder jener Wenzel Strapinski, dessen Schicksal so eindrucksvoll demonstriert, wie Kleider Leute machen können. Kellers populärste Erfindung ist aber keine einzelne Gestalt, sondern eine ganze Stadt, der er den Namen Seldwyla gab und die „irgendwo in der Schweiz" liegen soll (4, S. 7).[1] Hier sind Pankraz und Spiegel zuhause, hier pflegen die drei Kammmacher ihre fragwürdige Gerechtigkeit, und von hier bricht Strapinski zu seiner Wanderung ins benachbarte Goldach auf, wo man den braven Schneidergesellen wegen seiner vornehmen Aufmachung für einen Grafen hält. Das Licht der Welt erblickte Kellers fiktive Schweizerstadt 1856, als er unter dem Sammeltitel *Die Leute von Seldwyla* eine Reihe von fünf Erzählungen veröffentlichte, der achtzehn Jahre später ein zweiter Teil von gleichem Umfang folgen sollte. Die kurze Einleitung, die den ersten Band eröffnet, macht die Leserschaft mit dem Schauplatz der Geschichten und seinen Eigenarten bekannt.

Ein kurioses Städtchen ist dieses Seldwyla, und der Erzähler der Vorrede – offensichtlich kein Einheimischer! – betrachtet seinen Gegenstand auch mit gehöriger Skepsis und einer gewissen spöttischen Herablassung. Die „Gründer der Stadt", so verkündet er gleich anfangs, hätten „dieselbe eine gute halbe Stunde von einem schiffbaren Flusse angepflanzt, zum deutlichen Zeichen, daß nichts daraus werden sollte" (S. 7). Tatsächlich sind die Seldwyler allesamt ausgemachte Taugenichtse, denn von redlicher Mühe und saurem

Fleiß halten sie herzlich wenig. Das Sagen haben unter ihnen die „jungen Leute von etwa zwanzig bis fünf-, sechsunddreißig Jahren", die „die Herrlichkeit von Seldwyla darstellen", sich aber bloß durch ihre Virtuosität in der „Betreibung eines trefflichen Schuldenverkehres" auszeichnen und am liebsten „fremde Leute für sich arbeiten" lassen (S. 8). Nur wer dieser „Aristokratie der Jugend" entwachsen ist und daher keinen Kredit mehr genießt, muss ernstlich für sich selber sorgen, indem er entweder auswärts sein Glück sucht oder durch irgendeine „krabbelige Arbeit" wenigstens das Lebensnotwendige herbeischafft (S. 8f.). Reichtümer gibt es bei den Seldwylern begreiflicherweise nicht, und niemand kann so recht sagen, „wovon sie seit Jahrhunderten eigentlich leben" (S. 7).

Gerne und ausgiebig befassen sie sich mit politischen Fragen – immerhin ist die Schweiz eine Republik, die ihren Bürgern umfassende Mitbestimmungsrechte gewährt. Wirklich ernst nehmen kann man allerdings auch die „große politische Beweglichkeit" der Seldwyler nicht, denn im Grunde haben sie lediglich ihre Freude am Lärm des Parteiengezänks und stehen deshalb „stets den Tag darauf, nachdem eine Regierung gewählt ist, in der Opposition gegen dieselbe" (S. 9f.). Nehmen ihr Geschrei und ihre Unruhe einmal überhand, „so schickt ihnen die Regierung gewöhnlich als Beruhigungsmittel eine Untersuchungskommission auf den Hals, welche die Verwaltung des Seldwyler Gemeindeguts regulieren soll"; dann sind sie bis auf weiteres mit sich selbst beschäftigt und auf heilsame Weise abgelenkt. Das einzige Rauschmittel der Seldwyler, das die Politik an Wirksamkeit noch übertrifft, ist der „junge Wein", den sie allherbstlich in großen Mengen konsumieren (S. 11). In dieser Zeit kann man mit ihnen, wie der Erzähler versichert, überhaupt nichts Vernünftiges mehr anfangen.

Als prototypischer Ort der Narren reiht sich Kellers „lustige und seltsame Stadt" (S. 12), Seite an Seite mit dem griechischen Abdera oder dem deutschen Schilda, in eine lange literarische und volkstümliche Tradition ein. Doch die satirisch gezeichnete ‚verkehrte Welt' Seldwylas lässt sich noch genauer bestimmen, nämlich als eine Sphäre des Unbürgerlichen, ja des Anti-Bürgerlichen schlechthin. Die Vorrede zum ersten Band der *Leute von Seldwyla* entwirft ein Panorama der bürgerlichen Werte und Normen, wie sie sich aus Kellers schweizerisch gefärbter Sicht darbieten, aber sie tut es auf indirekte Weise, in der Negation, im Gegenbild: Ein rechter Bürger müsste just das sein, was der typische Seldwyler nicht ist. Disziplin, Tüchtigkeit und Erwerbsfleiß bildeten die Elemente, die im 19. Jahrhundert und noch weit darüber hinaus das Selbstverständnis bürgerlicher Sozialgruppen ausmachten. In einem solchen Ethos wurzelt das bekannte Sprichwort, nach dem „Müßiggang aller Laster Anfang ist" und das auch der Erzähler von Kellers Vorrede im Munde führt (S. 12). So erklärt sich die kritisch-ironische Einstellung dieses Erzählers zu der seldwylischen Nichtsnutzigkeit: Er selbst steht in weltanschaulicher Hinsicht ganz auf dem Boden der anständigen bürgerlichen Normalität. Im Geschäftsleben von Seldwyla grassieren dagegen Schwindel und falscher Schein. Hier wird nichts produziert, nichts erworben und nichts gespart, hier werden keine soliden Existenzen und keine gesicherten Verhältnisse begründet. Nur wer der Stadt den Rücken kehrt oder sich zumindest innerlich von ihren Gepflogenheiten distanziert, hat eine Chance, diesem Sumpf zu entrinnen. In fremden Kriegsdiensten lernt so mancher Seldwyler in vorgerückten Jahren, sich „steif aufrecht zu halten" (S. 8), und gewinnt damit doch noch jene innere Festigkeit, die den idealen bürgerlichen Sozialcharakter auszeichnet. Dem Schmoller Pankraz gelingt das zum Beispiel, auch wenn er dafür bis nach Indien und Afrika reisen muss, und Fritz Amrain, der Protagonist einer anderen Geschichte, bleibt dank einer erzieherischen Meisterleistung seiner Mutter Regula ebenfalls zeitlebens „vor dem Untergang gesichert" (S. 214), mit dem ihn der Schlendrian Seldwylas bedroht.

Dass Keller der politischen Verantwortung einen wichtigen Platz im System der bürgerlichen Werte einräumt, verweist auf die besondere historische Entwicklung und die republikanische Verfassung der Schweiz. Unter einem mustergültigen Bürger versteht er eben nicht nur den Bourgeois als ein auf den eigenen Vorteil bedachtes Wirtschaftssubjekt, sondern auch den Citoyen, den mündigen Staatsbürger, der das Wohl des Gemeinwesens im Auge hat. Die Seldwyler betrachten die Politik aber, wie alles andere auch, als ein bloßes Spiel, mit dem sie sich amüsieren, wenn sie in der rechten Stimmung sind. Haben sie einmal keine Lust dazu, so „stellen sie sich übermüdet und blasiert in öffentlichen Dingen und lassen ein halbes Dutzend alte Stillständer, die vor dreißig Jahren falliert und sich seither stillschweigend rehabilitiert haben, die Wahlen besorgen" (S. 10) – in der Schweiz zu Kellers Zeiten ein Skandal, denn wer ‚fallierte', also in Konkurs ging und seine wirtschaftliche Selbständigkeit einbüßte, verlor damit automatisch auch die politischen Mitwirkungsrechte. Dass ein solcher Mann nach dem Gesetz „bürgerlich tot sei" (S. 208), muss der aufgeweckte Fritz Amrain seinen verdutzten Mitbürgern in einer Wahlversammlung erst einmal klar machen! Staatsbürgerliches Wirken und produktive Berufstätigkeit sind in Kellers Augen nicht voneinander zu trennen. Auf dem Feld der Politik wie auf dem der Ökonomie soll das bürgerliche Individuum verantwortungsbewusst und autonom agieren.

Auch die Lebenslaufkurve eines durchschnittlichen Seldwylers weicht auf bezeichnende Weise von der bürgerlichen Norm ab. Wenn er mit Mitte dreißig aus dem Kreis der bevorrechtigten Jugend und dem „Paradies des Credites" verstoßen wird und somit „fertig" ist, befindet er sich gerade in einem Alter, in dem „die Männer anderer Städtlein etwa anfangen, erst recht in sich zu gehen und zu erstarken" (S. 8). Statt jetzt, vollständig sozialisiert, durch einige Erfahrung gereift und beruflich wie familiär fest etabliert, auf den Höhepunkt seines Daseins zuzusteuern, gleitet er aus der überlangen Jugend direkt in ein armseliges Alter hinüber, während die glänzende Lebensmitte mit den besten Jahren eines gestandenen Mannes gänzlich verloren geht. Dass hier, wie in der gesamten Vorrede, ausschließlich von Männern gesprochen wird, kann übrigens nicht verwundern, denn das Ideal eines Bürgers, das Keller seinen Lesern über das Kontrastbild der Seldwyler Narren indirekt vorhält, ist zunächst einmal das Ideal eines vorbildlichen *Mannes.* Über die Geschlechterrollen in der bürgerlichen Welt und speziell bei Keller wird später noch ausführlich zu reden sein.

Deuten sich die Konturen wahrer Bürgerlichkeit in der Schilderung Seldwylas nur mittelbar an, so findet man in Kellers Erzählwerk anderswo auch unverzerrte, positive Entwürfe dieser Leitvorstellung. Ein echter Musterbürger scheint der frühverstorbene Vater des grünen Heinrich gewesen zu sein, sofern der schwärmerisch gefärbte Rückblick des Sohnes halbwegs Glauben verdient.[2] Vater Lee stammt aus bäuerlichen Verhältnissen, erlernt aber auf eigene Initiative ein Handwerk und arbeitet sich mit Enthusiasmus und zäher Energie nach oben, bis er sich als rühriger Steinmetz und Baumeister in der Stadt niederlassen kann. Dabei ist er keineswegs aufs Geldverdienen fixiert, sondern trachtet bei seinen Bauten stets danach, „das Schöne mit dem Nützlichen zu verbinden" (11, S. 74), und widmet sich überdies allerlei gesellschaftlichen und kulturellen Aufgaben, die jenseits seines eigentlichen Berufs liegen. Gemeinsam mit einigen Handwerksgenossen stiftet er wohltätige Vereine und Schulen, um eine aufgeklärte Volkserziehung zu fördern, und bemüht sich auch selbst mit großem Eifer um eine höhere Bildung. Keller zeichnet hier eine bürgerliche Existenz, die Schöpferkraft, praktische Bewährung, noble ideelle Ziele und öffentliche Verantwortung miteinander verknüpft, ohne auch nur einen Hauch von philiströser Spießigkeit aufzuweisen: „Arbeit und Fleiß, Streben nach Selbstentwicklung und Bildung, nach materiellem Besitz, Sicherheit, Stetigkeit, Neigung zu Vernunft, Mäßigkeit und Ausgleich, Gleichgewicht von eigenen und Gemeinschaftsinteressen, das heißt auch von Individualismus und Einordnung"[3], machen zusammen eine absolut un-seldwylische Lebensform aus. Dass der durch pure Überanstrengung bedingte frühe Tod von Heinrichs Vater „in einem Alter, wo Andere ihre Lebensarbeit erst beginnen" (S. 79), gleichwohl einen tiefen Schatten auf diese leuchtende Vorbildfigur wirft, sei vorerst nur am Rande erwähnt.

Es gibt bei Keller sogar ganze Ortschaften, die im schroffen Gegensatz zum liederlichen Seldwyla wie Manifestationen vollendeter Bürgerlichkeit anmuten. So fährt der grüne Heinrich auf seinem Weg nach Deutschland „durch ein großes ansehnliches Dorf, wie sie in der flachern Schweiz häufig sind, wo Fleiß und Betriebsamkeit, im Lichte fröhlicher Aufklärung und unter oder vielmehr *auf* den Flügeln der Freiheit, aus dem schönen Lande nur Eine freie und offene Stadt erbauen" (S. 33). Sauber und reinlich stehen die Häuser da, umgeben von Gärten, die in wohlgepflegtem Blumenschmuck strahlen. „Hell und aufgeweckt erschien das Dorf" (S. 34), dem sein Wohlstand und die vielen Gewerbe schon einen halb urbanen Charakter verleihen. Das „schönste Gebäude" ist das Schulhaus, dessen Äußeres an einen Tempel erinnert und das den Mittelpunkt der Siedlung bildet, wo sich die Bewohner zu Gesprächen treffen wie früher wohl unter den „alten Dorflinden". Man tauscht aber nicht bloß Klatsch und Tratsch aus:

> [E]ine Gruppe älterer und jüngerer Männer unterhielt sich hier behaglich, sie schienen zu politisiren; aber ihre Unterredung war um so ruhiger, bewußter und ernster, als sie vielleicht, dieselbe bethätigend, noch am gleichen Tage einer wichtigen öffentlichen Pflichterfüllung beizuwohnen hatten. Die Physiognomien dieser Männer waren durchaus nicht national über Einen Leisten geschlagen, auch war da nichts Pittoreskes, weder in Tracht, noch in Haar- und Bartwuchs zu bemerken; es herrschte jene Verschiedenheit und Individualität, wie sie durch die unbeschränkte persönliche Freiheit erzeugt wird, jene Freiheit, welche bei einer unerschütterlichen Strenge der Gesetze Jedem sein Schicksal läßt und ihn zum Schmied seines eigenen Glückes macht. (S. 35)

Gestört wird der Hymnus auf Wohlstand, bürgerliche Freiheit und staatsbürgerliche Verantwortung lediglich durch die Beschreibung der Kirche, die als düsterer Fremdkörper wie ein „unnützes sonderbares Möbel" das schöne Ensemble der Bauten durchbricht (S. 36). Tatsächlich war Keller auf Religion und Kirche nicht gut zu sprechen – dem weltanschaulichen Hintergrund dieser Feindseligkeit wird das nächste Kapitel nachgehen.

Ist Seldwyla also nur eine Negativfolie, die der Dichter schuf, um vor ihrem trüben Hintergrund seine Wunschbilder einer makellosen bürgerlichen Welt umso glänzender in Szene setzen zu können? Ganz so einfach liegen die Dinge nicht. Der Erzähler der Vorrede räumt ein, dass die Seldwyler zumindest *eine* Kunst vortrefflich beherrschen, nämlich die Kunst, vergnügt zu sein und das Dasein in vollen Zügen zu genießen. „Und sie leben sehr lustig und guter Dinge", liest man gleich im ersten Absatz (4, S. 7f.), und bald darauf: „Aber immer sind sie im ganzen zufrieden und munter" (S. 9). Klingt in den kritischen Worten des Sprechers nicht sogar ein heimlicher Neid auf diese unbeschwerte Existenz an, die sich mit jeder Verantwortung auch aller Sorgen entledigt? „Alles dies macht ihnen großen Spaß", heißt es über die lärmenden politischen Aktivitäten der Seldwyler und ihre regelmäßigen herbstlichen Zechgelage (S. 11). „Spaß" ist ein sehr unbürgerliches Wort, denkbar fern von Solidität und Seriosität, vom Ernst der Pflichten, die ein erwachsener Mann im Beruf, in der Familie und in der Öffentlichkeit zu übernehmen hat. Aber die Lebenskunst der Bewohner von Seldwyla besteht im Grunde eben darin, dass sie das Erwachsenwerden verweigern und ewig Kinder bleiben, denen die Angelegenheiten des Erwerbs und der Politik bloß einen willkommenen Stoff für spielerische Vergnügungen liefern. Der Habitus des vorbildlichen Bürgers, der sich allzeit „steif aufrecht zu halten" hat (S. 8), wenn er seinem rigiden Arbeits- und Pflichtethos genügen will, setzt ein beträchtliches Maß an Selbstzwang und Versagung voraus, einen Verzicht auf die Befriedigung vieler Sehnsüchte und affektiver Bedürfnisse. Die Seldwyler dagegen fühlen sich allezeit „zufrieden und munter", weil sie gar nicht daran denken, sich solch unbequemen Einschränkungen zu unterwerfen.

Und weil seine Bewohner so sind, wie sie sind, ändert sich in Seldwyla auch nie etwas. Die Stadt „steckt noch in den gleichen alten Ringmauern und Türmen, wie vor dreihundert Jahren, und ist also immer das gleiche Nest" (S. 7), schreibt Keller, der als Jugendlicher miterlebt hatte, wie die Befestigungsanlagen seiner Heimatstadt Zürich niedergerissen wurden: In ganz handgreiflicher Weise fiel damit die starre Enge einer noch stark mittelalterlich geprägten Welt der entfesselten modernen Dynamik von Gesellschaft, Technik und Verkehr zum Opfer. Seldwyla dagegen behält seine uralten Mauern, und sie sind nicht der einzige Gürtel, der sich um das Städtchen legt, denn „rings um die alte Stadtmauer" gedeiht jener Wein, dem die Seldwyler so eifrig zusprechen, und die ganze Siedlung liegt wiederum „mitten in grünen Bergen" (S. 7). So korrespondiert dem „unveränderliche[n] Kreislauf der Dinge" zu Seldwyla (S. 9) auch auf der räumlichen Ebene die Form des Kreises: Hier scheint alles, dem historischen Wandel entrückt, abgeschlossen in sich zu ruhen. Nach den Maßstäben eines zukunftsfrohen Fortschrittsdenkens mutet ein derartiger Zustand gewiss provinziell und rückständig an, doch bei der Lektüre der Vorrede drängen sich andere, freundlichere Assoziationen auf. Nicht nur die Merkmale der Zeitlosigkeit und der Abgeschlossenheit verleihen Seldwyla Züge einer Idylle, ja eines förmlichen Paradieses. Auffallend begünstigt ist schon seine geographische Lage, da die erwähnten „grünen Berge [...] nach der Mittagsseite zu offen sind, so daß wohl die Sonne herein kann, aber kein rauhes Lüftchen." In einer schier unerschöpflich fruchtbaren Natur, nämlich in den „unabsehbare[n] Waldungen", die die Berghänge ringsumher bedecken (S. 7), besteht überdies das einzige wirkliche „Vermögen" der Stadt, das den Einwohnern ihre ungewöhnliche Lebensweise überhaupt erst ermöglicht: „Holz haben alle Bürger die Fülle und die Gemeinde verkauft jährlich noch einen guten Teil, woraus die große Armut unterstützt und genährt wird" (S. 9).

Zu guter Letzt verdient auch der von Keller erfundene Name seines (vermeintlichen) Narrenstädtchens einige Aufmerksamkeit. „Seldwyla", so wird der Leser der Vorrede gleich eingangs belehrt, „bedeutet nach der älteren Sprache einen wonnigen und sonnigen Ort" (S. 7). Obwohl das schon aussagekräftig genug wäre, muss man noch ein wenig tiefer bohren, denn etymologisch kann diese Erklärung nicht ganz befriedigen. „Wyl" entspricht dem neuhochdeutschen „Weiler", bezeichnet also ein kleines Dorf. Der erste Bestandteil des Namens geht aber auf das mittelhochdeutsche „sælde" zurück, das so viel wie Glück oder Seligkeit bedeutet.[4] Seldwyla ist demnach, wörtlich genommen, ein Ort des Heils, eine Insel der Seligen, womit sich erneut bestätigt, dass Keller die abfälligen Urteile, die er seinem Erzähler in den Mund legt, zugleich auf subtile Weise unterläuft und ein ausgesprochen ambivalentes Bild von der gegenbürgerlichen Existenz der Seldwyler zeichnet. Wer mit kindlichem Gemüt ohne jede Rücksicht auf Fortschritt, materiellen Wohlstand, angestrengten Fleiß und Tüchtigkeit munter in den Tag hinein lebt, kann sich wie im Elysium fühlen. Seldwyla ist nicht nur ein negativer Kontrastentwurf zum bürgerlichen Dasein, sondern auch ein geheimes Sehnsuchtsziel all jener, die tagtäglich den Zwängen dieses Daseins ausgeliefert sind.

Georg Lukács hat behauptet, „die Erziehung eines Menschen zum Staatsbürger" sei das eigentliche Thema sämtlicher Erzähltexte Kellers.[5] Das ist stark überspitzt, trifft aber doch etwas Wesentliches, denn das Werk des Schweizers zeugt in der Tat von einem lebenslangen regen Interesse an den Voraussetzungen und Grundlagen einer gelingenden bürgerlichen Existenz – und, wie sich in der Seldwyla-Vorrede bereits versteckt andeutet, auch an manchen Schattenseiten der bürgerlichen Normen und Wertvorstellungen. Wenn man die Ursprünge dieses Interesses verstehen will, tut man gut daran, sich zunächst Kellers persönlichen Werdegang zu vergegenwärtigen. Deshalb soll hier eine knappe biographische Skizze folgen, die dem Leser zugleich als grober chronologischer Rahmen die Orientierung in den späteren Kapiteln erleichtern mag.[6]

Aus dem Leben eines bürgerlichen Außenseiters

In viele Schriften Kellers ist autobiographisches Material eingeflossen, das in der literarischen Fiktion freilich durchweg stilisiert und verfremdet wiederkehrt. Vor der Öffentlichkeit unverstellt über sich selbst zu reden oder zu schreiben, liebte der Autor dagegen nicht. Gleichwohl sah er sich mehrfach veranlasst, kleine Darstellungen seines Lebenslaufes zu verfassen, die je nach Gelegenheit und Adressatenkreis ganz unterschiedliche Schwerpunkte setzen. Wenigstens einer dieser Texte, der besonders lakonisch ausgefallen ist, sei hier im Zusammenhang wiedergegeben. Keller schickte ihn 1883 an den dänischen Dichter Holger Drachmann, der den *Grünen Heinrich* übersetzt und den Verfasser um einige biographische Daten gebeten hatte:

> Ich bin 1819 in Zürich geboren, als Sohn eines jungen Handwerksmeisters, der starb, als ich kaum 5 Jahre zählte, und der Wittwe die Sorge für zwei Kinder hinterließ. Bis zu meinem fünfzehnten Jahre vermochte mich die Mutter in den Schulen zu halten; neue Lasten und die Ungewißheit der Zukunft auf sich zu nehmen, zögerte sie dennoch nicht, als ich nun ohne weiteres erklärte, ein Maler werden zu wollen. Theils bei unzulänglichen Lehrern, teils ganz auf mich selbst gestellt, verbrachte ich die Zeit bis zum zwanzigsten Jahre, wo ich mit wenig Mitteln als angehender Landschafter nach München ging, um mich auszubilden. Ohne an ein gutes Ziel gelangt zu sein, kehrte ich nach ein par Jahren zurück und verfiel im Wechsel der Gemüths-Stimmungen und des geistigen Suchens auf das Niederschreiben lyrischer Gedichte, deren Publication von ältern Gönnern veranlaßt wurde, die sich gefunden hatten. Erst jetzt bildete ich mich literarisch besser aus und erhielt endlich ein Staats-Stipendium zum Besuche der Universität Heidelberg, wo ich drei Semester blieb, und zu einem Aufenthalte in Berlin, wo ich den *Grünen Heinrich* schrieb, sowie den ersten Band der *Leute von Seldwyla*.
>
> Später übernahm ich ein öffentliches Amt, dasjenige des Staatsschreibers des Cantons Zürich, welche Stelle ich während einer längeren Reihe von Jahren bekleidete, bis ich sie im Jahre 1876 niederlegte, um mich ausschließlich schriftstellerischen Arbeiten zu widmen. (15, S. 416f.)

Diese knappen Bemerkungen lassen bereits erahnen, wie wenig Kellers Werdegang dem Muster einer ordentlichen bürgerlichen Karriere entsprach. Sie enthalten, streng genommen, keine Unwahrheiten, geben aber doch ein recht lückenhaftes Bild, das im Folgenden korrigiert und ergänzt werden soll.

Die Eltern des Dichters, Rudolf und Elisabeth Keller, stammten aus dem Dorf Glattfelden im Nordwesten des Kantons Zürich und zogen erst 1817 in die Hauptstadt, wo Gottfried am 19. Juli 1819 zur Welt kam und drei Jahre später auch seine Schwester Regula geboren wurde. Zwei Katastrophen überschatteten Kellers Kindheit und Jugend: zum einen der frühe Tod des Vaters, eines Drechslermeisters, im Jahre 1824, zum anderen das abrupte Ende seiner schulischen Laufbahn im Sommer 1834, das in dem eben zitierten Text sehr euphemistisch umschrieben wird. Keller, der nach der Elementarschule das Züricher Landknaben-Institut besucht hatte und dann auf die Kantonale Industrieschule – eine Art Realschule – gewechselt war, beteiligte sich an einem Streich der Kameraden gegen einen unbeliebten Lehrer und wurde daraufhin als vermeintlicher Rädelsführer von der Schule geworfen. Nach dem Vater als dem Oberhaupt, Ernährer und Beschützer der Familie verschwand damit auch „die zweite wichtige Sozialisationsinstanz der bürgerlichen Gesellschaft"[7] aus dem Dasein des Heranwachsenden. Zeitlebens empfand Keller den Schulverweis als eine empörende Ungerechtigkeit, die der staatlichen Pädagogik ein vernichtendes Zeugnis ausstellte: „ein Kind von der allgemeinen Erziehung ausschließen, heißt nichts Anderes, als seine innere Entwicklung, sein geistiges Leben köpfen", liest man im *Grünen Heinrich* (11, S. 219). Die Sensibilität des Autors für die Bedeutung von Erziehung und Bildung und sein ausgeprägtes Interesse an der didaktischen Funktion von Literatur verdankten sich wohl zu einem guten Teil diesem bitteren Jugenderlebnis.

Keller gehörte fortan nicht mehr zu den beneidenswerten jungen Leuten, die, wie es in seinem Roman heißt, „unter dem doppelten Schutze des Staates und der Familie ununterbrochen lernend in's männliche Alter und in die Selbständigkeit hinüberreifen", womit „zugleich der sichere Eintritt in das bürgerliche Leben verbunden" ist (12, S. 231). Was in Ermangelung einer gründlichen väterlichen und schulischen Anleitung übrig blieb, waren die unsystematischen Bildungsbemühungen eines Autodidakten, dem es in seinen beschränkten Verhältnissen zudem an finanziellen Mitteln und sozialen Kontakten gebrach. 1843 klagte Keller in seinem Tagebuch:

> Es ist eine verfluchte Plackerei für einen armen Teufel, der sich gern um allerlei Erscheinungen der Zeit und der Litteratur bekümmern möchte, Jahre lang von ver-

> schiedenen Dichtern u Scribenten schwatzen hört, und dieselben nie zu lesen bekömmt; warum? weil er isoliert ist, weil kein Mensch weiß, daß er ein verkanntes, verflucht hoffnungsvolles Genie ist, und weil er lauter Plebs und Mistfinken in seiner Umgebung hat. Bücher kann er keine kaufen, höhere Bibliotheken stehen ihm keine offen, und wenn in der Leihbibliothek sich wunderbarer Weise ein verdauliches Buch findet, so muß er monathlang warten, bis er's endlich ein Mal bekommt. (18, S. 83–85)

Die Berufswahl gestaltete sich für den unberatenen jungen Mann ebenfalls schwierig. Seine Entscheidung für die schon länger auf eigene Faust geübte Malerei verdankte sich, wie er erst später einsah, weitgehend dem „Zufall" (15, S. 407), und zu einer professionellen Ausbildung kam es nie. Bei dem Züricher Lithographen und Kupferstecher Peter Steiger, bei dem er zunächst in die Lehre ging, konnte Keller nicht viel lernen, und der weitaus begabtere, aber psychisch labile Rudolf Meyer unterrichtete ihn im Winter 1837/38 nur wenige Monate lang – die beiden Männer lieferten übrigens die Vorbilder für die Herren Habersaat und Römer im *Grünen Heinrich*. „[E]he ich mich besann, war ich zwanzig Jahre alt geworden, ohne eigentlich etwas Rechtes zu können", stellte Keller bereits 1847 in einem autobiographischen Rückblick selbstkritisch fest (S. 398). Auch der Aufenthalt in München, der vom Frühjahr 1840 bis zum Herbst 1842 dauerte und durch ein kleines väterliches Erbteil ermöglicht wurde, brachte nicht den ersehnten Durchbruch, obwohl die Stadt als eine Hochburg der bildenden Künste in Deutschland galt: „Ich war [...] ohne Empfehlungen gekommen, lebte ohne nähere Bekanntschaft mit ausgezeichneten Künstlern, auf der Akademie war für die Landschaftsmalerei gar kein Lehrer, noch Raum: so war ich mir wieder selbst überlassen" (S. 398). Als Maler gelangte Keller nicht über einen anspruchsvollen Dilettantismus hinaus, zumal er seine Zeit lieber in der geselligen Runde befreundeter Landsleute zubrachte, als ernsthaft seinen künstlerischen Ambitionen nachzugehen. Irgendwann war das Geld aufgebraucht. Keller lernte die Armut, die Schulden und den Hunger kennen und trat schließlich, wie er im Tagebuch notierte, die „Flucht in's Mütterliche Haus" in Zürich an (18, S. 19).

Die einschneidende Bedeutung des Jahres 1843, das er wieder daheim verbrachte, sollte sich erst im Nachhinein enthüllen. Keller, der bis dahin nur nebenher auch einige Gedichte, Aufsätze und kleine dramatische Versuche fabriziert hatte, entfaltete jetzt urplötzlich eine geradezu eruptive lyrische Produktivität, deren Schwung mehr als zwei Jahre lang anhielt. Literaturinteressierte Kreise in Zürich wurden auf ihn aufmerksam, es ergaben sich erste

Publikationsmöglichkeiten in Zeitschriften und Almanachen, und 1846 erschien eine von seinem Mentor August Adolf Ludwig Follen redigierte Auswahl der Texte in einem Bändchen *Gedichte*. Der Weg zur Schriftstellerei war für Keller damit aber durchaus noch nicht klar und deutlich vorgezeichnet. Verkündete er 1845 selbstgewiss: „Das Malen ist nun an den Nagel gehängt, wenigstens als Beruf" (GB 1, S. 233)[8], so drückte er sich zwei Jahre später schon wieder vorsichtiger aus: „Ob ich wirklich zum Dichter geboren bin und dabei bleiben werde, ob ich wieder zur bildenden Kunst zurückkehren oder gar beides miteinander vereinigen werde, wird die nähere Zukunft lehren" (15, S. 400). Tatsächlich jedoch griff er fortan nur noch gelegentlich zu Zeichenstift und Pinsel, etwa um Freunde mit einer persönlichen Gabe zu bedenken[9]; außerdem verfasste er im Laufe der Zeit immer wieder kleine kunstkritische Essays und Besprechungen.

Trotz des spektakulären Auftakts boten sich dem jungen Dichter vorerst weder konkrete Zukunftsperspektiven noch Verdienstmöglichkeiten. Keller muss seine prekäre Situation über lange Jahre hin als außerordentlich belastend empfunden und sich mit Ängsten und Selbstzweifeln geplagt haben – und mit Gewissensbissen, denn immerhin zehrte er von dem bescheidenen Besitz seiner Mutter und von dem, was Regula als Verkäuferin oder Näherin erwarb. Als die Schwester 1847 erkrankte, schrieb er im Tagebuch: „Die Mutter wacht nun ganz allein schon 14 Nächte bei ihr, ich kann nichts helfen, ich bin die unnütze Zierpflanze, die geruchlose Tulpe, welche alle Säfte dieses Häufleins edler Erde, das Leben von Mutter u Schwester aufsaugt" (18, S. 139/141). Auch in Briefen verlieh er seinen Sorgen und seiner Ratlosigkeit beredten Ausdruck und beklagte das Unvermögen, sich endlich zu einer zielstrebigen Tätigkeit aufzuraffen. Schon im Juli 1839 hatte er dem Jugendgefährten Johann Müller gestanden: „Nun bin ich volle zwanzig Jahre alt, und kann noch nichts, und stehe immer auf dem alten Flecke, und sehe keinen Ausweg, fortzukommen, und muß mich da in Zürich herumtreiben, während andere in diesem Alter schon ihre Laufbahn begonnen haben." Sein Geburtstag verlief unter solchen Umständen nicht gerade heiter: „Ich saß eben trüb und verstimmt in meiner Kammer und übersah mein bisheriges regelloses und oft schlecht angewendetes Leben, welches wie ein verdorrter und abgehauener Baumstrunk hinter mir im Dreck lag, und guckte neugierig in meine Zukunft, welche wie ein unfruchtbarer Holzapfelbaum ebenfalls vor mir im Dreck stund und mir durchaus keine erfreulichen Aspekten gewähren wollte" (GB 1, S. 156f.). Wird hier die persönliche Not wenigstens noch mit Humor genommen, so spricht ein Brief, den der treue Malerfreund Johann Salomon Hegi 1841 aus München erhielt, in einem weit weniger schnoddrigen Ton von Kellers „Furcht, ein gemeines, untätiges und verdorbenes Subjekt zu werden" (S. 191). Auch nach der Heimkehr in die Schweiz blieben die Verhältnisse und mit ihnen die Selbsteinschätzung des jungen Mannes im Wesentlichen unverändert. Mehrere Jahre, so klagte er im Rückblick, habe er damals wegen seiner notorischen „Gedankenlosigkeit und Faulheit [...] in Zürich verlümmelt" (S. 296).

Keller war, wie man sieht, kein munterer Seldwyler, der die Regeln der bürgerlichen Lebenswelt mit souveräner Leichtigkeit missachtete. Konnte er den gesellschaftlichen Erwartungen auch nicht gerecht werden, so hatte er sie doch in hohem Maße verinnerlicht und litt selbst unter seiner unproduktiven und ungewissen Existenz. Die Befürchtung, mit dieser „naiv beschaulichen u müßiggängerischen Weise zu Grund [zu] gehen", die er einmal einer privaten Notiz anvertraute (18, S. 157), ließ sich nicht verdrängen, doch sie wurde zumindest literarisch fruchtbar, denn nach der Rückkehr aus München entwickelte Keller, wie er sich viel später erinnerte, den Plan, „einen traurigen kleinen Roman zu schreiben über den tragischen Abbruch einer jungen Künstlerlaufbahn, an welcher Mutter und Sohn zu Grunde gingen" (15, S. 411). Wenn ihn sein Gedächtnis nicht trog, reichte seine Strategie, eigene Erlebnisse und Ängste im Medium der poetischen Fiktion zu verarbeiten, also bis in diese frühe Zeit zurück. Die lyrische Begeisterung, die ihn dann so unvermittelt überfiel, drängte das epische Projekt zwar vorerst in den Hintergrund, aber die Idee zu dem Roman *Der grüne Heinrich* war geboren.

Melancholische Reflexionen über seine Lage stellte Keller indes auch in der Lyrik an. In den Versen jener Jahre findet man viele Spuren der Angst vor einem zwecklos vergeudeten Leben, das nur Resignation, Wehmut oder tiefe Trauer übrig lässt, zum Beispiel in der umfangreichen dreiteiligen Terzinendichtung *Eine Nacht*, die der Verfasser – wie viele andere Gedichte, die ihm allzu persönlich und bekenntnishaft geraten waren – bezeichnenderweise nie publizierte.[10] Selbstzweifel, Kummer, Leid, Erstarrung, Kälte und Tod sind zentrale Motive seines lyrischen Frühwerks, und immer wieder begegnet dort die Figur des einsamen Außenseiters, der seine Isolation schmerzlich empfindet. Eine makabre, aber höchst eindrucksvolle Gestalt gewinnt dieser Typus in der Person des lebendig Begrabenen, dem Keller in den *Gedichten* einen eigenen Zyklus von neunzehn Texten widmete. Um den Ton des Ganzen anklingen zu lassen, sei nur die erste Strophe des zweiten Stücks zitiert:

> Da lieg' ich nun, ohnmächtiger Geselle,
> Geschieden von der ganzen, weiten Welt!

Versprengter Tropfen von der Lebensquelle,
Ein Baum, noch grünend, ist er auch gefällt!
(13, S. 93)

Erst 1848 schien sich Kellers Schicksal zum Besseren zu wenden, als die liberale Regierung des Kantons Zürich beschloss, die literarische Laufbahn ihres talentierten, aber allzu bequemen Mitbürgers durch ein Stipendium für eine längere Studienreise zu fördern. Keller griff begierig zu und fuhr im Herbst nach Heidelberg, wo er anderthalb Jahre verweilte, ehe er im April 1850 nach Berlin weiterzog. Erst Ende 1855 sollte er die Heimat wiedersehen. Die Zeit in Deutschland war in mancher Hinsicht ebenfalls schwierig und krisenhaft – „sieben Jahre in der Wüste", wie Keller kurz vor der Rückkehr zusammenfasste (GB 4, S. 53) –, doch sie war für den Schriftsteller auch eine überaus ertragreiche Phase und wahrscheinlich sogar die entscheidende in seinem gesamten Entwicklungsgang. Nicht zuletzt trug die Dichtung jetzt endgültig den Sieg über die Malerei davon.

Eigentlich wollte Keller sich in Heidelberg und Berlin auf das Drama konzentrieren, das in der ästhetischen Theorie das höchste Ansehen genoss und eine besonders breite und unmittelbare Publikumswirkung versprach. Seine Bemühungen führten allerdings nur zu einer Anzahl von Plänen, Skizzen und Fragmenten; fertig wurde nichts. Dafür schrieb er, während ihn die vergebliche Hoffnung auf einen großen Theatercoup viel länger als ursprünglich geplant in Deutschland festhielt, in zähem Ringen mit dem Stoff und im Dauerkonflikt mit dem drängenden, mahnenden und drohenden Verleger Eduard Vieweg den großen Roman *Der grüne Heinrich*, der 1854/55 endlich erscheinen konnte. Auch einen zweiten Lyrikband legte er vor, der unter dem Titel *Neuere Gedichte* 1851 in erster, drei Jahre später in veränderter zweiter Auflage herauskam. Die Erzählungen, die den 1856 publizierten ersten Band der *Leute von Seldwyla* füllten, entstanden gleichfalls noch in Berlin, und darüber hinaus entwickelte Keller damals bereits Ideen und Einfälle, aus denen später auf verschlungenen Wegen die Sammlung der *Sieben Legenden*, der zweite Seldwyla-Band sowie der Novellenzyklus *Das Sinngedicht* hervorgingen. Die meisten seiner größeren Erzählwerke wurden also entweder in der Berliner Zeit verfasst oder hatten dort zumindest ihre Wurzeln.

Dennoch verbrachte der Autor in Heidelberg und vor allem in Berlin keine glücklichen Jahre. Unselige Liebesaffären spielten dabei eine Rolle, aber auch gesellschaftlich fühlte er sich nach wie vor isoliert und manchmal einer „gottvergessenen Einsamkeit" ausgeliefert (GB 1, S. 329), besonders in der preußischen Hauptstadt, wo er sich an der Betriebsamkeit der professionellen Literaten störte und als ein recht ungeschliffener Bursche mit den Umgangsformen in den Salons und geselligen Zirkeln schlecht zurechtkam. Lange zögerte er, dem einflussreichen Karl August Varnhagen von Ense einen Besuch zu machen, weil es ihm „an aller Form für den norddeutschen Verkehr" fehle (GB 2, S. 36), und in der Künstlervereinigung „Tunnel über der Spree", der beispielsweise Theodor Fontane angehörte, konnte und wollte er ebenfalls nicht Fuß fassen, obwohl sie ihm die Chance geboten hätte, wertvolle Kontakte zu knüpfen. Noch viel später mokierte er sich über die Gepflogenheiten dieser Runde, deren Mitglieder eigene ‚Tunnel-Namen' führten und in ihren Sitzungen literarische Arbeiten vortrugen, die anschließend nach einem festen Ritual begutachtet wurden: „Zu jener Zeit war ich auch einmal [...] in einer Sonntagssitzung der Tunnelgesellschaft, obskur wie eine Schärmaus und ungefähr auch von ihrer Gestalt. Auf dem Präsidentenstuhl saß Franz Kugler und hieß Lessing, ein Gardeoffizier las eine Ballade vor; bei der Umfrage kam ich auch an die Reihe und grunzte: Wrumb! worauf das Wort sofort dem nächsten erteilt wurde" (GB 3.1, S. 33).

Seine eigenen, späterhin so gefeierten schriftstellerischen Leistungen zahlten sich bei den Zeitgenossen keineswegs unmittelbar aus, denn weder der *Grüne Heinrich* noch die *Leute von Seldwyla* erzielten auf Anhieb einen nennenswerten Publikumserfolg. Deshalb ließen sich Mangel und Not trotz des mehrfach verlängerten Staatsstipendiums nicht abschütteln, und aufs Neue verstrickte Keller sich in eine Schuldenwirtschaft von seldwylischen Ausmaßen. Da er seiner Mutter „nicht zu schreiben wußte, was sie wünschte und hoffte" (GB 3.2, S. 53), verstummte er als Briefeschreiber zeitweilig ganz, so dass Elisabeth Keller beispielsweise zwischen Juni 1850 und Februar 1852 keine einzige Nachricht von ihrem Sohn erhielt. Wenn er aber doch einmal von sich hören ließ, erging er sich mitunter in prahlerischen Reden, mit denen er sich wahrscheinlich auch selbst Mut zusprach. Schon in der Münchner Zeit hatte er Versagensängste mit großspurigen Tiraden überspielt. „In einem Jahr werde ich wahrscheinlich für einige Zeit nach Berlin gehen und später nach Düsseldorf; wenn ich kein besonders schlechtes Schicksal habe, so hoffe ich in zwei Jahren nach Italien gehen zu können", erklärte der verbummelte Malschüler damals seiner Mutter (GB 1, S. 65). Aus der Berliner Zeit sind ähnliche Äußerungen überliefert, in denen sich Trotz und gespielte Zuversicht mit dem Wunsch verbinden, die Angehörigen daheim zu beruhigen und zugleich ein wenig zu beeindrucken. „Ich will überhaupt mit gutem Ansehen nach Hause kommen und als ein selbständiger Mann in jeder Hinsicht" (S. 118), teilte er

Ende 1853 mit, und im Februar 1855 ließ er sich beinahe drohend vernehmen: „wenn ich erst einmal in Zürich bin, so wird man schon sehen, wer ich bin und daß man nicht so zur Not und aus Gnade mir ein Unterkommen zu gewähren braucht. Ich mache jetzt ein ganz anderes Gesicht, als wie ich vor sechs Jahren so traurig abzog. Brauchbare und tüchtige Leute kann man überall brauchen, und wenn sie es dort nicht können, so ist die Welt weit" (S. 125f.).

Das Thema Heimkehr muss Keller intensiv beschäftigt haben, denn es taucht auch in seinem Werk häufig auf. Viele Helden seiner Romane und Erzählungen ziehen freiwillig oder unfreiwillig in die Fremde und kommen manchmal erprobt, gereift und wohlhabend, manchmal aber auch als gescheiterte Existenzen zurück. Eine einzige ausufernde Phantasie über das Heimkehren sind die Träume, die den grünen Heinrich am Ende seines Aufenthalts in jener deutschen ‚Kunststadt' heimsuchen, für die München als Vorbild gedient hat. Wenn sie in immer neuen Anläufen das ganze Spektrum unterschiedlicher Varianten durchspielen, das von der triumphalen Ankunft des verlorenen Sohnes auf einem goldenen Pferd bis zur tiefen Scham eines verkommenen, zerrissenen Herumtreibers reicht, fällt es nicht schwer, hinter diesen Romanpassagen die ureigenen Wunsch- und Angstphantasien des Autors zu erkennen.

Ein Triumphzug war dessen Heimkehr im Spätjahr 1855 jedenfalls nicht. Nachdem er seine „fruchtbringende Leidensschule" endlich absolviert und Berlin, das für ihn „Bußort und Korrektionsanstalt" in einem darstellte, in Richtung Zürich verlassen hatte (GB 1, S. 256f.), musste er sehr bald feststellen, dass einträgliche schriftstellerische Erfolge weiterhin ebenso fern lagen wie ein fester Platz in der bürgerlichen Gesellschaft. Übergangslos geriet Keller wieder in den alten Schlendrian. Zwar fand er jetzt vermehrt Zugang zu den gebildeten Kreisen in Zürich und verkehrte unter anderem mit einigen illustren Persönlichkeiten aus Deutschland, die sich damals – zum Teil als Revolutionsflüchtlinge – in seiner Vaterstadt aufhielten, etwa mit dem Architekten Gottfried Semper, dem Komponisten Richard Wagner und dem Ästhetiker Friedrich Theodor Vischer. Beruflich und ökonomisch mangelte es aber nach wie vor an handfesten Aussichten, zumal der literarische Ertrag der nächsten Jahre spärlich ausfiel.

Kellers Arbeitsweise war daran nicht ganz unschuldig. Regelmäßig überschätzte er seine Energie und sein Schreibtempo gewaltig und bedachte seine Verleger mit voreiligen Zusagen und überzogenen Versprechungen, was schon Vieweg leidvoll erfahren musste, der ihm das Manuskript des *Grünen Heinrich* nur in jahrelangen Kämpfen portionsweise abringen konnte. Oftmals beschränkte Keller sich sogar ganz darauf, seine Einfälle in Gedanken auszuspinnen, statt sie zielstrebig zu Papier zu bringen, und gegenüber Paul Heyse beklagte er einmal das „Erbübel, das wirklich niederschreiben zu müssen [...], was man sich peripatetisch zurechtgeträumt hat" (GB 3.1, S. 51). „[E]s scheint", schreibt Adolf Frey in seinen *Erinnerungen an Gottfried Keller*, der Dichter habe „eine Arbeit schon als eine vollendete behandelt und erörtert, sobald er mit sich darüber mehr oder weniger im reinen war oder doch zu sein glaubte".[11] So bezeichnete Keller den „Stoff" für das *Sinngedicht* bereits 1855 als „vollständig durchgearbeitet und ausgebildet" (GB 3.2, S. 113) und rechnete damit, den kompletten Text binnen weniger Wochen vorlegen zu können – tatsächlich wurde er erst gut fünfundzwanzig Jahre (!) später abgeschlossen. 1881 teilte er Julius Rodenberg mit, das Manuskript dieses Werkes, das er soeben für dessen „Deutsche Rundschau" anfertigte, sei

> die erste und einzige Niederschrift, während die Novellen und der Rahmen vor zwei Dezennien schon im Kopfe entworfen und seither meine stillen Begleiter auf Spaziergängen und beim Glase Wein gewesen sind. Dennoch wußte ich nicht viel davon, was aus jedem der Geschichtchen werden würde. Ich führe von der Berliner Zeit her ebenso ein paar Lustspiele als anonyme Passagiere im Hirnkasten mit, die aber wohl nicht mehr aussteigen werden. Jetzt denke ich allmählig auf einen einbändigen kleineren Roman; was daraus wird, mag der Herrgott wissen. (S. 387)

Kein Wunder, dass der Autor die Geduld der Verleger ein ums andere Mal auf eine harte Probe stellte! Aus dem „kleineren Roman" sollte im Laufe der Zeit *Martin Salander* werden, während die erwähnten Lustspiele, wie Keller schon vermutete, ungeschrieben blieben und damit das Schicksal zahlreicher anderer Projekte teilten.

Vorläufig kamen Mutter und Schwester nicht umhin, den Müßiggänger weiter mit zu ernähren – eine Konstellation, die in *Pankraz, der Schmoller* ihren Niederschlag findet, wo der Titelheld sich zu Beginn ebenfalls „wie ein kleiner Indianer" gebärdet, „der die Weiber arbeiten läßt", ohne selbst einen Finger zu rühren (4, S. 15). Keller war natürlich nicht blind für die Peinlichkeit dieser Lage und kämpfte ständig mit seinem schlechten Gewissen. Düstere Stimmungen überkamen ihn, wenn er bedachte, wie viel Lebenszeit mittlerweile ungenutzt verstrichen war. „Meine Jugend ist nun einmal zum Teufel", hatte er bereits 1852 geschrieben, „und ich habe mich schon in die Reihe derjenigen Menschen gestellt, welche erst mit dem Schwabenalter ihre rechte Bestimmung erreichen" (GB 1, S. 306). Fünf Jahre später hieß es in einem Brief: „Es beschleicht und quält mich oft der Gedanke, daß ich bis jetzt der Welt noch gar nichts Reelles genützt habe" (GB 2, S. 56). Zeitweilig erwog er, in seiner Heimatstadt eine Professur für Literaturgeschichte am neugegründeten Polytechnikum – der heutigen ETH Zürich – anzunehmen. Die Tätigkeit lockte ihn zwar eigentlich nicht, zumal er die hohe Arbeitsbelastung fürchtete. Andererseits waren die materielle Sicherheit und die Aussicht, wenigstens den Ruf eines bürgerlichen Versagers loszuwerden, nicht zu verachten. Als entsprechende Pläne schon in der Berliner Zeit zur Sprache kamen, ermahnte Keller sich selbst: „Ich muß mich mit Gewalt in ausgefüllte starke Beschäftigung werfen, sonst geht die Duselei ins Unendliche fort" (GB 1, S. 389), und 1857 stand er erneut kurz vor einer Zusage, um wenigstens „während einiger Jahre den bürgerlichen Begriffen genugzutun" und sich endlich „Amt und Einkommen" zu verschaffen (GB 2, S. 67). Umgesetzt wurde das Vorhaben trotzdem nicht.

Ohne merkliche Veränderungen ging mit dem vierzigsten Geburtstag des Dichters auch der Eintritt in das sprichwörtliche Schwabenalter vorüber, auf das er seine Hoffnungen gesetzt hatte. Das Jahr 1861 wurde dann aber zu einem weiteren Schlüsseldatum in Kellers Biographie: Im September wählte ihn der Züricher Regierungsrat überraschend zum Ersten Staatsschreiber des Kantons und erhob den ‚armen Poeten' damit unversehens zum einflussreichsten Beamten seines Heimatländchens, ausgestattet mit einem beträchtlichen Gehalt und einer gesellschaftlichen Reputation, wie er sie nie zuvor gekannt hatte. Was die Regierung zu ihrer kühnen Entscheidung bewog, ausgerechnet diesem Bewerber, an dessen Qualifikation man doch mit guten Gründen zweifeln konnte, den Vorzug zu geben, ist bis heute nicht restlos geklärt. Einige unschöne Ereignisse rund um seinen Amtsantritt schienen auch sogleich sämtliche Vorbehalte zu bestätigen. Keller, der jederzeit grob und sogar handgreiflich werden konnte, wenn ihn der Ärger über missliebige Zeitgenossen packte, hatte noch am Vorabend im Wirtshaus randaliert und war dem deutschen Sozialisten Ferdinand Lassalle, der sich gerade in einer ziemlich angeheiterten Runde als Magnetiseur versuchte, mit einem Stuhl zu Leibe gerückt, und am folgenden Morgen musste er von einem der Regierungsräte eigens aus dem Bett geholt werden, um den Dienstbeginn nicht zu versäumen.[12] Zum Glück blieb das aber der letzte Fehltritt des Herrn Staatsschreibers. Fortan versah er seinen Posten so diszipliniert und zuverlässig, dass die Kritiker rasch verstummten.

Elisabeth Keller genoss noch die Genugtuung, in die stattliche Dienstwohnung des Sohnes übersiedeln zu können, wo sie drei Jahre später verstarb. Keller seinerseits wurde durch die Berufspflichten unmittelbar in die kantonale und eidgenössische Politik verwickelt, und dies ausgerechnet in einer besonders heißen Phase, in der tiefgreifende Umbrüche stattfanden und heftige Parteikämpfe an der Tagesordnung waren. Die politischen Aspekte seiner Tätigkeit sollen aber bei anderer Gelegenheit behandelt werden. Hier sei zunächst nur erörtert, wie die neue Stellung Kellers persönliche Existenz und seine Beziehung zu den bürgerlichen Wertmaßstäben umgestaltete. Die lange Zeit des ziellosen Schlenderns lag nun hinter ihm, der strenge Ernst des Lebens forderte seinen Tribut. Der Dichter war sich darüber auch vollkommen im Klaren und traf mit der Übernahme des Staatsamtes eine ganz bewusste Entscheidung für die bürgerliche Seriosität. In einer autobiographischen Aufzeichnung, die er 1876/77 in der Zeitschrift „Die Gegenwart" publizierte, schrieb er über die zurückliegenden anderthalb Jahrzehnte: „Indem ich während jener Zeit die Stelle des Staatsschreibers des Cantons Zürich versah, befolgte ich den bekannten Rath, dem poetischen Dasein eine sogenannte bürgerlichsolide Beschäftigung unterzubreiten." Sein Posten sei „weder eine ganze noch eine halbe Sinecure" gewesen, vielmehr habe er sich „vom ersten bis zum letzten Augenblicke in den Geschäften tummeln" müssen und zehn Jahre lang nicht einmal Urlaub nehmen können (15, S. 404f.). Das war keineswegs übertrieben, wie die Liste seiner Aufgaben zeigt, die Kellers erster Biograph Jakob Baechtold aufgestellt hat. Dem Staatsschreiber

> stand die Oberleitung der Staatskanzlei zu. Er war zugleich Sekretär der Direktion der politischen Angelegenheiten. Über die Verhandlungen des Regierungsrates (der obersten vollziehenden Behörde des Kantons) führte er die Sitzungsprotokolle; er hatte den offiziellen Verkehr mit den übrigen Kantonsregierungen und dem Bundesrate zu unterhalten, mußte die jährlichen Rechenschaftsberichte sämtlicher Departemente zusammenstellen, Gesetzesentwürfe, Eisenbahnkonzessionen, Verordnungen aller Art registrieren oder endgültig redigieren, sowie die Unmasse von Ausfertigungen, Pässen, Heimatsscheinen u.s.w. mit seiner Unterschrift versehen. Kurz, das Amt nahm seinen ganzen Mann vom Morgen bis zum Abend in Anspruch [...].[13]

Angesichts seiner beispielhaften Pflichterfüllung brauchte Keller sich nun nicht mehr vorzuwerfen, dem Vaterland und der Gesellschaft keinen Nutzen zu bringen. Er empfand die disziplinierende Wirkung der geordneten Berufsarbeit aber auch persönlich als wohltuend. Noch wenige Monate vor der Berufung zum Staatsschreiber hatte er hellsichtig geäußert, dass „die gänzliche Freiheit [...] für Unbemittelte wie für Bemittelte auf die Dauer nicht erquicklich" sei, und sich nach einem „Amt oder einer bestimmten bindenden und sicherstellenden Tätigkeit" gesehnt (GB 3.2, S. 212), und später wusste er trotz der vielen unerfreulichen Seiten des Bürodienstes und des mechanischen Geschäftsgangs die heilsame „Regelmäßigkeit der Amtsgewöhnung" immer zu schätzen (GB 3.1, S. 206). Sie konnte, wie er meinte, auch dem Schriftsteller nur zum Vorteil gereichen. Noch 1885 empfahl er einem jungen Mann, der poetische Ambitionen hegte, zunächst einmal die Schule abzuschließen und sich auf eine konventionelle Berufslaufbahn vorzubereiten, denn andernfalls werde er „überhaupt nicht geregelt arbeiten" lernen, „und daraus entstehen nicht Dichter, sondern literarische unglückliche Bummler" (GB 4, S. 295). Hier spricht jemand, dessen Bildungsweg sehr holprig war und der mit den Anforderungen der Arbeitswelt erst ungewöhnlich spät in Berührung kam, aus eigener bitterer Erfahrung.

Entsprechend skeptisch urteilte Keller über Schriftstellerkollegen, die ihr Künstlertum nie mit bürgerlicher Solidität zu verbinden vermochten und deshalb in seinen Augen nur allzu leicht den „festeren Halt im Leben" (GB 3.2, S. 216) verloren. Das betraf zum Beispiel seinen Freund Paul Heyse, einen außerordentlich produktiven und seinerzeit auch sehr erfolgreichen Autor. Als er von dessen fortdauernder Kränklichkeit hörte, fürchtete Keller, „es räche sich, daß Heyse seit bald dreißig Jahren dichterisch tätig ist, ohne ein einziges Jahr Ableitung oder Abwechslung durch Amt, Lehrtätigkeit oder irgend eine andere profane Arbeitsweise genossen zu haben." Ein solches Dasein müsse die Kräfte eines Menschen frühzeitig erschöpfen: „Auch Tieck und Gutzkow ist diese Lebensart nicht gut bekommen" (GB 3.1, S. 445f.). Wohin sie schlimmstenfalls führen konnte, demonstrierte der Poet Heinrich Leuthold, der 1879 in einem Züricher Irrenhaus starb. Keller vermisste bei diesem Landsmann jene Selbstdisziplin, die das unerlässliche Fundament eines fruchtbaren und inhaltsreichen Schaffens bilde. Leuthold sei „ohne genugsamen eigenen Gehalt" gewesen und habe „die Lücke durch ein dissolutes Leben" schließen wollen (S. 370). Gehässig nannte Keller den Unglücklichen „ein echt lyrisches Genie: Viel leben und nichts tun und darüber die Schwindsucht bekommen" (S. 279). Mit solchen Ausfällen gegen die unbürgerlichen Attitüden einer verbummelten Pseudo-Genialität distanzierte er sich von einem Schicksal, das unter ungünstigeren Umständen auch das seine hätte werden können.

Der Staatsschreiber lief allerdings Gefahr, in das entgegengesetzte Extrem zu geraten und den dienstlichen Obliegenheiten alle literarischen Bestrebungen aufzuopfern. Hatte er das Amt zunächst unter der Voraussetzung übernommen, „daß der Poet und Schriftsteller dabei nicht verloren gehe" (GB 3.2,

S. 216), so musste er bald ernüchtert erleben, wie der Beruf seine Zeit fast vollständig verschlang. Lediglich zwei größere Werke wurden in dieser Phase publiziert, nämlich die *Sieben Legenden* (1872) und der zweite Teil der *Leute von Seldwyla* (1874). Nach fünfzehn Jahren war das Maß voll: Im Sommer 1876 erklärte Keller seinen Rückzug aus dem Staatsdienst, um „mit neuen Kräften das pure Schriftstellertum [...] wieder aufzunehmen“ (GB 2, S. 176). Die im Amt erworbenen Tugenden sollten ihm dabei zugute kommen und den Rückfall in frühere Fehler verhüten. Humorvoll und doch mit ernstem Unterton schrieb der Endfünfziger einem Freund: „Erzogen bin ich nun endlich auch, wie ich glaube, so daß ich wohl wieder in die Freiheit hinaustreten darf“ (S. 483), und in der autobiographischen Skizze von 1876/77 formulierte er programmatisch: „Die Anlehnung an jene solide Bürgerlichkeit [...] hat einmal stattgefunden, ihren Dienst gethan, und kann nun wieder mit einer andern ungetheilten Existenz vertauscht werden, denn die Hauptsache besteht, nach gewonnener Haltung und Elasticität, nicht sowohl in den sicheren Einkünften, als in der entschlossenen Lebensäußerung“ (15, S. 405).

Zum Glück erwies sich diese Zuversicht als wohlbegründet, denn das „neu eröffnete Geschäft eines bürgerlichen Dichters“ (GB 3.1, S. 276), der für seinen Lebensunterhalt ganz auf den literarischen Markt angewiesen war, florierte auf Anhieb. Keller benutzte die wiedergewonnene Unabhängigkeit, um mehrere ältere Projekte, die er teilweise schon seit Jahrzehnten mit sich herumtrug, in rascher Folge abzuschließen. 1876/77 veröffentlichte er die *Züricher Novellen*, 1879/80 eine gründlich umgestaltete Neufassung des *Grünen Heinrich*, 1881 den Novellenzyklus *Das Sinngedicht* und 1883 die *Gesammelten Gedichte*, die eine revidierte Auswahl aus seinen frühen Lyrikbänden boten und sie um zahlreiche neuere Texte ergänzten. Den Abschluss machte 1886, vier Jahre vor dem Tod des Autors, sein zweiter Roman *Martin Salander*.

Dass Keller von der Schriftstellerei nun recht komfortabel leben konnte, verdankte er nicht nur seiner zügigeren Produktionsweise und vorteilhaften Verlagskontrakten, sondern auch dem kräftigen Aufschwung, den der deutsche Literaturmarkt in jenen Jahren erlebte, nachdem er die Flaute im Gefolge der gescheiterten Märzrevolution von 1848/49 endgültig überwunden hatte. Besonders einträglich war das damals gängige Verfahren, erzählende Werke vor der eigenständigen Buchveröffentlichung stückweise in Zeitschriften zu publizieren, die unersättlich nach neuen Texten verlangten, beachtliche Honorare zahlten und außerdem ein breiteres Publikum erreichten. So wurde die anspruchsvolle „Deutsche Rundschau“, in der Vorabdrucke der *Züricher Novellen*, des *Sinngedichts* und des *Martin Salander* erschienen, zum wichtigsten

Forum für Kellers Spätwerk. Der Bekanntheitsgrad des Autors – und damit sein Marktwert – stieg jetzt rapide an; Neuauflagen seiner Bücher, die selbstverständlich bares Geld eintrugen, folgten schneller aufeinander, und auch die Kritiker zollten ihm wachsenden Respekt. 1882 stellte Keller zufrieden fest, dass sich der riskante Schritt in die Freiheit gelohnt hatte: „Sonst geht es mir nicht übel; ich verdiene, ohne eigentlich viel zu tun, doppelt so viel Barschaft, als ich als Staatsschreiber einnahm" (GB 2, S. 293).[14]

Mit den großen zeitgenössischen Erfolgsautoren wie Gustav Freytag, Joseph Victor von Scheffel oder dem schon erwähnten Paul Heyse konnte Keller freilich nicht konkurrieren, ganz zu schweigen von jenen Privilegierten, die ihre Werke in der populären Familienzeitschrift „Die Gartenlaube" unterbrachten. Er hatte aber auch gar kein Interesse daran, ein „Geldvielschreiber" zu werden (GB 3.2, S. 253), denn obwohl er mittlerweile um einiges konsequenter und disziplinierter zu Werke ging als früher, war ihm weiterhin jede fabrikmäßige Fließbandproduktion zuwider. Von der Hektik des Literaturbetriebs hielt er sich fern: „Ich bin kein tätiger und rühriger Literatus und mag daher auch nicht den Schein eines solchen annehmen" (GB 4, S. 172). Sein Schreiben folgte einem eigenen Rhythmus, der von seiner Stimmungslage abhängig war und dem er sich zu fügen hatte, wie er Rodenberg einmal darlegte, um Engpässe bei den Manuskriptlieferungen für die *Züricher Novellen* zu erklären: „Ich bitte Sie zu bedenken, daß ich doch nicht alles übers Knie abbrechen kann und die Dinge, wenn eine Trockenheit der innern Witterung eintritt, wachsen und werden lassen muß, wie sie wollen, sonst gibt's eine schlechte Arbeit für die ‚Rundschau'" (GB 3.2, S. 351). Auch die Abfassung des *Martin Salander* wurde mehrfach unterbrochen: „Dieses Opus hat nämlich nochmals einen Stillstand erfahren von jener Art, die mit einer Evolution verbunden ist und ruhig ertragen werden muß. [...] In solcher Situation darf man das alte Recht, das Wesen eine Weile sich selbst zu überlassen, wohl benutzen oder soll es vielmehr" (S. 407).

Reibereien mit den Verlegern und Ärger über den Druck, den fest vereinbarte Termine auf ihn ausübten, waren damit allerdings vorprogrammiert. Gerade die Fortsetzungen in Rodenbergs Zeitschrift, für die regelmäßig neues Textmaterial benötigt wurde, setzten Keller mächtig unter Zugzwang, und um nur halbwegs rechtzeitig fertig zu werden, kam er bisweilen doch nicht umhin, die verhassten „übereilten Schlüsse und deren Unfertigkeit" in Kauf zu nehmen (S. 403). Immer wieder schwor er sich, künftig nur noch abgeschlossene, gründlich durchgearbeitete Manuskripte, die „wirklich fertig und reif" waren, in Druck zu geben (S. 177), und ebenso oft sah er sich genötigt, mit diesem Vorsatz zu brechen. 1885 zog er während der Arbeit an *Martin Salander* das resignierte Fazit: „So sehr ich gewünscht habe, nur das fertige Ganze aus der Hand zu geben, wird es am Ende doch wieder darauf hinaus laufen, daß ich, wie bei den früheren Sachen, erst im Drange der Druckerschlacht entschlossen zu Ende kommen kann" (S. 410). Die Umstände ihrer Produktion und Vermarktung blieben also nicht ohne Folgen für die Gestalt seiner literarischen Schöpfungen. Dennoch wird der heutige Leser Kellers Verlegern Dank wissen, denn ohne ihr beständiges Drängen hätte der Autor die meisten seiner Werke wahrscheinlich niemals fertiggestellt.

Mit „fünf-, sechsunddreißig Jahren" erreicht der typische Seldwyler das Ende seiner übermäßig ausgedehnten Jugendzeit, ohne etwas Rechtes zustande gebracht oder gelernt zu haben (4, S. 8). Kann man es für einen Zufall halten, dass Gottfried Keller, als er in der Schlussphase seines Berliner Aufenthalts, immer noch ohne verheißungsvolle Zukunftsperspektiven, die Vorrede zum ersten Band der *Leute von Seldwyla* niederschrieb, exakt „fünf-, sechsunddreißig Jahre" alt war? Und seine Adoleszenz sollte sogar ein gutes Stück über diese Grenze hinaus andauern. Erst in seinem fünften Lebensjahrzehnt gelangte er in eine feste berufliche Position, die ihm und seinen Angehörigen ihr Auskommen sicherte, ihn zu einer straffen Selbstbeherrschung nötigte und ihm zugleich die Gelegenheit bot, endlich seine Tüchtigkeit unter Beweis zu stellen. Weil Kellers Leben ganz und gar keine geradlinige bürgerliche Erfolgsgeschichte war, darf man auch Seldwyla nicht als heitere poetische Spielerei abtun. Das fiktive Städtchen erscheint vielmehr als konzentriertes Sinnbild einer Gefahr, die seinen Schöpfer nahe anging – und vielleicht als Inbegriff einer Versuchung, der er sich zu entziehen trachtete.

Jenes „schwierige Außenseitertum", von dem Walter Muschg in seinem Keller-Porträt spricht[15], prägte die Existenz des Dichters aber auch nach 1861 und im Grunde bis zu seinem Tod. Als Müßiggänger wie als Künstler, als Eigenbrötler, mürrischer Sonderling und früh alternder Junggeselle und schließlich auch aufgrund seiner eigenwilligen politischen und zeitkritischen Ansichten beobachtete Keller die gesellschaftliche Lebenswirklichkeit seiner Zeit stets aus einer prekären Randposition: als *bürgerlicher Außenseiter* im doppelten Sinne, nämlich distanziert von der Normalität einer bürgerlichen Existenz und doch zugleich stark von deren Wertvorstellungen geprägt. Er bezahlte seinen eigentümlichen Standpunkt mit vielen Jahren der persönlichen Ungewissheit und der Not, mit Einsamkeit und melancholischen Anwandlungen, aber er verdankte ihm auch tiefe Einsichten in die Fundamente und Gesetzmäßigkeiten der bürgerlichen Welt, die einer einmaligen Mischung aus Sehnsucht, Skepsis und scharfsinniger Reflexion entsprangen. Deshalb erzählte er als Dichter mit Vorliebe von Menschen, die nicht im selbstverständlichen Besitz der bürgerlichen Tugenden sind und die Lockungen der Trägheit und der unverbindlichen Phantasiespiele nur allzu gut kennen. Es sind Figuren, die um einen Platz in der gesellschaftlichen Ordnung kämpfen müssen und dabei durchaus nicht immer Erfolg haben. Mit anderen Worten: Keller bevorzugte in seinem Prosawerk das Modell der Entwicklungs- oder Sozialisationsgeschichte.

Das Bild Gottfried Kellers als eines bürgerlichen Außenseiters, wie es sich in seinem literarischen Schaffen spiegelt, wird in dieser Monographie nachgezeichnet. Sie bietet weder eine chronologische Lebensbeschreibung nach dem klassischen biographischen Muster noch eine systematische, nach Texten oder Textgruppen gegliederte Darstellung des Oeuvres, wie ich sie anderswo in knapperer Form vorgelegt habe.[16] Statt dessen stellt sie Kellers Gesamtwerk unter gewissen thematischen Schwerpunkten und im Horizont des sozialen, politischen und geistesgeschichtlichen Umfelds seiner Epoche vor, übrigens im Einklang mit seiner eigenen Überzeugung, „daß jeder Dichter mehr oder weniger das Produkt seiner Umgebung, der Verhältnisse ist, aus denen er hervorgewachsen" (GB 4, S. 366). Soweit möglich, werden in diesem Rahmen einzelne Werke in geschlossenen Interpretationen erörtert; andere wie der *Grüne Heinrich* kommen in unterschiedlichen Zusammenhängen unter jeweils neuen Aspekten zur Sprache. Als Leitlinie dient stets die Frage nach dem Bürgerlichen bei Keller. ‚Bürgerlichkeit' wird hier nicht in erster Linie auf objektive gesellschaftliche und ökonomische Verhältnisse bezogen, sondern als das Produkt der Mentalität, des Selbstverständnisses und der Sinndeutungen bestimmter Bevölkerungsgruppen aufgefasst, als „ein sozial bestimmter und kulturell geformter Habitus"[17], der eine kollektive Identität stiftet. In seiner großen Studie zum Schweizer Bürgertum des 19. und frühen 20. Jahrhunderts definiert Albert Tanner sie als

> eine Art Daseins- und Lebensentwurf, der auf Arbeit, Leistung und Bildung, auf Rationalität, Selbstkontrolle und Eigenverantwortlichkeit, aber auch auf Individualisierung, Selbstreflexion und Intimität beruhte [...]. Einen modellhaften Anspruch mit utopischem Beiklang hatte auch der Begriff der bürgerlichen Gesellschaft. Das universal gedachte Ziel war eine sich selbst steuernde Gesellschaft freier und in rechtlicher und politischer Hinsicht gleicher Menschen, die ihr Zusammenleben vernünftig regeln.[18]

Besonderen unter Bürgerlichkeit verstand, soll dabei fortschreitend konkretisiert werden: im Blick auf Verhaltensweisen und Denkmuster, Familienverhältnisse und Geschlechterrollen, Spielarten der Arbeit wie des ökonomischen Handelns, Politik und Zeitgeschichte sowie viele weitere Gebiete. So entsteht anhand dieses roten Fadens ein differenziertes Porträt des Autors Keller in seiner Zeit. Das zweite Kapitel und die erste Hälfte des dritten behandeln aber zunächst bestimmte weltanschauliche und poetologische Fragen, die für sein Denken und Schreiben von grundlegender Bedeutung sind.

Keller selbst wird in sämtlichen Abschnitten des Buches in Zitaten aus Werken und Briefen ausführlich zu Wort kommen. Die explizite Auseinandersetzung mit der wissenschaftlichen Forschung muss dagegen schon wegen des beschränkten Platzes weitgehend in den Hintergrund treten, und aus demselben Grund enthält das Literaturverzeichnis im Anhang lediglich eine streng begrenzte Auswahl aus der mittlerweile kaum mehr zu überblickenden Fülle einschlägiger Arbeiten. Leser, die sich näher mit der Spezialliteratur befassen möchten, seien auf die Bibliographie von U. Henry Gerlach und das von Ursula Amrein herausgegebene Keller-Handbuch verwiesen.[19]

2. Vom Dasein im Diesseits: Keller und Ludwig Feuerbach

Vor und nach Feuerbach

Keller hatte erst wenige Monate in Heidelberg zugebracht, als er den Freunden in der Heimat bereits einen wichtigen Ertrag seiner Bildungsreise melden konnte. Er werde „in gewissen Dingen verändert zurückkehren“, kündigte er einem Bekannten am 8. Februar 1849 an (GB 2, S. 458), und gegenüber seinem engsten Vertrauten, dem Komponisten Wilhelm Baumgartner, war er ein paar Tage zuvor noch deutlicher geworden: „Ich werde *tabula rasa* machen (oder es ist vielmehr schon geschehen) mit allen meinen bisherigen religiösen Vorstellungen“ (GB 1, S. 274). Ausgelöst wurde diese folgenreiche Wende durch die Bekanntschaft mit Ludwig Feuerbach, dem „himmelstürmenden Philosophen“, wie Keller ihn noch Jahre später respektvoll titulierte (GB 2, S. 98), der die Existenz Gottes und die Unsterblichkeit der Seele leugnete und den Menschen ganz auf das diesseitige, irdische Leben verwies. Feuerbach hielt im Winter 1848/49 in Heidelberg Vorlesungen, die als Einführung in seine Gedankenwelt konzipiert waren. Er las jedoch nicht an der Universität, da ihm der akademische Betrieb wegen seiner provozierenden Thesen zeitlebens verschlossen blieb, sondern im Rathaussaal vor einem sehr gemischten Publikum, in dem sich „Arbeiter, Studenten und Bürger“ zusammenfanden (15, S. 419). Keller gehörte von Anfang an dazu und pflegte bald auch privat einen freundschaftlichen Umgang mit Feuerbach, der einem guten Glas Rotwein nicht abgeneigt war. Die Persönlichkeit des Philosophen scheint den fünfzehn Jahre jüngeren Dichter damals ebenso tief beeindruckt zu haben wie seine Lehre.

Feuerbachs Philosophie markiert einen Höhepunkt jener säkularisierenden Tendenzen, die im 18. und 19. Jahrhundert den Einfluss religiöser Deutungsmuster und Orientierungen im Geistesleben wie im Alltag mehr und mehr zurückdrängten. Ihre Resonanz bei den Zeitgenossen war gewaltig, obwohl Feuerbach nicht im engeren Sinne schulbildend wirkte. In den Heidelberger *Vorlesungen über das Wesen der Religion*, die 1851 im Druck erschienen, bezeichnete er sein Räsonnement ausdrücklich als „aphoristisch"[1], und in der Tat lag ihm mehr an produktiven Denkanstößen als an der Errichtung eines strengen philosophischen Systems. Dennoch kannten seine Reflexionen so etwas wie einen archimedischen Punkt, und der Autor des *Grünen Heinrich* hatte nicht ganz Unrecht, wenn er sie dort mit einem „monotonen [...] Gesang" verglich (12, S. 420), der unablässig denselben Grundgedanken umkreist. Dieser „einfache und klare Gedanke", dessen „allseitige Ausführung" Keller als Feuerbachs selbstgewählte „Lebensaufgabe" bezeichnete (GB 1, S. 362), bestand in der Auffassung, dass religiöse Vorstellungen bloße Produkte der Einbildungskraft seien, Projektionen, in denen der Mensch sich, ohne es zu wissen, letztlich selbst anschaue. In Feuerbachs eigenen Worten – hier in einer Passage aus seinem 1841 veröffentlichten Hauptwerk *Das Wesen des Christentums* – lautet diese Kernthese:

> Die Religion, wenigstens die christliche, ist das *Verhältnis des Menschen zu sich selbst* oder richtiger: *zu seinem* (und zwar subjektiven) *Wesen*, aber das Verhalten zu seinem Wesen *als zu einem andern Wesen. Das göttliche Wesen ist nichts andres als* das menschliche Wesen oder besser: *das Wesen des Menschen*, gereinigt, befreit von den Schranken des individuellen Menschen, verobjektiviert, d.h. *angeschaut* und *verehrt*, als *ein andres, von ihm unterschiednes, eignes Wesen* – alle *Bestimmungen* des göttlichen Wesens sind darum menschliche Bestimmungen.[2]

Bündiger drücken es die Heidelberger Vorlesungen aus: „meine Lehre ist kürzlich die: *Die Theologie ist Anthropologie*, d.h., in dem Gegenstande der Religion, den wir griechisch ‚theos', deutsch ‚Gott' nennen, spricht sich nichts andres aus als das Wesen des Menschen"[3] – nicht des einzelnen freilich, sondern der gesamten Gattung in der Fülle ihrer Möglichkeiten. Wie Feuerbach diese Überzeugung begründete und welche Schlussfolgerungen er daraus zog, sei im Folgenden etwas näher erläutert. Um einen Eindruck vom Denk- und Schreibstil des Philosophen zu vermitteln, soll dabei ausführlich aus seinen Schriften zitiert werden, insbesondere aus den Vorlesungen, die Keller seinerzeit hörte.

Feuerbach war anfänglich ein Schüler Hegels gewesen, hatte sich dann jedoch von dessen Geist-Philosophie abgewandt, um fortan den ganzen Menschen mit allen seinen Bedürfnissen und Fähigkeiten an die Stelle dialektischer Begriffsspekulationen zu rücken. Er verabschiedete damit die Tradition des vermeintlich ‚reinen' Denkens, die bislang in der abendländischen Philosophie der Neuzeit dominiert hatte. Für Feuerbach war Erkenntnis stets konkret und anschaulich und mit Gefühlen und Leidenschaften verbunden. Nicht die abstrakte Vernunft sei ihr Subjekt, sondern das ganzheitliche, erlebende, begehrende, nach Glück strebende, aber auch liebende und solidarische Individuum: „Der *Mensch* denkt, nicht das Ich, nicht die Vernunft."[4] Einen Zugang zur Realität und zur Wahrheit könnten nur der Leib und die Sinne gewähren, die deshalb auch als die „bleibende Grundlage" jeder philosophischen Reflexion angesehen werden müssten.[5] Die Religion stellte für Feuerbach ein Resultat der produktiven Tätigkeit solcher Individuen dar. Gott sei nichts anderes als eine idealisierte Vorstellung des menschlichen Gattungswesens, das man sich hier von sämtlichen peinlichen Einschränkungen der irdischen Welt losgelöst denke: „Das göttliche Wesen also ist das Wesen des Menschen, aber nicht, wie es der prosaischen Wirklichkeit nach ist, sondern wie es den poetischen Forderungen, Wünschen und Vorstellungen des Menschen nach ist oder vielmehr sein soll und einst sein wird."[6] Diese Argumentation gipfelt in der pointierten Umkehrung einer zentralen biblischen Aussage: „der Mensch schuf [...] Gott nach seinem Bilde".[7]

Religiöse Glaubenssätze waren für Feuerbach keineswegs abwegig oder nichtig. Er wollte die Theologie nicht einfach verwerfen, sondern sie vielmehr als verkappte, gleichsam entfremdete Anthropologie neu interpretieren: „Unser Verhältnis zur Religion ist daher kein *nur negatives*, sondern ein *kritisches*; wir scheiden nur das *Wahre* vom *Falschen*".[8] Was der Mensch jahrtausendelang auf Gott projiziert habe – beispielsweise reine Güte und Liebe oder auch schöpferische Kraft –, müsse er endlich zurückgewinnen und sich selbst aneignen, um so erst seine Gattungsbestimmung erfüllen zu können:

> Der notwendige Wendepunkt der Geschichte ist daher dieses *offne Bekenntnis und Eingeständnis*, daß das Bewußtsein Gottes nichts andres ist als das Bewußtsein der Gattung, daß der Mensch sich nur über die Schranken seiner Individualität erheben kann und soll, aber nicht über die Gesetze, die *positiven Wesensbestimmungen seiner Gattung*, daß der Mensch kein andres Wesen als *absolutes Wesen* denken, ahnden, vorstellen, fühlen, glauben, wollen, lieben und verehren kann als das *Wesen der menschlichen Natur*.[9]

Der einzige denkbare Raum für diese Selbstverwirklichung der menschlichen Gattung sei die irdische Welt. Den Glauben an einen Schöpfer und ein himmlisches Jenseits wies Feuerbach kategorisch zurück. Die Natur sei „Ursache ihrer selbst, [...] kein Geschöpf, kein gemachtes oder gar aus nichts geschaffnes, sondern ein selbständiges, nur aus sich zu begreifendes, nur von sich abzuleitendes Wesen".[10] Sie bilde den Rahmen, in dem der Mensch als eigenverantwortlicher Gestalter seines Schicksals sein Dasein einzurichten habe. Bildung, Kultur und vernünftige Selbstbestimmung sollten die religiösen Hoffnungen und den naiven Wunderglauben verdrängen, und der Mensch, der „an die Stelle des Himmels die Erde setzt"[11], werde endlich auch Ziele anstreben, die seinen Bedürfnissen besser entsprächen als die asketischen Werte des christlichen Glaubens: „Unser Ideal sei kein kastriertes, entleibtes, abgezogenes Wesen, unser Ideal sei der ganze, wirkliche, allseitige, vollkommene, ausgebildete Mensch. Nicht nur das Seelenheil, nicht nur die geistige Vollkommenheit, auch die körperliche Vollkommenheit, die körperliche Wohlfahrt und Gesundheit gehöre zu unserem Ideal!"[12]

Feuerbach beschränkte sich, wie man sieht, nicht auf theoretische Überlegungen; sein Denken war eminent lebenspraktisch ausgerichtet und an verbindlichen ethischen Maximen interessiert. Die neue, atheistische Anthropologie verstand er als eine positive, aufbauende Botschaft: „die Verneinung des Jenseits hat die Bejahung des Diesseits zur Folge; die Aufhebung eines besseren Lebens im Himmel schließt die Forderung in sich: Es soll, es muß besser werden auf der Erde; sie verwandelt die bessere Zukunft aus dem Gegenstand eines müßigen, tatlosen Glaubens in einen Gegenstand der Pflicht, der menschlichen Selbsttätigkeit."[13] Gegen Ende der Heidelberger Vorlesungen tritt diese Tendenz immer deutlicher hervor. Feuerbachs finaler Appell an sein Publikum, sich die ganze Verantwortung des Menschengeschlechts bewusst zu machen, sei noch einmal vollständig wiedergegeben, denn er hat bis heute nichts von seiner Aktualität eingebüßt:

> Wenn wir nicht mehr ein besseres Leben *glauben*, sondern *wollen*, aber nicht vereinzelt, sondern mit vereinigten Kräften wollen, so werden wir auch ein besseres Leben *schaffen*, so werden wir wenigstens die krassen, himmelschreienden, herzzerreißenden Ungerechtigkeiten und Übelstände, an denen bisher die Menschheit litt, beseitigen. Aber um dieses zu wollen und zu bewirken, müssen wir an die Stelle der Gottesliebe die Menschenliebe als die einzige, wahre Religion setzen, an die Stelle des Gottesglaubens den Glauben des Menschen an sich, an seine Kraft, den Glauben, daß das Schicksal der Menschheit nicht von einem Wesen außer oder über ihr, sondern von ihr selbst abhängt, daß der einzige Teufel des Menschen der Mensch, der rohe, abergläubische, selbstsüchtige, böse Mensch, aber auch der einzige Gott des Menschen der Mensch selbst ist.[14]

Und wenn der Redner die „Aufgabe" seiner Vorlesungen abschließend resümiert, fasst er die Zielsetzung aller seiner philosophischen Bestrebungen zusammen: Er beabsichtige, die Zuhörer „aus Gottesfreunden zu Menschenfreunden, aus Gläubigen zu Denkern, aus Betern zu Arbeitern, aus Kandidaten des Jenseits zu Studenten des Diesseits, aus Christen, welche ihrem eigenen Bekenntnis und Geständnis zufolge *‚halb Tier, halb Engel'* sind, zu *Menschen*, zu *ganzen* Menschen zu machen."[15]

Bevor seine Popularität in der zweiten Jahrhunderthälfte merklich zurückging, wurden Feuerbachs Ideen, die ein modernes, rein innerweltliches Menschenbild entwarfen, vor allem in den Kreisen der liberalen Vormärz-Intellektuellen, bei Frühsozialisten und Kommunisten und nicht zuletzt von zahlreichen Naturwissenschaftlern enthusiastisch aufgenommen. Widerspruch gab es jedoch ebenfalls schon früh, und er kam nicht nur von christlicher Seite. Zitiert sei hier lediglich der prominenteste Kritiker, nämlich der junge Karl Marx, dessen elf *Thesen über Feuerbach* bereits 1845 niedergeschrieben wurden.[16] Marx, der Feuerbachs Materialismus wichtige Anregungen verdankte, warf ihm andererseits vor, das „menschliche Wesen" allzu abstrakt mit der „Gattung" zu identifizieren und dabei das geschichtlich konkrete Subjekt, das jeweils als „das ensemble der gesellschaftlichen Verhältnisse" begriffen werden müsse, zu übergehen. Die einseitige Konzentration auf die Auflösung der „religiösen Selbstentfremdung" des Menschen vernachlässige die Widersprüche der sozialen und ökonomischen Lebenswirklichkeit, die doch den wahren Wurzelgrund aller metaphysischen Illusionen bildeten. Feuerbachs Lehren seien deshalb keine taugliche Basis für eingreifendes Handeln und für die Einlösung der berühmten Marx'schen Forderung: „Die Philosophen haben die Welt nur verschieden *interpretiert*, es kömmt drauf an, sie zu *verändern*." Tatsächlich ist nicht zu leugnen, dass bei Feuerbach strukturelle Faktoren wie der Staat, die gesellschaftliche Ordnung und kulturell geprägte Denkmuster – von der Religion einmal abgesehen – in ihrer Eigenart und ihrem historischen Wandel allenfalls eine Nebenrolle spielen.

Solche Einwände dürften Gottfried Keller im Winter 1848/49 allerdings ferngelegen haben. Wie nahm er Feuerbachs Philosophie auf?[17] Es empfiehlt sich, hier zunächst einmal zurückzublicken und seinen bisherigen weltanschaulichen Standort zu rekonstruieren, wofür viele einschlägige Äußerungen in Briefen, Gedichten und Tagebüchern reichliches Material liefern. Für den jungen Mann scheint der Glaube an einen göttlichen Schöpfer noch eine Selbstverständlichkeit gewesen zu sein. Das bezeugen beispielsweise jene „religionsphilosophische[n] Aufsätze", die er damals, wie er sich später in einer autobiographischen Skizze erinnerte, „in Gestalt Jean Paul'scher Traumbilder in ein dickes Schreibbuch eintrug" (15, S. 410). In einem davon schildert ein schwärmerischer Jüngling, wie ihm zu nächtlicher Stunde auf einem Berggipfel, dem klassischen Ort göttlicher Epiphanien, ein erhabenes Traumbild erschien: „da trat ein freundlicher Greis vor mich hin, von Ehrfurcht erregendem Anseh'n; der silberne Bart umfloß seine milden aber tiefen Züge u fiel in sanften Wellen auf das weiße blendende Gewand; majestätische Weisheit thronte auf der hellen Stirn', aus den Augen leuchtete immerwährende jugendliche Kraft, gepaart mit heiligem Ernste des Alters; es leuchtete die Ewigkeit aus ihnen!" (16.1, S. 110) Visionär erlebt der Erzähler, wie die ganze Menschheit diesen Vatergott unter den verschiedensten Namen anbetet – mit Ausnahme einiger „armseliger Kreaturen", die sich in törichtem Stolz der Verehrung des Höchsten verweigern: „Dieß war die Rotte der kurzsichtigen Freigeister, der Gottesläugner. [...] Diese Geschöpfe verlachten den vernünftigen Glauben; aber sie spotteten ihrer selbst, denn das Dasein eines Schöpfers zu läugnen, ist größerer Unsinn, als der finsterste Aberglaube" (S. 114).

Diese weltanschauliche Position, die er mit achtzehn Jahren formuliert hatte, blieb für ihn bis auf weiteres gültig. Ahnungen von einer göttlichen Macht finden sich vielerorts in der frühen Lyrik, zum Beispiel im fünften Stück des Ensembles „Nacht" oder im zweiten der Gruppe „Frühling" aus den *Gedichten*, und in einer Schrift für seine Schweizer Landsleute in München warnte Keller ausdrücklich vor dem „kalten Hohne u Wegläugnen jedes religiösen Prinzipes" und dem „frechen Spotte alles Heiligen" und sprach von dem „göttlichen Funken der Ewigkeit in unser[er] Brust" (16.1, S. 397/399). Noch ein um die Mitte der vierziger Jahre entstandenes, an den Mentor Follen gerichtetes Gedicht verherrlicht „Gott und Unsterblichkeit" (17.2, S. 485), ein anderes aus dem gleichen Zeitraum bezeichnet „kalte Gottesläugner" als ein großes Übel (17.1, S. 601). Und als in der Züricher Kolonie der deutschen Liberalen ein förmlicher Religionsstreit entbrannte, in dem Arnold Ruge und Karl Heinzen – nicht zuletzt unter Feuerbachs Einfluss! – den Atheismus proklamierten und Follen wegen seiner Gläubigkeit verhöhnten, sprang Keller dem Angegriffenen mit einigen Sonetten bei. *Auch an die Ichel* lautet in den *Gedichten* der Obertitel des vierteiligen Zyklus; diesen Spottnamen für seine angeblich hochmütigen, selbstherrlichen Kontrahenten hatte Follen ersonnen. Als sündhaft und erbärmlich verwirft Keller in seinen Versen Lehrsätze wie „Ein Ende macht das Leichentuch" oder „Der Jenseitsglaube ist ein dürrer Fluch" (13, S. 55), während er die Überzeugung von einem Leben nach dem Tod als Zeichen gerechten Stolzes und geistiger Tiefe wertet:

Es ist nicht Selbstsucht und nicht Eitelkeit,
Was sehnend mir das Herz grabüber trägt;
Was mir die kühngeschwungne Brücke schlägt,
Ist wohl der Stolz, der mich vom Staub befreit.

Sie ist so kurz, die grüne Erdenzeit,
Unendlich aber, was den Geist bewegt!
'sMuß wenig sein, was ihr im Busen hegt,
Da ihr so satt hier, so vergnüglich seid.

Ein „Atheist von Profession", so schließt das letzte Sonett mit einem vernichtenden Hieb auf die ideologischen Widersacher, sei nichts anderes als „eine eingefleischte Blasphemie" (13, S. 56). In den Zusammenhang dieser Kontroverse gehört noch eine Rezension von Ruges *Gesammelten Schriften*, die Keller 1848 kurz vor seiner Abreise nach Heidelberg veröffentlichte. Hier polemisiert er auch gegen Ruges „Freund Feuerbach" und nennt dessen Ansichten über „Gott und Unsterblichkeit", die ihm damals kaum näher bekannt gewesen sein dürften, „craß und trivial" (15, S. 54). Nur wenige Monate später sollte er sich wegen dieser Sottise selbst einen „einfältige[n] Lümmel" schelten (GB 1, S. 273)!

Kellers religiöse Haltung war indes keine eigentlich christliche und schon gar keine orthodox kirchliche. 1841 schrieb er seiner Mutter aus München: „Ich habe immerwährend das Bedürfnis, mit Gott in vertrauensvoller Verbindung zu bleiben, aber dessen ungeachtet ist es mir unmöglich, die nüchtern und kalten Predigten unserer reformierten Pfaffen zu hören und ihre alten tausendmal aufgewärmten Gemeinsprüche [...] zu wiederkäuen" (S. 62). Eine scharfe, grundsätzliche Kritik an der Institution Kirche übt das Gedicht *Pfingstfest* aus dem Sommer 1843 (17.1, S. 22–29). Das lyrische Ich erlebt zunächst die „heil'ge Andacht" der Natur angesichts des Sonnenaufgangs und fühlt sich anschließend in „der ersten Christen heilige Gemeinde" entrückt, wo der Geist Gottes noch unmittelbar zu den Menschen sprach. Dann aber drängen sich spätere Zeiten vor sein geistiges Auge, in denen der „finster[e] Fanatismus" jedes echte religiöse Gefühl erstickt hat und der Glaube zu einem „Eisenthron" geworden ist, „auf dem Tyrannen ihre Geißeln schwingen". Diese Verse blieben zwar ungedruckt, aber auch das Sonett *Reformation*, das in den *Gedichten* unmittelbar auf den *Ichel*-Zyklus folgt, ruft dazu auf, das kostbare göttliche „Wort des Lebens" der „Mumienhand" der Kirche zu entreißen und es von Neuem auszusäen, damit es Frucht bringe (13, S. 57). Das dritte Gedicht aus dem Zyklus „Nacht" illustriert die lebensfeindliche Wirkung des dogmatisch verfestigten Kirchenglaubens mit einer Szene aus der Geschichte des Kolonialismus. Auf einer fernen Südsee-Insel schlafen die Eingeborenen, umhegt von einer mütterlich sanften Natur, in unschuldiger Ruhe, bis sich mit unheilverheißendem Kanonendonner die Europäer ankündigen, die dieses Paradies im Namen einer Religion, deren zentrales Sinnbild nicht zufällig von Schmerz und Tod zeugt, ausplündern werden:

> Zuvörderst aus des Schiffes schwarzen Wänden
> Ragt, schwärzer, aus der giererfüllten Rotte
> Der Christenpfaffe, schwingend in den Händen
> Das blut'ge Kreuz mit dem gequälten Gotte.
> (13, S. 22)

Zum *Pfingstfest* notierte Keller in seinem Tagebuch: „Das Herz klopfte mir hörbar während dem Schreiben [...]. Es wurde mir klar, was es heißt, gegen zweitausendjährigen, positiven Glauben zu kämpfen" (18, S. 87). Aber er war entschlossen, seine aufrichtige Überzeugung von dem Dasein und dem Wirken Gottes gegen die kirchliche Erstarrung, das individuelle Gefühl gegen das Dogma zu verteidigen. Nichts sei fataler als der „schwarze, keuchende, ertödtende Glaubenszwang", statt dessen solle „jeder Mensch, jede wärmere Seele sich aus sich selbst erheben, und den Weg zu ihrem Schöpfer suchen, was mir die festeste und reinste Religion zu sein scheint" (S. 63). So gelangte er zu einer programmatischen Verbindung von privater Gläubigkeit und Toleranz:

> Ich werde ein positives religiöses, aber für den Menschen unerklärliches Element festhalten, aber ich werde, wenn ich je zu einer Stimme komme, mit aller Macht dagegen streiten, daß die Gottheit von Menschen mißbraucht und ausgelegt werde. Jeder Mensch soll sich seine religiösen Bedürfnisse selbst ordnen und befriedigen, und dazu sollen Aufklärung und Bildung ihm verhelfen. Ich werde indessen die christlichen Dogmen, sowenig als diejenigen irgend einer andern Religion, verspotten; aber die Schurken, welche dieselben mißbrauchen, und die Fanatiker oder Schwärmer, welche vermittels derselben Andersdenkende verfolgen und verdächtigen, werde ich mit allen mir zu Gebothe stehenden Mitteln angreifen. (S. 87)

Wenn Keller das Christentum 1843 im Tagebuch eine „zarte, schöne Sache" nannte, die mit „Liebe" behandelt werden müsse (S. 63), dachte er dabei an seinen ursprünglichen religiösen Gefühlsgehalt. Angesichts konfessioneller Selbstgerechtigkeit konnte er sich jedoch durchaus auch zum „Christenhaß" bekennen, wie er es in einem Gedichtentwurf aus dem folgenden Jahr tat (17.1, S. 386).

Wir dürfen resümieren, dass Keller in seiner Jugend der Institution Kirche ausgesprochen kritisch gegenüberstand, weil er jeden äußeren Zwang in Glaubensdingen ablehnte, dabei aber eine ganz persönliche, deistisch gefärbte Religiosität kultivierte und an der Existenz eines außerweltlichen Schöpfergottes und an der Unsterblichkeit der Seele festhielt. Das dritte Stück aus der Reihe „Abend" in den *Gedichten* bringt die verschiedenen Aspekte dieser Haltung auf engstem Raum zusammen. Während das Licht der sinkenden Sonne als „heil'ge[s] Todtenamt" einen sterbenden Jüngling verklärt, gibt das anwesende „schwarze Pfäfflein", der „arme Dunkelmann", eine ebenso traurige wie überflüssige Figur ab. Die Schlussverse bekräftigen emphatisch die Gewissheit, dass der Verstorbene im Jenseits neu aufleben wird: „Nimmst, Teufel! du mir dieses Glaubens Lust, / Nimm mir zuvor das Herz aus meiner Brust!" (13, S. 18) Auch mit dem Protagonisten des *Grünen Heinrich* hat Keller in religiösen Dingen offenbar ein getreues Abbild seines eigenen früheren Selbst geschaffen, denn der heranwachsende Heinrich Lee attackiert ebenfalls die dogmatische Verkrustung des Christentums, ohne deswegen vom Glauben abzufallen. Im Heimatdorf seiner Eltern disputiert er gern mit einem jungen Schulmeister, der nach ausgiebigen philosophischen Studien zum Atheisten geworden ist: „Ueber den christlichen Glauben waren wir bald einig und machten in die Wette unsern Krieg gegen Pfaffen und Autoritätsleute jeder Art; als ich aber den lieben Gott und die Unsterblichkeit aufgeben sollte und der Philosoph dieses mit höchst unbefangenen Auseinandersetzungen verlangte, da lachte ich eben so unbefangen, und es kam mir nicht einmal in den Sinn, die Sache ernstlich zu untersuchen", weil die Natur und die ganze Welt ihren Reiz und ihre Würde in Heinrichs Augen nur behalten, solange er sie „als das Werk eines mir gleichfühlenden und voraussehenden Geistes betrachten" kann (11, S. 367). Auch für den jugendlichen Keller waren Gott und Unsterblichkeit wohl keine Gegenstände der kritischen Reflexion, sondern Bedürfnisse des Gemüts, des inneren Gefühls.

Seine Weltanschauung umfasste damals aber noch weitere Elemente, die nicht unerwähnt bleiben dürfen, weil sie schon eine gewisse Verwandtschaft mit den Positionen Feuerbachs aufweisen und die Wende der Heidelberger Zeit nicht mehr ganz so abrupt erscheinen lassen. Manchmal klingt bei Keller bereits vor 1848/49 eine Sichtweise an, die vollkommen immanent bleibt und an die Stelle eines himmlischen Jenseits die allumfassende schöpferische Natur setzt. Ein Beispiel dafür bietet die triumphale Schlussstrophe der lyrischen Klage *Bei einer Kindesleiche*, deren Vision des melancholischen personifizierten Todes zu den eindrucksvollsten Bildern gehört, die in Kellers frühen Gedichten zu finden sind:

> Zu der du wiederkehrst, grüß' mir die Quelle,
> Des Lebens Born, doch besser, grüß' das Meer,
> *Das Eine Meer des Lebens*, dessen Welle
> Hoch fluthet um die dunkle Klippe her,
> Darauf er sitzt, der traurige Geselle,
> Der Tod - verlassen, einsam, thränenschwer,
> Wenn ihm die Seelen, kaum hier eingefangen,
> Laut jubelnd wieder in die See gegangen.
> (13, S. 153)

Die unendliche Flut des Lebens bringt die einzelnen Individuen hervor und nimmt sie nach ihrem Tod wieder in sich auf - an solche Gedanken konnte der Dichter später anknüpfen, als er sich mit Feuerbachs Lehre von der Natur auseinandersetzte. Aber auch sein Deismus vertrug sich durchaus mit rauschhafter Naturbegeisterung und diesseitiger Lebensfreude, denn zu frommer Askese neigte Keller nie. In dem Gedicht *Am Himmelfahrtstag*, das den Lyrikband von 1846 beschließt, erlaubte er sich eine sehr weitgehende Säkularisierung dieses kirchlichen Festes. Frühlingsstimmung, Hoffnung und Zuversicht bringen den Gedanken einer „Himmelfahrt" der ganzen Welt hervor, die jedoch nicht etwa in ein fernes Jenseits führen soll:

> O sie braucht nicht weit zu fahren,
> Die den Himmel in sich wahrt:
> *Selbst sich einmal offenbaren,*
> *Ist die ganze Himmelfahrt!*
> (13, S. 157)

Andeutungsweise ersetzt hier die Politik die Religion und das Diesseits das Jenseits: Die „Schätze" einer Welt, die im Zeichen der „Freiheit" zu sich selbst gefunden hätte, würden „[d]er Märtyrer blaß Gebein" verdunkeln (S. 158).

Kellers politisches Engagement in jenen Jahren soll an anderer Stelle gewürdigt werden. Vorläufig mag der Hinweis genügen, dass er sich entschieden zu einem republikanischen Liberalismus bekannte und auch dadurch in die Nähe Feuerbachs rückte, der die „Republik" als „die geschichtliche Aufgabe, das praktische Ziel der Menschheit" bezeichnete und mit seiner Philosophie den Weg dorthin bereiten wollte. Er interpretierte nämlich die wahre „Verfassung der Natur", die nach seiner Überzeugung ja ohne das Eingreifen einer höheren Macht auskam, als „eine republikanische", während er den traditionellen Gottesglauben aufs engste mit den überlebten monarchischen Strukturen verknüpft sah.[18]

Gegen die atheistischen „Ichel" bot Keller unter anderem das Argument auf, dass viele Menschen die tröstliche Aussicht auf eine höhere Gerechtigkeit und ein glücklicheres Jenseits nicht entbehren könnten: „Was aber ward und wird aus den Millionen, / Die unversöhnt, bleich, siech von hinnen schwinden?" (13, S. 55) Alle Versuche, die Leidenden und Benachteiligten mit dem Versprechen eines Himmelreichs, in dem sie Genugtuung erhalten würden, zu beschwichtigen, hielt er jedoch für blanken Zynismus. Ein Sonett aus den *Gedichten*, das die Überschrift *Den christlichen Griesgrämlern* trägt, verwahrt sich dagegen, den hehren Glauben an einen „ew'ge[n] Frühling" und an die „Unsterblichkeit" als ‚Opium des Volkes' zu missbrauchen:

Wir haben uns bescheidentlich erkoren,
Dem Volk zu lichten nur dies *ird'sche* Leben:
Ihr laßt verhungernd es gen Himmel schweben!
Wer sind die Schwindler nun? - Ihr, *alte* Thoren!
(S. 51)

In der Ansicht, dass es dem Menschen aufgegeben sei, das „*ird'sche* Leben" besser einzurichten, traf sich Keller wieder mit Feuerbach. In diesem Zusammenhang sei ein weiteres Gedicht, das zumindest unter thematischen Gesichtspunkten zu den faszinierendsten lyrischen Werken des Autors zählt, ausführlicher erörtert. Die Verse reagierten auf einige Strophen, die der schwäbische Spätromantiker Justinus Kerner 1845 im „Morgenblatt für gebildete Leser" publiziert hatte und die Keller seinem eigenen Text voranstellte:

Erwiderung auf Justinus Kerner's Lied: Unter dem Himmel.

Siehe Morgenblatt 1845.

Laßt mich in Gras und Blumen liegen
Und schaun dem blauen Himmel zu,
Wie goldne Wolken ihn durchfliegen,
In ihm ein Falke kreist in Ruh.

Die blaue Stille stört dort oben
Kein Dampfer und kein Segelschiff,
Nicht Menschentritt, nicht Pferdetoben,
Nicht des Dampfwagens wilder Pfiff.

Laßt satt mich schaun in diese Klarheit,
In diesen stillen, sel'gen Raum:
Denn bald könnt' werden ja zur Wahrheit
Das Fliegen, der unsel'ge Traum.

Dann flieht der Vogel aus den Lüften,
Wie aus dem Rhein der Salmen schon,
Und wo einst singend Lerchen schifften,
Schifft grämlich stumm Britannia's Sohn.

Schau' ich zum Himmel, zu gewahren,
Warum's so plötzlich dunkel sei,
Erblick' ich einen Zug von Waaren,
Der an der Sonne schifft vorbei.

Fühl' Regen ich beim Sonnenscheine,
Such' nach dem Regenbogen keck,
Ist es nicht Wasser, wie ich meine,
Wurd' in der Luft ein Oehlfaß leck.

Satt laßt mich schaun vom Erdgetümmel
Zum Himmel, eh' es ist zu spät,
Wann, wie vom Erdball, so vom Himmel
Die Poesie still trauernd geht.

Verzeiht dies Lied des Dichters Grolle,
Träumt er von solchem Himmelsgraus,
Er, den die Zeit, die dampfestolle,
Schließt von der Erde lieblos aus.

Justinus Kerner

Dein Lied ist rührend, edler Sänger!
Doch zürne dem Genossen nicht,
Wird ihm darob das Herz nicht bänger,
Das, Dir erwidernd, also spricht:

Die Poesie ist angeboren,
Und sie erkennt kein Dort und Hier;
Ja, ging' die Seele mir verloren,
Sie führ' zur Hölle selbst mit mir.

Inzwischen sieht's auf dieser Erde
Noch lange nicht so graulich aus;
Und manchmal scheint mir, Gottes: Werde!
Ertön' erst recht dem „Dichterhaus."

Schon schafft der Geist sich Sturmesschwingen
Und spannt Eliaswagen an –
Willst träumend Du im Grase singen,
Wer hindert Dich, Poet, daran?

Ich grüße Dich im Schäferkleide,
Herfahrend, – doch mein Feuerdrach'
Trägt mich vorbei, die dunkle Haide
Und Deine Geister schaun uns nach!

Was Deine alten Pergamente
Von tollem Zauber kund Dir thun,
Das seh' ich durch die Elemente
In Geistes Dienst, verwirklicht nun.

Ich seh' sie keuchend sprühn und glühen,
Stahlschimmernd bauen Land und Stadt:
Indeß das Menschenkind zu blühen
Und singen wieder Muße hat.

Und wenn vielleicht, nach fünfzig Jahren,
Ein Luftschiff voller Griechenwein

Durch's Morgenroth käm' hergefahren –
Wer möchte da nicht Fährmann sein?

Dann bög' ich mich, ein sel'ger Zecher,
Wol über Bord, von Kränzen schwer,
Und gösse langsam meinen Becher
Hinab in das verlassne Meer!

G. K.

(13, S. 139–141)

Kerners beklemmende Dystopie, niedergeschrieben gerade einmal zehn Jahre nach der Jungfernfahrt der ersten Lokomotive auf deutschem Boden, mutet in der Rückschau des 21. Jahrhunderts verblüffend hellsichtig an. Das technisch-industrielle Zeitalter, das der Autor mit Dampfmaschine und Eisenbahn unaufhaltsam heraufziehen sieht, steht ganz im Zeichen von Schmutz und lärmender Hektik. Den Erdboden hat es in der Sicht des lyrischen Ich schon völlig vereinnahmt, aber das Gedicht projiziert die begonnene Entwicklung überdies kühn in die Zukunft und malt sich eine Epoche aus, in der die Menschheit auch den Luftraum erobern wird. Dabei siedelt Kerner die Antriebskräfte des technischen Fortschritts bemerkenswerterweise im ökonomischen Bereich, im Profitstreben an. Nicht kühne Abenteurer oder Entdecker schiffen in seiner Vision durch den Himmel, sondern „Britannia's Sohn", der einen „Zug von Waaren" steuert – die zeitgenössische Rolle Englands, das nicht nur das Mutterland der Industrialisierung, sondern auch die führende Handelsnation war, wird hier gleichfalls in die kommende Ära weitergedacht.

Ökologische und ästhetische Gesichtspunkte verbinden sich in dieser pessimistischen Diagnose der kommenden Moderne. Als deren Widerpart, freilich ein völlig hilfloser, tritt der Dichter auf, den Kerner mit recht konventionellen romantischen Zügen ausstattet. Einer unberührten Naturidylle zugeordnet, ist er der Freund der Ruhe, der beschaulichen Muße und der poetischen Träumerei, den die neue Zeit unweigerlich ins Abseits drängt. Von der Erde bereits ausgeschlossen, findet er nur im Himmel noch einen stillen Fluchtraum, dessen Tage aber auch schon gezählt sind. Für die Poesie, wie Kerner sie auffasst, scheint es keine Rettung zu geben. Sie ist Teil einer untergehenden Welt, der man allenfalls wehmütig nachtrauern kann.

Kellers *Erwiderung*, für die er Kerners Strophenform übernahm, präsentiert einen radikalen Gegenentwurf, der die Errungenschaften der Moderne sehr viel günstiger beurteilt. Weil sie die „Elemente" in den Dienst des menschlichen Geistes zwingen, verwirklichen sie endlich, was frühere Epochen vergebens von allerlei magischen Praktiken und Geheimlehren erhofften (die „alten Pergamente" und der „tolle Zauber" spielen auf die mystisch-okkultistischen Neigungen Kerners an, der sich sehr für Magnetismus, Somnambulismus und Geisterkunde interessierte). So wird die Menschheit bald imstande sein, die drängende Not des Daseins zu überwinden und sich ein Paradies auf Erden zu schaffen, in dem die schöne „Muße" unangefochten herrscht und damit ein wahrhaft humanes Leben möglich ist. Was die Technik nach Kerners Befürchtungen unwiderruflich zerstört, das stellt sie für Keller als säkulare Heilsbringerin überhaupt erst her.

Keller konfrontiert auch Kerners Definition der Poesie mit einer weiter gefassten und flexibleren Alternative. Er versteht darunter ein angeborenes schöpferisches Vermögen des Menschen, das unter keinen Umständen verloren geht, wohl aber seine Gestalt verändern und sich andere Gegenstände wählen kann. Der schäferliche Träumer „im Grase" mag auch künftig noch geduldet werden, aber ein wenig lächerlich wirkt er angesichts der neuen Ära doch. Ein zeitgemäßer Dichter lässt sich freudig auf die moderne Dynamik ein und genießt die bislang ungeahnte Intensität des sinnlichen Erlebens, die ihm ihre „Sturmesschwingen" und der „Feuerdrach[e]" der Lokomotive vermitteln. Die beiden Schlussstrophen, die „fünfzig Jahre" vorausblicken und somit das direkte Gegenstück zu Kerners düsterer Zukunftsvision darstellen, entwerfen dafür ein imposantes Bild: Der „sel'ge Zecher" in seinem „Luftschiff voller Griechenwein", das hier den tristen „Zug von Waaren" aus dem ersten Gedicht ersetzt, demonstriert, dass die von den Wundern der Technik geprägte Epoche keineswegs alle Schönheit aus der Welt vertreibt, sondern vielmehr ganz neue ästhetische Qualitäten hervorbringt. Das Trankopfer dieses Luftschiffers kündet von einer festlich gestimmten Weltfrömmigkeit und verherrlicht den sinnenfrohen Daseinsgenuss.

Kerners *Unter dem Himmel* und Kellers Replik belegen, wie frühzeitig einzelne Poeten im deutschsprachigen Raum auf den revolutionären weltgeschichtlichen Umbruch reagierten, den die Prozesse der Industrialisierung und der Technisierung mit sich brachten. Erst Jahrzehnte später sollte der Naturalismus solche Themen programmatisch ins Zentrum seiner Bemühungen um eine spezifisch moderne Literatur rücken. Einen besonderen Effekt erzielte Keller dadurch, dass er Kerners Gedicht, das ihn zu seinen Versen angeregt hatte, mit abdruckte. Natürlich musste er das schon deshalb tun, weil die Kenntnis des Bezugstextes für das Verständnis seiner *Erwiderung* unentbehrlich war, aber das unmittelbare Nebeneinander von These und Antithese erzeugt auch eine spannungsvolle Doppelperspektive auf die moderne Welt. Die

Werke von Kerner und Keller gestalten in markanter Zuspitzung zwei gegensätzliche Antworten auf die Herausforderungen des technisch-industriellen Zeitalters, die man in mancherlei Variationen bis in die Gegenwart hinein beobachten kann. Indem Keller im Rahmen seines Gedichtbandes beide Sichtweisen präsentiert und damit ihren Widerspruch offenlegt, macht er sie der kritischen Reflexion des Lesers zugänglich.

Kellers euphorische Zukunftsvision wäre ohne weiteres mit Feuerbachs Appellen an die Verantwortung der mündigen Menschheit für die Gestaltung ihrer Lebenswelt zu vereinbaren, und wie zu sehen war, gab es noch mehr Berührungspunkte zwischen den Ansichten des Dichters und den Lehren des Philosophen. Die Bekanntschaft mit Feuerbach stürzte also nicht etwa sämtliche Überzeugungen Kellers von Grund auf um, aber sie vermittelte ihm, wie er es selbst ausdrückte, „endlich eine bestimmte und energische philosophische Anschauung" (GB 2, S. 458), die seinem Denken ein festes Fundament und eine stabile Ordnung gab. Und zwei große Ideen, die ihm bislang am Herzen gelegen hatten, ließ er damals tatsächlich fahren, nämlich den Glauben an einen persönlichen Gott und, wichtiger noch, die Hoffnung auf individuelle Unsterblichkeit. An Baumgartner schrieb er in seinem großen Rechenschaftsbericht vom Januar 1849 über Feuerbach:

> Die Welt ist eine Republik, sagt er, und erträgt weder einen absoluten, noch einen konstitutionellen Gott (Rationalisten). Ich kann einstweilen diesem Aufruf nicht widerstehen. Mein Gott war längst nur eine Art von Präsident oder erstem Konsul, welcher nicht viel Ansehen genoß, ich *mußte* ihn absetzen. [...] Die Unsterblichkeit geht in den Kauf. So schön und empfindungsreich der Gedanke ist – kehre die Hand auf die rechte Weise um, und das Gegenteil ist ebenso ergreifend und tief. Wenigstens für mich waren es sehr feierliche und nachdenkliche Stunden, als ich anfing, mich an den Gedanken des wahrhaften Todes zu gewöhnen. Ich kann Dich versichern, daß man sich zusammennimmt und nicht eben ein schlechterer Mensch wird. (GB 1, S. 274)

Keller beschloss, sich fortan allein an die irdische Natur und an das vergängliche, aber dadurch nur umso kostbarere Dasein des Menschen zu halten, dessen Glanz nun nicht mehr von illusorischen Erwartungen getrübt wurde, die über die Grenzen der Erde hinausschweiften: „Für mich ist die Hauptfrage die: Wird die Welt, wird das Leben prosaischer und gemeiner nach Feuerbach? Bis jetzt muß ich des bestimmtesten antworten: Nein! im Gegenteil, es wird alles klarer, strenger, aber auch glühender und sinnlicher" (S. 275).

Das radikale Bekenntnis zum Diesseits markierte für Keller einen tiefen Einschnitt in seiner geistigen Entwicklung: Wie die Wendung „nach Feuerbach“ andeutet, begann in seinen Augen mit dem Auftreten dieses Philosophen geradezu eine neue Zeitrechnung. Und das bezog er keineswegs nur auf seine persönliche Existenz. In dem satirischen Versepos *Der Apotheker von Chamouny*, das aus den fünfziger Jahren stammt, zeigt der Erzähler am Beispiel des sterbenskranken Heinrich Heine, wie existenzielle Not und Todesfurcht den Menschen dazu bringen können, seine Hoffnungen auf göttlichen Beistand zu richten, und verwirft einen solchen verzweifelten Schritt zum Glauben, indem er, wie es die zugehörige Randglosse ausdrückt, folgende „Philosophie der Geschichte in zwei Versen“ vorträgt:

> Ueber sich hinaus zu schnappen
> Scheint des Menschen große Gabe,
> Die ihn von dem Thiere scheidet,
> Ist die Hälfte der Geschichte!
>
> Von dem Schnapp zurückzukommen
> Der Geschichte an’dre Hälfte,
> Welche anfängt zu beginnen.
> (14, S. 269)

Was hier salopp formuliert wird, ist nichts anderes als Feuerbachs Kernthese: Die Menschheit hat sich lange Zeit, von Gott und dem Jenseits träumend, „[ü]ber sich hinaus“ verirrt, bis sie schließlich ihre Illusionen und Projektionen abstreift, um sich auf sich selbst zu besinnen und ihr Schicksal in die eigenen Hände zu nehmen. In der Tat war Feuerbach überzeugt, mit der Verwandlung der Theologie in Anthropologie einen „notwendige[n] Wendepunkt der Geschichte“ der menschlichen Gattung herbeizuführen.[19]

Gerade für den Künstler erwartete Keller fruchtbare Wirkungen von der neuen Weltanschauung. Ein weiterer Brief an Baumgartner verbindet die ethischen Implikationen der Feuerbach’schen Philosophie unmittelbar mit den ästhetischen:

> Wie trivial erscheint mir gegenwärtig die Meinung, daß mit dem Aufgeben der sogenannten religiösen Ideen alle Poesie und erhöhte Stimmung aus der Welt verschwinde! Im Gegenteil! Die Welt ist mir unendlich schöner und tiefer geworden, das Leben ist wertvoller und intensiver, der Tod ernster, bedenklicher und fordert

> mich nun erst mit aller Macht auf, meine Aufgabe zu erfüllen und mein Bewußtsein zu reinigen und zu befriedigen, da ich keine Aussicht habe, das Versäumte in irgend einem Winkel der Welt nachzuholen. [...] für die Kunst und Poesie ist von nun an kein Heil mehr ohne vollkommene geistige Freiheit und ganzes glühendes Erfassen der Natur ohne alle Neben- und Hintergedanken, und ich bin fest überzeugt, daß kein Künstler mehr eine Zukunft hat, der nicht ganz und ausschließlich sterblicher Mensch sein will. (GB 1, S. 290f.)

Von dieser Zeit an identifizierte Keller, wie es im *Grünen Heinrich* heißt, das „Poetische" schlechterdings mit dem „Lebendige[n] und Vernünftige[n]", dem Sinnlich-Konkreten (12, S. 18). Feuerbachs Thesen mussten ihm da ausgesprochen heilsam erscheinen: „Für die poetische Tätigkeit aber glaube ich neue Aussichten und Grundlagen gewonnen zu haben, denn erst jetzt fange ich an, Natur und Mensch so recht zu packen und zu fühlen, und wenn Feuerbach weiter nichts getan hätte, als daß er uns von der Unpoesie der spekulativen Theologie und Philosophie erlöste, so wäre das schon ungeheuer viel" (GB 2, S. 458). So sah er sich damals genötigt, den bereits begonnenen *Grünen Heinrich* grundlegend umzuschreiben und seinem neuen „Standpunkt" anzupassen (S. 459). Den Spuren Feuerbachs in diesem Roman und in anderen literarischen Texten des Dichters soll der folgende Abschnitt nachgehen. Die Bekanntschaft mit dem Philosophen verhalf Keller zwar, wie sein weiterer Lebensweg zeigt, keineswegs schlagartig zu vollkommener innerer Reife und Festigkeit, aber sie hat sein Schaffen in der Folgezeit, in Heidelberg und vor allem in Berlin, in hohem Maße beflügelt und geprägt, in jener Phase also, in der fast alle seine größeren Werke ihren Ursprung hatten.

Endlichkeit und Lebenslust

Die wichtigsten lyrischen Zeugnisse für Kellers Feuerbach-Rezeption findet man in den *Neueren Gedichten* in einer Rubrik, die in der ersten Auflage des Bandes „Aus dem Leben", in der zweiten „Aus der Brieftasche" überschrieben ist. Dem Titel „Aus dem Leben" fügte der Autor die Jahreszahl 1849 bei, womit er das gesamte Ensemble auf seine Heidelberger Zeit bezog, obwohl einige der Texte erst in Berlin entstanden waren. Die Gruppe bietet ein recht heterogenes Bild und umfasst mit den Nummern XIV bis XVI auch drei Gedichte, die auf eine unerfüllte Liebe Kellers zurückgehen (pikanterweise schwärmte die von ihm verehrte Johanna Kapp ihrerseits ausgerechnet für den verheirateten Ludwig Feuerbach!). Den Schwerpunkt der Abteilung machen aber die weltanschaulichen Thesen- und Bekenntnisgedichte aus, die Feuerbach'sches Gedankengut und zumal den Abschied vom Unsterblichkeitsglauben poetisch verarbeiten. Einige von ihnen seien hier näher betrachtet.

Mit einer trotzigen Absage an das „Trugbild der Unsterblichkeit" und den „Wahn" von einem „bess're[n] Vaterland" jenseits der irdischen Welt setzt schon das erste Gedicht der Reihe ein (13, S. 337). Es proklamiert überdies die innige Verbindung von *memento mori* und *carpe diem*, die gleichsam den Dreh- und Angelpunkt von Kellers neuer Haltung bildete. Das wache Bewusstsein von der Kürze des Daseins ruft bei dem Sprecher keine Wehmut hervor, sondern mahnt ihn vielmehr, der begrenzten Zeit eine größere Lebensintensität abzugewinnen, als sie das „Schrankenlose" je gewähren könnte - das dritte Gedicht wird später bildkräftig vor der Torheit warnen, „die köstliche Neige Zeit / Mit dem Gedanken der Ewigkeit [zu] verdünnen" (S. 338). Von den „holden Rosen" lernt das lyrische Ich, seine Endlichkeit nicht nur fatalistisch hinzunehmen, sondern sich freudig mit ihr einverstanden zu erklären:

> Zu glüh'n, zu blüh'n und ganz zu leben,
> Das lehret euer Duft und Schein,
> Und willig dann sich hinzugeben
> Dem ewigen Nimmerwiedersein!
> (S. 337)

Die Naturmotive, die in dem Zyklus auch sonst in großer Zahl begegnen, sind mehr als bloße poetische Schmuckelemente. Mit ihrer Hilfe macht Keller deutlich, dass der Mensch auf Erden keinen Sonderstatus als vermeintliches Ebenbild Gottes genießt, sondern wie alle anderen Wesen dem *Natur*gesetz der Vergänglichkeit unterliegt. Die natürlichen Phänomene werden für den Betrachter zum Medium der Selbsterkenntnis, zum anschaulichen Sinnbild und Gleichnis seiner eigenen Existenz.

Um einiges komplexer als das erste ist das zweite Gedicht der Gruppe mit seiner faszinierenden, aber auch etwas rätselhaften Bildersprache:

> Die Zeit geht nicht, sie stehet still,
> *Wir* ziehen durch sie hin;
> Sie ist ein Karavanserai,
> Wir sind die Pilger drin.

Ein Etwas, form- und farbenlos,
Das nur Gestalt gewinnt,
Wo ihr drin auf und nieder taucht,
Bis wieder ihr zerrinnt.

Es blitzt ein Tropfen Morgenthau
Im Strahl des Sonnenlichts -
Ein Tag kann eine Perle sein
Und hundert Jahre - Nichts!

Es ist ein weißes Pergament
Die Zeit und Jeder schreibt
Mit seinem besten Blut darauf
Bis ihn der Strom vertreibt.

An dich, du wunderbare Welt,
Du Schönheit ohne End'!
Schreib' *ich* 'nen kurzen Liebesbrief
Auf dieses Pergament.

Froh bin ich, daß ich aufgetaucht
In deinem runden Kranz;
Zum Dank trüb' ich die Quelle nicht
Und lobe deinen Glanz!
(13, S. 337f.)

Keller eröffnet die Verse mit einer frappierenden Wendung, die den vertrauten Topos vom unaufhaltsamen Gang der Zeit durch deren absoluten Stillstand ersetzt. Die Zeit ist für den Sprecher des Gedichts keine allgewaltige Macht, der sich der Mensch unterwerfen muss, sondern ein wesenloses „Etwas", dem erst die lebendigen Individuen mit ihrem Tun und Treiben „Gestalt" verleihen; sie ist das neutrale „weiße Pergament", auf das jeder Einzelne mit seinem „besten Blut" seine Lebensgeschichte schreibt. Darum wird das abstrakte Zeitmaß, das vom Empfinden einer persönlichen Existenz absieht, als leer und bedeutungslos verworfen. Es liegt allein beim Menschen, was er aus seiner Zeitspanne macht und wie er sie erlebt, und wo ein einziger Tag wie eine „Perle" schimmern, ein volles Jahrhundert dagegen zu

„Nichts“ zerrinnen kann, relativiert sich auch der Schrecken der Vergänglichkeit.

Da die Frist des Einzelnen aber nun einmal begrenzt ist und ein Werden und Vergehen – als ‚Auftauchen‘ und ‚Zerrinnen‘ – sich ohne die Vorstellung von einem übergreifenden Lauf der Zeit schwerlich denken lässt, kommt deren „Strom“ in der vierten Strophe doch noch ins Spiel, ohne dass der Widerspruch zu den Aussagen der vorangegangenen Verse geklärt würde. Ein wenig später preist der Sprecher plötzlich die „wunderbare Welt“ in ihrer Fülle, die damit unvermittelt neben die Farblosigkeit der neutralen Zeit tritt. Diese Welt scheint ewig, „ohne End'“ zu sein, während jeder Mensch nur als flüchtiges Phänomen in ihrer Sphäre erscheint. Dennoch ist es sein höchstes Glück, vorübergehend an ihr teilhaben zu dürfen, und so mündet das Gedicht in eine hymnische Liebeserklärung an die Schönheit der irdischen Wirklichkeit.

Immer wieder ist es Keller darum zu tun, das kurze Erdenleben zu verherrlichen und ihm gerade in seiner Begrenztheit Glanz und Leuchtkraft zu verleihen. „[U]nser aufblitzendes und verschwindendes Tanzen im Weltlichte“ nennt der weise Graf im *Grünen Heinrich* das Dasein des Menschen (12, S. 415), und das Gedicht XIII aus der Rubrik „Aus dem Leben“ wählt noch einmal andere Bilder, die diesmal auch breiter ausgeführt werden:

Liebliches Jahr, wie Harfen und Flöten,
Mit wehenden Lüften und Abendröthen
Endest du deine Bahn!
Siehst mich am kühlen Waldsee stehen,
Wo an herbstlichen Uferhöhen
Zieht entlang ein stiller Schwan.

Still und einsam schwingt er die Flügel,
Taucht vergnügt in den feuchten Spiegel,
Hebt den Hals empor und lauscht,
Taucht zum andern Male nieder,
Richtet sich auf und lauschet wieder,
Wie's im klagenden Schilfe rauscht.

Und in seinem Thun und Lassen
Will's mich wie ein Traum erfassen,

Als ob's meine Seele wär',
Die verwundert über das Leben,
Ueber das Hin- und Wiederweben,
Lugt und lauschet hin und her.

Trink', o Seele nur in vollen Zügen
Dieses heilig friedliche Genügen,
Einsam, einsam auf der stillen Flur!
Und hast du dich klar und tief empfunden,
Mögen ewig enden deine Stunden:
Ihr Mysterium feierte die Natur!
(13, S. 347)

Thesenhaftigkeit und weltanschauliche Didaktik treten hier zunächst zugunsten der plastischen poetischen Gestaltung zurück. Ein Beispiel wohlkalkulierter Gedankenlyrik bleibt das Gedicht aber trotzdem, denn auf die in der ersten Hälfte entworfene Naturszenerie folgt in der zweiten deren Auslegung, wenn das lyrische Ich den Schwan mit seiner eigenen „Seele" vergleicht und aus seinem Anblick wieder eine allgemeine Lebenslehre ableitet.

Obwohl der Herbst und der Abend traditionell Assoziationen an den Tod nahelegen, haftet dem einleitenden Bild keine Melancholie an; statt dessen gestaltet sich der Abschied des scheidenden Jahres als ein heiteres Fest für alle Sinne. Die zweite Strophe ist dann ganz dem einsam kreisenden Schwan gewidmet, der dem Sprecher anschließend zum Spiegel für das eigentümliche Wirklichkeitsverhältnis des menschlichen Individuums wird. Die sinnlichen Wahrnehmungen sind es, die den Bezug des Einzelnen zu seiner Umgebung herstellen. Dabei hebt der Dichter den tätigen, zielstrebigen Charakter dieser Weltaneignung hervor. ‚Lugen' und ‚lauschen' bezeichnen ja keine passive Reizaufnahme, sondern ein von Neugier getriebenes aktives Handeln, das zwischen Innen und Außen, Psyche und Welt vermittelt. So schlürft die Seele das „heilig friedliche Genügen" der Natur „in vollen Zügen" ein und findet dadurch wiederum zu einem klaren und tiefen Erleben ihrer selbst. Keller schließt sich Feuerbachs sensualistischem Einspruch gegen den philosophischen Idealismus an: Nicht in einem cartesianischen Akt der Reflexion, sondern in der höchstmöglichen Intensität sinnlich-leiblicher Weltzugewandtheit gelangt der Mensch auf den Gipfel seines Selbstgefühls und Selbstbewusstseins. Statt ‚Ich denke, also bin ich' müsste es jetzt heißen: ‚Ich empfinde, ich nehme wahr, also bin ich'.

Wenn man berücksichtigt, dass der Schwan seit der Antike auch als Symbol des Dichters gilt, lässt sich überdies eine poetologische Lesart der Verse denken, und tatsächlich fasste Keller, wie später noch gezeigt werden soll, den echten Poeten als einen ‚Seher' im wörtlichen Verständnis auf, der das Schauspiel des Lebens aufmerksam verfolgt und es in seinen wesentlichen Zügen wiedergibt. Zwingend ist eine solche Deutung des Gedichts indes nicht, denn die sinnliche Freude an der irdischen Natur stellte für Keller „nach Feuerbach" eine der humanen Kardinaltugenden schlechthin dar und bleibt in seinem Werk durchaus nicht auf Künstlerfiguren beschränkt. Kein Wunder, dass dieser Natur sogar das Attribut „heilig" zugesprochen wird, hat sie doch als letzter Bezugspunkt des Menschenlebens die himmlische Seligkeit, die der christliche Glaube verspricht, abgelöst. Über das Diesseits hinauszudenken, verbietet sich das lyrische Ich. Ist der grandiose Höhepunkt des Erlebens einmal erreicht, so hat der Mensch sein Dasein erfüllt und kann gelassen den Augenblick erwarten, in dem es „ewig enden" wird. Die schaffende „Natur" – das ist nicht zufällig das letzte Wort des Gedichts! – zelebriert ihr fortwährendes „Mysterium", indem sie stets aufs Neue individuelle Formen hervorbringt und wieder auflöst. Damit schlägt Keller den Bogen zu der festlichen Herbstabendstimmung des Anfangs: Der Einzelne soll seine „Bahn" so heiter und sinnenfroh beschließen, wie es das zu Ende gehende Jahr tut.

Die übrigen Texte von „Aus dem Leben" beziehungsweise „Aus der Brieftasche" variieren die Feuerbach'schen Motive jeweils auf eigene Weise. Es finden sich unter ihnen spruchartige Verse in lehrhaftem Ton wie das Gedicht VIII, das dazu auffordert, „dem Tod in's Aug'" zu schauen, um das Leben wirklich genießen, aber auch mit „edle[m] Ernst" führen zu können (S. 343); daneben stehen die entlarvende Rollenrede eines Heuchlers (XI) und das humoristische Genrebild eines philiströsen Pfäffleins, das seiner Gemeinde pflichtgemäß das ewige Leben anpreist, selbst aber noch nicht einmal mit einem einzigen freien Nachmittag etwas Vernünftiges anzufangen weiß (V). Mit dem Gedicht XVII setzt Keller einen gewichtigen Schlusspunkt (S. 349f.). Während die Zeitverhältnisse im zweiten Stück noch etwas unklar und widersprüchlich blieben, entfaltet dieser Text in einer präzisen Gedankenbewegung den Gegensatz zwischen der unendlich produktiven Natur und den vergänglichen individuellen Erscheinungen, der ein kosmisches Grundgesetz darstellt –

Aus dem tiefen blauen Raum
Perlt ihr leuchtend, goldne Sonnen,

Kommt und schwindet, wie ein Traum;
Doch gefüllt bleibt stets der Bronnen.

– und zugleich jeden einzelnen Menschen betrifft, wie sich der Sprecher bewusst macht:

Und nur du, mein armes Herz,
Du allein willst ewig schlagen,
Deine Lust und deinen Schmerz
Ewig durch die Himmel tragen?

Die eindringliche Mahnung, eine solche Hybris abzulegen, durchzieht als ethischer Imperativ den gesamten Zyklus und verdichtet sich noch einmal in den beiden Schlussversen: „Ewig ist, begreifst es du, / Sehnend Herz? nur deine Ruh!"

Den eben erörterten Gedichten, die ein vielgestaltiges lyrisches Zeugnis für Kellers Beschäftigung mit Feuerbach bilden, lässt sich der *Grüne Heinrich* als ein ebenso gewichtiges episches Dokument an die Seite stellen. Das betrifft vor allem die auf dem gräflichen Schloss angesiedelten Partien im vierten und letzten Band des Romans, weil Keller in der weltanschaulichen Bekehrung, die sein Protagonist dort erlebt, die eigenen Heidelberger Erfahrungen in künstlerischer Verfremdung nachgebildet hat. Insbesondere Dorothea Schönfund, auch Dortchen genannt, die Pflegetochter des Grafen, ist als glänzende Idealgestalt das Produkt einer poetischen Stilisierung. Sie repräsentiert in ihrer Schönheit, Güte, Unbefangenheit und Klugheit nicht nur ein weibliches Wunsch- und Sehnsuchtsbild des Autors, sondern vertritt auch die von Feuerbach verfochtenen Grundsätze in vollendeter Form. Ihre Ansichten basieren aber keineswegs auf mühevollen philosophischen Studien. Keller legt vielmehr großen Wert darauf, „daß Dortchen ganz auf eigene Faust" alle metaphysischen Spekulationen verworfen hat, „und zwar nicht etwa in Folge angelernter und gelesener Dinge [...], sondern auf ganz originelle Weise, so zu sagen von Kindesbeinen an" (12, S. 413). Ihre „unschuldige gemüthliche Ueberzeugung", die dem „kindlichsten und reinsten Herzen" entspringt, erscheint als Frucht einer intuitiven Gewissheit, der keine Zweifel oder Einwände beikommen können. Sogar der gebildete Graf wurde, wie er Heinrich gesteht, erst durch Dorotheas entschiedene Haltung dazu bewogen, sich wieder näher mit „Gott und Unsterblichkeit" zu befassen, und gelangte schließlich „auf dem Wege des Denkens und der Bücher" dorthin, „wo das Kindsköpfchen von Hause aus gewesen" (S. 414). Dass Keller diese strahlende Verkörperung der reinen Weltimmanenz ausgerechnet Dorothea nennt, ist übrigens eine tiefgründig-heitere Paradoxie, bedeutet der griechische Name doch nichts anderes als ‚Geschenk Gottes'.

„Gott und Unsterblichkeit" - so lautet Kellers feste Formel für den gesamten weltanschaulichen Komplex, auf den Feuerbachs Religionskritik zielt. Aber der *Grüne Heinrich* bestätigt, was schon in den *Neueren Gedichten* sichtbar wurde, nämlich dass den Dichter die beiden Elemente dieser Doppelwendung nicht im gleichen Maße interessierten. Dorothea leugnet zuerst und vor allem die individuelle Fortdauer nach dem Tode, weil sie „gar nicht absehen und glauben" kann, „wie die Menschen unsterblich sein sollten" (S. 414). Und wenn Keller nach seinem Feuerbach-Erlebnis behauptete, das Dasein werde durchaus nicht „prosaischer und gemeiner", wenn man es als strikt begrenzt und endlich betrachte (GB 1, S. 275), sondern im Gegenteil „unendlich schöner und tiefer", „wertvoller und intensiver" (S. 290), so schuf er mit dem bezaubernden Dortchen eine leibhaftige Beglaubigung dieser These. In den Äußerungen des Grafen über seine Adoptivtochter klingen die einschlägigen Passagen aus den Heidelberger Briefen des Dichters fast wörtlich nach:

> Wer sagt, daß es keine Poesie gebe ohne den Glauben an die Unsterblichkeit, der hätte sie sehen müssen; denn nicht nur das Leben und die Welt um sie herum, sondern sie selbst wurde durch und durch poetisch. Das Licht der Sonne schien ihr tausendmal schöner als anderen Menschen, was da lebt und webt war und ist ihr theuer und lieb, das Leben wurde ihr heilig und der Tod wurde ihr heilig [...]. (12, S. 414)

Die Gottesfrage behandelt Dorothea dagegen nicht allein unabhängig von dem Problem der Unsterblichkeit, obwohl beides, wie der Graf einräumt, „[s]chulgerecht" eigentlich „unzertrennlich" ist, sondern auch mit größter Gelassenheit, indem sie sich zu einem souveränen Agnostizismus bekennt: „Ach Gott! es ist ja recht wohl möglich, daß Gott ist, aber was kann ich ärmstes Ding davon wissen? [...] Ich gönne jedem Menschen seinen guten Glauben und mir mein gutes Gewissen!" (S. 415) Sittlich notwendig erscheint also nur die strenge Diesseitsorientierung, die den Menschen darauf verpflichtet, sein unwiederholbares Dasein auf Erden im vollen Bewusstsein höchster Verantwortung zu gestalten, während die Meinungen über Gott ganz in das Belieben jedes Einzelnen gestellt sind.

Unter Dorotheas wohltätigem Einfluss legt auch Heinrich Lee, der bis dahin noch einem diffusen religiösen Glauben anhing, rasch den Weg zur „völligen Geistesfreiheit" zurück (S. 423). Während „die anerzogenen Gedanken von Gott und Unsterblichkeit sich in ihm lösen und beweglich werden", lernt er, die Welt mit den Augen eines echten Feuerbachianers zu sehen: „sie glänzte ihm in der That in stärkerem und tieferem Glanze" (S. 416). Den Ernst und die Würde der neugewonnenen Haltung sichert, wie stets bei Keller, das Eingedenken des unausweichlichen Todes, auf das Dorothea Schönfund ihre diesseitig-weltliche Lebenslehre und Sittlichkeit gründet. Nicht von ungefähr findet Heinrichs erste Begegnung mit der jungen Frau auf dem Friedhof beim gräflichen Schloss statt. In ihren Gedanken ist der Tod allezeit gegenwärtig, aber natürlich nicht im Sinne christlich-barocker Weltflucht, sondern als Mahnung zum Leben: „Sie gewöhnte sich, zu jeder Stunde ohne Schrecken an den Tod zu denken, mitten in dem heitersten Sonnenschein des Glückes, und daß wir Alle einst ohne Spaß und für immer davon scheiden müssen. Dieser wirkliche Tod lehrt sie das Leben werth halten und gut verwenden und dies wiederum den Tod nicht fürchten". Darum „vergeht kein Tag, an welchem sie nicht eine Stunde auf dem Kirchhofe zubringt. Dieser ist ihr Lustgarten, ihre Universität, ihr Schmollwinkel und ihr Putzzimmer, und bald kehrt sie fröhlich und übermüthig, bald still und traurig wieder zurück" (S. 415).

Nicht nur in Dorotheas Umkreis entfaltet der *Grüne Heinrich* im Zeichen Feuerbachs eine förmliche Friedhofspoesie, die sich deutlich von der reichen Todes- und Gräbermotivik in Kellers früher Lyrik unterscheidet. Der Friedhof lehrt den Einzelnen, dass seine Zeit begrenzt ist, führt ihm aber zugleich den Naturprozess des unaufhörlichen Werdens und Vergehens vor Augen, dessen Rhythmus die flüchtige Existenz der Individuen überwölbt. So wird die Stätte des Todes zu einem Schauplatz des Lebens und Gedeihens. Ganz zu Beginn seiner Jugendgeschichte beschreibt Heinrich den „Gottesacker" des Dorfes, aus dem seine Eltern stammen, und zeichnet das Bild eines Gartens, dessen fruchtbare Erde „das grünste Gras" und „Rosen nebst dem Jasmin [...] in göttlicher Unordnung und Ueberfülle" hervorbringt (11, S. 64). Diesen Friedhof muss Heinrich überqueren, als er im Dorf zu Besuch ist und sich auf den Weg zu seiner Großmutter macht:

> Dort duftete es gewaltig von tausend Blumen, eine flimmernde, summende Welt von Licht, Käfern und Schmetterlingen, Bienen und namenlosen Glanzthierchen webte über den Gräbern hin und her. [...] Und unter diesem zarten Gewebe lag das Schweigen der Gräber und der Jahrhunderte, beredt und vollmächtig und schwoll hinunter bis in die Tage, wo dieser Zweig alemanischen Wandervolkes sich hier festgesetzt und die erste Grube gegraben. (S. 231)

Tod und Leben, Vergangenheit und Gegenwart verschlingen sich in einem ewigen Wechsel, der eine Mischung aus idyllischen und ehrfürchtigen Empfindungen, aber weder Furcht noch Grauen hervorruft. Das Romanfinale nimmt schließlich ein Motiv des Eingangs wieder auf und dämpft den verstörenden Eindruck, den der frühe Tod des Protagonisten auf den Leser machen muss, durch den tröstlichen Hinweis auf die unerschöpfliche produktive Kraft der Natur: Auch auf Heinrichs Grab ist mit der Zeit „ein recht frisches und grünes Gras gewachsen" (12, S. 470).

Die Einstellung seiner Figuren zum Tod ist für Keller ein Probierstein, an dem sich ihr sittlicher Rang entscheidet. Beispielsweise schildern die Episoden um die wunderliche Frau Margreth im *Grünen Heinrich* zwei Männer, die beide von der Religion nichts wissen wollen, bis sich in der Todesstunde die Spreu vom Weizen trennt. Der eine nämlich, der Gott nur aus frivoler Spottlust geleugnet hat, stirbt „verzagt und zerknirscht, heulend und zähneklappernd und nach Gebet verlangend", während der andere, ein gelassener, wortkarger Schreiner, „eben so ruhig und unangefochten seinen letzten Sarg hobelte, welchen er sich selbst bestimmte, wie einst seinen ersten" (11, S. 117).

Ein Feuerbachianer avant la lettre ist Salomon Landolt in der Erzählung *Der Landvogt von Greifensee* aus den *Züricher Novellen*, die im 18. Jahrhundert spielt. Ihm gelingt es, einem zehnjährigen Kind, das unheilbar krank darniederliegt, die quälende Todesfurcht zu nehmen, ohne wohlfeile religiöse Tröstungen zu bemühen. Er spricht zu dem Jungen „in so einfachen und treffenden Worten von der Hoffnungslosigkeit seiner Lage, von der Notwendigkeit, sich zu fassen und eine kleine Zeit zu leiden, aber auch von der sanften Erlösung durch den Tod und der seligen, wechsellosen Ruhe, die ihm als einem geduldigen und frommen Knäblein beschieden sei", dass der Kranke fortan wirklich „mit heiterer Geduld seine Leiden" zu ertragen vermag (6, S. 152). Vollkommene, „wechsellose Ruhe" ist, wie schon der Schlussstrophe des letzten Gedichts der Abteilung „Aus dem Leben" zu entnehmen war, das Höchste, was ein Mensch, der dem Jenseitswahn entsagt hat, vom Tod erwarten darf. Als Gegenfigur zu Landolt kann der Pfarrer aus Kellers Seldwyler Erzählung *Das verlorene Lachen* gelten, der einem neumodischen Pseudo-Christentum huldigt, alle religiösen Dogmen, ohne sie offen preiszugeben, hinter einem Schwall unverbindlicher Worte verschwinden lässt und daher in der äußersten Probe kläglich versagt. Als ihn eine fromme Greisin auf dem Sterbebett „nach der Gewißheit des ewigen Lebens" fragt, flüchtet er sich in „haltlose, unsichere Reden", bis ihm die alte Frau den Rücken kehrt und ihre Angehörigen ihn nachdrücklich „ersuchen, [s]eine seelsorgerische Funktion hier einzustellen" (5, S. 329).

Da ein Schüler Feuerbachs den Tod nicht scheuen soll, mag ihm auch ein greifbares Sinnbild der Sterblichkeit, wie es Landolts Großmutter ihr Eigen nennt, willkommen sein. Die alte Dame verwahrt in ihrer Kommode ein elfenbeinernes, „vier Zoll hohes Skelettchen mit einer silbernen Sense, welches das Tödlein genannt wurde". Sie zieht in Kellers Augen jedoch die falsche Lehre aus diesem Menetekel, wenn sie ihrem heiratslustigen Enkel vorhält: „Sieh her, so sehen Mann und Frau aus, wenn der Spaß vorbei ist! Wer wird denn lieben und heiraten wollen!" Salomon dagegen legt beim Anblick des „Tödleins" die richtige Haltung an den Tag, denn der Gedanke „an die schnelle Flucht der Zeit und ihre Unwiederbringlichkeit" treibt ihn erst recht dazu, mit aller Macht nach irdischer Liebe und Glück zu streben (6, S. 196). Seine Ehepläne scheitern zwar, doch das Leben versteht er trotzdem zu genießen, und zwar immer im mahnenden Schatten des Todes: Als er die Elfenbeinfigur später von der Großmutter erbt, stellt er sie „auf seinen Schreibtisch" (S. 248).

Allerdings vermitteln Feuerbachs Lehren neben der intensiven Daseinsfreude eben auch ein tiefes Verantwortungsgefühl. Seit er dem Jenseitsglauben abgeschworen hatte, wurde der Tod für Keller „ernster" und „bedenklicher" (GB 1, S. 290), weil jemand, der sein Leben verpfuscht, keine Gelegenheit zur Wiedergutmachung mehr erhoffen darf. Das sollte die tragische Pointe des *Grünen Heinrich* sein, die leider nicht zum Tragen kam, da der Dichter das Romanfinale mit dem Tod der Mutter und des Sohnes nur in sehr verkürzter Form niederschreiben konnte. Besonders das „letzte Kapitel" sei wegen des enormen Zeitdrucks „nicht ausgeführt" worden, teilte er seinem Freund Hermann Hettner mit: „Dies Schlußkapitel sollte eigentlich ursprünglich etwa drei Kapitel stark werden und eine förmliche Elegie über den Tod bilden, indem hauptsächlich das aufgegebene Bewußtsein der persönlichen Unsterblichkeit dem Heinrich das Gewissen und Weiterleben schwer macht, da die Mutter dies einzige, einmalige und unersetzliche Leben für ihn verloren" (S. 414).

Auch ganze Geschlechter und Nationen unterliegen nach Kellers Überzeugung dem Gesetz des ewigen Wandels, dem Rhythmus von Aufblühen und Vergehen. Der Graf im *Grünen Heinrich* macht sich keine Illusionen darüber, dass sein Stand mit dem Aufstieg der bürgerlichen Gesellschaft mehr und mehr zum Anachronismus wird, und würde am liebsten mitsamt seiner Familie sogleich „wieder untertauchen in die erneuende Verborgenheit. Ich selbst bin im Verfall des alten Reiches geboren und eigentlich schon ganz überflüssig, so daß sich unser Stamm müde fühlt in mir und nach kräftigender Dunkelheit sehnt" (12, S. 395). In *Das Fähnlein der sieben Aufrechten* äußert der Zimmermeister Frymann ähnliche Gedanken sogar über die Schweizer Eidgenossenschaft, die ebenfalls nicht für die Ewigkeit gegründet sei:

> Wie es dem Manne geziemt, in kräftiger Lebensmitte zuweilen an den Tod zu denken, so mag er auch in beschaulicher Stunde das sichere Ende seines Vaterlandes ins Auge fassen, damit er die Gegenwart desselben um so inbrünstiger liebe; denn alles ist vergänglich und dem Wechsel unterworfen auf dieser Erde. [...] ein Volk, welches weiß, daß es einst nicht mehr sein wird, nützt seine Tage um so lebendiger, lebt um so länger und hinterläßt ein rühmliches Gedächtnis; denn es wird sich keine Ruhe gönnen, bis es die Fähigkeiten, die in ihm liegen, ans Licht und zur Geltung gebracht hat, gleich einem rastlosen Manne, der sein Haus bestellt, ehe denn er dahin scheidet. Dies ist nach meiner Meinung die Hauptsache. Ist die Aufgabe eines Volkes gelöst, so kommt es auf einige Tage längerer oder kürzerer Dauer nicht mehr an, neue Erscheinungen harren schon an der Pforte ihrer Zeit! (6, S. 277)

Dass Frymann hier als Sprachrohr Kellers fungiert, beweist dessen *Prolog zur Schillerfeier in Bern 1859*, der die Schweizer mit Blick auf „das Ende, das uns einst beschieden", zu eifriger Tätigkeit und Pflichterfüllung aufruft, damit es in ferner Zukunft von ihnen heißen möge: „was diese werden konnten, / Das haben sie voll Lebensmut erfüllt!" (9, S. 225) Der Gedanke der Vergänglichkeit ist demnach nicht nur für die private Sittlichkeit des Individuums fundamental, er bestimmt auch die öffentliche Moral und das politische Handeln. Kellers Verständnis der Historie betont weniger den universalen Entwicklungsgang der Menschheit, wie ihn die idealistischen Geschichtsphilosophen mit Hegel an der Spitze spekulativ zu konstruieren suchten, sondern eher das Neben- und Nacheinander unterschiedlicher Völker und Staaten mit jeweils beschränkter Lebensdauer. Von Skepsis und Geschichtsfatalismus wollte er gleichwohl nichts wissen, denn innerhalb jenes begrenzten Rahmens hielt er Fortschritte sehr wohl für möglich, weil jede individuelle Erscheinung, ob Einzelwesen oder Kollektiv, bestrebt sein müsse, in ihrer Zeitspanne alle ihre Möglichkeiten zu entfalten und auszuschöpfen. Als Paradebeispiel dafür dient im *Grünen Heinrich* die Geschichte der Schweiz in den dreißiger und vierziger Jahren, die Keller selbst miterlebt hatte und die ihm als ein „denkwürdiger, in sich selbst bedingter organischer Proceß" erschien (12, S. 455).

Während der Dichter unter dem Eindruck von Feuerbachs Philosophie „Gott und Unsterblichkeit entsagte" (GB 1, S. 246), lernte er von ihm noch obendrein, auf den Projektionscharakter religiöser Lehren und Überzeugungen zu achten. Wie die Menschen, so die Götter, die ihrer regen Einbildungskraft entspringen – das verkündet in burschikosem Ton der *Apotheker von Chamouny*:

> Fische zeugen keine Vögel,
> Feigen wachsen nicht auf Disteln,
> Närr'sche Menschen, närr'sche Götter!
> Keiner kann aus seiner Haut!
> (14, S. 267)

In jedem Buch seines christlich-konservativen Landsmannes Jeremias Gotthelf erblickte Keller eine unfreiwillige, aber „treffliche Studie zu Feuerbach's *Wesen der Religion*", weil der „alte Donnergott und Wettermacher", der in Gotthelfs bäuerlicher Welt regiert, exakt der Mentalität ihrer Bewohner angepasst sei (15, S. 91). Gott wird in diesen Romanen nicht auf subtile Weise symbolisch oder philosophisch aufgefasst, er belohnt vielmehr ganz direkt die Guten und straft die Bösen – nämlich die Ungläubigen –, denn das „Volk, besonders der Bauer, kennt nur Schwarz und Weiß, Nacht und Tag, und mag Nichts von einem thränen- und gefühlsschwangern Zwielichte wissen, wo Niemand weiß wer Koch oder Kellner ist" (S. 92).

Von solchen Einsichten profitierte Keller auch bei der differenzierten Zeichnung seiner eigenen Figuren, vor allem im *Grünen Heinrich*. Äußert sich die phantastische Versponnenheit der alten Margreth in einer wunderlichen, magisch-mystisch eingefärbten und von vielen Elementen des Volksaberglaubens durchsetzten Christlichkeit, so ist Gott für Heinrichs Mutter, die sparsame Hausfrau mit dem „einfachen und nüchternen Gemüth", nicht etwa der „Befriediger und Erfüller einer Menge dunkler und drangvoller Herzensbedürfnisse", sondern schlicht der „versorgende und erhaltende Vater, die Vorsehung" (11, S. 94), die das tägliche Brot garantiert. Heinrich selbst wiederum kultiviert, bis er Dortchen Schönfund kennenlernt, ein Gottesbild, in dem sich seine persönlichen „Zustände und Bedürfnisse" unmittelbar abspiegeln (12, S. 118). Wenn er beispielsweise eine höhere Legitimation für seine Ambitionen als Maler sucht, stellt er sich einen „großen und mächtigen Kunstgönner" im Himmel vor, der ihn als „Freund und Schutzpatron der Landschaftsmaler" behüten und geleiten soll (11, S. 269). Schon als Keller mit der Arbeit an der Jugendgeschichte des Protagonisten begann, notierte er sich: „Nicht zu vergessen [...] H's Gott so schildern, wie H. selbst ist. Naivetät mit welcher er seine willkürl. genial. Subjektivität zu seinem Gotte macht" (16.2, S. 185).

Während Dorothea und der Graf auf dem Standpunkt Feuerbachs stehen, weil sie eben großherzige und geistig freie Menschen sind, kommen die orthodoxen Christen im *Grünen Heinrich* begreiflicherweise sehr viel schlechter weg. Der „wegen seiner Frömmigkeit und Strenggläubigkeit berühmte Pfarrherr" (11, S. 98) in der Binnengeschichte von der kleinen Meret repräsentiert das düstere Zerrbild einer unmenschlichen, lebensfeindlichen Religion. Sein brutaler Fanatismus veranschaulicht eine Kernthese aus Feuerbachs Wesen des Christentums, indem er zeigt, wie das christliche Liebesgebot durch eine dogmatische Intoleranz pervertiert wird, über die sich zudem allerlei sadistische Gelüste befriedigen lassen. Daneben weiß Heinrich von einem gewissen Herrn Oelfinger zu berichten, der die Angewohnheit hatte, „sich immer für etwas Anderes zu geben, als er war" (S. 392), und dafür vehement den Glauben seiner Mitmenschen einzufordern. Gerade dieser geborene Lügner und Heuchler bekannte sich eifrig zum Christentum als „derjenigen Lehre, welche den unbedingten Glauben zum Panier erhebt" (S. 393), bis ihm die fatale Verkehrtheit seines Wesens eines Tages zum Verhängnis wurde. Die Wurzeln engstirniger Religiosität liegen für Keller in Selbstbezogenheit, Geltungsdrang, Rechthaberei, Unwahrhaftigkeit und krasser Realitätsverkennung.

Heinrichs Oelfinger-Geschichte und die Auseinandersetzung mit der Frage des Glaubens gehören in den Zusammenhang seines Konfirmationsunterrichts, der ihm den Anlass liefert, die „inneren christlichen Grundlehren" (S. 386) Punkt für Punkt einer radikalen Kritik zu unterziehen. Der Stellenwert dieses ausladenden Exkurses über die vermeintliche Sündhaftigkeit des Menschen, über den Glauben, die Liebe und den göttlichen Geist ist nicht leicht zu bestimmen. Über weite Strecken liest er sich wie eine kaum verhüllte weltanschauliche Positionsbestimmung des Autors Gottfried Keller[20], doch gelegentlich treten auch die Auffassungen des fiktiven Ich-Erzählers Heinrich Lee in den Vordergrund, der zwar kein rechter Christ ist, zu diesem Zeitpunkt aber zumindest noch an Gott und der Vorsehung festhält.

Das Dogma von der Erbsünde, die angeblich auf jedem Menschen lastet, leuchtet Heinrich nicht ein. Er ersetzt das zerknirschte Sündenbewusstsein durch die pragmatische Ansicht, „daß man jeden Augenblick sich selbst klaren Wein einschenken soll, nie und in keiner Weise sich einen blauen Dunst vormachen, sondern das Unzulängliche und Fratzenhafte, das Schwache und Schlimme sich und Anderen offen eingestehen" (S. 387). Eine solche aufrichtige Selbsterforschung schafft die Voraussetzungen für jede sinnvolle Tätigkeit und Pflichterfüllung. In der Tat trachten sämtliche positiven Gestalten bei Keller danach, mit sich im Reinen zu sein und ihre Stellung in der Welt illusionslos zu erfassen – eine Tugend, deren hoher Wert für den Dichter begreiflich wird, wenn man bedenkt, wie lange er selbst vergeblich auf eine Laufbahn als Maler hoffte, bis er endlich sein wahres Talent erkannte.

Vom Glauben, der im Konfirmationsunterricht als nächstes an die Reihe kommt, war bereits kurz die Rede. Heinrich polemisiert gegen die „nackte und gewaltsame Forderung des Glaubens" (S. 396), die ihm widersprüchlich und psychologisch abwegig vorkommt. Er vermag im Glauben kein Verdienst zu erkennen und erklärt dessen Verknüpfung mit der ewigen Seligkeit für absurd. Der universalen Liebesethik des Christentums kann er ebenso wenig abgewinnen, weil er sich außerstande fühlt, „auf Befehl und theoretisch" zu lieben (S. 397), und überdies starke Zweifel hegt, ob die christliche Religion die Liebe in der Welt wirklich vermehrt hat. Anklang findet bei ihm einzig „die Lehre vom Geiste, als welcher ewig ist und Alles durchdringt." Sie wird jedoch so eigenwillig ausgelegt, dass sie schon ganz pantheistisch-immanent klingt: „Gott ist nicht geistlich, sondern ein weltlicher Geist, weil er die Welt ist und die Welt in ihm; Gott strahlt von Weltlichkeit" (S. 398).

Indem er den ursprünglichen „berechtigte[n] Gehalt" der christlichen Lehre (S. 386) gegen ihre institutionelle Erstarrung und das fatale „Autoritäts- und Pfaffenwesen" ausspielt (S. 399), äußert der Protagonist in diesen Romanpassagen Ansichten, wie sie auch sein Schöpfer Keller schon lange vor der Begegnung mit Feuerbach vertreten hatte. Mit Blick auf die biblischen Schriften wird ebenfalls eine wichtige Unterscheidung getroffen. Für Heinrich ist die Bibel „ein Buch der Sage, zart und luftig und weise wie alle Sage" und faszinierend in ihrer „poetischen Meisterschaft und künstlerischen Vernunftmäßigkeit". Sobald diese „wunderbarsten Ausgeburten menschlicher Phantasie" aber, losgelöst von ihrem fernen historischen Ursprung und ihrer Eigenart als dichterische Schöpfung, zur Grundlage einer Staatsreligion erhoben und als Glaubensinhalt verbindlich gemacht werden, verwandeln sie sich „mit Einem Schlage zu einem beängstigenden Unsinn", von dem nun die ganze gesellschaftliche Existenz des Bürgers abhängt (S. 385). Hier spricht Heinrich Lee wieder vollkommen im Sinne Kellers, der die Bibel als ein Produkt der Poesie außerordentlich schätzte und gerne Anspielungen auf sie in seine Texte einfließen ließ, in der Regel freilich in bezeichnenden Umdeutungen, die schwerlich orthodoxen Beifall gefunden hätten.

Man darf Keller indes nicht unterstellen, er habe gläubige Christen nach seinem Feuerbach-Erlebnis durchweg abwertend und missgünstig porträtiert. In der ersten seiner vier Rezensionen zu den Romanen Jeremias Gotthelfs erscheint das „strenge, positive Christenthum" sogar in einem recht freundlichen Licht: „Etwas ist besser als gar Nichts, und mit einem Menschen welcher den gekreuzigten Gottmenschen verehrt ist immer noch mehr anzufangen als mit Einem der weder an die Menschen noch an die Götter glaubt." Wo die „reine Humanität" noch nicht erreicht sei, könne die „Religiosität" wenigstens vorläufig ihre Stelle vertreten (15, S. 78). So werden in Kellers Werk auch aufrichtige gottesfürchtige Menschen mit unverkennbarer Sympathie geschildert. Zu ihnen zählen neben der schon erwähnten Mutter des grünen Heinrich gleich mehrere Figuren aus *Das verlorene Lachen*. Die Großmutter der Heldin Justine ist „alt- und rechtgläubig" (5, S. 284) und liest eifrig in der Bibel, aber sie zeigt sich zugleich großzügig, tolerant und voller Humor, sogar im Umgang mit der Religion. Auch eine greise katholische Pilgerin, die zu einem Marienwallfahrtsort wandert und dabei fleißig ihren Rosenkranz betet, zieht weder Spott noch Herablassung auf sich, weil sie ganz in ihrem Glauben aufgeht und sich darin „wohlgemut und sicher" fühlt (S. 332). Und schließlich sucht Justine, von schweren Glaubenszweifeln gequält, zwei Frauen – Mutter und Tochter – auf, deren naive Frömmigkeit ihnen trotz Armut und Krankheit „eine vollkommene Zufriedenheit und Seelenruhe" verschafft (S. 333). Die beiden gehören einer urchristlichen Sekte an, die das Jüngste Gericht nahe wähnt. Justines Hoffnung, „das Geheimnis ihres Friedens und ihres Glaubens zu erforschen und ihrer Glückseligkeit teilhaftig zu werden" (S. 333), zerschlägt sich jedoch, denn Ursula und Agathchen haben nichts „Neues und Unerhörtes" und schon gar kein religiöses Patentrezept zu bieten. Auf die drängenden Fragen ihrer Besucherin bringen sie lediglich mechanisch „die alte harte und dürre Geschichte vom Sündenfall, von der Versöhnung Gottes durch das Blut seines Sohnes, der demnächst kommen werde, zu richten die Lebendigen und die Toten, von der Auferstehung des Fleisches und der Gebeine, von der Hölle und der ewigen Verdammnis und von dem unbedingten Glauben an alle diese Dinge" vor (S. 345). Justine muss einsehen, „daß die guten Frauen ihren Frieden wo anders her hatten, als aus ihrer Kirchenlehre, und ihn nicht mit dieser verschenken konnten" (S. 346).

Für Keller entscheiden die Wesensart und das Tun und Lassen des Einzelnen über seinen sittlichen Rang und sein Glück, nicht das dogmatische Bekenntnis, das er auf den Lippen trägt. Im *Grünen Heinrich* versichert der Graf seinem jungen Gast:

> Was nun Ihren lieben Gott betrifft, lieber Heinrich, so ist es mir ganz gleichgültig, ob Sie an denselben glauben oder nicht! Denn ich halte Sie für einen so wohlbestellten Kautz, daß es nicht darauf ankommt, ob Sie das Grundvermögen Ihres Bewußtseins und Daseins außer sich oder in sich verlegen, und wenn dem nicht so wäre,

> wenn ich denken müßte, Sie wären ein Anderer mit Gott und ein Anderer ohne Gott, so würden Sie mir nicht so lieb sein, so würde ich nicht das Vertrauen zu Ihnen haben, das ich wirklich empfinde. (12, S. 417)

In Kellers Werken können fromme Menschen durchaus auch gute Menschen sein, aber sie sind nicht *deshalb* gut, *weil* sie fromm sind.

Der Autor teilte zweifellos die Haltung seines grünen Heinrich, der bei aller Abneigung gegen das kirchliche Christentum doch beteuert: „Ich würde mich schämen, wenn ich jemals dahin kommen würde, Jemanden seines Glaubens wegen zu verachten oder zu verhöhnen, oder den Gegenstand desselben nicht zu ehren, wenn der Gläubige darin seinen Trost findet". Die „nackte und gewaltsame Forderung des Glaubens" weist Heinrich aber entschieden zurück (11, S. 396), und auch Keller überzieht jede religiöse Gesinnung, hinter der autoritäre Intoleranz oder Unwahrhaftigkeit und Selbstgefälligkeit stehen, mit bitterem Hohn. Der Pfarrer aus *Das verlorene Lachen* vereint alle diese Untugenden in einer Person, und in *Die Jungfrau und der Teufel*, einer der *Sieben Legenden*, liefert der Dichter mit der Schilderung des Grafen Gebizo das unübertreffliche Porträt eines religiösen Heuchlers. Als die exzessiven wohltätigen Spenden, die er aus purem Geltungsdrang tätigt, sein Vermögen erschöpft haben, lässt sich der Graf mit dem Leibhaftigen ein und verkauft ihm seine schöne Frau Bertrade, um den Lohn des Teufelspakts sogleich in neue fromme Stiftungen zu investieren. Der Erzähler spießt diesen grotesken Widersinn mit köstlicher Ironie auf: Gebizo lässt „eine mächtige Abtei für fünfhundert der frömmsten und vornehmsten Kapitularen" errichten, „in deren Mitte dereinst seine Begräbnisstätte sein sollte. Diese Vorsicht glaubte er seinem ewigen Seelenheil schuldig zu sein. Da über seine Frau anders verfügt war, so wurde eine Grabstätte für sie nicht vorgesehen" (7, S. 358f.).

Der kleine Zyklus der *Sieben Legenden* ist unter allen Erzählwerken Kellers wohl am deutlichsten von den in der Heidelberger Zeit erworbenen weltanschaulichen Grundsätzen geprägt. Die Idee zu dieser feuerbachianisch inspirierten Verfremdung einer traditionsreichen Gattung religiöser Zweckliteratur ging auf die Berliner Jahre zurück. Zeitweilig war sie Teil eines größeren Projekts, das Keller anfangs „Galatea" betiteln wollte und aus dem später das *Sinngedicht* erwuchs. 1857/58 schrieb er die erste Fassung der *Legenden* nieder, deren Manuskript erhalten ist, unternahm aber vorläufig keine Schritte zur Veröffentlichung. Noch im April 1871 teilte er Heyse mit, er habe „eine Anzahl Novellen ohne Lokalfärbung" in der Schublade liegen, „die ich alle 1½ Jahr einmal besehe und ihnen die Nägel beschneide, so daß sie zuletzt ganz putzig aussehen werden" (GB 3.1, S. 19). Erst eine Anfrage des Verlegers Ferdinand Weibert im folgenden Sommer brachte Bewegung in die Sache, und 1872 – in Feuerbachs Todesjahr übrigens – lag das fertige Bändchen vor, das sich auf Anhieb gut verkaufte und bei den Zeitgenossen zu Kellers populärsten Schöpfungen zählte. Der Dichter, der damals bereits mit dem Gedanken spielte, das Staatsschreiberamt niederzulegen, betrachtete diesen Erfolg „als ein aufmunterndes Glückszeichen [...] für eine anhaltende Wiederaufnahme und Abrundung [s]einer poetisch-literarischen Existenz" (GB 3.2, S. 232).

Die Anregung und den Stoff für das Werk bezog er aus den 1804 publizierten *Legenden* des Pfarrers Ludwig Theoboul Kosegarten. Allerdings gewannen die erbaulichen Geschichten unter seiner Hand eine ganz ungewohnte Physiognomie, und die kleine Einleitung zu den *Sieben Legenden* bereitet den Leser schonend darauf vor: Der Verfasser habe in seinen Vorlagen neben der „kirchliche[n] Fabulierlust [...] auch die Spuren einer ehemaligen mehr profanen Erzählungslust oder Novellistik zu bemerken" geglaubt und sie in seiner „Reproduktion" stärker herausarbeiten wollen, wobei den Erzählungen „freilich zuweilen das Antlitz nach einer anderen Himmelsgegend hingewendet wurde, als nach welcher sie in der überkommenen Gestalt schauen" (7, S. 333). In einem Brief an Ferdinand Freiligrath aus dem Jahre 1860 hatte Keller sein Verfahren noch weitaus drastischer charakterisiert:

> Ich fand nämlich eine Legendensammlung von Kosegarten in einem läppisch frömmelnden und einfältiglichen Stile erzählt (von einem norddeutschen Protestanten doppelt lächerlich) in Prosa und Versen. Ich nahm 7 oder 8 Stück aus dem vergessenen Schmöker, fing sie mit den süßlichen und heiligen Worten Kosegärtchens an und machte dann eine erotisch-weltliche Historie daraus, in welcher die Jungfrau Maria die Schutzpatronin der Heiratslustigen ist. (GB 1, S. 268)

Die Eigenart der *Sieben Legenden* als Gegenentwurf, als ‚Parodie' im wörtlichen Sinne, ist damit treffend bezeichnet. Während sie die groben Linien des Handlungsablaufs ihrer Vorlage verdanken, ersetzen sie die strenge „Entsagung, Aufopferung, Selbstverläugnung", die Kosegarten in seiner Vorrede ausdrücklich ins Zentrum der christlichen Lehre rückt[21], durch den irdischen Glücksanspruch des Menschen, der sich, wie so oft bei Keller, am besten in der ehelichen Liebe einlösen lässt. Daher trägt Maria als „Schutzpatronin der Heiratslustigen" auch sehr weltliche, sinnenfrohe Züge und kann in der Legende vom schlimm-heiligen Vitalis sogar ohne weiteres mit Juno, der heidnischen „Beschützerin ehelicher Zucht und Sitte", verschmelzen (7, S. 404).

Feuerbach hatte die katholische Marienverehrung in einem Aufsatz von 1842 als entstellte Manifestation legitimer menschlicher Bedürfnisse und Sehnsüchte gedeutet. Als ein „Kultus des Weibes“ und der „Frauenliebe“ sei sie eigentlich der Verherrlichung der Schönheit und des sinnlichen Verlangens gewidmet. Weil das Christentum den Liebesgenuss aber auf Erden verbiete und als einen rein geistigen vollständig in den Himmel verlagere, werde Maria zugleich zur asketischen Repräsentantin der Keuschheit, des „natur- und geschmackwidrigen Prinzips der Abstinenz“, und damit zu einer höchst unpoetischen, ja geradezu perversen Gestalt.[22] Ob Keller diese Ausführungen im Original gelesen hat, muss offen bleiben, ist aber auch nicht von Belang, da ihre Tendenz ohnehin durch das bekannte religionskritische Interpretationsschema des Philosophen vorgegeben war. In seinem Werk bemühte sich der Dichter jedenfalls, die entrückte Gestalt der Gottesmutter, in der auch er eine christliche „Maske“ für die nie restlos zu unterdrückende „heidnische Lebens- und Liebeslust“ erkannte[23], auf den Erdboden zurückzuholen. Schon im *Grünen Heinrich* preist ein Schmied, der vornehmlich religiöse Kultgegenstände verfertigt und daher allgemein „der Gottesmacher“ genannt wird, Maria als den Inbegriff weiblicher „Milde und Schönheit“, als Schutzherrin der Künste und Verkörperung aller Reize der Natur: „sie war mir Mütterchen, Geliebte, göttliche Fürbitterin, Muse in Bild und Tönen, und überdies belebte sie wie eine allgegenwärtige Göttin die Fluren meiner schönen Heimath“ (12, S. 216). Da er offenkundig keine erhabene Himmelskönigin anbetet, sondern ein vom Menschen geschaffenes Sinnbild für die Herrlichkeit der Welt verehrt, ist es dem Gottesmacher ziemlich gleichgültig, „daß derlei katholische Dinge von aufgeklärten oder auch nur unbefangenen Leuten nicht mehr geglaubt werden“, denn einem poetischen Symbol können religiöse Zweifel nichts anhaben: „warum wollen wir die selige Menschgöttin unserer Jugendzeit, die uns Unschuld und Anmuth bedeutet, so ohne Weiteres absetzen?“ (S. 217)

Wenn einige der *Sieben Legenden* davon erzählen, wie Maria auf wundersame Weise die Sehnsucht nach Liebe und Glück erfüllt, enthüllen sie damit gleichfalls den Charakter dieser „Menschgöttin“ als Projektion, als Wunschbild, das einzig in der literarischen Fiktion eine konkrete Gestalt annehmen und handelnd in Erscheinung treten kann. Allerdings zählen, anders als es Kellers pauschale Bemerkung gegenüber Freiligrath suggeriert, mit *Die Jungfrau und der Teufel, Die Jungfrau als Ritter* und *Die Jungfrau und die Nonne* lediglich drei der sieben Geschichten zum Genre der Marienlegenden. Von ihnen sei vorerst nur die zuletzt Genannte für eine nähere Interpretation herausgegriffen. Kosegarten lieferte dem Dichter hier eine sehr dürftige Vorlage. Die Nonne Beatrix wird bei ihm „von sündlichen Gedanken gar heftig angefochten" und verlässt heimlich ihr Kloster, um sich „dem gemeinen Leben" zu ergeben, dessen Details sich der Leser selbst ausmalen muss.[24] Als sie nach fünfzehn Jahren reumütig zurückkehrt, stellt sie fest, dass Maria während der ganzen Zeit in ihrer Gestalt ihre Stellung als Küsterin ausgefüllt hat. Dies alles wird in wenigen dürren Sätzen eher lakonisch referiert als wirklich geschildert.

Dass Kellers Version der Legende um ein Vielfaches umfangreicher ausfällt, ist hauptsächlich der ausführlichen Beschreibung geschuldet, die er dem profanen Leben der entwichenen Nonne widmet. Plastisch malt er schon die unstillbare Begierde der schönen Beatrix aus, die von dem hochgelegenen Kloster weit umher schauen kann „in das Weben der blauen Gefilde; sie sah Waffen funkeln, hörte das Horn der Jäger aus den Wäldern und den hellen Ruf der Männer, und ihre Brust war voll Sehnsucht nach der Welt" (7, S. 377). Und als ihr dann nach ihrer Flucht die Freuden dieser „Welt" in leibhaftiger Gestalt erscheinen, werden sie wie eine Epiphanie inszeniert und in glänzendes Licht getaucht: „Da kam die Sonne über die Baumkronen und ihre ersten Strahlen, welche durch die Waldstraße schossen, trafen einen prächtigen Ritter, der völlig allein in seinen Waffen daher geritten kam" (S. 378). Der stattliche Mann trägt den vielsagenden Namen Wonnebold, und prompt werden die beiden ein Paar und ziehen auf die Burg des Ritters: „So ruhte denn Beatrix mit ihm und stillte ihr Verlangen" (S. 380). Ein gefährliches Abenteuer, das ihre Liebesgemeinschaft beinahe zerstört, muss noch bestanden werden, aber dann führen Beatrix und Wonnebold ein vorbildliches Eheleben, dem nicht weniger als acht Söhne entspringen.

Die Heimkehr der Entflohenen ins Kloster übernimmt Keller wieder von Kosegarten, doch von Reue und Buße ist bei ihm keine Rede. Die gealterte Beatrix scheint nur „etwas müde [...] vom Leben" zu sein und Ruhe zu suchen (S. 384); erfolgte ihr Auf- und Ausbruch einst in einer schönen Juninacht, so fällt die Rückkehr in den Herbst, der auch den Herbst des Lebens bedeutet. Dank des Eingreifens der Gottesmutter hat niemand ihre Abwesenheit bemerkt. Aber was Kosegarten als unverdiente Gnade Marias für einen sündigen Menschen hinstellt, signalisiert bei Keller eher eine stillschweigende Billigung von Beatrix' Handeln. Das abschließende Wunder, das sich einige Jahre später an einem Marienfest ereignet und das in der Vorlage natürlich kein Gegenstück hat, räumt die letzten Zweifel aus: Die Früchte des genussreichen Weltlebens der Nonne, ihre acht wohlgeratenen Söhne, die unter Wonnebolds Führung zufällig beim Hochamt in der Klosterkirche erscheinen, werden von

Maria durch „acht Kränze von jungem Eichenlaub, welche plötzlich an den Häuptern der Jünglinge zu sehen waren, von der unsichtbaren Hand der Himmelskönigin darauf gedrückt", als die „reichste Gabe" bezeichnet, die man ihr an ihrem Festtag zum Geschenk machen konnte (S. 385). Damit führt Keller seine Umkehrung von Kosegartens orthodoxen Wertungen konsequent zu Ende. Und in ihrer wunderbaren Farbigkeit demonstriert seine Legende auch ganz augenfällig, welchen poetisch-ästhetischen Gewinn die Absage an die weltfeindliche Askese zugunsten der reichen Fülle der irdischen Wirklichkeit verspricht.

Während *Die Jungfrau und die Nonne* Daseinsfreude und Sinnengenuss feiert, sind andere Legenden Kellers komplexer angelegt und vermitteln tiefere psychologische Einsichten, insbesondere zu den verborgenen Motiven religiöser Überzeugungen und eines schwärmerischen Jenseitsverlangens. In *Eugenia*, der ersten Erzählung der Reihe, die im spätrömischen Alexandria spielt, wirft sich die Titelheldin so einseitig auf hochgeistige philosophische Studien, dass sie alle Weiblichkeit und Natürlichkeit einzubüßen droht. Nachdem sie den Heiratsantrag des Prokonsuls Aquilinus abgewiesen hat, weil der Bewerber ihre Gelehrsamkeit nicht hinreichend zu schätzen weiß, fühlt sie sich aber doch „nicht wohl und zufrieden" (7, S. 341), ohne die Ursache dieses Unbehagens zu durchschauen. Einen Ausweg verheißt die Religion: Eugenia bekehrt sich nicht nur zum Christentum, sondern verleugnet nunmehr auch ihr Geschlecht ganz und gar, indem sie, als Mann verkleidet, in ein Mönchskloster eintritt. Indes entlarvt Keller den geistlichen Enthusiasmus auf subtile Art als verstellte Manifestation des so energisch verleugneten sinnlichen Liebesverlangens. Bei Kosegarten, der die Geschichte einer vorbildlichen Glaubensheldin erzählt, bekehrt sich Eugenia zum Christentum, als sie aus einer Kirche „die Worte des Psalms" vernimmt: „Der Heiden Götter sind Götzen; der Herr aber hat den Himmel gemacht" (Ps 96,5).[25] Keller lässt die Gläubigen ein anderes Lied anstimmen, das sehr viel lockender und leidenschaftlicher tönt: „Wie eine Hindin nach den Wasserquellen, so lechzet meine Seele, o Gott! nach dir! Meine Seele dürstet nach dem lebendigen Gott!" (Ps 42,2f.) Darauf heißt es: Eugenias „Herz ward getroffen und schien zu wissen, was es wolle" (7, S. 342). Wahre Befriedigung findet dieses Herz jedoch erst viel später, als die Heldin ihren Irrweg endlich verlässt, das Klosterdasein mit einem Leben als Gattin des Aquilinus vertauscht und sich „mit eben der gründlichen Ausdauer, welche sie sonst der Philosophie und der christlichen Askese gewidmet, dem Studium ehelicher Liebe und Treue" hingibt (S. 353). Eugenias Mönchsgewand wird zum äußeren Zeichen der fatalen Entfremdung von den irdischen Genüssen, die dem Menschen bestimmt sind. Es abzustreifen, bedeutet die erlösende Rückkehr zu einer wahrhaft humanen Existenz.

Die Legende *Dorotheas Blumenkörbchen* legt ein ähnliches religionspsychologisches Verständnis nahe, denn hinter Dorotheas „zärtlichsten und sehnsüchtigsten" Reden „von einem himmlischen Bräutigam, den sie gefunden, der in unsterblicher Schönheit auf sie warte", verbirgt sich nur die „fruchtlose Liebe" zu dem jungen Theophilus, die an unglücklichen Missverständnissen gescheitert ist (S. 415f.) - ein Motiv, das in Kosegartens Vorlage fehlt. Das christliche Vokabular muss hier also wieder uneigentlich verstanden werden und fungiert bloß als Medium irdischen Verlangens; die Religion wird „für die Liebenden zu einem ihnen unbewußten Kommunikationsträger ihrer Liebe".[26] Dementsprechend deutet Keller auch das Wunder um, das Dorotheas christliche Überzeugungen beglaubigt. Nach ihrer Hinrichtung durch den eifersüchtigen heidnischen Statthalter erscheint dem Theophilus ein schönes Kind, mehr Erosknabe als christlicher Engel, und überreicht ihm ein Körbchen mit Rosen und ein paar Äpfeln, „leicht angebissen von zwei zierlichen Zähnen, wie es unter den Liebenden des Altertums gebräuchlich war" (S. 419). Folgerichtig eröffnet der Märtyrertod, den nun auch Theophilus bereitwillig auf sich nimmt, den Weg in ein höchst untypisches Jenseits, dessen Seligkeit in der vollkommenen Gemeinschaft des innig verbundenen Paares besteht: „wie zwei Tauben, die, vom Sturme getrennt, sich wieder gefunden und erst in weitem Kreise die Heimat umziehen, so schwebten die Vereinigten Hand in Hand", wobei sie aber zugleich auch „alle Kreatur und alles Dasein mit süßer Liebe" erfassen (S. 419).

Eine ähnliche Psychologie der christlichen Religiosität trifft man in einigen Geschichten jenseits des Legenden-Zyklus an, etwa in *Das verlorene Lachen* oder in *Ursula*, der letzten der *Züricher Novellen*. Auch Justines Glaubenseifer bietet ihr eine Zuflucht in Zeiten seelischer Bedrängnis. Nach einem Zerwürfnis mit ihrem Gatten Jukundus hofft sie, „ihre Gedanken zu beschäftigen und ihr Gemüt zu befriedigen" (5, S. 320), indem sie sich aufopferungsvoll für die Belange der Kirchengemeinde einsetzt, ohne zu bemerken, wie hohl die neumodische Christlichkeit ist, die der Pfarrer in wohltönenden Worten verkündet. Und Ursula, die sich unter dem Einfluss einer Wiedertäufersekte noch vor der Hochzeit mit dem braven Hansli Gyr entzweit hat, verschiebt ihre enttäuschte irdische Neigung gleichfalls in die Sphäre der Religion, denn der Erzengel Gabriel, der „englische Herr und himmlische Baron" (6, S. 375), von dem sie sich geliebt glaubt, ist nichts anderes ein verklärtes Spiegelbild des menschlichen Bräutigams. Beide Protagonistinnen finden am Ende doch noch mit dem geliebten Mann jenes Glück, das sie zeitweilig in schwärmerischer Verrückung vom christlichen Glauben erwarteten. Wer auf Erden ein erfülltes Leben führt, hat es nicht nötig, sich in der unbestimmten Sehnsucht nach einer chimärischen höheren Seligkeit zu verlieren.

Was könnte das Himmelreich dem Menschen überhaupt bieten? Einige Male hat Keller es tatsächlich gewagt, poetische Visionen einer jenseitigen Ewigkeit zu entwerfen, aber keine davon trägt rundum verlockende Züge. In dem Gedicht *Creszenz* aus dem Zyklus „Von Weibern" in den *Neueren Gedichten* fühlt sich die einsame Sprecherin, die ihre Jugend und ihr Lebensglück verscherzt hat, der Welt entrückt und dem Himmel nahe, doch der ist seinerseits „kalt" und von einer freudlosen Erstarrung geprägt:

Da sitzt Maria auf dem goldnen Thron,
Auf ihrem Schooße schläft ihr sel'ger Sohn.

Da sitzt Gott Vater, der den heil'gen Geist
Aus hohler Hand mit Himmelskörnern speist.

In einem Silberschleier sitz' ich dann
Und schaue meine weißen Hände an,

Bis irgend eine Harfensaite springt
Und mir erschreckend durch die Seele klingt.
(13, S. 191f.)

Auch die Geschichte von Dorothea und Theophilus in *Dorotheas Blumenkörbchen* ist mit der beglückenden Gemeinsamkeit, die den beiden nach dem Tod zuteil wird, nicht abgeschlossen, denn es folgt noch eine letzte Wendung des Geschehens: „Aber einst gerieten sie in holdestem Vergessen zu nahe an das krystallene Haus der heiligen Dreifaltigkeit und gingen hinein; dort verging ihnen das Bewußtsein, indem sie, gleich Zwillingen unter dem Herzen ihrer Mutter, entschliefen und wahrscheinlich noch schlafen, wenn sie inzwischen nicht wieder haben hinauskommen können" (7, S. 420). Was fromme Christen ersehnen, die Verschmelzung mit Gott in der *unio mystica*, schwankt bei Keller zwischen dem Gefühl absoluter Geborgenheit wie bei Kindern im Mutterleib und einer Gefangenschaft, die mit dem Verlust des eigenen Ich assoziiert wird. Verglichen mit dem freien Dahinschweben der Liebenden in seliger Zweisamkeit mutet dieser Schluss jedenfalls recht beklemmend an: „Der heidnische, lebendige Eros ist in den Gravitationsbereich des christlichen Dogmas geraten und dort entschlafen."[27]

Schließlich entführt auch das *Tanzlegendchen*, das Schlussstück der *Sieben Legenden*, seine Leser in den Himmel. Anfangs folgt es ungewöhnlich getreu dem traditionellen Gattungsschema. Die Heldin Musa, ein „anmutvolles Jungfräulein", kennt nur „*eine* Leidenschaft", nämlich eine „unbezwingliche Tanzlust" (S. 421), den Inbegriff sinnlicher Lebensfreude. Doch eines Tages erscheint ihr der biblische König David, einen Trupp musizierender Engel im Gefolge, und preist ihr die Genüsse der „ewige[n] Seligkeit" an, die in einem „unaufhörlichen Freudentanze" bestünden, gegen den der weltliche „ein trübseliges Schleichen zu nennen sei" (S. 422). Um dieses Glückes teilhaftig zu werden, habe Musa „nichts Anderes zu thun, als während ihrer irdischen Lebenstage aller Lust und allem Tanze zu entsagen und sich lediglich der Buße und den geistlichen Uebungen zu weihen". Das Mädchen gehorcht dem Appell, sich „durch zeitliche Entsagung" die „ewige Freude" zu verdienen (S. 423), führt fortan ein streng asketisches Dasein und lässt sich, weil die Begierde zu tanzen nicht weichen will, sogar die Füße zusammenketten. Nach drei Jahren stirbt Musa an Entkräftung und geht sogleich ins Reich der Seligen ein: „Man sah noch, wie sie in den offenen Himmel sprang, und augenblicklich tanzend sich in den tönenden und leuchtenden Reihen verlor" (S. 425).

Ganz ernst zu nehmen ist dieser Legendenhimmel aber nicht; er wirkt eher wie das kunstvoll-künstliche Produkt eines heiteren poetischen Spiels, das seinen Inszenierungscharakter nicht verleugnet. König David und seine mutwilligen Engelsmusikanten – augenscheinlich lebendig gewordene Putten! – sind geradewegs dem Rokoko entsprungen, und bei Musas Tod öffnet sich der Himmel vor aller Augen wie auf einer barocken Theaterbühne. Das Jenseits ist im *Tanzlegendchen* ein Ort, der die Freuden des Lebens von aller Erdenschwere befreit und obendrein ins Unendliche verlängert, und damit nur ein traumhaft gesteigertes Spiegelbild der vertrauten Welt, das unschwer als Sehnsuchtsprojektion begriffen werden kann.

Mit der Entrückung der Heldin in den Himmel, die auch die Vorlage bei Kosegarten beschließt, endet die Geschichte in der handschriftlichen Fassung von 1857/58 (vgl. 23.2, S. 223). Erst später führte Keller die Erzählung weiter und verlieh ihr damit ein Gewicht, das ihr in der Reihe der *Sieben Legenden* eine Sonderstellung verschafft. Der Einschnitt zwischen den beiden Teilen ist nicht zu übersehen, denn Musa tritt jetzt in den Hintergrund, um den neun Musen, ihren Namens- und Geistesverwandten, Platz zu machen, die für gewöhnlich mit den anderen antiken Sagengestalten in der Hölle sitzen, an hohen Festtagen aber befristet im christlichen Himmel aushelfen dürfen. Dort finden sie freundliche Aufnahme, und Maria verspricht sogar, „sie werde nicht ruhen, bis die Musen für immer im Paradiese bleiben könnten" (7, S. 426) – ein hoffnungsfroher und im Rahmen dieses Zyklus einmaliger Ausblick, der eine utopische Synthese von Christentum und heidnischer Sinnenlust, von Spiritualismus und Sensualismus verheißt, deren Widerspruch sich in Musas Geschichte noch so schroff manifestiert hat.

Doch auch dabei wollte es der Autor letztlich nicht bewenden lassen, und so fügte er noch während der Drucklegung der *Sieben Legenden* einige weitere kurze Abschnitte an, die die schöne Zukunftsvision unbarmherzig zertrümmern. Wenn die Musen, um „sich für die erwiesene Güte und Freundlichkeit dankbar zu erweisen und ihren guten Willen zu zeigen", im Himmel einen eigens einstudierten Choral anstimmen, erzielen sie damit eine Wirkung, die keineswegs ihren Absichten entspricht: „Aber in diesen Räumen klang er so düster, ja fast trotzig und rauh, und dabei so sehnsuchtsschwer und klagend, daß erst eine erschrockene Stille waltete, dann aber alles Volk von Erdenleid und Heimweh ergriffen wurde und in ein allgemeines Weinen ausbrach". Das „ganze Paradies mit allen Erzvätern, Aeltesten und Propheten, alles, was je auf grüner Wiese gegangen oder gelegen", gerät durch den Gesang „außer Fassung" (S. 427).

Keller verfolgt in der literarischen Fiktion ein kühnes Gedankenspiel: Wie erginge es dem Menschen wohl, wenn ihm das erträumte grenzenlose Glück im Jenseits, von dem die christliche Lehre spricht, tatsächlich offen stünde? Verlangt der Gläubige auf Erden inständig nach der himmlischen Seligkeit, so wird diese Richtung im *Tanzlegendchen* provozierend umgekehrt. Dabei ist die Kombination von „Erdenleid und Heimweh" ebenso paradox wie folgerichtig, „weil das Irdische in all seiner Hinfälligkeit und seinem Schmerz das *eigentliche* Leben ist, höheren Realitätsgrad besitzt als das Ewige, das es sich gefallen lassen muß, hier als die Langeweile der undramatischen Vollkommenheit verstanden zu werden."[28] Intensität und Leuchtkraft gewinnt das menschliche Dasein für Keller ja gerade aus dem Bewusstsein seiner unwiderruflichen Begrenztheit, und ohne die Erfahrung von Schmerz und Kummer lässt sich auch eine echte Glückserfüllung schwerlich denken. Der einzige vorstellbare Raum einer wirklich humanen Existenz ist deshalb die sinnlich greifbare irdische Sphäre, die Welt, in der man „auf grüner Wiese" gehen und liegen kann, mit allen ihren Mängeln und Gebrechen. Wer diese Einsicht unterdrücken und die traditionelle Hierarchie von Himmel und Erde aufrecht erhalten will, muss zu gewaltsamen Mitteln greifen, und genau das tut „die allerhöchste Trinität selber", indem sie „die eifrigen Musen mit einem lang hinrollenden Donnerschlage zum Schweigen“ bringt und damit in einem drakonischen Akt der Zensur eine fragwürdige „Ruhe“ wiederherstellt (S. 427). Der Zutritt zum Himmelreich bleibt den neun Schwestern fortan verwehrt, weil schon ihre bloße Anwesenheit die Fundamente der christlichen Weltanschauung (und Weltverneinung) in Frage stellen würde.

Noch 1872, als Keller die *Sieben Legenden* publizierte, die so stark von Feuerbachs Ideen geprägt sind, dürfte er die Thesen des Philosophen als verbindlich und gültig erachtet haben. In einigen späteren Bemerkungen klingt freilich eine gewisse Distanz an. So beklagte der Autor 1882 in einem Brief an seine Vertraute Marie Frisch Feuerbachs „störrischen Ernst“ und seinen „etwas aufgeblasenen Idealismus“ (GB 2, S. 289), und ein Jahr zuvor hatte er sich einem anderen Korrespondenzpartner gegenüber einlässlicher zum Thema ‚Feuerbach und die Religion‘ geäußert:

> Über die philosophische Zeitfrage ließe sich Weiteres sagen. Ich könnte mich nicht mehr ganz so fassen wie vor dreißig Jahren, ohne vom freien Gedanken abgegangen zu sein. Das seither entstandene Getümmel hat letzteren kühler und ruhiger werden lassen. Der Satz Ludwig Feuerbachs: Gott ist nichts anderes als der Mensch! besteht noch zu Recht; allein eben deshalb kann man nicht sagen: der Mensch ist Gott! insofern das zweite Substantivum nun doch wieder etwas Größeres ausdrücken soll als das erste. (GB 4, S. 227f.)

Diese Einschränkung war allerdings keineswegs neu und stand auch nicht im Widerspruch zu Feuerbachs Lehren. Dass die Absetzung Gottes dem Menschen zur klaren Erkenntnis seiner Endlichkeit und Sterblichkeit verhelfen müsse und nicht etwa in narzisstische Hybris münden dürfe, hatte Keller von Anfang an unterstrichen. Das philosophierende Schulmeisterlein im *Grünen Heinrich* zieht seinen Spott auf sich, weil es Feuerbachs Auffassung in diesem Punkt auf naive Weise missversteht:

> [W]enn Feuerbach sagte: Gott ist nichts Anderes, als was der Mensch aus seinem eigenen Wesen und nach seinen Bedürfnissen abgezogen und zu Gott gemacht hat, folglich ist Niemand als der Mensch dieser Gott selbst, so versetzte sich der Philosoph sogleich in einen mystischen Nimbus und betrachtete sich selbst mit anbetender Verehrung, so daß bei ihm, indem er die religiöse Bedeutung des Wortes immer beibehielt, zu einer komischen Blasphemie wurde, was im Buche die strengste Entsagung und Selbstbeschränkung war. (11, S. 365)

Bei der Überarbeitung seines Romans, ein Vierteljahrhundert später, ließ Keller diese Passage unverändert stehen (vgl. 1, S. 314f.). Um die Grenze zwischen Feuerbachs authentischen Ansichten und manchen fragwürdigen Formen ihrer Rezeption noch stärker hervorzuheben, führte er in der Zweitfassung überdies eine weitere „Karikatur" eines Feuerbach-Jüngers ein (3, S. 197), einen gewissen Peter Gilgus, der als „Apostel des Atheismus" durch die Lande zieht und mit penetrantem Enthusiasmus die Schönheit der irdischen Welt preist, „nachdem der liebe Gott aus derselben weggeschickt worden" (S. 194). Während aber der „Philosoph", der diese Lehre zuerst verkündet hat – Feuerbachs Name wird hier nicht genannt –, als echter „Weltweise[r]" in „freiwilliger Armut und Bedürfnislosigkeit" lebt (S. 195), weiß Gilgus aus seinem Bekenntnis handfesten Profit zu ziehen, indem er sich fortwährend bei wohlhabenden Gesinnungsgenossen selbst zu Gast lädt. Diese einträgliche Angewohnheit führt ihn auch auf das Schloss des Grafen, wo er dem eben erst zur strikten Diesseitsorientierung bekehrten Heinrich Lee wie ein warnendes verzerrtes Spiegelbild entgegentritt. Torheit, Eitelkeit und Selbstsucht sind bei Keller keineswegs auf orthodoxe Gläubige beschränkt, sondern können sich mit jeder beliebigen Weltanschauung verbinden.

Auch Toleranz ist für Gilgus ein Fremdwort, und der zelotische Feuerbachianer wirkt um keinen Deut sympathischer als sein Gegenstück, der dogmatische christliche Eiferer: Den Bauern auf den gräflichen Gütern predigt er wortreich, „sie sollten Buße thun und von ihrem heidnischen Gottesglauben ablassen" (S. 202). Für Keller dagegen, der alle ideologischen Verhärtungen zu vermeiden suchte, verbanden sich die Feuerbach'schen Vorstellungen mit einer großen Duldsamkeit in Glaubensdingen. „[I]ch werde nie ein Fanatiker sein und die geheimnisvolle schöne Welt zu allem Möglichen fähig halten, wenn es mir irgend plausibel wird", beteuerte er schon in jenem Brief aus Heidelberg, in dem er Baumgartner seine Begegnung mit Feuerbachs Philosophie schilderte (GB 1, S. 275), und er weigerte sich, „jeden, der an Gott und Unsterblichkeit glaubt, für einen kompletten Esel zu halten", auch wenn er zuversichtlich darauf rechnete, dass „nach und nach alle Menschen zur klaren Erkenntnis kommen" würden (S. 290f.). Die Hoffnung, durch seinen eigenen Sinneswandel mit einem Schlag „ein besserer und strengerer Mensch" zu werden, hatte er ohnehin rasch wieder aufgegeben (S. 246), und wenn er Baumgartner versicherte, gläubige Menschen, die „unter Atheismus nichts weiter als rohen Materialismus zu verstehen imstande sind, würden freilich auch als Atheisten die gleichen grob sinnlichen und eigensüchtigen Bengel bleiben, die sie als ‚höhere' Deisten schon sind" (S. 290), bekräftigte er einmal mehr den Vorrang des Charakters und des individuellen Ethos vor dem weltanschaulichen Bekenntnis.

Vorurteilsfreie Offenheit gilt auch dem Grafen im *Grünen Heinrich* als höchstes Gut und als unverzichtbare Grundlage einer freien, humanen Gesellschaft. In einem Plädoyer, das nach wie vor äußerst zeitgemäß anmutet, fordert er „vollkommene Sicherheit des menschlichen Rechtes und der menschlichen Ehre bei jedem Glauben und jeder Anschauung, und zwar nicht nur im Staatsgesetz, sondern auch im persönlichen vertraulichen Verhalten der Menschen zu einander. [...] Uebrigens geht der Mensch in die Schule alle Tage und keiner vermag mit Sicherheit vorauszusagen, was er am Abend seines Lebens glauben werde! Dafür haben wir die unbedingte Freiheit des Gewissens nach allen Seiten" (12, S. 417f.). Von dem gelassenen Agnostizismus seiner Adoptivtochter war bereits an früherer Stelle die Rede, und in der zweiten Fassung des Romans stellt sich Dorothea sogar auf den Standpunkt: „Bei Gott ist alles möglich, auch daß er existiert!" (3, S. 181) Zuletzt sei noch Jukundus Meyenthal aus *Das verlorene Lachen* zitiert, der nachdrücklich empfiehlt, sich im Blick auf religiöse Fragen „ganz vergnügt und friedlich still [zu] halten" (5, S. 354) und nicht ständig „Lehrämter über das zu errichten, was keiner den andern lehren kann, wenn er ehrlich und wahr sein will" (S. 304). Religion ist demnach Privatsache, mit der jeder es halten mag, wie es ihm gut dünkt. Ihre Bedeutung wird, wie man ergänzen darf, ohnehin schwinden, sobald der Mensch erst einmal die eigenverantwortliche Gestaltung der irdischen Welt als seine Aufgabe angenommen und gelernt hat, in der diesseitigen Wirklichkeit die Quelle seines Glücks und seiner Leiden zu sehen. Jukundus verliert deshalb kein Wort mehr über die Möglichkeit einer individuellen Unsterblichkeit. An ihre Stelle tritt mit der Zukunft der menschlichen Gattung auf Erden eine Art immanenter Transzendenz: Eine wohlgepflegte Baumschule wertet der Protagonist als hoffnungsvolles Zeichen für die selbstlose Aufmerksamkeit, mit der die Menschen „Pflichten der Vorsorge für die ihnen unbekannten künftigen Geschlechter" erfüllen (S. 353).

Dass die eben erwähnten fiktiven Figuren Kellers eigene Gedanken im Munde führen, erhellt beispielsweise aus dem Kommentar zu einem neuen Gesetz über das kantonale Kirchenwesen, den er 1861 veröffentlichte. Er begrüßt darin ausdrücklich die Verpflichtung der Heranwachsenden zum Besuch der kirchlichen Kinderlehre „vom 12. bis 16. Altersjahre" (15, S. 231) – aber eben nicht schon früher, wie von manchen Seiten gefordert. Zwar wird die „Selbstverliebtheit heutiger Priester" angeprangert und auch bedacht, wie leicht Sprösslinge aus freisinnigen Familien in einen Zwiespalt zwischen den elterlichen Erziehungsmaximen und der kirchlichen Unterweisung geraten können, doch andererseits hält Keller es für „gut und nützlich, daß jedes Landeskind mit allen übrigen gleichmäßig bei der Landeskirche in die Lehre gehe", um später kompetent beurteilen zu können, „was der kirchliche Staat eigentlich glaubt" (S. 232). „Mit dem 16. Jahre", so schließen seine Überlegungen, „ist Jeder frei und kann sich je nach den Eindrücken, die er empfangen, weiter verhalten." Der Gesetzgeber müsse solche Fragen souverän „als reine Geistesangelegenheiten, als Sache der freien menschlichen Bildung behandeln" (S. 232f.). Ganz in diesem Sinne äußert sich später auch der Titelheld des Romans *Martin Salander*, der es „angesichts der Stellung, welche die christliche Religion in der Weltgeschichte wie im Leben der Gegenwart einnimmt", für undenkbar hält, „den Kindern deren Inhalt zu unterschlagen". Nur wenn sie wüssten, „was bis auf ihre Zeit bestanden hat" und „was die Religion selbst von sich sagt", könnten sie im „Alter der Mündigkeit" aus eigener Kraft und Einsicht eine „freie Ueberzeugung" entwickeln (8, S. 254). Offensichtlich hat Keller jene umfassende Toleranz in religiösen und weltanschaulichen Dingen, die er schon vor seiner Heidelberger Lehrzeit bekundete, ungebrochen in die Phase „nach Feuerbach" hinübergerettet.

Lob des Sehens

Gegen Ende seines Aufenthaltes in der deutschen Residenzstadt nimmt Heinrich Lee, dessen reguläre Schullaufbahn (wie die seines Schöpfers Gottfried Keller) einst ein frühes und unrühmliches Ende gefunden hat, die Gelegenheit wahr, wenigstens einige seiner Bildungslücken zu schließen, indem er als Gasthörer Vorlesungen an der Universität besucht. Bevor er von der unbezähmbaren Neugier auch in die Gefilde der Rechtswissenschaft und der Geschichte geführt wird, befasst er sich eingehend mit Anthropologie, wobei ihn anfangs noch die Hoffnung leitet, daraus Nutzen für die zeichnerische Darstellung menschlicher Figuren zu ziehen. Die Freude am Wissenserwerb um seiner selbst willen, an der „bloßen Erkenntniß" (12, S. 230), drängt dieses pragmatische Ziel jedoch bald in den Hintergrund.

Anregungen für das betreffende Kapitel im *Grünen Heinrich* verdankte Keller den Vorlesungen des Physiologen und Anatomen Jakob Henle, die er in Heidelberg gehört hatte und die, wie er damals feststellte, „dem Feuerbach bedeutend in die Hände" arbeiteten (GB 1, S. 276), weil sie „die beste Grundlage oder vielmehr Einleitung" zu dessen Unterricht über den Menschen und die Natur abgaben (GB 2, S. 458). Ebenso wichtig waren ihm die Thesen des gleichfalls in Heidelberg lehrenden Jakob Moleschott: „Beide Physiologie-Dozenten sind in der Romanfigur des einen ‚Lehrers' kontaminiert"[29], dessen Stunden der Protagonist regelmäßig besucht. Und auch für Heinrich führt der Weg von der wissenschaftlichen Physiologie zur anthropologisch ausgerichteten Philosophie. Obwohl er zu diesem Zeitpunkt durchaus noch an Gott glaubt, muten seine akademischen Studien wie eine Vorschule zu jenen reiferen weltanschaulichen Grundsätzen an, die er sich später unter Dorotheas Einfluss aneignen wird. Zwar versteht er die erhellenden Ausführungen über die „wunderbar scheinende Zweckmäßigkeit in den Einzelheiten des thierischen Organismus" zunächst ganz im Sinne der altehrwürdigen Physikotheologie als einen schlagenden „Beweis [...] von der Scharfsinnigkeit und Geschicklichkeit Gottes" (12, S. 233), doch der Professor weiß alle voreiligen Schlussfolgerungen zu unterbinden:

> [N]achdem der kluge Lehrer die Trefflichkeit und Unentbehrlichkeit der Dinge auf das Schönste geschildert, ließ er sie unvermerkt in sich selbst ruhen und so vollkommen in einander aufgehen, daß die ausschweifenden Schöpfergedanken eben so unvermerkt zurückkehrten und in den geschlossenen Kreis der Thatsachen gebannt blieben, welche jener Schlange der Ewigkeit gleicht, die sich selbst in den Schwanz beißt. (S. 234)

So lernt Heinrich, die irdische Natur und die einzelnen Organismen in ihrer „Folgerichtigkeit und Einheit" (S. 234) als eine autonome Ordnung komplexer Funktionszusammenhänge zu betrachten und die „innere Nothwendigkeit, Identität und Selbständigkeit der natürlichen Dinge" zu bewundern, während er „seinen Glauben an Gott und Unsterblichkeit" vorläufig beiseite setzt (S. 239). Emphatisch proklamiert der Erzähler die heilsame Beschränkung des menschlichen Denkens und Forschens auf den weltimmanenten Kreis des Natürlichen, auf die „Kenntniß vom Charakteristischen und Wesentlichen der Dinge" (S. 236), die vortrefflich geeignet sei, metaphysischen Spekulationen den Boden zu entziehen und eine Haltung einzuüben, die schon ganz feuerbachianisch wirkt: „Wo bleibt da noch eine Unruhe, ein zweifelhaftes Sehnen nach einer unbegriffenen Ewigkeit, wenn wir sehen, daß Alles entsteht und vergeht, sein Dasein abmißt nach einander und doch wieder zumal ist" (S. 237).

Während Moleschott das menschliche Denken radikal auf stoffliche Grundlagen zurückführte und einen absoluten Determinismus postulierte, verfolgt der Roman eine Linie, die Feuerbachs ganzheitlicher Philosophie verpflichtet ist. Obwohl man sich den Geist nicht in idealistischer Manier ohne materielles Fundament vorstellen dürfe, könne er doch auch wiederum nicht darauf reduziert werden:

> Denn der Geist, welchen die Materie die Macht hat in sich zu halten, hat seinerseits die Kraft, in seinen Organen dieselbe zu modificiren und zu veredeln, Alles mit ‚natürlichen Dingen', und jeder Lebende, der mit Vernunft lebt und insofern er sich fortpflanzt oder erhebliche Geistesthaten übt, hat im strengsten Sinne des Wortes seinen bestimmten Antheil z. B. an der Ausbildung und Vergeistigung des menschlichen Gehirnes, seinen ganz persönlichen, wenn auch unmeßbaren Antheil. (S. 238)

Mit dieser Dialektik von Stoff und Geist verteidigt Keller die Möglichkeit einer humanen Bildung und einer vernünftigen menschlichen Selbstbestimmung. Demselben Zweck dient Heinrichs Rechtfertigung des freien Willens, den sein im Übrigen so kluger und duldsamer akademischer Lehrer mit ungewohnter Hartnäckigkeit leugnet, womit er der „unglücklichen Neigung vieler, selbst ausgezeichneter Naturalisten" erliegt, „auch an ungehöriger Stelle die Materie auf abstoßende und ganz überflüssige Weise zu betonen", statt die „moralische Frucht", die aus ihr hervorgeht, in ihrem Eigenwert anzuerkennen (S. 246f.). Ein „absoluter rationalistischer freier Wille" kommt Heinrich zwar nicht mehr plausibel vor, weil er dafür im Laufe seiner Studien „schon zu viel Aufmerksamkeit und Achtung für das Leibhafte und dessen gesetzliche Macht erworben" hat, doch er ist überzeugt, „daß innerhalb des ununterbrochenen organischen Verhaltens, der darin eingeschachtelten Reihenfolge der Eindrücke, Erfahrungen und Vorstellungen, zuinnerst der moralische Fruchtkern eines freien Willens keime zum emporstrebenden Baume, dessen Aeste gleichwohl wieder sich zum Grunde hinabbögen, dem sie entsprossen, um dort unablässig auf's Neue Wurzeln zu schlagen" (S. 248). Der Wille des geistig gereiften Individuums gleiche einem geübten Reiter, der mit seinem Pferd, dem „besondere[n], immer noch materielle[n] Organ" seines Leibes, auf dem unebenen Boden der rauhen Wirklichkeit unterwegs ist, oder auch einem Steuermann oder Schwimmer, der trotz aller äußeren Widrigkeiten „nach bestem Vermögen sein vorgenommenes Ziel zu erreichen" sucht (S. 249f.). Innere Freiheit ist für den Menschen mithin nur zu erlangen, wenn er sich die natürlich-stoffliche Bedingtheit seines Daseins bewusst macht, ohne ihr aber fatalistisch zu erliegen.

Eine Weltanschauung, die auf jede metaphysische Sinnstiftung verzichtet, läuft Gefahr, den Kosmos einer seelenlosen Mechanik oder dem puren Zufall auszuliefern. Wenn Keller die Natursphäre als eine höchst zweckmäßig eingerichtete „große Oekonomie des Weltlebens“ (S. 238) schildert, versucht er, genau dieser Bedrohung entgegenzuwirken. Die Natur wird zwar nicht etwa ihrerseits in pantheistischer Manier vergöttlicht, doch sie erscheint als ein Reich immanenter Vollendung, in dem überall Ordnung und Schönheit herrschen, und liefert dem Menschen damit ein Vorbild für die Gestaltung seines eigenen Lebens. Rühmt der Erzähler im *Grünen Heinrich* die „gute Natur“ und das „nothwendige und gesetzliche Wachsthum der Dinge“ (S. 119f.), so verweist der Maler Römer, Heinrichs einziger echter Lehrer auf dem Feld der bildenden Kunst, seinem Schützling jeden willkürlichen Zug beim Zeichnen mit den Worten: „Die Natur ist vernünftig und zuverlässig“ (S. 33). Und bei allen Mängeln, die ihm sonst anhaften mögen: Auf diesem Gebiet ist Römer eine Autorität.

Unter den Sinnen, die dem Menschen einen Zugang zur Natur gewähren, spielte der visuelle für Keller die wichtigste Rolle. Wenn der Erzähler die Ergebnisse von Heinrichs akademischen Studien referiert, schiebt er einen förmlichen Hymnus auf das Licht und das Auge ein:

> Das Licht hat aber den Sehnerv gereift und ihn mit der Blume des Auges gekrönt, gleich wie die Sonne die Knospen der Pflanzen erschließt [...]. Das Licht hat den Gesichtssinn hervorgerufen, die Erfahrung ist die Blüthe des Gesichtssinnes und ihre Frucht ist der selbstbewußte Geist; durch diesen aber gestaltet sich das Körperliche selbst um, bildet sich aus, und das Licht kehrt in sich selber zurück aus dem von Geist strahlenden Auge. (12, S. 237f.)

Das Credo einer sensualistischen Anthropologie und Erkenntnislehre! Das Bewusstsein ist kein Produkt der rein innerlichen Reflexion, es erwächst vielmehr aus der empirischen Begegnung mit der natürlichen Welt, aus den sinnlichen Wahrnehmungen und den von ihnen gespeisten Erfahrungen, aus denen sich schließlich ein „Geist“ bildet, der wiederum auf die materielle Wirklichkeit zurückwirken kann. Im geistbegabten Menschen gelangt die Natur zu sich selbst, indem sie sich mit Vernunft anschaut, und diese Vernunft entwickelt sich weiter fort in der unablässigen Wechselwirkung, im „Kreislauf“ (S. 238) zwischen der Natur und dem geistig-sinnlichen Menschengeschlecht. Ähnlich argumentiert Feuerbach, der das Selbst-Bewusstsein ebenfalls aus der Wahrnehmung ableitet und in einem vom Geist durchdrungenen Schauen jenes Vermögen erblickt, das den Menschen vom Tier unterscheidet: „Das Auge ist himmlischer Natur.“[30]

Der Dichter und der Philosoph unterstellen also eine buchstäblich organische Verbundenheit des erkennenden Subjekts mit der natürlichen Welt, die es umgibt. In dieser Denkfigur wurzelt auch der epistemologische Optimismus, von dem die einschlägigen Passagen des *Grünen Heinrich* zeugen. Wie Feuerbach traut Keller der an die Sinnentätigkeit geknüpften menschlichen Erkenntnis prinzipiell zu, die Realität richtig zu erfassen und zu zweifelsfrei wahren Einsichten zu gelangen. Heinrich Lee, der über eine rege Phantasie verfügt, übersetzt das an der Universität erworbene Wissen „sogleich in ausdrucksvolle poetische Vorstellungen", indem er sich beispielsweise „die beiden Systeme des Blutkreislaufes und der Nerven mit dem Gehirne" als „plastische Charakterwesen" imaginiert. Der Erzähler beeilt sich jedoch zu versichern, dass diese „Vorstellungen [...] aus dem Wesen des Gegenstandes hervorgingen und mit demselben Eines waren, so daß, wenn er damit hantirte, er die allerschönsten Symbole besaß, die in Wirklichkeit und ohne Auslegerei die Sache selbst waren" (12, S. 241f.). Mit anderen Worten: Wenn der Mensch seine Sinne zu benutzen weiß und sich nichts vormacht, kann er in der Sphäre seiner Gedanken durchaus ein korrektes geistiges Abbild der äußeren Realität schaffen.

Kellers Überlegungen zum sinnlichen Weltverhältnis des menschlichen Individuums wurden aber nicht allein von Feuerbach inspiriert. Man vergleiche nur folgenden Passus aus Goethes Einleitung zum didaktischen Teil seiner *Farbenlehre* mit dem oben zitierten Abschnitt des *Grünen Heinrich*: „Das Auge hat sein Dasein dem Licht zu danken. Aus gleichgültigen tierischen Hülfsorganen ruft sich das Licht ein Organ hervor, das seinesgleichen werde; und so bildet sich das Auge am Lichte fürs Licht, damit das innere Licht dem äußeren entgegentrete."[31] Tatsächlich war der Poet und Naturforscher Goethe neben dem Philosophen und Anthropologen Feuerbach der zweite wichtige Gewährsmann für Kellers enthusiastische Hinwendung zur sichtbaren irdischen Natur. Nach der Überzeugung des Schweizer Dichters verstand Goethe die Wirklichkeit in musterhafter Weise „als sinnerfüllte, eigengesetzliche, organische Ganzheit, deren Zentrum die schöne, harmonische, einfache, klare, notwendige und ruhige, somit verständlicherweise Diesseitsfreude evozierende Natur bildet."[32] Der junge Heinrich Lee erwirbt denn auch erst durch seine intensive Goethe-Lektüre jene „hingebende Liebe an [!] alles Gewordene und Bestehende, welche das Recht und die Bedeutung jeglichen Dinges ehrt und den Zusammenhang und die Tiefe der Welt empfindet" (12, S. 16) – eine Liebe, die später durch die Vorlesungen an der Universität ein systematisch begründetes wissenschaftliches Fundament erhält.

Das Entzücken über die Schönheit der Welt, wie sie sich den Sinnen und zumal dem Auge darbietet, begegnet bei Keller allenthalben. Diesem Sensualismus verdanken sich die vielgerühmte Plastizität und Farbigkeit seines Stils, die Fülle und Sättigung seiner erzählten Welten und der lichte Glanz, den er über so viele Figuren, Szenen und Landschaften ausgießt. Bezeichnenderweise widmete er auch einen der wenigen Aufsätze, in denen er sich allgemeiner zu ästhetischen Fragen äußerte, einem Phänomen aus dem Bereich des Lichts und der Farben, nämlich die kleine Schrift *Das goldene Grün bei Goethe und Schiller*, die vermeintliche Missgriffe der beiden Klassiker auf dem Gebiet der Farbmetaphorik zu rechtfertigen sucht. Und noch in späten Jahren hielt Keller an seinem poetischen Lob der Sinnlichkeit fest, indem er das Licht und das Sehen als die Medien eines wahrhaft humanen Weltbezugs feierte. Zwei Textbeispiele, ein episches und ein lyrisches, seien hier vorgestellt.

Im ersten Kapitel des *Sinngedichts* tritt ein junger Naturforscher auf, der das Licht auf eine ganz eigentümliche Art behandelt. Herr Reinhart ist mit anspruchsvollen optischen Experimenten befasst: „In der Mitte des Zimmers stand ein sinnreicher Apparat, allwo ein Sonnenstrahl eingefangen und durch einen Krystallkörper geleitet wurde, um sein Verhalten in demselben zu zeigen und womöglich das innerste Geheimnis solcher durchsichtigen Bauwerke zu beleuchten“. Eine derartige Untersuchung der Natur des Lichts erfordert es aber paradoxerweise, das Licht selbst zum größten Teil auszusperren und damit auch die „schöne Welt mit allem, was draußen lebte und webte“. Reinhart lässt „nur einen einzigen Lichtstrahl in den verdunkelten Raum durch ein kleines Löchlein, das er in den Laden gebohrt hatte“, und dieser Strahl wird sodann mittels der erwähnten Vorrichtung „sorgfältig auf die Tortur gespannt“ (7, S. 10).

Die Skepsis des Erzählers gegenüber Reinharts Verfahren ist deutlich zu spüren. Im *Grünen Heinrich* hatte Keller anhand der akademischen Studien des Helden sein Ideal von Naturforschung entworfen. Während aber die Anthropologie, die der Professor dort vorträgt, auf den organischen Zusammenhang der ganzen, lebendig sich entwickelnden Natur zielt, der nicht zuletzt auch den Menschen einschließt, geht Reinhart streng analytisch-zergliedernd vor und zerstört methodisch die umfassende Einheit der „schönen Welt“, um ein Einzelphänomen künstlich zu isolieren. Am Ende soll eine Reduktion stehen, die „den unendlichen Reichtum der Erscheinungen unaufhaltsam auf eine einfachste Einheit zurückzuführen scheint, wo es heißt, im Anfang war die Kraft, oder so was“ (S. 12). Wieder ist der Spott des Erzählers nicht zu überhören. Die Formel „im Anfang war die Kraft“ spielt vielleicht ironisch auf Ludwig Büchners Bestseller *Kraft und Stoff* von 1855 an, der einen monistischen und rein mechanistischen Materialismus propagierte, zitiert aber auch Fausts fragwürdige Übersetzung des Johannes-Evangeliums.[33] Übrigens wird Reinharts Zimmer mit seinen wissenschaftlichen Utensilien ausdrücklich als die modernisierte „Studierstube eines Doctor Fausten" bezeichnet (S. 9), und in der Tat ist der junge Mann in dieser Klause ebenso vom sinnlich-unmittelbaren Erleben der Welt und der lichten Natur abgeschnitten wie Goethes Held in der seinen: „Weh! steck' ich in dem Kerker noch? / Verfluchtes, dumpfes Mauerloch! / Wo selbst das liebe Himmelslicht / Trüb durch gemalte Scheiben bricht."[34]

Das von Reinhart repräsentierte exakte, analytische, auf Experimenten basierende Wissenschaftsverständnis erlebte zu Kellers Zeiten bekanntlich einen Siegeszug ohnegleichen. Isaac Newton hatte ihm nicht zuletzt mit seinen optischen Versuchen die Bahn bereitet, und im frühen 19. Jahrhundert war Joseph Fraunhofer mit Spektralanalysen beschäftigt, die gleichfalls stark an Reinharts Versuchsanordnung erinnern. Kellers literarischer Protest gegen einen solchen Zugriff auf die Natur, der deren Inneres geradezu gewaltsam erschließen will, knüpft wieder an Goethe an, genauer: an dessen Fehde mit Newton, seinem Erzfeind auf dem Gebiet der Optik. Das Eingangskapitel des *Sinngedichts* liest sich so, als hätte Keller Goethes Newton-Kritik mit erzählerischen Mitteln in Szene setzen wollen. In seinen Experimenten habe der Engländer „die Natur auf die Folter" gespannt, „um sie zu dem Bekenntnis dessen zu nötigen, was er schon vorher bei sich festgesetzt hatte", klagt Goethe in der *Farbenlehre*[35], und an anderer Stelle spricht er in Anspielung auf das verdunkelte Zimmer, in dem Newton – wie Reinhart – seine Versuche durchführte, von der „düstern empirisch-mechanisch-dogmatischen Marterkammer", aus der die „Phänomene" endlich erlöst werden müssten.[36] „Freunde flieht die dunkle Kammer / Wo man euch das Licht verzwickt", rät eine der *Zahmen Xenien* und empfiehlt, lieber „an heitern Tagen" die „Himmelsbläue" zu betrachten, „der Natur die Ehre" zu geben und damit „an Aug und Herz gesund" zu werden.[37]

Den Gedanken, dass der Mensch mit Forschungen, wie Reinhart sie betreibt, nicht bloß der Vielfalt der Natur, sondern auch sich selbst Gewalt antue, greift Keller im *Sinngedicht* ebenfalls auf. Der Protagonist, der seit Jahren nur für die Wissenschaft lebt und sich dabei rückhaltlos der Funktionsweise seiner Apparate unterwirft, ist mittlerweile kaum noch mehr als ein Anhängsel dieser Gerätschaften und als Sinnenwesen geradezu verkrüppelt. Der „unaufhörliche Wechsel zwischen dem erleuchteten Krystall und der Dunkelheit" hat bereits seine Sehkraft angegriffen, bis ihn schließlich akute Augenschmerzen zwingen, die Arbeit zu unterbrechen (S. 11) – der Körper begehrt gegen den fortgesetzten einseitigen Missbrauch seiner sinnlichen Vermögen auf. Die Krise erweist sich aber als heilsam, weil sie Reinhart zur Besinnung bringt. Erst jetzt wird er der traurigen Beschränktheit seiner Existenz gewahr, in der er schon fast zu jenen lebendig Begrabenen zählt, die man aus Kellers früher Lyrik kennt: „er hatte sich vereinsamt und festgerannt, es blieb still und dunkel um ihn her". In der „Besorgnis um seine Augen" dämmert ihm plötzlich die Möglichkeit, ein gesünderes Verhältnis zur äußeren Welt einzunehmen, bei dem die Sinne nicht mehr im Dienste der Trennung, Auflösung und Vereinfachung stehen, sondern „die menschliche Gestalt" als solche erfassen, „und zwar nicht in ihren zerlegbaren Bestandteilen, sondern als Ganzes, wie sie schön und lieblich anzusehen ist und wohllautende Worte hören lässt". Zunehmend fasziniert von diesen Aussichten, beschließt Reinhart, dem Appell der *Zahmen Xenien* gemäß, aus seinem finsteren Kerker auszubrechen, „auf das durchsichtige Meer des Lebens hinauszufahren" und sich endlich wieder „den halbvergessenen menschlichen Dingen" zu nähern. Als ersten Schritt öffnet er die Fensterläden, „damit es hell würde" (S. 12). Wie es danach weitergeht und wie Reinhart schließlich Heilung findet, wird später weiter zu verfolgen sein.

Noch bevor Keller das *Sinngedicht* abgeschlossen hatte, schrieb er 1879 auch ein lyrisches Gedicht über die Augen, das Licht und das Sehen. Die vier Strophen nötigten sogar dem strengen Kritiker Theodor Storm Bewunderung ab, der hier neidlos das „reinste Gold der Lyrik" erkannte (GB 3.1, S. 441). Spätere Leser haben sich seinem Urteil angeschlossen: Bis heute zählt das *Abendlied* zu Kellers berühmtesten Gedichten.

Abendlied

Augen, meine lieben Fensterlein,
Gebt mir schon so lange holden Schein,
Lasset freundlich Bild um Bild herein:
Einmal werdet ihr verdunkelt sein!
Fallen einst die müden Lider zu,
Löscht ihr aus, dann hat die Seele Ruh';
Tastend streift sie ab die Wanderschuh',
Legt sich auch in ihre finst're Truh'.

Noch zwei Fünklein sieht sie glimmend steh'n
Wie zwei Sternlein, innerlich zu seh'n,

Bis sie schwanken und dann auch vergeh'n,
Wie von eines Falters Flügelweh'n.

Doch noch wandl' ich auf dem Abendfeld,
Nur dem sinkenden Gestirn gesellt;
Trinkt, o Augen, was die Wimper hält,
Von dem goldnen Ueberfluß der Welt!
(9, S. 43)

Die äußere Form des Werkes mutet unkompliziert an. Keller verwendet ein trochäisches Metrum mit fünf Hebungen und ausschließlich männlichen Kadenzen, beschränkt sich in jeder Strophe auf einen einzigen Reimklang und schreibt in einem konsequenten Zeilenstil, der das Versende immer mit einem syntaktischen Einschnitt zusammenfallen lässt. Eine ebenso kunstvolle Einfachheit prägt den Sprachgestus zumindest der ersten drei Strophen, die mit ihrem gleichförmigen Singsang, ihren Diminutiven, ihren naiv-plastischen Bildern und der vertraulichen Anrede des Sprechers an seine eigenen Augen Assoziationen an Wiegenlieder oder Kinderreime wecken. Umso frappierender wirkt die inhaltliche Radikalität der Aussage, die hier formuliert wird: Da Körper und Seele des Menschen eine untrennbare Einheit bilden, müssen beide auch zugleich unwiderruflich sterben. Eine Fortdauer im Jenseits gibt es für das lyrische Ich nicht.

Leben wird dabei geradezu mit *Sehen* gleichgesetzt. Der Mensch lebt, solange er als Sinnenwesen der äußeren Wirklichkeit zugewandt und für ihre Eindrücke offen ist, solange also die „Fensterlein“ der Augen die Welt in Gestalt vielfältiger Bilder in die „Seele“ dringen lassen. Wenn sich diese Augen für immer schließen, wird es für die Seele Zeit, sich zur Ruhe zu legen: Keller personifiziert sie im Rückgriff auf einen christlichen Topos als Pilgerin auf Erden, die nun endlich ihre „Wanderschuh'“ ablegen kann. Die Bildvorstellungen der ersten beiden Strophen werden in der dritten mit verblüffender Stringenz weitergeführt. Gleichsam im dunklen Inneren des Körpers eingesperrt und nunmehr vollkommen von der Außenwelt abgeschnitten, sieht die Seele des Sterbenden nur noch „zwei Fünklein“ glimmen, wie man sie ja in der Tat wahrnimmt, wenn man nach einem Blick ins Helle die Lider schließt. Aber auch diese Funken vergehen rasch, bis endgültig Finsternis herrscht. Todesschrecken kommen in Kellers Gedicht trotzdem nicht auf, denn der Sprecher findet sich gefasst mit der Begrenztheit seiner Existenz ab. Das Lebensende erscheint hier weder spektakulärer noch gewaltsamer als „eines Falters Flügelweh'n“.

Das „Doch", das die letzte Strophe einleitet, kündigt eine unvermutete Kehre des Gedankengangs an. Jetzt wechselt auch das rhetorische Register plötzlich zum hymnischen Überschwang, und metrisch ist der Einschnitt durch den einzigen Hebungsprall im Gedicht gekennzeichnet: „Doch noch ...". Nach der gelassenen Besinnung auf den unausweichlichen Tod wendet sich das Ich nun emphatisch dem Leben zu, dessen Tiefe und Fülle gerade aus dem Bewusstsein erwachsen, dass es nicht ewig währt. Und wieder wird Leben praktisch mit Sehen identisch gesetzt, weil der Lebensgenuss für den Sprecher darin besteht, den „goldnen Ueberfluß der Welt" begierig durch die Augen einzuschlürfen. Dieses poetische Motiv sinnlicher Weltfreude ist bei Keller bemerkenswert konstant geblieben, denn es begegnet bereits drei Jahrzehnte früher in den *Neueren Gedichten* im dreizehnten Stück des Zyklus „Aus dem Leben": „Trink', o Seele nur in vollen Zügen / Dieses heilig friedliche Genügen" (13, S. 347).

Kellers *Abendlied* ist nicht nur nach dem Zeitpunkt seiner Entstehung ein Altersgedicht. Traditionsgemäß steht der Tag für das Leben, der Abend mit der hereinbrechenden Dunkelheit dagegen für das Alter und die Nähe des Todes, was in einem Text, der das Leben an die Aufnahme optischer Reize und somit an Licht und Farben bindet, umso plausibler wirkt. Bis zum letzten Augen-Blick und folglich auch auf dem „Abendfeld" im Schein der sinkenden Sonne gilt es, den bunten Reichtum der Welt auszukosten – das ist die Lehre, die diese Verse aussprechen und die von vorbildlichen Figuren in Kellers Werk auch getreulich befolgt wird, etwa von Salomon Landolt im *Landvogt von Greifensee*, der noch im vorgerückten Alter ein „künstlerisches Auge" bewahrt, das mit unermüdlicher Aufmerksamkeit „jeden Wechsel der tausenderlei Gestalten" registriert, die sich vor ihm entfalten (6, S. 247). Tatsächlich ist der Übergang von Kellers Auffassung der menschlichen Sinnennatur zu seinen Anschauungen über Kunst und Dichtung fließend, da er auch den Künstler vornehmlich als ‚Seher', als passionierten Beobachter oder Betrachter begreift. Von dieser These ausgehend, wird das nächste Kapitel die Umrisse seiner Poetik nachzeichnen.

3. Das „Wesen der Dinge“ und die „Unverantwortlichkeit der Einbildungskraft“

Kellers poetischer Realismus

Keller legte zeitlebens keine größeren Beiträge zur Literaturtheorie vor und war, wie Adolf Frey in seinen *Erinnerungen* zu berichten weiß, auch im persönlichen Gespräch „ausführlichen kritischen und ästhetischen Untersuchungen und Auseinandersetzungen gründlich abhold“.[1] In seinen späten Jahren erwog er zwar, doch einmal eine „ästhetisch-literarische Kundgebung“ zu formulieren (GB 3.1, S. 140) und „einen Band noch extra zu schreibender kritischer und kontemplativer Aufsätze“ herauszugeben (S. 308), aber diese vagen Pläne gelangten nie zur Ausführung. So ist man für die Rekonstruktion seiner Ansichten über Poetik, Ästhetik und Literaturkritik auf verstreute Äußerungen in Werken und Briefen angewiesen.[2] Grundsätzliche Reflexionen finden sich am ehesten in den vier Essays, die er zwischen 1849 und 1855 seinem Landsmann Jeremias Gotthelf widmete, sowie in dem 1861 publizierten Aufsatz *Am Mythenstein*, der sich mit der eidgenössischen Festkultur und den damit verbundenen Aussichten für die Zukunft des Dramas beschäftigt. Wichtige Dokumente stellen außerdem Kellers Briefe an den Literaturhistoriker Hermann Hettner dar, einen guten Bekannten aus den Tagen in Heidelberg. Die Korrespondenz der beiden Männer während der Berliner Zeit des Dichters drehte sich ebenfalls hauptsächlich um Probleme der dramatischen Kunst, der damals Kellers besonderer Ehrgeiz galt. Was sein Freund über dieses Thema zu sagen hatte, leuchtete Hettner so sehr ein, dass er einige Passagen wortgetreu in sein Buch *Das moderne Drama* von 1852 übernahm.

„[S]tatt einer theoretischen Abhandlung“ über epische Dichtung wolle er „nur ein paar empirische Aphorismen“ vortragen, schrieb Keller in der letzten der erwähnten Gotthelf-Rezensionen (15, S. 118) und lieferte damit eine treffende Charakteristik seiner sämtlichen poetologischen Überlegungen, die stets an bestimmte Beispiele anknüpften, an denen sich „das Technische und Künstlerische" ganz konkret erörtern ließ (GB 4, S. 41). Das hat nichts mit einer vermeintlichen Unfähigkeit des Autors zum abstrakten, systematischen Denken zu tun, dafür aber sehr viel mit seinem Misstrauen gegen „aprioristische Theorien und Regeln", die die literarische Produktion gängeln und beschränken wollten (GB 3.1, S. 464). Viele „schöne und nicht zu missende Poesien der alten und neueren Welt" passten nun einmal, wie Keller spöttisch feststellte, in keine gängige Schublade und dürften daher „nach dem Oberlehrer-Schema" eigentlich gar nicht existieren (S. 107). In Wahrheit habe „jedes Kunstwerklein seine eigenen Regeln" (GB 2, S. 42), die der Betrachter allenfalls im Nachhinein erfassen könne: „Erst das *gewordene* Werk und dann die Theorie" (GB 4, S. 78). Jeden Versuch, verbindliche Normen für das künstlerische Schaffen festzusetzen, empfand der Dichter als unzulässige Einmischung in sein ureigenes Metier. „Das Geschwätze der Scholiarchen aber bleibt Schund, sobald sie in die lebendige Produktion eingreifen wollen", und die „grassierenden Neo-Philologen" stünden den „poetischen Hervorbringern" ebenso verständnislos gegenüber wie jene „Kunstschreiber [...], die keine Ader haben", den schöpferischen „bildenden Künstlern" (GB 3.1, S. 464). Wenn Keller sich ausnahmsweise doch einmal in der Literaturtheorie nach Anregungen umsah, fiel das Resultat desaströs aus. So studierte er bei der Vorbereitung des *Martin Salander* die Romantheorie Friedrich Spielhagens, um in die Geheimnisse eines modernen, ‚objektiven' Erzählens eingeweiht zu werden, kam aber bald zu dem Schluss: „ich kann den verkehrten Galimathias nicht lesen" (S. 70)! Überall, wo er selbst über das Wesen und die Gesetze der Kunst nachdenkt, spricht unverkennbar der Praktiker, der sich anhand eigener oder fremder Schöpfungen Rechenschaft über sein Tun gibt, die theoretische Reflexion also „zum Zweck künstlerischer Selbstverständigung, nicht zum Aufbau einer allgemeinen Ästhetik" betreibt.[3]

Kellers bekannteste Stellungnahme zu den Aufgaben der Kunst und zur Rolle des Künstlers stammt nicht aus einer theoretisch-essayistischen Schrift, sondern aus einem fiktionalen Text: Es sind die Gedanken, die der grüne Heinrich entwickelt, während er in einem dreißigtägigen Rausch der Begeisterung Goethes gesammelte Werke liest.[4] Die Passage steht im Roman an herausgehobener Stelle, im ersten Kapitel des dritten Bandes, also ziemlich genau in der Mitte des Ganzen, und trägt Züge eines auktorialen Exkurses, der sich deutlich vom Kontext der Autobiographie des Helden abhebt. Über den geistigen Horizont, den man dem jungen Heinrich Lee zubilligen kann, gehen diese Erörterungen nämlich weit hinaus, und sie sind daher mit Recht seit jeher als eine programmatische Standortbestimmung Kellers aufgefasst worden, der hier sozusagen über den Kopf seines fiktiven Ich-Erzählers hinweg im eigenen Namen spricht.

Goethe vermittelt dem staunenden Heinrich „die hingebende Liebe an alles Gewordene und Bestehende, welche das Recht und die Bedeutung jeglichen Dinges ehrt und den Zusammenhang und die Tiefe der Welt empfindet“. Er lernt jetzt, „das Wesen und die Geschichte der Dinge zu sehen und zu lieben“ (12, S. 16f.) – eine Weltfrömmigkeit, die nicht nur an Goethe, sondern auch an Feuerbach erinnert, obwohl sich Kellers Protagonist zu diesem Zeitpunkt noch nicht zu den Lehren des Philosophen bekennt. Aufgrund seiner Liebe zur Wirklichkeit neigt der echte Künstler zu gelassener Kontemplation. Er wird sich

> eher leidend und zusehend verhalten und die Dinge an sich vorüberziehen lassen, als ihnen nachjagen [...]; denn wer in einem festlichen Zuge mitzieht, kann denselben nicht so beschreiben, wie der, welcher am Wege steht. Dieser ist darum nicht überflüssig oder müßig, und der Seher ist erst das ganze Leben des Gesehenen, und wenn er ein rechter Seher ist, so kommt der Augenblick, wo er sich dem Zuge anschließt mit seinem goldenen Spiegel, gleich dem achten Könige im Macbeth, der in seinem Spiegel noch viele Könige sehen ließ. Auch nicht ohne *äußere* That und Mühe ist das Sehen des ruhig Leidenden, gleichwie der Zuschauer eines Festzuges genug Mühe hat, einen guten Platz zu erringen oder zu behaupten. Dies ist die Erhaltung der Freiheit und Unbescholtenheit unserer Augen. (S. 17)

Als Künstler gilt also derjenige, der die Schönheit und das Eigenrecht der sinnlich fassbaren Welt erkennt und den „festlichen Zug“ des Lebens ruhig zu beobachten und darzustellen vermag. Und diese Welt kommt wiederum nur in der Person eines solchen Betrachters zum Bewusstsein ihrer selbst. Sie vollendet sich in ihrer Schönheit darin, dass sie eben gesehen und gestaltet wird: „der Seher ist erst das ganze Leben des Gesehenen“.

Von der Bedeutung, die Keller dem Licht und dem Auge zuschreibt, war bereits ausführlich die Rede. In der Künstlerpersönlichkeit erreicht die Hinwendung des Menschen zur Außenwelt nun ihre höchste Ausprägung; der Künstler repräsentiert das humane Sinnenwesen in gesteigerter Potenz. Der Fortgang der Goethe-Partien im *Grünen Heinrich* bestätigt das:

> Denn wie es mir scheint, geht alles richtige Bestreben auf Vereinfachung, Zurückführung und Vereinigung des scheinbar Getrennten und Verschiedenen auf Einen

> Lebensgrund, und in diesem Bestreben das Nothwendige und Einfache mit Kraft und Fülle und in seinem ganzen Wesen darzustellen, ist Kunst; darum unterscheiden sich die Künstler nur dadurch von den anderen Menschen, daß sie das Wesentliche gleich sehen und es mit Fülle darzustellen wissen, während die Anderen dies wieder erkennen müssen und darüber erstaunen [...]. (S. 18)

Zwar ist der Künstler nicht ein für alle Mal auf die bloße Betrachtung beschränkt, da er sich ja irgendwann selbst „dem Zuge anschließt mit seinem goldenen Spiegel". Wie man sich das genau vorzustellen hat, lässt Keller aber im Dunkeln. Die etwas kryptische Anspielung auf die prophetische Vision der drei Hexen in Shakespeares *Macbeth* soll vermutlich darauf verweisen, dass die Kunst ihrerseits eine produktive Wirkung entfaltet und die Zukunft mitgestaltet, doch dieser Aspekt spielt hier bestenfalls eine Nebenrolle. Kellers eigentliches Interesse gilt jener besonderen Art des Sehens, die dem Künstler eigen ist und sein Schaffen inspiriert.

Dass der *Grüne Heinrich* die künstlerische Darstellung von Wirklichkeit nicht auf einen naturalistisch exakten, sozusagen fotografischen Abbildrealismus verpflichten will, dürfte klar sein. Einem solchen Missverständnis beugt schon das Beharren auf dem „Wesentliche[n]" der Dinge vor, das schwerlich einfach an der Oberfläche liegen kann – gerade deshalb bedarf der Künstler einer ganz spezifischen Begabung, einer tiefer dringenden Kunst des Sehens, die ihn von seinen Mitmenschen unterscheidet. Worin jenes „Wesentliche" besteht, wo man also den erwähnten „Einen Lebensgrund" zu suchen hat, wird im Text später im Zusammenhang mit den akademischen Vorlesungen angedeutet, die Heinrich in Deutschland besucht und die mit ihren Betrachtungen über die „innere Nothwendigkeit, Identität und Selbständigkeit der natürlichen Dinge" (S. 239), über „Faser und [...] Textur der Wirklichkeit" und das „organisch-nothwendige Gewebe" der Realität (S. 255f.) eng an die Goethe-Reflexionen anschließen: Ein Künstler muss imstande sein, die untergründige Zweckmäßigkeit und Sinnhaftigkeit der wirklichen Welt zu erfassen und in seinen Werken augenfällig zu machen. In diesem Punkt konnte Keller sich tatsächlich auf Goethe berufen, der in seinem Aufsatz *Einfache Nachahmung der Natur, Manier, Styl* den „höchsten Grad [...], welchen die Kunst je erreicht hat und je erreichen kann", ganz ähnlich bestimmt hatte. Ein solcher „Styl" sei von der bloßen getreuen „Nachahmung der Natur" zu unterscheiden, weil er „auf den tiefsten Grundfesten der Erkenntnis, auf dem Wesen der Dinge" beruhe, „in so fern uns erlaubt ist es in sichtbaren und greiflichen Gestalten zu erkennen".[5]

Auf Heinrich Lee wirkt die Goethe-Lektüre wie eine Erleuchtung, wie die Wiedergeburt in einer neuen Welt. Als er sich jedoch zuversichtlich in die freie Natur begibt, um die gewonnenen Anschauungen sogleich in eigenen Zeichnungen umzusetzen, scheitert er kläglich, denn die theoretische Einsicht allein macht noch keinen großen Künstler: „aber nun ergab es sich, [...] daß ich durchaus nicht im Stande war, plötzlich etwas Neues zu schaffen, weil ich dazu erst etwas Neues hätte sehen müssen“ (S. 19). Doch durch Zufall oder Fügung taucht ausgerechnet in diesem kritischen Moment der einzige wirkliche Lehrer in der bildenden Kunst auf, den Heinrich jemals haben wird. Der erfahrene Landschaftsmaler Römer nimmt sich seiner an und unterweist ihn nicht nur in der Technik des Zeichnens, sondern auch in der Fertigkeit des echten Sehens, auf der alles Weitere aufbauen muss. Die ersten Erfolge lassen nicht lange auf sich warten: „ich war erstaunt, zu entdecken, daß ich eigentlich, so gut ich erst kürzlich noch zu sehen geglaubt, noch gar nichts gesehen hatte, und ich staunte noch mehr, das Bedeutende und Lehrreiche nun meistens in Erscheinungen zu finden, die ich vorher entweder übersehen, oder wenig beachtet“ (S. 21). Römer, den bereits sein Name an die klassische Sphäre bindet und dessen Italien-Aufenthalt mit seinen einzelnen Stationen von Rom über Neapel bis Sizilien an Goethes italienische Reise angelehnt ist, fungiert gleichsam als Statthalter des großen Weimarers in der Welt des Romans.

Die Überzeugung, dass Dichter und Maler zunächst einmal auf die rechte Weise sehen können müssten, blieb zeitlebens ein unverrückbarer Bestandteil von Kellers künstlerischem Credo. 1876 tröstete er einen angehenden Poeten, dessen Figuren ihm „etwas zu individuell farblos“ vorkamen, mit der Verheißung: „Doch das hängt noch mit der Jugend zusammen; Sie werden schon noch lernen, innerlich bestimmter und mehr zu sehen, wenn Sie schreiben oder schaffen“ (GB 4, S. 171). Und ein paar Jahre später pries er den Luzerner Landschafter Robert Zünd, weil er „lauter Gegenstände“ entdecke, „welche das ungeübte Auge, der ungebildete Geschmack draußen im Freien weder sieht noch ahnt, die aber doch dort und nicht erfunden sind, Dinge, welche in allen Meistersammlungen für schöne und gute Dinge gelten“ (15, S. 322).

Dabei war Keller stets darauf bedacht, den geforderten Wirklichkeitsbezug der Kunst sorgfältig von der mechanischen Nachbildung kruder Faktizität abzugrenzen und die bedeutsame Rolle des schöpferischen Vermögens herauszustreichen. Er stand damit in seiner Epoche nicht allein. Nach der Mitte des 19. Jahrhunderts befassten sich viele Autoren und Literaturtheoretiker mit dem Problem, wie der Künstler und speziell der Dichter die gegebene Realität zum Gegenstand seines Schaffens machen könne, ohne die Würde und die

Freiheit der Kunst preiszugeben. Wolfgang Preisendanz umschreibt die zentrale Frage folgendermaßen:

> Wie kann die Autonomie dichterischer Imagination bestehen gegenüber der Eigenbewegung, Eigengesetzlichkeit des Wirklichen, das ihr Realitätsvokabular ist? Wie kann sich die Erzählkunst den konkreten geschichtlichen und faktischen Gehalten öffnen, ohne das Spezifische dichterischer Welterfahrung preiszugeben, ohne identisch zu werden mit dem, was Hegel ‚das alltägliche Bewußtsein im prosaischen Leben' nennt? [...] Wie kann die Eigengesetzlichkeit eines für sich freien Gegenständlichen – sei es der Natur, der Geschichte, der Gesellschaft – zur Geltung kommen und doch unter ein spezifisch poetisches Strukturgesetz treten?[6]

Kellers Zeitgenossen suchten die Antwort in einer eigentümlichen Ästhetik der Verklärung, die man mit dem Begriff des ‚poetischen Realismus' zu umschreiben pflegt. Dabei verstanden sie unter Verklärung durchaus keine Abkehr von der wirklichen Welt, sondern vielmehr die Freilegung ihres Wesenskerns, ihrer tieferen Strukturen mit den Mitteln der Kunst. Der „echte Realismus" ziele auf künstlerische „Läuterung" statt auf das „nackte Wiedergeben alltäglichen Lebens", schrieb etwa Theodor Fontane[7], und ausführlicher erläuterte Otto Ludwig das poetisch-realistische Literaturprogramm:

> Es handelt sich hier von [!] einer Welt, die von der schaffenden Phantasie vermittelt ist, nicht von der gemeinen; sie schafft die Welt noch einmal, keine sogenannte phantastische Welt, d.h. keine zusammenhangslose, im Gegenteil, eine, in der der Zusammenhang sichtbarer ist als in der wirklichen, nicht ein Stück Welt, sondern eine ganze, geschlossene, die alle ihre Bedingungen, alle ihre Folgen in sich selbst hat. So ist es mit ihren Gestalten, deren jede in sich so notwendig zusammenhängt, als die in der wirklichen, aber so durchsichtig, daß wir den Zusammenhang sehen, daß sie als Totalitäten vor uns stehen [...].

Die Dichtung produziere auf diese Weise ein fiktionales Modell der Realität, in dem „die Mannigfaltigkeit der Dinge nicht verschwindet, aber durch Harmonie und Kontrast für unsern Geist in Einheit gebracht ist [...]. Ein Stück Welt, solchergestalt zu einer ganzen gemacht, in welcher Notwendigkeit, Einheit, nicht allein vorhanden, sondern sichtbar gemacht sind." Anders formuliert: Das realistische Kunstwerk stellt uns unmittelbar „das Gesetz des Wirklichen", nicht „dessen bloß zufällige Erscheinung" vor Augen.[8]

Begriffspaare wie Oberfläche versus Tiefe oder Schein versus Wesen begegnen regelmäßig in den einschlägigen Schriften der Zeitgenossen: Mag die Erfahrungswirklichkeit auf den ersten Blick noch so kontingent und verworren anmuten, dem durchdringenden Auge eines echten Künstlers offenbart sich ihre verborgene Ordnung, die den Maßstab wie den Gegenstand seiner Werke bildet. Dieses Konzept von Kunst und Dichtung behauptete noch einmal deren Einzigartigkeit gegenüber allen anderen Formen des menschlichen Weltverhältnisses. Es antwortete offensichtlich auf die rasant wachsende Dynamik und Unüberschaubarkeit der modernen Lebenswelt in der zweiten Hälfte des 19. Jahrhunderts und auf die prosaischen oder hässlichen Seiten einer zunehmend von Industrialisierung, Urbanisierung und Vermassung geprägten Epoche, der es noch einmal eine poetische Schönheit abzugewinnen galt. Zugrunde lag dem poetischen Realismus die Überzeugung von einer vernünftigen Einheit und Ganzheit der Welt, die dem Menschen, wenn er nur recht zu sehen verstehe, prinzipiell zugänglich sei – eine Überzeugung, wie sie Keller aus den Lehren Feuerbachs gewann. Wie die Feuerbach'sche Philosophie ersetzte der Realismus die überkommenen religiösen Orientierungen durch eine rein weltlich-immanente Sinnstiftung. Er stand allerdings nach wie vor in der Tradition des idealistischen Denkens, was seine Vertreter auch unumwunden einräumten: Julian Schmidt, einer der wichtigsten Theoretiker dieser Richtung, erklärte, man könne den „wahren Realismus“ ebenso gut als „Idealismus“ bezeichnen, da er auf das „Wesen der Dinge“ ausgehe.[9] Ideologiekritischen Einwänden eröffnen sich hier zweifellos manche Ansatzpunkte. So ließe sich fragen, ob der realistische Dichter jene sinnvollen Tiefenstrukturen, die er mit Hilfe seiner Verklärungstechniken lediglich *aufzudecken* vorgibt, nicht eher auf seinen Stoff *projiziert*. Handelt es sich nicht in Wahrheit um historisch gewachsene kulturelle Deutungskonventionen und Ordnungsmuster, die der poetische Realismus fälschlich als natürliche Eigenschaften der objektiven Wirklichkeit ausgibt?

Der Schweizer Keller bewegte sich mit seinen Überlegungen zum Verhältnis von Kunst und Realität jedenfalls in denselben Bahnen wie die zitierten deutschen Programmatiker. Einen „Spiegel“ trägt der Dichter-Seher in den Goethe-Reflexionen im *Grünen Heinrich*, aber eben einen „goldenen“ (12, S. 17) – ein solches Artefakt fängt sicherlich nicht die unmittelbar ins Auge fallende Oberfläche der Dinge ein, sondern liefert ein „poetische[s] Spiegelbild“ von ihnen, wie Keller es in einer seiner Gotthelf-Rezensionen fordert, wo er von dem Dichter verlangt, „in der gemeinen Wirklichkeit eine schönere Welt wiederherzustellen durch die Schrift“ (15, S. 83). Das sei Berthold Auerbach mit seinen populären Dorfgeschichten mustergültig gelungen: „der Stoff wird darin veredelt ohne unwahr zu werden" (S. 71f.). Diese Feststellung lässt exakt jene zwiefache Ausrichtung auf die empirische Wirklichkeit und auf ihre verklärende Durchdringung erkennen, die in der Wendung vom ‚poetischen Realismus' konzentriert ausgedrückt ist. Auch im vorgerückten Alter hielt Keller an seinen Ansichten fest. So führt die Erzählung *Hadlaub* aus den *Züricher Novellen* die kunstvollen Miniaturen der Manessischen Liederhandschrift als „Zeugnis" dafür an, „daß das Schöne schöner sein sollte, als das wirkliche Leben" (6, S. 83).

„Es ist das alte Geheimniß und das alte Räthsel", schrieb Keller einmal mit Blick auf die „classischen Landschaften Karl Rottmanns in den Arcaden zu München", „die genaueste Vedute ist nicht so wahr und treu wie jene freilich idealen Landschaften" (15, S. 228). Auf dem Gebiet der Dichtung fand er dieses „Geheimniß" und „Räthsel" der wahren Kunst bei Friedrich Schiller wieder. Dessen *Wilhelm Tell*, der damals schon zum Nationaldrama der Eidgenossen avanciert war, wird im *Grünen Heinrich* gerühmt, weil er „auf eine wunderbar richtige Weise die schweizerische Gesinnung" ausdrücke und „ganz der Wahrheit und dem Leben" entspreche (11, S. 410). Dass Schiller die Schweiz nie gesehen hatte, empfand Keller dabei eher als förderlich, wie er im *Mythenstein*-Aufsatz darlegte: „Die unmittelbare Beschreibung, sobald sie sich für Dichtung geben will, bleibt immer hinter der Wirklichkeit zurück; aber die dichterische Anschauung, die sich gläubig und sehnsuchtsvoll auf das Hörensagen beruft, wird sie gewissermaßen überbieten und zum Ideal erheben, ohne gegen die Natur zu verstoßen". Schiller sei eben fähig gewesen, „von jedem gegebenen Punkte aus die Welt treu und ideal zugleich aufzubauen" (15, S. 187) – wieder eine typische poetisch-realistische Doppelformel. Der *Prolog zur Schillerfeier in Bern 1859* preist Schiller gleichfalls als Schöpfer einer poetischen „Schönheit", die gerade nicht dazu tendiert, „der Wahrheit heil'gem Ernst" zu entfliehen und unverbindliche „Ammenmärchen" hervorzubringen –

> Nein! die das Leben tief im Kern ergreift
> Und in ein Feuer taucht, d'raus es geläutert
> In unbeirrter Freude Glanz hervorgeht,
> Befreit vom Zufall, einig in sich selbst –
> Und klar hinwandelnd wie des Himmels Sterne!
> (9, S. 227)

Julian Schmidts programmatische Identifikation von echtem Realismus und Idealismus lag Keller also nicht fern. Die vernünftigen Leute auf dem gräflichen Schloss im *Grünen Heinrich* nennen „alles Wirkliche, Geschehende und Bestehende, sofern es sein eigenes Wesen ausreichend und gelungen ausdrückt, ideal", während der Spott des Erzählers einem skurrilen Pfarrer gilt, der lieber „alles Niegesehene, Nichtbegriffene, Namenlose und Unaussprechliche ideal hieß, was eben so gut war, als wenn man irgend einen leeren Raum am Himmel Hinterpommern nennen wollte" (12, S. 412). Noch viel später tauchen in Kellers Aufsatz *Ein bescheidenes Kunstreischen* Formulierungen auf, die Schmidt zu zitieren scheinen: Höchstes Ziel eines Malers müsse es sein, „die wahre ideale Reallandschaft oder die reale Ideallandschaft" darzustellen (15, S. 323).

Nach dem Urteil mancher Zeitgenossen verwirklichte Keller selbst den poetischen Realismus in vollendeter Form. Auerbach erkannte in seinen Schöpfungen jenen „gesunde[n] Realismus", der nichts anderes sei als „die Freude an der Welt, an der wirklichen Welt, wo sich immer aus der Erkenntniß auch die Schönheit und Gesetzmäßigkeit offenbart" und „weder Realistik – die bloße gemeine Wirklichkeit allein – noch auch die Dichtung allein, als reine Phantastik gedacht", herrscht.[10] Der Ästhetiker Vischer wiederum bescheinigte ihm einen „Realismus in jenem guten Sinn des Worts, der die echte Idealität in sich begreift"; er verstehe es, „im streng Realen ideal zu sein".[11] Und obwohl es kurzsichtig wäre, Kellers Oeuvre als schlichte Umsetzung eines vorgefassten Programms aufzufassen, können doch viele Charakteristika seiner Dichtung tatsächlich gut vor dem Hintergrund der poetisch-realistischen Ästhetik beschrieben werden. Bei aller plastischen Anschaulichkeit erschöpfen sich diese Texte nie in einer bloßen Abbildung oder Suggestion von Wirklichkeit, weil sie immer auf die behutsame Überhöhung, auf die deutende Stilisierung und Typisierung des Stoffes zielen. So sieht Preisendanz das Spezifikum von Kellers Werk „in der eigentümlichen Doppelsinnigkeit des Erzählten, in einem beständigen Spannungsverhältnis zwischen Bezeichnetem und Gemeintem":

> Wir bekommen immer wieder in einem Zug zwei Perspektiven angeboten, wir fassen die Vorgänge und Situationen und Umstände in ihrer Eigengesetzlichkeit auf, nehmen sie innerhalb der Ordnung wahr, die für das prosaische Weltverständnis maßgeblich und gültig ist, und wir werden doch gleichzeitig über eine Bedeutsamkeit verständigt, die sich nicht innerhalb der prosaischen Ordnung herstellt.[12]

Knapper formuliert Hartmut Laufhütte den gleichen Sachverhalt: „Kellers ‚Realismus' ist allenthalben auf Sinnbilder aus".[13]

Ob seine Werke nun in einem märchen- oder legendenhaften Ton gehalten sind wie zum Beispiel die *Sieben Legenden* und *Das Sinngedicht* oder ob sie sich wie die beiden Romane stärker der zeitgenössischen Lebenswirklichkeit nähern – stets schildern sie prägnante Szenen, Figuren und Vorgänge, die dezent ins Zeichenhafte, Exemplarische vertieft werden, ohne etwas von ihrer sinnlichen Kraft einzubüßen oder sich gar zu Allegorien zu verflüchtigen. Meisterhaft gelingt es Keller auch, Charakterzüge und Empfindungen seiner Gestalten in konkreten, oft ganz unscheinbaren Gesten und Situationen auszudrücken, etwa in ihrem Umgang mit den Gegenständen des Alltags. Solche Techniken erzeugen eine ‚verklärte' fiktive Welt, die reicher, dichter und bedeutungsvoller anmutet als die wirkliche, aber keineswegs in phantastische Willkür ausschweift. Denn für Keller bleibt alle Kunst an die empirische Wirklichkeit, wie sie die Sinne des Menschen erfassen können, gebunden: Ein echter Künstler entdeckt das Schöne und Sinnvolle in der irdischen Realität selbst, statt es auf eigene Faust jenseits davon konstruieren zu wollen.

Das wahrhaft „Poetische", heißt es im *Grünen Heinrich*, ist nichts anderes als das „Lebendige und Vernünftige", während „das Unbegreifliche und Unmögliche, das Abenteuerliche und Ueberschwängliche nicht poetisch sind" (12, S. 18). Auch Römer spottet über das Haschen „nach dem Ausgesuchten, Interessanten und Pikanten", dem er die „einfache Klassicität" der homerischen Epen gegenüberstellt (S. 31). Nur „falsche Poeten", behauptet der Roman, können „das wirkliche Leben für prosaisch halten im Gegensatze zu dem erfundenen und fabelhaften" (11, S. 143). Der angehende Maler Heinrich Lee ist also auf dem Holzweg, wenn er die „vollere Gesundheit" der Natur verachtet und eine Vorliebe für das „Sonderbare und Krankhafte, was mit dem Poetischen oder Malerischen und Genialen verwechselt wurde", entwickelt (S. 324f.). Man glaubt, in diesen Passagen Goethes berühmt-berüchtigte Polemik gegen die ‚kranke' Romantik in ihrem schroffen Gegensatz zur weltfrohen Gesundheit der klassischen Kunst nachhallen zu hören! Noch die ersten Werke Carl Spittelers, die mit ihrer kühnen mystischen Symbolik weit über die Grenzen des Realismus hinausgingen, erregten später Kellers Missfallen, obwohl er ihre Sprach- und Bildgewalt durchaus zu würdigen wusste. Statt „nichtigen kosmischen Idealphantome[n] und mythologischen Erfindungen" nachzujagen, hätte dieser begabte Dichter in seinen Augen gut daran getan, sich auf die „Gestaltung des wirklich dichterischen Menschlichen" zu konzentrieren (GB 3.2, S. 402).

Die Haupttugenden, die Keller bei einem Künstler voraussetzte, lassen sich jetzt ohne Schwierigkeiten ableiten. Bei der Arbeit müsse er „besonnen, klar und anständig und fest am Steuer" sein, steht in den Gotthelf-Rezensionen zu lesen (15, S. 91), denn nur „Fleiß, Reinlichkeit und Selbstbeherrschung“ könnten ein „wohlproportionirtes und schöngebautes Werk“ hervorbringen (S. 100). Um ähnliche Leitbegriffe kreisen die Überlegungen zum Drama in den Briefen an Hettner, die „Einfachheit, Ruhe und Klarheit“ als Vorbedingungen für künstlerische „Klassizität“ definieren (GB 1, S. 340). In Hettners Studie *Das moderne Drama*, der er eine lobende Rezension widmete, fand Keller eine auf „Vernunft, Nothwendigkeit und Maß“ gegründete Poetik sowie die eindringliche Mahnung zur „Zusammenziehung, Vereinfachung und Reinigung der dramatischen Begriffe, Stoffe und deren Behandlung“ (15, S. 128). Er selbst befolgte diese Maximen, nachdem er als Bühnenautor gescheitert war, wenigstens auf dem Feld des Erzählens, besonders in seinen Novellen, die sich meist wohlgeordnet und in einem souveränen auktorialen Stil präsentieren, wobei sie alle Figuren und Geschehnisse genau soweit durchsichtig machen, wie es für das volle Verständnis des Lesers erforderlich scheint. Schon seine ersten novellistischen Werke konzipierte der Dichter als eine „Probe von klarem und gedrängtem Stile [...], wo alles moderne Reflexionswesen ausgeschlossen und eine naive plastische Darstellung vorherrschend ist“ (GB 3.2, S. 59).

Angesichts von Kellers ästhetischen Grundsätzen versteht es sich fast von selbst, dass er den aufkommenden Naturalismus in den achtziger Jahren ebenso rigoros verwarf wie früher schon das entgegengesetzte Extrem der phantastisch-romantischen Willkür. Mit Abscheu reagierte er auf die „Lumpenprosa“ der Skandinavier „Ibsen oder Björnson“ und ihre „ewigen Wechsel- und Fabrikaffären“ (GB 3.1, S. 65), und Zola war in seinen Augen ein „gemeiner Kerl“, der nur für „unanständige und unwissende Leser“ schreibe: „Was liegt denn der Welt an den ewigen Lebensläufen dieser Pariser Huren und an ihrem täglichen, ja stündlichen Lakenreißen? Nichts!“ (S. 108) Neben würdigen Themen vermisste er bei den Vertretern der jüngeren Generation vor allem die poetische Verklärung: „Es fehlt mir die Charis, die Sonnenwärme“ (S. 491). Sein Verdikt traf auch Georg Büchner, den die Naturalisten als ihren Vorläufer in Anspruch nahmen. In einem Brief an Heyse spottete Keller über diesen „germanische[n] Idealjüngling“, der „in dem sogenannten Trauerspielfragment *Wozzek* eine Art von Realistik“ zeige, „die den Zola und seine *Nana* jedenfalls überbietet“ (S. 41). Da er Kunst und Dichtung in der Tradition der Klassik streng auf das Streben nach dem Schönen verpflichtete[14], fand er bereits die *Ästhetik des Häßlichen*, die Karl Rosenkranz 1853 publiziert hatte, „widersinnig“. Es könne zwar verschiedene Grade der „allgemeinen und absoluten einzigen Schönheit“ geben, aber der gezielte Einsatz des Hässlichen werde in der „wahren Kunst nirgends“ vorkommen (GB 1, S. 375f.).

Keller begriff den poetischen Realismus als goldenen Mittelweg zwischen der platten, prosaischen Abbildung von Wirklichkeit und den Verirrungen einer zügellosen Subjektivität. Wenn er die produktive Einbildungskraft des Künstlers in den Dienst der ‚Verklärung', der plastischen und erhellenden Gestaltung der wirklichen Welt stellte, schwebte ihm genau das vor, was Goethe einmal die „Phantasie für die Wahrheit des Realen" nannte.[15] In *Ein bescheidenes Kunstreischen* wird der durchdringende Blick, den der Maler Robert Zünd auf die Natur richtet, geradezu mit seiner künstlerischen „Phantasie oder Vorstellungskraft" gleichgesetzt: Sie habe „hier nichts zu erfinden; aber ohne sie würden diese Perlen, die kein Anderer gesehen hätte, nicht gefunden" werden (15, S. 322). Die schöpferische Intuition des menschlichen Betrachters ist es, die in der Realität das Ideale erkennt.

Seinem poetisch-realistischen Literaturkonzept ist schließlich auch Kellers vielzitierte Formel von der „Reichsunmittelbarkeit der Poesie" zuzuordnen, mit der er die Autonomie des künstlerischen Schaffens gegen ein allzu eng gefasstes Realismusverständnis verteidigte. Sie begegnet in einem Brief an Heyse aus dem Jahre 1881, in dem der Autor die „Unwahrscheinlichkeit" mancher Episoden in seinen Werken kommentiert. Ein Beispiel dafür sei die kuriose „Ausfahrt Reinharts", die das Grundgerüst der Rahmenhandlung im *Sinngedicht* bildet:

> [N]niemand unternimmt dergleichen, und doch spielt sie durch mehrere Kapitel. Im stillen nenne ich dergleichen die Reichsunmittelbarkeit der Poesie, d.h. das Recht, zu jeder Zeit, auch im Zeitalter des Fracks und der Eisenbahnen, an das Parabelhafte, das Fabelmäßige ohne weiteres anzuknüpfen, ein Recht, das man sich nach meiner Meinung durch keine Kulturwandlungen nehmen lassen soll. (GB 3.1, S. 57)

Auch bei anderer Gelegenheit rechnete Keller das *Sinngedicht* zu jenem „reichsunmittelbare[n] Genre", das die „Freiheit der unmittelbaren Poesie" wahre (GB 3.2, S. 378), statt der naturalistischen „Tagesmode, namentlich der französischen", zu huldigen (S. 434). In dieselbe Kategorie gehörten für ihn die *Sieben Legenden*, die in einer wundersam stilisierten, teils antiken, teils mittelalterlichen Welt angesiedelt sind. Mit diesem Zyklus wollte er, wie er Vischer mitteilte, „die Freiheit der Stoffwahl [...] behaupten" und sich „dem Terrorismus des *äußerlich* Zeitgemäßen" widersetzen (GB 3.1, S. 134). Ganz ähnlich heißt es in einem Schreiben an Emil Kuh, die *Legenden* seien „ein kleiner Protest gegen die Despotie des Zeitgemäßen in der Wahl des Stoffes und eine Wahrung freier Bewegung in jeder Hinsicht" (S. 163).

Die Kluft, die den künstlerischen Realismus von einer simplen Wirklichkeitsabbildung trennt, tritt hier noch einmal deutlich zutage. Nach Kellers Überzeugung durfte ein Dichter nicht an tagesaktuellen Phänomenen kleben; er musste vielmehr Modellentwürfe – ‚Parabeln‘ und ‚Fabeln‘ – hervorbringen, die das verhüllte Wesen der Dinge sichtbar machten, und war berechtigt, sich aller dafür erforderlichen Mittel zu bedienen. Deshalb ließ Keller als Poet „keine Ausschlußtheorien und zeitgemäße[n] Wegverbote“ gelten (GB 4, S. 178) und konnte in seinen Werken jederzeit auch legendarische, märchenhafte oder satirisch-groteske Motive verwenden, ohne sich im höheren Sinne von der Auseinandersetzung mit den Problemen der zeitgenössischen bürgerlichen Lebenswelt zu entfernen. Dieser Lizenz verdanken Gestalten wie die Gottesmutter Maria in den *Sieben Legenden*, der kluge Kater Spiegel oder die drei gerechten Kammmacher zu Seldwyla ihr Dasein.

Eingeschränkt und gewissermaßen diszipliniert wurde das „freie Spiel“ der Kunst (S. 178) bei Keller nicht nur durch seine Abneigung gegen phantastische Willkür, sondern auch durch seine Überlegungen zur gesellschaftlichen Verantwortung des Dichters und zur didaktischen Wirkung seiner Schöpfungen. Ein Werk, das verborgene Tiefenstrukturen in anschauliche Sinnbilder fasste, sollte damit nicht zuletzt vielversprechende Ansätze künftiger Entwicklungen ins Bewusstsein rücken, die in der gegenwärtigen Lebensrealität allenfalls keimhaft vorhanden waren, und auf diese Weise ihre Verwirklichung befördern. In einem Brief an Auerbach, der in seinem „Deutschen Volkskalender“ Kellers *Fähnlein der sieben Aufrechten* abdrucken wollte, stellte der Autor klar, dass die Erzählung die Verhältnisse in seinem Heimatland keineswegs nüchtern und authentisch widerspiegele. Mit seinem Ideal der poetischen Verklärung ließ sie sich aber ohne weiteres vereinbaren:

> Wir haben in der Schweiz allerdings manche gute Anlagen und, was den öffentlichen Charakter betrifft, offenbar jetzt ein ehrliches Bestreben, es zu einer anständigen und erfreulichen Lebensform zu bringen, und das Volk zeigt sich plastisch und froh gesinnt und gestimmt; aber noch ist lange nicht alles Gold, was glänzt; dagegen halte ich es für Pflicht eines Poeten, nicht nur das Vergangene zu verklären, sondern das Gegenwärtige, die Keime der Zukunft so weit zu verstärken und zu verschönern, daß die Leute noch glauben können, ja, so seien sie und so gehe es zu! Tut man dies mit einiger wohlwollenden Ironie, die dem Zeuge das falsche Pathos nimmt, so glaube ich, daß das Volk das, was es sich gutmütig einbildet zu sein und der innerlichen Anlage nach auch schon ist, zuletzt in der Tat und auch äußerlich wird. Kurz, man muß, wie man schwangeren Frauen etwa schöne Bildwerke vorhält,

dem allezeit trächtigen Nationalgrundstock stets etwas Besseres zeigen, als er schon ist; dafür kann man ihn auch um so kecker tadeln, wo er es verdient. (GB 3.2, S. 195)

Derselbe Gedanke findet sich mitsamt dem Bild von der wohltätigen Beeinflussung schwangerer Frauen in einer Mahnung an die Dichter, die die erste Fassung des Versepos *Der Apotheker von Chamouny* beschließt:

Wollt ihr eure Zeit erbauen,
Laßt sie schauen lichte Züge!
Frauen, die in Hoffnung leben,
Zeigt man weislich schöne Bilder.
(14, S. 321)

Auch der *Prolog zur Schillerfeier* versteht die Kunst als Überhöhung der Gegenwart und zugleich als einen sinnlich-plastischen Vorentwurf künftiger Möglichkeiten, der in inniger Wechselwirkung mit der realen gesellschaftlichen Praxis die geschichtliche Bewegung vorantreiben soll. Keller spricht von der „wahren Schönheit", wie er sie in Schillers Werken zu erkennen meint,

[d]ie das Gewordene als edles Spiel verklärt,
Das seelenstärkend neuem Werden ruft,
Daß Dichtung sich und kräft'ge Wirklichkeit
In reger Gegenspieglung so durchdringen,
Wie sich, wo eine wärm're Sonne scheint,
Am selben Baume Frucht und Blüten mengen,
Bis einst die Völker selbst die Meister sind,
Die dicht'risch handelnd ihr Geschick vollbringen.
(9, S. 228)

Wo das geschieht, könnte man im Rückgriff auf die Goethe-Reflexionen aus dem *Grünen Heinrich* behaupten, der „Seher" mit dem „goldenen Spiegel" sei nunmehr tatsächlich von einem bloßen Beobachter zum aktiven Mitgestalter im „festlichen Zuge" des Lebens geworden. Dagegen musste Kellers Landsmann Gotthelf eine Rüge einstecken, weil seine Romane jene poetische Verklärung, die den Weg in eine bessere Zukunft weisen könnte, vermissen ließen: „Es wäre die Aufgabe des Dichters gewesen allfällige eingeschlichene Roheiten und Misbräuche im poetischen Spiegelbild abzuschaffen und dem Volk eine gereinigte und veredelte Freude wiederzugeben, da es sich einmal darum handelt in der gemeinen Wirklichkeit eine schönere Welt wiederherzustellen durch die Schrift“ (15, S. 83).

In der Legende *Eugenia* schildert Keller das Musterbeispiel eines Kunstwerks, wie es ihm vorschwebte. Die Protagonistin, die sich durch intellektuellen Hochmut und asketische Frömmigkeit ihrem eigentlichen Ich und ihrem natürlichen Geschlecht entfremdet hat, tritt eines Nachts vor die Statue, die ihr Vater von ihr hat errichten lassen und die „unbeschadet der sprechenden Aehnlichkeit ein Idealwerk war in Kopf, Haltung und Gewändern“ (7, S. 344). Der Anblick erschüttert Eugenia zutiefst: „Eine bittere Wehmut umfing sie, das Gefühl, als ob sie aus einer schöneren Welt ausgestoßen wäre und jetzt als ein glückloser Schatten in der Oede herumirre; denn wenn das Bild auch zu einem Ideal erhoben war, so stellte es gerade dadurch das ursprüngliche innere Wesen Eugenias dar, das durch ihre Schulfuchserei nur verhüllt wurde“ (S. 345). Als Inbegriff vollendeter Weiblichkeit führt die Statue der jungen Frau ihr „besseres Selbst“ (S. 345) vor Augen. Sie enthüllt, was zumindest latent bereits vorhanden ist, und appelliert damit an die Betrachterin, den künstlerischen Entwurf in der Lebenswirklichkeit einzulösen, was am Ende der Erzählung auch geschieht. Das waren für Keller die heilsamen, bildenden Effekte einer Kunst, in der Realismus und Idealisierung zu einer bruchlosen Einheit verschmolzen.

Bei den zahlreichen Urteilen, die er im Laufe seines Lebens über andere Künstler oder Schriftsteller fällte, gab sein poetischer Realismus den kritischen Maßstab ab. Dass Goethe und Schiller, „unsere Großen“ (GB 3.1, S. 225), für ihn ein alles überstrahlendes Doppelgestirn am literarischen Himmel bildeten, muss kaum mehr eigens erwähnt werden. Im *Grünen Heinrich* rühmt Keller den einen als „großen Realisten“, den anderen als den „idealste[n] Dichter einer großen Nation“ (12, S. 246f.) – im Horizont seiner Poetik zwei gleichwertige und gewissermaßen komplementäre Ehrentitel. Noch 1880 erklärte er dem Freund Jakob Baechtold, der gerade ein *Deutsches Lesebuch* zusammenstellte: „Klassisch im höchsten Sinne sind ausgemachter Maßen nur Schiller und Goethe“ (GB 3.1, S. 306). Aber Keller wusste auch die Klassiker anderer Nationalliteraturen zu schätzen. So dürfte er Römers Begeisterung für das „Einfache und Kolossale“ der homerischen Epen geteilt haben. Anhand der Episode, in der der schiffbrüchige Odysseus, „nackt und mit Schlamm bedeckt“, auf die schöne Nausikaa trifft, macht Römer seinen Schüler auf Homers Kunst aufmerksam, archetypische Erfahrungen in einprägsamen Szenen festzubannen: „Dies ist, so lange es Menschen giebt, der Traum des kummervollen umhergeworfenen Mannes, und so hat Homer jene Lage aus dem tiefsten und ewigen Wesen der Menschheit herausgenommen!" (12, S. 31f.) Einen ähnlichen Rang nimmt Ariost ein, dessen *Orlando Furioso* Heinrich später gemeinsam mit seiner Geliebten Judith liest. In den unzähligen Verwicklungen und leidenschaftlichen Täuschungen, denen die Figuren des Epos ausgesetzt sind, erkennen die beiden zeitlose Wahrheiten in dichterischer Gestalt wieder: „O kluger Mann!", ruft Judith aus, „[j]a, so geht es zu, so sind die Menschen und ihr Leben, so sind wir selbst, wir Narren!" (S. 78) Dieses Lob ist umso bemerkenswerter, als es einem Werk mit ausgeprägten phantastischen und märchenhaften Zügen gilt. Auch Ariost zählt also zu jenen Dichtern, denen die „Freiheit der unmittelbaren Poesie" (GB 3.2, S. 378) eine höhere Form des Realismus ermöglicht.

Schließlich wäre noch Shakespeare zu nennen, den Keller als „Schauspielmacher von Gottes Gnaden" (15, S. 130) und „größten Dichter unserer Zeitrechnung" (S. 209) feierte und der in *Pankraz, der Schmoller* aus dem Munde der Hauptfigur eine eingehende, wenngleich recht zwiespältige Würdigung erfährt:

> Dieser verführerische falsche Prophet führte mich schön in die Patsche. Er schildert nämlich die Welt nach allen Seiten hin durchaus einzig und wahr wie sie ist, aber nur wie sie es in den ganzen Menschen ist, welche im Guten und im Schlechten das Metier ihres Daseins und ihrer Neigungen vollständig und charakteristisch betreiben und dabei durchsichtig wie Krystall, jeder vom reinsten Wasser in seiner Art, so daß, wenn schlechte Skribenten die Welt der Mittelmäßigkeit und farblosen Halbheit beherrschen und malen und dadurch Schwachköpfe in die Irre führen und mit tausend unbedeutenden Täuschungen anfüllen, dieser hingegen eben die Welt des Ganzen und Gelungenen in seiner Art, d.h. wie es sein soll, beherrscht und dadurch gute Köpfe in die Irre führt, wenn sie in der Welt dies wesentliche Leben zu sehen und wiederzufinden glauben. Ach es ist schon in der Welt, aber nur niemals da, wo wir eben sind oder dann, wann wir leben. (4, S. 47)

Der Ich-Erzähler porträtiert hier einen musterhaften poetischen Realisten, der statt der zufälligen Oberfläche der Dinge das „wesentliche Leben" und die „Welt des Ganzen und Gelungenen" gestaltet und dem Leser deren verborgene Gesetze „durchsichtig wie Krystall" vor Augen führt. Dabei liegt die objektive Ironie der Passage darin, dass Pankraz unfreiwillig seine eigene verfehlte Rezeptionshaltung bloßstellt, indem er seine persönliche Unbedarftheit, die nicht zwischen dem geläuterten literarischen Modell und der vielfältig bedingten und gemischten Alltagsrealität zu unterscheiden weiß, in einen Vorwurf gegen den Dichter wendet. Sein Versuch, sich das Betragen der angebeteten Lydia unmittelbar nach dem Muster von Shakespeares Frauengestalten zu erklären, führt ihn in der Tat „schön in die Patsche“!

Andere Autoren beurteilte Keller weniger günstig. So wuchs mit der Zeit seine Distanz zu Jean Paul, den er in seiner Jugend zutiefst bewundert hatte. 1843 war er für ihn noch „beinahe der größte *Dichter*, welchen ich kenne, wenn man die Natur mit ihren Wundern und das menschliche Herz als die ersten und größten Stoffe oder Aufgaben der Poesie anerkennt“ (18, S. 67), aber in der acht Jahre später veröffentlichten zweiten Gotthelf-Rezension fällt das Urteil bereits merklich kühler aus. Die von Laurence Sterne, Theodor Gottlieb von Hippel und Jean Paul repräsentierte Tradition des humoristischen Erzählens und einer kunstvoll angelegten phantasievollen Verwirrung will Keller jetzt nicht mehr als Vorbild für seine Zeitgenossen gelten lassen: „Denn obgleich wir jene Herren gehörig verehren, besonders den Letzten“ – nämlich Jean Paul –, „so wird uns doch mit jedem Tag leichter ums Herz wo ihre Art und Weise zum mindern Bedürfniß wird.“ Nur eine „unglückselige und trübe Zeit“ könne an solchen Spielereien Gefallen finden, während in der Gegenwart klar und besonnen geschrieben werden müsse (15, S. 90).

Die Faszination, die Jean Paul einmal auf Keller ausgeübt hatte, lässt auch der *Grüne Heinrich* erahnen. Für den jungen Heinrich Lee eröffnet die Jean Paul-Lektüre eine Sphäre, in der die „entfesselte Phantasie“ unumschränkt herrscht und die Wirklichkeit auf märchenhafte Weise verfremdet (11, S. 320). Die problematischen Seiten dieser Flucht in imaginäre Traumreiche kündigen sich dabei allerdings schon überdeutlich an, und später wird ja Goethe mit seinem Evangelium der diesseitszugewandten Weltfrömmigkeit Jean Paul als Leitstern des Helden ablösen. In der zweiten Fassung des Romans hat Keller die einschlägige Passage überdies rigoros gekürzt und sie zugleich mit einem zusätzlichen Warnsignal versehen, indem er auf den gefährlichen „Geist träumerischer Willkür und Schrankenlosigkeit“ verweist, der durch den Umgang mit Jean Pauls Werken in Heinrich genährt wird (1, S. 276). In seiner realistischen Poetik, wie sie sich mittlerweile in Heidelberg und Berlin herausgebildet und gefestigt hatte, konnte dieser Schriftsteller keinen Platz mehr finden. Frey überliefert denn auch, dass Keller in späteren Jahren jeden Einfluss des einst so gepriesenen Autors auf sein eigenes Schaffen entschieden geleugnet habe.[16]

Mit Heinrich Heine dürfte es ihm ähnlich ergangen sein. Kellers frühe Lyrik war zumindest in ihren weltschmerzlichen, sentimentalisch-gebrochenen und spielerisch-ironischen Zügen noch stark von Heines *Buch der Lieder* geprägt, und 1848 würdigte er ihn in einer Rezension von Börnes Schriften als einen

„Classiker" der deutschen Literatur (15, S. 51). Im selben Jahr tadelte er aber schon das „coquet-unwahre Wesen" des Dichters (S. 58) und formulierte damit den Grundgedanken, der fortan seine kritischen Überlegungen leiten sollte: Heine verfehle wegen seiner selbstverliebten Frivolität die Kardinaltugenden der Ehrlichkeit und Klarheit. Deshalb spielt er auch die Hauptrolle im *Apotheker von Chamouny*, der mit dem Laster der Verstellung und der Lüge im Leben wie in der Literatur abrechnet. Dieses kleine Versepos, das in der Keller-Rezeption bis heute zu wenig gewürdigt wird, sei hier etwas näher betrachtet.

Keller schrieb seine Satire in den fünfziger Jahren stückweise nieder, angeregt durch Heines Gedichtsammlung *Romanzero*, die 1851 erschienen war. Da verschiedene Pläne zu einer separaten Publikation fehlschlugen, gelangte der Text erst lange nach Heines Tod im Rahmen der *Gesammelten Gedichte*, wo er in überarbeiteter Form die zwölfte und letzte Abteilung bildet, an die Öffentlichkeit. Erhalten hat sich aber auch die vollständige Handschrift der früheren Fassung, nach der im Folgenden zitiert wird. In dieser Version gliedert sich der *Apotheker von Chamouny* in dreiundzwanzig Gesänge und weist eine merkwürdige Doppelstruktur auf. Berichtet wird zunächst von Bertram und Laura, einem Liebespaar aus dem Alpenort Chamouny, das sich in Untreue, Lug und Trug und wechselseitigem Hass entzweit, bis beide Partner auf grausige Weise zu Tode kommen. Noch bevor dieser Handlungsstrang abgeschlossen ist, wechselt Keller jedoch mit dem sechsten Gesang unvermittelt das Thema und den Schauplatz, indem er eine umfangreiche Erzählung von den letzten Lebenstagen Heinrich Heines einschiebt. Dieser Partie, die als „ungemessene polemische Abschweifung" (14, S. 312) die eigentliche Literatursatire des *Apothekers* darstellt, soll hier unsere Aufmerksamkeit gelten.

Heines Begabung steht für Keller außer Frage, aber er unterstellt ihm, sein Talent aus Eitelkeit missbraucht zu haben. Im Epos repräsentiert dieser Dichter den eigenartigen Typus des ‚Schafs im Wolfspelz', des „Bosheitsdilettanten" (S. 306), der als affektierter „Heuchler" seine gutmütige Wesensart, sein „wohlgebildet Herz", zu verbergen sucht und sich „mit Prahlen rühmt, / Tigerkrallen zu besitzen" (S. 302). Auch Heines Rückkehr zum Gottesglauben, die er im *Romanzero* verkündet hatte, erscheint im *Apotheker* als Produkt eines effekthascherischen Spiels. Eines Nachts macht sich der todkranke Heine im Traum auf den Weg und spaziert aus der Welt hinaus, um Gott zu suchen. Er gelangt alsbald in die „Dämmerhalle / Schweigender Unsterblichkeit" (S. 272), wo namhafte verstorbene Poeten sinnend umherwandeln. Keller lässt bei dieser Gelegenheit eine ganze Reihe bewunderter Vorgänger aufmarschieren und legt ihnen programmatische Äußerungen in den Mund. Als erster kommt August von Platen zu Wort, von dem sich der Besucher sagen lassen muss, dass im Jenseits kein falscher Schein bestehen bleibt, „Witze“ und „Selbstlob“ also nichts mehr helfen: *„Was er ist, das gilt ein Jeder!* [...] Und die Willkür hat ein Ende!“ (S. 275) Einen leuchtenden Höhepunkt markiert dann – erwartungsgemäß – der Auftritt Goethes, den Keller einmal mehr als Spiegel der Weltfülle und der sinnlichen Diesseitsfreude inszeniert, als „eine starke, / lieblich heitre Säule Lichtes, // Die in allen Farben strahlte und von tausend Bildern lebte“, beherrscht von zwei „weit off’ne[n] Sonnenaugen“ (S. 276f.). Schiller gesellt sich dazu, „ein andrer hehrer Schatten“, den der Autor als „ein munt’res Schwäblein“ freilich etwas humoristischer schildert (S. 278f.). Die Gegenwart dieser Großen wird dem selbstgefälligen Heine rasch unbehaglich, und auch mit dem tapferen Wahrheitsfreund Lessing, der als nächster seinen Weg kreuzt, kann er wenig anfangen. Schließlich mündet die Himmelsexkursion in eine wüste Rauferei mit seinem Erzfeind Ludwig Börne, der den Kontrahenten am Ende mit einem heimtückischen Schubs in einen großen Tintensee befördert, worauf Heine in seinem Krankenbett in Paris erwacht. Bald darauf stirbt er und wird von einem Trupp weiblicher Gespenster zum Montblanc entführt, um im ewigen Eis seine Vergehen zu büßen und geläutert zu werden.

Ein „Requiem poetischer Willkür“ verspricht die Vorrede zum *Apotheker von Chamouny* (S. 251), und in einem Brief aus dem Jahre 1857 bestimmte Keller seine kritische Intention noch genauer: Er wolle die Zeitgenossen ermahnen, „daß jetzt des Guten genug sei und wir uns endlich konsequent und aufrichtig vom Witz, Unwitz und Willkürtum der letzten Romantik lossagen und wieder zur ehrlichen und naiven Auffassung halten müßten“ (GB 2, S. 52). Da wirkt es zunächst paradox, dass das Epos selbst nach Form, Stil und Gehalt durchaus kein Musterbeispiel klassischer Schlichtheit darstellt. Keller adaptiert nicht nur mit dem Vierzeiler aus reimlosen vierhebigen Trochäen die äußere Gestalt von Heines eigener Literatursatire *Atta Troll*, die gegen die Tendenzpoeten des Vormärz gerichtet war, er verleiht seinem Text durch die Verknüpfung der beiden heterogenen Handlungsstränge, die Fülle surrealer und grotesker Elemente und die beigefügten Randglossen, die das Erzählte ironisch kommentieren, auch ganz bewusst jene „wunderliche Form der Heinesch romantischen Willkür“ (GB 3.2, S. 82), der doch seine entschiedene Ablehnung gilt. Erst der als „Fabula docet“ deklarierte Schlussgesang schlägt einen anderen Ton an und reflektiert zudem die Strategie des Autors, die romantischen Tendenzen, für die Heine prototypisch steht, zu verabschieden, indem er sie noch einmal auf einen Höhepunkt führt:

Dieses ist das Lied der Willkür,
Und es sei nun ausgesungen,
Ausgeklungen nun und immer,
Und begraben sei die Leier!
(14, S. 320)

Statt dessen werden jetzt die „Sonne des Gesetzes“ und die „Eine Schönheit“ gefeiert, die über die „Mode“, den „Ungeschmack“ und das „Laster“ triumphieren (S. 320f.). Ein „Abgesang“, der durch das Datum „November 1859“ auf die Feiern zu Schillers hundertstem Geburtstag bezogen ist, konkretisiert das Ideal poetischer Reinheit und Würde schließlich durch die Verherrlichung dieses Klassikers, dessen Werk „die bessere und die schönere / Und die größere Zeit“ ankündige (S. 325).

Der *Apotheker von Chamouny* attackiert die phantastische Willkür und den Manierismus, die der Verfasser in Heines Schaffen zu beobachten glaubte, ebenso wie die (vermeintliche) Unwahrhaftigkeit und Selbstgefälligkeit des Dichters und dokumentiert damit einmal mehr, wie eng in Kellers Poetik ästhetische und sittlich-moralische Gesichtspunkte miteinander verknüpft sind. Man wird das satirische Epos aber nicht als die souveräne Demonstration eines Autors verstehen dürfen, der seiner eigenen Position bereits sicher war. Viel eher gehört das Werk in den Kontext von Kellers Bemühungen, nach der Begegnung mit Feuerbach erst einmal seinen persönlichen Standort neu zu bestimmen.[17] Dazu passt das Eingeständnis in der Einleitung zu der gedruckten Fassung von 1883, dass diese „luftige Komödie“ dreißig Jahre zuvor in erster Linie „dem litterarischen Gewissen und der Selbstbefreiung“ gedient habe (10, S. 161). Keller wollte in Heine auch den eigenen übersteigerten Subjektivismus und die romantische Gefühlsschwärmerei, zu der er in früheren Jahren geneigt hatte, treffen; er wollte sich im Schreiben als Mensch wie als Poet selbst disziplinieren. So bedeutete der *Apotheker von Chamouny* für ihn einen befreienden Schritt auf dem Weg zu jenem poetischen Realismus, dessen Konturen weiter oben nachgezeichnet worden sind.

Dieser Realismus war allerdings zunächst nur eine Idealvorstellung von dem, was Kunst und Dichtung leisten *könnten*. Bislang wurden hier ja hauptsächlich programmatische Äußerungen und Postulate als Quellenmaterial herangezogen – die Goethe-Reflexionen im *Grünen Heinrich* beispielsweise liefern einen normativen Entwurf, dessen hohen Anspruch schon die unmittelbar anschließenden Malversuche des jungen Protagonisten nicht einmal von ferne einlösen. Überhaupt ist es auffällig, dass in Kellers Romanerstling, in dem doch so viel von Kunst und Künstlertum gesprochen wird, kein einziger vollgültiger Künstler auftritt; ebenso vermisst man echte Kunstkenner und -interessenten sowie ein kompetentes Publikum. Und auch wenn man den Blick auf Kellers Gesamtwerk richtet, ändert sich das Bild nicht grundlegend. Manche Künstler erscheinen dort von vornherein als skurrile Karikaturen wie etwa Viggi Störteler in *Die mißbrauchten Liebesbriefe*; der Minnesänger Hadlaub dagegen kehrt der Dichtung am Ende den Rücken, und Salomon Landolt im *Landvogt von Greifensee* begnügt sich mit dem Status eines begabten, aber wenig ambitionierten malenden Dilettanten.

Wie steht es jedoch mit Römer, dem kundigen Lehrer in der schwierigen Kunst des rechten Sehens, der in einer Kapitelüberschrift der Zweitfassung des *Grünen Heinrich* ausdrücklich als „ein wirklicher Meister“ bezeichnet wird (2, S. 17)? An seiner Könnerschaft ist jedenfalls nicht zu zweifeln. Römers Bilder, gemalt „mit unbekannten kühnen und geistreichen Mitteln, so daß sie eben so viel Schmelz und Duft, als Klarheit und Kraft zeigten und vor Allem aus in jedem Striche bewiesen, daß sie vor der lebendigen Natur gemacht waren“, stellen dem Betrachter die Reize Italiens ganz plastisch und mit Licht übergossen vor Augen: „Schöne Klöster und Kastelle glänzten in diesem Sonnenschein an schönen Bergabhängen, Himmel und Meer ruhten in tiefer Bläue oder in heitrem Silberton und in diesem badete sich die prächtige, edle Pflanzenwelt mit ihren klassisch einfachen und doch so reichen Formen“ (12, S. 22). Indes erlebt Heinrich im Laufe der Zeit, wie sich „aus einem geehrten und zuverlässigen Lehrer die seltsamste und räthselhafteste Gestalt [...] herausschäl[t]“ (S. 54), und begreift schließlich ernüchtert, „daß ich das Beste, was ich bisher gelernt, aus der Hand des Wahnsinns empfangen habe“ (S. 56). Römer leidet nämlich an einem ungeheuerlichen, mit Verfolgungsängsten gepaarten Größenwahn. Er hält sich für den „verborgene[n] Mittelpunkt aller Weltregierung“ (S. 55) und fühlt sich zugleich als Opfer perfider Kabalen, die ihn umstricken und von seiner wahren Bestimmung fernhalten. Nach seinem Verschwinden aus Heinrichs Vaterstadt endet sein trauriger Lebensweg im Irrenhaus.

Auf den Leser des Romans, den die Goethe-Passagen eben erst mit Kellers Realismus-Credo vertraut gemacht haben, müssen diese Enthüllungen wie ein kalter Wasserguss wirken. Ausgerechnet jener Mann, der fähig schien, das „Wesentliche“ mit scharfem Blick zu erfassen und darzustellen (S. 18), lebt in einer absurden Wahnwelt und interpretiert die sichtbare Wirklichkeit, auf deren Autonomie Keller im Gefolge Feuerbachs so großen Wert legte, in narzisstischer Manier als ein geheimes Zeichensystem, das einzig auf ihn und sein eingebildetes Schicksal bezogen ist! Als *Künstler* hebt sich Römer mit seiner

„Klarheit und Kraft" (S. 22) positiv von Heinrich Lee ab, dem die Realität so leicht hinter seinen subjektiven Projektionen verschwindet, aber als *Mensch* wirkt er eher wie das verzerrte und bis zum Irrsinn gesteigerte Spiegelbild dieses jungen Phantasten. Was soll man von einem solchen ‚Sehertum' halten? Das Ideal eines tüchtigen, soliden poetisch-realistischen Wirklichkeitsverhältnisses, das Kunst und Leben gleichermaßen umfasst und sie zu einer Einheit zusammenschließt, wird durch Römers Wahnsinn förmlich mitten entzweigerissen, und mit ihm gerät auch die vorbildliche Goethe-Nachfolge, auf die Heinrichs Lehrer eigentlich schon durch seinen klassischen Namen verpflichtet ist, in ein unheimliches Zwielicht.

Tatsächlich beschäftigte sich Keller sehr eingehend mit den Schwierigkeiten, denen Künstler und Dichter begegnen konnten. Aufschlussreiche Reflexionen dazu finden sich in seinen Briefen, in theoretischen Überlegungen und in den literarischen Werken, zumal im *Grünen Heinrich*, der ja die Geschichte einer scheiternden Malerkarriere erzählt. Der folgende Abschnitt wird nun auch diese andere, ‚dunkle' Seite von Kellers Poetik rekonstruieren.

Epigonen, Kunstfabrikanten und Phantasten: Gefährdungen des Künstlers

Anfang 1850 schrieb Keller in seinem Notizbuch:

> Schmerzliche Resignation des Dichters, welcher täglich hören muß, daß erst eine künftige Zeit der Poesie wieder eine schöne Wirklichkeit zur Entfaltung bieten und dadurch große Dichter hervorbringen werde; welcher dies selbst einsieht und doch die Kraft u das Verdienst in sich fühlt, in jener prophezeiten Zeit etwas Tüchtiges leisten zu können, wenn er in ihr leben würde. Er hat allen Trieb u alle Glut in sich, einem erfüllten Leben den dichterischen Ausdruck zu leihen, gerade aber, weil er weiß, daß alles Antizipirte falsche Idealistik ist, so muß er entsagen und der rückwärtsliegenden überwundenen Produktion sich an zu schließen, dazu ist er zu stolz. (16.2, S. 116)

Die düstere Ahnung, dass die eigene Zeit für die Dichtung wie für die Kunst im Allgemeinen keine günstigen Bedingungen biete, gehörte während der Restaurationsepoche und teilweise noch darüber hinaus zum festen Inventar des deutschen Geisteslebens. Prosaisch, flach und nüchtern musste die Gegenwart erscheinen, wenn man sie an den Gipfelleistungen der klassisch-romantischen Ära und an den hochfliegenden Entwürfen des philosophischen Idealismus maß, an jener „Kunstperiode“ also, die Heine mit der Goethezeit gleichsetzte und deren Ende er mit dem Tod des Weimarer Dichterfürsten unwiderruflich gekommen sah.[18] Das Bewusstsein einer übermächtigen Vergangenheit und das Gefühl, auf künstlerischem Gebiet sei das Höchste und Beste im Grunde längst geleistet, drohten sich lähmend auf die Produktivität der Zeitgenossen auszuwirken. Indem Karl Immermann 1836 seinen großen Zeitroman *Die Epigonen* betitelte, fasste er dieses verbreitete melancholische Selbstverständnis in eine einprägsame Formel. Eine seiner fiktiven Figuren lässt er den Begriff erläutern: „Wir sind, um in *einem* Wort das ganze Elend auszusprechen, Epigonen, und tragen an der Last, die jeder Erb- und Nachgeborenschaft anzukleben pflegt.“[19]

Viele Vormärz-Autoren, die den restaurativen Verhältnissen nach dem Wiener Kongress den Kampf angesagt hatten, traten unter diesen Umständen die Flucht nach vorn an und verwarfen das vermeintlich unpolitische Konzept von der Autonomie der Kunst, das die Weimarer Klassik entwickelt hatte, zugunsten einer gesellschaftskritisch engagierten, entschieden wirkungsbezogenen und eben nicht mehr ‚schönen‘ Literatur. Als Keller 1843 begann, sich mit agitatorischer Lyrik in die Parteikämpfe seiner schweizerischen Heimat einzuschalten, näherte er sich zeitweilig einer solchen Position an, wie sie beispielsweise der Jungdeutsche Börne propagierte. Nachdem er dessen *Briefe aus Paris* studiert hatte, in denen sich der Autor als „ordentlicher Göthefeind“ zu erkennen gab, nannte auch Keller Goethe einen „egoistische[n] Kleinkrämer“ und überlegte: „Ich weiß nicht, schmerzt es mich mehr, daß Göthe ein so großes Genie war, oder daß das große Genie einen solchen Privatcharakter, od. vielmer Privatnichtcharakter hatte“ (18, S. 89).

Uneingeschränkt mochte er sich Börnes verbissenem Goethe-Hass aber doch nicht anschließen. In dem wenig später niedergeschriebenen Sonett *Den Göthe-Philistern* fand er einen Kompromiss zwischen der Einsicht in Goethes apolitische Haltung, die ihn den Konflikten der Gegenwart entrückte, und der Anerkennung seines einmaligen künstlerischen Ranges und stiftete damit einen Ausgleich zwischen den gegensätzlichen Extremen der zeitgenössischen Goethe-Rezeption. Angesichts einer chaotischen, zerrissenen Epoche dürfe man nicht unter Berufung auf den großen Klassiker realitätsblind von „Ordnung“ und „Anmuth“ phantasieren, aber wenn einst die Krise überwunden sei, werde man Goethes Werke aus der Verborgenheit erlösen und dieses „Kleinod [...] zum Ehrenplatz an seine Wand“ bringen (13, S. 52). In dieselbe Richtung weist eine Tagebuchnotiz aus dem August 1843, die bestreitet, dass die Dichtkunst, wie die Radikalen im Vormärz meinten, ausschließlich „für die That, und zu politischen oder reformatorischen Zwecken geschaffen sei": „der Dichter soll seine Stimme erheben für das Volk in Bedrängniß und Noth; aber nachher soll seine Kunst wieder der Blumengarten und Erholungsplatz des Lebens sein" (18, S. 71).

Eine umfassende politische und gesellschaftliche Erneuerung werde also den reinen, ungetrübten Kunstgenuss wieder möglich machen – und, wie Keller zuversichtlich hoffte, auch die schöpferische Kraft von Neuem wecken. In einem Brief an Hettner von 1851 sprach er „von den zu erwartenden großen Dichtern der Zukunft", auf die man rechnen könne, wenn erst einmal „größere Zustände und eine gewaltige Geschichte" sowie „ein gebildetes und bewußtes Volk" vorhanden seien (GB 1, S. 359), und eine ähnliche Aussicht eröffnet das Gedicht *Vorabendlich*, das die winterliche Epoche der Not, der Enttäuschung und der Stagnation beklagt, in der nicht zuletzt auch die Kunst darnieder liegt, dann aber künftige „Frühlingszeichen" verheißt, die eine freudige Wiederbelebung von Dichtung, Malerei und Gesang bewirken werden (17.1, S. 223).

Doch vorerst herrschte noch die triste Zwischenzeit, die Keller in seinen *Neueren Gedichten* in einer kunstvollen Gasele halb wehmütig, halb humoristisch beschrieb. Hier liegt der Akzent nicht auf den politischen Zuständen, sondern auf dem unerquicklichen Eindruck, gleichsam in einem Wellental der kulturgeschichtlichen Entwicklung zu leben. Wieder wird dabei auf die geläufige Metaphorik der Jahreszeiten zurückgegriffen:

> Unser ist das Reich der Epigonen,
> Die im großen Herkulanum wohnen;
> Seht, wie ihr noch einen Tropfen presset
> Aus den alten Schaalen der Zitronen!
> Geistiges ist noch genug vorhanden,
> Auch der Liebe Zucker wird noch lohnen.
> Wasser fluthet uns in weiten Meeren,
> Brauchen es am wenigsten zu schonen:
> Braut den Trank für lange Winternächte,
> Bis uns blühen neue Lenzeskronen!
> (13, S. 203)[20]

Die römische Stadt Herculaneum wurde wie das berühmtere Pompeji 79 n. Chr. beim Ausbruch des Vesuvs zerstört. Das „Reich der Epigonen" ist also ein Totenreich, das nur noch von einer glanzvollen Vergangenheit zeugt, eine

Sphäre der abgeschiedenen Seelen, die allenfalls vage Hoffnungen auf eine künftige Auferstehung, auf „neue Lenzeskronen“ hegen können. Um sich die dunkle, kalte Zeit zu vertreiben, brauen sie einen Punsch, der mit seinen Ingredienzien ein Sinnbild für die seelische Verfassung dieser Ära abgibt. Über die Schärfe des „Geistige[n]“ – den nötigen Alkohol – verfügt man durchaus noch, ebenso über die Tiefe des Gefühls – „der Liebe Zucker“ –, und vor allem an Wasser, der banalsten Zutat, mangelt es den Epigonen nicht, wie das lyrische Ich etwas spöttisch feststellt. Um aber das Aroma der Zitronen zu gewinnen, das die eigentliche Essenz und die pikante Würze des Getränks beisteuert, muss man die „alten Schaalen“, die eine glücklichere Epoche übrig gelassen hat, bis zum letzten Tröpfchen auspressen. In der Gegenwart wachsen solche Früchte anscheinend nicht mehr.

Auf den ersten Blick scheint das Gedicht eher von einem allgemeinen Daseinsgefühl als von den spezifischen Problemen des Künstlers zu sprechen. Doch man kann den Punsch durchaus auch als Metapher und Quelle der poetischen Inspiration auffassen, wobei der Zitronensaft für jenes Quäntchen schöpferischer Kraft steht, das den Zeitgenossen abgeht, weshalb sie gezwungen sind, von der Hinterlassenschaft ihrer größeren Vorfahren zu zehren. In der überarbeiteten Fassung des Textes, die er in seinen *Gesammelten Gedichten* abdruckte, machte Keller die poetologische Reflexionsebene sogar explizit, indem er ein zusätzliches Verspaar anfügte: „Und der Dichtung Fahrzeug mag entrinnen / Dem Bereich der grausen Lästrygonen“ (10, S. 11). Damit wird die unerfreuliche Gegenwartsdiagnose auch noch einmal gehörig verstärkt und ins unmittelbar Bedrohliche gewendet, denn bei den Lästrygonen, die man aus Homers Odyssee kennt, handelt es sich um riesige menschenfressende Ungeheuer.

Wie intensiv sich Keller gerade während der Heidelberger und Berliner Jahre mit dem Phänomen der Epigonalität auseinandersetzte, belegt nicht zuletzt der *Grüne Heinrich*, wo der Maler Ferdinand Lys gewichtige zeitkritische Reflexionen vorträgt. Der gebürtige Holländer darf sich als begnadeter Künstler mit dem Ehrentitel „Realist“ schmücken (12, S. 110), und seine Gemälde werden vom Erzähler mit den höchsten Lobsprüchen bedacht, die Keller überhaupt spenden konnte: Sie strahlen eine wunderbare „sinnliche Gewalt“ aus (S. 113) und sind mit der „positivsten Lebensessenz“ getränkt (S. 114). Gleichwohl malt Lys wenig und hat zudem die Angewohnheit, seine Bilder unvollendet stehen zu lassen. Ihn belastet zunächst die beim eifrigen Studium der „Werke der Alten“ gewonnene Einsicht, „daß diese großen Realisten schon Alles gethan, was in unserem Jahrtausend vielleicht überhaupt erreicht werden konnte, und daß wir einstweilen weder so erfinden und zeichnen werden, wie Raphael und Michel Angelo, noch so malen, wie die Venetianer." Das ist die typische Situation des Epigonen, aber Lys geht noch einen Schritt weiter. Nach seiner Überzeugung würden selbst die überragenden Fähigkeiten dieser Vorgänger ihm und seinen Zeitgenossen wenig nützen, weil ihre eigene Lebenswirklichkeit ihnen keinen angemessenen „Gegenstand" für die malerische Gestaltung mehr bietet:

> Wir sind wohl Etwas, aber wir sehen wunderlicher Weise nicht wie Etwas aus, wir sind bloßes Uebergangsgeschiebe. Wir achten die alte Staats- und religiöse Geschichte nicht mehr und haben noch keine neue hinter uns, die zu malen wäre, das Gesicht Napoleon's etwas ausgenommen; wir haben das Paradies der Unschuld, in welchem Jene noch Alles malen konnten, was ihnen unter die Hände kam, verloren und leben nur in einem Fegefeuer. (S. 110f.)

Diese Betrachtungen berühren einen neuen, womöglich noch fundamentaleren Aspekt des Epigonenproblems. Lys formuliert hier eine Epochendiagnose, deren Grundgedanke schon vor Keller und auch noch lange nach ihm eine Schlüsselrolle in allen Debatten über die Moderne spielte – und es ist eine Diagnose, die dem realistischen Künstler, wie er Keller vorschwebte, tatsächlich keine rosigen Aussichten eröffnet. Manifestierte sich die „alte Staats- und religiöse Geschichte" noch in sinnschweren Szenen und Figuren, so tendiert die neuere zunehmend zum Abstrakten und Vermittelten: Die moderne Wirklichkeit wird in ihrer wachsenden Komplexität immer unpersönlicher und verweigert sich der plastischen Darstellung ebenso wie den hergebrachten Sinnerwartungen. Für Lys war Napoleon die letzte historische Persönlichkeit, in der das geschichtsmächtige Handeln des Menschen noch eine konkrete Gestalt annahm. Das erinnert an Hegel, der bekanntlich geglaubt hatte, in dem Kaiser der Franzosen die „Weltseele" verkörpert zu sehen, ein „Individuum [...], das hier auf einen Punkt konzentriert, auf einem Pferde sitzend, über die Welt übergreift und sie beherrscht."[21] Seither aber lassen sich die bewegenden Kräfte der Geschichte nicht mehr mit Augen erblicken und in Bilder fassen. Während die Menschen früherer Zeiten noch in einem „Paradies der Unschuld" verharrten, in dem sie sich ihre gesamte sicht- und greifbare Lebensrealität in naiver Unmittelbarkeit künstlerisch aneignen konnten, fühlt sich das moderne Individuum, so glänzend seine Talente auch sein mögen, rettungslos isoliert und entfremdet.

Von solchen Empfindungen zeugen die Kunstwerke, die Lys hervorbringt.

Ist das Gemälde einer badenden Königin, die als „majestätisches Weib“ den überwältigenden Reiz sinnlicher Fülle verkörpert, ganz buchstäblich ein von „klassischer Liebe und Kindlichkeit“ inspiriertes Sehnsuchtsbild (S. 112), so macht Lys ansonsten mit Vorliebe die eigene skeptisch-ironische Zerrissenheit zu seinem Sujet. Das gilt für die große Darstellung der „Bank der Spötter“ (S. 113), die den irritierten Betrachter wehrlos den höhnischen Blicken der gemalten Figuren preisgibt, oder auch für das Bildnis eines Hamlet, das zugleich ein kaum verhülltes Selbstporträt darstellt, denn dieser Dänenprinz „glich [...] stark dem Maler selbst“ (S. 112). Dem Nachgeborenen, der sich der Wirklichkeit nicht mehr schöpferisch zu bemächtigen vermag, gerät die Kunst zu einem Spiegelkabinett, das ihm nur noch sein eigenes Bild zeigt. Übrigens hatte Keller den „pathologische[n] Hamlet“ schon in jener Notiz, in der er die schwierige Lage des Dichters in der Gegenwart bedachte, als geeignete Identifikationsfigur zitiert (16.2, S. 119). Eine solche Auffassung der berühmten Dramengestalt steht in einer großen Tradition: In Shakespeares schwermütigem Grübler und Zauderer erkennt der moderne Mensch seine melancholische Selbstbespiegelung und die Gebrochenheit seines sentimentalischen Bewusstseins wieder.

Was Lys über die Malerei sagt, lässt sich ohne weiteres auf den poetischen Realismus seines Schöpfers übertragen, der ja auch die Dichtung an das Reich des Sichtbaren und Plastischen band und den Poeten folglich in gleichem Maße von dem Schwund des Anschaulich-Sinnlichen in der modernen Wirklichkeit betroffen sehen musste. Einen Ausweg aus dem Dilemma hätte die entschlossene Abkehr von der Gegenständlichkeit in der Kunst bieten können, die dem Wandel der lebensweltlichen Erfahrung gerecht geworden wäre und der Produktion ganz neue Möglichkeiten eröffnet hätte. Einen derart revolutionären Bruch mit der ästhetischen Tradition zog Keller indes weder als Maler noch als Dichter jemals in Betracht. Im *Grünen Heinrich* verfertigt der Protagonist auf dem Tiefpunkt seiner Laufbahn zwar im „melancholischen Müßiggang“ (12, S. 219) ein Werk, das schon wesentliche Züge der abstrakten Kunst vorwegnimmt, nämlich ein „unendliches Gewebe von Federstrichen“ (S. 220), das sich wie ein gigantisches Spinnennetz über die Leinwand ausbreitet, aber diese „kolossale Kritzelei“ (S. 221) erscheint dem Erzähler wie den fiktiven Figuren lediglich als das traurige Produkt der „Irrgänge einer zerstreuten, gramseligen Seele“ (S. 220). Heinrichs Freund Erikson stimmt ein spöttisches Loblied auf das zweifelhafte Meisterwerk an, das sicherlich Kellers eigene Meinung wiedergibt: Wo „alles Gegenständliche hinausgeworfen“ ist und statt der sinnlichen Schönheit die „holdeste, reizendste Abstraction“ herrscht, gerät die

Kunst unwiderruflich ins „Wesenlose“, ins „Nichts“ und hebt sich damit selbst auf (S. 222). Hier zeigt sich gewiss kein Weg in eine schöpferische Zukunft.

Keller hoffte, wie mit Blick auf sein Goethe-Sonett bereits angedeutet wurde, auf spätere Epochen, die eine echte Wiedergeburt der realistischen Kunst ermöglichen würden. In Lys' Rede vom derzeitigen „Uebergangsgeschiebe“ klingt eine solche Perspektive an, in der Epigonen-Gasele wird sie in den kommenden „Lenzeskronen“ greifbar, und der schon mehrfach zitierte Notizbucheintrag fasst ebenfalls eine „künftige Zeit der Poesie“ ins Auge, die „wieder eine schöne Wirklichkeit“ und damit auch „große Dichter hervorbringen werde“ (16.2, S. 116). Wie man sich diese Ära konkret vorzustellen hätte, sagt Keller freilich nirgends. Seine Reflexionen über das Epigonentum konzentrieren sich vielmehr auf den Kontrast zwischen der trüben Jetztzeit und einer leuchtenden Vergangenheit, die dem rückwärtsgewandten Blick als ein verlorenes Zeitalter des erfüllten Lebens und der künstlerischen Blüte erscheint. Solche nostalgischen Schwärmereien gewinnen im *Grünen Heinrich* in dem großen Maskenzug Gestalt, den die Künstler der deutschen Residenzstadt zur Faschingszeit in Szene setzen.

Keller ließ sich zu dieser Episode von einer Veranstaltung inspirieren, die im Jahre 1840, kurz vor seiner Ankunft, tatsächlich in München stattgefunden hatte[22] und von einem der Beteiligten sorgfältig dokumentiert worden war – auf Rudolf Marggraffs „rühmliches Gedenkbuch“, das dem Verfasser als Vorlage diente, spielt der Romanerzähler ausdrücklich an (12, S. 151). Die ganze „Künstlerschaft“ der Residenz, so heißt es bei Keller, will sich „an dem heraufbeschworenen Glanze früherer deutscher Herrlichkeit“ erfreuen, indem sie mit Masken und Kostümen „das alte Nürnberg“ wieder zum Leben erweckt, „wie es zu der Zeit war, als der letzte Ritter, Kaiser Maximilian I, in ihm Festtage feierte und seinen besten Sohn, Albrecht Dürer, mit Ehren und Wappen bekleidete“ (S. 126). Mit dem harmonischen Einklang von politischer Macht, bürgerlichem Wohlstand und künstlerischem Gedeihen wird hier das Leitmotiv des gesamten Festes benannt, von dem Keller anscheinend selbst dermaßen fasziniert war, dass er der Beschreibung dieser Inszenierung, wie schon zeitgenössische Kritiker meinten, ungebührlich viel Platz einräumte. Der Künstlerkarneval entwirft das Traumbild einer entschwundenen Zeit, in der Staat, Gesellschaft und Kunst noch eine bruchlose Einheit bildeten, einer Epoche vor aller Entfremdung von Einzelnem und Ganzem, Künstler und Bürger, Schöpfer und Produkt. Berühmte Männer wie Albrecht Dürer, der Dreher Hieronimus Gärtner, der Kupferschmied Sebastian Lindenast, der Erzgießer Peter Vischer oder der Baumeister Hans Behaim gesellen sich im Festzug zu ihren jeweiligen

Zunftgenossen, denn sie sind nicht nur herausragende Künstler, sondern auch solide Handwerker und wackere städtische Bürger: „wie alle Gewerke schon durch den Meistergesang mit der Kunst verbunden waren, so ging beinahe jedes Einzelne unmittelbar in die bildende Kunst über und hatte bei derselben als Legaten die Sprößlinge seiner Werkstatt“ (S. 144). Als Schirmherr dieser idealen Welt fungiert der Kaiser, der, „das Heldenmüthige, Ritterhafte, Gemüth- und Sinnreiche“ in einer Person zusammenfassend, mehr einem fabelhaften Märchenkönig als einer historischen Gestalt gleicht (S. 154).

Die Münchner Künstlerschaft schuf 1840 ein verklärtes utopisches Gegenbild zu den Mängeln und Widersprüchen ihrer eigenen Epoche, zur beginnenden industriellen Massenproduktion, zur fortschreitenden Mechanisierung der Fertigung und damit generell zu dem bedrohlichen Funktionsverlust der Kunst und des Künstlers in der Moderne. Gilt das auch für den *Grünen Heinrich*? Einige Bemerkungen des Erzählers, der die fatale Substanzlosigkeit seiner Gegenwart beklagt und die eskapistischen Züge der Faschingsveranstaltung andeutet, weisen zumindest in diese Richtung: „Seltsame Zeit, wo die Menschen, wenn sie sich freudig erheben wollen, das Gewand der Vergangenheit anziehen müssen, um nur anständig zu erscheinen! [...] Wann wird wieder eine Zeit kommen, wo wir uns um die eigene Achse drehen und uns in eigener Gegenwart genügen?“ (S. 138f.) Während das „alte Nürnberg“ und die „Reichsherrlichkeit“ des Spätmittelalters (S. 126) noch nichts von der hochgradigen Ausdifferenzierung der modernen Wirklichkeit wussten und deshalb durch gestandene Männer repräsentiert werden können, die sich auf allen Gebieten der Lebenspraxis gleichermaßen bewähren und tatsächlich das *sind*, was sie in ihrem prachtvollen Aufzug zu sein *scheinen*, fehlt es dem 19. Jahrhundert an einer ausgeprägten Identität, die sich sinnlich und plastisch darstellen ließe. Wieder wird hier das Problem der zunehmenden Abstraktion berührt, die keine anschaulichen Gestaltungen mehr gestattet.

Indes nimmt Kellers Erzähler seine Zeitgenossen auch in Schutz. Heinrich selbst und seine Freunde Lys und Erikson sind zwar, jeder auf seine Art, recht fragwürdige Künstlergestalten und finden darum ihren angemessenen Platz in der dritten Abteilung des Faschingszuges, die einen „mittelalterlichen Mummenschanz“, also gleichsam einen „Traum im Traume“, ein „verdoppelte[s] Phantasiegebilde“ vorstellt (S. 127) und alles vereinigt, was die Künstlergemeinde der Residenzstadt „an übermüthigen Sonderlingen, Witzbolden, seltsamen Lückenbüßern und Kometennaturen in sich hegte“ (S. 158). Anders steht es jedoch mit den Männern, die in den ersten beiden Gruppen der Maskerade die Nürnberger Bürgerschaft und den Kaiser mit seinem Gefolge verkörpern. Als rüstige, erfolgreiche Künstler haben diese Leute, wie der Erzähler versichert, „durch ihr Können und Wollen die Fähigkeit und das Recht, jene bewährten Vorfahren darzustellen" (S. 150), weil sie ihnen das Wasser reichen können:

> Da nun aber jeder einzelne Mann nicht etwa ein schöngewachsenes Schema, ein bloßer Statist, sondern eine bedeutende Persönlichkeit, ein rechter Schmied seines Glückes war [...], so mußte man beim Anblick so Vieler unwillkürlich die Hoffnung fassen, daß ein solches Volk doch noch zu was Anderem fähig sei, als zur Darstellung der Vergangenheit, und daß diese körperliche Wohlgestalt, welche so ähnliche Bilder todter Helden und Kaiser zeigte, unausbleiblich einst die wahren Kaiser, die rechten Schmiede und Herrscher des eigenen Geschickes, die selbständigen Männer der Zukunft hervorbringen werde. (S. 158)

Um diese Zuversicht plausibel zu machen, rühmt der Erzähler die phänomenalen künstlerischen Errungenschaften seiner Epoche, die sich gerade in jener deutschen Residenz überall dem Blick aufdrängen: „Denn es war kein dilletantisches [!] Bestreben, was in dieser Stadt herrschte, sondern die Meisterschaft blühte in hundert Zweigen in glänzend reifender Technik. Außer den vielen Malern und Bildhauern gingen Baumeister, Erzgießer, Glas- und Porzellanmaler, Holzschneider, Kupferstecher, Steinzeichner, Medailleure und viele andere Angehörige eines vollen Kunstlebens" (S. 150).

Bei näherer Betrachtung rücken die Lobeshymnen allerdings in ein recht zweifelhaftes Licht. So berücksichtigt der Erzähler in seinem Preislied auf das zeitgenössische Kunstschaffen fast ausschließlich quantitative Aspekte, argumentiert also in Kategorien der Größe und der Menge. Da werden „zahlreiche kolossale Statuen" gegossen, „riesenhafte Unternehmungen begonnen" und „gewaltsam und kraftvoll" vorangetrieben, „unabsehbare Wände" bemalt und „[h]aushohe Glasfenster" zusammengesetzt (S. 150) – etwas merkwürdige oder zumindest sehr einseitige Maßstäbe für die Würdigung künstlerischer Leistungen! Der Verdacht liegt nahe, dass Keller hier mit subtiler Ironie die leere Monumentalität einer epigonalen Epoche bloßstellen wollte, zumal die ambitionierte Kunstpolitik König Ludwigs I. von Bayern, die er während seines Münchner Aufenthalts aus nächster Nähe studieren konnte, von manchen Skeptikern damals in der Tat schon ganz in diesem Sinne kritisiert wurde.[23] Bereits bei Heinrichs Ankunft in der Residenz im ersten Band des Romans bietet die Metropole der Kunst einen verwirrend unorganischen Anblick: „griechische Giebelfelder und gothische Türme", „Gebäude von allen möglichen

Bauarten, alle gleich neu“, „ernste byzantinische Fronten“ und „eine colossale alte Kirche im Jesuitenstyle“ mit ihren „tollen Schnörkel[n] und Schlangenlinien“ (11, S. 58f.) verweisen auf jenen eklektizistischen Historismus, der in München gepflegt wurde und dessen willkürliche Stilzitate eine Ära kennzeichneten, die über keinen eigenen, einheitlichen künstlerischen Ausdruck verfügte. Der Erzähler vergleicht die Stadt denn auch mit einer „Mustersammlung für lernbegierige Schüler“ und spricht von einer „seltsamen Mischung“ ohne klare Konturen und festen Charakter: „Da und dort verschmelzten sich die alten Zierarten und Formen zu neuen Erfindungen, die verschiedensten Gliederungen und Verhältnisse stritten sich und verschwammen in einander und lösten sich wieder auf zu neuen Versuchen“ (S. 59).

Die Erzählerkommentare zu der großen Faschingsmaskerade heben das Verdikt der Epigonalität, das über den künstlerischen Bemühungen der Gegenwart schwebt, also nicht auf. Aber alles in allem bleibt die Schilderung des Festes und der Künstler, die es ausrichten, doch zutiefst ambivalent, denn es ist schwer zu bestimmen, wie weit Kellers Ironie in diesen Passagen eigentlich reicht. Vielleicht war er sich, als er den *Grünen Heinrich* schrieb, selbst noch nicht darüber im Klaren, wie er die Aussichten für die Kunst in seiner Zeit einschätzen sollte. Angesichts einer Epoche, in der sich die zunehmende Abstraktheit sämtlicher Lebensverhältnisse zu einer fundamentalen Herausforderung für jede Kunst entwickelte, die am Primat des Sichtbaren und sinnlich Greifbaren festhielt, konnte die schöne vormoderne Welt der Nürnberger Handwerker-Künstler jedenfalls bloß noch ein fernes Wunschbild sein. Die Frage, wie Keller sowohl inhaltlich als auch auf der Ebene der ästhetischen Konzepte auf die bedrohlichen Tendenzen der Moderne reagierte, soll erst im Zusammenhang mit seinem Spätwerk ausführlicher behandelt werden. Hier sei vorläufig nur erörtert, mit welchen Strategien er der Erfahrung begegnete, dass der Blick auf die kanonischen künstlerischen Leistungen übermächtiger Vorgänger das eigene Schaffen zu lähmen oder zu entwerten drohte. Mit anderen Worten: Es geht um die Legitimation eines Dichtens, das sich unausweichlich dem Verdacht epigonaler Sterilität ausgesetzt sah.

Auch seine persönliche Lösung für dieses Problem entwickelte Keller während seines zweiten Deutschlandaufenthalts, der für seine gesamte geistige Entwicklung so ungemein folgenreich wurde. 1854 machte er Hettner darauf aufmerksam, dass „viele literarische Motive und Manieren, welche man so gewöhnlich für nagelneu oder von einer gewissen Schule herstammend ansieht, schon seit Jahrhunderten vorhanden sind, ja wie man eigentlich sagen kann, alle wirklich guten *Genres* seien von jeher dagewesen und nichts Neues unter der Sonne“ (GB 1, S. 398). So befinde sich „das Ganze des poetischen Stoffes [...] in einem merkwürdigen oder vielmehr sehr natürlichen fortwährenden Kreislaufe.“ Keller zieht daraus den Schluss: „es gibt keine individuelle souveräne Originalität und Neuheit im Sinne der Willkürgenies und eingebildeten Subjektivisten [...]. Neu in einem guten Sinne ist nur, was aus der Dialektik der Kulturbewegung hervorgeht“ (S. 399f.).

Die Gedankenfigur, die hier umrissen wird, lässt sich mit weiteren Äußerungen des Autors noch schärfer profilieren. Schon in seiner ersten Gotthelf-Rezension legte er die Dichtung auf ein ebenso weitgefasstes wie zeitloses Sujet fest: „Ewig sich gleich bleibt nur Das was reinmenschlich ist, und Dies zur Geltung zu bringen ist bekanntlich die Aufgabe aller Poesie“ (15, S. 69). Von dem „Streben nach Humanität“, das „ewig gleich bleiben“ müsse und dem Künstler als Leitstern zu dienen habe, ist auch in einem anderen Brief an Hettner die Rede, doch Keller fährt fort: „*Was* aber diese Humanität jederzeit umfassen solle: dieses zu bestimmen, hängt nicht von dem Talente und dem Streben ab, sondern von der Zeit und der Geschichte“ (GB 1, S. 354). Einige Jahre später zitiert der Aufsatz *Am Mythenstein* im Blick auf den Vorrat poetischer Motive und Techniken ebenfalls die biblische Weisheit, „daß es überhaupt nichts Neues gibt unter der Sonne“, um diese Behauptung dann sofort zu relativieren:

> Das Neue wird überhaupt nicht von Einzelnen auszuhecken und willkürlich von außen in die Welt hinein zu bringen seyn; vielmehr wird es darauf hinaus laufen, daß es der gelungene Ausdruck des Innerlichen, Zuständlichen und Nothwendigen ist, das jeweilig in einer Zeit und in einem Volke steckt, etwas sehr Nahes, Bekanntes und Verwandtes, etwas sehr Einfaches, fast wie das Ei des Columbus. (15, S. 197)

Keller postuliert gewisse überzeitliche menschliche Grunderfahrungen als Stoff der künstlerischen Arbeit, richtet sein Augenmerk aber zugleich auf den historischen Wandel, auf die „Dialektik der Kulturbewegung“, die diese anthropologischen Konstanten in immer neuen Gestalten erscheinen lässt. So ist jeder Künstler einerseits Teil einer großen geschichtlichen Überlieferungskette, andererseits Repräsentant einer einmaligen, unwiederholbaren epochalen Konstellation: „Diesen Erwägungen gemäß resultiert die ästhetische Qualität aus der Synthesis des ganz Alten, schon immer so Seienden, und des ganz Neuen.“[24] Der praktische Nutzen solcher Reflexionen leuchtet auf Anhieb ein. Indem sie unter Berufung auf den unaufhörlichen „Kreislauf“ poetischer Themen und Motive die absolute „individuelle souveräne Originalität“ leugnen, heben sie auch das Phänomen des Epigonentums auf, das ja nur das dunkle Gegenstück einer solchen Originalität sein könnte. Einer jeden Ära müssen demnach gültige künstlerische Schöpfungen möglich sein, die ihrer historischen Besonderheit entsprechen, ohne dass sie damit freilich den Anspruch erheben könnte, etwas von Grund auf Neues und nie Dagewesenes hervorzubringen.

Im Laufe der Zeit griff Keller immer wieder auf sein hilfreiches Denkmodell zurück. In seiner Besprechung von Hettners Buch über das Drama erklärte er 1852: „sollte es so schwer sein, mit dem Talente, das Jeder hat, sich ernstlich an die jahrtausendalten Hauptwahrheiten einerseits zu halten, andererseits dem Unvermeidlichen, was uns neuere Erfahrung hingestellt, Rechnung zu tragen [...]?“ (S. 127) Und noch volle dreißig Jahre später belehrte er einen jungen Lyriker, der sich in seinen Augen zu stark an überholten Konventionen orientierte: „Es ist eine alte paradoxe Geschichte, die nicht recht zu definieren ist und doch bei jedem neuen Dichter wiederkehrt: Die Frage der Ursprünglichkeit und Neuheit. Der Gegenstand aller Poesie ist immer derselbe, und doch immer dieselbe Frage nach dem Notwendigen und Zwingenden, das der neue Poet mit sich bringt“ (GB 4, S. 241). „Stoffe zu reproduzieren, welche von klassischen Dichtern schon in mustergültiger Weise behandelt worden sind“, erklärte er grundsätzlich für erlaubt, doch müsse unbedingt „eine neue Applikation“ hinzukommen (S. 288). In den *Laokoon-Studien* eines Züricher Archäologen sah er den „ewige[n] Fluß der Anschauung der ewigen Schönheitsgesetze“ bestätigt (S. 246) – er war also von der Existenz fester ästhetischer Normen überzeugt, hielt deren konkrete Auslegung aber für historisch variabel und zeitbedingt. Und als man ihn dafür gewinnen wollte, Pestalozzis volksaufklärerischen Roman *Lienhard und Gertrud* umzuschreiben und die Handlung in die Gegenwart zu übertragen, lehnte er mit dem Hinweis ab, das „rein Menschliche“ dieses Buches sei „immer das gleiche“ und daher „noch immer wirksam“, während eine „Umarbeitung nach den Verhältnissen jetziger Zeit“ andererseits so tiefe Eingriffe erfordern würde, „daß vom alten Gebäude kein Stein auf dem andern bliebe“ (S. 151).

Mit diesem gedanklichen Rüstzeug versehen, konnte Keller den überragenden Dichtern der Vergangenheit unbefangen gegenübertreten. Es war bereits davon die Rede, dass er Homer, Ariost und die Weimarer Klassiker für ihre Fähigkeit, archetypische Erfahrungen der Menschheit zu gestalten, zutiefst bewunderte. Seine historisch-dialektische Betrachtungsweise bewahrte ihn jedoch davor, in unproduktiver Ehrfurcht zu erstarren. In dem bereits zitierten Brief an Hettner von 1851 heißt es über die theoretischen Schriften früherer Ästhetiker: „Bei aller inneren Wahrheit reichen für unser jetziges Bedürfnis, für den heutigen Gesichtskreis, unsere alten klassischen Dokumente nicht mehr aus". Lessing, Goethe und Schiller seien eben „längst gestorben und ahnten nicht den riesenschnellen Verfall der alten Welt." Mit ihren poetischen Leistungen, etwa den „Meisterdichtungen" aus Weimar, verhalte es sich ähnlich:

> [E]s ist der wunderliche Fall eingetreten, wo wir jene klassischen Muster auch nicht annähernd erreicht oder glücklich nachgeahmt haben und doch nicht mehr *nach ihnen zurück*, sondern nach dem unbekannten Neuen streben müssen, das uns so viele Geburtsschmerzen macht. Daß es so lange (? laßt doch der Natur ein wenig Ruhe!) ausbleibt, berechtigt uns zu keinem Pessimismus; sobald der rechte Mann geboren wird, der erste, beste, wird es da sein. Und alsdann werden veränderte Sitten und Völkerverhältnisse viele Kunstregeln und Motive bedingen, welche *nicht* in dem Lebens- und Denkkreise unserer Klassiker lagen, und ebenso einige ausschließen, *welche* in demselben seinerzeit ihr Gedeihen fanden. (GB 1, S. 353)

Noch 1880 erklärte Keller in einem Schreiben an Baechtold, die Größen der deutschen Klassik seien mittlerweile in vieler Hinsicht überholt: „Daß manche Momente in Leben und Kultur des allgemeinen Verlaufs der Geschichte wegen erst nach Schiller und Goethe einen prägnanten Ausdruck haben finden können, wird nicht besonders nachgewiesen zu werden brauchen" (GB 3.1, S. 306).

Die richtige Haltung zur historischen Überlieferung, die den schuldigen Respekt mit nüchterner Distanz verbindet, eignet sich auch Heinrich Lee an, wenn er an der Universität seine Bildungsbestrebungen auf die Geschichtsforschung ausdehnt. Er lernt dabei, wie unsinnig es wäre, „irgend einen entschwundenen Völkerzustand, und sei er noch so glänzend gewesen, zu beklagen". Was etwa an der antiken Welt wirklich „gut und schön war", ist nämlich „nichts weniger als vergangen, sondern in jedes bewußten Mannes Bewußtsein aufbewahrt und lebendig", also ein für alle Mal in die „wahre menschliche Bildung" eingeschmolzen. Für den angemessenen Umgang mit der Hinterlassenschaft früherer Epochen folgt daraus: „Insofern bestimmte Geschlechter und Personen die Träger der Tugenden vergangener Glanztage sind, müssen wir ihnen, da diese Hingegangenen Fleisch von unserem Fleische sind, den Zoll weihen, der allem Wesentlichen, was war und ist, gebührt, ohne sie zurückzuwünschen, da sonst wir selbst nicht Raum noch Dasein hätten" (12, S. 256). Diesen Prinzipien folgte Keller später, als er in den *Züricher Novellen* die Vergangenheit seiner Heimatstadt Revue passieren ließ. Die Interpretation dieses Zyklus im sechsten Kapitel wird das Problem der Epigonalität und seine Bewältigung durch den Dichter noch einmal aufgreifen.

Indem Keller den Glauben an überzeitliche humane Werte mit einer kulturgeschichtlichen Perspektive verknüpfte, vermied er das unnütze „Originalitätsfieber“ (15, S. 130) ebenso wie die rückwärtsgewandte Nostalgie und den lähmenden Kleinmut. Halb spöttisch, halb mitleidig kommentierte er die Werke seines Schweizer Dichterkollegen Joseph Victor Widmann, in dem er den Prototyp eines Epigonen erkannte:

> Es ist ein guter und höchst begabter Mensch, leider eine Art Eulenböck, der alle Meister ein Weilchen nachmachen kann, bald ist er Wieland, bald Ariost, bald macht er eine Iphigenia, bald Hermann und Dorothea bis auf einzelne Situationen hinaus, ohne alle Genierlichkeit. Plötzlich merkt er einmal, wo es fehlt, und er will verzweifeln, bis er wieder mit einer kolossal reminiszierenden Erfindung davonrennt. (GB 3.1, S. 69)

Wie dagegen eine wahrhaft schöpferische Aufnahme uralter poetischer Sujets auszusehen hätte, die aus der „Dialektik der Kulturbewegung“ die erforderliche „neue Applikation“ gewinnt, demonstrierte Keller verschiedentlich in seinem eigenen Werk. So dient Römers Hinweis auf den Auftritt des Odysseus vor Nausikaa, der „aus dem tiefsten und ewigen Wesen der Menschheit herausgenommen“ sei (12, S. 32), im *Grünen Heinrich* später als Folie für die Erlebnisse des in die Fremde verschlagenen Protagonisten. Schon in seinen Heimatträumen fühlt sich Heinrich in die Lage des umhergetriebenen homerischen Helden versetzt, weil er „bald die Stadt, bald das schöne Dorf auf wunderbare Weise verklärt und verändert“ erblickt, „ohne je hinein gelangen zu können“ (S. 327), und vollends zum neuen Odysseus wird er, wenn er auf dem mühseligen Rückweg in die Schweiz plötzlich „mit Schlamm und Koth bedeckt“ der reizenden Dorothea Schönfund gegenübersteht. Unwillkürlich muss er dabei selbst an den „unglückseligen Römer“ denken, der ihm das antike Epos einst „poetisch erklärt hatte“, doch auch die Einsicht in die epochalen Unterschiede drängt sich auf: „Aber welch’ närrische Odysseen sind dies im neunzehnten Jahrhundert christlicher Zeitrechnung!“ (S. 370f.). Was bei den alten Griechen noch von der Aura eines tragischen Geschicks umgeben war, gerät im bürgerlichen Zeitalter zur peinlichen Farce.

Eine von Kellers bekanntesten Erzählungen, *Romeo und Julia auf dem Dorfe*, trägt den intertextuellen Verweis auf eine berühmte Vorlage sogar im Titel und markiert mit dem Zusatz „auf dem Dorfe“ doch zugleich die Differenz zu Shakespeares Stück. Der einleitende Abschnitt der Novelle fasst die Reflexionen des Dichters über archetypische Stoffe und den Traditionsbezug der Literatur in wenigen Worten zusammen:

> Diese Geschichte zu erzählen, würde eine müßige Nachahmung sein, wenn sie nicht auf einem wirklichen Vorfall beruhte, zum Beweise, wie tief im Menschenleben jede jener Fabeln wurzelt, auf welche die großen alten Werke gebaut sind. Die Zahl solcher Fabeln ist mäßig; aber stets treten sie in neuem Gewande wieder in die Erscheinung und zwingen alsdann die Hand, sie festzuhalten. (4, S. 74)

Tatsächlich ließ sich Keller nicht nur von dem englischen Dramatiker anregen, sondern nutzte auch einen zeitgenössischen Zeitungsartikel über zwei Liebende aus verfeindeten Familien, die gemeinsam den Freitod gesucht hatten, als Inspirationsquelle.[25] Der aktuelle Vorfall bestätigte ihm, dass die tragische Liebesgeschichte vor dem Hintergrund einer Familienfehde zu jenen wenigen „Fabeln" zählte, die nicht purer Dichterwillkür, sondern gewissen Grunderlebnissen der Menschheit ihr Dasein verdankten und daher „stets [...] wieder in die Erscheinung" traten – freilich jeweils „in neuem Gewande", also beispielsweise im bäuerlichen Milieu des 19. Jahrhunderts statt in der Lebenswelt des italienischen Stadtadels der Renaissance. Den wohlbekannten Geschehenszusammenhang noch einmal aufzugreifen, sei daher legitim, sofern dieses „neue Gewand" berücksichtigt werde. So entgeht der Autor der „müßige[n] Nachahmung" seines großen Vorgängers, auf die sich ein Epigone beschränken müsste, und macht zugleich das Ereignis, von dem die Zeitung berichtet, ‚verklärend' durchsichtig auf das archetypische Muster, das ihm zugrunde liegt. Große Kunst konnte in Kellers Augen nur entstehen, wo sich zeitlose menschliche Erfahrungen mit der Eigenart einer spezifischen historischen Epoche verbanden.

In der kritischen Auseinandersetzung mit der Epigonenproblematik gewann Keller ein festes Fundament und eine stabile Legitimation für sein künstlerisches Schaffen. Er sah sich allerdings auch mit einem bedenklichen Phänomen konfrontiert, das den Dichtern früherer Jahrhunderte noch unbekannt gewesen war und das ebenfalls eine gewaltige Herausforderung für das Selbstverständnis des modernen Poeten bedeutete, nämlich mit einem nach kapitalistischen Gesichtspunkten organisierten literarischen Markt, der das Kunstgebilde zum bloßen Spekulationsobjekt und seinen Schöpfer zu einem gewöhnlichen Warenproduzenten zu degradieren drohte. Immer wieder von finanziellen Nöten bedrängt, konnte Keller die innige Verflechtung von Kunst und Ökonomie im bürgerlichen Zeitalter nicht ignorieren. Der Typus des geschäftigen – und geschäftstüchtigen – Literaten, der auf diesem Boden prächtig gedieh, weckte jedoch seinen entschiedenen Widerwillen. Während er in Berlin jahrelang mit dem *Grünen Heinrich* rang und daneben bedächtig seine Pläne für die Theaterbühne verfolgte, hatte er reichlich Gelegenheit, in den geselligen Zirkeln der preußischen Hauptstadt Berufsgenossen zu beobachten, die ganz andere Prioritäten setzten:

> Auch Dichter gibt's eine Menge, an jedem Tische einen, welche überlaut vom Handwerk sprechen [...]. Sie essen ungeheuer viel, erscheinen jedoch unregelmäßig bei Tische, da sie oft geladen sind und es den Tag nachher erzählen: Gestern bei Geheimerats etc. [...] Manchmal, wenn es noch nicht ganz die Stunde ist, treten sie schnell in eine Konditorei und durchfliegen geschwind die ‚Europa‘ oder das ‚Morgenblatt‘, um etwas Stoff mitzunehmen [...]. (GB 1, S. 251)

Solche Schilderungen nähern sich bereits einer Literatursatire, wie Keller sie später mit der Erzählung *Die mißbrauchten Liebesbriefe* aus dem zweiten Band der *Leute von Seldwyla* tatsächlich lieferte. Dort verrät ein gewisser Georg Nase, der sich früher einmal als Schriftsteller versucht hat, wie ein gewiefter Literaturproduzent vorgeht. Das Material für seine Arbeiten suchte er sich seinerzeit aus zerlesenen französischen Zeitungen oder älteren Dichtwerken zusammen, um das zufällig Aufgeschnappte sodann, entstellt und verballhornt, „als ein Originalwerk“ an die Öffentlichkeit zu bringen (5, S. 103). Im Übrigen machte er aus Mangel an eigener Erfahrung und echter Weltkenntnis eben „das Schreiben selbst“ zu seinem Gegenstand, womit die Kunstausübung endgültig zu einem sinnlosen solipsistischen Spiel verkam: „Indem ich Tinte in die Feder nahm, schrieb ich über diese Tinte. Ich schrieb, kaum daß ich mich zum Schriftsteller ernannt sah, über die Würde, die Pflichten, Rechte und Bedürfnisse des Schriftstellerstandes, über die Notwendigkeit seines Zusammenhaltens gegenüber den andern Ständen, ich schrieb über das Wort Schriftsteller“ und zudem, als „der unbelesenste Gesell von der Welt“, beständig über andere Schriftsteller. Der Erfolg blieb nicht aus. Nase, der sich als Künstler des besseren Klanges wegen „George d'Esan“ nannte, wirbelte „mit allen diesen Dummheiten einen erheblichen Staub auf und galt eine Zeit lang für einen Teufelskerl unter den übrigen Schmierpetern“ (S. 104), bis er sich schließlich doch noch eines Besseren besann und lieber die solide Laufbahn eines Oberkellners einschlug.

Die „armen Literaten“ vom Schlage eines George d'Esan verwendeten, wie

Keller in Berlin höhnisch feststellte, ihre Zeit und Mühe darauf, sich um jeden Preis „interessant zu machen", indem sie, „anstatt etwas Rundes zu produzieren, immer über Personalien schmieren und behaupten, sie selbst und noch mancher andere seien auch wahnsinnig, nicht nur der Lenau, und es sei dieses das tragische Geschick der heutigen Poeten. Es will nun jeder ein Stück tragischen Wahnsinn oder Heinische Lähmung in sich tragen" (GB 1, S. 254). Schuld an diesem Gehabe waren aber nicht bloß persönliche Eitelkeit und Geltungssucht, sondern handfeste ökonomische Zwänge und der wachsende Konkurrenzdruck, die die Autoren förmlich dazu nötigten, sich mit allen Mitteln selbst zu inszenieren, um ihren Marktwert zu steigern. Keller machte diese Faktoren auch für die fatale Schwemme überflüssiger Veröffentlichungen verantwortlich, die er in seiner Zeit beobachtete. Dass viele „Novellisten [...] andern die Gegenstände ab- und umschreiben, statt sich eigene Stoffe zu züchten", und nicht einmal vor Plagiaten zurückschreckten, wertete er als „Anzeichen einer überwuchernden und verwildernden Produktion" (GB 3.1, S. 91f.), und im *Grünen Heinrich* legte er Erikson einen ironischen Kommentar zu der grassierenden Mode trivialer Versepen, die einander zum Verwechseln ähnlich sähen, in den Mund: Im modernen Epos

> zeigen uns begeisterte Seher, wie durch dünnere oder dickere Bände hindurch die unbefleckte, unschuldige, himmlisch reine Absicht geführt werden kann, ohne je auf die finsteren Mächte irdischen Könnens zu stoßen! Eine goldschnittheitere, ewige Gleichheit herrscht zwischen der Brüderschaft der Wollenden! Mühelos und ohne Kummer theilen sie einige tausend Zeilen in Gesänge und Strophen ab; der wahre Fleiß an sich freut sich seines Daseins, kein schlackenbeschwerter Könnender stört die Harmonie der Wollenden. (12, S. 223f.)

Den Hintergrund solcher Invektiven bildete die im 19. Jahrhundert um sich greifende Massenproduktion von Büchern, die wiederum mit einem Umbruch der Lesegewohnheiten einherging, weil die hergebrachte intensive Lektüre einer begrenzten Schar gebildeter Kenner mehr und mehr durch den extensiven Konsum eines stoffhungrigen breiten Publikums verdrängt wurde. Damit erlebte auch die Rolle des Dichters einen tiefgreifenden Wandel. Keller aber war, den Verlockungen des boomenden Literaturmarktes zum Trotz, nicht gesonnen, sich dem allgemeinen „Industrialismus" (15, S. 405) anzuschließen, obwohl der Name, den er sich mit der Zeit in der lesenden Öffentlichkeit machte, ihm durchaus die Möglichkeit dazu geboten hätte. Dem Verleger Franz Duncker teilte er schon 1857 mit:

> Ich werde überhaupt von allen möglichen Feuilletons und dergleichen um novellistische Beiträge angegangen, und man bietet mir jedes Honorar an, so daß ich jetzt Geld verdienen könnte wie Heu, wenn ich die Fabrik recht im Gange hätte. Doch ist es mir ein Beweis, daß meine Sachen viel gelesen werden; auch glaube ich, daß es sich solider und nachhaltiger ausnimmt, wenn man nicht alle Tage mit Beiträgen in allen Zeitschriften figuriert und auf den Lesetischen herumflattert *à la* Hackländer. (GB 3.2, S. 174)

Diese Darstellung seiner Chancen auf dem Markt mag damals noch gehörig übertrieben gewesen sein, aber die energische Abgrenzung von den Erfolgsautoren des Tages wie dem heute längst vergessenen Friedrich Wilhelm Hackländer gibt Kellers Selbstverständnis als Schriftsteller – und sein beachtliches Selbstbewusstsein – zweifellos zutreffend wieder.

Bei aller Verachtung für den kommerzialisierten Literaturbetrieb war er aber nicht imstande, sich dessen Mechanismen völlig zu entziehen, schon gar nicht nach der Niederlegung seines Amtes als Staatsschreiber im Jahre 1876. Von dem Druck, den die Fortsetzungslieferungen für die „Deutsche Rundschau" auf ihn ausübten, war bereits im ersten Kapitel die Rede, und auch bei der Wahl der Stoffe und Gattungen durfte ein freier Autor, der seinen Lebensunterhalt mit den Einkünften aus seinen Veröffentlichungen bestreiten wollte, die Erwartungen der Rezipienten nicht unberücksichtigt lassen. Die Nachfrage einer rapide wachsenden Leserschaft nach spannender und unterhaltsamer Lektüre begünstigte zum Beispiel die mäßig umfangreiche, straff komponierte Novelle, wobei der Verfasser gut daran tat, auf allzu provokante oder gar moralisch anstößige Themen ebenso zu verzichten wie auf gewagte erzähltechnische Experimente.[26] Ein großer Teil von Kellers Spätwerk erwuchs aus seinem Bemühen um einen tragfähigen Ausgleich zwischen den eigenen künstlerischen Intentionen und dem Geschmack des Publikums.

Obwohl auch er in den siebziger und achtziger Jahren von der guten Konjunktur auf dem Markt profitierte, besaß Keller weder das Talent noch die Neigung, sich selbst in den Vordergrund zu spielen oder Werbung in eigener Sache zu machen, und „superlativische Lobsprüche", die ihm von Freunden oder Rezensenten gespendet wurden, quittierte er mit unwirschem „Gebrumme" (GB 3.1, S. 261). Zuwider war ihm die Cliquenwirtschaft, die er auf dem Feld der literarischen Produktion wuchern sah. Dem übereifrigen Ludwig Eckardt, der eine Schweizer ‚Nationalliteratur' und einen organisatorischen Zusammenschluss der Autoren propagierte, erteilte er 1858 eine rüde Abfuhr, wobei er nicht mit Schimpfreden über das „schriftstellerische Assoziationswesen" und das „überwuchernde Literatentum" sparte, das seinerseits „durch das Vereinswesen und das Geschrei vom ‚Schriftstellerstande'" genährt werde (GB 4, S. 75f.). Gegenüber Hettner wurde er noch deutlicher und nannte Eckardt einen „vollendete[n] Marktschreier", der „gar keine Kenntnisse besitzt, einen ästhetischen und dilettantischen Schreibeschwindel entfacht unter dem Stichwort ‚nationaler Kunst und Literatur'" und damit „eine völlige Sündflut" von stümperhaften literarischen Aktivitäten ausgelöst habe (GB 1, S. 441).

In *Die mißbrauchten Liebesbriefe* richten sich Kellers satirische Angriffe nicht zuletzt gegen solche schriftstellerischen Klüngel, die ihm vorrangig marktstrategisch motiviert schienen. In dem Wirtshaus, in dem Georg Nase mittlerweile als ehrbarer Kellner tätig ist, begegnen sich zufällig einige jüngere Männer, die sich an bestimmten Vokabeln wie „Honorar, Verleger, Clique, Coterie" wechselseitig als „Leute vom Handwerk", nämlich als ambitionierte Nachwuchsliteraten erkennen (5, S. 100). Da sie einmal beisammen sind, beschließen sie umgehend „die förmliche und feierliche Stiftung einer ‚neuen Sturm- und Drangperiode'", um die etablierten älteren Autoren beiseite zu drängen und „diejenige Gährung künstlich zu erzeugen, aus welcher allein die Klassiker der neuen Zeit hervorgehen würden" (S. 101). Die Rollen sind schnell verteilt; der Schweizer Viggi Störteler, einer der Protagonisten der Novelle, übernimmt es beispielsweise, „einstweilen Bodmer und Lavater zusammen darzustellen, um die reisenden neuen Klopstocks, Wieland und Goethe zu empfangen und aufzumuntern" (S. 106). So albern und überzeichnet die Episode auch wirkt, entsprang sie doch keineswegs allein der Phantasie des Verfassers. Anfang 1860 schrieb der Dichter an Hettner: „Ein ärgerliches Gelächter haben mir dieser Tage einige Hefte der Zeitschrift ‚Teut' erregt, worin ein Rudel Schwachköpfe die Stiftung einer neuen ‚Sturm- und Drangperiode' verkünden, aus deren Gärung die potenzierten künftigen Goethe und Schiller hervorgehen sollen" (GB 1, S. 441). Derartige „Kindereien" (S. 441), hinter denen übrigens eine Vereinigung mit dem klangvollen Namen „Junggermanische Gesellschaft" stand, lieferten wichtige Anregungen für die *Mißbrauchten Liebesbriefe*, deren Manuskript damals vermutlich soeben fertiggestellt wurde.

Aber auch an einem positiven Gegenbild zu diesen eitlen Schwätzern und Scharlatanen fehlt es in der Novelle nicht, denn in demselben Gasthof, in dem die hoffnungsvollen Poeten ihr ehrgeiziges Bündnis schmieden, treffen sich zur gleichen Zeit einige „würdige alte Herren mit weißen Haaren", die als sachkundige Liebhaber in geselliger Runde „von Cervantes, von Rabelais, Sterne und Jean Paul, sowie von Goethe und Tieck" sprechen und sich „ohne

Geräusch und Erhitzung“ an den unerschöpflichen Reizen ihrer Werke erfreuen (5, S. 99). Ein solches Publikum von Kennern und Genießern dürfte Keller sich gewünscht haben. Und wenn er selbst das Bedürfnis verspürte, literarisch-ästhetische Fragen zu diskutieren, bevorzugte er dafür das vertrauliche briefliche Werkstattgespräch mit befreundeten Kollegen wie Paul Heyse oder Theodor Storm, deren Urteil er schätzen gelernt hatte.

Die ernüchternde Konfrontation mit den ökonomischen Zwängen der bürgerlichen Welt bleibt auch dem grünen Heinrich nicht erspart. Kellers eigene bittere Erfahrungen während der Münchner Zeit haben dabei Pate gestanden. Heinrich scheitert als Maler nicht nur an den Grenzen seines Talents und am Fehlen einer gründlichen Ausbildung, sondern ebenso an dem Unvermögen, seine Werke zu vermarkten. Als seine Mittel erschöpft sind und er erstmals versuchen muss, ein Bild zu Geld zu machen, holt er zwar den Rat eines erfolgreichen älteren Kollegen ein, der Heinrichs ansprechende malerische Idee mittels seiner „kräftigen und praktischen Meisterkünste“ auch rasch in eine vorzügliche Skizze umsetzt (12, S. 276). Die Ausführung gerät dem jungen Mann jedoch dermaßen dürftig und dilettantisch, dass ihm das fertige Produkt „in seiner bleichen Farblosigkeit“ schier unerträglich ist, und zu allem Unglück hat jener „tüchtige Meister“, der keine Skrupel zu kennen scheint, die besagte Skizze seinerseits für ein glänzendes Gemälde verwendet, das dem Publikum sofort ins Auge sticht und zu einem hohen Preis verkauft wird (S. 279). Statt sich aber über diesen Paradefall eines Diebstahls von geistigem Eigentum zu ereifern, verarbeitet Heinrich im Stillen „die soeben gemachte Erfahrung, die er sogleich begriff: daß es in Sachen der Kunst keinerlei Patent giebt, sondern nur den einen Satz: Mach's, wer kann!“ (S. 280) Dieser pragmatische Imperativ enthält zugleich die zentrale Lehre der bürgerlichen Ökonomie: Erfolg hat, wer marktgerecht zu produzieren versteht, indem er die Wünsche der zahlungskräftigen Käufer befriedigt.

Praktische Konsequenzen zieht Heinrich aus seiner klugen Einsicht leider nicht. Das peinliche Erlebnis macht ihn vielmehr „scheu und zag“ und lässt ihn fortan ganz davor zurückschrecken, „der Welt seine Arbeit gegen Geld anzubieten“ (S. 280f.). Aber als er schließlich, vom blanken Hunger getrieben, nach und nach seine sämtlichen Besitztümer verscherbelt, kommen zuletzt doch auch die Mappen mit Naturstudien an die Reihe, die ihm ein Trödler für ein Spottgeld abnimmt. Nun erlebt Heinrich, und zwar auf der niedrigsten Stufe, die traurige Entfremdung eines Künstlers, der seine Hervorbringungen zur bloßen Handelsware herabgewürdigt sieht. Hat er einst „lust- und fleißerfüllte Wochen über diesen Sachen zugebracht“, so hängen jetzt „die liebsten

Erinnerungen an Heimath und Jugendarbeit de- und wehmüthig" am Fenster des Trödelladens wie an einem „Pranger der Armuth und Verkommenheit" (S. 300f.). Krasser könnte der Unterschied zu dem nostalgischen Traum von einem selbständigen und obendrein gesellschaftlich integrierten Künstlertum, wie er auf jener großen Faschingsmaskerade farbenprächtig inszeniert wurde, kaum ausfallen.

In der zweiten Fassung des Romans hat Keller die Abenteuer seines Helden auf dem Kunstmarkt weiter ausgebaut. Hier unternimmt Heinrich nach jenem ersten Fehlschlag noch einige Versuche, zwei kleine Landschaftsbilder bei Kunsthändlern unterschiedlichen Ranges an den Mann zu bringen. In allen Fällen wird er mehr oder weniger freundlich abgewiesen, weil es ihm an Selbstbewusstsein und Dreistigkeit mangelt – und an „gute[n] Bekanntschaften [...] in der Künstlerwelt", also an nützlichen Verbindungen und Netzwerken. Sein verschollener Freund Lys, so überlegt er bei dieser Gelegenheit, hätte ihn „mit seinem Ansehen als reicher Mann einem andern Reichen empfohlen" und ihn damit „wie hundert andere auf einen leidlich breiten Weg" führen können (3, S. 56). Dass solche Manipulationen tatsächlich funktionieren, erweist sich später, als der Graf im Stil eines *deus ex machina* die künstlerische Laufbahn seines Schützlings doch noch zu einem halbwegs glücklichen Abschluss bringt. Der adlige Herr nutzt seinen „Einfluß", um Heinrichs jüngsten Bildern einen Platz „im besten Lichte der Ausstellungsräume" zu verschaffen, und lässt neben ihnen zwei ältere Gemälde des Künstlers anbringen, die er selbst bereits erworben hat und die daher „mit Zetteln verziert" sind, „worauf das stattliche Wort ‚Verkauft' geschrieben stand. Diese List des Grafen erweckte ein günstiges Vorurteil für die ganze kleine Sammlung der vier Stücke", und so findet sich umgehend „ein bedeutender Kunsthändler" als Kaufinteressent (S. 239f.). Zwar ist es am Ende doch Erikson, der die letzten Bilder seines Freundes an sich bringt, aber die Vorgänge zeigen jedenfalls, dass der ökonomische Erfolg eines Werkes nicht allein und oft nicht einmal in erster Linie von seiner künstlerischen Qualität abhängt. Das Marktgeschehen wird mindestens ebenso stark von ganz anderen Faktoren beeinflusst.

Mit einer extremen Form kommerzialisierter Kunst hat Heinrich bereits früher Bekanntschaft gemacht, nämlich während seiner Lehrzeit bei einem gewissen Habersaat, der mit zahlreichen Angestellten eine florierende Manufaktur betreibt, „indem er, in einer verschollenen Manier, vielbesuchte Schweizerlandschaften zeichnet, dieselben in Kupfer kratzt, abdruckt und von einigen jungen Leuten mit Farben überziehen" lässt (11, S. 309). Der Betrieb lebt nicht zuletzt von der Ausbeutung hoffnungsvoller Kinder aus armen Familien, deren

„Jugendjahre“ Habersaat unbarmherzig „in blauen Sonntagshimmeln und grasgrünen Bäumen auf sein Papier haucht“, und legt als förmliche Kunstfabrik mustergültig „das Wesen heutiger Industrie“ offen (S. 312). Die Produktion, in der Koloristen, Kupferstecher, Lithograph und Drucker zusammenwirken, ist arbeitsteilig und streng mechanisch organisiert und bietet nicht den mindesten Raum für schöpferische Freiheit und Originalität. Habersaat sieht es sogar ungern, wenn seine jugendlichen Helfershelfer einmal „eine künstlerische Ader in sich entdecken“, weil sie dann erfahrungsgemäß beim stupiden „Koloriren seiner Prospekte unreinlich und verwirrt“ werden (S. 312).[27]

Rettungslos verloren geht unter solchen Umständen das, was Walter Benjamin später die Aura des Kunstwerks nennen sollte, jene Erhabenheit, die es seiner unverwechselbaren Einmaligkeit verdankt, dem „Hier und Jetzt des Originals“, das den „Begriff seiner Echtheit“ ausmacht.[28] In Habersaats Unternehmen ist die bildende Kunst, um mit Benjamin zu sprechen, bereits in die Epoche ihrer technischen Reproduzierbarkeit eingetreten. Das einstige Objekt einer beinahe kultischen Verehrung sinkt zum standardisierten Massenprodukt herab und büßt damit unwiderruflich seine quasi-sakrale Würde ein. Keller unterstreicht diesen Prozess, indem er unmittelbar vor der Schilderung der Habersaat'schen Manufaktur von einer vornehmen Gemäldeausstellung erzählt, die noch einmal das hehre Ideal der auratischen Kunst zelebriert. Die „geheimnißvollen Räume“, die Heinrich ehrfürchtig betritt, als ob er in einen Tempel käme, glänzen „in frischen Farben und Gold“ und verbreiten mit dem Firnis der Bilder „einen sonntäglichen Duft, der mir angenehmer dünkte, als der Weihrauch einer katholischen Kirche, obschon ich diesen sehr gern roch“ (S. 308). Der junge Mann fühlt sich in ein wundersames Traumreich versetzt, betrachtet wie gebannt die lebensvollen Landschaftsbilder an den Wänden und fasst endgültig den Entschluss, sich der Malerei zu widmen – nur um gleich darauf bei Habersaat die traurige Realität einer marktgängigen seriellen Kunstproduktion kennenzulernen.

Auch wenn die Tendenzen der Kommerzialisierung und der nivellierenden Massenfertigung zu Kellers Zeit Literatur und bildende Kunst gleichermaßen betrafen, ließ sich das Schwinden der Aura am Beispiel der Letzteren doch ungleich besser illustrieren. 1878 wählte der Dichter deshalb die Venus von Milo als Exempel, als er das Problem in einem Gedicht wieder aufgriff. Dieses in der Epoche des Hellenismus geschaffene „ernste Schönheitsbild“, wie es im *Sinngedicht* genannt wird (7, S. 109), hatte damals in der Wertschätzung des Publikums gerade die Venus Medici verdrängt und war dank einer fleißigen Kulturindustrie allerorten in billigen Reproduktionen anzutreffen.

Venus von Milo

Wie einst die Medizäerin
Bist, Aermste, du jetzt in der Mode
Und stehst in Gips, Porz'lan und Zinn
Auf Schreibtisch, Ofen und Kommode.

Die Suppe dampft, Geplauder tönt,
Gezänk und schnödes Kindsgeschrei;
An das Gerümpel längst gewöhnt,
Schaust du an allem still vorbei.

Wie durch den Glanz des Tempelthor's
Sieht man dich in die Ferne lauschen,
Und in der Muschel deines Ohr's
Hörst du azurne Wogen rauschen!
(10, S. 27)

Auch in einem Brief, in dem er seinem Freund Wilhelm Petersen einige Erläuterungen zu diesen Strophen gab, entrüstete sich Keller über die „Philister und Unberufenen", die auf bequeme Weise „Bildung und Schönheitssinn" demonstrieren zu können glaubten, indem sie sich „die arme Frau von Milo" in ihre Wohnstube stellten (GB 3.1, S. 362). Tatsächlich wirkt das herrliche Bildnis inmitten der banalen bürgerlichen Alltagswelt, die im Gedicht mit Kind und Kegel verächtlich als „Gerümpel" abqualifiziert wird, auf groteske Weise fehl am Platze. Während Benjamin dem Verblassen der kultischen Aura des Kunstwerks auch positive Seiten abgewann, weil er die Hoffnung hegte, dass die modernen Reproduktionstechniken einer fortschrittlichen Massenkultur mit ganz neuartigen Rezeptionsgewohnheiten den Weg bereiten würden, ist die wahre Kunst, wie sie die antike Plastik beispielhaft repräsentiert, in Kellers Augen durch ihre inflationäre Verbreitung einfach auf den Hund gekommen.

Doch die Verse belassen es nicht bei dieser betrüblichen Diagnose, sie stellen vielmehr auf ihre Art die Würde der Venus von Milo wieder her. Selbst als bloße Kopie, die überdies aus sehr gewöhnlichen Materialien gefertigt ist, birgt die Statue in den Augen des lyrischen Ich noch ein ästhetisches Potenzial, das dem Sog ihrer tristen Umgebung widersteht und den aufmerksamen Betrachter aus der modernen ‚nordischen' Sphäre in die „Ferne" des klassischen Griechenlands versetzt. Wenn die Schlussstrophe mit suggestiven Worten den

„Glanz des Tempelthor’s“ und die „azurne[n] Wogen“ des Mittelmeers evoziert, rückt sie die Venus-Statue wieder in jenen Rahmen, der ihr gebührt. Das Mitgefühl des Sprechers, das sich anfangs in der vertraulichen Anrede „Aermste“ kundtat, wird dementsprechend nun ersetzt durch die Ehrfurcht vor der entrückten „still[en]“ Hoheit der Göttin, die durch keine Profanation beeinträchtigt werden kann. Der Rezipient soll diese Bewegung nachvollziehen: Mit den Mitteln der Dichtung, der sprachlichen Beschwörungskunst, will Keller ihn lehren, die Venus von Milo wieder als authentisches Kunstwerk zu sehen und ihre verlorene Aura wenigstens in der produktiven Imagination von neuem zu erleben.

Keller hielt also offenbar noch in Zeiten einer expandierenden kulturindustriellen Massenproduktion echte Kunst mitsamt ihren erhebenden und bildenden Wirkungen sehr wohl für möglich, so wie er auch der Bedrohung durch das Epigonentum selbstbewusst zu begegnen verstand. Wie kommt es aber, dass trotzdem so viele zweifelhafte Künstlergestalten seine Werke bevölkern und die meisten seiner Maler und Poeten ihren Ambitionen über kurz oder lang ganz entsagen? Von den drei Künstlerfreunden, die sich im *Grünen Heinrich* in der deutschen Residenzstadt zusammenfinden, bleibt kein einziger dauerhaft seinem Metier treu. In der zweiten Romanfassung wird dieser Umstand besonders nachdrücklich herausgestellt. Der Niederländer Lys, der hier das unselige Duell mit Heinrich überlebt, kündigt an, „er wolle als Kandidat für die Deputiertenkammer seines Landes auftreten und werde nie mehr malen“ (2, S. 268), und Erikson nimmt feierlich „Abschied von der Kunst“ mit den Worten: „Von nun an wollen wir dergleichen hinter uns werfen und uns eines wohlangewandten Lebens befleißen“ (S. 267f.) – das Geld seiner Frau ermöglicht es ihm, „das Seefahrtsgeschäft seines heimatlichen Hauses wieder aufzunehmen und in Flor zu setzen“ (S. 262). Heinrich selbst wählt schließlich statt der Malerei das „lebendige Wesen und Zusammensein“ der Menschen zu seinem „Berufe“ (3, S. 244) und fristet sein Dasein als pflichtgetreuer Beamter in der Schweizer Heimat. Einen vergleichbaren „Abschied vom Künstlertum zur Lebenspraxis“[29] vollzieht der Minnedichter Hadlaub aus den *Züricher Novellen*, der seine „ganze Singerei“ im Kreise der adligen Herren aufgibt (6, S. 110), um als „Mann von der Stadt“ ein braver Züricher Bürger zu werden (S. 116).

Für alle genannten Figuren steht die künstlerische Betätigung im Gegensatz zu einer geordneten, produktiven bürgerlichen Existenz, und die Wertungen, die sie angesichts dieser Alternative vornehmen, lassen an Deutlichkeit nichts zu wünschen übrig. Als warnende Exempel treten ihnen einige Kunstgenossen gegenüber, die den Weg in die bürgerliche Welt niemals finden und deshalb elend zugrunde gehen. Der Junker Felix, von dem Heinrich Lees Onkel erzählt, „malte zu seinem Vergnügen in Oel, in Wasserfarben und stach in Kupfer oder radirte" und befand sich auch ganz wohl dabei, bis ihn irgendwann die Berichte von der neuen Malerschule der Nazarener in Rom aus dem Geleise brachten: „Eines Morgens schloß er seinen hagestolzlichen Kunsttempel zu und rannte wie verrückt nach dem St. Gotthard, hinüber und kam nicht wieder", denn in Italien verlor er bald jeden Halt und starb „an dem römischen Wein und an den römischen Weibsbildern" (11, S. 242f.). Ebenso erschütternd wirkt das Schicksal des sogenannten Schlangenfressers, den Keller in der überarbeiteten Fassung des *Grünen Heinrich* als zusätzliches Menetekel für seinen unbesonnenen Helden einführte. Auch dieser Bursche hat einmal „ein Maler werden wollen und sich in Sammetröcken und engen Beinkleidern, mit langen Locken und Sporen an den Füßen auf Akademieen herumgetrieben", ohne es je auf einen grünen Zweig zu bringen. Jetzt haust er, augenscheinlich geistig verwirrt, im Armenasyl seines Heimatdorfes, und seine „einzige Geschicklichkeit bestand darin, sich auf tausend Wegen einen Schluck Branntwein zu verschaffen und Schlangen zu fangen, die er wie Aale briet und schmauste" (2, S. 94). Kein Wunder, dass die rechtschaffenen Bauersleute, die Heinrichs väterliche Erbschaft für die Finanzierung seiner Bildungsreise freigeben sollen, den künstlerischen Ehrgeiz des jungen Mannes mit größtem Misstrauen betrachten! Und die bürgerlichen Freunde ihres verstorbenen Gatten, die Frau Lee wegen Heinrichs Berufswünschen um Rat fragt, urteilen auch nicht günstiger. Den Sohn der Malerei zu widmen, „hieße so viel, als das Kind einer liederlichen und ungewissen Zukunft aussetzen. Man solle sich umschauen, so viele Maler in unserm Gebiete sich noch hätten blicken lassen, so viele arme Teufel und verkommene Menschen wären es auch!" (11, S. 271) Wer von der Kunst gar nicht lassen könne, solle sie wenigstens in den Dienst eines anständigen Berufs stellen, als Landkartenstecher zum Beispiel oder als Musterzeichner für bunte Stoffe.

Bekanntlich dürfen die Äußerungen fiktiver Figuren nicht ohne weiteres mit der Meinung ihres Schöpfers gleichgesetzt werden, doch das eingefleischte bürgerliche Vorurteil, wonach dem Künstler allemal etwas Fragwürdiges und Schwindelhaftes anklebt, vermochte auch Keller nie abzuschütteln. Der Dichter, der 1861 bereitwillig die Gelegenheit ergriff, „dem poetischen Dasein eine sogenannte bürgerlichsolide Beschäftigung unterzubreiten" (15, S. 404), weil er die reine Literaten-Existenz für äußerst problematisch hielt, kultivierte weder hochfliegende Genievorstellungen noch den Habitus eines romantischen Künstlers, der in einer anderen Welt lebt als der beschränkte Philister.

Das Telos seiner Entwicklungsgeschichten bildet die feste berufliche und gesellschaftliche Etablierung der Protagonisten, der regelmäßig die Lust am künstlerischen Wirken und am freien Spiel der Phantasie geopfert werden muss. Andernfalls drohen Ruin und Schande, wie sie Viggi Störteler in *Die mißbrauchten Liebesbriefe* erlebt. Viggi besitzt zu Beginn der Erzählung „ein einträgliches Speditions- und Warengeschäft“ und lebt „in behaglichen und ordentlichen Umständen“, weil er sich vorläufig sehr gut darauf versteht, seinen Ehrgeiz als Poet mit dem „Fleiß“ und der „Umsicht“ zu vereinbaren, die er den profanen Berufspflichten widmet (5, S. 97). Der Briefwechsel mit seiner Frau Gritli, den er während einer Geschäftsreise führt, macht das auf erheiternde Weise anschaulich, denn neben den schwärmerischen Gefühlsergüssen, die Viggi schon im Hinblick auf eine spätere Veröffentlichung der Korrespondenz fabriziert, laufen die schnöden „geschäftlichen und häuslichen Angelegenheiten“ her, für deren Erörterung er klugerweise gleich „Extrazettel“ verwendet, „damit man sie nachher absondern kann“ (S. 115).

Indes wird diese skurrile Balance zwischen Poesie und Prosa zunehmend gestört, als Viggis literarische Eitelkeit überhand nimmt. Nach der Trennung von Gritli neu verheiratet mit der ebenso schöngeistigen wie gefräßigen Kätter Ambach, vernachlässigt er sein Geschäft und betreibt mit einigen Gleichgesinnten nur noch „eine wilde und schülerhafte Litteratur“, die nichts taugt, dafür jedoch eine Menge Geld kostet: „Bereits machte es ihm Beschwerde, das Postgeld zu erlegen für all’ die inhaltlosen Briefe, für die gedruckten oder lithographierten Sendschreiben, Aufrufe und Prospekte, die täglich hin- und herflogen und weniger als nichts wert waren [...], während die soliden, einträglichen und frankierten Geschäftsbriefe immer seltener wurden“ (S. 146). Letztlich scheitern Viggi und Kätter im bürgerlichen Leben wie in der Kunst und finden ein trauriges Ende in „Hunger und Not“ (S. 180). Was als bizarre, aber vergleichsweise harmlose Spinnerei begann, ist zu einer verhängnisvollen Realitätsverfehlung von existenzbedrohenden Ausmaßen geworden.

Mit den Gefahren einer allzu regen Einbildungskraft und der fatalen Nähe der Kunst zur Täuschung und zum Betrug beschäftigt sich schon ein Sonett aus den *Gedichten* von 1846, das persönliche Erlebnisse des Autors aufgreift, die später auch im *Grünen Heinrich* verarbeitet wurden:

An einen Schulgenossen

„Wohin hat dich dein guter Stern gezogen,
O Schulgenoß aus ersten Knabenjahren?

Wie weit sind auseinander wir gefahren
In unsern Schifflein auf des Lebens Wogen!"

„Wenn wir die Untersten der Klasse waren,
Wie haben wir treuherzig uns betrogen,
Erfinderisch und schwärm'risch uns belogen
Von Aventüren, Liebschaft und Gefahren!"

Da seh' ich just, beim Schimmer der Laterne,
Wie mir gebückt, zerlumpt, ein Vagabund
Mit einem Häscher scheu vorübergeht –:

„*So* also wendeten sich unsre Sterne?
Und *so* hat es gewuchert, unser Pfund?
Du bist ein Spitzbub worden, ich – Poet!"
(13, S. 45)

Die Überlegungen der Eingangsstrophe erweisen sich als irreführend, denn die Pointe des Gedichts besteht darin, dass die beiden Schulfreunde, die sich einst gemeinsam der kindlichen Lust am Fabulieren hingaben, im Laufe der Zeit gar nicht so „weit [...] auseinander [...] gefahren" sind, wie der Sprecher zunächst annimmt: Der „Spitzbub" wie der „Poet" treten jeweils auf ihre Weise das Erbe der früheren Flunkereien an. Beide gleichermaßen von der zwielichtigen Aura des Betrügerischen umgeben, sind sie Außenseiter und bedenkliche Fremdkörper in der bürgerlichen Welt. Ein „guter Stern" hat also weder dem einen noch dem anderen geleuchtet.

Mit seinem Programm eines poetischen Realismus, der zwischen Wirklichkeit und künstlerischer Imagination vermittelt, suchte Keller solche Gefahren zu bannen. Der wahre ‚Seher' haust ja, anders als der „Spitzbub", nicht in einer Welt des trügerischen Scheins, er wendet sich vielmehr entschieden der Lebensrealität zu und fasst sie in seinem „goldenen Spiegel" sogar wahrhaftiger und wesentlicher auf, als es dem alltäglichen Blick gelingt. Dass die Möglichkeit phantastischer Verirrungen im Bewusstsein des Dichters gleichwohl als düstere Kehrseite dieses idealen Konzepts präsent blieb, beweist die Malerlaufbahn des grünen Heinrich.

Von Beginn an steht dessen Enthusiasmus für die Kunst im Zeichen der Weltflucht und des Rückzugs. Gequält durch seine Schuldverstrickung mit dem Plagegeist Meierlein und durch Spannungen mit der Mutter, meidet Heinrich seine Schulkameraden und verbringt die Ferien größtenteils in der sicheren Wohnstube, wo er auf den Einfall kommt, auf eigene Faust ein altes Landschaftsgemälde zu kopieren. Vielversprechende Anlagen verraten seine Bemühungen nicht – er bringt bloß „ein formloses, wolliges Geflecksel“ zuwege, „in welchem der gänzliche Mangel jeder Zeichnung sich innig mit dem unbeherrschten Materiale vermählte“ (11, S. 194) –, und doch verschaffen sie ihm ein Gefühl tiefer Zufriedenheit. Vergleichbare Versuche, vor Konflikten und Frustrationen, die in der realen Welt drohen, in das Reich der Kunst auszuweichen, wo sich die schöpferische Kraft ungehindert entfalten kann, wiederholen sich noch des Öfteren und veranlassen nach dem kläglichen Ende von Heinrichs schulischer Karriere auch seinen kühnen „Ausspruch, daß ich ein Maler werden wolle“ (S. 221).

Eine auffallende Begabung hat der Jugendliche bis zu diesem Zeitpunkt freilich immer noch nicht an den Tag gelegt, und bei den Lehrern gilt er „für Nichts weniger, als für einen talentvollen Zeichner“. Die „Schulkunst“ ist aber eben gewissen Regeln und äußeren Ansprüchen unterworfen, während Heinrich in seiner privaten „Hauskunst“ völlig frei schalten und walten kann und sie deshalb mit Vergnügen und „eifrigem Fleiße“ pflegt (S. 220). Seine fortdauernde „gänzliche Erfahrungs- und Unterrichtslosigkeit“ stört ihn dabei nicht im Geringsten, weil die Selbstgenügsamkeit seines Werkelns ja gerade die maßgebliche Lustquelle bildet. Von bescheidenen Ofenverzierungen und Stammbuchblättern inspiriert, schafft er sich „eine höchst unschuldige und so zu sagen elementare Poesie“, die unzählige Phantasielandschaften gebiert. Aber auch sich selbst macht Heinrich frühzeitig zum Gegenstand der künstlerischen Gestaltung. In seinen Landschaftsbildern bringt er „immer den gleichen Wanderer“ an, „unter dem ich, halb unbewußt, mein eigenes Wesen ausdrückte. Denn nach dem immerwährenden Mißlingen meines Zusammentreffens mit der übrigen Welt hatte eine ungebührliche Selbstbeschauung und Eigenliebe angefangen, mich zu beschleichen, ich fühlte ein weichliches Mitleid mit mir selbst und liebte es, meine symbolische Person in die interessanten Scenen zu versetzen, welche ich erfand“ (S. 221).

Hervorgegangen aus traumatischen Begegnungen mit einer unbequemen, widerständigen Lebensrealität, stellt Heinrichs Kunst nur das „zufällige Ergebnis einer anlage- und umweltbedingten Fluchthaltung des Helden gegenüber der Wirklichkeit“ dar.[30] Sie gehört einem Reich der gefühlsbestimmten Innerlichkeit an, in dem sich die romantische Phantastik der „Abendröthen und Regenbogen“ und der „glückseligen Gärten voll Blumen und bunter Vögel“ bruchlos mit narzisstischer „Selbstbeschauung und Eigenliebe“ verbindet

(S. 221), weil beide in der Abkehr von der objektiven Sphäre der Natur, der Mitmenschen und der bürgerlichen Gesellschaft einen gemeinsamen Nenner haben. Dieses Reich nimmt etwas später in der Dachstube, die Heinrich sich als erstes Atelier einrichtet, buchstäblich Gestalt an. Wie früher schon in jener „abgelegenen Kammer", in der er lustvoll seinen kindlichen Allmachtsphantasien frönte (S. 150), gebietet er hier über eine „eigene Welt", in der er ganz nach seinem Gusto hantieren kann und die bezeichnenderweise den Blick auf „ein weites Himmelsfeld" eröffnet, was den angehenden Maler dazu animiert, in erster Linie „Luftstudien" mit Wolkenmotiven zu verfertigen (S. 334f.). Die Redewendung vom entrückten Wolkenkuckucksheim drängt sich förmlich auf.[31]

Aus gutem Grund nimmt Heinrich ein bestimmtes Künstlerbild, das ihm durch die Lektüre einer Gessner-Biographie vermittelt wird, mit Begeisterung auf: „Es war in dem Werklein viel von Genie und eigener Bahn und solchen Dingen die Rede, von Leichtsinn, Drangsal und endlicher Verklärung, Ruhm und Glück". An dieser Stelle schaltet sich Keller – und gewiss nicht der fiktive Ich-Erzähler Heinrich Lee! – mit einem kritischen Kommentar über das „leidige Wort Genie" ein, das „empfängliche junge Häupter" nur allzu leicht in Verwirrung stürzen könne (S. 249). In der Tat kommt der Geniebegriff Heinrich gerade recht, um seine selbstherrliche Subjektivität und seine Abneigung gegen Arbeitsmühe und strenge Disziplin mit einer höheren Legitimation zu versehen. Ganz in der Tradition des Geniegedankens bewegt er sich auch, wenn er im Gespräch mit Annas Vater den Künstler zu einem zweiten Schöpfer stilisiert:

> Da lässet man die Bäume in den Himmel wachsen und darüber die schönsten Wolken ziehen und beides sich in klaren Gewässern spiegeln! Man spricht, es werde Licht! und streut den Sonnenschein beliebig über Kräuter und Steine und läßt ihn unter schattigen Bäumen erlöschen. Man reckt die Hand aus und es steht ein Unwetter da, welches die braune Erde beängstigt und läßt nachher die Sonne in Purpur untergehen! (S. 266)

Das mutet wie pure Hybris an und wirkt geradezu lächerlich, wenn man die Resultate von Heinrichs praktischen Naturstudien daneben hält, denn der ganz in seine Phantasien eingesponnene Romanheld verfügt eben nicht über die Gabe des rechten Sehens, die ihm ein produktives Verhältnis zur äußeren Wirklichkeit ermöglichen würde. Wo er sich ausnahmsweise einmal auf plastische natürliche Gegenstände einlässt und etwa eine mächtige Buche zeichnen will, nimmt er mit seinem ungeübten Blick „nichts mehr, als Eine grüne

Wirrniß“ wahr und fabriziert am Ende nur ein kümmerliches „Spottbild“ (S. 252). Statt dem „blühende[n] Leben in Berg und Wald“ seine Aufmerksamkeit zu widmen (S. 325), gibt er sich deshalb lieber den Ausgeburten der müßigen Einbildungskraft hin. Sein fragwürdiger Mentor Habersaat bestärkt ihn noch in der Neigung zur wuchernden Phantastik, indem er ihm das „Sonderbare und Krankhafte“ anpreist, „was mit dem Poetischen oder Malerischen und Genialen verwechselt“ wird (S. 324). Einmal auf den Geschmack gekommen, geht Heinrich bald dazu über, „immer tollere und muthwilligere Fratzen von Felsen und Bäumen“ zu erfinden und damit eine „Welt“ zu schaffen, „die nur in meinem Gehirne vorhanden war“ (S. 326).

Dass Habersaat diese Manipulationen lange Zeit gar nicht durchschaut, diskreditiert ihn endgültig als Lehrer wie als Künstler. Heinrichs Oheim dagegen, der „tüchtige Land- und Forstmann“ mit seinem gesunden „realistischen Sinn“, lässt sich keinen Augenblick täuschen: „Diese Bäume [...] sehen ja einer dem andern ähnlich und alle zusammen gar keinem wirklichen! Diese Felsen und Steine könnten keinen Augenblick so aufeinanderliegen, ohne zusammenzufallen!“ (S. 327f.) Auch Römer, der ein mindestens ebenso scharfes Auge besitzt und weiß, wie „vernünftig und zuverlässig“ die Natur ist, duldet keine willkürlichen Entstellungen: „Es war hier nicht gerathen, die Thorheiten und Flausen zu wiederholen, die ich unter Herrn Habersaat gespielt hatte, da Römer durch Steine und Bäume zu sehen schien und jedem Striche anmerkte, ob derselbe gewissenhaft sei oder nicht“ (12, S. 33). Römer ist es auch, der Heinrichs Irrweg, die „überwiegende Erfindung“ und das unkontrollierte Walten der Imagination, auf den Begriff bringt, wenn er von einem „anmaßenden Spiritualismus“ spricht, der „keine frische Wahrheit“ erzeugen könne (S. 52).

Zwar hat Heinrich sich mittlerweile durch die intensive Goethe-Lektüre das Ideal eines Realismus angeeignet, der ganz auf die „hingebende Liebe an alles Gewordene und Bestehende“ setzt, „welche das Recht und die Bedeutung jeglichen Dinges ehrt und den Zusammenhang und die Tiefe der Welt empfindet“ (S. 16); er hat also gelernt, das „Lebendige und Vernünftige“ mit dem wahrhaft „Poetische[n]“ zu identifizieren und im Gegenzug „das Unbegreifliche und Unmögliche, das Abenteuerliche und Ueberschwängliche“ aus der Kunst zu verbannen (S. 18). Das sind jedoch vorläufig rein theoretische Erkenntnisse. Im Blick auf den notwendigen Übergang zur Praxis muss schon Heinrichs eigentümliche Haltung während seiner Goethe-Studien skeptisch stimmen, die einmal mehr einen vollständigen Rückzug in die weltflüchtige Innerlichkeit signalisiert: „Ich entfernte mich von selber Stunde an nicht mehr vom Lotterbettchen und las dreißig Tage lang, indessen es noch ein Mal strenger Winter und wieder Frühling wurde; aber der weiße Schnee ging mir wie ein Traum vorüber, den ich unbeachtet von der Seite glänzen sah" (S. 15). Als der Protagonist sich dann mit dem festen Vorsatz, „nun so recht mit Liebe und Aufmerksamkeit die Dinge zu behandeln und [s]ich ganz an die Natur zu halten", erneut ans Malen macht, mischt sich gleich wieder die überschießende Phantasie ein, die den ersehnten Erfolg bereits vorwegnimmt: „Im Geiste sah ich schon einen reichen Schatz von Arbeiten vor mir, welche alle hübsch, werth- und gehaltvoll aussahen". Die Enttäuschung folgt auf dem Fuße, denn nach wie vor ist Heinrich unfähig, sich der objektiven Wirklichkeit mit künstlerischen Mitteln zu bemächtigen. Er bringt nur „ein trübseliges Gekritzel zu Stande" (S. 19), und selbst Römers energische Mahnungen fruchten auf die Dauer wenig. Sobald der Schüler, nachdem ein paar einfache Proben unter der Aufsicht dieses Meisters glücklich abgelaufen sind, „umfang- und inhaltsreichere Sachen" vornimmt, muss er feststellen, dass, „trotz Göthe, Natur und gutem Lehrer, [s]eine Erfindungslust wieder auftaucht und überwuchert" (S. 52).

Auf einem ähnlichen Niveau bewegen sich Heinrichs Schöpfungen noch während seines Aufenthalts in der deutschen Metropole, wo er sich eigentlich in der Malkunst vervollkommnen möchte. Durch das großstädtische Leben von Natur und Landschaft abgeschnitten, gibt er sich jetzt erst recht „rückhaltlos einem Spiritualismus" hin, der es „vorzieht, eine ideale Natur fortwährend aus dem Kopfe zu erzeugen, anstatt sich die tägliche Nahrung aus der einfachen Wirklichkeit zu holen" (S. 115f.). Der auktoriale Erzähler, der inzwischen den fiktiven Autobiographen als narrative Vermittlungsinstanz abgelöst hat, spart nicht mit Kritik und Spott:

> Der Spiritualismus ist diejenige Arbeitsscheu, welche aus Mangel an Einsicht und Gleichgewicht der Erfahrungen und Ueberzeugungen hervorgeht und den Fleiß des wirklichen Lebens durch Wunderthätigkeit ersetzen, aus Steinen Brot machen will, anstatt zu ackern, zu säen, das Wachsthum der Aehren abzuwarten, zu schneiden, dreschen, mahlen und zu backen. Das Herausspinnen einer fingirten, künstlichen, allegorischen Welt aus der Erfindungskraft, mit Umgehung der guten Natur, ist eben nichts anderes als jene Arbeitsscheu; und wenn Romantiker und Allegoristen aller Art den ganzen Tag schreiben, dichten, malen und operiren, so ist dies alles nur Trägheit gegenüber derjenigen Thätigkeit, welche nichts anderes ist, als das nothwendige und gesetzliche Wachsthum der Dinge. (S. 119f.)

Als regulativer Maßstab stehen hier offenkundig wieder die Goethe-Reflexionen im Hintergrund und damit die Überzeugung, die Keller unter Feuerbachs

Einfluss gewonnen hatte, dass jedes echte Künstlertum das „ganze glühende Erfassen der Natur ohne alle Neben- und Hintergedanken“ voraussetze (GB 1, S. 291).

Nicht die lebhafte Phantasie als solche ist das Problem des grünen Heinrich, sondern sein Unvermögen, sie mit der Realität der Welt und des Lebens in Beziehung zu setzen. Er bleibt ein Dilettant, der zwar über eine hochentwickelte Imaginationskraft verfügt, nicht aber über die Fähigkeit zur klaren, durchdringenden Wahrnehmung und zum plastischen Formen und Gestalten. Heinrich scheint den Makel seiner Wirklichkeitsverfehlung durchaus zu empfinden, denn er wird immer wieder von einer tiefen Melancholie heimgesucht, die auch seinen künstlerischen ‚Spiritualismus‘ dunkel einfärbt. Das „weichliche Mitleid mit mir selbst“, das den Jugendlichen zu einer „ungebührliche[n] Selbstbeschauung“ treibt, wurde bereits erwähnt (11, S. 221); später, in Deutschland, malt er mit Vorliebe trübe „ossianische oder nordisch mythologische Wüsteneien“, „düstere Haidebilder“, mittelalterliche Landstriche oder gar „hochtragische Scenen aus den letzten Bewegungen der Erdoberfläche“. Dabei verkommen ihm seine gelehrten und anspielungsreichen Motive unter der Hand „zu bloßen schattenhaften Symbolen, zu gespenstigen Schemen“ ohne einen Hauch von Leben (12, S. 117).

Den Höhepunkt seiner schwermütigen Selbstbefangenheit markiert schließlich jenes denkwürdige Kritzelbild, das er in tagelanger Arbeit verfertigt, ein aus zahllosen Einzelstrichen zusammengesetztes „ungeheures graues Spinnennetz“ auf einer riesigen Leinwand (S. 220). Was aus heutiger Sicht wie ein Vorgriff auf die abstrakte Kunst anmutet, die „alles Gegenständliche hinausgeworfen“ hat (S. 222), deklariert der Roman zum Symptom einer pathologischen Innerlichkeit, zum Spiegel der „Irrgänge einer zerstreuten, gramseligen Seele“ (S. 220). Erst der Besuch seiner Freunde, die ihm Lebewohl sagen wollen, rüttelt Heinrich auf und lenkt seine Blicke von seinen „wesenlose[n] Fictionen von Bäumen und Steinen“ auf eine „Gypsfigur des borghesischen Fechters“, die bislang unbeachtet in dem Atelier gestanden hat (S. 226). Damit bahnt sich in mehrfacher Hinsicht eine entscheidende Wendung im inneren Werdegang des Helden an.

Spontan beginnt Heinrich, die antike Statue abzuzeichnen. Dieser erste „ernstliche Versuch zur kundigen Nachahmung der menschlichen Gestalt“ (S. 227) konzentriert seine künstlerischen Anstrengungen endlich auf die greifbare Wirklichkeit und vermittelt ihm zumindest eine Ahnung dessen, was für Keller echtes Sehen bedeutet. Denn da er „nicht die mindeste Kenntniß von dem besaß, was unter der Haut wirkte und sich darstellte, und kaum eine zufällige Ahnung vom Knochengerüste hatte" (S. 227), stoßen seine Bemühungen schnell an ihre Grenzen, und er verspürt das Bedürfnis, „die Erscheinungen, welche sich auf dieser bewegten Oberfläche zeigten, in ihrem Grund und Wesen näher zu kennen" (S. 230). Damit ist er dem Realismuskonzept seines Autors auf der Spur. Wer die sichtbaren „Erscheinungen" wahrhaft verstehen und mit kundiger Hand gestalten will, statt sich nur auf den äußeren Anschein der „Oberfläche" zu beschränken, muss in die Tiefe dringen und die Strukturen erkunden, die sich in jenen Phänomenen manifestieren; er muss also im vorliegenden Fall den inneren Bau des menschlichen Körpers studieren. Dieser Einsicht folgend, begibt sich Heinrich an die Universität, um dort die anthropologischen Vorlesungen zu hören, die wiederum sein späteres Feuerbach-Erlebnis vorbereiten.

Im Zuge seines Ringens um die zeichnerische Wiedergabe des Fechters wird ihm überdies klar, auf welch unsicherem Fundament seine gesamte bisherige Berufslaufbahn ruht: „mit einem seltsamen Frösteln überzeugte er sich, [...] daß seine geliebte und begeisterte Wahl, der er vom vierzehnten Jahre an bis heute gelebt, nicht viel mehr als ein Zufall, eine durch zufällige Umstände bedingte Ideenverbindung gewesen sei" (S. 228). Warum ausgerechnet ein Landschafter und nicht zum Beispiel ein Porträtmaler? Während dieser Einfall den Protagonisten schon gehörig verstört, geht der Erzähler noch einen Schritt weiter und gibt zu bedenken, „daß ihn der Zufall" ebenso gut „auf hundert andere vermeintliche Bestimmungen hätte führen können". Wäre im elterlichen Hause statt eines mittelmäßigen Landschaftsgemäldes „zufällig ein Klavier" zur Hand gewesen, würde Heinrich jetzt vielleicht „irgendwo als eingeübter Musikant oder gar als hoffnungsvoller Componist existiren [...], der auf seinen selbstgewählten Beruf schwüre, ohne auf einem festeren Grunde zu stehen" (S. 229).

Die Konfrontation mit dem Borghesischen Fechter bewirkt nicht nur eine ‚realistische' Besinnung des Malers Heinrich Lee, sondern leitet auf lange Sicht seinen Abschied von der Kunst ein. Das Standbild dieses „abgehärteten Kriegers, der mit ehrlichem Fleiße sich seiner Haut wehrte", ist mehr als nur eine mustergültige künstlerische Schöpfung, es ist eine Manifestation des Lebens selbst: „Alles war Leben in dem von Sonne, Wind und Wetter gereiften Körper", in dem „das Leben recht eigentlich durch sich selbst um sich selber kämpfte" (S. 226f.). Heinrich sieht sich durch den Fechter auf die Wirklichkeit des Daseins und auf die Notwendigkeit tüchtiger Selbstbehauptung verwiesen. Mit der Zeit wird er daraus Konsequenzen ziehen und zu der Erkenntnis gelangen, dass eine „fortgesetzte und fleißige Thätigkeit in lebendigem Menschenstoffe doch etwas ganz anderes wäre, als das abgeschlossene Phantasiren auf Papier und Leinwand, insonderheit wenn man für dieses nicht sehr geeignet sei“ (S. 360). Schließlich steht sein Entschluss fest: „Ich will nun aber doch gehen und noch irgend etwas Lebendiges lernen, wodurch ich unter den Menschen etwas wirke und nütze!“ (S. 367) Die Reflexionen über die politische Verantwortung des Staatsbürgers, die Heinrich bei seiner Rückkehr in die Schweiz anstellt, bilden die Fortsetzung und Krönung dieser Überlegungen.

Keller hatte ursprünglich vor, das Thema auch auf dem gräflichen Schloss diskutieren zu lassen. In seinen Notizen für den *Grünen Heinrich* findet sich folgender Passus:

> Der Graf räth Heinrich, sich der produktiv[en] Behandlung des öffentlichen Lebens zu widmen, als der einzigen noch möglichen u würdigen Form, die Gestaltungskraft u dichterische Phantasie zu benutzen, welche, wenn sie eine gesunde sein wolle, auch für das wirkliche Leben die besten u schönsten Erfindungen leisten müsse. Alle subjektive Eitelkeit, alles phantastische müsse abgethan werden und nur in klarer, kühler Ruhe das Leben, der Staat, betrachtet, beherrscht u gelenkt werden, indem man Alles als ein großes dichterisches u doch wirkliches Werk ansehen müsse, dem vor Allem aus die Verwirklichung der poetischen Gerechtigkeit Noth thue. (16.2, S. 139f.)

Wo die Kunstausübung so entschieden auf die konkrete Realität verpflichtet und so streng von jeder spiritualistischen Willkür abgegrenzt wird, wie es in Kellers Poetik geschieht, liegt der Gedanke nicht fern, sie gleich vollends ins „wirkliche Leben“ zu überführen und die „Gestaltungskraft u dichterische Phantasie“ unmittelbar auf die „produktiv[e] Behandlung des öffentlichen Lebens“ zu richten. Damit ist die Kunst als separate Sphäre aufgehoben. Der poetische Realist wird zum tüchtigen Bürger, dessen tätiges Handeln im Staat und in der Gesellschaft, aufgefasst als „ein großes dichterisches u doch wirkliches Werk“, zur einzig wahren künstlerischen Schöpfung avanciert.

Die zitierte Passage wurde zwar letztlich nicht für den Roman verwendet, aber die Absichten, die Heinrich in den Schlusspartien kundtut, liegen ganz auf ihrer Linie. Statt sein kreatives Vermögen weiterhin den illusorischen Hoffnungen auf eine Malerkarriere zu opfern, will er künftig lieber der „Lust und Neigung“ folgen, „im lebendigen Menschenverkehr zu wirken und zu hantiren und seinerseits dazu beizutragen, daß alle Dinge, an denen er betheiligt, einen ordentlichen Verlauf nähmen“ (12, S. 364f.). Die Tragik des Protagonisten liegt – zumindest in der ersten Fassung – darin, dass diese guten Vorsätze zu spät kommen und er am Ende nicht nur als Künstler, sondern auch als Sohn und als Bürger scheitert.

Die Phantasiewelten des grünen Heinrich

Wenn Keller in einer Entwurfsnotiz zum *Grünen Heinrich* von der „Unverantwortllichkeit [!] der Einbildungskraft" sprach (16.2, S. 144), bezog er sich damit keineswegs ausschließlich auf die künstlerischen Ambitionen seines Helden. Als Künstlerroman wollte er das Werk ohnehin nicht verstanden wissen:

> Der Verfasser dieser Geschichte fühlt sich hier veranlaßt, sich gewissermaßen zu entschuldigen, daß er so oft und so lange bei diesen Künstlersachen und Entwicklungen verweilt, und sogar eine kleine Rechtfertigung zu versuchen. Es ist nicht seine Absicht, so sehr es scheinen möchte, einen sogenannten Künstlerroman zu schreiben und diese oder jene Kunstanschauungen durchzuführen, sondern die vorliegenden Kunstbegebenheiten sind als reine gegebene Facta zu betrachten, und was das Verweilen bei denselben betrifft, so hat es allein den Zweck, das menschliche Verhalten, das moralische Geschick des grünen Heinrich, und somit das Allgemeine in diesen scheinbar zu absonderlichen und berufsmäßigen Dingen zu schildern. (12, S. 116)

Die Unfähigkeit, eine stabile, produktive Beziehung zur äußeren Welt aufzubauen, leitet Heinrich tatsächlich nicht nur auf dem Gebiet des Künstlertums irre, sie bestimmt vielmehr sein ganzes Denken und Handeln, sein „menschliche[s] Verhalten" und sein „moralische[s] Geschick". Mit Recht hat man deshalb das „problematische Verhältnis von Phantasie und Wirklichkeit" als übergeordnetes Thema des gesamten Romans bezeichnet.[32]

Keller legte diese Generallinie frühzeitig fest. Schon im Mai 1850 schrieb er Vieweg, zum Verhängnis werde dem grünen Heinrich sein Unvermögen, „sich in ein festes geregeltes Handeln, in praktische Tätigkeit und Selbstbeherrschung [zu] finden" (GB 3.2, S. 15f.), also das Fehlen der bürgerlichen Kardinaltugenden, und im folgenden Jahr sprach er gegenüber Hettner von dem „willkürlichen und phantastischen Maßstab", den der Romanheld an die „notwendigen Erscheinungen" der Welt anlege (GB 1, S. 357). Mit anderen Worten: Nicht nur als Künstler gelingt es Heinrich nie, die kostbare „Freiheit und Unbescholtenheit" seiner Augen zu wahren (12, S. 17), die einen unbefangenen Blick auf die Realität ermöglicht.

Bereits Heinrichs Jugendgeschichte erzählt fortwährend von jenem „Mißlingen [s]eines Zusammentreffens mit der übrigen Welt“ (11, S. 221), das bei ihm frühzeitig den Enthusiasmus für die Kunst weckt und zugleich dessen eigentümliche spiritualistische Färbung bedingt. In der Phase der Kindheit und der Jugend erblickte der Dichter aber wiederum „ein Vorspiel des ganzen Lebens“, das „schon die Hauptzüge der menschlichen Zerwürfnisse im Kleinen abspiegele“ und gewissermaßen ein „Schema“ für die künftige Entwicklung des Erwachsenen liefere (S. 216) – so formuliert es eine eingeschobene auktoriale Reflexion, mit der Keller den mächtig angeschwollenen Umfang dieser Jugendgeschichte, die schließlich mehr als die Hälfte des Romans einnahm, zu rechtfertigen suchte.

Bei einem kleinen Kind wird die ausgeprägte spielerische Phantasiewillkür wohl noch nicht als ungewöhnlich oder gar gefährlich auffallen. Beispielsweise hält der junge Heinrich Lee „den duftigen Kranz von Schneegebirgen“ jenseits der Hausdächer, den er von seinem Standpunkt aus „nicht mit der festen Erde verbunden“ sieht, „lange Zeit für Eins mit den Wolken“, die ihn ungemein faszinieren (S. 84). Die Einbildungskraft bemächtigt sich beider Phänomene und nimmt sich das Recht, mit Vorstellungsbildern und Namen nach Gutdünken zu verfahren: „Da die fernen Schneekuppen bald verhüllt, bald heller oder dunkler, weiß oder roth sichtbar waren, so hielt ich sie wohl für etwas Lebendiges, Wunderbares und Mächtiges, wie die Wolken, und pflegte auch andere Dinge mit dem Namen Wolke oder Berg zu belegen, wenn sie mir Achtung und Neugierde einflößten“ (S. 85). So entwickelt das Kind eine spontane poetische Produktivität, die sich nicht um lexikalische und semantische Normen schert, sondern nach Belieben assoziative metaphorische Verbindungen knüpft.

Kritisch wird die Lage, als Heinrich mit sechs Jahren in die Schule eintritt, wo er sich die festen Gesetze des Denkens und Sprechens aneignen soll, die das Fundament eines jeden gesellschaftlichen Zusammenlebens bilden. Gleich am ersten Tag kommt es zum Konflikt mit einem strengen Lehrer, da der Junge entweder nicht bereit oder nicht imstande ist, von seinem willkürlichen Umgang mit Sprachzeichen und ihren Bedeutungen abzulassen. Er begreift den Buchstaben P, den er in der Klasse benennen soll, nicht als arbiträres Zeichen in einem durch Konventionen geregelten System, sondern als sinnlich-materielles Gebilde, das ihn „äußerst wunderlich und humoristisch“ dünkt und das er deshalb zur Verblüffung des Schulmanns freudig mit dem unlängst aufgeschnappten Wort „Pumpernickel“ identifiziert, dem nach seinem Empfinden ein ähnlicher ästhetischer Reiz anhaftet, auch wenn er bislang „keine leibliche Form dafür zu finden“ wusste, weil ihm sein Sinn unbekannt ist (S. 87).

Wenn man den „Erwerb der Sprache als Initiation in die symbolische Ordnung“[33] und mithin als entscheidenden Schritt auf dem Weg der individuellen Reifung und sozialen Integration auffasst, tritt die Schlüsselrolle dieser Episode zutage. Indem Heinrich die Unterwerfung unter die abstrakten Regeln eines kulturellen Bedeutungssystems verweigert und auf der verlockenden Sinnlichkeit und Materialität der Zeichen beharrt, bleibt er zumindest partiell einem vor-symbolischen Entwicklungsstadium verhaftet, das ihm zwar ein hohes Maß an emotionaler Befriedigung verspricht, aber auch unausweichlich zu Reibereien mit seiner Umgebung führt. Neben die Pumpernickel-Geschichte tritt der Umgang des Kindes mit dem Vaterunser, das Heinrich „mit großer Meisterschaft und vielen Variationen“ handhabt, indem er „diesen oder jenen Theil doppelt und dreifach“ ausspricht „oder nach raschem und leisem Hersagen eines Satzes den folgenden langsam und laut betont und dann rückwärts betet und mit den Anfangsworten Vater unser“ schließt (S. 86). Was Kultur und Religion allgemeinverbindlich festgelegt haben, wird zum Gegenstand eines vergnüglichen Sprachspiels, dessen Regeln der Spieler selbst bestimmt. Die Kluft, die sich später zwischen Heinrichs autonomer Innenwelt und den Zwängen der gesellschaftlichen Diskurse und Institutionen auftut, ist hier bereits angelegt.

Reichliche Nahrung für seine Phantasietätigkeit findet der Knabe im benachbarten Haus der Frau Margreth, die ihm alles bietet, was er bei seiner nüchternen Mutter vermisst. Margreth repräsentiert ein archaisch-mythisches Weltverhältnis, das im Zeichen eines urtümlichen Matriarchats steht. Es beruht auf dem Glauben an eine Fülle geheimer Beziehungen und Bedeutungen und manifestiert sich stets in sinnlich-konkreten Formen und Geschichten, die dem neugierigen Heinrich ein unerschöpfliches Spielmaterial liefern. „Mit all diesen Eindrücken beladen, zog ich dann über die Gasse wieder nach Hause und spann in der Stille unserer Stube den Stoff zu großen träumerischen Geweben aus, wozu die erregte Phantasie den Einschlag gab“, erinnert er sich später. Auf diese Epoche führt er seine Neigung zurück, „an die Vorkommnisse des Lebens erfundene Schicksale und verwickelte Geschichten anzuknüpfen, und so im Fluge heitere und traurige Romane zu entwerfen, deren Mittelpunkt ich selbst oder die mir Nahestehenden waren“. Dabei verschwimmen ständig die Grenzen zwischen den Produkten der Einbildung und der erlebten Realität: Die „Bilder“, die sich da so „rasch und unbewußt formirten und vorbeigingen, [...] verflochten sich mir mit dem wirklichen Leben, daß ich sie kaum von demselben unterscheiden konnte“ (S. 131).

Ein derartiges Unvermögen, Dichtung und Wahrheit voneinander zu trennen, kann schlimme Folgen haben, wie die kindliche „Teufelei“ verdeutlicht (S. 135), die Heinrich an einigen Mitschülern verübt. Mit einer virtuos ersonnenen Erzählung hängt er ihnen allerlei Übeltaten an, die harte Strafen nach sich ziehen, und verspürt dabei nicht einmal Gewissensbisse: „So viel ich mich dunkel erinnere, war mir das angerichtete Unheil nicht nur gleichgültig, sondern ich fühlte eher noch eine Befriedigung in mir, daß die poetische Gerechtigkeit meine Erfindung so schön und sichtbarlich abrundete, daß etwas Auffallendes geschah, gehandelt und gelitten wurde, und das in Folge meines schöpferischen Wortes“ (S. 134). Hier rückt Heinrich, der das „schöpferische Wort“ mit phantasievoller Willkür gebraucht, mehr denn je in die Nähe eines Dichters, demonstriert aber zugleich unfreiwillig die Verwandtschaft zwischen „Poet“ und „Spitzbub“, von der das Gedicht *An einen Schulgenossen* spricht (13, S. 45).

Wenig später folgt im Roman auch jene Episode, als deren vorweggenommene Kurzfassung das Sonett gelten darf. Gemeinsam mit einem Freund, dessen ganze Familie für triviale Liebesgeschichten und Ritterromane schwärmt, denkt sich Heinrich eifrig „selbst erfundene, fortlaufende Geschichten und Abentheuer“ aus, mit denen sich die beiden nach und nach wechselseitig „in ein ungeheures Lügennetz“ verwickeln (11, S. 165). Nach einer handgreiflichen Auseinandersetzung mit seinem Genossen entrinnt er dieser Verstrickung fürs erste, doch mit dem Freund nimmt es ein trauriges Ende. Seine Familie verfällt bald völlig der krankhaften „Lesewuth“ (S. 171), während der Sprössling, „als er größer wurde, die vielgeübte Phantasie auf andere, nicht minder bedenkliche Weise“ betätigt: Durch allerlei „Erfindungen, Lügen und Ränke“ sucht er sich Geld zu verschaffen, bis er schließlich als Dieb im Zuchthaus landet (S. 172). Gleich einem verzerrten Alter Ego steht diese Figur als düstere Warnung neben dem Helden von Kellers Roman.

Heinrich selbst wird zwar nicht zum Hochstapler und Betrüger, tendiert aber dazu, die Außenwelt nur als willkommenen Stoff für seine phantastischen Gespinste anzusehen. Wo sie sich dieser Vereinnahmung widersetzt und ihr Eigenrecht geltend macht, erlebt er sie als zutiefst verstörend und bedrohlich. Das Wohnzimmer im elterlichen Haus, in dem er unter anderem seine ersten Malversuche unternimmt, dient ihm als Rückzugsort, als schützende Sphäre ungestörter Innerlichkeit – umso peinlicher empfindet er es, wenn die Mächte der Realität ausnahmsweise doch einmal dort eindringen und ihn mit unbequemen Forderungen konfrontieren, zum Beispiel in Person des Lehrers, der nach dem Pumpernickel-Eklat bei der Mutter vorstellig wird und dem Jungen „im Heiligthum unserer Stube doppelt fremd und feindlich“ vorkommt (S. 88), oder in Gestalt des jungen Meierlein, der endlich die Schulden seines Freundes eintreiben möchte.

Im Freiraum seiner Einbildungskraft hängt Heinrich lustvollen Größen- und Allmachtsträumen nach, die aber regelmäßig kollabieren, sobald sie mit der rauhen Wirklichkeit zusammenstoßen. So hat der Junge seinen Spaß daran, aus flüssigem Wachs absonderliche Figuren zu gießen und sie in große Wasserflaschen zu setzen, Lebensbeschreibungen für sie zu verfassen und ihnen nach Gutdünken Belohnungen oder Strafen zuzumessen. Irgendwann merkt er, dass er seine Kreaturen sogar buchstäblich tanzen lassen kann: „Von Ungefähr stieß ich an den Tisch, daß alle Gläser erzitterten und die Wachsmännchen schwankten und zappelten. Dies gefiel mir, so daß ich anfing, nach dem Tacte auf den Tisch zu schlagen, wozu die Gesellen tanzten, ich schlug immer stärker und wilder und sang dazu, bis die Gläser wie toll an einander schlugen und erklangen". Eine zufällig eingedrungene Katze macht dem Vergnügen jedoch ein Ende und erschreckt den kleinen Heinrich so sehr, dass er in Panik sämtliche Gläser zerschlägt und zuletzt „halb bewußtlos und blutend" zwischen den „Trümmer[n] der untergegangenen Welt" liegt, die er sich selbstherrlich geschaffen hat (S. 151).

Nicht viel besser ergeht es ihm beim improvisierten Theaterspiel mit einigen anderen Kindern, für das man ein großes Fass zweckentfremdet. Heinrich behält sich bei der Aufführung der Geschichte von David und Goliath eine gottgleiche Stellung vor: „ich selbst saß rittlings oben auf dem Fasse, ein Lichtstümpfchen in der einen und eine thönerne Pfeife mit Colophonium in der andern Hand, und blies als Zeus Donnerer gewaltige, ununterbrochene Blitze durch das Spundloch hinein". Aber auch hier folgt auf die Hybris umgehend der Sturz – im wörtlichen Sinne: „ich [...] hatte kein Arges, als die Welt, welche ich zu beherrschen wähnte, plötzlich auf ihrem Lager wankte, überschlug und mich aus meinem Himmel schleuderte; denn Goliath hatte endlich den David überwunden und mit Gewalt an die Wand geworfen" (S. 153). Im Kontext der Kinderspiele mag das permanente Scheitern an einer widerständigen Realität noch erheiternd wirken, doch später wird es für den Protagonisten Züge existenzieller Tragik annehmen.

In den Zusammenhang von Heinrichs Allmachtsphantasien gehört schließlich auch seine Faszination für das Geld, denn in den wertvollen Münzen, die er heimlich aus dem Kästchen mit seinen Patengeschenken entwendet, entdeckt der Junge ein Werkzeug, das ihm die äußere Wirklichkeit verfügbar macht. Als seine „wohlversehene Kasse" den „stillen und blöden Fernesteher" mit einem Schlag in einen wortgewaltigen „Tonangeber" unter den Mitschülern verwandelt (S. 183), überwältigt ihn die „Leidenschaft [...] des unbeschränkten Geldausgebens, der Verschwendung an sich“, weil ihm die reichen finanziellen Mittel eine beglückende „vollkommene Freiheit des Handelns“ verschaffen (S. 185f.). Die unvermeidliche Ernüchterung trifft den Träumer gänzlich unvorbereitet: „Ich bedachte im Mindesten nicht, daß die Sache doch ein Ende nehmen müsse“ (S. 185). Als der Ursprung seines plötzlichen Wohlstands enthüllt wird, kommt es nicht nur zu einem unerfreulichen Auftritt mit der Mutter, sondern auch zum Beginn der Lebensfeindschaft mit Meierlein: Der „dienstbare Dämon, der Alles konnte und Alles in Angriff nahm, was wir wünschten“ (S. 188), solange man ihn dafür bezahlt, verwandelt sich jetzt in einen unerbittlichen Gläubiger, der Heinrich jahrelang mit seinem Hass verfolgt. In seiner Realitätsblindheit sieht der Romanheld im Geld nur einen Zauberstab, der unbegrenzte Macht verleiht, ist aber außerstande, auch die Verpflichtungen zu überblicken, die aus ökonomischen Verflechtungen und Schuldverhältnissen erwachsen.

An Heinrichs Relegation von der Schule trägt ebenfalls seine zügellose Phantasie die Schuld. Bei dem übermütigen Streich der Kameraden, der so weitreichende Folgen haben wird, gerät er, ohne es recht zu wollen, in die Rolle eines Rädelsführers hinein, weil ihm „sogleich gelesene Volksbewegungen und Revolutionsscenen“ vorschweben, die der kollektiven Aktion als Muster dienen können (S. 215). Umgekehrt verweist ihn das abrupte Ende seiner schulischen Karriere in einer fatalen Dialektik nur noch stärker auf das autonome Reich seiner Einbildungskraft, behindert den Zugang zu einem soliden Ausbildungs- und Berufsweg und gibt damit auch den Ausschlag bei der Entscheidung für die ungeregelte, fruchtlose Malerlaufbahn. Den selbstherrlichen künstlerischen Subjektivismus, den der Protagonist pflegt, bringt der Roman wiederum mit seinem unreflektierten, gefühlsbetonten Gottesglauben in Verbindung, wobei die Phantasiewillkür, die auf beiden Gebieten gleichermaßen herrscht, den gemeinsamen Nenner bildet. Der auktoriale Erzähler, der diesen Zusammenhang nach dem Ende der Jugendgeschichte offenlegt, greift das von Römer geprägte Schlagwort „Spiritualismus“ auf: „Weil Heinrich auf eine unberechtigte und willkürliche Weise an Gott glaubte, so machte er unter anderem auch allegorische Landschaften und geistreiche, magere Bäume; denn wo der wunderthätige Spiritualismus im Blute steckt, da muß er trotz Aufklärung und Protestation irgendwo heraustreten“ (12, S. 119).

Tatsächlich ist Heinrichs Umgang mit Gott, der verschiedene Stadien durchläuft, durchweg von seinen ganz persönlichen Bedürfnissen bestimmt. Schon als Kind nimmt er vor allem in kritischen Situationen seine Zuflucht zum Gebet, in dem er „um eine günstige Entscheidung und um Rettung aus der Gefahr“ fleht (11, S. 91), und in späteren Jahren tritt der projektive Charakter seiner religiösen Vorstellungen noch deutlicher zutage, wenn er in Gott „einen großen und mächtigen Kunstgönner“ sieht, der seine ersehnte Laufbahn fördern soll (S. 269), oder „das plötzliche Erscheinen Römer's“ unmittelbar im Anschluss an ein verzweifeltes Gebet als sichtbaren Ausdruck des himmlischen Beistands interpretiert (12, S. 23). Auch die irdische Natur in ihrer perfekten Harmonie kann Heinrich zunächst nur als Schöpfung Gottes begreifen, als das „Werk eines mir gleichfühlenden und voraussehenden Geistes“, womit er aber bloß das eigene „Gefühl der Freude und der Schönheit“, das ihm die Natur einflößt, auf eine imaginäre Instanz überträgt, sich also erneut selbst in seinem Gottesbild spiegelt (11, S. 367). Erst in Deutschland wird er unter dem Eindruck der anthropologischen Vorlesungen und der Thesen Feuerbachs lernen, die Natur als eine für sich bestehende Einheit zu denken.

Die stark subjektiv, ja geradezu narzisstisch gefärbte Religiosität des jungen Heinrich kontrastiert mit der nüchternen Gottesfurcht seiner Mutter ebenso wie mit der herrschenden kirchlichen Lehre, die in seiner protestantischen Heimat eng mit den politischen Grundlagen des Gemeinwesens verflochten ist. Konflikte und Reibungen bleiben daher auch auf diesem Feld nicht aus. Schon das Tischgebet, das die Mutter eines Tages einführen möchte, verweigert der Junge hartnäckig, weil es ihm widerstrebt, das, was ihm allein ein inneres Bedürfnis und eine Sache des Gefühls ist, nach außen zu tragen und einer konventionellen „Ceremonie“ anzupassen (S. 95). Aus demselben Grund peinigt es ihn später, wenn er in der Kirche vor der versammelten Gemeinde „mit lauter vernehmlicher Stimme“ und im „Zwiegespräch mit dem Geistlichen“ den Katechismus hersagen muss (S. 142). Als Jugendlicher übt Heinrich, wie wir bereits wissen, eine scharfe Kritik an den Dogmen der Staatskirche, die ihm der Konfirmationsunterricht vermittelt. Die biblischen Geschichten stellen für ihn die „wunderbarsten Ausgeburten menschlicher Phantasie“ dar, denen ein großer poetischer Reiz innewohnt, aber von der offiziellen Konfession werden sie mit dürrer Strenge zum „wirklichste[n] und festeste[n] Fundament unseres ganzen Daseins“ erklärt, und „wenn wir uns dieser fremden wunderbaren Disciplin nicht mit oder ohne Ueberzeugung unterwarfen, so waren wir ungültig im Staate, und es durfte Keiner nur eine Frau nehmen“ (S. 385). In diesem Fall bietet sich aber ein gangbarer Weg an, das Dilemma zwischen innerer Empfindung und gesellschaftlichem Druck zu lösen. Heinrich lässt den geistlichen Unterricht über sich ergehen, begibt sich anschließend pflichtgemäß zum Abendmahl in die Kirche, „wie man zum letzten

Mal in eine Gesellschaft geht, mit welcher man nichts gemein hat, daher der Abschied aufgeweckt und höflich ist", und freut sich, nachdem der äußeren Form Genüge getan worden ist, fortan „frei [...] von allem geistigen Zwange" leben zu dürfen (S. 401).

Das autonome Walten der Phantasie und ihr gespanntes Verhältnis zu den objektiven Gegebenheiten der Lebenswelt und der zwischenmenschlichen Bindungen machen sich nicht zuletzt in Heinrichs Liebesangelegenheiten bemerkbar. Schon als Kind verknüpft er das Faszinosum der Wolke assoziativ mit einem Mädchen, das ihn interessiert: „So nannte ich [...] die erste weibliche Gestalt, welche mir wohlgefiel und ein Mädchen aus der Nachbarschaft war, die weiße Wolke, von dem ersten Eindrucke, den sie in einem weißen Kleide auf mich gemacht hatte" (S. 85). Hier sind einige Leitmotive angelegt, die im Fortgang des Romans häufig wiederkehren werden. Heinrichs Neigung, begehrte Frauen schwärmerisch zu überhöhen, ist zeit seines Lebens so ausgeprägt, dass die realen Gestalten einer Anna, Judith oder Dortchen Schönfund fortwährend hinter den Projektionen der angeregten Einbildungskraft verschwinden und eine echte Annäherung unmöglich wird. Zögern, Schweigen, Ausweichen und Flucht sind deshalb typische Verhaltensmuster des Helden im Umgang mit seinen Geliebten. Kein Wunder, dass nie eine vollgültige und stabile Beziehung zustande kommt!

Übrigens scheint Keller den grünen Heinrich in diesem Punkt als ein recht authentisches Abbild seiner selbst gestaltet zu haben. Jedenfalls griff der alternde Junggeselle die eben skizzierte Motiv- und Problemkonstellation noch viele Jahre später in einem Brief an Eugène Rambert auf: „Quant à ma connaissance des femmes, elle n'est point grande, autrement je me serais marié de bonne heure. Mais autre chose est de peindre les beaux nuages du ciel, comme l'on les voit de loin; l'un les reproduit semblablement mieux que l'autre sans que toutefois tous les deux sachent la moindre chose de leur véritable forme et matière" (GB 4, S. 144). Das Gegenbild zu diesen Wolkenanbetern, bei denen sich exzessive Schaulust und eine entfesselte Phantasietätigkeit mit vorsichtiger Distanz und permanenter Handlungshemmung verbinden, repräsentiert im *Grünen Heinrich* Erikson, der seine Liebesaffäre mit der schönen Rosalie „ruhig und bescheiden" und mit „natürlicher Klugheit" so zielstrebig betreibt, „wie ein Jäger auf ein edles Wild" losgeht, und damit am Ende einen glänzenden Erfolg feiert (12, S. 137). Mit diesen knappen Bemerkungen zu den Liebesgeschichten und den Frauenfiguren im Roman soll es aber vorläufig sein Bewenden haben. Das Kapitel, das sich mit den Geschlechterrollen in Kellers Werk befasst, wird ausführlicher auf das Thema zurückkommen.

Um das Glück im Leben wie in der Liebe zu erjagen, bedarf es einer gewissen pragmatischen Realitätstüchtigkeit, die Heinrich nie erlangt. Als unverbesserlicher Schwärmer und ‚Spiritualist' ist er auf die Rolle eines gesellschaftlichen Außenseiters festgelegt, der bisweilen sogar in der Narrenmaske auftritt. Sein Kostüm für das Wilhelm Tell-Fest auf dem Lande vervollständigt er, entgegen allen Mahnungen zu „historischer Treue", mit einem „langen Toledodegen", einem „spanischen Bratspieß, ohne daß ich mir heute klar machen kann, was ich mir dabei dachte" (11, S. 414). Der aufmerksame Leser dürfte klüger sein, denn er wird sich erinnern, dass die Waffe, die Heinrich einst mitsamt anderen Stichwerkzeugen und Schießgewehren, mehreren bestaubten „Folianten" und einem „Lehnstuhl" auf dem Dachboden seines Oheims entdeckt hat, damals ausdrücklich mit „Don Quixotte" in Verbindung gebracht wurde (S. 239). Heinrich stilisiert sich also unbewusst zum geistesverwandten Nachfahren dieses berühmtesten aller närrischen Phantasten! In der dörflichen Sphäre bleibt er ein bloßer Zaungast, der eine sentimentalische Idylle genießt, ohne sich wirklich in diese Welt einzufügen. Das muss er gleich am Tag nach jenem Fest erkennen, als die Bauern eifrig damit beschäftigt sind, einer drohenden Überschwemmung vorzubeugen: „Ich konnte nicht viel helfen und war den Leuten eher im Wege"; er schämt sich, „allein so müßig und zwecklos umherzugehen", und kehrt rasch in die Stadt zurück, obwohl ihn auch dort nur eine „ungeleitete haltlose Arbeit" erwartet (12, S. 13f.). In Deutschland führt er später ebenfalls eine unproduktive Randexistenz, und so kommt es, dass er sich auf der großen Faschingsinszenierung der Künstlerschaft zu jenen „übermüthigen Sonderlingen, Witzbolden, seltsamen Lückenbüßern und Kometennaturen" gesellt (S. 158), die als Mummenschanz den Maskenzug beschließen. Dabei wählt er, halb Harlekin, halb leidender Christus, „ein laubgrünes Narrenkleid" und eine „Dornenkrone" aus „Stachelpflanzen und Stechpalme" als Kostüm, weil dieser merkwürdige Aufzug seiner „innersten Seelenstimmung" entspricht (S. 161).

Bezeichnenderweise unterscheidet sich Heinrichs Fahrt nach Deutschland in ihren Zielsetzungen stark von jener Bildungsreise, die sein Vater einige Jahrzehnte zuvor absolviert hat. Diesem Musterbürger, der sich selbstbewusst aus den bescheidenen Verhältnissen seiner bäuerlichen Herkunft gelöst hatte, fehlte es zwar auch nicht an „innerer Wärme und Begeisterung" und an „heitern Künstlerahnungen", aber in erster Linie nutzte er seine Lehr- und Wanderjahre mit „eisernem Fleiße", um sich als Handwerker auszubilden (11, S. 71f.), bis er schließlich „in der Hauptstadt seiner Heimath ein wackerer städtischer Bau- und Maurermeister" werden konnte (S. 73). Sein Sohn denkt dagegen hauptsächlich an das „poetische und ideale Deutschland", das er aus den Werken der Dichter kennt und das in seiner Vorstellung „von einem romantischen Dufte umwoben" ist (S. 43). Liest er als Jugendlicher „die Bücher alter und fremder Völker", etwa aus der Feder französischer oder italienischer Autoren, so erfüllen sie ihn „stets mit frischer Lust zur Arbeit". Stärker jedoch fesseln ihn die Schriften deutscher Sprache, die eine ganz andere Wirkung ausüben: „Durch die deutschen Bücher [...] wurde ich tief und tiefer in einen schmerzlichen Genuß unrechtmäßiger Ruhe und Beschaulichkeit hineingezogen", und sie flößen ihm eine mächtige Sehnsucht ein, „selbst über den Rhein zu setzen und erst recht mitten in diese Welt zu gerathen" (12, S. 101). Die träumerische Innerlichkeit stiftet eine Wahlverwandtschaft zwischen dem jungen Romanhelden und dem imaginierten Ziel seiner Reise. Dass das reale, von Autoritätsdenken und Obrigkeitshörigkeit geprägte Deutschland im Zeitalter der Restauration wenig mit seinem Idealbild gemein hat, wird Heinrich allerdings früh genug erfahren.

Eine Wende in der Entwicklung des Protagonisten bringt die große Fahrt vorerst jedenfalls nicht. Mit der Niederschrift seiner Jugendgeschichte, die in die „letzte Zeit vor seiner Abreise" fällt, will er sich zwar „eine Art Abschluß und Uebersicht [...] bilden", also eine gewisse Distanz zu der durchlebten Vergangenheit gewinnen und bewusst einen Einschnitt markieren, aber der Umstand, dass ihn das Manuskript dann bis zu seiner Rückkehr in die Heimat getreulich begleitet, scheint im Blick auf sein persönliches Wesen eher eine bruchlose Kontinuität zwischen Kindheit und Erwachsenenalter zu signalisieren, so wie die „jugendliche Subjectivität und Schreibseligkeit", die ihn bei der Arbeit an der Autobiographie überkommt, einmal mehr seine Neigung zum Rückzug auf sich selbst und zur Abkehr von den Anforderungen der Außenwelt bezeugt (11, S. 62). Der Bankrott seiner künstlerischen Ambitionen und das bedrückende Erlebnis von Armut und Mangel nötigen ihn zwar schließlich doch zu einer kritischen Überprüfung seiner bisherigen Haltung, aus der jene guten Vorsätze für ein weltzugewandtes, tätiges Dasein entspringen, die bereits weiter oben zitiert wurden. Aber alle diese weisen Entschlüsse sind wiederum nur in Heinrichs Einbildungskraft lebendig, und zu einer Probe aufs Exempel kommt es gar nicht erst – der Tod der Mutter, an dem Heinrich sich die Schuld gibt, weil er ihr gegenüber so lange verstummt war, versperrt ihm den Weg zu einem wirksamen bürgerlichen Handeln im Beruf wie im Staat: „Denn da er die unmittelbare Lebensquelle, welche ihn mit seinem Volke verband, vernichtet, so hatte er kein Recht und keine Ehre, unter diesem Volke mitwirken zu wollen, nach dem Worte: Wer die Welt will verbessern helfen, kehre erst vor seiner Thür" (12, S. 465).

Auf diese innere Folgerichtigkeit, die den Untergang seines Helden begründen sollte, legte Keller größten Wert. In einem Brief an Hettner trat er den „Bedenken wegen des Todes des grünen Heinrich", die von verschiedenen Lesern geäußert worden waren, unter anderem mit folgenden Erläuterungen zum „Motiv dieses Todes, wenigstens des symbolischen", entgegen: „wie kann er [Heinrich], da er in bezug auf die Familie, welche die Grundlage der Staatsgemeinschaft ist, ein verletztes oder wenigstens beschwertes Gewissen hat, ein öffentliches Wirken beginnen oder sich für dasselbe vorbereiten? [...] Da aber also alle diese neuen Aussichten, in bezug auf die Lebenstätigkeit sowohl, als auf den Lebensgenuß, gebrochen sind, was soll er denn weiter anfangen?" (GB 1, S. 414) Das Bewusstsein einer in seinen Augen schrecklich verfehlten Existenz stürzt Heinrich in tiefe Schwermut, und so „rieb es ihn auf, sein Leib und Leben brach und er starb in wenigen Tagen" (12, S. 469). Der Riss zwischen der selbstherrlichen Phantasie und den nüchternen Erfordernissen der wirklichen Welt hat sich endgültig in einen tragischen Abgrund verwandelt.

Es fällt freilich nicht schwer, Entschuldigungen für den bedauernswerten jungen Mann zu finden. Immerhin ist sein fataler Realitätsverlust zu einem guten Teil auf ungünstige äußere Umstände zurückzuführen, auf den frühen Tod des Vaters, die dürftige materielle Lage der Familie und das Versagen der staatlichen Schule, die, wie es im Text drastisch heißt, „sein geistiges Leben köpf[t]", indem sie den Jungen aus nichtigem Anlass „von der allgemeinen Erziehung ausschließ[t]" (11, S. 219). Der Rückzug in die „Unverantwortlichkeit der Einbildungskraft" wird so als seelischer Schutzmechanismus verständlich, mit dessen Hilfe Heinrich sich eine Welt vom Leibe hält, die er immer wieder als einschränkend oder bedrohlich erlebt. Er selbst macht jedoch bis zum Schluss keine Anstalten, sein bürgerliches Versagen auf solche Weise zu erklären und damit seine Gewissenslast zu erleichtern, und Keller scheint in dieser Hinsicht die Einstellung des Protagonisten geteilt zu haben. In einem frühen Stadium der Arbeit am *Grünen Heinrich* schrieb er an Vieweg:

> Die Moral meines Buches ist: daß derjenige, dem es nicht gelingt, die Verhältnisse seiner Person und seiner Familie im Gleichgewicht zu erhalten, auch unbefähigt sei, im staatlichen Leben eine wirksame und ehrenvolle Stellung einzunehmen. Die Schuld kann in vielen Fällen an der Gesellschaft liegen, und alsdann wäre freilich der Stoff derjenige eines sozialistischen Tendenzbuches. Im gegebenen Falle aber liegt sie größtenteils im Charakter und dem besonderen Geschicke des Helden und bedingt hierdurch eine mehr ethische Bedeutung des Romans. (GB 3.2, S. 15)

Eine umfassende Interpretation kann sich indes nicht damit begnügen, die an einen bestimmten „Charakter“ geknüpfte „ethische Bedeutung“ des vielschichtigen Werkes gegen eine vermeintliche „sozialistische Tendenz“ auszuspielen. Der *Grüne Heinrich* übt durchaus eine facettenreiche Gesellschafts- und Kulturkritik, von der einige Aspekte schon berührt wurden, als es um das Phänomen des Epigonentums und um die Mechanismen des Kunstmarktes ging. An späterer Stelle soll unter anderem noch das komplexe Bild der bürgerlich-kapitalistischen Ökonomie und der Arbeitswelt beleuchtet werden.

Kellers wiederholte Betonung individueller Schuld und Verantwortung lenkt den Blick aber auf ein anderes Problem, das bereits mehrfach angeklungen ist und nun etwas genauer erörtert sei, nämlich auf die Nähe der fiktiven Figur Heinrich Lee zu ihrem Schöpfer. Die Forschung hat den *Grünen Heinrich* seit jeher gerne als Quelle für Kellers Kindheit und Jugend herangezogen, für deren Rekonstruktion sonst wenig brauchbares Material zur Verfügung steht, und auch den Autor selbst scheint das Thema intensiv beschäftigt zu haben, denn er äußerte sich im Laufe der Zeit auffallend häufig dazu. Viele seiner Bemerkungen lassen keinen Zweifel daran, dass die Schicksale des Helden tatsächlich in hohem Maße autobiographisch gefärbt sind. Bereits 1843 vergegenwärtigte er sich im Tagebuch seine Vorliebe für Selbstbetrachtungen und seine ausgeprägte Fähigkeit, persönliche Erlebnisse in plastischen Erinnerungsbildern aufzubewahren, und kam zu dem Ergebnis: „wenn ich einst aus mir selbst heraustreten, und, als ein zweites Ich mein ursprüngliches eignes Ich in seinem Herzkämmerlein aufstören und betrachten, wenn ich meine Jugendgeschichte schreiben wollte, so würde mir dieß [...] ziemlich gelingen“ (18, S. 19). Einige Jahre später war es soweit. Der *Grüne Heinrich* sei „nicht etwa das Resultat eines bloß theoretischen tendenziösen Vorsatzes, sondern die Frucht eigener Anschauung und Erfahrung“, versicherte Keller seinem Verleger schon 1850, als der allergrößte Teil des Textes noch gar nicht auf dem Papier stand, und fügte hinzu: „Ich habe noch nie etwas produziert, was nicht den Anstoß dazu aus meinem inneren und äußern Leben empfangen hat, und werde es auch ferner so halten“ (GB 3.2, S. 15).

Die schwierige und mitunter bedrängende Auseinandersetzung mit privatesten Begebenheiten machte der Dichter auch für die langwierige Entstehung des Werkes verantwortlich: „Der Roman war für mich keine unbefangene und objektive Aufgabe, indem derselbe [...] auf eine zu ernste Weise mit meinem eigenen Wesen verflochten ist, als daß er mir so leicht von der Hand laufen konnte, wie etwas Fremdes“ (S. 59). Das galt in besonderem Maße für die eingefügte Ich-Erzählung von der Jugend des Protagonisten. In einem Brief an

Hettner nahm Keller jedenfalls im Hinblick auf autobiographische Wahrheit und freie literarische Fiktion eine klare Zweiteilung des „*Henri vert*" vor: „Ich habe bei diesem Unglücklichen das gewagte Manöver gemacht, daß ich meine eigene Jugendgeschichte zum Inhalt des ersten Teiles machte, um dann darauf den weiteren Verlauf des Romanes zu gründen, und zwar so, wie er mir selbst auch hätte passieren können, wenn ich mich nicht zusammengenommen hätte" (GB 1, S. 356). In Heinrich Lee spiegelte er also die Gefahren der phantastischen Willkür und eines verhängnisvollen Mangels an bürgerlichem Realitätssinn, denen er sich selbst ausgesetzt sah, und entwarf dann eine Lebenstragödie, wie sie sich aus solchen Anfängen entwickeln konnte.

Die Gelegenheit, sich im Medium der Literatur Klarheit über den eigenen Werdegang zu verschaffen, war es wohl auch, die Keller dazu verlockte, die Jugendgeschichte während des Schreibens immer weiter auszudehnen. In seinem ersten Exposé für den Verleger vom Mai 1850 ist von ihr noch gar nicht die Rede (vgl. GB 3.2, S. 15–17), und auch als er mit der Niederschrift dieser Partie begann, dachte er offensichtlich bloß an einen überschaubaren Einschub – immerhin wird Heinrichs autobiographischer Rückblick vom Erzähler als „mäßige[s] Büchlein" angekündigt (11, S. 62). In der erst später verfassten Vorrede zum *Grünen Heinrich* hielt Keller es dagegen für nötig, sich für die „Unförmlichkeit vorliegenden Romanes zu entschuldigen", der leider in zwei Teile zerfalle, „nämlich in eine Selbstbiographie des Helden [...] und in den eigentlichen Roman, worin sein weiteres Schicksal erzählt" werde (S. 14). Und noch über zwanzig Jahre später merkte er selbstironisch an, das Werk könne „als abschreckendes Beispiel dienen, wie ein guter Roman nicht beschaffen sein soll" (15, S. 414).

Doch die enorme Breite und Fülle der Jugendgeschichte gefährdet nicht nur die homogene Komposition des *Grünen Heinrich*, sondern auch die erzählerische Logik, da die souveräne Selbstdarstellung und Selbstanalyse des Ich-Erzählers ein beachtliches kritisches Reflexionsvermögen voraussetzt, über das der Protagonist zumindest zum Zeitpunkt der Abfassung, also an der Schwelle zum Erwachsenenalter, noch keineswegs verfügt. Wenn Keller den fiktiven Schöpfer der Jugendgeschichte im Nachhinein einen „frühreife[n] und unbefangene[n] Beobachter seiner selbst und der Welt" nennt (12, S. 106), mutet dieser Versuch, seine Autorschaft wenigstens halbwegs plausibel zu machen, nicht sonderlich überzeugend an. In Wahrheit besteht Heinrichs Lebensproblem ja gerade in seinem fortwährenden Unvermögen, die träumerische Befangenheit abzustreifen und einen klaren Blick auf seine Umwelt und seine eigene Existenz zu gewinnen. Im Grunde erzählt Keller auch in der Jugendgeschichte auktorial, während die Ich-Perspektive des Helden kaum mehr als eine vorgeschobene Maske ist.

Die enge Verflochtenheit des *Grünen Heinrich* mit seiner Biographie machte Keller noch zu schaffen, als er aus dem Abstand eines Vierteljahrhunderts an die Überarbeitung des Romans ging. Augenscheinlich flößte ihm die erneute Konfrontation mit seinem „Schicksalsbuch“ (GB 3.1, S. 41 und 448) ein tiefes Unbehagen ein. Die „Bestie“ sei ihm „zuwider“, schimpfte er (GB 2, S. 397) und nannte die Revision des Textes eine „widerwärtige Affäre“ (GB 3.1, S. 370) und ein „Martyrium“ (GB 3.2, S. 303). Zwar führte er seine „krankhafte Widerwilligkeit und Scheu“ meist auf die strukturellen Gebrechen des Werkes zurück, die durch keine Korrektur aus der Welt zu schaffen seien (GB 3.1, S. 448), aber bisweilen gestand er auch andere Ursachen ein: „Die nahen Beziehungen zum eigenen Leben, die Schwere desselben und der verflossenen Dezennien drückten mir eben auf den Kiel“ (S. 147).

Es wäre allerdings wiederum kurzsichtig, die Jugendgeschichte als eine schlichte Lebensbeschreibung des Autors zu verstehen, deren romanhafte Einkleidung nicht weiter berücksichtigt werden müsse. Im vorgerückten Alter legte Keller selbst Wert auf gewisse Differenzierungen in diesem Punkt, um dem Eindruck einer „pedantische[n] Autobiographiererei“ vorzubeugen (S. 46). 1883 schrieb er in einer kurzgefassten Darstellung seines Lebenslaufes:

> Was den autobiographischen Roman *der grüne Heinrich* betrifft, so ist es leicht ersichtlich, dass es sich um den eigenen Lebensgang des Verfassers handelt, d.h. in den Grundzügen der inneren Erfahrung, wobei die novellistische Erfindung und Abrundung dem Leser nicht verborgen ist. Jedoch ist in’s besondere zu bemerken, dass z.B. die Kinder- und Schulgeschichten in den Hauptmotiven fast sämmtlich erlebt, während alle erotischen resp. Liebessachen des Buches freie Novellen ohne biographische Grundlage sind. (15, S. 417)

Rein fiktive Ergänzungen im Stofflichen treten also zu den selbsterlebten Elementen hinzu, doch auch bei den Letzteren unterscheidet Keller nun zwischen den „Grundzügen“ und „Hauptmotiven“, die seinem „eigenen Lebensgang“ entstammten, und der kunstvollen literarischen „Erfindung und Abrundung“. Die individuelle Erfahrung lieferte demnach lediglich das Rohmaterial für eine poetische Schöpfung, die sich als solche nicht dem strengen Maßstab historischer Faktentreue unterwirft. Das hatte Elisabeth Keller bereits 1854 festgestellt, als sie die ersten drei Bände des Romans las. Sie erkannte hier zwar sogleich das „Jugendleben“, die „Buben- und Schulgeschichten“ des Sohnes wieder, konstatierte aber auch, dass „alles in andern Gestaltungen und fremdartigen Umwandlungen dargestellt“ sei (GB 1, S. 119).

Als besonders subtile Reflexion über das Verhältnis von Authentizität und kreativer Einbildungskraft im *Grünen Heinrich* sei schließlich noch ein Passus aus Kellers Schrift *Autobiographisches* von 1876/77 zitiert, der auf die Arbeit an dem Romanmanuskript zurückblickt:

> Ich gedachte immer noch, nur einen mäßigen Band zu schreiben; wie ich aber etwas vorrückte, fiel mir ein, die Jugendgeschichte des Helden oder vielmehr Nichthelden als Autobiographie einzuschalten mit Anlehnung an Selbsterfahrenes und Empfundenes. Ich kam darüber in ein solches Fabuliren hinein, daß das Buch vier Bände stark und ganz unförmlich wurde. Ursache hiervon war, daß ich eine unbezwingliche Lust daran fand, in der vorgerückten Tageszeit einen Lebensmorgen zu erfinden, den ich nicht gelebt hatte, oder, richtiger gesagt, die dürftigen Keime und Ansätze zu meinem Vergnügen poetisch auswachsen zu lassen. Jedoch ist die eigentliche Kindheit, sogar das Anekdotische darin, so gut wie wahr [...].
>
> Dagegen ist die reifere Jugend des „grünen Heinrich“ zum größten Theile ein Spiel der ergänzenden Phantasie und sind namentlich die beiden Frauengestalten gedichtete Bilder der Gegensätze, wie sie im erwachenden Leben des Menschen sich bestreiten. (15, S. 413)

Die Fiktion bietet einen erwünschten Freiraum zum „Fabuliren“, in dem der Autor „Selbsterfahrenes und Empfundenes“ thematisieren, aber auch „dürftige Keime und Ansätze“ nach Belieben weiterspinnen kann. Was bislang gelebtes – und erlittenes – Leben war, wird jetzt zum Stoff einer spielerischen „ergänzenden Phantasie“; was in der Realität möglicherweise bedrückend und hemmend wirkte, gereicht in der Sphäre der Dichtung zum „Vergnügen“. Indem der Künstler die biographischen Tatsachen narrativ strukturiert und überformt, tritt er seiner Vergangenheit produktiv gegenüber und löst sich bis zu einem gewissen Grade von ihr. Diesen kathartischen Effekt deutete Keller schon 1851 gegenüber Hettner an: Mit Heinrichs Jugendgeschichte habe er sich „einfach die Aufgabe“ gestellt, „mich selbst mir objektiv zu machen und ein Exempel zu statuieren“ (GB 1, S. 357). Die erzählerische Objektivierung persönlicher Schicksale geht also, ganz im Sinne des poetischen Realismus, Hand in Hand mit einer Stilisierung, die das Individuelle auf eine allgemeinere Ebene hebt und damit ein „Exempel“ schafft, das über den Einzelfall hinausweist. Schon Goethe mit den *Leiden des jungen Werthers* und Mörike mit seinem *Maler Nolten* waren ähnlich verfahren.

Privateste Vorkommnisse zum Grundstoff eines Buches zu machen, das einer breiten Öffentlichkeit überantwortet wurde, konnte für den Verfasser freilich auch Unannehmlichkeiten mit sich bringen. Kellers Spott über gewisse „Esel“, die seinen Roman „für bare biographische Münze“ nähmen (GB 2, S. 398), zeugt von der verständlichen Abneigung gegen indiskrete Schnüffler, die keinen Sinn für den Kunstcharakter seines Werkes besaßen. Auch der positivistischen Schule des Germanisten Wilhelm Scherer, die literarische Texte genetisch aus den Erfahrungen und Eindrücken des Autors erklären wollte, stand der Dichter distanziert gegenüber und erklärte ihre „philologische Methode“ für ein „tiefgehendes Mißverständnis der kritischen Aufgaben“ (GB 3.2, S. 378).[34] Anlässlich einer Rezension der Zweitfassung des *Grünen Heinrich* aus der Feder des Scherer-Schülers Otto Brahm spottete er über diese wissenschaftliche Richtung, die „uns arme Lebende historisch-realistisch behandelt und mit saurer Mühe überall nur Erlebtes ausspürt und mehr davon wissen will, als man selbst weiß“ (GB 2, S. 289), und bemängelte das „Prinzip, aus zusammengerafften oder vermuteten Personalien die Charakteristik eines poetischen Werkes aufzubauen und alles soviel möglich auf Erlebtes zurückzuführen, [...] schon weil der fern Stehende auf bloßes Hörensagen, auf Klatsch und flaches Kombinieren hin arbeiten muß und darüber das freie Urteil über das Werk, wie es vor ihm liegt, beeinträchtigt oder ganz verliert“ (GB 3.2, S. 397). Keller wollte demnach nicht nur seine Privatsphäre vor peinlichen Einblicken schützen, sondern auch das Eigenrecht der Kunst gegen Faktenhuberei, kausaldeterministische Dogmatik und biographischen Reduktionismus verteidigen. Mögen lebensgeschichtliche Umstände noch so viel Material für die Literatur liefern – der Leser tut in Kellers Augen jedenfalls gut daran, sich auf das abgeschlossene Artefakt, auf „das Werk, wie es vor ihm liegt“, zu konzentrieren. Statt seine Aufmerksamkeit an individuelle Zufälligkeiten zu verschwenden, soll er sie lieber dem „Exempel“ widmen, das die schöpferische Kraft des Poeten daraus gebildet hat.

Novellistische Variationen

In der zweiten Version des *Grünen Heinrich* konnte der Kunstgriff, den Helden selbst von seinem Schicksal erzählen zu lassen, über die Jugendgeschichte hinaus auf den gesamten Roman ausgedehnt werden, denn da Heinrich jetzt überlebt, hat er im vorgerückten Alter Gelegenheit, seinen Bericht mit eigener Hand zu vervollständigen. Der narrativen Geschlossenheit des Werkes kam diese Änderung zugute, aber glücklich war Keller mit der „autobiographische[n] Form" nicht. Sie sei „zu unpoetisch", behauptete er, und schließe „die souveräne Reinheit und Objektivität der wahren Dichtersprache" aus (GB 4, S. 227). Obwohl Heinrich, wie schon erwähnt, als Vermittlungsinstanz eigentlich nur vorgeschoben ist, fühlte sich der Verfasser durch diese Konstruktion in seiner Bewegungsfreiheit eingeschränkt. Als er nach dem Abschluss der frühen Fassung des Romans weitere Versuche unternahm, die Gefahren einer phantastischen Willkür literarisch zu gestalten, wählte er deshalb andere Erzählstrategien. Die einschlägigen novellistischen Texte aus den folgenden Jahrzehnten, von denen sich gleich mehrere im zweiten Band der *Leute von Seldwyla* finden, geben das Schema der fiktiven Autobiographie auf und lassen durchgängig einem überlegenen auktorialen Erzähler das Wort. Da zudem die Parallelen zu Kellers Lebensgeschichte merklich in den Hintergrund treten, wird der Konflikt zwischen der ungezügelten Einbildungskraft und einem soliden, verantwortungsbewussten Wirklichkeitsbezug nun in jeder Hinsicht distanzierter und stärker modellhaft entworfen, als es noch im *Grünen Heinrich* der Fall war.

Die meisten dieser Erzählungen vermitteln Wertungen, die an Deutlichkeit nichts zu wünschen übrig lassen. Kellers positive Figuren sind weder verträumt noch gespreizt und affektiert. Sie wissen, was sie wollen, erobern sich ihren Platz in der bürgerlichen Welt und füllen ihn nützlich aus. Damit nähern sie sich einem Ideal, das Heinrich Lee auf dem Heimweg in die Schweiz entwirft: „O wer allezeit auf rechte Weise zu sehen verstände, unbefangen mitten in der Theilnahme, ruhig in edler Leidenschaft, selbstbewußt, doch anspruchslos, kunstlos und doch zweckmäßig!" (12, S. 367) Die schon aus den Goethe-Reflexionen wohlbekannte Tugend des richtigen Sehens zeichnet nicht bloß den wahren Künstler aus, sie ist bei Keller die unabdingbare Voraussetzung jedes produktiven, realitätsgerechten Handelns. In einem krassen Gegensatz dazu stehen die selbstbefangenen Phantasten, die sich und andere täuschen, „mehr oder weniger scharf karikierte Exemplare unechten, selbstbetrügerischen Menschentums, die zur Strafe für ihre Dummheit das reiche Leben verfehlen".[35] Vor diesem Hintergrund schildern die Novellen beispielhafte Prozesse des Scheiterns oder aber der Erziehung und Belehrung.

Von Viggi Störteler, der in *Die mißbrauchten Liebesbriefe* von seiner Dichtereitelkeit verführt und zugrunde gerichtet wird, war bereits ausführlich die Rede. Keller konfrontiert ihn jedoch mit einem Antagonisten, der eine ganz andere Entwicklung durchmacht. Der junge Unterlehrer Wilhelm tritt zunächst als „ein ganz stiller und schüchterner Mensch" auf (5, S. 116), der schwärmerisch von einem romantischen Liebesglück träumt. Deshalb zieht Gritli ihn auch als heimlichen Helfer heran, um die unbequemen poetischen Briefe ihres Mannes zu beantworten. Als der Schwindel auffliegt und im Scheidungsprozess des Ehepaares Störteler sogar öffentlich wird, ist der arme Wilhelm blamiert und büßt obendrein seine Stelle an der Schule ein. Die Krise schlägt aber zu seinem Heil aus. Einsam in einem abgelegenen Häuschen wohnend, widmet er sich fortan in den Diensten eines wohlhabenden Seldwylers hingebungsvoll der Landwirtschaft und beweist dabei „Geschick und Fleiß“ (S. 151). Sein Selbstbewusstsein festigt sich, und die „frische Arbeitslust, Verständigkeit und Ausdauer“, die er plötzlich an den Tag legt, beeindrucken sogar seinen Brotgeber derart, dass dieser nun gleichfalls Anstalten macht, ein „sorgfältiger und wachsamer Mann“ zu werden und sich dem üblichen seldwylischen Schlendrian zu entziehen (S. 155). Auch an Schönheit fehlt es Wilhelms einsiedlerischem Dasein nicht, denn er putzt seine Behausung aufs Herrlichste heraus: „Die Wände waren mit bemooster Baumrinde, mit Ammonshörnern, Vogelnestern, glänzenden Quarzen ganz bekleidet, die Decke mit wunderbar gewachsenen Baumästen und Wurzeln, und allerhand Waldfrüchte, Tannzapfen, blaue und rote Beerenbüschel hingen dazwischen“ (S. 162). Das ist wahre Naturpoesie, sehr im Gegensatz zu Viggis literarischen Stümpereien, die die natürliche Wirklichkeit bloß als Requisitenkammer ausbeuten oder sie gar förmlich vergewaltigen, wie es Gritlis spontanen Empfindungen widerfährt, als sie von ihrem Mann zu dem unsinnigen Briefwechsel genötigt wird.

Am Ende der Geschichte ist Wilhelm, gereift und charakterlich gefestigt, selbst Herr eines ansehnlichen Landgutes. Er „baute den Besitz mit Fleiß und Umsicht und mehrte ihn, so daß er ein angesehener und wohlberatener Mann wurde“, der mit seinen zahlreichen Kindern und Freunden mitten in Seldwyla sogar eine „kleine Kolonie von Gutbestehenden“ gründet, die die bürgerlichen Tugenden hochhält (S. 179). Der Autor führt die Lebenswege von Viggi und Wilhelm also exakt gegenläufig, und der Kontrast erstreckt sich auch auf ihre jeweiligen Liebespartner. Während Viggi an die närrische Kätter Ambach gefesselt bleibt, die ihn in seinen törichten Ambitionen bestärkt und dabei sein Hab und Gut buchstäblich verzehrt, bekommt Wilhelm schließlich doch noch seine anmutige Gritli, in der Kellers Ideal holder Weiblichkeit Gestalt annimmt.

Wie ein Geistesverwandter Viggi Störtelers, der mit der gleichen satirischen Schärfe porträtiert wird, mutet John Kabys an, der Held der Novelle *Der Schmied seines Glückes*, die im zweiten Seldwyla-Band den *Mißbrauchten Liebesbriefen* unmittelbar vorausgeht. Das titelgebende Sprichwort, nach dem jeder Einzelne für sein Schicksal selbst verantwortlich ist, bringt das individualistische Credo des liberalen Bürgertums auf den Punkt und begegnet bei Keller auch sonst des Öfteren. John legt diesen Spruch, den er beständig im Munde führt, allerdings auf eine recht sonderbare Weise aus, denn er ist mit fast vierzig Jahren immer noch ein Taugenichts, der bloß darauf wartet, dass ihm das Glück in den Schoß fällt. Was ihm an tüchtiger Substanz fehlt, soll der äußere Schein ersetzen. Durch allerlei Attribute des Wohlstands und der Vornehmheit, die er sich zulegt, darunter „eine vergoldete Brille" und „drei emaillierte Hemdeknöpfe", eine „lange goldene Uhrkette" und eine „gewaltige Busennadel", „drei oder vier große Ringe", ein „Rohrstock", eine „Cigarrenspitze [...] aus Meerschaum geschnitzt", eine „Cigarrentasche mit vergoldetem Schloß", ein „elegantes Feuerzeug, eine silberne Tabaksdose und eine gestickte Schreibtafel" (5, S. 65f.), will er den ersehnten Reichtum gleichsam auf magische Weise ins Netz locken. Selbst der klangvolle Name des Protagonisten ist falsch. Eigentlich heißt er nämlich Johannes Kabis (‚Weißkohl'), aber der ins Englische übertragene Vorname soll ihm einen „angelsächsisch unternehmenden Nimbus" verleihen, während das „y" im Nachnamen für einen „edleren und fremdartigern Anhauch" sorgt (S. 63).

Die erhofften Früchte dieser weisen Vorkehrungen bleiben jedoch zunächst aus, und auch Johns Versuch, sich durch eine kluge Heirat einen noch pompöseren Doppelnamen zuzulegen, schlägt fehl, weil sich die Erwählte, wie er gerade noch rechtzeitig erfährt, als uneheliche Tochter nicht Oliva, sondern Häuptle nennt. Ihr Zukünftiger würde demnach „John Kabys-Häuptle" heißen, „zu deutsch: ‚Hans Kohlköpfle'" (S. 68)! Prompt wird das Eheprojekt storniert. Doch dann scheint dem Helden in Augsburg endlich der lange geplante Meisterstreich zu gelingen. In Johann Polykarpus Adam Litumlei, einem steinreichen greisen Zwerg, findet er den kongenialen Partner für seine phantastische Hochstapelei, denn der Alte hat sich seinerseits in den Kopf gesetzt, „ein lang andauerndes Geschlecht zu stiften" und als dessen „gefeierter Stammvater" in die Geschichte einzugehen (S. 77). Da er aber leider zeugungsunfähig ist, wie der Text diskret zu verstehen gibt, soll John einspringen und als vermeintlicher außerehelicher Sprössling und Alleinerbe figurieren. Rasch schließen „der künstlich-natürliche Sohn und der geschlechtergründende Erzvater" ihren Pakt ab, und „[n]un saß John im Glücke" (S. 79f.).

Mit den Augsburger Episoden steigert sich Kellers Satire zur grotesken Farce. Deutliche Signale setzt schon der Name des alten Herrn. „Adam" und „Polykarpus" (‚der viele Früchte bringt'!) verweisen ironisch auf sein eitles Bestreben, ein ruhmvoller „Erzvater" zu werden, und „Litumlei" lässt an ein kindlich-kindisches Gestammel denken, wie es dem Geisteszustand des reichlich infantilen Namensträgers entspricht. Vollends albern gerät der Familienroman, den die beiden Männer mit vereinten Kräften fabrizieren, um die frisch ersonnene genealogische Konstruktion im Gedächtnis der Nachwelt zu verankern. Mit der Abfassung dieses wichtigen Dokuments werden Kabys und Litumlei zu Dichtern, die einem Viggi Störteler ebenbürtig sind: Sie bringen nur ein geschwätziges Machwerk zuwege, das obendrein ganz verworren ausfällt, da „keiner von ihnen je hundert Zeilen nach einander geschrieben" hat (S. 81). Im Mittelpunkt der Erzählung steht „eine gewisse Jungfrau Liselein Federspiel" (S. 83), die fiktive Stammmutter der neuen Linie. Nomen est omen: Als „Federspiel" ist die junge Dame ein reines Erzeugnis der Schreibfeder; außerdem bezeichnet das Wort auch einen Köder für Raubvögel, und in der Tat wird Liselein in der konfusen Geschichte im Handumdrehen zur Beute des ‚verwegenen' Adam Litumlei.

Als Genosse und Vertrauter dieses zweiten Adam lebt John sorglos wie im „Paradies", doch der „Sündenfall", der ihn daraus vertreibt, lässt nicht lange auf sich warten (S. 75). Unvorsichtigerweise beginnt er eine Affäre mit der jungen Frau des Hauses und zeugt mit ihr alsbald ein Kind, das Litumlei selbstverständlich als sein eigenes ansehen muss. Mit biblischem Pathos, das indes sogleich in krasser Form gebrochen wird, verkündet der Alte die Ankunft des Messias seines Geschlechts: „ein Sohn ist uns allendlich geboren, ein Stammhalter, so munter wie ein Ferkel, liegt uns in der Wiege" (S. 92). John ist also wider Willen tatsächlich zum Stifter einer Dynastie von Litumleis geworden, hat sich aber gerade dadurch „selbst enterbt" (S. 93) und überflüssig gemacht. Als er den stolzen ‚Vater' über die wahren Zusammenhänge aufklären will, wird er weggejagt und kehrt gebrochen und kleinlaut nach Seldwyla zurück, wo er sich nun, verstoßen aus dem üppigen Garten Eden, wie die mythischen Ureltern der Menschheit durch eigene Anstrengung ernähren muss. Immerhin ist der Geschichte ein versöhnliches Ende beschieden. Johns Erlebnisse haben ihm jegliche Narrheit und das Vertrauen in den leeren Schein ausgetrieben, so dass er nun bereitwillig „alle seine Attribute und Kleinode" veräußert, um mit dem Erlös eine kleine Nagelschmiede zu erwerben. Dort „erst in leidlicher, dann in ganzer Zufriedenheit" werkelnd, lernt er zuletzt doch noch „das Glück einfacher und unverdrossener Arbeit" kennen, „das ihn wahrhaft aller Sorge enthob und von seinen schlimmen Leidenschaften reinigte" (S. 95f.).

Damit bewahrheitet sich eine Überzeugung, die Keller im *Grünen Heinrich* ausspricht, wenn er die „hypochondrischen Ritter vom Dilettantismus" den wahren Meistern und Könnern gegenüberstellt: „im Grunde sind trotz aller äußeren Schicksale nur die Meister glücklich, d.h. die das Geschäft verstehen, was sie betreiben, und wohl Jedem, der zur rechten Zeit in sich zu gehen weiß. Er wird, einen Stiefel zurechthämmernd, ein souveräner König sein" (12, S. 278). In diesem Kontrast zwischen Dilettanten und Meistern, der ausdrücklich nicht nur auf das Gebiet der Kunst, sondern auf „alle Lebensthätigkeiten" bezogen wird (S. 277), kehrt jener Gegensatz zwischen phantastischer Schwärmerei und solider Tüchtigkeit wieder, dem wir hier nachspüren. In *Der Schmied seines Glückes* wirkt die abrupte Schlusswendung, die John Kabys nach seiner schweren Enttäuschung zu einer zufriedenen Existenz verhilft, freilich etwas aufgesetzt, und in einer früheren Version der Erzählung war sie auch noch nicht vorgesehen (vgl. 21, S. 409). Eine Rechtfertigung findet sie jedoch darin, dass sie die von John so sehr missbrauchte sprichwörtliche Titelwendung rehabilitiert, indem sie sie zugleich wörtlich nimmt: In redlicher Handarbeit schmiedet sich der Protagonist jetzt wirklich sein – bescheidenes – Glück.

Weniger erfreulich gestalten sich die Schicksale zweier weiterer Figuren Kellers, die dem Sog ihrer unkontrollierten Einbildungskraft verfallen und damit die Lebenswirklichkeit kläglich verfehlen. Bei dem Protagonisten der kleinen Erzählung *Der Narr auf Manegg*, die im Zusammenhang mit den *Züricher Novellen* näher zu besprechen sein wird, geht die Willkür der zügellosen Phantasie in förmlichen Wahnsinn über, denn dieser Buz Falätscher verliert über dem „Laster, immer etwas Anderes vorstellen und sein zu wollen, als man ist" (6, S. 129), den Verstand. Nicht viel besser ergeht es Albertus Zwiehan, dessen tragikomische Geschichte als Binnennovelle in die zweite Fassung des *Grünen Heinrich* eingefügt ist. Wie der bereits erwähnte Schlangenfresser fungiert auch diese Gestalt als warnende Parallelfigur zu Heinrich Lee, als trauriges Exempel eines Mannes, der seine Identität einbüßt, weil er sich rettungslos in ein Gewebe von Lügen und Selbsttäuschungen verstrickt. Zwiehans Existenz ist von Anfang an auf falschen Schein gegründet. Da er als „Bastardsohn" eines in Übersee verstorbenen Schweizers keine Ansprüche auf dessen Hinterlassenschaft geltend machen kann, schlüpft er kurzerhand in die Rolle „des allein erbberechtigten Adoptivsohnes" seines Vaters, der verschollen ist, und bringt sich so in den Besitz des Familienvermögens (2, S. 105).

Zum Verhängnis wird ihm sein unstetes phantastisches Wunschdenken in Liebesangelegenheiten. Die Neigung zu seiner Nachbarin Cornelia gilt in erster Linie ihrem „schönen Namen" (S. 107), denn von ihrer Person weiß er kaum etwas; überdies jagt er gleichzeitig, fasziniert allein von ihrem Gesicht und ihren geheimnisvollen Blicken, dem ätherischen „Traumbilde" (S. 115) der frommen Afra Zigonia Mayluft nach, um derentwillen er sich sogar den Herrnhutern anschließt. Unentschlossen zwischen den Frauen schwankend, lässt er sich am Ende beide entgehen und kommt außerdem um seine Reichtümer, weil eines Tages doch noch der echte Adoptivsohn auftaucht und das Erbe für sich reklamiert. Damit zerrinnt dem Helden alles, was er ist oder sein könnte, unter den Händen. Seine Stellung als vermeintlicher Hieronymus Zwiehan wird ihm gerichtlich abgesprochen, aber als natürlichen Sohn seines Vaters, auf den wenigstens dessen „Name und Bürgerrecht“ übergehen würden, akzeptiert man ihn ebenso wenig, „weil hierüber kein Spruch und keine Notiz vorhanden war“ (S. 123). Nachdem er bald darauf „aus Verdruß über den Verlust seines Daseins, ja seiner Person und Identität“ gestorben ist (S. 124), bleibt von ihm neben seiner Geschichte, die er eigenhändig in die Familienchronik eingetragen hat, lediglich ein Totenkopf zurück, den Heinrich auf dem Friedhof in der Nähe von Zwiehans Grabstein entdeckt. Ob der Schädel wirklich „diesem Zwiehan angehört hatte“, ist allerdings „keineswegs erwiesen“ (S. 105). Eine makabre Pointe: Nicht einmal im Tode kann der arme Bursche eindeutig identifiziert werden.

Heinrich nennt den verstorbenen Zwiehan einen „Dualisten“, womit er wohl nicht nur auf die „zwei Weiber, zwischen denen jener hin- und hergezogen“ wurde (S. 160), sondern auch auf die fatale Gratwanderung zwischen Wirklichkeit und Träumerei anspielt. Wie sich ein solches Dasein letztlich doch zum Guten wenden kann, zeigt die Erzählung *Die Jungfrau als Ritter* aus den *Sieben Legenden*. Der Ritter Zendelwald gehört ebenfalls in die lange Reihe der schwärmerischen Phantasten, die Kellers Werk bevölkern, aber im Reich der Legende wird ihm im rechten Augenblick himmlischer Beistand zuteil. In einer verfallenen Burg hausend, lebt er am liebsten in der Welt seiner Vorstellungen und wirkt daher „träg in Handlungen und Worten. Wenn sein Geist und sein Herz sich eines Dinges bemächtigt hatten, was immer vollständig und mit Feuer geschah, so brachte es Zendelwald nicht über sich, den ersten Schritt zu einer Verwirklichung zu thun, da die Sache für ihn abgemacht schien, wenn er inwendig damit im reinen war“ (7, S. 365). So schwärmt er zwar für die schöne und reiche Bertrade, die Witwe des unseligen Grafen Gebizo aus der vorangegangenen Legende *Die Jungfrau und der Teufel*, macht aber keine Anstalten, sich tatkräftig um sie zu bemühen. Selbst zur Teilnahme an dem Turnier, bei dem Bertrades Hand als Preis winkt, muss er erst durch die Drohungen seiner Mutter genötigt werden, einer resoluten Dame, die den nicht minder ironisch gezeichneten Gegensatz zu Zendelwalds ewigem Zaudern verkörpert.

Da der Ritter aber unterwegs, wie üblich, den Erfolg und seinen Liebeslohn schon in Gedanken vorwegnimmt und gehörig auskostet, hat er es nicht eilig, auch tatsächlich ans Ziel zu gelangen, und schläft ausgerechnet am Tag des Wettkampfes in einer Marienkapelle am Wegrand gemütlich ein. Die Gottesmutter nimmt jedoch seine Gestalt an, reitet ins Turnier, besiegt mit spielerischer Leichtigkeit alle Widersacher, die sie im Handumdrehen ihrer demonstrativ zur Schau getragenen Männlichkeitsattribute beraubt, und stellt im anschließenden Zwiegespräch mit Bertrade „einen Zendelwald dar, wie dieser gewöhnlich zu blöde war, es zu sein" (S. 373): In einem virtuosen Liebesdialog wendet sie das Herz der Gräfin ganz zu Zendelwalds Gunsten. Dieser selbst, endlich erwacht und mit großer Verspätung auf dem Schloss eingetroffen, muss nur noch die Früchte des Triumphs ernten und Bertrade ehelichen.

Keine andere der *Sieben Legenden* nähert sich so stark dem Märchen an wie diese. Mit Zendelwald schildert Keller einen gutmütigen, aber lebensuntüchtigen „Faulpelz und Bärenhäuter", der „sich nicht rühren wollte, das Glück zu erhaschen" (S. 366), und dem es am Ende dennoch - buchstäblich im Schlaf - in den Schoß fällt. So kann die Geschichte, die den ganzen beschwerlichen Weg, der in der Realität zu Reichtum und Ansehen führt, kraft der Lizenz des Wunderbaren einfach überspringt, „als ein Musterbeispiel für literarische Wunscherfüllung, für Wunscherfüllung qua Literatur gelesen werden."[36] Genau besehen, verbirgt sich hinter dem von Maria bewirkten Märchenwunder aber noch ein zweites, ein menschlich-psychologisches. Denn sobald Zendelwald wieder persönlich an die Stelle seines überirdischen Doppelgängers tritt, legt er urplötzlich sämtliche Fähigkeiten an den Tag, die seine neue Position erfordert. Bruchlos vermag er das von der Gottesmutter begonnene vertrauliche Gespräch mit Bertrade fortzusetzen, weil es genau jenem Geplauder entspricht, das er sich auf der Reise in seinen verliebten Phantasien ausgemalt hat, und später bewährt er sich auch als gräflicher Landesherr: „Von jetzt an verließ aber den Ritter Zendelwald alle seine Trägheit und träumerische Unentschlossenheit; er that und redete alles zur rechten Zeit, vor der zärtlichen Bertrade sowohl, als vor der übrigen Welt, und wurde ein ganzer Mann im Reiche, so daß der Kaiser ebenso zufrieden mit ihm war, als seine Gemahlin" (S. 376). Die männliche Tüchtigkeit war also seit jeher in ihm verborgen und wartete nur auf die Gelegenheit, sich zu zeigen. Damit verliert Marias Eingreifen viel von seinem übernatürlichen Charakter. Die Heilige verkörpert bei Keller, ganz im Sinne Feuerbachs, lediglich die schlummernden Möglichkeiten, die der Mensch erst noch in sich entdecken muss. So entpuppt sich *Die Jungfrau als Ritter* als eine in das Gewand des Wunderbaren gehüllte Erzählung von der Reifung und Vervollkommnung eines jungen Mannes. Dazu passt, dass das abschließende Märchenglück, das Liebe und Ehe, Wohlstand, Ansehen und gesellschaftliche Nützlichkeit umfasst, unter dem mittelalterlichen Kostüm sehr modern und bürgerlich anmutet.

Aus gutem Grund wurde die bekannteste unter allen Geschichten Kellers, die sich dem Gegensatz von Schein und Sein, von poetischer Phantasie und bürgerlichen Tugenden widmen, für den Schluss dieses Kapitels aufgespart, denn sie verdankt ihren Ruhm nicht zuletzt ihrer ungemein vielschichtigen und hochgradig ambivalenten Behandlung des Themas, die sie von den bisher erörterten Werken abhebt. Auf den ersten Blick könnte man freilich meinen, auch die Novelle *Kleider machen Leute*, die den zweiten *Seldwyla*-Band eröffnet, folge Punkt für Punkt dem vertrauten Muster. Ist der wandernde Schneidergeselle Wenzel Strapinski nicht wieder ein weltfremder Träumer, der die Wirklichkeit zu versäumen droht, bis er sich doch noch zu bodenständiger Bürgerlichkeit bekehrt, eine ungeahnte Lebenstüchtigkeit beweist und mit der Hand der geliebten Frau, mit Reichtum und Anerkennung belohnt wird?

In der Tat neigt Wenzel anfänglich dazu, die miserablen Umstände seiner Existenz durch eine noble Aufmachung, die seine Mittel weit übersteigt, zu kompensieren und sich mit äußerem Glanz über Not und Mangel hinwegzutrösten: „lieber wäre er verhungert, als daß er sich von seinem Radmantel und von seiner polnischen Pelzmütze getrennt hätte“, die dem blassen jungen Mann so ausgezeichnet stehen und ihm „ein edles und romantisches Aussehen“ verleihen (5, S. 11f.). Bis zum Verhungern ist es wirklich nicht weit, denn in der Tasche hat er statt der Geldmünzen bloß einen Fingerhut. Einmal mehr stehen sich in Wenzels Person also die nüchterne Realität und der schöne, aber leere poetische Schein gegenüber. Doch der Erzähler attestiert ihm ausdrücklich, dass er nichts „Schlimmes oder Betrügerisches dabei im Schilde führte“ (S. 12), und behandelt ihn auch sonst weitaus freundlicher, als dies etwa John Kabys widerfährt. Wenzel zieht keinen scharfen satirischen Spott auf sich, sondern wird mit mildem Humor und spürbarer Anteilnahme geschildert.

In dem Städtchen mit dem sprechenden Namen Goldach betritt er eine Welt, die dem benachbarten Seldwyla, der Heimat der fröhlichen Nichtsnutze, diametral entgegengesetzt ist. Hier wohnen „umsichtige Geschäftsmänner“ (S. 29), „solide Handelsleute“ (S. 35), die sich auf ihren Beruf verstehen und in behaglichem Wohlstand leben. Aber gerade in dieser prosaischen Umgebung gerät der redliche Schneidergeselle durch einige Missverständnisse in die Hochstapelei hinein. Seines vornehmen Aufzugs wegen halten ihn die Goldacher für einen polnischen Grafen, und übergroße Schüchternheit hindert ihn daran, seine Gastfreunde beizeiten aufzuklären. Nachdem auch mehrere

Fluchtversuche, die er unternimmt, an Zufällen gescheitert sind, ändert sich seine Haltung schlagartig, als er die schöne Tochter des Amtsrats kennenlernt. Die aufkeimende Neigung zu Nettchen bringt Wenzel in Fahrt und animiert ihn dazu, seine „Rolle" fortan aktiv zu gestalten:

> Strapinski [...] wandelte sich in kurzer Zeit um; während er bisher nichts gethan hatte, um im geringsten in die Rolle einzugehen, die man ihm aufbürdete, begann er nun unwillkürlich, etwas gesuchter zu sprechen und mischte allerhand polnische Brocken in die Rede, kurz, das Schneiderblütchen fing in der Nähe des Frauenzimmers an seine Sprünge zu machen und seinen Reiter davon zu tragen. (S. 26)

Wie so viele seiner Geistesverwandten bei Keller avanciert auch Wenzel Strapinski zum Dichter – nicht etwa weil er Texte niederschreibt, sondern weil er sein Leben jetzt mit kunstvoller Bewusstheit poetisch entwirft und sich selbst „zum Helden eines artigen Romanes" erhebt. Eine weitere Begegnung mit Nettchen besiegelt den Umschwung: „Nun war der Geist in ihn gefahren" (S. 33). Durch die Liebe wird dem Schneider also eine Inspiration im wörtlichen Sinne zuteil. Da das Goldacher Publikum den wahren Status seiner fiktionalen ‚Lebensdichtung' nicht kennt, ist sie allerdings nur schwer von einer arglistigen Täuschung zu unterscheiden, obgleich Wenzel nach wie vor keine bösen Absichten hegt. Seine zweifelhafte Karriere bestätigt damit jene bedenkliche Verwandtschaft des Künstlers mit dem Betrüger, die Keller so sehr beunruhigte. Und auch die Beziehung zu Nettchen beruht vorläufig ganz auf falschem Schein. Das „wahrhaft schöne Bild" (S. 36), das die beiden Liebenden bieten, als sie einander erstmals in den Armen liegen, repräsentiert eine durch und durch fragwürdige, trügerische Romantik, da Nettchen ja gar nicht weiß, wem sie da wirklich um den Hals fällt.

Dass ein solch verwegenes Spiel mit der eigenen Identität wie auch mit den Gefühlen anderer über kurz oder lang zu einer sehr realen Katastrophe führen muss, bleibt Wenzel nicht verborgen. Später, nach der Enttarnung, beschreibt er Nettchen seine vagen Zukunftspläne: „Ich wäre mit Dir in die weite Welt gegangen und, nachdem ich einige kurze Tage des Glückes mit Dir gelebt, hätte ich Dir den Betrug gestanden und mir gleichzeitig den Tod gegeben" (S. 52). Die Bombe platzt aber schon früher, weil die Seldwyler den verkappten Schneider ausgerechnet auf seiner Verlobungsfeier in aller Öffentlichkeit entlarven und in tiefes Elend stürzen. Doch wie für Wilhelm und John Kabys leitet die Krise auch für den Helden von *Kleider machen Leute* die erlösende Wende ein. Ohnmächtig im winterlichen Wald liegend, wo er beinahe erfriert, erleidet er einen symbolischen Tod und eine Wiedergeburt, die auch für seine Persönlichkeit eine Katharsis bedeuten. Die Verbindung mit Nettchen erhält nun endlich eine feste und sichere Grundlage: Das schöne Trugbild vom geheimnisvollen polnischen Grafen macht der Wahrheit einer Lebensgeschichte Platz, die Wenzel der Geliebten jetzt rückhaltlos preisgibt. Für Nettchen wie für den Leser wird der Eindruck, den sie von seinem Wesen haben, durch diese Erzählung bedeutend vertieft, denn bislang besaß der Schneidergeselle für beide eigentlich keine Vergangenheit. Seine Melancholie, seine Sehnsucht nach Schönheit und poetischem Schimmer und sein Bedürfnis, etwas Rechtes vorzustellen, werden jedoch erst dann vollauf verständlich, wenn man die elende Dürftigkeit kennt, die sein Dasein von Kindheit an bestimmt hat.

Aber auch Nettchen erreicht in ihrem Bekenntnis zu dem Verlobten, mit dem sie alle Bedenken kühn beiseite wirft, eine fast heroische Größe. Bezeichnenderweise wechselt der Erzähler in dieser Schlüsselszene das stilistische Register und ersetzt den bisher gepflegten heiteren Ton durch eine pathetische Gefühlsinnigkeit, die – vorerst jedenfalls – von ironischen Brüchen verschont bleibt:

> Nach kurzem Schweigen, indem ihre Brust sich zu heben begann, stand Nettchen auf, ging um den Tisch herum dem Manne entgegen und fiel ihm um den Hals mit den Worten: „Ich will Dich nicht verlassen! Du bist mein, und ich will mit Dir gehen trotz aller Welt!“
>
> So feierte sie erst jetzt ihre rechte Verlobung aus tief entschlossener Seele, indem sie in süßer Leidenschaft ein Schicksal auf sich nahm und Treue hielt. (S. 57)

Zwar will Wenzel, den der „abermalige Glückswechsel“ etwas durcheinanderbringt, gleich wieder in Schwärmereien von einer gemeinsamen „geheimnisvoll romantisch[en]“ Existenz versinken, doch Nettchen ruft ihn energisch zur Ordnung: „Keine Romane mehr!“ Diese Mahnung gilt freilich auch für sie selbst, die eben noch einen vermeintlichen exotischen Aristokraten angehimmelt hat. Von nun an sollen die bürgerlichen Tugenden der „Thätigkeit und Klugheit“ die poetischen Phantasiespiele ersetzen (S. 57). Damit steht der Weg zum Happy End offen. Nachdem die letzten Widerstände gegen ihre Verbindung überwunden worden sind, heiraten die beiden und erleben einen kometenhaften Aufstieg. Statt sich selbst in einen kostbaren Mantel zu hüllen, produziert und verkauft Wenzel künftig wertvolle Kleidungsstücke en gros und wird ein „Tuchherr“, der sein Vermögen zügig vermehrt, mit seiner Frau eine große Familie gründet und schließlich als „angesehener Mann" in Goldach lebt. So stellt man sich eine ideale bürgerliche Karriere vor! Der gereifte, erfolgreiche Wenzel sieht „beinahe gar nicht mehr träumerisch aus" und dürfte auch keine melancholischen Anwandlungen mehr kennen (S. 62).

Obwohl die Handlung von *Kleider machen Leute* ohne übernatürliche Elemente auskommt, macht der Autor auch in diesem Fall Anleihen beim Märchen, die indes subtiler eingesetzt werden als in der Legende *Die Jungfrau als Ritter*. Das „arme Schneiderlein" (S. 11), das alleine in die Welt hinaus wandert, ist ein typischer Märchenheld, und die Passivität, die Wenzel zumindest zu Beginn an den Tag legt, passt ebenfalls ins Schema, da der Protagonist im Märchen in der Regel von einer höheren Bestimmung geleitet wird, der er sich rückhaltlos anvertrauen darf. So ist denn auch „Glück" – bisweilen durch „Schicksal" oder „Fügung" variiert – das Leitwort von Kellers Erzählung. Die Göttin Fortuna schmückt nicht nur als vergoldete Galionsfigur den Schlitten, in dem Wenzel und Nettchen kutschieren (vgl. S. 38), sie lenkt insgeheim die gesamte Novellenhandlung. Es bedarf einer ganzen Reihe von Zufällen, um Wenzels Rollenspiel überhaupt erst möglich zu machen und seine vorzeitige Entlarvung zu verhindern, angefangen mit der Lüge des Kutschers, der seinen Passagier spaßeshalber zum Grafen ernennt und dabei von ungefähr sogar dessen richtigen Namen trifft, über die paar „polnische[n] Worte", die Wenzel kennt, weil er „einst einige Wochen im Polnischen gearbeitet" hat (S. 27), bis hin zu seinen außerordentlichen Erfolgen im Spiel. Gleich zweimal verschafft er sich auf diesem Wege die nötigen finanziellen Mittel, um weiterhin den Aristokraten geben zu können: Beim „Hazardspiel" im Hause des Amtsrats streicht er „einige Louid'or" ein, „mehr als er jemals in seinem Leben besessen" (S. 24f.), und in der Lotterie gewinnt er später „eine namhafte Summe" (S. 34), die schon einen bescheidenen Wohlstand bedeutet. Irgendwann hört Strapinski auf, sich über diese zuverlässige Gunst des Schicksals auch nur zu wundern: „Er war bereits nicht mehr erstaunt über sein Glück, das sich von selbst zu verstehen schien" (S. 34).

Noch auf dem Tiefpunkt seiner Hoffnungen bleibt Fortuna ihrem Gefolgsmann treu. Dank weiterer glücklicher Fügungen findet Nettchen den vom Kältetod bedrohten Geliebten rechtzeitig im nächtlichen Wald, und bei der Versöhnung der beiden hat ebenfalls eine höhere Instanz, hier als „Mutter Natur" umschrieben, die Hand im Spiel (S. 56). Im entscheidenden Augenblick entdeckt Wenzel nämlich Nettchens wundersame Ähnlichkeit mit dem schönen Mädchen, das in der Jugend seine Vertraute war, womit sich die Gemeinschaft des Paares endgültig als schicksalhaft vorherbestimmt erweist. *Kleider machen Leute* erzählt davon, wie ein weltfremder Phantast zum ehrbaren Bürger reift, aber die zahlreichen Strukturen und Motive des Textes, die der Märchenwelt entlehnt sind, kennzeichnen diese aller Wahrscheinlichkeit spottende Glücksgeschichte unmissverständlich als bloßen literarischen Wunschtraum, als ein Produkt der freien poetischen Einbildungskraft.

Sieht man genauer hin, weist die Darstellung von Wenzels musterhaftem Werdegang indes einige Brüche auf, die die vermeintlich so klare Tendenz der Novelle in ein eigentümliches Zwielicht rücken. Zunächst einmal gilt es, den Kontrast zwischen dem Träumer Wenzel und den Goldacher Geschäftsleuten zu relativieren, denn phantasievolle Schwärmerei und solide Nüchternheit sind gar nicht so eindeutig auf die beiden Seiten verteilt. Die Menschen in Goldach werden ja nicht etwa durch einen gerissenen Betrüger hinters Licht geführt, sondern produzieren die Täuschung, auf die sie hereinfallen, zum größten Teil selbst: Wie am Ende sogar gerichtlich bestätigt wird, haben sie ihrem arglosen Gast den „Rang“ eines polnischen Grafen geradezu „gewaltsam verliehen“ (S. 61). Das liegt daran, dass sie außerstande sind, die mannigfachen *Zeichen*, die Wenzel an sich trägt oder hervorbringt, richtig zu deuten. Von Äußerlichkeiten wie seinem vornehmen Mantel – Kleider machen Leute! –, seiner Schweigsamkeit und seiner schwermütigen Blässe verleitet, legen sie sich frühzeitig darauf fest, der fremde junge Mann müsse „wenigstens ein geheimnisvoller Prinz oder Grafensohn“ sein (S. 13), und dieses Schema überformt die ganze Wahrnehmung seiner Person. Was immer Wenzel in Goldach tut oder unterlässt, wird unfehlbar als Indiz exotischer Noblesse ausgelegt.

Das kollektive Missverständnis, das sich im Zirkelschluss fortwährend selbst bestätigt, wurzelt in der Mentalität des prosperierenden, aber auch gar zu biederen Städtchens: „Diese Leute waren nichts weniger, als lächerlich oder einfältig, sondern umsichtige Geschäftsmänner, mehr schlau als vernagelt; allein da ihre wohlbesorgte Stadt klein war und es ihnen manchmal langweilig darin vorkam, waren sie stets begierig auf eine Abwechslung, ein Ereignis, einen Vorgang, dem sie sich ohne Rückhalt hingaben“ (S. 29). Romantische Phantasiegespinste werden aus dem Ungenügen am vertrauten Alltag geboren – das gilt für den mittellosen Schneidergesellen, der sich über sein Elend hinwegträumt, aber auch für die Goldacher, die eine Abwechslung vom gleichförmigen Trott der Geschäfte so sehr herbeisehnen, dass sie jede flüchtige Spur davon eifrig verfolgen. Nachdem Wenzel sich endlich mit seiner Grafenrolle abgefunden hat, weben deshalb beide Seiten mit vereinten Kräften an dem falschen Schein, in den sie sich zunehmend verstricken. Der Geselle nimmt den Ball auf, der ihm zugespielt wird, indem er den Goldachern „abzulauschen" versucht, was sie „sich eigentlich unter ihm dächten und was für ein Bild sie sich von ihm gemacht. Dies Bild arbeitete er weiter aus nach seinem eigenen Geschmacke, zur vergnüglichen Unterhaltung der einen, welche gern etwas Neues sehen wollten, und zur Bewunderung der anderen, besonders der Frauen, welche nach erbaulicher Anregung dürsteten". Die Fiktion, in deren Rahmen Wenzel agiert, stellt demnach eine veritable Koproduktion dar: „So ward er rasch zum Helden eines artigen Romanes, an welchem er gemeinsam mit der Stadt und liebevoll arbeitete" (S. 33).

Dieser „Roman" ist aber durchaus kein originelles Meisterwerk, denn die Motive, aus denen er sich zusammensetzt, kennt man nur zu gut: Exotische Herkunft, aristokratischer Glanz, melancholische Blässe, unglückliche Liebe, politische Verfolgung und die Aura des Geheimnisvollen sind Versatzstücke aus dem Repertoire der zeitgenössischen Trivialliteratur. Der schwermütige polnische Graf begegnet dort geradezu als stereotype Figur, die Wilhelm Hauff bereits 1825 spielerisch zitieren konnte, als er mit seiner Satire *Der Mann im Mond* – die Keller übrigens schon in jungen Jahren las (vgl. 16.1, S. 433) – die gängigen Strategien der einschlägigen Autoren persiflierte, wobei er es insbesondere auf den seinerzeit ungeheuer populären Carl Heun alias H. Clauren abgesehen hatte. Dass eine Aristokratie, die, wie in der Schweiz zu Kellers Zeit, ihre reale Bedeutung in Staat und Gesellschaft längst eingebüßt hat, eine vortreffliche Projektionsfläche für die bürgerliche Sehnsucht nach ästhetischem Schimmer, vornehmer Kultiviertheit und souveränem Müßiggang abgibt, lässt sich auch heute noch beobachten. Und die polnischen Flüchtlinge, die nach den erfolglosen Aufständen gegen die russische Oberherrschaft 1830/31 und 1863/64 in Scharen nach Westen zogen, beschäftigten im 19. Jahrhundert immer wieder die Phantasie der Deutschen wie der Eidgenossen, nicht zuletzt die literarische. Da Melchior Böhni auf die Schlachten von Praga und Ostrolenka anspielt (vgl. 5, S. 24), hat man sich die Handlung von *Kleider machen Leute* wohl kurz nach den Ereignissen von 1830/31 zu denken. Niedergeschrieben wurde die Novelle vermutlich um die Mitte der sechziger Jahre unter dem Eindruck der späteren Erhebung, als Keller Sekretär eines Komitees war, das in der Schweiz humanitäre Hilfe für polnische Emigranten organisierte.

Triviale Klischees prägten, wie der Amtsrat berichtet, bereits Nettchens Kindheitsphantasien: „Schon als Schulkind behauptete sie fortwährend nur einen Italiener oder einen Polen, einen großen Pianisten oder einen Räuberhauptmann mit schönen Locken heiraten zu wollen" (5, S. 37). Wo solche Vorstellungsmuster jederzeit abrufbar sind, glauben die Goldacher auf der Stelle zu wissen, was sie von dem eleganten, schweigsamen Neuankömmling zu halten haben. „Gewiß ist er in ein armes Fräulein verliebt, das man ihm nicht lassen will! Ja, ja, die vornehmen Leute haben auch ihre Leiden!“, erklärt die Köchin im Gasthaus (S. 17), und der Wirt ist überzeugt, „daß der Graf unzweifelhaft ein Opfer politischer oder der Familienverfolgung sein müsse“ (S. 29).

Kleider machen Leute liest sich streckenweise wie eine literaturpsychologische Studie über die Ursprünge und Wirkungsmechanismen trivialer Romane. Die Phantasien, die sich um Wenzel ranken, bieten ihm wie auch den Goldachern Abwechslung, Spannung und einen Hauch von Abenteuer und befriedigen damit eskapistische Sehnsüchte, die aus der Routine des Alltags geboren werden, sei er nun von Armut und Not oder von eintönigen Berufspflichten bestimmt. Wenzels Grafenrolle ist also keine ernsthafte romantische Alternative zur beschränkten Philisterwelt. Umgekehrt deckt Keller jedoch auf, dass die solide Bürgerlichkeit nicht etwa den schroffen Gegensatz zu den ausschweifenden poetischen Träumen, sondern vielmehr deren fruchtbaren Mutterboden bildet. Triviale Schwärmerei und nüchterne bürgerliche Wirklichkeit sind in seiner Erzählung zwei Seiten einer Medaille und ironisieren sich gewissermaßen wechselseitig.

Unterschwellige Ironie scheint auch in der Schlusspartie der Novelle zu walten, die damit nach dem gesteigerten Pathos der wahren Liebe, das zwischenzeitlich die vergnügliche Heiterkeit des Beginns abgelöst hat, noch einmal einen neuen Ton anschlägt. Denn kann man Wenzels Triumph tatsächlich als ernstgemeinte Apologie bürgerlicher Ideale und Wertmaßstäbe auffassen? Die gesellschaftliche Anpassung des Helden erfolgt so rasch und reibungslos, dass sie schon ein wenig komisch wirkt, und einen ähnlichen Effekt erzielt die grotesk anmutende Häufung der Glücksgüter, die ihm in den Schoß fallen: Er nimmt zu an Leibesumfang, Vermögen und Kinderzahl, wobei die Letztere – „zehn oder zwölf Jahre mit ebenso vielen Kindern“? (S. 62) – offenbar gar nicht mehr ganz zu überblicken ist! Wenzel endet als typischer Goldacher Geschäftsmann, „rund und stattlich“ und mit der Zeit immer „geschäftserfahrener und gewandter“, während Nettchen, eben noch die kühne, selbstbewusste Liebende, im Handumdrehen zu einer profanen Kaufmannsgattin mutiert, die im Jahrestakt Kinder in die Welt setzt. Kein Wunder, dass der Amtsrat, der zunächst vehement gegen diese Verbindung protestiert hat, „bald versöhnt“ ist und sich mit seinem Schwiegersohn zu einträglichen „Spekulationen“ zusammentut (S. 62). Bei einem solchen Mann ist eine junge Dame aus gutem Hause bestens aufgehoben – aber hätte Nettchen da, ketzerisch gefragt, nicht ebenso gut ihren biederen Verehrer, den „gescheiten und tüchtigen Melchior Böhni“ (S. 37), ehelichen können, der doch wohl ebenfalls das Zeug hatte, ein ordinärer reicher Kaufmann zu werden? Schwerlich wird der Leser dieses banale Happy End als gültige Einlösung der utopischen Glücksverheißungen akzeptieren, die im Text zuvor über die leitmotivischen Märchenanspielungen suggeriert wurden.

Tapfer haben Nettchen und Wenzel ihre Neigungsehe gegen alle Widerstände durchgesetzt, doch von dem romantisch überhöhten Liebesideal, das die Szenen unmittelbar nach der Entlarvung des Schneidergesellen dominierte, ist in den letzten Absätzen der Erzählung keine Rede mehr. Ebenso fehlen in der philiströsen Existenz, in der sich der Protagonist schließlich häuslich einrichtet, der poetische ‚Überschuss' und das produktive Ungenügen an den Verhältnissen: Langsam, aber unaufhaltsam verliert Wenzel seine träumerische Ader. Dabei war Keller bei allen Bedenken gegen die Neigung, aus der harten Realität in die Phantasie zu flüchten, weit davon entfernt, eine poetische Veranlagung gänzlich negativ zu beurteilen. Sogar die fatale „Lesewuth" jener Familie im *Grünen Heinrich*, die über ihren trivialen Büchern das Leben versäumt, gilt dem Ich-Erzähler als „die verwischte Spur eines edleren Herzensbedürfnisses und das heiße Suchen nach einer schöneren Wirklichkeit" (11, S. 171f.), und Wenzel Strapinski erklärt die Bereitwilligkeit, mit der er schließlich seine Grafenrolle akzeptiert hat, aus der „Sehnsucht nach einem würdigen Dasein, nach einem gütigen Herzen, nach Liebe" und aus dem innigen Wunsch, wenigstens einmal für kurze Zeit „groß und glücklich" zu sein (5, S. 52). Mögen derartige Ideale in der klischeehaften Unterhaltungsliteratur auch bloß in arg verkümmerter Form erscheinen, so zeugen sie doch von einem legitimen Verlangen nach dem Schönen und Erhebenden, das über den kruden Materialismus des bürgerlichen Alltags hinausgeht. Ob der reiche Tuchherr Wenzel noch etwas von diesen Dingen weiß?

Anders als Erzählungen wie *Die mißbrauchten Liebesbriefe*, *Der Schmied seines Glückes* oder auch *Die Jungfrau als Ritter*, die eindeutige Wertungen vermitteln und dem Urteil des Lesers keinen großen Spielraum lassen, kann *Kleider machen Leute* auf mindestens zwei Ebenen interpretiert werden: als märchenhafte Reifungsgeschichte, die einen tagträumenden Taugenichts in einen tüchtigen, soliden Mann verwandelt, oder als Darstellung der tristen Anpassung eines poetischen Gemüts an die Konventionen philiströser Bürgerlichkeit. Übrigens liegt die deutlichste ironische Spitze des Novellenfinales weniger in seinem Inhalt als in seinem lakonischen Duktus, also in der auffallenden Knappheit, mit der Keller das weitere Schicksal des Helden abhandelt. Während der „Roman", den Wenzel in Goldach lebt, in detailfreudiger Breite ausgeführt wird, verfährt der Schluss nur noch skizzenhaft und verzichtet auf sinnlich-plastische Elemente und szenische Anschaulichkeit. Wie sollte es aber auch anders sein? Die prosaische Existenz eines saturierten Bürgers enthält eben kein poetisches Potenzial mehr und ist für den Dichter unfruchtbar, sehr im Gegensatz zu den skurrilen Erlebnissen eines hergelaufenen Schneidergesellen, der mit anhaltendem Erfolg den Grafen spielt und damit nicht nur spannenden Erzählstoff liefert, sondern auch das psychologische Interesse des Publikums weckt. So dürfte Wenzel Strapinski dem Leser weniger als arrivierter Kaufmann denn als melancholischer, verliebter Schneider in der Aristokratenmaske in Erinnerung bleiben.

Von hier aus fällt ein Licht auf Kellers generelle Vorliebe für die große Klasse der Sonderlinge und komischen Käuze. Solche unkonventionellen Gestalten und nicht etwa die braven Musterbürger stellen den weit überwiegenden Teil seiner Protagonisten, und obwohl sie in der Regel exemplarischen Lernprozessen unterworfen oder auf ebenso beispielhafte Weise als Unbelehrbare in den Untergang geführt werden, ist die Faszination, die sie auf den Autor ausübten, nicht zu verkennen:

> So beruhigend es sein mag, daß Gritli und Wilhelm wohlerzogene Kinder haben, spannender waren sie, als sie Liebesbriefe mißbrauchten. So besonnen es sich ausnimmt, daß der Schmied seines Glücks am Ende eine taugliche Werkstatt unterhält, Stoff gab er mit den Schwindeleien bei seiner Erbschleicherei. Und Pankraz behalten wir im Gedächtnis, nicht weil er ein brauchbarer Mann wurde, sondern weil er ein Schmoller war.[37]

Phantasiebegabte Außenseiter, Schwärmer und Träumer wirken auf Dichter und ihre Leser allemal anziehender als die zwangsläufig recht blassen Repräsentanten der ordentlichen Norm, mögen die Letzteren in moralisch-sittlicher Hinsicht auch noch so vorbildlich sein. Im *Grünen Heinrich* tritt beispielsweise als Episodenfigur ein „stattlicher junger Bürgersmann“ auf (12, S. 321), der seine Laufbahn einst als armer Handwerksgeselle begonnen hat:

> Sich in seinem einfachen Handwerk beschränkend und nichts Anderes kennend, als die unermüdete Nutzanwendung seiner fleißigen und geschickten Hand, jeden Vortheil für dieselbe ersehend und die Augen überall aufmachend, aber nur auf ein und denselben Gegenstand gerichtet und aller Orten nur diesen sehend, war er nach wenigen Jahren als ein wohlgeschulter und entschlossener junger Mann zurückgekehrt und begann die Gründung seines Hauses mit so zweifellosem und glücklichem Willen, als ob es gar nicht anders hergehen könnte, und die Welt emp-

> fing und förderte ihn dabei, als ob es nur so sein müßte, von seinem klaren Muthe angezogen und bezwungen, und als Pfand gab sie ihm ein schönes und wohlhabendes Bürgermädchen zur Frau, mit welcher er jetzt eben, nicht ohne kluge geschäftliche Nebenzwecke, die Hochzeitsreise machte. (S. 322)

Ohne Zweifel eine bewundernswerte Karriere, doch wer sollte Lust haben, die Lebensgeschichte dieses Tugendboldes zu schreiben – oder zu lesen? Dagegen verfolgt man mit niemals nachlassender Spannung die Irrwege des grünen Heinrich, die abenteuerlichen Eskapaden seiner regen Einbildungskraft und seine unaufhörlichen Zusammenstöße mit den Härten und Widerständen der Außenwelt.

Es gilt tatsächlich, dass für Keller „ideales Bürgertum und ideales Menschentum weitgehend identisch" sind[38], und viele seiner Werke zeugen von der didaktisch motivierten Absicht, bürgerliche Tüchtigkeit zu propagieren und die Abweichungen davon einer scharfen Kritik zu unterziehen. Aber oft genug wird diese belehrende Tendenz unterlaufen durch den lockenden Reiz des Ungewöhnlichen, Eigensinnigen und Absonderlichen und durch die Faszination eines Daseins, das sich den Imperativen der Disziplin, des Erwerbs und der nüchternen Realitätstauglichkeit verweigert – erinnert sei nur an das Bild des Städtchens Seldwyla, das so merkwürdig zwischen unbürgerlicher Liederlichkeit und paradiesischer Verheißung schwankt. Der Dichter in Gottfried Keller, so könnte man salopp formulieren, kam dem Pädagogen, der er zugleich sein wollte, immer wieder in die Quere und bewahrte ihn davor, zu einem biederen Lobredner bürgerlicher Wertvorstellungen zu werden.

4. Entwicklungswege und Erziehungsfragen

Von Vätern und Müttern

Die zuletzt besprochenen Werke vom *Grünen Heinrich* über verschiedene Seldwyler Erzählungen bis hin zu der Legende *Die Jungfrau als Ritter* kreisen durchweg um die Frage nach dem bürgerlichen Erfolg der Protagonisten, nach ihrer Eignung, über kurz oder lang ehrbare, nützliche Mitglieder der Gesellschaft zu werden und sich in deren politische, ökonomische und sittlich-moralische Ordnungen einzufügen. Es sind Entwicklungsgeschichten, in denen das Leben des Helden immer zwischen jenen beiden extremen Alternativen verläuft, die in Heinrich Lees Heimatträumen durchgespielt werden: zwischen dem glänzenden Erfolg als tüchtiger, gemachter Mann und dem zutiefst beschämenden Versagen vor den Anforderungen der bürgerlichen Welt, zwischen praktischer Bewährung und phantastischer Verirrung, zwischen der greifbaren Realität der Lebenswirklichkeit und dem trügerischen Schein.

Allerdings beschränken sich die meisten dieser Erzählwerke auf einen relativ schmalen Ausschnitt aus dem Entwicklungsgang ihrer Hauptfigur. Gestalten wie John Kabys, Viggi Störteler oder der Ritter Zendelwald treten gleich als Erwachsene mit sehr markanten Charakterzügen vor den Leser hin, der dann lediglich noch ihr weiteres Leben bis zum finalen Gelingen oder Scheitern verfolgt. Die Kindheit des jeweiligen Helden, in der sich seine eigentümliche Wesensart herausgebildet haben muss, gerät nur selten und allenfalls flüchtig ins Blickfeld. Unter den bisher behandelten Novellen macht dabei, wie zu sehen war, am ehesten *Kleider machen Leute* eine Ausnahme. Ganz anders sieht es dagegen im *Grünen Heinrich* aus, der die Jugendgeschichte seines Protagonisten in wahrhaft epischer Breite präsentiert. Kellers aufschlussreiche Rechtfertigung dafür sei hier noch einmal vollständig wiedergegeben:

> Wenn ich nicht überzeugt wäre, daß die Kindheit schon ein Vorspiel des ganzen Lebens ist und bis zu ihrem Abschlusse schon die Hauptzüge der menschlichen Zerwürfnisse im Kleinen abspiegele, so daß später nur wenige Erlebnisse vorkommen mögen, deren Umriß nicht wie ein Traum schon in unserm Wissen vorhanden, wie ein Schema, welches, wenn es Gutes bedeutet, froh zu erfüllen ist, wenn aber Uebles, als frühe Warnung gelten kann, so würde ich mich nicht so weitläufig mit den kleinen Dingen jener Zeit beschäftigen. (11, S. 216)

Wenn die ersten Jahre eines Menschen den gesamten ‚Bauplan' seiner späteren Existenz im Voraus bestimmen, gewinnt die alle Proportionen sprengende „Unförmlichkeit" des *Grünen Heinrich* (S. 14) eine tiefere psychologische Berechtigung. Der überragenden Bedeutung von Kindheit und Jugend für die individuelle Geschichte einer Persönlichkeit tragen mit *Pankraz, der Schmoller* und *Frau Regel Amrain und ihr Jüngster* auch zwei Erzählungen aus dem ersten Seldwyla-Band Rechnung. Beide schildern die Erlebnisse ihrer männlichen Protagonisten von der frühesten Zeit an und können geradezu als Entwicklungs- oder Erziehungsromane im novellistischen Kleinformat gelten.

Kellers reges Interesse an glücklich oder tragisch verlaufenden Sozialisationsprozessen war sicherlich von biographischen Erfahrungen, von dem risikoreichen Lebensweg eines bürgerlichen Außenseiters und seinen spezifischen Gefährdungen und Ängsten inspiriert. Zugleich bezog er sich mit seinen einschlägigen Texten aber auf ein etabliertes literarisches Muster, das im späten 18. Jahrhundert herausgebildet worden war, als die fortschreitende Auflösung der festen ständischen Sozialordnung die drängende Frage aufgeworfen hatte, wie sich das aus traditionellen Bindungen freigesetzte Individuum mit seinen besonderen Fähigkeiten, Ansprüchen und Bedürfnissen in eine komplexe, dynamische bürgerliche Gesellschaft eingliedern könne. Daneben wird man bei Keller den Einfluss Feuerbachs nicht gering veranschlagen dürfen, dessen innerweltlicher Bildungsenthusiasmus darauf zielte, jedem Menschen die Entfaltung seines Wesens und seiner persönlichen Anlagen zu gestatten.

Wenn Keller den Lebenserfolg des Einzelnen von der familiären Sozialisation abhängig machte, befand er sich im Einklang mit den gängigen pädagogischen Vorstellungen wie auch mit den sozialgeschichtlichen Tatsachen seiner Zeit. In der bürgerlichen Welt spielte sich die Erziehung der jungen Generation vorrangig in der Kleinfamilie, in der intimen Gemeinschaft von Eltern und Kindern ab. Über die unmittelbare zwischenmenschliche Interaktion im Rahmen stabiler innerfamiliärer Beziehungen sollte der seelische Habitus des Heranwachsenden im Sinne der bürgerlichen Normen und Verhaltensstandards geformt werden, bis der (männliche) Adoleszent schließlich fähig war, eine selbständige Position im Beruf und in der Öffentlichkeit einzunehmen. So zeigte die Familie ein Doppelgesicht als Schon- und Übungsraum zugleich, abgegrenzt vom gesellschaftlichen Leben und doch eng darauf bezogen.

Dabei wurden den beiden Elternteilen gerade bei der Erziehung der Söhne ganz unterschiedliche Funktionen zugewiesen. War die Mutter hauptsächlich für emotionale Zuwendung, für Wärme und Geborgenheit zuständig, so vertrat der Vater gewissermaßen das Realitätsprinzip, indem er jene Regeln und Zwänge der bürgerlichen Gesellschaft verkörperte, die der Heranwachsende verinnerlichen und zu einem festen Bestandteil seiner psychischen Selbststeuerung, seines Über-Ich machen sollte. Als Oberhaupt, Beschützer und Ernährer der Familie war der Vater die große Identifikationsfigur, das Vorbild für den sozialen, beruflichen und ökonomischen Erfolg eines rechten Mannes:

> Ihm als Repräsentanten der Aussenwelt in der Familie kam die Aufgabe zu, sie [die Söhne] auf das zukünftige Leben draussen in der Welt hinzuführen. Besonders die Vorbereitung auf die zukünftige Erwerbs- und Berufstätigkeit fiel in seinen Zuständigkeitsbereich. So kümmerten sich die meisten Väter sehr intensiv um die schulische und berufliche Ausbildung ihrer Söhne, sie unterstützten und motivierten sie, sie kontrollierten ihren Einsatz und ihre Fortschritte, ermahnten sie zu Fleiss, setzten sie aber auch unter mehr oder weniger grossen Erfolgszwang.[1]

Vor diesem Hintergrund muss eine eigentümliche Konstellation gesehen werden, die in Kellers Biographie begründet und in seinem Erzählwerk schier allgegenwärtig ist, nämlich die unvollständige Kleinfamilie, in der der Vater fehlt. Ob Gottfried Keller, Heinrich Lee, der Schmoller Pankraz, Fritz Amrain oder der Ritter Zendelwald: Sie alle wachsen vaterlos auf (wobei vorläufig unberücksichtigt bleiben kann, dass der alte Herr Amrain ausnahmsweise nicht früh verstorben, sondern nur auf und davon gegangen ist). Dass Kellers Gedanken immer wieder auf diese schmerzlich empfundene Lücke zurückkamen, kann man bereits aus seinen ersten schriftstellerischen Versuchen ersehen, die er im Kindesalter auf dem Gebiet des Dramas anstellte. Verfertigt wurden die kleinen Stücke, wie er sich später erinnerte, für „Puppenspiele" mit seinen Freunden (15, S. 408), die auch im *Grünen Heinrich* ihre Spuren hinterlassen haben. Schon das älteste von ihnen, 1832 niedergeschrieben und *Der Hexenbund* betitelt, stellt eine Phantasie über eine tröstliche, heile Vater-Sohn-Beziehung dar. Der junge Urbino, der dem finsteren Schwarzmagier Sakratio in die Hände gefallen ist, gibt sich unerschrocken: „ich bin versichert, mein

Vater errettet mich aus euren Klauen" (18, S. 291). So kommt es auch, denn im kritischen Augenblick stürzt Graf Ottokar „mit offenem Schwert herein" und drischt heldenhaft auf Sakratio, seine Hexen und seinen Zauberdrachen ein, die im Handumdrehen kläglich zuschanden werden: „Urbino, mein Sohn dich hab ich wieder nun soll nichts mehr uns trennen" (S. 298). Etwas später wagte sich Keller, inspiriert durch das Stück Fridolin von Franz von Holbein, das damals in Zürich aufgeführt wurde[2], an eine Dramatisierung von Schillers *Der Gang nach dem Eisenhammer*. Besonders reizvoll mag ihm dabei eine Erweiterung der Balladenhandlung erschienen sein, die Holbein vorgenommen hatte, indem er am Ende noch den totgeglaubten Vater des braven Knechts Fridolin zurückkehren ließ. Auch Kellers Schauspiel *Fridolin oder Der Gang nach dem Eisenhammer* schließt mit einer rührenden Familienszene: „Ja, ja ich lebe meine theuren, meine heißgeliebten ich lebe" – „Ich habe meinen Vater wieder!" (S. 325)

Für den grünen Heinrich bleibt die Wunschphantasie, die *Fridolin* in die Bühnenrealität umsetzt, auf das Reich des Traums und der Einbildungskraft beschränkt:

> Nach vielen Jahren hat meine Mutter, nach langen Zwischenräumen, wiederholt geträumt, der Vater sei plötzlich von einer langen Reise aus weiter Ferne, Glück und Freude bringend, zurückgekehrt, und sie erzählte es jedesmal am Morgen, um darauf in tiefes Nachdenken und in Erinnerungen zu versinken, während ich, von einem heiligen Schauer durchweht, mir vorzustellen suchte, mit welchen Blicken mich der theuere Mann ansehen und wie es unmittelbar werden würde, wenn er wirklich eines Tages so erschiene. (11, S. 81)

Von Anfang an bildet der Vater einen festen Bezugspunkt im Denken des jungen Heinrich Lee. Heinrichs Autobiographie setzt mit ihm ein – „Mein Vater war ein Bauernsohn aus einem uralten Dorfe" (S. 64) – und stellt seine Lebensgeschichte der des Sohnes voran. Auf seine eigene Person kommt der Ich-Erzähler erst zu sprechen, als vom Tod des Vaters die Rede ist: „Er ließ seine Frau mit einem fünfjährigen Kinde allein zurück und dies Kind bin ich" (S. 79). Deutlicher könnte man den verhängnisvollen Bruch in der organischen Kontinuität der Generationen nicht hervorheben.

Heinrichs „Sehnsucht und Heimweh" (S. 79) nach dem Verlorenen müssen umso größer sein, als dieser Mann ein mustergültiger Bürger war, der zur Leitfigur eines heranwachsenden Jungen geradezu prädestiniert gewesen wäre. So wird die Imago des abwesenden Vaters im *Grünen Heinrich* „zum

Ich-Ideal des Helden, seinem idealen Über-Ich"[3]: Regelmäßig pflegt Heinrich „in der Tiefe [s]einer Seele still zu bedenken: Wie würde Er nun an deiner Stelle handeln oder was würde Er von deinem Thun urtheilen, wenn er lebte." Das „edle Bild" des Vaters, das er sich im Geiste zurechtgemacht hat, ist für ihn „ein Theil des großen Unendlichen geworden" (S. 81); der Tote verschmilzt förmlich mit der göttlichen Vorsehung. Das zeigt sich auch später, als Heinrich, angeregt von einem theosophischen Buch, eine Skizze des Makrokosmos entwirft, in deren unterschiedlichen Sphären er sämtliche Menschen aus seiner Bekanntschaft nach Verdienst und Würde unterbringt: „Ich bezeichnete sie mit Sternen und diese mit Namen; der glückseligste war mein Vater, zunächst dem Auge Gottes [...], und schien durch dieses allsehende Auge auf die Mutter und mich herunter zu schauen, welche in den schönsten Gegenden der Erde spazierten" (S. 148f.).

Eine solche gottgleiche Vaterfigur weist freilich, genau betrachtet, einen recht ambivalenten Charakter auf. Das „allsehende Auge" wacht nicht nur tröstlich über den jungen Heinrich, sondern kontrolliert ihn auch unablässig, so wie das Über-Ich hehres Ich-Ideal und kritische, strafende Überwachungsinstanz in einem ist. Der Druck der bürgerlichen Normen und Erwartungen lastet deshalb unentwegt auf dem Protagonisten. Als Symbol dafür steht die grüne Gewandung, die ihm seinen Beinamen einträgt. Geschneidert aus der hinterlassenen Garderobe des Verstorbenen, den Heinrich in seinen bruchstückhaften Erinnerungen stets im „grüne[n] Kleid" vor sich sieht (S. 79), versinnbildlicht sie den gesamten Motivkomplex von Erbe, Nachfolge und Verpflichtung und appelliert implizit unablässig an Heinrich, es seinem Vater gleichzutun. Als erstes verwertet die sparsame Mutter übrigens die „Schützenkleidung" ihres Mannes (S. 138), die besonders deutlich auf die bürgerlichen Pflichten, auf soziale Integration und den wehrhaften Dienst am Vaterland verweist. Die Assoziationen, die sich an die grüne Farbe knüpfen, sind allerdings vielfältig und gehen weit über die Vaterbeziehung des Helden hinaus. Grün ist traditionell die Farbe der Hoffnung, des Wachsens und Gedeihens, was beim Leser im Hinblick auf Heinrichs Entwicklung anfangs günstige Erwartungen wecken dürfte. Andererseits ist es jedoch auch das Zeichen der Unreife, und angesichts von Heinrichs fortdauernder Unfähigkeit, sich von den Prägungen seiner Kindheit und Jugend frei zu machen, rückt diese Bedeutungsdimension im Roman zunehmend in den Vordergrund.

Dem überhöhten Maßstab, den sein Vater repräsentiert, kann Heinrich niemals gerecht werden, aber lösen kann er sich ebenso wenig von ihm, denn der Tote ist unangreifbar und jeder Kritik entzogen. Daher bleibt dem Jungen auch eine produktive Auseinandersetzung mit der väterlichen Autorität, die ihm Eigenständigkeit und Selbstbewusstsein vermitteln könnte, zeitlebens verwehrt. Bei der praktischen Daseinsbewältigung ist die strahlende Vater-Imago wiederum keine echte Hilfe. In seinen Träumereien malt sich Heinrich gerne aus, „wie es mit mir gekommen wäre, wenn mein Vater gelebt hätte und wie mir die Welt in ihrer Kraftfülle von frühester Jugend an zugänglich gewesen wäre“ (S. 80), doch in der Realität fehlt ihm eben der väterliche Lehrer, der ihn bei der Hand nimmt, um ihn mit der „Welt“ und ihren Wissensschätzen oder auch mit der Sphäre der Öffentlichkeit und des Berufs- und Erwerbslebens vertraut zu machen. Schon in frühen Jahren vermisst er einen „männlichen Mentor“, der seine kindlichen Hantierungen nützlich und belehrend gestalten könnte. Neidisch betrachtet er die glücklicheren Altersgenossen, die zielstrebig zum spielerischen Lernen geführt werden: „Ich sah aus der Ferne bei vornehmern Knaben, daß sie artige kleine Naturaliensammlungen besaßen, besonders Steine und Schmetterlinge, und von ihren Lehrern und Vätern angeleitet wurden, dergleichen selbst auf ihren Ausflügen zu suchen.“ Heinrich eifert ihnen zwar auf eigene Faust nach, indem er allerhand buntes Gestein zusammenträgt, seine Beute in Fächern und Behältern sortiert und sie mit phantasievollen Beschriftungen versieht, aber weil niemand ihm rät oder hilft, gelangt er nicht über ein gänzlich willkürliches Gebaren hinaus, das er schließlich frustriert abbricht:

> So trieb ich es lange Zeit; allein es war nur der äußere Schein, der mich erbaute, und als ich sah, daß jene Knaben für jeden Stein einen bestimmten Namen besaßen und zugleich viel Merkwürdiges, was mir unzugänglich war, wie Krystalle und Erze, auch ein Verständniß dafür gewannen, welches mir durchaus fremd war, so starb mir das ganze Spiel ab und betrübte mich. (S. 144f.)

Ebenso „fremd“ bleibt dem Heranwachsenden das Gebiet der Politik, weil die Mutter, wie es für eine Frau üblich war, nie darüber spricht und der Junge „kein nahestehendes Vorbild“ hat, „welches [s]eine unmaßgeblichen Meinungen hätte bestimmen können“. Deshalb dünkt sich der Sohn eines aufrechten liberalen Bürgers „in kindischem Unverstande glücklich, auch ein städtischer Aristokrat zu heißen“, und beteiligt sich eifrig an den Intrigen gegen einen unbeliebten Schullehrer, der als „leidenschaftlicher Liberaler“ zweifellos ein treuer Gesinnungsgenosse seines Vaters gewesen wäre (S. 210).

Das „Erziehungsproblem eines Vaterlosen“ bezeichnete Keller im Nachhinein als Kernthema seines Romans (GB 4, S. 230), und in der Tat scheint das

Fehlen der Vaterinstanz in hohem Maße mitschuldig zu sein an Heinrichs fragwürdigem Lebensgang, an jener „Unverantwortllichkeit der Einbildungskraft" (16.2, S. 144), die ihm den Weg in die bürgerliche Welt verbaut. Gerade der Vater hätte die Aufgabe gehabt, disziplinierend auf den Sohn einzuwirken und seine üppig wuchernde Phantasie pragmatisch mit den Bedingungen der äußeren Wirklichkeit zu vermitteln. Und obgleich nach und nach mehrere Männer in Heinrichs Gesichtskreis treten, die für den Heranwachsenden deutliche Züge einer Vaterfigur tragen, gelingt es keinem von ihnen, das Versäumte nachzuholen. Eine solche Gestalt ist beispielsweise Römer, der mit seiner Lehre vom rechten Sehen wenigstens auf dem Feld der Kunst einen produktiven Weltzugang zu eröffnen verspricht. Verstrickt in seine paranoiden Wahnvorstellungen, vermag er das Realitätsprinzip letztlich aber doch nicht überzeugend zu vertreten. Kommt dieser vermeintlich angesehene, erfolgreiche Künstler, der zugleich „einen zuverlässigen Lehrer und einen unterhaltenden und umgänglichen Freund" abgibt (12, S. 25), dem grünen Heinrich anfangs wie ein gottgesandter Ersatzvater vor, so mündet die Enttäuschung der überzogenen Erwartungen später in einen symbolischen Vatermord, den der junge Mann mittels jenes boshaften Briefes verübt, mit dem er, „fast schadenfroh, Römer etwas Feindliches anzuthun" (S. 66), eine geliehene Geldsumme zurückfordert. Damit trägt er seinen Teil zu dem endgültigen Ruin des Bedauernswerten bei, und der väterliche Fluch in Form von Römers „ewigen Verwünschungen" ist der Lohn (S. 67). Von einigen weiteren Vaterfiguren in Kellers Roman, etwa von dem alten Trödler in der deutschen Hauptstadt und von dem Grafen, Dortchen Schönfunds Adoptivvater, wird an anderer Stelle noch die Rede sein.

Unter derart ungünstigen Umständen nimmt Heinrichs Leben einen Verlauf, der ganz und gar nicht mit den idealtypischen Vorstellungen von einem Entwicklungs- oder Bildungsroman übereinstimmt, dessen Telos in der Versöhnung von Individuum und Gesellschaft, von persönlichen Wünschen und objektiver Notwendigkeit liegt. In seinen *Vorlesungen über die Ästhetik* skizzierte Hegel das eigentümliche Handlungsmuster und die weltanschaulichen Prämissen dieses Romanmodells, wobei er in erster Linie Goethes *Wilhelm Meisters Lehrjahre* vor Augen hatte. Die jugendlichen Helden der modernen Bildungsromane, so heißt es dort, werden mit der „feste[n], sichere[n] Ordnung der bürgerlichen Gesellschaft und des Staats" konfrontiert. Sie stünden „als Individuen mit ihren subjektiven Zwecken der Liebe, Ehre, Ehrsucht oder mit ihren Idealen der Weltverbesserung dieser bestehenden Ordnung und Prosa der Wirklichkeit gegenüber, die ihnen von allen Seiten Schwierigkeiten in den Weg legt." Die „Kämpfe", die daraus erwüchsen, seien nun „nichts Weiteres als die Lehrjahre, die Erziehung des Individuums an der vorhandenen Wirklichkeit, und erhalten dadurch ihren wahren Sinn. Denn das Ende solcher Lehrjahre besteht darin, daß sich das Subjekt die Hörner abläuft, mit seinem Wünschen und Meinen sich in die bestehenden Verhältnisse und die Vernünftigkeit derselben hineinbildet, in die Verkettung der Welt eintritt und in ihr sich einen angemessenen Standpunkt erwirbt."[4]

Kellers Roman teilt mit diesem Muster die strikte Konzentration auf den Werdegang des Helden und auf dessen Auseinandersetzung mit der äußeren Lebenswirklichkeit. Auch der Gedanke, dass sich der Einzelne mit der Zeit in das Gefüge der bürgerlichen Gesellschaft ‚hineinbilden' müsse, steht im *Grünen Heinrich* durchaus als Ideal im Hintergrund. Der vaterlose Heinrich Lee erreicht dieses wünschenswerte Ziel aber nie, und damit werden die optimistischen, harmonisierenden Aspekte, die Hegels Definition enthält, hinfällig. Keller entwirft die Biographie seines Protagonisten nicht als sinnvollen Weg, der es erlaubt, sogar Irrtümer und Verfehlungen als notwendige Stufen eines organischen Lern- und Bildungsprozesses zu deuten. Statt dem Gesetz des Fortschritts zu folgen, steht Heinrichs Lebenslauf eher im Zeichen der Wiederholung, da die einzelnen Episoden des Romans stets aufs Neue das zentrale Motiv der phantastischen Realitätsverfehlung, des Unvermögens, in die „Verkettung der Welt" einzutreten und sich darin „einen angemessenen Standpunkt" zu erobern, variieren. Die späte Einsicht des Helden, dass seine Entscheidung für die Landschaftsmalerei „nicht viel mehr als ein Zufall, eine durch zufällige Umstände bedingte Ideenverbindung gewesen sei" (12, S. 228), desavouiert die Teleologie, die im idealen Bildungsroman herrscht, und zerstört den Glauben an eine immanente Sinnhaftigkeit der menschlichen Existenz. Deshalb ersetzt der *Grüne Heinrich* das Arrangement mit der „feste[n], sichere[n] Ordnung der bürgerlichen Gesellschaft und des Staats" auch durch das traurige Scheitern und den Tod der Hauptfigur, ein Bruch mit den Spielregeln der Gattung, der die zeitgenössischen Leser nicht wenig irritierte.[5]

Bezeichnenderweise wird im Text nie in Erwägung gezogen, dass auch die Mutter die Aufgabe übernehmen könnte, Heinrich in die bürgerliche Lebenswelt und das männliche Rollenmuster einzuführen. Geschlechtsspezifische Zuschreibungen und Verhaltensregeln bauen hier unübersteigbare Hürden auf. Beschränkt auf den privaten Binnenraum des Hauses, ist Frau Lee „in weiblicher Unkenntniß der Welt" (11, S. 176) mit den Belangen der Öffentlichkeit, der Politik und der Berufsausübung gar nicht vertraut. Wie sollte sie ihrem Sohn also beistehen, sich auf diesem schwierigen Terrain zurechtzufinden?

Bewusst und willentlich nimmt sie überhaupt wenig Einfluss auf Heinrich, da sie „lieber auf Gespräch und Unterhaltung dachte, als auf ein genaues Erziehungssystem" (S. 94). Allenfalls versucht sie, den Sprössling durch moralische Ermahnungen und biblische Geschichten zu einem nach ihren Maßstäben gesitteten Betragen anzuleiten, und dabei wird bisweilen auch ein beträchtlicher emotionaler Druck aufgebaut, etwa wenn sie seiner Kritik an ihren Mahlzeiten mit dem Hinweis begegnet, „eines Tages" werde sie „nicht mehr da sein", und ihn dadurch in eine tiefe, mit Grauen gemischte Rührung versetzt (S. 94).

Als es um die heikle Frage der Berufswahl und damit um die Zukunft des Sohnes geht, weiß Frau Lee sich nicht zu raten und zu helfen. Geplagt von mannigfachen „Sorgen und Zweifeln" und um ihre „Mutterpflicht" so gut wie möglich zu erfüllen (S. 274) – die zweite Fassung des Romans spricht an dieser Stelle vielsagend von einer „sonst väterlichen Pflicht" (1, S. 227)! –, wird sie bei verschiedenen, durchweg männlichen Autoritätspersonen vorstellig, um deren Empfehlungen zu hören, trifft aber anschließend keine Entscheidung und geht statt dessen auf Heinrichs törichten Plan einer Malerlaufbahn ein. Nicht der kühle Verstand, sondern das Mitleid gibt dabei den Ausschlag: „Nach Hause gekommen, saß ich nachdenklich umher und beklagte fortwährend mein Schicksal, daß ich auf das Malen verzichten müsse, daß es meiner Mutter durch's Herz ging und sie nochmals eine Rundschau anstellte mit dem Vorsatze, mir meinen Willen zu thun, möchte es gehen, wie es wolle" (11, S. 309). Hier wäre das souveräne Eingreifen eines Vaters notwendig gewesen, der den Jungen mit seiner Weltkenntnis und seinem nüchternen Urteil wohl vor diesem Irrweg bewahrt hätte.

Fortan unterstützt die Mutter Heinrich finanziell, soweit es in ihrer Macht liegt. Ihre Möglichkeiten sind jedoch begrenzt, und auch dies entspricht den zeitgenössischen Vorstellungen von der Rolle einer bürgerlichen Hausfrau, deren Aufgabe nicht der selbständige Erwerb, sondern lediglich die gewissenhafte Verwaltung des vom Manne erworbenen Gutes ist. Schon während ihrer Ehe übt Frau Lee auf vorbildliche Weise die weibliche Kardinaltugend der Sparsamkeit. Sie „führt mit wahrem Fanatismus das Hauswesen", gibt „keinen Pfennig unnütz aus" und ergänzt damit ihren unternehmungslustigen Gatten so vortrefflich, dass sich bald stattliche „Ersparnisse" ansammeln (S. 74). Nach dem plötzlichen Tod des Ehemannes ist sie aber außerstande, dessen verwickelte Geschäfte fortzuführen. Mutter und Sohn können sich nur über Wasser halten, weil ihnen ein großes Wohnhaus verbleibt, das Heinrichs Vater noch zu Lebzeiten „in der Schnelligkeit so gut eingerichtet und vermiethet" hat, „daß ein jährlicher Ueberschuß an Miethgeldern [...] ein bescheidenes Auskommen sichert." Eine „einzige Geschäftsidee des früh Verstorbenen", so resümiert der Ich-Erzähler, „hat hingereicht, seinen Hinterlassenen das Brot zu verschaffen, dessen sie bis jetzt bedurften" (S. 83), zumal die Mutter weiterhin gut haushält. Auf dieses Gebiet konzentrieren sich denn auch ihre bescheidenen Erziehungsbemühungen: „für alles [...], was im geringsten des Ueberflusses verdächtig schien, beharrte sie unerbittlich auf dem Grundsatze, daß kein Pfennig unnütz dürfe ausgegeben werden und daß ich dies frühzeitig lernen müsse" (S. 176). So gelingt es ihr, „während ihres Wittwenstandes, trotz ihrer beschränkten Verhältnisse und ungeachtet sie zu gleicher Zeit einen Sohn erzog", wenigstens eine „mäßige Baarsumme" zurückzulegen, die für Heinrichs „Eintritt in die Welt" bestimmt ist (12, S. 264).

Um ihm auch während seines Aufenthalts in Deutschland weiterhin Geld schicken zu können, muss die Mutter ihren Aufwand noch stärker einschränken und die „Kunst, von Nichts zu leben", erlernen, indem sie ihre Mahlzeiten auf „eine Art schwarzer Suppe" reduziert (S. 264). Die Genügsamkeit ins Extrem treibend, „schwelgt sie ordentlich in ihrer freiwilligen Ascese" (S. 266). Mit dieser bedingungslosen Selbstaufopferung übt sie freilich auch einen massiven moralischen Druck auf den Sohn aus, der dessen Schuldgefühle nach ihrem Tod noch verstärkt. Ihren düsteren Lebensabend beschäftigen allein der „Zweifel, ob sie Unrecht gethan, Alles an die Ausbildung und gemächliche Selbstbestimmung ihres Sohnes zu setzen", und die Sehnsucht nach dem Entfernten, der nichts mehr von sich hören lässt. Nach seiner verspäteten Rückkehr muss er überdies vernehmen, dass sie ihn zwar gegen jeden Tadel verteidigt, mit ihren häufigen „Thränen" aber doch einen „unwillkürlichen Vorwurf" zum Ausdruck gebracht habe (S. 464f.). Diese Gewissenslast macht schließlich auch ihm das Weiterleben unmöglich.

Obwohl das bei einer Halbwaise paradox klingt, wird der Werdegang des grünen Heinrich von den Beziehungen zu beiden Elternteilen gleichermaßen bestimmt: von der Abwesenheit des schmerzlich vermissten Vaters wie von der engen Bindung an die Mutter, die sich wiederum komplementär zueinander verhalten. Aus dieser eigentümlichen Konstellation erklärt sich die charakterliche Entwicklung des Romanhelden zu einem guten Teil, und sie macht verständlich, warum er nie den Weg in eine solide bürgerliche Existenz findet. Seelisch fortdauernd an den mütterlichen Raum des Privaten, des Hauses gebunden, erlangt er keinen Zugang zu der Welt der Öffentlichkeit, der Arbeit und des Erwerbs, die zugleich die Welt der Männer und der Väter ist, und sieht sich deshalb auf das Reich der Innerlichkeit verwiesen, in dem die frei schweifende Einbildungskraft regiert. Sogar in der Liebe kommt ihm die Mutterbindung in die Quere, weil sie in Konkurrenz zu der Neigung tritt, die ihn an Dorothea Schönfund fesselt. Auf dem gräflichen Schloss, in der Nähe der Geliebten, ist es Heinrich zumute,

> als ob er böse wäre auf seine arme Mutter, die da im Vaterland säße und in ihrem Schweigen die unerhörtesten Ansprüche erhöbe, Alles zu lassen und stracks ein ungetheiltes Herz zu ihr zu bringen; denn in seiner Confusion und bei der Neuheit der Empfindung glaubte er, daß es jetzt um die Liebe zu seiner Mutter geschehen sein müsse, da er eine Fremde mit solchen Augen ansah, wie er noch nie eine angesehen. (S. 406f.)

Hier deutet sich sogar eine ödipale Tiefenstruktur seines Gefühlslebens an, für die sich auch noch weitere Belege finden lassen, beispielsweise in den Heimkehrträumen, in denen das Mutter-Sohn-Verhältnis zu den Hauptthemen zählt, oder im Schlusskapitel, wo Heinrich nach dem Tod der Mutter unter der Last seiner Schuldgefühle an die „furchtbaren Worte“ denkt, die der Protagonist von Byrons *Manfred* „von einem durch ihn vernichteten blutsverwandten weiblichen Wesen spricht“ und die sich im Kontext dieses dramatischen Gedichts auf eine inzestuöse Bindung beziehen (S. 465). Die Liebe zu Dortchen muss folgerichtig unausgesprochen und unerfüllt bleiben, so wie Heinrich in der späteren Fassung des Romans durch die Erinnerung an seine Mutter auch davon abgehalten wird, ein Verhältnis mit der einfachen, lebensfrohen Näherin Hulda einzugehen. Während die Erfahrung der Geschlechtsliebe bis hin zur Eheschließung im typischen Bildungsroman eine wichtige Rolle für den Entwicklungsgang des Helden spielt, macht sich bei Heinrich einmal mehr das Fehlen des Vaters im Gefüge der Kleinfamilie bemerkbar, der durch sein heilsames Dazwischentreten die ödipale Fixierung des Jungen auf die Mutter aufheben und damit den Weg für eine psychosexuelle Reifung freimachen könnte. Im Zusammenhang mit der Novelle *Frau Regel Amrain und ihr Jüngster* werden wir auf dieses brisante Thema zurückkommen.

Die Zweitfassung des *Grünen Heinrich* akzentuiert die fundamentale Bedeutung der familiären Umstände und der geschlechtsspezifischen Aufgabenverteilung bei der Erziehung noch stärker. Als sich Heinrich nach dem Scheitern seiner Malerlaufbahn auf die „unheimliche Zufälligkeit“ seiner Berufswahl besinnt und betroffen darüber grübelt, „wie es überhaupt möglich gewesen sei, daß ich, noch in den Kinderschuhen stehend, meinen unberatenen Willen so leicht habe durchsetzen können in einer das ganze lange Leben bestimmenden Sache“, kommt er zu der

> Einsicht [...], das Ringen mit einem streng bedächtigen Vater, der über die Schwelle des Hauses hinauszublicken vermag, sei ein besseres Stahlbad für die jugendliche Werdekraft, als unbewehrte Mutterliebe. Zum erstenmale meines Erinnerns ward ich dieses Gefühles der Vaterlosigkeit deutlicher inne, und es wallte mir augenblicklich heiß bis unter die Haarwurzeln hinauf, als ich mir rasch vergegenwärtigte, wie ich durch das Leben des Vaters der frühen Freiheit beraubt, vielleicht gewaltsamer Zucht unterworfen, aber dafür auch auf gesicherte Wege geführt worden wäre. (3, S. 11)

Gegen Ende des Romans wird dieser Gedankengang erneut aufgegriffen, und zwar in einer fragmentarischen Aufzeichnung der Mutter, die Heinrich in ihrem Nachlass entdeckt. Frau Lee macht sich darin Vorwürfe, weil es ihr nicht gelungen sei, die pädagogischen Pflichten des verstorbenen Vaters zu übernehmen und dem Sohn Disziplin und bürgerliche Realitätstüchtigkeit zu vermitteln. In ihrer „Unwissenheit" habe sie es „an einer festen Erziehung [...] mangeln lassen und das Kind einer zu schrankenlosen Freiheit und Willkür anheimgestellt", statt einen heilsamen „Zwang" auszuüben und Heinrich zu einem „sicheren Erwerbsberufe" zu führen. Und es folgt der Vergleich mit anderen jungen Leuten, die unter günstigeren Bedingungen, nämlich in einer vollständigen Familie aufwachsen dürfen: „Wenn ich sehe, wie wohlgestellte Väter ihre Söhne zwingen, oft schon vor dem zwanzigsten Jahre ihr Brot zu verdienen, und wie das solchen Söhnen nur zu nützen scheint, so fällt der traurige, altbekannte Selbstvorwurf mir doppelt schwer" (S. 259).

Dass Keller seinen Roman für eine fiktional verfremdete Verarbeitung eigener Erfahrungen und Gefährdungen nutzte, wird im Blick auf den Themenkomplex von Familie, Erziehung und bürgerlicher Existenzgründung besonders deutlich. Der *Grüne Heinrich* steht damit jedoch keineswegs allein. Wie sich bereits am Beispiel des Gegensatzes von Phantasieverfallenheit und Wirklichkeitsbezug gezeigt hat, neigte der Autor dazu, die Schicksale gewisser Menschentypen, ja sogar ganze Figurenkonstellationen und Handlungsschemata in seinem literarischen Schaffen mehrfach durchzuspielen und aus unterschiedlichen Perspektiven zu beleuchten. Richtet man die Aufmerksamkeit auf das „Erziehungsproblem eines Vaterlosen" (GB 4, S. 230), so wirkt insbesondere die Erzählung *Pankraz, der Schmoller* wie ein schmaleres Seitenstück zu Kellers Romanerstling, weil sie dessen zentrale Themenstellung aufnimmt, dem Verlauf der Geschichte aber eine völlig andere Wendung gibt. In vieler Hinsicht ist Pankraz ein glücklicherer Bruder des grünen Heinrich.

Diesmal hat Keller seine familiäre Ausgangssituation exakt in die Fiktion übertragen, denn er lässt auch eine jüngere Schwester des Helden auftreten.

Die Bedrängnis und die Armut der reduzierten Kleinfamilie nach dem frühzeitigen Tod des Vaters sind gegenüber dem *Grünen Heinrich* noch einmal gesteigert. Mutter und Tochter plagen sich unablässig am Spinnrad, damit Tag für Tag der Kartoffelbrei gekocht werden kann, der mit einer Milch- oder Buttersoße die Hauptnahrung der drei Hausbewohner darstellt. Und jedes Jahr zur selben Zeit lässt „der Buttertopf überall seinen Grund durchblicken“ (4, S. 13f.), weil der spärliche Vorrat zur Neige geht. „Dieses Durchblicken des grünen Topfbodens war eine so regelmäßige jährliche Erscheinung, wie irgend eine am Himmel“ (S. 14) und demonstriert anschaulich die Ausweglosigkeit der Lage: Das Schicksal der Familie unterliegt einem gleichförmigen zyklischen Muster, das keine Besserung hoffen lässt.

Während sich die Mutter und Schwesterchen Esther, der weiblichen Geschlechterrolle getreu, geduldig und fleißig in das Ungemach schicken, protestiert Pankraz auf seine Weise gegen das Elend, in dem er aufwächst. Er ist „ein eigensinniger und zum Schmollen geneigter Junge, welcher nie lachte und auf Gottes lieber Welt nichts that oder lernte“ (S. 15). Wie Heinrich Lee bleibt der Vaterlose an den weiblich konnotierten Binnenraum der Familie gebunden und kann ohne Autoritätsperson und männliches Vorbild nicht einmal absehen, „daß es je anders würde“ in seinem Leben (S. 28). Gänzlich hilflos gebärdet sich in diesem Punkt die Mutter, die augenscheinlich nicht die geringsten Erziehungsanstrengungen unternimmt und den Sohn aus falschverstandenem „Erbarmen“ sogar noch „in seinem Wesen“ bestärkt (S. 15). Der Begriff des Schmollens, den schon der Titel der Novelle fest mit dem Protagonisten verbindet, bezeichnet prägnant seine seelische Verfassung. Gemeint ist damit eine „bittere Sprödigkeit und Verstockung“ (S. 23), in der Pankraz nicht nur das Arbeiten und das Lernen, sondern sogar die Kommunikation mit seinen Mitmenschen, sei es durch Sprache, sei es etwa durch zärtliche Gesten, radikal verweigert. Eine derartige Haltung, die ihm selbst nicht fremd gewesen sein dürfte, gestaltete Keller in seinen Werken des Öfteren. Der grüne Heinrich schmollt, wenn er der fernen Mutter gegenüber ein so verhängnisvolles Schweigen beobachtet oder es nicht fertigbringt, Dortchen seine Liebe zu gestehen, und ein großer Schmoller ist auch Theophilus in der Legende *Dorotheas Blumenkörbchen*, dessen „mißtrauisches und verschlossenes Wesen“ seine Entfremdung von der Geliebten mitverschuldet (7, S. 412).

Für Keller bedeutete das kindlich-egozentrische, narzisstische Verhaltensmuster des Schmollens eine krasse Verfehlung der menschlichen und zwischenmenschlichen Wirklichkeit. Selbstbefangen und eingeschlossen in seine Innerlichkeit, lebt der kleine Pankraz vorwiegend in Träumen und Phantasien, die ihm eine Zuflucht vor der unbefriedigenden Lebensrealität bieten. Sofern er überhaupt Beziehungen zu anderen Personen eingeht, sind sie feindseliger und gewalttätiger Art. Regelmäßige Prügeleien mit Altersgenossen, bei denen er immerhin ein hohes Maß an Mut und Gewandtheit beweist, bilden seine bescheidenen Vergnügungen, und seine Phantasievorstellungen zeugen ebenfalls von angestauten Aggressionen: Die Wolken beim Sonnenuntergang liebt er besonders, wenn sie „gleich großen Schlachtheeren in Blut und Feuer" stehen, und in sein Heftchen kritzelt er gerne „Rauchwolken und fliegende Bomben" (4, S. 14f.). Narzisstische Züge trägt auch seine Neigung zum Selbstmitleid, die ihn dazu treibt, stets den „Unrechtleider zu spielen" und jederzeit nach einem „tüchtige[n] Unrecht" zu suchen, von dem er sich betroffen fühlen könnte (S. 17). Aber noch ein weiterer Grundtrieb wird von Pankraz eifrig befriedigt, nämlich mittels des Essens: Die häuslichen Mahlzeiten nimmt er sehr wichtig, wobei ihm die Schwester mit ihren ständigen Raubzügen nach der begehrten Buttersoße wiederum willkommene Gelegenheit zu neuem Lamentieren und Schmollen bietet.

Die Psyche des vierzehnjährigen Pankraz ist offenbar auf einer recht primitiven Entwicklungsstufe erstarrt, und vielleicht hat Keller ihm deshalb den Namen eines Eisheiligen gegeben. Freilich deuten sich andererseits zumindest in wunderlichen Nuancen auch schon einige günstigere Charaktereigenschaften an, vor allem ein ausgeprägter Sinn für Gerechtigkeit und eine „seltsame Ordnungsliebe" (S. 22) – anscheinend trägt der Junge doch das Erbe seines verstorbenen Vaters in sich, der mit seiner „Sehnsucht, ein ordentlicher und fester Mann zu sein", kein typischer Seldwyler war (S. 13). Und im Nachhinein kann man sogar dem Schmollen noch etwas Positives abgewinnen, weil die „herbe und bittere Gemütsart" dem Helden unbeschadet „über das gefährliche Seldwyler Glanzalter" hinweghilft (S. 26) und ihn vor der fröhlichen Nichtsnutzigkeit der gewöhnlichen jungen Leute in seiner Heimat bewahrt.

Eine doppelte narzisstische Kränkung ist es, die den Knaben schließlich von zuhause forttreibt. Ausnahmsweise bezieht er auf einem Streifzug einmal gehörig Prügel, statt selber welche auszuteilen, und zudem hat die dreiste Schwester in seiner Abwesenheit einen Großteil seiner täglichen Mahlzeit verputzt. In beiden Konkurrenzsituationen, die bislang sein Leben bestimmten, ist er also diesmal unterlegen, „und nun mußte etwas Gründliches geschehen" (S. 18). Die Krise erweist sich letztlich als heilsamer Wendepunkt – auch dies ein festes Muster, das in Kellers Erzählwerk schon häufiger zu beobachten war. Pankraz' Flucht, die ihn für viele Jahre in ferne Gegenden führt, sprengt den fatalen Zirkel des Ewig-Gleichen endlich auf und setzt einen Reifungsprozess in Gang, der den Protagonisten von Grund auf verwandeln wird. Bereits die Vorrede zu Kellers Novellensammlung spricht ja davon, dass ein Seldwyler, der ausnahmsweise kein Taugenichts ist, nur in der Entfernung von der Heimat gedeihen und sich solide entwickeln kann, beispielsweise im „fremde[n] Kriegsdienst" (S. 8). Pankraz bietet ein Paradebeispiel für eine solche Karriere.

Die Reise ist ein klassisches Motiv und Strukturelement nicht nur der Abenteuer-, sondern auch der Entwicklungsgeschichte. Gleichnishaft wie als konkrete Erfahrung steht sie für die Selbstfindung des Helden, für seine Identitätsbildung, die es ihm am Ende ermöglicht, als ein Anderer heimzukehren. Schon auf dem Weg durch Deutschland und später als Soldat der englischen Kolonialarmee legt Pankraz Fähigkeiten an den Tag, die man in Seldwyla kaum bei ihm vermutet hätte. Im Handumdrehen lernt er zu arbeiten, um sein Essen zu verdienen, und fügt sich anstandslos der militärischen Disziplin. Dem Schmollen ist er damit allerdings noch keineswegs entwachsen, denn nach wie vor vermeidet er es, sich näher mit anderen Menschen einzulassen. Die Arbeit, die er verrichtet, „ohne ein Wort dabei zu sprechen" (S. 31), dient allein der unmittelbaren Bedürfnisbefriedigung, und beim Heer kommt ihm sein tapfer fortgesetztes „Schmollwesen" sogar „sehr gut zu statten", weil es ihm „eine vortreffliche lautlose Pünktlichkeit und Aufmerksamkeit erleichtert". Statt Kommunikation und Eigenverantwortung ist hier bloß die bedingungslose, mechanische Unterwerfung unter das, was „als mustergültig vorgeschrieben war", gefordert (S. 33). Bezeichnenderweise verspürt Pankraz keine Lust, in New York zu bleiben, wo „jeder that, was er wollte, und sich gänzlich nach Bedürfnis und Laune rührte, von einer Beschäftigung zur andern abspringend, wie es ihm eben besser schien". Vor der freien Konkurrenzgesellschaft, in der er sich selbständig behaupten müsste, schreckt er zurück und wählt statt dessen lieber den Weg nach Indien, in das romantische Land der Poesie, „den ältesten, träumerischen Teil unsrer Welt" (S. 32), wo ein notorischer Schmoller und Phantast am rechten Platze ist. Wie man sieht, führt ihn seine Weltreise mehr durch eine symbolische Seelenlandschaft als durch reale geographische Räume. Deshalb kann Keller es sich auch erlauben, die flüchtige Schilderung Indiens – wie später diejenige Afrikas – einfach aus bequemen exotistischen Klischees zusammenzusetzen.

„[E]in Weib und ein wildes Tier" seien schicksalsbestimmend für ihn geworden, erklärt Pankraz später seinen Anverwandten (S. 72). Die erste der beiden verhängnisvollen Begegnungen ereignet sich in Indien, wo sich der junge Soldat in die Tochter seines Regimentskommandeurs verliebt. Diese Erfahrung ist jedoch nicht geeignet, ihn aus seiner Isolation herauszuführen, denn

Lydia erweist sich bei näherer Bekanntschaft ihrerseits als eine narzisstische Schmollerin von hohen Graden und somit als ein ins Krankhafte gesteigertes weibliches Alter Ego des Helden. Besessen von einer „falschen gefährlichen Selbstsucht", lässt sie sich von der Bewunderung der Männer unablässig ihren „eigenen Wert" und die unwiderstehliche Macht ihrer Schönheit bestätigen (S. 56). In der „Liebe zu sich selbst" besteht ihre einzige „Leidenschaft" (S. 54), während sie „keine Neigung" zu irgendeinem anderen Menschen empfindet (S. 56); Pankraz' Gefühle manipuliert sie nur kaltblütig, um ihn endlich zu dem verzweifelten Liebesgeständnis zu verlocken, das ihren Triumph besiegelt. Als sie anschließend ihr wahres Gesicht zeigt, bricht sich der Abscheu des Getäuschten in einer Flut von herabsetzenden Vergleichen Bahn, die allesamt dem Reich des Animalischen entstammen. Er empört sich über das „wilde Tier" ihrer pathologischen Ich-Bezogenheit (S. 56), fühlt sich in die Lage eines Jägers versetzt, „der statt eines edlen scheuen Rehes urplötzlich eine wilde Sau vor sich sieht" (S. 57), und wirft Lydia Komplimente wie „Esel" und „schlechte Gans" an den Kopf (S. 60).

Doch dem Helden bleibt nicht verborgen, dass er sich einen Gutteil der Schuld an der Katastrophe mit Lydia selbst zuschreiben muss: „Das hast du nun von deinem unglückseligen Schmollwesen! [...] hättest du von Anbeginn zuweilen nur halb so lange mit ihr freundlich gesprochen, so hätte es dir nicht verborgen bleiben können, weß Geistes Kind sie ist, und du hättest dich nicht so gröblich getäuscht!" (S. 60f.) Seine Unfähigkeit zum freien zwischenmenschlichen Austausch lässt ihn die Wirklichkeit auf fatale Weise verfehlen. An ihre Stelle treten, wie bei so vielen Protagonisten Kellers, Träumereien und Projektionen, in diesem Fall maßgeblich inspiriert durch die intensive Shakespeare-Lektüre, bei der Pankraz die poetische Fiktion nicht von der Realität zu scheiden weiß. In die Falle geht er Lydia aber auch deshalb, weil ihre vermeintliche Zuneigung wiederum seine „sich geschmeichelt fühlende Eigenliebe" weckt (S. 49). Einmal mehr bestätigt sich damit, dass der Text die beiden Gestalten geradezu als Spiegelfiguren inszeniert.

Von echter Weltkenntnis und charakterlicher Reife kann bei Pankraz vorläufig also keine Rede sein. Der entscheidende Durchbruch in seinem Entwicklungsgang ereignet sich erst in Afrika, wo er nunmehr in französischen Diensten steht und sich am liebsten der einsamen Löwenjagd widmet. Die zentrale Episode der Afrika-Handlung wird von Keller eng an die Begebenheiten um Lydia zurückgebunden, denn es ist die Erinnerung an die einstige Geliebte, die Pankraz in eine sehr missliche Lage bringt. Verlockt von einer märchenhaft unwirklichen Landschaft, einem *locus amoenus* mit Bach und

„blühendem Oleandergebüsch“ mitten in der Wüste (S. 69), legt er seine Waffe weg und verliert sich in sehnsüchtigen Gedanken an Lydia, bis ihn das Brüllen eines mächtigen Löwen aufschreckt, der mittlerweile schon genau über seinem Gewehr steht.

Während der idyllische Platz durch den Symbolwert des Wassers und der Blüten sowie durch Pankraz' Gedankengänge eindeutig weiblich konnotiert ist, steht das Gewehr ebenso unmissverständlich für die männlich-phallische Stärke. Die setzt der Protagonist hier aber fahrlässig aufs Spiel, und es ist nicht das erste Mal, dass seine Befähigung, die Männerrolle angemessen auszufüllen, zweifelhaft erscheint. Seinem Kommandeur in Indien dient er als Verwalter, Hausfreund, Gärtner und Schachpartner in einer Person, also buchstäblich als Mädchen für alles, und bildet auf diese Weise „das merkwürdigste Institut von der Welt“ (S. 35), ohne so etwas wie soldatische Mannhaftigkeit an den Tag zu legen. Erst nach dem Eklat mit der Geliebten avanciert er als Befehlshaber in einer entlegenen Landesgegend immerhin zum berufenen Retter und Schützer indischer Witwen, die mit ihren verstorbenen Gatten verbrannt werden sollen. Die Beobachtungen zu Liebe und Treue, die er bei solchen Gelegenheiten anstellt, wecken bei ihm aber bald eine „ganz weichliche Sehnsucht“, selbst dergleichen zu erleben, bestärken ihn damit nur noch in seiner unwürdigen Fixierung auf Lydia und regen seine „geschäftige Einbildungskraft“ von neuem an (S. 63f.). Will man später die Ergebnisse von Pankraz' Werdegang beurteilen, wird man also vor allem nach der Verwirklichung des männlich-bürgerlichen Tugendkatalogs fragen müssen.

Wenn Pankraz in Afrika auf die Jagd zieht, treiben die Löwen bisweilen „ein ähnliches schmollendes Spiel“ mit ihm wie er mit ihnen, und gerade das außergewöhnlich große Tier, mit dem er ganz zuletzt konfrontiert wird, erweist sich als Virtuose in dieser Kunst: „wir gingen so um einander herum während mehrerer Tage wie zwei Kater, die sich zausen wollen“ (S. 68). Folglich darf auch der Löwe als Spiegelbild des Helden aufgefasst werden – beide Begegnungen, die er im Nachhinein als besonders bedeutsam hervorhebt, sind im Grunde Selbstbegegnungen. Und während Pankraz, seines Gewehres beraubt, in der glühenden Wüstensonne stundenlang wie festgebannt im Angesicht des Löwen ausharren muss und damit unter einem unerbittlichen äußeren Zwang gleichsam eine potenzierte Form seiner bisherigen Verstocktheit und narzisstischen Isolation durchleidet, geht er in sich: „Das war die bitterste Schmollerei, die ich je verrichtet, und ich nahm mir vor und gelobte, wenn ich dieser Gefahr entränne, so wolle ich umgänglich und freundlich werden, nach Hause gehen und mir und andern das Leben so angenehm als möglich machen“ (S. 70). Wenn der Löwe dann doch noch getötet wird, besiegt Pankraz mit ihm sinnbildlich auch die schmollende Selbstbefangenheit, die ihn bislang so ausschließlich an seine Triebwelt gefesselt hat. Eine solche Symbolik des wilden animalischen Geschöpfs, das stellvertretend für die ungezähmten menschlichen Leidenschaften steht, ist in der literarischen Tradition geläufig und wird in Kellers Erzählung obendrein bereits über die zahlreichen Tiermetaphern aufgerufen, mit denen Pankraz nach seiner Desillusionierung die schöne Lydia belegt.

Der Triumph über das Raubtier bedeutet also eine beispielhafte Selbstüberwindung und Selbstdisziplinierung des Helden. Nun kann er endlich den Zugang zur menschlichen Gemeinschaft, zu einer sozialen Existenz finden. Schon den Löwen erlegt er nicht alleine, sondern mit dem Beistand zweier Soldaten, die sich anschließend über die ungewohnte „Freundlichkeit und Gesprächigkeit ihres bösen Obersten“ freuen dürfen (S. 72). Jetzt steht auch der Rückweg in die Heimat offen, wo Pankraz sein Gelübde einlöst. Zum fassungslosen Erstaunen der Seldwyler tritt der verlorene Sohn als gestandener Krieger auf, ernst, gebräunt, narbenbedeckt und, die „kolossale Löwenhaut“ im Gepäck, geradezu in der Pose eines neuen Herakles (S. 22). Diese Attribute respekteinflößender Männlichkeit sind kein bloßer äußerer Schein. Wie leicht er sich fortan in die Rolle des Familienoberhauptes und Ernährers schicken wird, deutet Pankraz bereits dadurch an, dass er gleich eine ordentliche Mahlzeit für Mutter und Schwester mitbringt, und seine weitere Karriere, die der Erzähler in kurzen Worten referiert, übertrifft die kühnsten Erwartungen. Mit der Familie verlässt er Seldwyla und zieht in die Hauptstadt des Kantons, wo er sich „mit seinen Erfahrungen und Kenntnissen“ als „ein dem Lande nützlicher Mann“ bewährt, Ehre und Ansehen gewinnt und obendrein für seine „unverwüstliche ruhige Freundlichkeit“ gerühmt wird, „denn nie mehr zeigte sich ein Rückfall in das frühere Wesen“ (S. 72). In einem Alter, in dem der durchschnittliche Seldwyler schon „fertig“ ist und seine fragwürdige Glanzzeit hinter sich hat (S. 8), beginnt für Pankraz mit dem vollkräftigen, produktiven Reifealter des vorbildlichen Bürgers erst der eigentliche Lebenshöhepunkt. Die Souveränität, die er am Ende erlangt hat, rechtfertigt es, eine weitere Bedeutungsdimension seines Namens in Betracht zu ziehen. Aus dem Griechischen übersetzt, heißt „Pankraz“ nämlich ‚der alles Beherrschende‘.

Keller lässt Pankraz die entscheidenden Phasen seiner Biographie selbst schildern. Wie vertrauenswürdig sein Bericht ist, kann man im Einzelnen zwar kaum überprüfen, weil als unabhängige Zeugnisse für Pankraz’ Abenteuer in der Fremde allenfalls die Narben in seinem Gesicht, die militärische Aufmachung und das mitgebrachte Löwenfell zur Verfügung stehen. Da aber die Entwicklungsfortschritte des Protagonisten und die tiefgreifende Veränderung seiner Persönlichkeit als solche nicht zu bezweifeln sind, relativiert sich die Bedeutung der Glaubwürdigkeitsfrage. Aufschlussreich ist der Wechsel von der auktorialen Haltung zur Ich-Perspektive auf einer anderen Ebene. Ein Ich-Erzähler muss eine gewisse Distanz zu sich und zu seinen Erlebnissen besitzen, um den Letzteren eine narrative Form geben zu können, und das heißt: Erzählend bestätigt Pankraz seine mittlerweile erlangte Reife und seinen erweiterten Horizont; er dokumentiert seinen inneren Wandel nicht nur, sondern bringt ihn auch zu einem Abschluss, indem er sich der Veränderungen vergewissert, die im Laufe der Zeit mit ihm vorgegangen sind. Persönlichkeitsbildung kann nicht passiv erlitten werden, sie ist vielmehr ein selbstreflexiver Prozess. Dafür steht in dieser Novelle das Erzählen, dem das Schema der Entwicklungsgeschichte als sinnstiftendes Muster zugrunde liegt.

Jener Pankraz, der sich so ausführlich und wortgewandt mitzuteilen weiß, scheint einen markanten Gegensatz zu dem verstockten Schmoller von einst zu bilden. Aber ist der Kontrast wirklich so ausgeprägt? An einem bestimmten Punkt gerät die erzählerische Kompetenz des Helden an ihre Grenzen, nämlich da, wo Lydia auf den Plan tritt. Über den Charakter dieser jungen Frau, der den Eindruck echter Tiefe erweckte und zuletzt wohl doch nur eine täuschende Maske war, ist sich Pankraz offensichtlich immer noch nicht im Klaren, weshalb sich auch seine Erzählung zu verwirren droht: „Das heißt, ich sage es schien so, oder eigentlich, weiß Gott, ob es am Ende doch so war und es nur an mir lag, daß es ein solcher trügerischer Schein schien, kurz –"; und dazu macht der Berichterstatter „ein ziemlich unkriegerisches und beinahe einfältiges Gesicht" (S. 38)! Auch dem Leser, der Pankraz' Außensicht teilen muss, bleibt Lydias wahres Wesen verschlossen, zumal er sich fragen mag, ob ihr gekränkter Verehrer in dieser Sache überhaupt ein verlässlicher Zeuge sein kann.

Ohnehin „schämt sich" Pankraz alsbald für die „Liebesgeschichte", die er seinen Zuhörerinnen auftischt (S. 67), und so ist es ihm ganz recht, als er feststellt, dass sie diesen Teil seiner Erzählung schlicht verschlafen haben. Ihre Neugier wenigstens später noch zu befriedigen, weigert er sich entschieden:

> Nur ärgerten sich Estherchen und die Mutter, daß ihnen die Geschichte mit der Lydia entgangen war, und sie wünschten unaufhörlich deren Wiederholung. Allein Pankraz sagte, hätten sie damals nicht geschlafen, so hätten sie dieselbe erfahren; er habe sie *ein* Mal erzählt und werde es nie wieder thun, es sei das erste und letzte

Mal, daß er überhaupt gegen jemanden von diesem Liebeshandel gesprochen, und damit Punktum. (S. 72)

Das Lydia-Erlebnis sperrt sich gegen eine bruchlose Integration in die Lebensgeschichte des Pankraz und gegen eine befreiende Mitteilung; es ist eine traumatische Erfahrung, die der Protagonist weder seelisch noch narrativ zu bewältigen vermag. Nicht einmal erwähnen will er seine einstige Geliebte noch: „Ich nenne diesen Namen nicht mehr! Und er hielt Wort; niemand hörte ihn jemals wieder das Wort aussprechen und er schien es endlich selbst vergessen zu haben" (S. 73). Kann man da wahrhaftig behaupten, Pankraz habe nie einen „Rückfall in das frühere Wesen" (S. 72) der Schmollerei erlitten? Lydia bleibt die tiefe Wunde in seinem Leben, die sich allenfalls verdrängen lässt, aber niemals wirklich ausheilt. Und wenn Pankraz als Löwenbezwinger an Herakles erinnert, so lässt der Name der Geliebten an die sagenhafte Königin Omphale von *Lydien* denken, die den griechischen Heros in sklavischer Abhängigkeit hielt und seiner männlichen Stärke und Tatkraft beraubte.

Pankraz selbst interpretiert seine Biographie als pädagogisches Besserungsexempel: „Die Moral von der Geschichte sei einfach, daß er in der Fremde durch ein Weib und ein wildes Tier von der Unart des Schmollens entwöhnt worden sei" (S. 72). Für den Leser bestehen jedoch erhebliche Zweifel, ob sich die „Moral von der Geschichte" wirklich so „einfach" fassen lässt, zumal auch das weitere Schicksal des Helden zumindest in einer Hinsicht zu denken gibt. Dass seine großartige Karriere im Text nur noch sehr lakonisch abgehandelt wird, verwundert nicht, wenn man sich an *Kleider machen Leute* erinnert – die solide bürgerliche Existenz ist eben kein reizvoller Gegenstand der Dichtung mehr. Aber in diesem vorbildlichen Dasein klafft bei Pankraz, anders als bei Wenzel Strapinski, auch noch eine große Lücke, denn von Eheschließung und Familiengründung als zentralen Bestandteilen des musterhaften bürgerlichen Lebensentwurfs ist in dem kurzen Ausblick des Erzählers mit keinem Wort die Rede. Pankraz bleibt seiner Ursprungsfamilie verhaftet, statt sich von ihr zu emanzipieren und selbst Vater zu werden, und Zärtlichkeit bringt er bloß für die Mutter auf, die er bei seiner Rückkehr in die Arme schließt, wobei sie wie eine beglückte Geliebte „scheue Seligkeit" empfindet (S. 23). Die forcierte Triebkontrolle und die asketische Selbstbeherrschung, von der sein „ausgedörrtes Gesicht" (S. 22) und seine Narben zeugen und als deren Sinnbild er das Fell des erlegten Löwen mit sich schleppt, ermöglichen ihm zwar die soziale Integration und ein tätiges, nützliches Leben, aber gestatten sie auch eine echte Befriedigung seiner emotionalen Bedürfnisse und volle sinnliche Erfüllung? Das „reine Glück" konnte er sich allein von Lydia erhoffen – oder von jenem Ideal, das er in ihr verkörpert sah (S. 60). Seit dem Zerwürfnis mit der Geliebten ist es für ihn auf ewig verloren.

Obwohl Pankraz im Vergleich zu Heinrich Lee weit besser abschneidet, will auch ihm kein rechter Ausgleich zwischen individuellen Ansprüchen und gesellschaftlichen Erwartungen gelingen. Es greift gewiss zu kurz, wenn man seinen Werdegang einseitig als „Verlustgeschichte" oder gar als „Mißbildungsgeschichte" deutet[6], aber die Novelle deckt die Ambivalenz einer bürgerlichen Sozialisation auf und enthüllt den Preis, den die persönliche Reifung und die soziale Etablierung fordern und der in Entsagung und Verzicht besteht. Vor diesem Hintergrund gewinnen auch die Zirkustiere, die unmittelbar vor der Heimkehr des Verschollenen in Seldwyla zur Schau gestellt werden, ihre Bedeutung im Sinnzusammenhang der Erzählung, denn der Adler, das Kamel, die Affen und der missgelaunte „böse Bär" (S. 21), die Esther und ihre Mutter sogleich an Pankraz erinnern, verweisen ironisch auf die domestizierte Triebnatur des einstigen Schmollers. Sozialisation rückt in die Nähe einer Dressur, die dem Individuum seine Wildheit und sein Freiheitsverlangen gründlich austreibt. Keller war gewiss kein unkritischer Lobredner der bürgerlichen Normalität und ihrer Wertmaßstäbe!

Während Pankraz' Mutter, hierin Frau Lee aus dem *Grünen Heinrich* ähnlich, als Erzieherin versagt, weshalb ihr Sprössling seine prägenden Erfahrungen alleine und fern der Heimat machen muss, stellt die Novelle *Frau Regel Amrain und ihr Jüngster* die Gestalt der Mutter schon im Titel mindestens gleichberechtigt neben den männlichen Protagonisten. Tatsächlich bildet die Mutter-Sohn-Beziehung den Dreh- und Angelpunkt der Erzählung, denn nach dem Verschwinden ihres Gatten kümmert sich Frau Amrain, die bezeichnenderweise nicht aus Seldwyla, sondern aus einer solideren Gegend stammt, aufopferungsvoll um den jungen Fritz und meistert dabei sämtliche Aufgaben, die nach den konventionellen Vorstellungen der Zeit eigentlich dem Vater zugefallen wären. Keller hat diesmal nicht nur eine Entwicklungs-, sondern im strengen Sinne eine Erziehungsnovelle geschrieben, die eine Musterpädagogik entwirft und zugleich sein Ideal eines vorbildlichen Bürgers in allen Facetten entfaltet.

Was diesen Bürger auszeichnet, lässt sich Punkt für Punkt an Regulas Erziehungsprogramm ablesen. Unter seinen persönlichen Tugenden stehen Bescheidenheit, Mäßigkeit und Besonnenheit obenan. Die Mutter versorgt Fritz mit anständiger Kleidung, hinreichender Nahrung und genügendem Taschengeld, bekämpft aber Eitelkeit, Naschhaftigkeit oder Gier ebenso unnachsichtig wie jegliche „Züge und Zeichen des Neides, der Mißgunst, der Eitelkeit, der

Anmaßung, der moralischen Selbstsucht und Selbstgefälligkeit" (S. 171). Gelegentliche gesellige Vergnügungen sind erlaubt, Ausschweifungen dagegen nicht, und so lenkt Regula, als die Zeit gekommen ist, auch die aufkeimenden erotischen Begierden des Heranwachsenden umsichtig in die festen Bahnen einer bürgerlichen Ehe, wodurch sie jede Anwandlung von Liederlichkeit im Keim erstickt.

Disziplin und ein ausgeprägtes Leistungsethos befähigen Fritz, die Arbeiten in dem Steinbruch, der seiner Mutter gehört, zu leiten und sich in „fleißigen Geschäften" zu bewähren (S. 200). Auf dem Gebiet der Politik muss Regula ihm zunächst das prahlerische Kannegießern und die übertriebene „unrechtmäßige und leichtsinnige Thatlust" der Jugend abgewöhnen (S. 199), wobei ihr die ernüchternden Erfahrungen, die Fritz auf zwei missglückten Freischarenzügen macht, zu Hilfe kommen. Später wiederum gilt es, ihn an die Erfüllung seiner staatsbürgerlichen Pflichten durch Teilnahme an den Wahlen zum Kantonsparlament zu mahnen. Gerade solche Angelegenheiten sind zwar normalerweise Männersache, doch Frau Amrain weiß ihre Einmischung mit dem Argument zu rechtfertigen, dass sie „eigentlich weniger politisch [...] als gut hausmütterlich" gemeint sei, denn in einem wohlbestellten Haushalt sollten die Söhne beizeiten lernen, auch „die öffentlichen Dinge auf rechte Weise zu ehren", damit überall „das rechte Maß gehalten" werde und es nirgends zu „unrechten und unbesonnenen Streichen" komme (S. 207). Eine bürgerliche Frau darf es sich demnach durchaus erlauben, ihre Angehörigen sogar in politischen Fragen zu Ordnung und Pflichttreue aufzurufen, wenngleich sie natürlich keinen Anspruch erhebt, in eigener Person öffentlich handelnd aufzutreten.

Ausgespart bleiben in der Erziehungslehre des Feuerbachianers Keller alle Fragen der Religion; die Kirche von Seldwyla wird in *Frau Regel Amrain und ihr Jüngster* lediglich als Schauplatz der Wahlversammlung erwähnt. Von einem Schulbesuch des Sohnes ist ebenfalls nie die Rede – begreiflicherweise, da die Erzählung ja die Mutter zur perfekten und somit auch alleinigen Erziehungsinstanz erhebt. Dank Regulas Bemühungen verkörpert Fritz am Ende, „zufrieden und wohlbegütert" (S. 214), als fleißiger, angesehener Geschäftsmann, verantwortungsbewusster Staatsbürger und „würdiger Familienvater" (S. 200) den musterhaften Typus des Keller'schen Bürgers. Im glänzenden Kontrast zum seldwylischen Durchschnitt zählt er zu den wenigen in dieser Stadt, die dank einer festen Selbstzucht „aufrecht blieben, so lange sie lebten" (S. 169), und bereits „als er kaum zwanzig Jahre alt" ist, bescheinigt ihm der Erzähler „volle Männlichkeit" (S. 199). Natürlich neigt dieser tüchtige Bursche nicht dazu, sich in Phantasiewelten zu flüchten, und ist gegen alle Verlockungen der frei schweifenden Einbildungskraft gefeit, denen lebensuntüchtige Träumer wie der grüne Heinrich nur allzu leicht erliegen.

Die Pädagogik der *Amrain*-Novelle zeugt von einem schier unbegrenzten Vertrauen in die Macht der Vernunft und der richtigen Erziehung, in die Bildungsfähigkeit des Individuums. Für Keller scheint festzustehen, dass alle Begierden und Leidenschaften, die den Menschen vom geraden bürgerlichen Weg wegzulocken drohen, durch Einsicht und Selbstbeherrschung gezügelt werden können. Weil aber das Ziel eines vollkommenen Erziehungsprozesses in der umfassenden Persönlichkeitsbildung liegt, setzt Frau Amrain im Umgang mit Fritz weniger auf explizite Belehrungen und Vorschriften als auf die Wirkung ihres eigenen beispielhaften Charakters, „ihrer ganzen Person“ (S. 173): „sie erzog eigentlich so wenig als möglich und das Werk bestand fast lediglich darin, daß das junge Bäumchen, so vom gleichen Holze mit ihr war, eben in ihrer Nähe wuchs und sich nach ihr richtete. Tüchtige und wohlgeartete Leute haben immer weit weniger Mühe, ihre Kinder ordentlich zu ziehen“. Mit anderen Worten: Wer sein Kind zu einem musterhaften, reifen Menschen bilden will, muss erst einmal selbst ein solcher sein. Die Vermittlung zwischen Mutter und Sohn übernimmt dabei die Liebe, die Regula dem Jungen entgegenbringt, womit sie bei ihm das „Bedürfnis, ihr immer zu gefallen, erweckte“ und erreicht, „daß er ihre Manieren und ihre Denkungsart annahm und bald von selbst nichts that, was nicht im Geschmacke der Mutter lag“ (S. 169). Dass die affektive Bindung allemal stärker wirkt als vernünftige Argumente und Vorhaltungen, erweist sich bei der Diskussion der Wahlfrage. Sämtlichen rationalen, staatsbürgerlichen Appellen Regulas begegnet Fritz noch mit kritischen Einwänden; geschlagen ist er erst, als sie schließlich ihre Taktik ändert und sich auf seine Zuneigung beruft: „‚[...] Ich würde wahrhaftig stolz darauf sein und Du kannst mir am Ende den kleinen Gefallen zu meinem Vergnügen erweisen, nicht so?‘ Fritz wußte hiegegen nichts mehr vorzubringen“ (S. 206).

Schon ganz im Sinne Sigmund Freuds beschreibt Keller, wie sich das Über-Ich des Sohnes aufgrund der engen wechselseitigen Gefühlsbindung nach dem der Mutter formt. Regulas wichtigste Leistung als Erzieherin besteht eben „in der zugewandten Liebe, mit welcher sich das Wesen ihrer Person dem seinigen einprägte und sie ihre Instinkte die seinigen werden ließ“ (S. 173). An Regulas Maßstäben orientiert Fritz sein Denken und Handeln; sie dienen ihm als verinnerlichte Richtschnur, die ihn meist schon im Vorhinein vor Missgriffen bewahrt, denn „er schämte sich vor seiner Mutter mehr, als vor der ganzen übrigen Welt" (S. 182). Wozu bedarf es noch eines Vaters als Vorbild und Leitfigur, wenn die Mutter seine sämtlichen Funktionen so tadellos übernimmt und, ihrem sprechenden Namen gemäß, in ihrer Person geradezu die Regel, das Gesetz der bürgerlichen Wertvorstellungen verkörpert? Wenn es sonst zur männlichen Sozialisation gehört, dass sich der Sohn aus dem Bannkreis der Mutter löst, so ist das in diesem Fall gar nicht notwendig, weil Regula ihren Fritz ja persönlich in alle Rechte und Pflichten der bürgerlichen Welt einführt. Deshalb erlebt sie am Ende auch eine wohlverdiente Verklärung: „Sie selbst streckte sich, als sie starb, im Tode noch stolz aus, und noch nie ward ein so langer Frauensarg in die Kirche getragen und der eine so edle Leiche barg zu Seldwyla" (S. 214).

Für Kellers Vorstellungen von Bürgerlichkeit bietet *Frau Regel Amrain und ihr Jüngster* eine Fülle an Belegmaterial. Betrachtet man die Novelle dagegen als literarisches Kunstwerk, mag sie mit ihrem etwas aufdringlichen pädagogischen Ethos auf den ersten Blick allzu bieder erscheinen, und vielleicht wäre sie das tatsächlich – wenn, wie üblich, eine Vaterfigur die Verantwortung für die Charakterbildung des Protagonisten übernähme. Die Tatsache aber, dass statt dessen seine alleinstehende Mutter diese Rolle ausfüllt, verleiht der Geschichte eine ungemein spannende und zugleich höchst irritierende Tiefendimension. Denn dem lehrhaften Exempel einer perfekten Erziehung ist ein ödipaler Subtext eingewoben, der nun kein bisschen bieder anmutet: Keller erzählt davon, wie ein Sohn den Vater verdrängt und buchstäblich dessen Nachfolge bei der Mutter antritt.

Unter dieser Perspektive stellt die Konfrontation des kindlichen Helden mit dem Gesellen Florian, der die Mutter umwirbt, eine Schlüsselszene dar. Regula, „seit einigen Jahren von ihrem Manne verlassen" (S. 166) und immer noch jung genug, um die Lockungen der Sinnlichkeit zu empfinden, erliegt schon fast den Zudringlichkeiten ihres eigennützigen Verehrers, als der fünfjährige Fritz ins Zimmer stürzt, den Gesellen tapfer mit einer Gardinenstange attackiert und damit der verfänglichen Situation ein Ende macht. Er vertreibt den Konkurrenten, der die verwaiste Stelle des Vaters einnehmen will, und erhält die exklusive Liebe der Mutter zum Lohn: Sie „beschloß, von Stund an alle ihre Treue und Hoffnung auf den kleinen Sankt Georg zu setzen und ihm seine junge Ritterlichkeit zu vergelten" (S. 168). Fortan widmet sie ihr Leben ausschließlich dem Sohn, und im Verlauf der Erzählung wird von ihrem Tun und Lassen kein einziges Detail mehr mitgeteilt, das nicht auf ihn und seine Erziehung Bezug hätte. Statt weiter an die Befriedigung ihrer erotischen Bedürfnisse zu denken, nimmt sie Fritz, der seinem Vater äußerlich gleicht und soeben unter Beweis gestellt hat, dass er „werden zu wollen [schien], was der Alte eigentlich sein sollte und was sie einst auch hinter ihm gesucht" (S. 168), zum Ersatz für den Verschollenen. Als neuer „Sankt Georg" hat der Junge den gefährlichen ‚Drachen' der weiblichen Sinnennatur, der die mütterliche Aufmerksamkeit von ihm abzulenken drohte, überwunden.

So lässt die Fiktion den ödipalen Wunschtraum wahr werden, dass der Vater verschwinden und die Mutter an seiner Statt den Sohn zum einzigen Gegenstand ihrer Neigung erheben möge. Mit der eigentümlichen Konstellation von Regula, Fritz, dessen abwesendem Erzeuger und dem neuen Ehekandidaten verarbeitete Keller sehr persönliche Erfahrungen. Er selbst verlor in dem Alter, in dem Fritz den lästigen Florian in die Flucht schlägt, seinen Vater. Im Gegensatz zu ihrem literarischen Pendant heiratete Elisabeth Keller jedoch zwei Jahre später den Handwerker Hans Heinrich Wild, den Gesellen ihres verstorbenen Mannes. Die Ehe verlief unglücklich; schon nach wenigen Monaten kam es, lange vor der offiziellen Scheidung, zum Zerwürfnis und zur faktischen Trennung.[7] Wie Keller auf diese Vorgänge reagierte, ist lediglich indirekt belegt, unter anderem dadurch, dass er den Stiefvater in seinen sämtlichen Schriften und Briefen höchstens ein einziges Mal erwähnt, sofern Wild nämlich mit jenem „fremde[n] Mann, der bei uns wohnt", identisch ist, der 1843 im Tagebuch in einer flüchtigen Kindheitserinnerung erscheint (18, S. 79). Indem sie die denkbare zweite Ehe der Mutter und damit die unbequeme Wiederbesetzung der Vaterrolle unterbindet und statt dessen Regula und Fritz förmlich zusammenschmiedet, korrigiert die Novelle mit der Lizenz der poetischen Freiheit die unerfreuliche biographische Realität.

Erst vor diesem Hintergrund wird auch begreiflich, warum sich Regel Amrain ausgerechnet von der Gefahr erotischer Eskapaden ihres Augapfels so tief beunruhigt zeigt. Eine „zornige Bangigkeit" überkommt sie, als diese Möglichkeit näher rückt, und der erste einschlägige Vorfall fordert umgehend ihr rigoroses „mütterliches Einschreiten" heraus (4, S. 175). Auf einer lustigen Hochzeit zu Seldwyla gerät der Jüngling, peinlicherweise noch dazu als Frau verkleidet, in die Gesellschaft sehr zweifelhafter Damen, von denen einige, nämlich Adele Anderau, Lieschen Aufdermaur und Käthchen Amhag, schon durch ihre ähnlich gebauten Nachnamen unmissverständlich als Konkurrentinnen der Mutter ausgewiesen sind. Als sie Fritz in diesem Kreis erblickt, hält Regula „den Zeitpunkt für gekommen, wo sie ihrem Sohne den Dienst, welchen er ihr als fünfjähriges Knäblein geleistet, erwidern konnte" (S. 180). Als treibende Kraft wirken hier also nicht nur die Grundsätze bürgerlicher Sittlichkeit. So wie er einst ihren potenziellen Liebespartner verjagt und sie damit ganz an sich gebunden hat, will sie nun umgekehrt ihre alleinigen Rechte auf ihn durchsetzen und damit die exklusive Mutter-Sohn-Beziehung verteidigen.

Eine Frau muss Fritz aber endlich doch bekommen, weil Eheschließung und Familiengründung für den makellosen Abschluss einer bürgerlichen Sozialisation nun einmal unabdingbar sind. Allerdings hält die Mutter dabei die Fäden fest in der Hand. Das „schönste und beste Frauchen" werde sie ihm „verschaffen", wenn er sich nur weiterhin „brav und gehorsam" gebärde, versichert sie (S. 183), um ihn zuverlässig auf dem tugendhaften Pfad der Triebdisziplinierung zu halten, und obwohl Fritz sich seine Braut später immerhin selbst aussuchen darf, beeinträchtigt ihr Auftreten die Bindung des Sohnes an die Mutter nicht im Geringsten. Das Mädchen kommt nicht aus Seldwyla, sondern aus der Heimat Regulas, die die Kandidatin auch umgehend überprüft und genehmigt. Die Mutter ist es zudem, die den Termin für die Hochzeit festsetzt und damit ihr Versprechen wahrmacht, sobald der Sohn ein rechter Mann geworden ist: „Frau Amrain gab ihm deswegen nun die junge Frau, welche er wünschte" (S. 199f.). Zwangsläufig bleibt die Gattin des jungen Amrain eine blasse, rein funktionale Randfigur der Novelle.

Die Logik der Wunschphantasie fordert als Krönung die Konfrontation des erfolgreichen Sohnes mit dem zurückgekehrten Vater, die den vollzogenen Machtwechsel im ödipalen Dreieck triumphal bestätigt. Deshalb ist Herr Amrain im Gegensatz zu den anderen fehlenden Vaterfiguren in Kellers Werk auch nicht tot, sondern nur in die Fremde gegangen. Wiedersehensfreude weckt er keineswegs, als er nach langen Jahren unverhofft in der Heimat erscheint. Mutter und Sohn benehmen sich vielmehr wie ein ertapptes illegitimes Liebespaar, wenn Regula ihrem Fritz „weinend um den Hals" fällt, als sie ihm die Neuigkeit mitteilt, sich dann aber fasst und ihm verheißt: „Nun, er soll uns nichts anhaben!" (S. 210) In der Tat gestaltet sich die Begegnung mit dem Vater für den jungen Mann als ein Sieg auf der ganzen Linie. Erweist er sich schon beim Händedruck als der Stärkere, so zeigt er sich anschließend auch als Herr im Haus, in der Familie und im Beruf. Der nichtsnutzige Alte wird in den geschäftlichen Angelegenheiten souverän ausgebootet, da der Sohn „freie Hand darin haben" will (S. 213), und muss am Ende froh sein, überhaupt wieder in Gnaden aufgenommen zu werden. Indem er sich künftig „von seinem wohlerzogenen Sohne nachträglich noch ein bißchen erziehen und leiten" lässt, bis er wenigstens als „gelassener und zuverlässiger Teilnehmer an der Arbeit" dienen kann (S. 214), wird er zum unmündigen Kind herabgestuft, eine Degradierung, die hier den mythischen Vatermord des Ödipus ersetzt. Damit ist der Rollentausch komplett: Ein für alle Mal hat der Sohn seinen Erzeuger verdrängt und dessen Platz an der Seite der Mutter eingenommen.

Schwerlich dürfte man in der deutschsprachigen Literatur des 19. Jahrhunderts ein weiteres Werk finden, das in solch unerhörter Offenheit von der Erfüllung eines ödipalen Wunschtraums erzählt. Annehmbar gemacht wird diese anstößige, hochgradig tabuisierte Phantasie dadurch, dass der Autor sie mit einer zweiten verknüpft, die ihrerseits absolut gesellschaftskonform ausfällt, nämlich mit dem Idealbild einer bürgerlichen Erziehung. Gerade die innige Einheit mit der Mutter ermöglicht dem Sohn die Reifung zu einem vollkommenen Mann und Bürger. Die ödipale Fixierung, die nicht durch das verbietende Einschreiten eines Vaters aufgehoben wird, erscheint hier nicht als Fluch, der den Betroffenen von der sozialen Lebenswelt isoliert, sondern als günstige Fügung. Und so einzigartig diese Novelle in Kellers Schaffen auch dasteht: Eine enge Mutterbindung als Quelle von Geborgenheit und Sicherheit – statt, wie im *Grünen Heinrich*, als Ursprung quälender Schuldverstrickungen – begegnet doch noch in zahlreichen anderen Texten. Wenzel Strapinski ist beispielsweise gleichfalls ein zum Glück bestimmter Mutter-Sohn. Vaterlos aufgewachsen, widersteht er der Verlockung, die Mutter, die sich „ihr Kind nicht rauben" lassen möchte (5, S. 54), in ihrem Elend allein zu lassen, und verdient sich damit den Lohn, der ihm später durch Nettchens Liebe zuteil wird. Ähnliches gilt für Jukundus Meyenthal in *Das verlorene Lachen*, für Karl Hediger in *Das Fähnlein der sieben Aufrechten* und für Arnold Salander, den jugendlichen Hoffnungsträger in Kellers zweitem Roman, den der Dichter gesprächsweise als das „Kind der ‚Mutter'" bezeichnete, das über alle Widrigkeiten triumphieren sollte.[8]

Psychologisch wirkt ein solcher Figurentypus durchaus plausibel. In einer Studie zu Goethes *Dichtung und Wahrheit* schreibt Freud: „Wenn man der unbestrittene Liebling der Mutter gewesen ist, so behält man fürs Leben jenes Eroberergefühl, jene Zuversicht des Erfolges, welche nicht selten wirklich den Erfolg nach sich zieht." Über seine Autobiographie hätte Goethe mit vollem Recht das Motto setzen dürfen: „Meine Stärke wurzelt in meinem Verhältnis zur Mutter".[9] Bis zu welchem Grade dies auch bei Keller der Fall war, ist schwer zu beurteilen. Die Beziehung zu seiner Mutter scheint insgesamt aber stärker von Schuldgefühlen geprägt gewesen zu sein, wie sie den grünen Heinrich verfolgen, als von einer derart exklusiven, das Selbstwertgefühl stabilisierenden Innigkeit. Die Letztere dürfte sich der Dichter eher erträumt und literarisch herbeiphantasiert haben – nicht zuletzt als Ersatz für die leidvoll vermisste väterliche Orientierung.

Die Macht der Ökonomie

Regel Amrain weiß sich nach dem Weggang ihres Mannes sogar auf dem Feld des Erwerbs mit „Entschlossenheit, Rührigkeit und Besonnenheit" zu behaupten, indem sie den Steinbruch, den der Verschollene in typisch seldwylischer Manier bewirtschaftet hat, übernimmt und binnen kürzester Zeit in Schwung bringt: „Sie ließ fleißig und ordentlich darin arbeiten unter der Leitung eines guten fremden Werkführers und gründete zum ersten Mal die Unternehmung, statt auf den Scheinverkehr, auf wirkliche Produktion" (4, S. 162). So kann sie ihrem Sohn später auch in diesem Punkt als leuchtendes Vorbild dienen. Der typischen weiblichen Rolle in der bürgerlichen Welt entspricht sie mit ihrer Tatkraft und Umsicht in geschäftlichen Dingen freilich nicht, im Gegensatz zu Frau Lee im *Grünen Heinrich*, die als tüchtige Hausfrau zwar zu sparen, aber keineswegs auch zu erwerben versteht. Als Heinrich nach Deutschland aufbricht, schärft ihm die Mutter ein: „mach', daß Du bald etwas lernst und endlich selbstständig werdest" – in wirtschaftlicher Hinsicht nämlich; zugleich überlegt sie im Stillen: „Ach, du lieber Himmel! [...] eine Wittwe muß doch Alles auf sich nehmen; diese Ermahnungen zu ertheilen, dazu gehört eigentlich ein Vater, eine Frau kann solche Dinge nicht auf die rechte Weise sagen" (11, S. 27). Weil es dem Mann zukommt, den Lebensunterhalt für die Familie zu verdienen, ist es für gewöhnlich auch seine Aufgabe, den Sohn zur Bewährung in einem Beruf anzuhalten und ihm die dafür notwendigen Verhaltensstandards und bürgerlichen Tugenden zu vermitteln.

Keller wusste aus eigener schmerzlicher Erfahrung nur zu gut um die Bedeutung regelmäßiger Einkünfte und einer verlässlichen materiellen Lebensgrundlage, und die Sorgen von Heinrichs Mutter waren auch Elisabeth Keller nicht fremd. In den Briefen, die in der Münchner Zeit und während der Heidelberger und Berliner Jahre des Dichters zwischen Mutter und Sohn hin und her gingen, werden immer wieder finanzielle Fragen erörtert, und wenn Frau Lee ihrem Sohn beim Abschied ans Herz legt: „wenn es Dir übel ergehen sollte, so schreibe mir ja, so lange Du weißt, daß ich selbst noch einen Pfennig besitze, ich könnte es doch nicht ertragen, dich im Elend zu wissen" (S. 27), so findet dieser Appell fast wörtliche Entsprechungen in Briefen der Frau Keller an ihren Gottfried aus dem Jahre 1841 (vgl. GB 1, S. 40 und 55). Anders als ihrem fiktiven Pendant im Roman blieb es Kellers Mutter aber zum Glück erspart, sich bis zum völligen Ruin und einem vorzeitigen Tod für den ungeratenen Sprössling aufopfern zu müssen.

In Heinrichs ökonomischem Scheitern hat Keller seine eigenen Nöte im

Kampf um die wirtschaftliche Existenzsicherung gespiegelt. Bevor wir dem komplexen Diskurs der Ökonomie im *Grünen Heinrich* im Einzelnen nachgehen, seien jedoch zunächst zwei andere Werke betrachtet, die jeweils auf ihre Art das ausgeprägte Interesse des Autors an diesem Thema bezeugen. Dass zu den einschlägigen Texten auch *Spiegel, das Kätzchen* aus dem ersten Band der *Leute von Seldwyla* zählt, mag zunächst überraschen, scheint diese Erzählung doch durch ihren Märchencharakter und ihr mittelalterliches Ambiente sämtlichen Problemen der modernen Realität weit entrückt zu sein. Aber der erste Eindruck trügt. In der verfremdeten Gestalt des Katers, der „Vergnügtheit und Klugheit" trefflich miteinander vereint (4, S. 266), entwirft Keller sein Wunschbild eines wahrhaft gelingenden Lebens. Spiegel versteht es, in allen Dingen Maß zu halten. Er befriedigt selbst seine „einzige Leidenschaft", die Jagd auf vorwitzige Mäuse, „mit Vernunft und Mäßigung" und verlebt seine Tage im Übrigen „heiter, zierlich und beschaulich [...], in anständiger Wohlhabenheit und ohne Ueberhebung" (S. 266f.). Auch den sinnlichen Regungen räumt er einen gebührenden Platz ein, statt sie asketisch zu unterdrücken oder sich umgekehrt von ihnen knechten zu lassen. Im Frühjahr und im Herbst streift er jeweils eine Woche lang „in verliebter Begeisterung über die fernsten Dächer" und besteht die „bedenklichsten Abenteuer", wobei ihm jedes Schamgefühl fremd bleibt, weil er „als ein Mann von Grundsätzen" sehr genau weiß, „was er sich zur wohlthätigen Abwechslung erlauben" darf, ohne aus dem Geleise zu geraten (S. 268).

Erscheint in *Pankraz, der Schmoller* in Gestalt des mächtigen Löwen der wilde, ungezügelte Trieb, so repräsentiert das „Kätzchen" Spiegel als domestizierter kleinerer Verwandter dieses Raubtiers eine gezähmte, mit Selbstbeherrschung und Sittlichkeit versöhnte Sinnenfreude. Über die Tiergestalt seines Protagonisten suggeriert Keller, dass eine solche wunderbar ausgewogene, ganzheitliche Existenz einen natürlichen und damit unanfechtbaren Maßstab bilde: Gerade „als bloßes Naturwesen" ist Spiegel ein vollendeter „Lebenskünstler".[10] Zugleich wird durch das Märchengewand der Erzählung allerdings der fiktive Charakter dieser Figur betont. Die weise Katze, die so vollkommen mit sich selbst im Reinen ist und, wie ihr Name schon andeutet, dem menschlichen Leser einen Spiegel vorhält, in dem er das verklärte Ideal seines Daseins erblickt, stellt eben ein utopisches Geschöpf der dichterischen Einbildungskraft dar.

In einem wichtigen Punkt verfährt der Autor aber auch in diesem Werk unbarmherzig realistisch, denn er stellt heraus, wie sehr Spiegels vorbildliche Existenzweise von der zuverlässigen Befriedigung seiner physischen Grundbedürfnisse und damit von einer funktionierenden Ökonomie abhängt. Nachdem seine Herrin gestorben ist, die ihn bislang versorgt hat, erlebt der arme Kater, der nun Hunger leidet und auf unwürdige Art um jeden Bissen kämpfen muss, einen traurigen Abstieg: „Er wurde von Tag zu Tag magerer und zerzauster, dabei gierig, kriechend und feig; all' sein Mut, seine zierliche Katzenwürde, seine Vernunft und Philosophie waren dahin" (S. 269). Umgekehrt erwachen später, als der Hexer Pineiß ihn fleißig herausfüttert, auch seine „Geisteskräfte" von neuem (S. 274): „der gute Hexenmeister nährte mit dem Leibe Spiegels dessen Geist immer wieder mit" (S. 280f.). Das ist ganz im Sinne Feuerbachs gedacht, der 1850 den berühmten Aphorismus prägte: „Der Mensch ist, was er ißt."[11] Und sobald Spiegel sich wieder eines klaren Bewusstseins erfreut, kehrt er auch umgehend zu der gewohnten „Mäßigkeit und einem gesunden Lebenswandel" zurück (S. 277). Keller entwirft hier eine materialistisch fundierte Moralphilosophie: Das gute Leben entspringt für ihn keiner abstrakten, rein geistigen Haltung, sondern setzt gutes Essen voraus. Mensch und Tier haben eben auch einen Körper, dessen Ansprüche erfüllt sein wollen!

Einer bis in die griechische Antike zurückreichenden Tradition der Ethik folgend, steht Spiegels musterhaft maßvolles Dasein in der Mitte zwischen zwei gleichermaßen verderblichen Extremen, die dem Betroffenen sittliche Selbstbestimmung und innere Freiheit unmöglich machen: zwischen Armut und Mangel auf der einen und totaler Fixierung auf den Besitz auf der anderen Seite. Die Gefahren der ersten Alternative demonstriert Spiegels Schicksal nach dem Tod seiner Herrin, denen der zweiten erliegt der Hexenmeister Pineiß, als der Kater eine List anwendet, um sich aus dem fatalen Kontrakt, der ihn früher oder später das Leben kosten muss, herauszuwinden. Eigentlich ist die erfundene Geschichte, die Spiegel dem Zauberer auftischt, ein moraldidaktisches Exempel von der verhängnisvollen Macht des Geldes. Die schöne und reiche Heldin misstraut allen Bewerbern um ihre Hand, weil sie hinter der Liebe stets schnöde Geldgier wittert, und macht auf diese Weise ihre eigenen Gefühle ebenso sehr von Besitzfragen abhängig, wie sie es ihren Anbetern unablässig unterstellt. Da ist es nur folgerichtig, wenn am Ende, nachdem sie mit ihren ausgeklügelten Prüfungen den Tod des einzig wahren Geliebten verschuldet hat, der Reichtum förmlich zum Fetisch wird, auf den sich nun alle leidenschaftlichen Regungen richten: „Sie lag Tag und Nacht auf dem Golde und wollte weder Speise noch Trank zu sich nehmen; unaufhörlich liebkos'te und küßte sie das kalte Metall" (S. 295).

Als Warnung kann aber höchstens der Leser des Märchens diese Binnengeschichte auffassen, denn Pineiß, der fiktionsinterne Adressat von Spiegels

Erzählung, versteht die Lehre nicht. Genau darauf hat der Kater, die Geldgier und Begehrlichkeit seines Widersachers schlau einkalkulierend, gerechnet: Statt sich abschrecken zu lassen, geht der Zauberer, von der Aussicht auf Reichtum und eine schöne Frau geblendet, in die Falle und wird zum Opfer der herrschsüchtigen Hexe, die man ihm als Gattin unterschiebt. Dabei ist Pineiß, seiner mittelalterlichen Verkleidung und phantastischen Überhöhung zum Trotz, ebenfalls eine sehr moderne Figur, sozusagen ein Zeitgenosse seines Schöpfers. Mit einem echten Hexenmeister aus der Märchenwelt hat er wenig gemein. Statt dessen repräsentiert er eine philiströs beschränkte, seelisch deformierte Spielart des Bürgertums, die Keller in einen schroffen Kontrast zu seinem weisen Kater bringt. In Gestalt Spiegels triumphiert das volle Leben über den Egoismus, die verklemmte Lüsternheit und die latente Brutalität eines solchen Spießers.

Entfernte Verwandte des Zauberers Pineiß sind die Protagonisten der Erzählung *Die drei gerechten Kammmacher*, die Keller in seinem Novellenband sicherlich mit Bedacht unmittelbar vor dem Katzenmärchen platziert hat. Auch die Handwerksgesellen Jobst, Fridolin und Dietrich, die aus Sachsen, Bayern und Schwaben stammen und sich von ungefähr in Seldwyla beim selben Meister zusammenfinden, verkörpern ein buchstäblich verkümmertes Menschentum, das unter dem eisernen Diktat des Besitzstrebens steht. Dabei könnte man diese Herren zunächst für mustergültige Vertreter bürgerlicher Sittlichkeit halten. Immerhin sind sie „bienenhaft fleißig, ehrlich in Geldsachen, sparsam bis zum Geiz, mäßig bis zur Askese und äußerst friedfertig. Sie lieben den freundlichen Diskurs, haben keine Amouren und gehen bieder auf Eheschließung und Geschäftsübernahme aus.“[12] Doch ihre vermeintliche Gerechtigkeit erweist sich als eine „blutlose“ Tugend, weil sie lediglich in grenzenloser Angepasstheit besteht und das Fehlen sämtlicher individuellen Charaktereigenschaften voraussetzt. Es ist eine Gerechtigkeit, „welche niemandem zu Leid lebt, aber auch niemandem zu Gefallen, wohl arbeiten und erwerben, aber nicht ausgeben will und an der Arbeitstreue nur einen Nutzen, aber keine Freude findet. Solche Gerechte werfen keine Laternen ein, aber sie zünden auch keine an und kein Licht geht von ihnen aus; sie treiben allerlei Hantierung und eine ist ihnen so gut wie die andere, wenn sie nur mit keiner Fährlichkeit verbunden ist“ (S. 215). Die Kammmacher pflegen gesellige Vergnügungen allenfalls dann, wenn sie keinen Pfennig kosten, mischen sich nie in politische Dinge ein und empfinden auch nicht die geringste Neigung zu ihrer Schweizer Wahlheimat. Ihre „sanfte schnöde Herz- und Gefühllosigkeit“ (S. 223) kennt nur ein einziges Ziel, dem all ihr „Thun und Trachten“ gilt: Durch

Fleiß und Sparsamkeit will jeder von ihnen so viel Geld zurücklegen, dass er dereinst das Seldwyler Kammmachergeschäft übernehmen und zum Meister aufsteigen kann. Dieses ersehnte Glück leuchtet in ihren Gedanken wie ein „himmlisches Jerusalem" (S. 239) – an die Stelle der ewigen Seligkeit des gläubigen Christen ist ein ganz profaner, materieller Wunschtraum getreten.

Keller bedient sich ausgiebig der Stilmittel des Grotesken, um die inhumanen Folgen einer derart pathologisch einseitigen Existenz anschaulich zu machen. Im Rahmen seiner poetisch-realistischen Ästhetik bildet diese verzerrende Zuspitzung das negative Pendant zu der verklärenden Überhöhung der Lebenswirklichkeit, die er in anderen Texten praktiziert. Die Gesellen, die weder Leidenschaften noch Bedürfnisse kennen, wirken in ihrer automatenhaften Erstarrung leblos und künstlich, und eben deshalb präsentiert der Autor ihren Typus auch in dreifacher Gestalt: Solche Burschen, die „ganz vom gleichen Holze geschnitten sind" (S. 227), weisen keine unverwechselbaren individuellen Züge auf. Zahlreiche Metaphern und Vergleiche aus dem animalischen Bereich deuten an, dass ihnen kaum noch der Status von Menschen zukommt. Jobst arbeitet „wie ein Tierlein" (S. 217), ist im Privaten „ein kleiner Schweinigel" (S. 218), „wurmisiert" am Feierabend gerne in seiner Kammer vor sich hin (S. 219) und nimmt sich, als es unvermeidlich scheint, Seldwyla doch wieder zu verlassen, eine Wanze zum Vorbild, die im Frühling gleichfalls auf Wanderschaft geht. Fridolin sieht „wie ein Esel" aus (S. 226), alle drei zusammen liegen des Nachts so stocksteif im gemeinsamen Bett wie „Heringe" (S. 227), und am Ende ihres verzweifelten Wettlaufs sind Jobst und Fridolin, zwei kämpfenden Ratten ähnlich, „ganz in einander verbissen" (S. 264). Der Text setzt die Gesellen also durchweg mit primitiven oder verachteten Tieren in Beziehung, und der Erzähler erklärt sogar ausdrücklich, diese zweifelhaften Gerechten glichen „weniger dem freien Menschen, als jenen niederen Organismen, wunderlichen Tierchen und Pflanzensamen, die durch Luft und Wasser an die zufällige Stätte ihres Gedeihens getragen worden" (S. 222).

Mit grotesken Merkmalen stattet Keller häufig Phänomene und Gestalten aus, die seine Ideale von einer musterhaften bürgerlichen Lebensweise und einer ganzheitlichen Persönlichkeitsbildung konterkarieren und daher für ihn sehr leicht unheimliche oder grauenerregende Züge annehmen. Indem er sie in der Fiktion ins Absurde hinüberspielt und damit der Lächerlichkeit preisgibt, bricht er ihren lähmenden Bann: Der Spott dient als Mittel der Selbstbefreiung. Auch die Erzählung von den Kammmachern ist nicht bloß eine amüsante Spielerei, sondern weist einen sehr konkreten Zeit- und Realitätsbezug auf. Anhand der drei Gesellen, die ihr Dasein rückhaltlos dem Gebot der Kapitalakkumulation unterordnen, beschreibt die Novelle jene strenge asketische Arbeitsethik, die Max Weber später als eine Frucht des protestantischen Glaubens diagnostizieren und zu einer wichtigen Wurzel des modernen Kapitalismus erklären sollte. Beispielhaft für die rigide Triebregulierung, die hier im Interesse der Sparsamkeit und eines zum Selbstzweck erhobenen Profitstrebens geübt wird, ist Jobsts Umgang mit kostspieligen sinnlichen Verlockungen, in dem sich die Sublimierung des Begehrens zu einer virtuosen Kunstübung steigert:

> Wenn Weiber mit Kirschen, Pflaumen oder Birnen in die Werkstatt kamen und die andern Arbeiter ihre Gelüste befriedigten, hatte er auch tausend und ein Gelüste, welche er dadurch zu beruhigen wußte, daß er mit der größten Aufmerksamkeit die Verhandlung mit führte, die hübschen Kirschen und Pflaumen streichelte und betastete und zuletzt die Weiber, welche ihn für den eifrigsten Käufer genommen, verblüfft abziehen ließ, sich seiner Enthaltsamkeit freuend [...]. (S. 222f.)

Da sie allein um des Geldes willen schuften, stehen die Kammmacher auch ihrer Berufstätigkeit und deren Erzeugnissen gänzlich fremd gegenüber. „[N]üchtern und phantasielos" (S. 222) verfertigen sie in einem mechanischen Verfahren, das bereits an industrielle Produktionsmethoden erinnert, Unmengen von Kämmen, bis sie sich – die böse Pointe der Erzählung! – eines Tages selbst wegrationalisiert haben: „Sie hatten nämlich des Guten zu viel gethan und so viel Ware zuweg gebracht, daß ein Teil davon liegen blieb" (S. 239) und der Meister künftig nur noch einen von ihnen brauchen kann. Die Entscheidung zwischen den dreien soll ein Wettlauf herbeiführen, der in seiner demütigenden Unbarmherzigkeit das kapitalistische Konkurrenzprinzip plastisch in Szene setzt. Übrigens zählte das Kammmacher-Gewerbe tatsächlich zu den Handwerkszweigen, die im Laufe des 19. Jahrhunderts der aufstrebenden Industrie zum Opfer fielen. Die wirtschaftsgeschichtliche Realität führte Kellers literarische Fiktion bruchlos fort.

Selbstverständlich müssen sich die intimen zwischenmenschlichen Beziehungen der Gesellen, soweit sie überhaupt vorhanden sind, ebenfalls der Logik des Profits beugen. Dietrich, der als Jüngster des Trios noch keine Ersparnisse vorzuweisen hat und kaum hoffen darf, allein mit Hilfe des Arbeitslohns den Vorsprung seiner Konkurrenten aufzuholen, „erfand [...] den Gedanken, sich zu verlieben und um die Hand einer Person zu werben, welche ungefähr so viel besaß, als der Sachse und der Bayer unter den Fliesen liegen hatten" (S. 227f.). Die entlarvende Formulierung lässt keinen Zweifel am wahren Charakter seiner amourösen Absichten: Statt der Empfindungen regiert hier eine ausgeklügelte Strategie, und das Verlangen gilt keineswegs der Frau, sondern einzig ihrem Vermögen. In der Person der ehrbaren Wäscherin Züs Bünzlin, ihres Zeichens Eigentümerin eines Wertpapiers über siebenhundert Gulden, entdeckt Dietrich bald eine geeignete Kandidatin, um die er sich fleißig bemüht. Leider nützt ihm der geniale Schachzug wenig, denn Jobst und Fridolin folgen auf der Stelle seinem Beispiel und machen der jungen Dame ebenso eifrig den Hof.

Auch Züs Bünzlin ist eine groteske Figur, zutiefst korrumpiert und deformiert durch ein einseitiges Besitzdenken und insofern eine kongeniale Partnerin der Kammmacher. Seitenlang listet der Erzähler die größtenteils völlig überflüssigen Gegenstände auf, die Züs im Laufe der Zeit angehäuft hat, während „[d]ie Person selbst“ nur beiläufig als reines Anhängsel ihres Horts Erwähnung findet (S. 230). Züsis weitschweifige pseudo-gelehrte Reden sind genauso wertlos und unzusammenhängend wie ihr Kuriositätenkabinett, da in beiden Fällen das geistige Zentrum fehlt, das eine sinnvolle Einheit stiften könnte. Derartige Beispiele einer fragmentierten, verdinglichten Existenz begegnen bei Keller häufiger, und immer zeichnen sich die betreffenden Personen durch eine neurotische Sammelwut und eine Vorliebe für glänzende, aber zweckfreie Accessoires aus – negative, pervertierte Formen der von dem Dichter so oft gepriesenen Freude an der lebendigen Ganzheit der natürlichen Wirklichkeit. Neben John Kabys und Peter Gilgus, die wir bereits kennen, sind etwa auch Lucies frühere Erzieherin, die Pfarrersleute und Monsieur Thibaut von Vallormes im *Sinngedicht* von diesem Schlage. Lediglich Margreth aus dem *Grünen Heinrich* macht eine Ausnahme, weil ihr Trödelkram der authentische Ausdruck einer starken, ganz sinnlichen Einbildungskraft und eines umfassenden, wenngleich äußerst phantastischen Weltbildes ist.

Verdinglichung herrscht in Züsis Leben auch auf dem Gebiet der Liebe, die diesen Namen freilich kaum mehr verdient. Von ihren früheren Verehrern zeugen nur noch vereinzelte Artefakte, die sie ihrem Museum einverleibt hat, darunter „ein großer chinesischer Tempel aus Papparbeit mit unzähligen Behältern und geheimen Fächern“ (S. 234). Den Liebesbrief, den der längst verschollene Schöpfer dieses Kunstwerks in dessen Tiefen verborgen hat, entdeckt Züs nie, und darin waltet eine höhere Gerechtigkeit, denn ihr ganz auf Äußerlichkeiten gerichteter Sinn vermag „das thörichte, aber innige und aufrichtig gemeinte Wesen“ eines echten Menschen nicht zu verstehen (S. 235). Was Züs Bünzlin an sinnlichen Regungen besitzen mag, verschwindet hinter der pedantischen Reinlichkeit der berufsmäßigen Wäscherin. Nicht zufällig hat sie ihren drei Bewerbern vor dem Wettlauf lediglich „gedörrte Birnen und Pflaumen" zur Stärkung anzubieten (S. 247); die Sexualsymbolik der Früchte ist ja bereits in Jobsts Umgang mit den Obstverkäuferinnen angeklungen. Wenn Züs hinter Fridolins ungeschickten Komplimenten sogleich „Sauereien" wittert (S. 250), offenbart sich allerdings auch die unterschwellige Lüsternheit dieser verklemmten Jungfer, die ihr zuletzt einen argen Streich spielt, als sie Dietrich, den ärmsten der Gesellen, durch ihre weiblichen Reize vom Rennen abzuhalten versucht, dann aber selbst seinen Verführungskünsten erliegt und ihm gegen ihre eigentliche Absicht das Jawort gibt. Einen erlösenden Triumph der menschlichen Sinnennatur über das ökonomische Kalkül bedeutet diese Wendung jedoch keineswegs, da Dietrich seinerseits Züsis Begehrlichkeit nur um seiner eigenen Karriere willen hervorgekitzelt hat.

Glücklich wird schließlich keiner der Kammmacher, und ihr Schöpfer verfährt sogar ungewöhnlich grausam mit ihnen. Jobst erhängt sich aus Verzweiflung, Fridolin büßt seine feste Haltung ein und wird „ein liederlicher Mensch" (S. 265), und der arme Dietrich, nunmehr verehelicht und tatsächlich Besitzer des ersehnten Geschäfts, muss ein Leben lang die Tyrannei seiner Frau erdulden. Während der träumerische Phantast Wenzel Strapinski wenigstens mit freundlichem Humor geschildert wird und selbst ein John Kabys sich am Ende bessern und bekehren darf, statuiert Keller an den gerechten Kammmachern ein gnadenloses Exempel. In seinen Augen sind sie so weit in die Inhumanität abgeglitten, dass er sie nur noch satirisch vernichten und mit dem schlimmsten Unheil für ihre existenzielle Verfehlung bestrafen kann. Und trotz der Komik, die vielen köstlichen Szenen und Beschreibungen eigen ist, dürfte diese Erzählung mit ihrem unerbittlichen Schluss auch auf den Leser eher verstörend wirken.

Nach dem Beispiel des Katers Spiegel ihr Dasein anständig zu fristen, ohne Not zu leiden oder andererseits rettungslos dem Fetisch des Geldes zu verfallen, ist das höchste Ziel, das Kellers Helden auf dem Gebiet der Ökonomie erreichen können. In Spiegels Fall liegen die Dinge aber noch recht einfach, da er weder arbeiten noch etwas erwerben muss, sondern sich nur von seiner Herrin behaglich unterhalten und füttern lässt – und wie es ihm nach dem Abenteuer mit Pineiß gelingt, sich selbständig durchzubringen, ohne erneut ins Elend zu geraten, verschweigt der Text. Menschliche Wesen, die statt in einer Märchenwelt in der komplexen bürgerlichen Gesellschaft leben, haben es für gewöhnlich nicht so leicht. In *Frau Regel Amrain und ihr Jüngster* rühmt der Erzähler die Titelheldin, weil sie ihrem Sohn beibringt, den Besitz und Genuss materieller Güter als bloße Nebensache anzusehen, räumt aber ein, dass ihr vorbildliches „Verhalten mit den Kleidern, mit der Nahrung und mit dem Gelde von ganz armen Leuten nicht kann angewendet werden" (S. 172), weil deren Aufmerksamkeit zwangsläufig ständig auf den allerorten spürbaren Mangel gelenkt wird. Die gelassene Geringschätzung des Eigentums und seiner vielfältigen Annehmlichkeiten muss man sich eben buchstäblich leisten können. In einer solch beneidenswerten Lage befindet sich beispielsweise der grüne Heinrich keineswegs. Im Unterschied zu Goethes Kaufmannssohn Wilhelm Meister stammt er aus einfachen Verhältnissen, wird immer wieder mit den Grenzen seiner finanziellen Möglichkeiten konfrontiert und findet als vaterlose Halbwaise zudem nie den Weg zu einem vernünftigen wirtschaftlichen Gebaren. Sein Scheitern an der bürgerlichen Realität ist nicht zuletzt ein Scheitern an den Regeln der Ökonomie.[13]

Da die Kindheit für Keller „ein Vorspiel des ganzen Lebens" darstellt (11, S. 216), zeichnen sich auch die Schwierigkeiten des Protagonisten auf wirtschaftlichem Gebiet bereits frühzeitig ab. Während Regel Amrain, kundige Geschäftsfrau und mustergültige Erzieherin in einer Person, ihren Jungen möglichst bald mit der Finanzlage der Familie vertraut macht und ihn zu einem verantwortungsbewussten Umgang mit Geld anleitet – „Sobald als thunlich ließ sie ihren Sohn ihren Vermögensstand mitwissen, für sie Geldsummen zählen und in das Behältnis legen, und sobald er nur imstande war, die Münzen zu unterscheiden, ließ sie ihm eine kleine Sparbüchse zu gänzlich freier Verfügung" (4, S. 170) –, geschieht im Hause Lee nichts dergleichen. Es war schon davon die Rede, wie gedankenlos Heinrich mit den Schätzen verfährt, die er aus dem Kästchen mit seinen Patengeschenken stibitzt. Von der „Leidenschaft [...] des unbeschränkten Geldausgebens, der Verschwendung an sich" gepackt, vergeudet er sein kleines Vermögen, ohne in seiner „Verblendung" auch nur die simpelsten ökonomischen Spielregeln einzuhalten: „Ich bedachte im Mindesten nicht, daß die Sache doch ein Ende nehmen müsse, nie mehr öffnete ich das Kästchen ganz und übersah das Geld, sondern schob nur die Hand unter den Deckel, um ein Stück herauszunehmen und überdachte auch nie, wie viel ich schon verschleudert haben müsse" (11, S. 185). Die kurze Zeit seines kindlichen Wohlstands zeigt freilich einen Heinrich Lee, wie man ihn sonst nicht kennt, einen selbstbewussten, fröhlichen Knaben, „beredsam und ausgelassen, keck und gewandt" (S. 183), der sogar dem üblichen „träumerische[n] Müssiggang" entsagt, weil jetzt „keine unbefriedigten Wünsche" mehr seine Phantasietätigkeit nähren (S. 185f.). Diese Episoden vermitteln eine Ahnung davon, was für ein Mensch Heinrich unter günstigeren Umständen hätte werden können, und bestätigen aufs Neue den Einfluss der materiellen Bedingungen auf die Bildung des individuellen Charakters. Leider wird der junge Held, als seine Mittel erschöpft sind, umgehend wieder so „ungeschickt und blöde", wie er es früher war (S. 196).

Nicht einmal in Ansätzen entwickelt Heinrich die ökonomischen Kardinaltugenden der rationalen Planung und des Haushaltens, und die gesamte Welt des Tauschs, des Kaufs und der Schulden bleibt ihm ebenso undurchsichtig wie die vielfältigen Verpflichtungen, in die sie ihn verstrickt. Es freut ihn, in seinem Schulkameraden Meierlein einen „dienstbare[n] Dämon" zu haben, „der Alles konnte und Alles in Angriff nahm, was wir wünschten", doch er lacht nur darüber, wenn der Freund „jede Dienstleistung durch kleine Münzsorten in [s]einem Schuldregister bezeichnet" (S. 188), bis Meierlein eines Tages den aufgelaufenen Betrag einfordert und Heinrich damit unvermittelt in „heftige Beklemmung" versetzt (S. 190). Als unerbittlicher Gläubiger ist der Genosse immer noch ein „Dämon" (S. 196), nun aber ein feindseliger, der wie ein Alp auf dem Leben seines Schuldners lastet. Heinrichs brutaler Faustkampf mit diesem zähen Widersacher bedeutet, sinnbildlich betrachtet, auch ein Ringen mit den Zwängen der ökonomischen Wirklichkeit, die der arglose Protagonist stets als empörende Zumutung erlebt. Als gespenstischer Repräsentant solch unbequemer Realitäten dringt „jener feindliche Meierlein" sogar noch in die Heimkehrträume des erwachsenen Heinrich ein, wo er dessen eingebildete Reichtümer erbarmungslos zerstört (12, S. 348).

Heinrichs Kopf- und Planlosigkeit in finanziellen Dingen führt noch mehrfach vergleichbare Situationen herbei. Als junger Mann lässt er sich Bücher und Bilder schicken, ohne sie bezahlen zu können, und gerät ganz aus der Fassung, als die „Antiquare und wunderlichen Trödelleute" irgendwann vorstellig werden, um ihr Geld zu verlangen. Die „sonst so harmlosen Persönlichkeiten" verwandeln sich „durch ein Schuldverhältniß" in „gefürchtete Verfolger", die auf Heinrich „streng und unheimlich" wirken (11, S. 338): Wieder klingt der Aspekt des Dämonischen an, der sich für den Romanhelden offenbar fest mit der für ihn so mysteriösen Sphäre wirtschaftlicher Abhängigkeiten verbindet. Aus der Patsche helfen muss ihm am Ende die Mutter, die generell die Zusammenstöße ihres Sohnes mit den Gesetzen der Ökonomie abmildert, solange sie noch dazu imstande ist, womit sie freilich auch jeden Lernprozess auf diesem Gebiet blockiert.

Selbst etwas zu erwerben, macht Heinrich vorläufig keine Anstalten. Bei Habersaat wird er zwar mit dem kommerzialisierten Kunstbetrieb konfrontiert, aber weil er als zahlender Schüler nicht zu den bedauernswerten Ausgebeuteten in dieser Manufaktur gehört, hat er auch nicht unmittelbar unter dem

Druck der mechanischen Produktion zu leiden. Und Habersaats Vorschlag, Heinrich solle künftig „fleißig und pünktlich, aber gegen reichliche Entschädigung“ für ihn arbeiten und so durch „eine mühevolle und bescheidene Betriebsamkeit [...] einen tüchtigeren Grund zur Ausdauer und Unabhängigkeit“ legen, weist der junge Mann zurück, weil der „Gedanke an Tagelohn und kleine Industrie“ sich nicht mit seinen hochfliegenden Künstlerträumen verträgt (S. 333f.). Indem er sich in die abgelegene Dachkammer zurückzieht, die ihm als Atelier dient und gleichzeitig das autonome Reich seiner Einbildungskraft symbolisiert, vermeidet er jede Berührung mit der widerständigen Lebenswirklichkeit, zu der eben auch die Regeln des Marktes gehören, und gefällt sich in der Attitüde eines Genies, das den Niederungen des gemeinen Erdendaseins entrückt ist. Der realitätsfremde Phantast, der seit jeher „eine Art von Grauen“ vor dem „Geschäftsleben“ empfunden hat (S. 236), kann sich nicht einmal zu dem Versuch durchringen, eine seiner Arbeiten zu verkaufen, weil er „vor dem Augenblicke scheu“ zurückweicht, in dem er „Jemandem etwas antragen sollte, ohne was doch kein Anfang denkbar war“ (S. 338).

Dass die bürgerliche Welt von ihren männlichen Angehörigen gebieterisch den Nachweis ökonomischer Befähigung und Selbständigkeit verlangt, wird Heinrich allerdings mehr als einmal unmissverständlich vor Augen geführt. Auf dem ländlichen Tell-Fest erlebt er den Zank zwischen einem alteingesessenen Gastwirt und einem rührigen Holzhändler mit, die beide den Bau einer projektierten Straße energisch im Sinne ihrer jeweiligen wirtschaftlichen Interessen zu lenken versuchen. Ein derart manifester Egoismus in öffentlichen Angelegenheiten wirkt auf Heinrich abstoßend, doch der gleichfalls anwesende Regierungsstatthalter begrüßt ihn ausdrücklich als Zeichen einer wertvollen republikanischen Bürgertugend und verkündet das liberale Credo, wonach der Einzelne, der tatkräftig seinen persönlichen Nutzen verfolgt, letztlich auch das allgemeine Beste befördern werde:

> [W]er seinen Vortheil nicht mit unverholener Hand zu erringen und zu wahren versteht, der wird auch nie im Stande sein, seinem Nächsten aus freier That einen Vortheil zu verschaffen! [...] Wo man nicht frei heraus für seinen Nutzen und für sein Gut einstehen kann, da möchte ich mich nicht niederlassen; denn da ist nichts zu erholen, als die magere Bettelsuppe der Verstellung, der Gnadenseligkeit und der romantischen Verderbniß, da entsagen Alle, weil Allen die Trauben zu sauer sind [...]. (S. 436f.)

Produktivität und Wohlstand sind ebenso unentbehrliche Säulen des bürgerlichen Glücks wie die politische „Freiheit", und Heinrich muss einsehen, „daß selbst dieses Fest bei hungrigem Magen und leerem Beutel ein sehr trübseliges gewesen wäre" (S. 441). Das Thema kehrt später, märchenhaft verdichtet, in seinen Heimatträumen wieder, wo er im Gespräch mit einem weisen Pferd, das ihn über die „Identität der Nation" aufklärt (12, S. 339), schließlich im gemünzten Gold „das Geheimniß und die Lösung dieser ganzen Identitätsherrlichkeit" zu erkennen glaubt (S. 344). Die Münzen, die unter dem Volk von Hand zu Hand gehen und sich dabei fortwährend vermehren, stellen in Analogie zu dem kurz zuvor erwähnten „Blutumlauf" (S. 338) das Lebenselixier eines gesunden Gesellschaftsorganismus dar. Zudem sind alle Angehörigen der Nation überzeugt, dass nur jemand, der über ausreichend Geld verfügt, einen „gerüsteten Vertheidiger und Unterstützer der Identität" vorstellen könne (S. 344).

Die drängende Frage, wie er selbst jemals ein eigenständiges ökonomisches Subjekt und damit ein vollwertiger Teil der nationalen „Identitätsherrlichkeit" werden könnte, bildet für Heinrich eine Quelle ständiger Unruhe und Gewissensnot. Auf dem Tell-Fest sieht sich der junge Mann „mit Schrecken" der „geschlossenen Macht" der soliden bürgerlichen Welt gegenüber und kommt sich ganz „unbedeutend und unnütz" vor (11, S. 425f.), und wenn Annas Vater im Anschluss an die Erläuterungen des Statthalters vom schwierigen „freie[n] Erwerb [...] im Wind und Wetter der Koncurrenz" spricht, wird Heinrich so „ängstlich" zumute, dass er heilfroh ist, als die Unterhaltung ihr Ende findet (S. 440f.). Bei seiner ersten Teilnahme an einer Wahlveranstaltung, mit der die Jugendgeschichte schließt, macht ihm der Kontrast zu den bereits mehr oder weniger arrivierten Altersgenossen seinen Außenseiterstatus bewusst. Obwohl die Stimmabgabe in der öffentlichen Versammlung Züge eines Initiationsrituals trägt, vermisst Heinrich „jene Erhebung", die er bei dieser Gelegenheit erwartet hat, weil ihm klar wird, „daß alle anderen jungen Leute, die zum ersten Mal hier erschienen, als Handwerker, Kaufleute oder Studirende entweder schon selbständig oder durch ihre Väter oder durch einen bestimmten, nahe gesteckten Zweck mit der öffentlichen Wohlfahrt in einem klaren und sicheren Zusammenhang standen", während er seinerseits „noch gar nicht absah, wie bald und auf welche Weise [er] ein nützliches und wirksames Glied dieser Gesammtheit werden würde." Nach wie vor fehlt es ihm an ökonomischer Produktivität und damit an echter sozialer Integration: „Bis jetzt war durch mich noch nicht ein Bissen Brod in die Welt gekommen, und mein bisheriges Treiben hatte mich weit von dem betriebsamen Verkehr abgeführt" (12, S. 104f.).

Indes präsentiert sich die bürgerliche Ordnung im Roman nicht ganz so monolithisch geschlossen, wie sie dem Helden von seinem Standpunkt aus vorkommt. Das lässt sich beispielsweise an der Gestalt des Statthalters ablesen, der selbst keineswegs zu jenen rüstigen Kämpfern auf dem Feld des freien Wettbewerbs zählt, die er in seiner Rede als Garanten stabiler republikanischer Verhältnisse verherrlicht. Eben weil er sich bei aller sonstigen Tüchtigkeit eine solche Bewährung nicht zutraut, hat er sich unter die öffentlichen Beamten eingereiht, die „keinen Begriff vom Erwerbe" haben, sondern ihren „Lebensbedarf ohne weitere Sorge um Regen oder Sonnenschein, Mißwachs, Krieg oder Frieden, Gelingen oder Scheitern" einfach „aus den allgemeinen Einkünften" des Staates beziehen. Damit entpuppt sich der Statthalter unvermutet als ein Spiegelbild Heinrich Lees, der gleichfalls kein Begünstigter ist, dem schon „in seiner Jugend durch Uebung und Vorbild seiner Umgebung, so zu sagen, durch die Ueberlieferung seines Geburtshauses" die schwere Kunst des selbständigen Erwerbs vermittelt worden wäre (11, S. 440). Am Ende der zweiten Fassung des Romans wird denn auch Heinrich den Weg in den Staatsdienst einschlagen, ganz wie sein Schöpfer Keller, der 1861 das Amt des Züricher Staatsschreibers übernahm und es erst fünfzehn Jahre später wagte, als freier Autor sein Glück auf dem literarischen Markt zu versuchen.

Für gewöhnlich forderte die bürgerliche Welt aber, dass sich junge Männer „zeitig selbst ernährten". Als kollektive Stimme dieser Erwartungshaltung fungieren im *Grünen Heinrich* die Nachbarn der Familie Lee, die mit Kopfschütteln zur Kenntnis nehmen, wie Heinrich nach Deutschland aufbricht, um dort seine künstlerische Ausbildung auf unbestimmte Zeit fortzusetzen: „er hätte doch schon genug gekostet", meinen sie, „und könnte nun sehen, etwas zu verdienen, wie anderer Leute Kinder auch" (12, S. 268). Aber noch in der deutschen Hauptstadt zehrt Heinrich von den Geldbeträgen, die sich Frau Lee daheim buchstäblich vom Munde abspart, und bleibt damit ein unselbständiger Mutter-Sohn, der an einer finanziellen Nabelschnur hängt. Vorsorge und Planung im Dienst der materiellen Selbsterhaltung sind ihm weiterhin fremd, und als die Geldsendungen schließlich versiegen, „wußte er [...] nicht mehr, wovon er leben sollte und sah sich plötzlich zu seinem großen Erstaunen von Noth und Sorge umgeben, so daß er kaum wußte, wie ihm geschah" (S. 263).

Erst in dem Moment, in dem er „seinen letzten Thaler in der Hand hielt, und vorher keinen Augenblick, machte er endlich ernstliche Anstalten, sich sein Brot zu erwerben" (S. 275f.). Wie kläglich der Versuch misslingt, mit einem seiner Bilder zu Geld zu kommen, ist uns bereits bekannt. Heinrich fehlt es nicht nur an malerischem Talent, sondern auch an der nötigen pragmatischen

Gewandtheit auf dem ungewohnten Terrain der Geschäfte, und so stellt er nach diesem ersten peinlichen Fehlschlag alle entsprechenden Bemühungen gleich wieder ein – der gewohnte ängstliche Rückzug vor den Fährlichkeiten einer unbequemen Realität. Wie eh und je unfähig, „für Gegenwart und Zukunft thätlich einzustehen" (S. 289), gerät er nun, da er erneut „ganz verblüfft" feststellt, „daß er nicht einen Pfennig mehr im Vermögen hat" (S. 292), in bitterste Armut. Der Hunger setzt ihm ebenso zu wie dem Kater Spiegel und beeinträchtigt zusehends sein Denkvermögen; erst als er sich mit dem Geld, das der Verkauf eines Buches aus seinem Besitz einbringt, eine richtige Mahlzeit leisten kann, kommt er wieder „ordentlich zu Gedanken" (S. 296). Einmal mehr demonstriert Keller seine materialistischen Einsichten, die nicht zuletzt eigenen leidvollen Erfahrungen entsprungen sein dürften.

Elend und physische Schwäche markieren einen Tiefpunkt im Werdegang des Helden, aber zugleich auch eine Wende. Der Hunger ist es nämlich, der Heinrich in die Anfangsgründe aller Ökonomie einweiht, indem er den notorischen Traumtänzer streng auf die äußere Wirklichkeit verweist, der er die Mittel zum Überleben abringen muss. So verspürt Heinrich jetzt erstmals „ein Gefühl der Achtung vor der ordentlichen Regelmäßigkeit und Folgerichtigkeit der Dinge, wie Alles so schön eintreffe; und in der That ist nichts so geeignet, den nothwendigen und gründlichen Weltlauf recht einzuprägen, als wenn der Mensch hungert, weil er nichts gegessen hat, und nicht zu essen hat, weil er nichts besitzt, nichts besitzt, weil er sich nichts erworben hat" (S. 292f.). Die sprachliche Form, in die der Erzähler diese fundamentale Erkenntnis kleidet, bildet meisterhaft die erbarmungslose Logik ab, die den Protagonisten aus allen Verschanzungen seiner wuchernden Phantasie heraustreibt. Wo der Körper gebieterisch sein Recht auf Nahrung einfordert, muss selbst ein Heinrich Lee die Sphäre der unverantwortlichen Einbildungskraft verlassen und sich einer Realität stellen, die er nicht nach Belieben manipulieren kann. Die Erfahrung der blanken Not wird als „erste[r] kräftige[r] Stoß des stillen aber unerbittlichen Lebens" (S. 298) zum Zuchtmeister des jungen Mannes, dem es an menschlichen Lehrern und Vorbildfiguren so sehr gefehlt hat.

Der eben zitierte, vermeintlich so „einfache und unscheinbare Gedankengang" (S. 293) lenkt den Blick auf den Kern des Ökonomiediskurses im *Grünen Heinrich* und auf dessen Verknüpfung mit dem Themenkreis von Bildung und bürgerlicher Erziehung. Der Zwang zur materiellen Existenzsicherung durch Arbeit und ökonomisches Verantwortungsbewusstsein erscheint bei Keller als eine heilsame disziplinierende Macht im Sozialisationsprozess und als bedeutsamer Faktor der Persönlichkeitsentwicklung, weil er den Heranwachsenden dazu nötigt, seine Einbildungskraft zu zügeln, auf das unfruchtbare Umherschweifen in Phantasiewelten zu verzichten und seine Wünsche und Bedürfnisse den Gegebenheiten der Außenwelt anzupassen. Wer am eigenen Leibe erfährt, dass er Geld verdienen muss, um essen zu können, und arbeiten, um Geld zu verdienen, wird allmählich jene Tugenden der Selbstbeherrschung, der Voraussicht und des wirklichkeitsgerechten Denkens ausbilden, durch die sich ein gereiftes, produktives Individuum auszeichnet. Die Ökonomie bildet gleichsam die Schaltstelle, über die der Einzelne die Verhaltensnormen der gesellschaftlichen Ordnung verinnerlicht.

Sogar dem grünen Heinrich gelingt dies bis zu einem gewissen Grade, wenn auch reichlich spät. So sehr es ihn schmerzt, als ihm schließlich nur noch der Ausweg bleibt, seine sämtlichen Studien und Zeichnungen bei einem Trödler zu versetzen – „das Wenige, was er erhielt", ist doch „das Erste, was er seinen eigenen Händen verdankte, und desnahen lernte er davon, sich einzurichten und sich mit Wenigem zu begnügen" (S. 304). Anders als die milden Gaben der Mutter werden die selbstverdienten Mittel also haushälterisch verwendet. Aber das skurrile Trödelmännchen kauft nicht bloß Heinrichs Werke auf, sondern avanciert als echter Lehrer im Fach der Realitätstüchtigkeit auch zu einer recht erfolgreichen neuen Vaterfigur des Helden. In seinem düsteren Laden darf Heinrich fortan Tag für Tag gegen Stücklohn Fahnenstangen bemalen, die für eine fürstliche Hochzeit bestimmt sind. Eigentlich ein schmähliches Schicksal für einen hoffnungsvollen Jünger der Malkunst, und dennoch findet er „in dieser einfachen und verachteten Arbeit allmälig einen solchen Reiz, daß ihm die langen Sommertage, in diesem Loch zugebracht, gleich Stunden vorübergingen." Mit seiner „Geschicklichkeit" und seinem Produktionstempo wachsen auch die „ganz neue Beharrlichkeit", mit der Heinrich gegenüber seinem Brotgeber auf dem vereinbarten Entgelt besteht, und die Neigung, „seinen Erwerb geizig" zusammenzuhalten, während sich „Unschlüssigkeit" und „Träumereien" mehr und mehr verlieren. Die Fundamente für die wichtigsten ökonomischen Tugenden eines Bürgers sind damit gelegt. Mit Recht bezeichnet der alte Trödler die ewig gleiche Linie, die sein Schützling spiralförmig um die Stangen zieht, als „die wahre Lebenslinie". Sie versinnbildlicht jene entsagungsvolle Selbstdisziplin, die man sich auferlegen muss, wenn man in der bürgerlichen Welt sein Auskommen sichern will (S. 311f.).

Tatsächlich kam der Berufsarbeit mit ihren weitreichenden Implikationen für den seelischen Habitus des Einzelnen in der Vorstellungswelt des 19. Jahrhunderts eine überragende Bedeutung zu, die sich auch in der Dichtung des Realismus niederschlug. „Der Roman soll das deutsche Volk da suchen, wo es in seiner Tüchtigkeit zu finden ist, nämlich bei seiner Arbeit", dekretierte der Literaturtheoretiker Julian Schmidt, und Gustav Freytag erhob diesen Ausspruch 1855 zum Motto seines Bestsellers *Soll und Haben*.[14] Ähnlich programmatisch schließt Friedrich Spielhagens Roman *Hammer und Amboß* von 1869 mit den Worten: „wir wollen an die Arbeit gehen".[15] In beiden Werken eignen sich die Protagonisten ein stabiles Leistungsethos und ein nüchternes, produktives Wirklichkeitsverhältnis an, die ihnen wiederum die erfolgreiche gesellschaftliche Etablierung ermöglichen. Wer seine Fähigkeiten und Anlagen in einer disziplinierten Tätigkeit entfaltet, verbindet die befriedigende Selbstverwirklichung mit materiellem Gewinn und sozialem Nutzen – soweit der Idealfall.

Keller gehörte jedoch nicht zu den bürgerlichen Ideologen, die einen solchen durch Arbeit und Ökonomie vermittelten Einklang von Individuum und Gesellschaftsordnung vorbehaltlos propagierten. Sein *Grüner Heinrich* entwirft teils über die Schicksale des Helden, teils in Exkursen des auktorialen Erzählers ein weitaus komplexeres Bild der ökonomischen Sphäre als Freytag oder Spielhagen. Bezweifeln darf man schon, dass Heinrich bei einer so mechanischen Tätigkeit, wie es das Bemalen von Fahnenstangen ist, auf die Dauer sein Glück finden könnte. Zudem wird der junge Schweizer an jenem Festtag, dem er seine Anstellung bei dem Alten verdankt, angesichts des Widerspruchs zwischen seinen republikanischen Überzeugungen und dem Glanz der Monarchie, zu dessen Erhöhung er so fleißig beigetragen hat, von „Scham und Zerknirschtheit" ergriffen: „Das ist also nun das Ende vom Liede, daß Du in dieser Stadt sitzest und solchen Unsinn beiträgst zum Unsinn!" (S. 314f.) Freilich hätte es ihm seine bedrängte Lage gar nicht erlaubt, wählerisch zu sein. Unter dem Druck der wirtschaftlichen Notwendigkeit verselbständigt sich die berufliche Verrichtung gegenüber seinen weltanschaulichen Grundsätzen, und so bezahlt Heinrich den Lohn, der ihn ernährt, nicht nur mit einem beträchtlichen Aufwand an Zeit und Mühe, sondern auch mit ersten Erfahrungen der Entfremdung und Entzweiung. Deshalb sucht er den Trödler später nicht mehr auf, und die bescheidenen Ansätze zu einer ökonomischen Disziplinierung bleiben Stückwerk.

Als lockendes Gegenbild zu seiner inneren Zerrissenheit erlebt er die freie Natur, in die er flieht, um dem festlichen Trubel zu entgehen. Der Fluss, die Bäume und der Wind scheinen ihm zuzurufen: „Siehe, wir rauschen, wehen und fließen, athmen und leben und sind alle Augenblicke da, wie wir sind und lassen uns nichts anfechten" (S. 315). Hier ist das Dasein Selbstzweck, Leben und Schaffen sind ein und dasselbe. Ebenso sollte es sich, wenn es nach dem

Erzähler ginge, auch unter den Menschen verhalten. Als „ein Beispiel wirkungsreicher Arbeit, die zugleich ein wahres und vernünftiges Leben ist", führt er Friedrich Schiller an, dessen gesamte Existenz nur „die Erfüllung seines innersten Wesens" war, „die folgerechte und krystallreine Arbeit der Wahrheit und des Idealen, die in ihm und seiner Zeit lagen. Und dieses einfach fleißige Dasein verschaffte ihm Alles, was seinem persönlichen Wesen gebührte" (S. 272). In seinem „einheitlichen organischen Leben" habe ihm die schöpferische Tätigkeit als produktive Selbstentäußerung auch andauernden materiellen und ideellen Erfolg beschert, anders als etwa bei den Philosophen Spinoza und Rousseau, die zwar „große Denker" waren, ihren Lebensunterhalt aber mit so banalen Tätigkeiten wie dem Schleifen von Brillengläsern oder dem Notenschreiben verdienen mussten (S. 273). Gegen solche Missstände setzt der Erzähler seine Vorstellung von einer unentfremdeten, gleichsam naturwüchsigen Arbeitstätigkeit, die dem Menschen ein heiles und ganzes Dasein gestattet:

> Die Natur selbst [...] weist nicht auf ein solches Doppelleben, und wenn diese Entsagung, die Spaltung des Wesens eines Menschen allgemein gültig sein sollte, so würde sie die Welt mit Schmerz und Elend erfüllen. So fest und allgemein wie das Naturgesetz selber sollen wir unser Dasein durch das nähren, was wir sind und bedeuten, und das mit Ehren sein, was uns nährt. Nur dadurch sind wir ganz, bewahren uns vor Einseitigkeit und Ueberspanntheit und leben mit der Welt im Frieden, so wie sie mit uns, indem wir sie sowohl bedürfen mit ihrer ganzen Art, mit ihrem Genuß und ihrer Müh', als sie unser bedarf zu ihrer Vollständigkeit, und alles das, ohne daß wir einen Augenblick aus unserer wahren Bestimmung und Eigenschaft herausgehen. (S. 274)

Diese Postulate gelten auch für das künstlerische Schaffen. Die „berufenen Meister", so verkündet der Erzähler mit einer deutlichen Spitze gegen den Protagonisten, der auf dem Kunstmarkt soeben jämmerlich Schiffbruch erlitten hat, wissen immer „mit dem Guten und Richtigen den Drang [zu] verbinden nach gemeiner Brauchbarkeit und Genießbarkeit und das Ziel [zu] erreichen, ohne ihrer Ehre zu vergeben". Den wahren Könner zeichnet also die Fähigkeit aus, die Forderungen des Publikums zu erfüllen und sich auf diese Weise auch anständige Einkünfte zu sichern, ohne die eigenen hehren Bestrebungen und die Würde der Kunst zu verraten, während die „Dilettanten" in ihrem „unfruchtbaren Eigensinn [...] dem angenehmen Erfolge hochfahrend entsagen" (S. 280). Demnach vermittelt die Ökonomie auch zwischen dem Künstler und seinen Rezipienten und bestraft unbarmherzig die Verirrungen einer überheblichen ‚spiritualistischen' Willkür.

Der Erzähler verhehlt jedoch nicht, dass die perfekte Harmonie, die er so emphatisch fordert, in der komplizierten bürgerlichen Lebens- und Arbeitswelt seiner Epoche keineswegs die Regel ist. Wie realitätsfern das Wunschbild des „berufenen Meister[s]" angesichts eines längst durch und durch kommerzialisierten Kunstbetriebs ausfällt, enthüllt der Roman zum Beispiel in der Schilderung von Habersaats florierender Manufaktur, die marktgerechte Ware wie am Fließband herstellt. Sogar ein Mann wie Heinrichs Freund Erikson findet sein Auskommen, obwohl er nicht einmal „ein schlechter Maler", sondern eigentlich „gar kein Maler" ist. Seine inhaltsarmen Bildchen verkaufen sich gut, weil er „die Nüchternheit und Dürre seiner Erfindungen und seine gänzliche Unproduktivität mit so verzwickten zierlichen Pinselstrichen, geistreichen Schwänzchen und Schnörkelchen" zu bemänteln versteht, „daß die reichen Kenner ihn für einen ausgesuchten Kabinetsmaler hielten und sich um seine seltsamen Arbeiten stritten" (S. 108). Subjektiver Geschmack, wechselnde Moden und bloße Zufälle erweisen sich als marktbestimmende Faktoren, die die *Qualität* eines Produkts zweitrangig werden lassen und die Leistung vom Erfolg, den künstlerischen Rang vom Tauschwert abkoppeln.

Ganz ähnlich zeichnet der Roman das bürgerliche Wirtschaftsleben in seiner Gesamtheit. Nicht nur dem unerfahrenen Heinrich kommt diese Sphäre chaotisch und unzugänglich vor, auch der Erzähler nennt sie eine „civilisirte Wildniß" (S. 283) und spricht von der „allgemeine[n] und doch so geheimnißvolle[n] Macht" der ökonomischen Verflechtungen (S. 269). Wo der Markt alle wirtschaftlichen Beziehungen reguliert, seine Effekte und Gesetzmäßigkeiten für den Einzelnen aber kaum zu durchschauen oder gar zu berechnen sind, haben Ertrag und Gewinn nichts mehr mit redlicher Arbeit zu tun. So tritt neben das leuchtende Vorbild Schillers die kuriose „Idee der Revalenta arabica", die ein „Speculant" ausgeheckt hat und die ebenso weitreichende Wirkungen zeitigt wie das Schaffen des großen Dichters, obwohl das ganze Geschäftsmodell auf einem „scandalöse[n] Schwindel" beruht (S. 270f.). Kellers ersten Lesern war dieses schlichte Bohnenmehl, das damals von findigen Köpfen mit großem Reklameaufwand als vermeintliches exotisches Wunderheilmittel verkauft wurde, noch wohlbekannt. Der Roman knüpft daran eine umfassende Zeitdiagnose, die die „räthselhafte Vermischung von Arbeit und Täuschung, innerer Leerheit und äußerem Erfolg, Unsinn und weisem Betriebe, von Zwecklosigkeit und stattlich ausgebreitetem Gelingen" zur Signatur der Moderne erhebt: „Es wird Revalenta arabica gemacht in Kunst und Wissenschaft, in Theologie und Politik, in Philosophie und bürgerlicher Ehre aller Art" (S. 271f.). Die mustergültige Figur eines Friedrich Schiller kann da allenfalls eine seltene Ausnahme sein.

Kellers ernüchterndes Bild des Wirtschaftslebens, das in seinen Grundzügen auch im 21. Jahrhundert noch erstaunlich aktuell anmutet, hat weitreichende Folgen für seine Auffassung von der individuellen Charakterbildung in der bürgerlichen Gesellschaft. Die moderne Wirklichkeit zwingt den Menschen eine „künstliche abstracte Existenz" auf:

> In der heutigen Welt sind Alle, die in der Werkstatt der fortschreitenden Cultur beschäftigt sind und es mit einem Zweige derselben zu thun haben, geschieden von Acker und Herde, vom Wald und oft sogar vom Wasser. Kein Stück Brot, sich zu nähren, kein Bündel Reisig, sich zu wärmen, keine Flocke Flachs oder Wolle, sich zu kleiden, in großen Städten keinen frischen Trunk Wasser können sie unmittelbar durch eigene frohe Mühe und Leibesbewegung von der Natur gewinnen.

Ihre vielfältig vermittelten wirtschaftlichen Interaktionen bilden daher „ein Gefecht in der Luft, eine ungeheure Abstraction [...] hoch über dem festen Boden der Mutter Natur" (S. 269), die in ihrer Verworrenheit die „gesunde Vernunft" überfordert:

> Hier führt ein bloßes Wollen, ein glücklicher Einfall ohne Mühe zu reichlichem Erwerb, dort eine geordnete und nachhaltige Mühe, welche mehr der wirklichen Arbeit gleicht, aber ohne innere Wahrheit, ohne vernünftigen Zweck, ohne Idee. Hier heißt Arbeit, lohnt sich und wird zur Tugend, was dort Nutzlosigkeit, Müßiggang und Laster ist. Hier nützt und hilft etwas theilweise, ohne wahr zu sein; dort ist etwas wahr und natürlich, ohne zu nützen, und immer ist der Erfolg der König, der den Ritterschlag in dieser künstlichen Welt ertheilt. (S. 270)

Wo alles, was mit Produktion und Erwerb zu tun hat, dermaßen „unberechenbar, launenhaft und zufällig" abläuft (S. 269), verlieren bürgerliche Tugenden wie Disziplin, Tüchtigkeit und Fleiß ihren angestammten Wert. Wer sich in diesem „künstlichen Ernährungsverkehr" behaupten will, muss ganz andere Eigenschaften an den Tag legen, „sein wahres Wesen" verbergen, „tausend kleine Künste und Fähigkeiten lügen oder gewaltsam erwerben", sich oft „vollkommen unsinnig und zweckwidrig verhalten" und mit rücksichtsloser Gewandtheit jeden Vorteil benutzen (S. 274). Sind nun allenthalben Verstellung und Selbstverleugnung gefordert, ändert sich auch die Rolle der ökonomischen Verhältnisse im Prozess der Sozialisation. Statt zur Bildung einer gefestigten bürgerlichen Persönlichkeit beizutragen, deren Habitus von einer stabilen Affektkontrolle geprägt ist, deformieren sie den Einzelnen bis zum Äußersten. An die Stelle des reifen, vernunftbestimmten Charakters mit klaren Konturen tritt ein Chamäleon, das sich überall geschmeidig anzupassen weiß.

Das idealtypische Schema des Bildungsromans, das auf einen harmonischen Ausgleich von individueller Entfaltung und gesellschaftlichen Notwendigkeiten zielt, wird nun vollends illusorisch, auch wenn man von den speziellen Problemen absieht, die aus Heinrichs familiärem Hintergrund erwachsen. Während der Protagonist eifrig die Universitätsvorlesungen besucht, um sein Wissen zu erweitern und das gewohnte träumerische Phantasieren durch echte Weltkenntnis zu ersetzen, schmelzen seine finanziellen Mittel unaufhaltsam dahin, bis er sich von einem Tag auf den anderen in größter Not befindet und „wie ein Robinson in der civilisirten Wildniß nach Nahrungsmitteln ausgehen" muss: „die beiden Entdeckungsreisen, diejenige nach seiner menschlichen Bestimmung und diejenige nach dem zwischenweiligen Auskommen, trafen auf höchst mißliche Weise zusammen", gelangen also gerade nicht zur Deckung (S. 283). Die krude Realität der abstrakten bürgerlichen Ökonomie widerspricht aufs Schärfste dem Modell einer sinnvoll geordneten Welt, wie sie sich dem Auge eines wahren Sehers darbieten sollte, und der Roman inszeniert diesen Kontrast anschaulich, indem er die akademischen Studien seines Helden unmittelbar mit den desillusionierenden Erzählerreflexionen über das Erwerbsleben konfrontiert. Hat sich Heinrich eben erst im Geiste Feuerbachs zur Anerkennung einer objektiven, empirisch fassbaren Wirklichkeit und ihrer verbindlichen Gesetze emporgearbeitet, so sieht er sich jetzt plötzlich einer Sphäre gegenüber, deren Chaos ganz und gar nicht mit sicherem Blick durchschaut und mit souveräner Hand beherrscht werden kann. Dass unter solchen Umständen auch der poetische Realismus in eine Krise geraten muss, wurde im vorigen Kapitel schon angedeutet, als von der Epigonenproblematik die Rede war, und soll später im Zusammenhang mit *Martin Salander* ausführlicher diskutiert werden.

Keller ahnt bereits, dass die komplexen Verflechtungen der ausdifferenzierten modernen Wirtschaft und Gesellschaft das bürgerlich-aufklärerische Ideal einer autonomen, disziplinierten und produktiven Persönlichkeit obsolet zu machen drohen. In dieser Ära gedeiht eher der „Speculant" (S. 270), der auch ohne solide Basis Gewinne erwirtschaftet, oder – auf der anderen Seite des Typenspektrums – der entfremdete Fabrikarbeiter, wie er sich in Gestalt von Habersaats Arbeitssklaven ankündigt. Deshalb muss der Romanerzähler das Sehnsuchtsbild einer organischen, sinnerfüllten Arbeit in eine verklärte, utopisch-einfache bäuerliche Ordnung zurückprojizieren:

> In der Bevölkerung, welche ihr Leben unmittelbar der Natur und dem untersten Bedürfniß abgewinnt, ist die Heiligkeit und die Bedeutung der Arbeit noch klar und verständlich; da versteht es sich von selbst, daß Keiner dem Anderen zusehen darf, wie er gräbt und schaufelt, um ihm das Herausgegrabene wegzunehmen und zu verzehren. Alles, was einer da thut, hilft ihn und die Welt erhalten und hat einen unbezweifelten, wahren und sicheren Zweck. In jener höheren abstracten Welt aber ist einstweilen Alles auf den Kopf gestellt und die Begriffe von der Bedeutung der Arbeit verkehrt bis zum Unkenntlichwerden. (S. 270)

Dieselbe Funktion übernimmt bei Keller bisweilen der ebenso stark stilisierte ehrbare Handwerker, der sich durch seiner Hände Arbeit ernährt und daher gleichfalls eine vorbildliche bürgerliche Individualität repräsentiert. Zeitweilig erwog der Dichter, den Schluss seines *Fähnleins der sieben Aufrechten* abzuändern und den jugendlichen Protagonisten, der eine Beamtenlaufbahn eingeschlagen hat, „wieder zum Handwerk zurückkehren“ zu lassen: „Die Rückkehr zum soliden Handwerk (d.h. zum kunstgerechten tüchtigen) wird nämlich jetzt von einsichtigen Gewerbsmännern wieder mehr betont, da zuletzt niemand mehr ordentlich arbeiten lernt und alle persönliche Selbstherrlichkeit zum Teufel geht“ (GB 3.2, S. 197). Und wie die große Faschingsmaskerade im *Grünen Heinrich* zeigt, ist auch auf dem Gebiet des künstlerischen Schaffens der wackere Handwerker-Künstler ein Ideal Kellers – leider eines, das längst anachronistisch anmutet.

Die skeptische Bestandsaufnahme des Romans zum Verhältnis von Arbeit und Gewinn, von Leistung und Erfolg relativiert auch die hohe Bedeutung, die einige Seldwyla-Novellen der redlichen Berufsarbeit für ein gelingendes bürgerliches Leben zusprechen, etwa *Frau Regel Amrain und ihr Jüngster*, *Der Schmied seines Glückes* oder *Die mißbrauchten Liebesbriefe*. Es ist bezeichnend, auf welchen Gebieten sich die Hauptfiguren dieser Texte betätigen. Fritz Amrain beutet einen Steinbruch aus, John Kabys lernt die wahre „Zufriedenheit“ kennen, indem er die „einfache und unverdrossene Arbeit“ eines Nagelschmieds verrichtet (5, S. 96), und der einstige Schulmeister Wilhelm reift zum Manne heran, während er Weinberge, Viehzucht und Ackerbau beaufsichtigt, bis er schließlich selbst „mit Fleiß und Umsicht“ ein „beträchtliches Landgut“ bewirtschaften kann (S. 179). Dagegen ist die Beamtentätigkeit des grünen

Heinrich in der zweiten Romanfassung schon eher ein Symptom der Resignation, und kein einziger Held Kellers findet sein Glück in der Industrie oder gar bei Börsenspekulationen.

Entkommen kann man den wirtschaftlichen Zwängen in der entwickelten bürgerlichen Welt nicht. Im *Grünen Heinrich* hat sich die Ökonomie längst als omnipräsente Macht etabliert, die sämtliche Lebensbereiche ihrer spezifischen Logik unterwirft, denn hier gewinnen „nahezu alle erzählten Vorgänge *auch* in ökonomischer Perspektive Bedeutung".[16] Das lässt sich insbesondere an den zwischenmenschlichen Beziehungen ablesen, die fast durchweg von unterschwelligen oder manifesten wirtschaftlichen Interessen, wenn nicht gar von purer Geldgier geprägt sind. Heinrich macht schon als Kind die Erfahrung, dass soziale Akzeptanz eine „wohlversehene Kasse" voraussetzt (11, S. 183), während Meierlein, der als groteske Verkörperung eines frühreifen, krankhaft einseitigen Profitstrebens ein Geistesverwandter der drei Kammmacher zu Seldwyla ist, seinen ‚Freund' lediglich als dankbares Objekt fortgesetzter Ausbeutung betrachtet. Heinrichs Bruch mit Römer wird durch den Streit um ein „elende[s] Häufchen Silber" herbeigeführt (12, S. 66), und in den Briefen, die Heinrich während seiner Zeit in Deutschland mit der Mutter wechselt, rücken finanzielle Fragen zunehmend in den Vordergrund, weshalb die Kommunikation der beiden auch prompt abbricht, sobald Frau Lee dem Sohn ihr letztes Geld geschickt hat. Das „grauenhafte Verhältniß" zwischen Frau Margreth und ihrem Mann wurzelt wiederum in einem Zank um die Anteile an dem gemeinsamen Vermögen (11, S. 125).

Doch gerade Margreth ist für den Ökonomie-Diskurs des Werkes noch unter einem anderen Gesichtspunkt bedeutsam. In ihrem Trödelladen, dessen buntes Interieur der Ich-Erzähler der Jugendgeschichte plastisch ausmalt, begegnet Heinrich einer archaischen Wirtschaftsform, in der alles sinnlich fassbar ist und sogar das Geld in Gestalt von „Gold" erscheint, das in einer „Schatztruhe" aufbewahrt wird (S. 110). Als Frau Margreth aber stirbt und ihren gesamten Besitz einem hoffnungsvollen jungen Mann hinterlässt, ist es mit der Herrlichkeit vorbei, denn der Erbe, der alles Wertvolle auf einen Wagen gehäuft hat, überlässt bei nächster Gelegenheit „die ganze Ladung einem Trödler" und verkauft auch sämtliche „Schaumünzen, Kelche und Ketten", um dann bequem „mit seiner dicken Geldkatze" davonzuziehen (S. 129f.). Ein symptomatischer Vorgang auf der Schwelle zur Moderne: An die Stelle dinglicher Fülle und Vielfalt tritt das Geld, das als universaler Gleichmacher und abstrakter Wertmaßstab der Phantasie keine Nahrung mehr bietet.

Nur ein einziger Raum in der Welt des *Grünen Heinrich* ist dem Druck der Ökonomie entzogen, nämlich jener deutsche Adelssitz, auf dem der Protagonist vor der Rückkehr in die Heimat längere Zeit verweilt. Der Graf, der die Zeichnungen seines Gastes einst von dem Trödelmännchen erworben hat, unterbreitet Heinrich ein Angebot, von dem Künstler sonst nur träumen können. Er will ihn nachträglich gebührend entlohnen, wobei der junge Mann selbst über die Höhe der Summe entscheiden soll: „Also nennen Sie mir einen Preis, wie er Ihnen gut dünkt, und ich werde noch froh sein, die Sachen zu behalten" (12, S. 391). Auf dem gräflichen Schloss ist die Kunst endlich einmal keine Ware, die nach ihrem Marktwert taxiert wird, denn der Hausherr nimmt an dem Künstler als Menschen aufrichtigen Anteil und schätzt seine Bilder als authentischen Ausdruck einer bemerkenswerten Persönlichkeit. Die schmerzlich empfundene Entfremdung des Schöpfers von seinen Werken hebt sich damit auf. Möglich wird diese Utopie aber nur in einem wahren Paradies des Überflusses, in dem von ökonomischem Handeln gar keine Rede ist, weil die Menschen hier weder erwerben noch sparen müssen. „Ich bin reich", erklärt der Graf lapidar (S. 391), und in der Tat scheint materieller Mangel in seiner Umgebung unbekannt zu sein. Grenzenloser Wohlstand bedeutet wiederum grenzenlose Unabhängigkeit, wie Heinrich belehrt wird: „Denn nur wenn Sie Geld haben, brauchen Sie am wenigsten an dasselbe zu denken und befinden sich nur dann in vollkommener Freiheit" (S. 392).

Solange Kellers Romanheld unter dem Schutz seines gräflichen Mentors steht, lebt er in einer wahrhaft märchenhaften Geborgenheit. Besonders augenfällig zeigt das die Episode um den bis zum Rand mit Schätzen gefüllten Becher, mit dem Heinrich unvermutet „ein ordentliches bürgerliches Vermögen" von dem mittlerweile verstorbenen Trödler erbt (S. 448): Dass ihm das kostbare Gut nicht sogleich von dem zerlumpten Hungerleider, den er als Träger anstellt, gestohlen wird, verdankt er gerade seiner ungeheuren Vertrauensseligkeit, die ihn überhaupt keinen Argwohn schöpfen lässt. Angesichts seines Versagens vor den Anforderungen der bürgerlichen Lebenswirklichkeit kann der grüne Heinrich eben nur in der gnädigen Sphäre des Märchens, die der Text ausdrücklich mit „Traum" und „Wunder" assoziiert (S. 370 und 372), wenigstens vorübergehend gerettet und erhalten werden. Weil sie keine Not und demzufolge auch keine wirtschaftlichen Erfordernisse kennen, dürfen sich der Graf und Dorothea Schönfund ganz der Pflege der Kultur, der noblen Humanität und dem aristokratischen Müßiggang widmen. Auf ihrem Schloss gelangt Heinrich in Betrachtungen und Gesprächen zu geistiger Reife und weltanschaulicher Besinnung, doch ein Weg zur sozialen Praxis oder zur ökonomischen Bewährung eröffnet sich ihm an diesem entrückten Ort nicht. Sogar der Kunstmarkt, auf dem er zum versöhnlichen Abschluss seiner Malerkarriere seine letzten Gemälde verkaufen kann, ist ein Arrangement jener wohlwollenden Vatergestalt, die hier jeden seiner Schritte begleitet, und somit bloß fingiert: „in der That wurden die Bilder in einigen Tagen gekauft, aber vom Grafen selbst, ohne daß Heinrich es wußte; denn er ließ den Kauf unter fremdem Namen vor sich gehen und abschließen" (S. 446).

Zu Recht stellt Gerhard Kaiser fest, dass der *Grüne Heinrich* – wie alle Texte Kellers – weder ein „Panorama" noch ein „Funktionsbild der kapitalistischen Arbeitswelt" liefert.[17] Dafür beleuchtet der Roman aber auf vielschichtige Weise die Rolle ökonomischer Verhältnisse in der bürgerlichen Lebenswirklichkeit und insbesondere ihre Folgen für den individuellen seelischen Habitus. Die Vorstellung von der Ökonomie als einem Medium heilsamer Disziplinierung und Erziehung war Keller durchaus sympathisch, doch er täuschte sich nicht darüber hinweg, dass dieses Konzept auf unsicherem Boden stand, weil die wirtschaftliche Dynamik der Moderne mit der Allmacht des Geldes, der Undurchschaubarkeit der Märkte und der fortschreitenden Entfremdung der Arbeit das Ideal der autonomen, schöpferischen Persönlichkeit längst unterminiert hatte. Statt dem Menschen die freie und nützliche Entfaltung seiner Anlagen und Möglichkeiten zu gestatten, unterwerfen ihn die allgegenwärtigen ökonomischen Notwendigkeiten unerbittlich ihren eigenen Regeln. Und das ist keineswegs die einzige unheimliche Facette der bürgerlichen Ordnung, die Kellers literarisches Werk sichtbar macht.

Verdrängung und Versagung: Die dunklen Seiten der bürgerlichen Welt

Bereits *Pankraz, der Schmoller* zeigte, dass die Formung der Psyche nach den Maßstäben der bürgerlichen Normen mit erheblichen Beschädigungen bezahlt werden muss. Nicht heil und ganz und als strahlender Sieger, vielmehr ernst, narbenbedeckt und mit einem „ausgedörrte[n] Gesicht" (4, S. 22) kommt der geläuterte Protagonist aus der Fremde zurück: „Das Asketengesicht des heimgekehrten Pankraz spiegelt eben nicht nur seine neu gewonnene Tüchtigkeit, sondern ebenso die bürgerliche Verstümmelung der Sinnen-Natur der Menschheitsgattung."[18] Als ein Akt der Selbstüberwindung wurde die Erlegung des Löwen in der afrikanischen Wüste interpretiert, aber sie vollzieht sich mit einer unerhörten Brutalität, die keinen Gedanken an einen glorreichen Triumph aufkommen lässt. Mit Schüssen, Bajonettstößen und Kolbenhieben muss das Tier förmlich hingemetzelt werden, „so zäh und wild war sein Leben" (S. 71). Welch ein Gegensatz zu dem Schicksal jenes anderen berühmten literarischen Löwen, der in Goethes *Novelle* auftritt! Auch dort erscheint das Raubtier als Inbegriff triebhafter, kreatürlicher Wildheit, doch es wird nicht gewaltsam vernichtet, sondern durch den Gesang und das Flötenspiel eines Kindes, also mit Hilfe der Kunst, der segenspendenden Kulturmacht, friedlich gezähmt. Kellers Geschichte setzt dieser Vision einer umfassenden Versöhnung mit krasser realistischer Nüchternheit die rigide Unterdrückung der widerspenstigen Triebwelt entgegen. Auf eine echte Befriedigung seiner Glücksansprüche muss der mehr oder minder geheilte Schmoller denn auch verzichten. Er verdrängt sogar die Erinnerung an sie, indem er allem Anschein nach selbst den Namen seiner einstigen Geliebten vergisst.

Das Bild der bürgerlichen Existenz gestaltet sich bei Keller also zutiefst ambivalent; nur deshalb kann ja Seldwyla, die Gegenwelt der unproduktiven Taugenichtse, zugleich als „wonnige und sonnige" Idylle (S. 7) ein paradiesischer Flucht- und Sehnsuchtsort sein. Der ideale bürgerliche Sozialcharakter setzt mit seiner Selbstdisziplin, seiner Sparsamkeit und seinem strengen Arbeits- und Leistungsethos ein hohes Maß an Triebbeherrschung voraus, ein stabiles Über-Ich, dessen Gebote starke innerpsychische Spannungen heraufbeschwören. Solche Konflikte begründeten für Sigmund Freud das sprichwörtlich gewordene „Unbehagen in der Kultur"[19], und Keller erlebte sie als quälenden Widerspruch zu jenem tiefen Genuss der Welt und des Daseins, den er im Geiste Feuerbachs als Recht und Bestimmung des diesseitszugewandten Menschen verstand. Das Bewusstsein dieses Dilemmas mag für die melancholischen Anwandlungen mitverantwortlich gewesen sein, die ihn öfters heimsuchten und die er in einem späten Brief an den Freund Petersen folgendermaßen kommentierte: „Mehr oder weniger traurig sind am Ende alle, die über die Brotfrage hinaus noch etwas kennen und sind; aber wer wollte am Ende ohne diese stille Grundtrauer leben, ohne die es keine echte Freude gibt?" (GB 3.1, S. 381) Einen flachen Optimismus, der nichts von dieser „Grundtrauer" weiß, hielt Keller für albern und naiv. Das zeigt sich etwa an dem närrischen Peter Gilgus in der Zweitfassung des *Grünen Heinrich*, der unter der Losung „Es ist eine Freude zu leben!" durch die Lande zieht, sich benimmt, „wie wenn es fortwährend Sonntag und der Braten am Spieße wäre" (3, S. 194), und dabei doch nur ein eitler Schwätzer und Schmarotzer ist.

Wie die sozialen Zwänge, denen er sich äußerlich und innerlich unterwerfen muss, dem Einzelnen sinnliche Erfüllung und volles Glück verwehren, erfährt auch Heinrich Lee, wenn er als junger Rekrut beim Exerzieren unter der Fuchtel eines grimmigen Ausbilders plötzlich die geliebte Judith erblickt, die sich einem Auswanderertrupp angeschlossen hat. Die Romanpassage ist ein Paradebeispiel für Kellers poetisch-realistische Kunst, eine allgemeine Problemlage zu szenischer Anschaulichkeit zu verdichten:

> Judith, welche im Vorüberfahren, wie mir schien, mit finsterem Blicke auf die Soldatenreihe sah, erschaute mich mitten in derselben und streckte sogleich die Hände nach mir aus. Aber im gleichen Augenblicke kommandirte unser Tyrann „Kehrt Euch!" und führte uns wie ein Besessener im Geschwindschritte ganz an das entgegengesetzte Ende des weiten Platzes. Ich lief immer mit [...], ohne mir was ansehen zu lassen, obgleich ich heftig bewegt war; denn in diesem Augenblicke war es mir, als ob sich mir das Herz in der Brust wenden wollte. Als wir endlich das Gesicht wieder der Straße zukehrten, nach den maßgebenden Zickzackgedanken im Gehirne des Führers, verschwand der Wagen eben in weiter Ferne. (12, S. 104)

Die Gewalt, die die gesellschaftliche Ordnung auf das Individuum ausübt, erscheint im *Grünen Heinrich* sonst nur selten in solch drastischer Form. Umso düsterer wirkt eine eingeschobene Episode, die gerade dieses Thema beispielhaft gestaltet. Die Geschichte von der kleinen Meret, die über das Motiv des verweigerten Gebets nur locker mit dem Kontext von Heinrichs Jugendgeschichte verknüpft ist, führt in eine entlegene Vergangenheit – Meret starb im Jahre 1713 – und in eine finstere Welt des Aberglaubens und der Bigotterie, in der ein ungebärdiges junges Mädchen von einem eifernden Pfarrer mit religiösen Exerzitien und körperlichen Züchtigungen förmlich zu Tode gequält wird. Für Merets notorische Widerspenstigkeit lassen sich unschwer einleuchtende Gründe finden: Offenkundig reagiert die Siebenjährige, die einer vornehmen Familie entstammt, aber als „Kind aus einer unglücklichen ersten Ehe" einen „Stein des Anstoßes" darstellt (11, S. 98), mit Trotz und Auflehnung auf die Erfahrung, ungeliebt und verstoßen zu sein. Indes geht die Erzählung über einen psychologisch interessanten Spezialfall weit hinaus, denn Meret repräsentiert zugleich die unverdorbene, sinnenfrohe menschliche Natur in ihrem schroffen Kontrast zu den repressiven gesellschaftlichen Autoritäten, die sie disziplinieren und unterwerfen wollen.

Merets Spiele und Vergnügungen tragen Züge einer paradiesischen Unschuld. Am liebsten flieht sie aus dem finsteren Pfarrhaus ins Freie, wo sie zum Entsetzen ihres geistlichen Zuchtmeisters nackt tanzt, mit Vögeln und anderen Tieren vertraulich umgeht – sogar „giftige Schlangen" werden dabei gezähmt

(S. 103) – und allerlei leibliche Freuden genießt: „Sie hatte ihr Haar ganz aufgeflochten und ein Kränzlein von Buchenlaub darauff gesetzet, so wie ein dito Scherpen um den Leib gehenkt, auch ein Quantum schöner Erdbeeren vor sich liegen gehabt, von denen sie ganz voll und rundlich gegessen war" (S. 102). Erdverbunden erweist sich Meret bis zum Ende: Man findet sie schließlich „für todt [...] in einem Grüblein, so sie in den Erdboden hinein gewühlet, als ob sie hineinschlüpfen wollte" (S. 104). Und während es von den Erwachsenen drangsaliert wird, pflegt das Mädchen die Freundschaft mit seinen Altersgenossen – Kindheit erscheint hier als eine Sphäre des ursprünglichen, harmonischen Daseins, das noch nichts von Schuld und Sünde weiß. Die Utopie, für die Meret einsteht, kann Keller freilich bloß deshalb glaubwürdig und klischeefrei ausmalen, weil er sie in mehrfacher Hinsicht gebrochen präsentiert. Sie ist in eine längst vergangene Epoche verlegt, wird nur über einen zitierten Fremdtext – das „diarium" des Pfarrers (S. 98) mit seinem altertümlichen Deutsch – vermittelt und scheitert überdies zuletzt tödlich an den starren Normen ihrer Umwelt.

Die Distanz, die die Meret-Episode von der Romanhandlung trennt, erlaubt es dem Autor auch, jene Zwangsordnungen, die den natürlichen humanen Bedürfnissen entgegenstehen, drastisch vorzuführen. Mit den Rutenstreichen, die er seinem Schützling regelmäßig verabreicht, versucht der Pfarrer, stellvertretend am Körper der armen Meret Natur und Sinnlichkeit schlechthin zu bändigen, deren subversive Macht er buchstäblich verteufelt. Damit betreibt er auf grausame Weise eine Sozialdisziplinierung, die in der Gegenwart des grünen Heinrich zumindest schon sehr viel subtiler abläuft. So spiegelt Merets „individuelle Geschichte [...] einen allgemeinen kulturellen Prozeß der Verdrängung. Exemplarisch beleuchtet das Schicksal des vermeintlichen Hexenkindes Kulturgeschichte als eine Geschichte der Triebregulierung und -unterdrückung, der zivilisatorischen Zurichtung der menschlichen Natur".[20] Die Angst des geistlichen Herrn vor der „unheilvolle[n] infernalische[n] Erscheinung" dieses Kindes (S. 98) gilt eigentlich jenen Regungen und Begierden, die im fortschreitenden Zivilisationsprozess immer stärker gezügelt werden müssen, in Merets Gestalt aber desto unheimlicher wiederkehren – daher rührt auch die spürbare Faszination, die sich in den Zorn und Schrecken des Pfarrers mischt. In seinem eigenen Handeln kommt die verleugnete Triebhaftigkeit nur in pervertierter Form zum Ausdruck, nämlich in dem Sadismus, mit dem er „der kleinen Meret [...] ihre wöchentlich zukommende Correction ertheilt und verscherpft, indeme sie nackent auf die Bank legt und mit einer neuen Ruthen züchtigt" (S. 98f.).

In der Person des „wegen seiner Frömmigkeit und Strenggläubigkeit berühmten Pfarrherrn“ (S. 98) entpuppt sich das Christentum als lebensfeindliche Gewalt und als ideologisch überhöhte Manifestation einer Kulturordnung, die auf umfassender Triebverdrängung basiert. Deshalb legt das unverbesserliche Naturkind Meret eine „hartnäckige Abneigung gegen Gebet und Gottesdienst jeder Art“ an den Tag (S. 98). Doch andererseits entdeckt es sogar in den religiösen Überlieferungen Spuren einer ganz irdischen Daseinsfreude. Vom Pfarrer wegen ihrer Aufsässigkeit „in Arrest gebracht“, beginnt Meret „urplötzlich zu singen und jubiliren“ und die „versificirten Psalmen“ anzustimmen, „so sie sonsten zu lernen refusirete, aber in so unnützlicher und weltlicher Weise, wie die thörichten und einfältigen Ammen- und Kindslieder haben“, so dass der schockierte Geistliche „solches Gebahren für ein neue Schalkheit und Mißbrauch des Teufels zu nemen gezwungen ward“ (S. 99). Kellers Erzählung von dem Schicksal eines Mädchens, das ursprüngliche Humanität und heidnische Diesseitsfrömmigkeit verkörpert, aber von einem engstirnigen Quälgeist gepeinigt und in den Tod getrieben wird, folgt, ähnlich wie die *Sieben Legenden*, „dem Schema der altchristlichen Märtyrergeschichte, jedoch mit umgekehrter Frontstellung.“[21] Sogar die Wunderzeichen bei Merets Hinscheiden fehlen nicht, denn auf dem Friedhof erlebt sie noch einmal eine kurzzeitige Auferstehung, bei der sie im glänzenden Sonnenlicht „wie ein Feyen- oder Koboltskind“ anmutet (S. 105), während sich die Dorfkinder, einer Schar von Jüngern gleich, um sie versammeln.

Über eine eigene Sprache, in der sie sich artikulieren könnte, verfügt Merets vorbewusste natürliche Sinnlichkeit nicht. Aber noch aus anderen Gründen hat Keller ihre Geschichte dem Pfarrer in den Mund gelegt. Abgesehen davon, dass sich der Berichterstatter in seiner ganzen Brutalität und Beschränktheit selbst besser entlarvt, als es jeder andere tun könnte, wird die Ausstrahlung der kleinen Meret für den Leser gerade im Zerrspiegel einer von Angst und Feindseligkeit gefärbten Schilderung besonders intensiv erfahrbar. Auch in der Überlieferung der Bauern bleibt die Widersprüchlichkeit dieser Gestalt erhalten, die als „die allerärgste Hexe“ gilt (S. 96), aber „der Erinnerung des alten Dorfes unbewußt lieb und werth“ ist und „eben so viel unwillkürliche Theilnahme als Abscheu“ erweckt (S. 97f.).

Gleichfalls in hohem Grade zwiespältig wirkt Merets Porträt, das Heinrich im Hause seines Oheims entdeckt. In vornehme Gewänder gehüllt und mit dem „Todtenschädel eines andern Kindes“ in der Hand, fungiert das Mädchen hier, dem christlichen Geist seiner Umwelt entsprechend, als emblematische Inkarnation der Vanitas, der Hinfälligkeit alles Irdischen. Und dennoch dokumentiert das Gemälde Merets eigentümlichen Reiz, ihr „schönes, liebliches und geistreiches Kinderantlitz" und ihre melancholische „Schwermuth", in die „eine leise Spur von Schalkheit oder lächelnder Bitterkeit" gemischt ist, und „erregt in dem Beschauenden eine unwillkürliche Sehnsucht, das lebendige Kind zu sehen, ihm schmeicheln und es küssen zu dürfen" (S. 97). Indem die Kunst Merets beunruhigendes Potenzial in eine festgefügte kulturell-religiöse Zeichenordnung bannt, aber auch seine fortdauernde Faszination zur Geltung kommen lässt, stellt sie sich in den Dienst der rigiden Verneinung von Natur und Sinnlichkeit und unterläuft sie doch zugleich. Die verschiedensten Medien, der schriftliche Bericht, die mündliche Tradition und das Bild, bewahren auf die eine oder andere Art, was der zivilisierte Mensch aus seinem Seelenleben verdrängen muss, ohne es jemals ganz abtöten zu können. Meret ist der Geist, der nicht aufhört, im Unbewussten der bürgerlichen Welt zu rumoren.

Auch das vielleicht eindrucksvollste lyrische Werk, das Keller je geschaffen hat, erkundet das Reich des Verdrängten, das diesmal in einem Elementargeschöpf im buchstäblichen Sinne Gestalt annimmt. In den *Neueren Gedichten* hat der Text folgenden Wortlaut:

Winternacht

Nicht ein Flügelschlag ging durch die Welt,
Still und blendend lag der weiße Schnee,
Nicht ein Wölklein hing am Sternenzelt,
Keine Welle schlug im starren See.

Aus der Tiefe stieg der Seebaum auf,
Bis sein Wipfel in dem Eis gefror;
An den Aesten klomm die Nix' herauf,
Schaute durch das grüne Eis empor.

Auf dem dünnen Glase stand ich da,
Das die schwarze Tiefe von mir schied;
Dicht ich unter meinen Füßen sah
Ihre weiße Schönheit Glied für Glied.

Mit ersticktem Jammer tastet' sie
An der harten Decke her und hin.

Ich vergess' das dunkle Antlitz nie,
Immer, immer liegt es mir im Sinn!
(13, S. 179)[22]

In dieser eisigen nächtlichen Winterlandschaft findet sich keine Spur von Daseinsgenuss und Weltfreude. Schon die Eingangsstrophe signalisiert mit gehäuften Negationen die gänzliche Abwesenheit aller Laute und Regungen, und der Pleonasmus „der weiße Schnee" unterstreicht die unerbittliche Lebensfeindlichkeit der Szenerie. Sogar auf die Form und die Sprache des Textes scheint der Frost überzugreifen. Der erste und der dritte Vers variieren das trochäische Metrum, indem sie auch die zweite Silbe mit einer Hebung belegen – das „ein" unbetont zu lassen, wäre in beiden Fällen sinnentstellend! – und den Rezipienten dazu nötigen, den Gedichteingang langsam, stockend, gleichsam mit angehaltenem Atem zu lesen. Weil Keller überdies alle sechzehn Zeilen mit männlichen Kadenzen versieht, treffen an den Versgrenzen immer zwei Hebungen aufeinander, wodurch der Fluss der lyrischen Sprache ein ums andere Mal gestaut wird. Zudem dominiert ein ausgeprägter Zeilenstil, besonders markant wiederum in der Eingangsstrophe, die aus vier selbständigen Hauptsätzen besteht. Deutliche Enjambements, die den strengen Bau etwas auflockern, begegnen lediglich nach den Versen 11 und 13, wo sie die größtmögliche Annäherung des menschlichen Ich und der Nixe – in seinem Blick nach unten und ihrem Versuch, nach oben zu gelangen – formal nachbilden. Es ist allerdings eine Annäherung, die letztlich nicht zur Vereinigung führt.

Die Raumordnung, die Keller entwirft, wird von dem Gegensatz zwischen Oben und Unten, Weiß und Schwarz, Winterlandschaft und Wassertiefe geprägt, wobei die Eisschicht auf dem See eine undurchdringliche Grenze bildet. Die beiden Protagonisten, jeder in einer dieser Sphären festgebannt, bleiben daher getrennt; das Gedicht schildert eine Begegnung, die eigentlich keine ist. Wie hat man aber ihren Realitätsgehalt einzuschätzen? Was da abläuft, mutet jedenfalls höchst unwirklich und wie ein Traumgeschehen an, zumal das Ich beim Anblick des Wassergeschöpfs weder Überraschung noch Schrecken zeigt und „die Nix'" sogar mit dem bestimmten Artikel verbindet, so als wäre sie ihm längst vertraut. *Winternacht* scheint daher keinen äußeren Vorgang zu beschreiben, sondern eher eine innerseelische Konstellation bildhaft zu inszenieren. Eine zusätzliche Schlussstrophe, die in einer handschriftlichen Textfassung überliefert ist, bestätigt das sogar ausdrücklich:

Als ein heller Stern vom Himmel fiel,
Fuhr sie schreiend in die Tiefe da.
Mich durchschauerte ein bang Gefühl,
Wie wenn ich die eigne Seele sah.[23]

Der Dichter hat jedoch sicherlich gut daran getan, diese Verse zu streichen und die Ausdeutung der lyrischen Vision allein dem Gespür des Lesers zu überlassen.

Wenn das Gedicht einen Blick in die „eigne Seele" des Ich gestattet, so lässt sich deren Verfassung ohne weiteres in psychoanalytischen Kategorien beschreiben. Diese seelische Welt zerfällt in die „schwarze Tiefe" der triebhaften Leidenschaften und die Region des klaren, nüchternen Bewusstseins, während das Eis die Verdrängungsschranke symbolisiert, die die Mächte der „Tiefe" daran hindert, zur Oberfläche vorzustoßen. Das traumartige Szenario führt dem Sprecher also seine unheilbare Zerrissenheit vor Augen. In Gestalt des fremd-vertrauten Elementarwesens tritt ihm die unterdrückte, abgespaltene Triebwelt leibhaftig gegenüber.

Nixen und ihre Anverwandten waren seinerzeit ein recht konventionelles literarisches Motiv. Seit der klassisch-romantischen Epoche bevölkerten sie in großer Zahl die deutschsprachige Dichtung; erwähnt seien nur Goethes Ballade *Der Fischer*, Fouqués berühmte Erzählung *Undine*, die betörenden Sirenen bei Eichendorff, Heines Lorelei, die Schöne Lau in Mörikes *Stuttgarter Hutzelmännlein* und die Gedichte *Der schöne Tag* und *Die Fei* von Kellers Züricher Landsmann Conrad Ferdinand Meyer. Diese Hochkonjunktur war weder ein Zufall noch eine bloße Modeerscheinung. Über die Begegnung eines Mannes mit einer ebenso verlockenden wie bedrohlichen Wasserfrau konnten die Dichter vielmehr die inneren Konflikte des bürgerlichen Subjekts plastisch und szenisch gestalten. Wo der Einzelne im Zuge seiner Sozialisation unter dem Druck der komplexen bürgerlichen Gesellschaft eine starke verinnerlichte Selbstkontrolle, ein rigides Über-Ich entwickelte, musste sich das Reich der unerwünschten triebhaften Begierden wie ein dunkles, fremdartiges Territorium ausnehmen – damit entstand eben jene seelische Struktur, die Sigmund Freud später mit seinem Instanzenmodell wissenschaftlich zu beschreiben suchte. In der Nixe, die aus der Tiefe aufsteigt und ihr Opfer zu sich herabziehen will, kann man unschwer die unheimliche Wiederkehr des Verdrängten erkennen. Die menschliche (Trieb-)Natur wird poetisch auf die äußere Natur projiziert, wobei das abgespaltene Eigene des bürgerlichen Mannes, das in seiner Entfremdung mittlerweile zum ‚inneren Anderen' geworden ist, ganz folgerichtig auch in Gestalt des anderen Geschlechts erscheint. Deshalb ist die Wasserfrau gefährlich und verführerisch in einem, ein wildes, seelenloses Geschöpf, das zugleich höchsten Genuss verheißt. Dem Verlangen nach Entgrenzung und Befriedigung im freien Spiel der sinnlichen Begierden steht die Furcht vor dem Selbstverlust gegenüber, die Angst vor dem Zusammenbruch einer zivilisierten männlichen Identität, die in der anerzogenen, habituell gewordenen Triebbeherrschung verankert ist.

Keller hat noch andere Wasserfrauen-Gedichte geschrieben. In *Seemährchen*, gleichfalls aus den *Neueren Gedichten*, führt er die Motivtradition in den gewohnten Bahnen fort, indem er die erotische Verlockung eng mit einer tödlichen Bedrohung verknüpft. Die Nixe, die „mit lüsterner Hast" einen Fischer ins Wasser zieht, hat drei Tage lang ihren „Zeitvertreib" mit dem Ärmsten, bevor sie „den todten Leib / Aus ihren Armen gleiten" lässt und sich umgehend auf die Suche nach neuen Opfern macht (13, S. 355f.). Das vierte der „Siebenundzwanzig Liebeslieder" aus dem Band *Gedichte* wendet das Bild der Wasserfrau hingegen ins Heitere und Spielerische, wenn das Ich sein „Herz" mit einem „klare[n] See" vergleicht, in dessen verborgener Tiefe sich die Geliebte als „Nix' in goldnem Haar" tummelt (S. 66f.). *Winternacht* bleibt indes Kellers mit Abstand originellster Beitrag zur Literaturgeschichte der Nixen und Undinen. Das Moment der Gefährdung ist hier nur noch latent vorhanden. Wie das Wasser, das Element des lebendig Bewegten, Fließenden und Konturlosen par excellence, zu Eis erstarrt, so tritt an die Stelle einer aus Faszination und Angst gemischten Empfindung nun eine ganz andere, ja geradewegs entgegengesetzte Erfahrung, nämlich die quälende Einsicht in die fortdauernde *Unmöglichkeit* einer Vereinigung mit der Nixe. Damit erklärt sich auch der scheinbare Widerspruch in der metaphorischen Beschreibung der Eisschicht. Als „harte Decke" schützt sie den Sprecher davor, in den tödlichen dunklen Wassern der Nixe zum Opfer zu fallen, während sie es ihm als „dünne[s] Glas" zugleich erlaubt, das unerreichbare Objekt seines Begehrens mit voyeuristischer Präzision zu betrachten: „Dicht ich unter meinen Füßen sah / Ihre weiße Schönheit Glied für Glied".

Abgeschnitten von der triebhaften Quelle seiner Lebenskräfte und seiner tiefsten Glücksansprüche, verfällt das Ich jener Erstarrung und Vereisung, die Kellers Verse so eindrucksvoll gestalten. Mit Kälte, Isolation und dem Gefühl eines ‚lebendigen Todes' nimmt *Winternacht* Kernthemen der frühen Lyrik des Dichters auf, in deren Horizont der Text ohne Zweifel noch gehört, obwohl er, wahrscheinlich 1846 oder 1847 niedergeschrieben, für den Band *Gedichte* zu spät kam. Auch der Baum, das Wasser und der Himmel zählen zum festen

Motivbestand dieser Lyrik, doch während Keller sie sonst gerne als Sinnbilder des Lebens und der Hoffnung einsetzt, sind sie hier der unbarmherzigen Gewalt des Winters unterworfen. Am Ende bleibt dem Sprecher nur das Bild einer unerfüllbaren Sehnsucht, das sich für alle Zeiten in sein Gedächtnis einbrennt: „Ich vergess' das dunkle Antlitz nie, / Immer, immer liegt es mir im Sinn!"

Ausgehend von der Erzählung *Ursula* aus den *Züricher Novellen*, aber mit Blick auf das Gesamtwerk des Autors vertritt Horst Thomé die These, Keller sei im Gegensatz zu Freud außerstande gewesen, die Opfer, die auf dem Weg zu einem disziplinierten, kulturfähigen bürgerlichen Individuum gebracht werden müssen, zu erkennen: „Keller verfügt [...] nicht über Freuds genetisches Denken und hat auch kaum einen Begriff davon, was auf diesem Weg alles an Wünschen abgetrauert, sublimiert und verdrängt werden muß." Freilich sei auch nicht „abzusehen [...], wie das Problem mit dem kulturellen Wissen des späten 19. Jahrhunderts hätte bewältigt werden sollen".[24] Wie sehr Kellers dichterische Leistung mit solchen Behauptungen unterschätzt wird, sollte inzwischen deutlich geworden sein. Texte wie die Geschichte von der kleinen Meret oder *Winternacht* zeugen von seinen verblüffenden Einsichten in die Pathologie der bürgerlichen Psyche und demonstrieren überdies, wie virtuos er sie mit literarisch-ästhetischen Mitteln umzusetzen vermochte. Spannend wird Dichtung gerade da, wo sie über das übliche „kulturelle Wissen" ihrer Zeit hinausgeht und in ihrer eigentümlichen Bilder- und Formensprache Erkenntnisse ausdrückt, die in keinen anderen Diskurs überführt werden konnten.

Das Gedicht *Winternacht* entstand zwar vor Kellers Bekanntschaft mit Feuerbach, scheint für seinen Schöpfer aber auch nach diesem Einschnitt nichts von seiner bedrängenden Aktualität eingebüßt zu haben, denn andernfalls hätte er es wohl kaum in seine späteren Lyriksammlungen aufgenommen. Und in beiden Bänden wies er ihm eine herausgehobene Stellung zu: In den *Neueren Gedichten* steht es am Ende der Abteilung „Jahreszeiten", während es in den *Gesammelten Gedichten* die Rubrik „Buch der Natur" beschließt. Keller hat vermutlich nicht nur den überragenden Rang dieser Strophen erfasst, sondern auch bewusst darauf verzichtet, sie im Kontext der Sammlungen durch Folgetexte zu relativieren. In der Gestalt des Katers Spiegel und in einigen Stücken der Abteilung „Aus dem Leben" in den *Neueren Gedichten* entwarf er seine Vorstellung von einer ganzheitlichen humanen Existenz, die auch den Sinnen, den Trieben und Leidenschaften ihren gebührenden Platz einräumt. Es blieb ihm aber nicht verborgen, dass dieses Ideal im Widerspruch zu fundamentalen Strukturmerkmalen der bürgerlichen Gesellschaft und des von ihr geformten seelischen Habitus stand, weil es zwangsläufig mit den vielfältigen Verdrängungs- und Sublimierungsleistungen kollidierte, die der Einzelne erbringen muss, um ein vorbildlich diszipliniertes und sozial integriertes Individuum zu werden. Der skeptische Einspruch, den *Winternacht* poetisch formuliert, war daher auch durch Feuerbachs Philosophie keineswegs ‚erledigt'.

Eine ähnlich pessimistische Sicht auf die Normen einer vermeintlich perfekten Bürgerlichkeit eröffnet die Novelle *Romeo und Julia auf dem Dorfe* aus dem ersten Seldwyla-Band, die heute neben *Kleider machen Leute* Kellers populärste Erzählung ist. Das berühmt gewordene Eingangsszenario des Textes beschwört freilich zunächst eine ländliche Idylle ohne Fehl und Tadel. Die beiden Männer, die auf dem Feld ihrer Arbeit nachgehen und einander zum Verwechseln ähnlich sehen, scheinen idealtypisch den „sichern, gutbesorgten Bauersmann" und damit, noch vor jeder individuellen Differenzierung, „die ursprüngliche Art dieser Gegend" zu verkörpern (4, S. 74f.), weshalb der Erzähler ihre Eigennamen – Manz und Marti – auch erst mit einiger Verzögerung preisgibt. Ihre gleichförmige Tätigkeit ist in eine prächtige, in herbstlichen Farben leuchtende Landschaft eingebettet und gewinnt über den Vergleich mit den gesetzmäßigen kosmischen Bewegungen die Würde und Unanfechtbarkeit eines Naturphänomens:

> So pflügten beide ruhevoll und es war schön anzusehen in der stillen goldenen Septembergegend, wenn sie so auf der Höhe an einander vorbeizogen, still und langsam und sich mählich von einander entfernten, immer weiter auseinander, bis beide wie zwei untergehende Gestirne hinter die Wölbung des Hügels hinabgingen und verschwanden, um eine gute Weile darauf wieder zu erscheinen. (S. 75f.)

Dass der Autor die Repräsentanten einer soliden, produktiven und wohlgeordneten Existenz hier nicht aus den Reihen der Stadtbürger, sondern aus dem Landvolk wählt, sollte nicht zu Irritationen führen, denn eine derartige Verschiebung gehörte seinerzeit zu den geläufigen Selbstdarstellungs- und Selbststilisierungsstrategien traditionsbewusster bürgerlicher Gruppen in der Schweiz, die sich das erdverbundene Bauerntum gerne als Urquell aller hehren Tugenden vorstellten. Sie ist auch bei Keller häufiger anzutreffen. Es war bereits davon die Rede, dass der Erzähler im *Grünen Heinrich* sein Ideal einer unentfremdeten schöpferischen Wirksamkeit in die bäuerliche Sphäre verlagert, weil es in einem sehr prekären Verhältnis zu den Bedingungen der modernen Realität steht. Anders als die „höhere abstracte Welt" einer stark ausdifferenzierten Gesellschaft weiß die einfache Landbevölkerung, „welche ihr Leben unmittelbar der Natur und dem untersten Bedürfniß abgewinnt“, noch um „die Heiligkeit und die Bedeutung der Arbeit“ (12, S. 270). Deshalb ist sie gegen Unredlichkeit und schwindelhafte Phantastik gefeit und hält „Arbeit, Ordnung und Ausdauer“ hoch, genuin bürgerliche Werte, die Keller in einer seiner Gotthelf-Rezensionen gleichwohl als „Haupttugenden der Ackerbauer“ bezeichnet (15, S. 111f.).

Das Gedicht *Ordinärer Landwein* porträtiert in prunkvollen Stanzen einen reichen Landwirt, der sich mit Tatkraft und Umsicht eine selbständige Existenz geschaffen hat:

'nen Vetter hab' ich, einen Bauersmann,
Der hat sein Gut mit starker Hand geründet,
Daß all' sein Gut im weitgezognen Bann
Des Eigners hohe Willenskraft verkündet;
Was heißer Fleiß der Erd' entlocken kann,
Hat er in immergrüner Pracht entzündet,
Und in der Mitte steht sein stattlich Haus,
Die Fenster schimmern in das Land hinaus.
(13, S. 311)

Als weiser und lebenskluger Mensch verbindet dieser Vetter redliche Mühsal mit maßvollem Genuss. Ganz ähnlich schildern die Verse von *Heimweh* das Schweizer Bauernvolk „[a]n den schönen Limmathborden“:

Ja, mit ruhig festem Schritte
Schreiten dort die Männer hin!
Klar und einfach ist die Sitte,
Klug und ernst der freie Sinn.
Und in ihrer sichren Mitte
Wuchsen Recht und Freiheit groß;
Das Gesetz schmückt jede Hütte,
Jeden Herd ziert ein Geschoß.
(S. 320)

Und in der Novelle *Frau Regel Amrain und ihr Jüngster* steht das „Häuflein rechtlicher Landleute“, das pflichtbewusst zur Wahlversammlung in der Stadt erscheint, den liederlichen Seldwylern gegenüber, die den Tag lieber im Wirtshaus verbringen (4, S. 208). Auch Manz und Marti können von der Höhe ihres

Wohlstands und ihrer Reputation verächtlich auf die „Lumpenhunde zu Seldwyl" herabschauen (S. 77).

Doch in *Romeo und Julia auf dem Dorfe* erweist sich die ländliche Idylle von Solidität, Fleiß und redlicher Arbeit rasch als brüchig, denn unter der vermeintlich naturhaften Ordnung des menschlichen Daseins sind massive Interessenkonflikte und ein krasser materieller Egoismus verborgen. Eine subtile Vorausdeutung auf das kommende Unheil liefert der Erzähler, wenn er die vom Wind hin und her geworfenen Mützenzipfel von Manz und Marti mit „zwei weiße[n] Flammen" vergleicht, die „gen Himmel züngelten" (S. 75). Die Bauern gewinnen damit das Aussehen gespenstischer ‚Feuermänner', in denen der Volksaberglaube die unseligen Geister von „Grenzfrevler[n]" erblickte, die nach ihrem Tode umgehen mussten, weil sie einst „Grenzsteine versetzt" oder ihren „Nachbarn Land abgepflügt" hatten.[25] Genau darin wird der Sündenfall der beiden Protagonisten bestehen, die sich bald Stück für Stück das verwaiste mittlere Feld zwischen ihren Äckern unter den Nagel reißen.

Schon vorher fallen allerdings tiefe Schatten auf die vermeintlich so wackeren und tüchtigen Bauersleute. Wem jener brachliegende Acker von Rechts wegen gehört, wissen Manz und Marti sehr genau, denn das markante Gesicht des umherziehenden schwarzen Geigers kündet unmissverständlich von seiner Abkunft und seinem Erbanspruch. Die Dörfler sind indes bemüht, „diesem Geiger das Heimatsrecht in unserer Gemeinde abzustreiten, da man uns den Fetzel fortwährend aufhalsen will", und verschanzen sich deshalb hinter kleinlichen juristischen Bedenken: „das geringste Fetzchen Papier, ein Stücklein von einem Taufschein würde meinem Gewissen besser thun, als zehn sündhafte Menschengesichter" (S. 78). Ihre Reden lassen erkennen, wie stark sich die ‚gute Gesellschaft' der ansässigen Grundbesitzer über die strikte Abgrenzung von den „Heimatlosen" definiert, von jenem verachteten fahrenden Volk, das außerhalb der dörflichen Ordnung steht. Der schwarze Geiger „sagt zwar, er sei nicht Schuld, daß man ihn nicht getauft habe! Aber sollen wir unsern Taufstein tragbar machen und in den Wäldern herumtragen? Nein, er steht fest in der Kirche" (S. 78).

Die Abwehr der legitimen Ansprüche des Ausgestoßenen hat einen klar umrissenen sozialgeschichtlichen Hintergrund, denn mit dem „Heimatsrecht" waren bedeutende politische und materielle Privilegien verknüpft. So musste ein Gemeindeangehöriger im Falle der Not unterstützt werden, wovon später Vrenchens Vater profitiert, wenn er, inzwischen völlig mittellos und zudem durch eine Kopfverletzung um den Verstand gekommen, „von der Gemeinde in einer Stiftung für dergleichen arme Tröpfe auf öffentliche Kosten untergebracht" wird (S. 121). Kein Wunder also, dass man die Vergabe des Bürgerrechts in der Schweiz damals äußerst restriktiv handhabte und insbesondere Besitzlose davon auszuschließen suchte, die ja mitsamt ihren Kindern aller Wahrscheinlichkeit nach der Gemeinde zur Last fallen würden. Auf die Exklusivität des bevorrechtigten Kreises, die es aufrechtzuerhalten gelte, spielt Marti ausdrücklich an, wenn er feststellt: „Wir sind schon übervölkert im Dorf und brauchen bald zwei Schulmeister" (S. 78f.). So lebten im 19. Jahrhundert auf dem Gebiet der Eidgenossenschaft zahlreiche misstrauisch beäugte Vaganten, ‚Herumtreiber' oder ‚Zigeuner', die im Kosmos der bürgerlich-bäuerlichen Gesellschaft keinen Platz fanden und für die Behörden zu einem ordnungs- und sozialpolitischen Problem ersten Ranges wurden.

Es war durchaus üblich, die ebenso große wie heterogene Gruppe dieser Heimatlosen zum finsteren Gegenbild aller bürgerlichen Tugenden, zu einem wahren Pfuhl des Müßiggangs, der Liederlichkeit und des Verbrechens zu stilisieren, und auch in Kellers Novelle repräsentiert das wandernde „Kesselvolk" (S. 78) für die ehrbaren Bauern das Unordentliche und Unsolide schlechthin. Doch wie der Text enthüllt, ist diese Gegenwelt keineswegs naturwüchsig, sondern vielmehr ein Produkt der rigorosen Ausgrenzungsstrategien, mit denen sich die herrschende Ordnung absichert. Der schwarze Geiger, der durch die gesamte Erzählung geistert, erweist sich als Opfer einer Gesellschaft, die auf elitäre Abschließung dringt; seine gespenstische Aura verbirgt ein sozial deklassiertes Individuum. Ähnliches gilt für jenen mittleren Acker, der „brach und wüst" daliegt (S. 74) und als „verwilderte[s] Wesen" (S. 77) ganz augenfällig die Sphäre der Unordnung symbolisiert. Er ist eben nicht einfach *wild* wie ein Urwald, sondern *ver*wildert, oder noch genauer: Man *lässt* ihn bewusst verwildern, indem man ihn seinem rechtmäßigen Eigentümer vorenthält. Zu einer unfruchtbaren Wüstenei wird er nicht zuletzt dadurch, dass Manz und Marti jeden Stein, den sie beim Pflügen auf ihren Feldern finden, mit Schwung auf das verwaiste Nachbargrundstück befördern!

Die feste Ordnung bleibt in *Romeo und Julia auf dem Dorfe* dialektisch auf die Verwilderung bezogen, weil sie diesen Widerpart selbst erst hervorbringt. Und dass Wildheit und Verkommenheit gerade innerhalb der geordneten Sphäre und unter der schönen Decke der Wohlanständigkeit lauern, zeigt sich bald auch im psychologischen Bereich, wenn die beiden Bauern, nachdem Manz den kärglichen Rest des herrenlosen Feldes ersteigert hat, wegen eines „unbedeutenden Ackerzipfel[s]" einen jahrelangen Prozess führen, der sie schließlich ins Verderben stürzt. „Die Gedanken der sonst so wohlweisen Männer waren nun so kurz geschnitten wie Häcksel", verkündet der Erzähler, und tatsächlich kann ihr erbittertes Ringen nicht mehr mit rationalem Kalkül erklärt werden. Statt dessen regiert jetzt allein die „Leidenschaft des Streites" (S. 88). Dunkle, triebhafte Regungen bemächtigen sich der Kontrahenten und liefern sie der „träumerischen Qual zweier Verdammten" aus, „welche auf einem schmalen Brette einen dunkeln Strom hinabtreibend sich befehden, in die Luft hauen und sich selber anpacken und vernichten, in der Meinung, sie hätten ihr Unglück gefaßt" (S. 88f.). Von blinder Gier, kleinlichem Neid und bornierter Rechthaberei ergriffen, werden Manz und Marti zu „verwilderten Männer[n]" (S. 102), „wild und liederlich" (S. 106), so wie sie zuvor den fatalen Acker verwildern ließen, und zerfleischen einander „wie zwei wilde Tiere" (S. 150). Dabei spiegelt sich der innere Verfall in einem äußeren, denn beider Häuser und Höfe verwahrlosen mit der Zeit ebenso wie ihre Besitzer.

Um dem Leser noch die letzten Illusionen zu rauben und die idyllische Harmonie vollends zu zertrümmern, versichert Kellers Erzähler obendrein, der Landraub von Manz und Marti sei unter ihren Mitbürgern gar nichts Ungewöhnliches gewesen; die beiden zählten nämlich „zu den besten Bauern des Dorfes" und hätten „nichts weiter gethan [...], als was zwei Drittel der übrigen unter diesen Umständen auch gethan haben würden" (S. 84). Die typisierten Züge, die diese Zwillingsfiguren aufweisen und die anfangs im Sinne einer vorbildlichen Ursprünglichkeit verstanden werden konnten, wenden sich damit ins Negative. Kellers Protagonisten repräsentieren eine von hemmungsloser Besitzgier geprägte Gesellschaft, die Recht und Gerechtigkeit nur herbeizitiert, wenn sie ihren eigennützigen Zwecken dienen.

Die märchenhaft reine Liebe zwischen den Kindern der beiden Familien leuchtet vor diesem finsteren Hintergrund nur umso stärker und wirkt wie ein tröstliches Gegenbild zu dem Egoismus ihrer Umwelt. Sie hat ihre Wurzeln in der langjährigen Vertrautheit der Spielgefährten, entzündet sich aber erst bei einem späteren Wiedersehen, als Sali und Vrenchen eine Handgreiflichkeit der Väter zu schlichten versuchen und dadurch unvermutet „in dichte Berührung" miteinander kommen: „in diesem Augenblicke erhellte ein Wolkenriß, der den grellen Abendschein durchließ, das nahe Gesicht des Mädchens und Sali sah in dies ihm so wohlbekannte und doch so viel anders und schöner gewordene Gesicht. Vrenchen sah in diesem Augenblicke auch sein Erstaunen, und es lächelte ganz kurz und geschwind mitten in seinem Schrecken und seinen Thränen ihn an" (S. 103). Mitten in Zank und Streit, unter düsteren Regenwolken und einem aufziehenden Gewitter, ereignet sich ein magischer Moment, ein schicksalhafter Augen-Blick in des Wortes doppelter Bedeutung. Und die Bindung, die hier so blitzartig zustande kommt, wird bis in den Tod fortdauern.

Sali und Vrenchen verstehen ihre Liebe als eine exklusive Beziehung, die zwei Individuen auf Gedeih und Verderb aneinander kettet und absolute Treue fordert. Sie empfinden sie als Refugium in einer gleichgültigen oder feindseligen Welt, in der jeder von ihnen umso mehr auf den Partner fixiert ist, je weniger ihm sonst auf Erden bleibt: „Ich glaube das Elend macht meine Liebe zu Dir stärker und schmerzhafter" (S. 123). Die Intensität ihrer Neigung entspricht dem Maß ihrer Not und ihrer zunehmenden sozialen Isolation. Von tiefer Symbolkraft ist die Szene, in der sie sich in ein wogendes Kornfeld zurückziehen und sich „einen engen Kerker in den goldenen Aehren" bauen, „so daß sie nur den tiefblauen Himmel über sich sahen und sonst nichts von der Welt" (S. 116). Sobald sie diesen Schutzraum verlassen, laufen sie Gefahr, mit der verständnislosen Kälte ihrer Mitmenschen konfrontiert zu werden, wie es auf der Kirchweih geschieht, wo sie Bekannte aus dem Dorf treffen. Der Kontrast zwischen der „andächtige[n] Innigkeit" der beiden und den neugierigen oder kritischen Blicken der Betrachter unterstreicht die Einsamkeit der Liebenden:

> Die Verwunderung dieser Zuschauer war ganz seltsam gemischt aus Mitleid mit dem Unglück, aus Verachtung der Verkommenheit und Schlechtigkeit der Eltern und aus Neid gegen das Glück und die Einigkeit des Paares, welches auf eine ganz ungewöhnliche und fast vornehme Weise verliebt und aufgeregt war und in dieser rückhaltlosen Hingebung und Selbstvergessenheit dem rohen Völkchen eben so fremd erschien, wie in seiner Verlassenheit und Armut. (S. 144)

Erst in der Rückschau enthüllt sich die bedrohliche Vorausdeutung, die in den unbefangenen kindlichen Spielen auf dem verwilderten Acker verborgen war: Schon damals entfaltete sich die Gemeinschaft von Sali und Vrenchen auf einem Terrain, das jenseits der Normen der gesellschaftlichen Ordnung lag. Da beide nun auch als junge Erwachsene im sozialen Raum unbehaust sind und bleiben, erhöhen sie notgedrungen ihre Liebe zu einem metaphorischen Zufluchtsort, der ihnen die ersehnte Geborgenheit bietet. Sali erwirbt für Vrenchen ein „Liebeshaus" (S. 146) aus Lebkuchen, während sie ihm ein Herz kauft, das mit Sinnsprüchen beklebt ist: „‚Ach,' seufzte Vrenchen, ‚Du schenkst mir ein Haus! Ich habe Dir auch eines und erst das wahre geschenkt; denn unser Herz ist jetzt unser Haus, darin wir wohnen, und wir tragen so unsere Wohnung mit uns, wie die Schnecken! Andere haben wir nicht!'" (S. 143) In der Liebe glauben die jungen Leute „das verschwundene Glück des Hauses" wiederzufinden, das ihre Väter mutwillig zerstört haben, „und beider Neigung klammerte sich nur um so heftiger in einander" (S. 150).

Den außerordentlichen Rang, den Sali und Vrenchen ihrer Liebe verleihen, drückt Keller sinnfällig durch deren religiöse Überhöhung aus, die ein Leitmotiv der Erzählung bildet. Das Dorf, in dem die Geliebte wohnt, erscheint Sali wie „ein himmlisches Jerusalem [...] mit zwölf glänzenden Pforten" (S. 106), und einen Höhepunkt ihrer Liebesseligkeit erfahren die beiden in einem Wirtshaus, das den Namen „Paradiesgärtlein" trägt und mit Bildern von Engeln und Heiligen dekoriert ist (S. 147). Vrenchen, die „bräunliche Dirne" (S. 115), erinnert überdies an die Braut aus dem biblischen Hohenlied (vgl. Hld 1,5f.), als dessen Verfasser König Salomon (Sali!) gilt. Alle diese Elemente aus der jüdisch-christlichen Sphäre sind in *Romeo und Julia auf dem Dorfe* freilich vollkommen säkularisiert, so wie die Erzählung umgekehrt mit ihrer Hilfe der weltlichen Liebe eine sakrale Aura verleiht. Christliche Religiosität im eigentlichen Sinne spielt im Denken der Protagonisten nicht die geringste Rolle. Deshalb weckt der Plan eines gemeinsamen Freitods, der für gläubige Menschen eine schwere Sünde bedeuten würde, auch keinerlei Skrupel bei ihnen, und sie wissen von keinem Jenseits, das ein Wiedersehen nach dem irdischen Leben verspricht. Der Tod ist für sie die äußerste Grenze ihrer Existenz, und so sind sie fasziniert von der Idee, „daß wir sterben könnten und dann alles vorbei wäre" (S. 156).

Darum kann die Novelle die christliche Motivwelt auch ohne weiteres mit einer heidnisch-dionysischen Symbolik verknüpfen. Der Bildschmuck an den Wänden des Paradiesgärtleins ist „reichlich mit Weinreben übersponnen", und „blaue reifende Trauben" verweisen in ihrer üppigen Fülle auf sinnlichen Lebensgenuss. Die abgebildeten Figuren lassen ohnehin den rechten religiösen Ernst vermissen: Musizierende Putten, „lustige Engelscharen, sowie singende und tanzende Heilige" sind da zu sehen (S. 146). Und wenn Sali und Vrenchen später mit der Schar der Vaganten ausgelassen durch die Gegend streifen, erinnert dieser bacchantische „tolle nächtliche Zug" gar an den „Blocksberg", auf dem die Hexen ihre Feste feiern (S. 153f.). Die Tendenz, die Geschlechtsliebe zu einer neuen, rein diesseitigen Religion, zum Inbegriff des Glücks und zur obersten sinnstiftenden Instanz des menschlichen Lebens zu stilisieren, ist in der Literatur spätestens seit der Romantik häufig zu beobachten. In dieser Tradition steht auch Feuerbach, der die weltliche Umdeutung religiöser Wertvorstellungen ja explizit propagierte und anthropologisch begründete. Der Gedanke, dass der gemeinsame Tod des Paares die höchste Feier einer solch heiligen Liebe sei, lag damals ebenfalls förmlich in der Luft. Nur wenige Jahre nach dem Erscheinen von *Romeo und Julia auf dem Dorfe* schuf Richard Wagner, der während seiner Züricher Zeit übrigens zu Kellers Bekanntenkreis gehörte, seine Oper *Tristan und Isolde*.

Für Sali und Vrenchen umfasst ihre Liebesbeziehung ganz selbstverständlich auch leidenschaftliches Begehren und erotische Erfüllung. Die Novelle übt in dieser Hinsicht zwar, den Konventionen des bürgerlichen Anstands folgend, große Zurückhaltung, arbeitet aber mit einer Vielzahl subtiler Sexualsymbole, etwa in der Szene, in der Sali sorgfältig Vrenchens Fuß abmisst, um die benötigten Tanzschuhe kaufen zu können. Und wenn sich der Erzähler am Schluss, als die beiden auf dem Heuschiff ihre Hochzeitsnacht halten, taktvoll zurückzieht und das Geschehen nur noch aus großem Abstand schildert, hebt er durch diese auffällige Dezenz die Bedeutung des körperlichen Liebesglücks erst recht hervor.

Die Tragik des Paares liegt darin, dass ihm nur eine kurze Frist beschieden ist. Es fragt sich jedoch, ob eine derartige Liebe in ihrer ungeheuren Intensität unter anderen Bedingungen überhaupt gedeihen könnte, ob also das eigentümliche Romeo-und-Julia-Muster nicht per se an eine strenge zeitliche Beschränkung geknüpft ist. Sali und Vrenchen erleben ihre Beziehung gerade deshalb so glühend und rauschhaft, weil sie sich in wenigen Stunden zusammendrängt: „Denn die armen Leutchen mußten an diesem einen Tage, der ihnen vergönnt war, alle Manieren und Stimmungen der Liebe durchleben und sowohl die verlorenen Tage der zarteren Zeit nachholen als das leidenschaftliche Ende vorausnehmen mit der Hingabe ihres Lebens“ (S. 138). Die ungewisse, düstere Zukunft, der sie entgegengehen, verleiht der gelebten Gegenwart „nur einen seltsamern erhöhten Glanz und Schein“ (S. 127). Hier kehrt eine Gedankenfigur, die Keller unter Feuerbachs Einfluss in den Mittelpunkt seiner post-metaphysischen Ethik rückte, in extremer Zuspitzung wieder: Das Wissen um die Endlichkeit des menschlichen Daseins steigert das Lebensgefühl; „die köstliche Neige Zeit“ (13, S. 338) schmeckt umso besser, als sie nur aus ein paar Tropfen besteht. Ohnehin könnte die Liebe des Paares in dieser Form schwerlich von Dauer sein. In ihrer exaltierten Unbedingtheit verdankt sie sich einer befristeten Ausnahmesituation und der Ferne von den Niederungen eines Alltags, dessen Bewältigung den Partnern noch ganz andere Tugenden abverlangen würde als selbstlose Hingabe und feuriges Begehren.

Zuletzt sind Sali und Vrenchen völlig ortlos geworden. Ihnen bleiben nur ein gekapertes Schiff, das führerlos flussabwärts treibt, die heimliche Liebesnacht auf dem Wasser und der Freitod in dem strömenden Element, mit dem sie alle Ordnungen der bürgerlichen Welt endgültig hinter sich lassen. Mit dem Untergang der Protagonisten kommt nun auch die intertextuelle Parallele zu Shakespeares Stück, auf die schon der Titel der Erzählung aufmerksam macht, an eine Grenze, die nicht nur Äußerlichkeiten der Zeit und des Milieus betrifft.

Keller übernimmt von dem englischen Dramatiker die Konstellation zweier verfeindeter Familien, das Gegenbild einer leidenschaftlichen Liebe, die ihre Intensität aus der Isolation und der zeitlichen Begrenzung bezieht, sowie die Besiegelung ihrer existenziellen Tiefe durch die Todesbereitschaft der Liebenden. Doch Shakespeares Helden sterben jeder für sich in Verzweiflung, weil der jeweilige Partner tot ist oder für tot gehalten wird, während Sali und Vrenchen freiwillig und bewusst gemeinsam ins Wasser gehen. Wie sieht das fatale Dilemma aus, das sie in den Doppelselbstmord treibt?

Niemals würden Romeo und Julia auf den Gedanken verfallen, um der gesellschaftlichen Konventionen willen auf eine gemeinsame Zukunft zu verzichten, denn ihre Liebe setzt sich radikal über alle Schranken der Tradition, der Moral und der familiären Bindungen hinweg. Diese Haltung teilt Kellers Paar nicht. Sali und Vrenchen wollen sich „von Rechts wegen angehören" (4, S. 135) und sehnen sich, beseelt von dem „Gefühl, in der bürgerlichen Welt nur in einer ganz ehrlichen und gewissenfreien Ehe glücklich sein zu können", nach einem „guten Grund und Boden", nach sozialer Akzeptanz und Solidität (S. 150). Die beiden brechen also, obwohl sie sich als unbehauste Außenseiter erfahren, keineswegs mit den gesellschaftlichen Normen und erachten die herrschenden Vorstellungen von Recht und Ehre nach wie vor als verpflichtend. Wenn Vrenchen im Gespräch mit einer leichtgläubigen Bäuerin ihr künftiges Dasein als „wohlhabende Stadtfrau" (S. 132) ausmalt – angeblich hat Sali in der Lotterie gewonnen –, steckt hinter der spaßigen Schwindelei ein tiefer Ernst, nämlich der heimliche Wunsch des jungen Mädchens, einen respektablen Hausstand zu führen. Vrenchen liebt es, „sich an einem stattlichen Orte zu Hause zu träumen" (S. 136), und ist selig, als sie im Gasthaus für eine sittsame Braut gehalten wird und die freundliche Wirtin dem Pärchen ein Glück prophezeit, das sich auf fundamentale bürgerliche Werte gründet: „Ordentliche Leute können etwas zuwege bringen, wenn sie so jung zusammen kommen und fleißig und treu sind" (S. 139). Großen Wert legen die Liebenden auf Sauberkeit und Anstand. Immer wieder betont der Erzähler, wie adrett sie gekleidet sind und wie gesittet sie sich betragen, und wenn Sali sich „ehrbar und männlich" ausstaffiert, will er damit seine unantastbare Redlichkeit demonstrieren: „ich bin ehrlich und fürchte niemand" (S. 128).

Eine Eheschließung ist unter den gegebenen Umständen jedoch undenkbar. Es fehlt an den materiellen Voraussetzungen für die Gründung eines Hausstandes, und wer keinen Besitz nachweisen konnte, hätte damals gar keine behördliche Heiratserlaubnis erhalten. Andererseits kommt für die Protagonisten, die innerlich so eng an die bürgerliche Ordnung und ihre Maßstäbe gebunden bleiben, auch die Alternative, die ihnen der schwarze Geiger eröffnet, nicht in Betracht: „Ich rate Euch, nehmt Euch, wie Ihr seid und säumet nicht. Kommt mit mir und meinen guten Freunden in die Berge, da brauchet Ihr keinen Pfarrer, kein Geld, keine Schriften, keine Ehre, kein Bett, nichts als Eueren guten Willen! [...] Laßt fahren die Welt und nehmet Euch und fraget niemandem was nach!" (S. 151) Für Sali und Vrenchen verkörpert der Geiger die Hingabe an den ungehemmten Trieb, das Ausleben der Leidenschaften „ohne Hindernis und Schranken" (S. 152). Er wird im Text bezeichnenderweise stets aus der Außenperspektive dargestellt und trägt, mehr Vertreter einer bestimmten Lebenshaltung als unverwechselbares Individuum, keinen Eigennamen. Auf die Liebenden wirkt er ambivalent, weil er eine faszinierende Verlockung ausstrahlt, zugleich aber eine Bedrohung jener Werte repräsentiert, die sie keinesfalls preisgeben wollen. So ist der Geiger in ihren Augen sowohl ein potenzieller Beschützer als auch ein teuflischer Verführer, dem sie schließlich wohlweislich den Rücken kehren. Je näher Sali und Vrenchen nach ihrem realen sozialen Status an die Fahrenden heranrücken, desto entschiedener beharren sie auf einer strikten moralischen Abgrenzung von dem verachteten „Hudelvölkchen" (S. 147).

Hier liegt das große Paradoxon, das Keller gestaltet. Obwohl die Liebenden keinen sozialen Ort mehr besitzen, klammern sie sich weiterhin unbeirrt an die vertrauten gesellschaftlichen Regeln und Sittlichkeitsnormen, die sie verinnerlicht haben, und können sich jenseits davon keine sinnvolle Existenz vorstellen. Der Erzähler nennt ihre Sehnsucht, im Einklang mit den herrschenden Normen zu leben, „die letzte Flamme der Ehre, die in früheren Zeiten in ihren Häusern geglüht hatte und welche die sich sicher fühlenden Väter durch einen unscheinbaren Mißgriff ausgeblasen und zerstört hatten" (S. 150) – Sali und Vrenchen pflegen das bürgerliche Denken in reinerer Form, als es die ältere Generation je getan hat. Anders als für Shakespeares Dramenhelden ist die Liebe für sie kein absoluter Wert, der alle anderen Rücksichten gegenstandslos werden ließe. Zwar steht der Konflikt zwischen den Ansprüchen der Liebe und den Zwängen von Familie und Gesellschaft im Mittelpunkt beider Texte. Doch während diese Frontlinie bei Shakespeare klar und eindeutig zwischen dem verschworenen Paar und seiner Umgebung verläuft, zieht Keller sie mitten durch die seelische Welt und das Gefühlsleben der Protagonisten. So versteht Vrenchen auch Salis Gewalttat gegen ihren Vater, die doch immerhin in Verteidigung der Geliebten geschah, als unüberwindliches Hindernis für eine dauerhafte Beziehung: „Dies würde immer ein schlechter Grundstein unserer Ehe sein und wir beide nie sorglos werden, nie!" (S. 123) Was für ein Unterschied zu einer Julia Capulet, die den Tod ihres Vetters Tybalt durch Romeos Hand zwar beklagt, aber durchaus keinen Grund sieht, deshalb ihre eigene Zukunft mit dem Mörder in Frage zu stellen!

Ein gemeinsames Leben erscheint Sali und Vrenchen aus den genannten Gründen ebenso unmöglich wie eine Trennung, die ihre Leidenschaft nicht dulden würde. Zweimal bringt Vrenchen das Dilemma auf den Punkt: „Ich werde es aber nicht aushalten ohne Dich, und doch kann ich Dich nie bekommen“ (S. 123), sagt sie, und an späterer Stelle heißt es: „Wir können nicht zusammen sein und doch kann ich nicht von Dir lassen, nicht einen Augenblick mehr, nicht eine Minute!“ (S. 149) Gemeinsam zu sterben, erweist sich da als der einzige Ausweg. Während Shakespeares Akteure, salopp gesprochen, lediglich Pech haben, weil unglückliche Zufälle den Rettungsplan vereiteln, mit dem sie ihre feindselige Umwelt zu überlisten gedachten, entwickelt sich die Tragik in *Romeo und Julia auf dem Dorfe* aus der inneren Einstellung des Paares selbst, die ihm die Verwirklichung einer im Wortsinne unbedingten Liebe im Leben nicht erlaubt.

Tragisch wirkt das Geschehen aber auch deshalb, weil der Leser die Anhänglichkeit der Liebenden an das bürgerliche Ethos als Illusion zu durchschauen vermag. Ihnen schwebt ein Ideal sozialer Geborgenheit und Stabilität vor, das sie von früher her zu kennen glauben, denn sie haben „noch die Ehre ihres Hauses gesehen in zarten Kinderjahren und erinnerten sich, wie wohlgepflegte Kinderchen sie gewesen und daß ihre Väter ausgesehen wie andere Männer, geachtet und sicher“ (S. 150). Dieses Ideal ist jedoch ein trügerischer Schein, der auf einem ganz äußerlichen Verständnis von „Ehre“ beruht. Wie schon die Eingangssequenz der Erzählung zeigt, waren Manz und Marti in Wahrheit nie jene anständigen, redlichen Männer, die ihre Kinder im nostalgischen Rückblick in ihnen sehen wollen. Sali und Vrenchen bewahren sich das „phantasmatisch gewordene Bild einer intakten bürgerlich-patriarchalischen Ordnung“[26], das die Novelle längst zertrümmert hat.

Auch mit dem Schluss seines Werkes weicht Keller von seinem dramatischen Bezugstext ab, denn während sich bei Shakespeare die verfeindeten Familien über den Leichen ihrer Kinder versöhnen, verweigert *Romeo und Julia auf dem Dorfe* jede Katharsis. Statt dessen werden Zeitungsberichte über das Ende der Liebenden zitiert, die nur zynisch wirken können: „man nehme an, die jungen Leute haben das Schiff entwendet, um darauf ihre verzweifelte und gottverlassene Hochzeit zu halten, abermals ein Zeichen von der um sich greifenden Entsittlichung und Verwilderung der Leidenschaften“ (S. 159). Einen Kommentar dazu gibt der Erzähler nicht ab. Ohnehin hält er sich mit expliziten

Bewertungen zurück, soweit es um das Liebespaar geht; allenfalls vereinzelt deutet sich Mitleid an, wenn beispielsweise von den beiden „armen Leutchen" die Rede ist (S. 138). Aber seine Anteilnahme wird auf einer anderen Ebene spürbar, nämlich in dem differenzierten, einfühlsamen Duktus der Schilderung, die er den Schicksalen des Paares und seinen seelischen Nöten widmet. Die lapidare Schlusspartie, die dem (fiktiven) Fremdtext der Zeitungen und seiner kalten Verständnislosigkeit das Wort lässt, muss vor diesem Hintergrund als impliziter Appell an das Publikum gelesen werden, sich auf der Grundlage des zuvor Erzählten ein gerechteres Urteil zu bilden.

Mit der Wendung von der „Verwilderung der Leidenschaften" greifen die Zeitungsberichte noch einmal einen Schlüsselbegriff der Novelle auf. Ihr moralisierendes Urteil basiert freilich auf einem grotesken Missverständnis, sind Sali und Vrenchen doch gerade deshalb in den Tod gegangen, weil sie die bürgerlichen Werte und Normen bis zuletzt hochgehalten haben! Eine Art von Wildheit wird dem Paar, das seinem sexuellen Verlangen endlich nachgibt, im Text zwar tatsächlich zugeschrieben – Vrenchens „leidenschaftliche Entschiedenheit" korrespondiert dem „wilden und heißen Verlangen" ihres Geliebten (S. 156) –, aber dass diese triebhaften Begierden nicht durch eine bürgerliche Ehe sozial integriert und kanalisiert werden können, ist nicht die Schuld der beiden. Wieder übersieht die offizielle Gesellschaft, dass die vermeintliche „Verwilderung" keineswegs das ‚ganz Andere' ihrer festen Ordnung, sondern vielmehr deren höchsteigenes Produkt darstellt, in diesem Fall als Folge von sozialen Restriktionen, materiellem Eigennutz und selbstgerechter Intoleranz.

In der Erstausgabe der *Leute von Seldwyla* aus dem Jahre 1856 war der Novellenschluss noch breiter ausgeführt. Von Interesse ist hier vor allem der erste der beiden Absätze, die Keller später gestrichen hat und in denen sich der reflektierende Erzähler zu Wort meldet:

> Was die Sittlichkeit betrifft, so bezweckt diese Erzählung keineswegs, die That zu beschönigen und zu verherrlichen; denn höher als diese verzweifelte Hingebung wäre jedenfalls ein entsagendes Zusammenraffen und ein stilles Leben voll treuer Mühe und Arbeit gewesen, und da diese die mächtigsten Zauberer sind in Verbindung mit der Zeit, so hätten sie vielleicht noch alles möglich gemacht; denn sie verändern mit ihrem unmerklichen Einflusse die Dinge, vernichten die Vorurtheile, stellen die Ehre her und erneuen das Gewissen, so daß die wahre Treue nie ohne Hoffnung ist. (21, S. 194)

Dieser Versuch, mit Triebkontrolle, Fleiß und Arbeitsethos noch einmal die wichtigsten bürgerlichen Tugenden stark zu machen, klingt reichlich philisterhaft, aber ganz unrecht hat der pedantische Kommentator nicht. Verhält es sich nicht wirklich so, dass Sali und Vrenchen vor den Mühen eines profanen Alltags in den „Rausch der Seligkeit" des Liebestodes fliehen (4, S. 157) und damit der Probe auf die Beständigkeit und Dauerhaftigkeit ihrer Neigung aus dem Wege gehen? Allerdings ist der knappere Ausgang der endgültigen Version ungleich wirkungsvoller. Skeptisch-nüchterne Überlegungen, wie sie eben angedeutet wurden, fehlen in dieser Fassung gänzlich, wenn man etwa von dem Hinweis des Erzählers auf Salis „unerfahrene Leidenschaft" absieht, die „nicht beschaffen" sei, „sich eine lange Zeit der Prüfung und Entsagung vorzunehmen" (S. 149f.). Durch die Kürzung des Schlusses hat Keller die gesellschaftskritische Tendenz seiner Erzählung beträchtlich verschärft und auf jede Milderung oder Vermittlung verzichtet. Erst jetzt inszeniert *Romeo und Julia auf dem Dorfe* einen umfassenden Bankrott der bürgerlichen Ideale von humaner Ordnung und Sittlichkeit.

5. „Was bist Du für ein Weib?“ – „Was bist Du für ein Mann?“ Liebeswirren und Geschlechterrollen

Frauenbilder

Während eines Gesprächs unter Freunden über die Reize Italiens und beim Nachgrübeln über die „südlichen Weiber“ sei er plötzlich von dem tiefen „Verlangen nach einem feinen heimischen Liebesglücke“ ergriffen worden, notierte Gottfried Keller am 15. September 1847 in seinem *Traumbuch* (18, S. 125/127). Diese Sehnsucht wurde nie gestillt: Der Dichter blieb unverheiratet und scheint keine einzige echte, auf Wechselseitigkeit gegründete Liebesbeziehung erlebt zu haben. Das familiäre Schicksal des Schmollers Pankraz war auch das seine – vaterlos aufgewachsen, löste er sich nie von Mutter und Schwester und verharrte bis ins hohe Alter gewissermaßen in der Rolle des behüteten Kindes. Für sein Junggesellentum gab es mehrere Gründe. Keller war zwar kein verkrüppelter Zwerg, wie manchmal behauptet worden ist, aber doch recht kurzbeinig und von verhältnismäßig kleiner Statur, während er zugleich eine unglückliche Vorliebe für besonders stattliche, hochgewachsene Damen hegte. Sein Mangel an gesellschaftlichem Schliff und gepflegten Umgangsformen, seine oftmals mürrische, wortkarge Art und seine prekäre ökonomische Lage, die sich erst 1861 mit der Übernahme des Staatsamtes zum Besseren wandte, dürften ebenfalls ihren Teil dazu beigetragen haben, dass die Neigungen, die er im Laufe der Jahre verschiedenen Frauen entgegenbrachte, nicht erwidert wurden; zudem fehlte es ihm auf diesem heiklen Gebiet offenbar an Selbstbewusstsein und an der wünschenswerten Sicherheit des Auftretens. Ob für das Unglück des Dichters in der Liebe auch unbewusste, durch eine ödipale Fixierung auf die Mutter bedingte Hemmungen mitverantwortlich waren, wie psychoanalytisch geschulte Betrachter schon frühzeitig vermutet haben, soll hier dahingestellt bleiben.[1]

Als Heranwachsender verliebte er sich in die etwa gleichaltrige Henriette

Keller, deren Familie zeitweilig im Haus seiner Mutter wohnte und die in jungen Jahren der Schwindsucht zum Opfer fiel. „[D]en 14t Mai 1838. / Heute starb Sie!“, vermerkte Keller lakonisch in seinem damaligen Studienbuch (16.1, S. 202). Mehrere lyrische Werke bewahren die Erinnerung an das Mädchen, darunter *Das Grab am Zürichsee*, dessen Sprecher um „[m]einer Jugend schönstes Hoffen“ klagt (S. 205), und die „Siebenundzwanzig Liebeslieder“ aus den Gedichten, die die Stationen einer Beziehung von den hoffnungsvollen frühlingshaften Anfängen bis zum Tod der Geliebten nachzeichnen. Den Zyklus führte der Verfasser später ausdrücklich auf diese „Jugendliebe oder erste Liebe“ zurück, die er freilich im selben Atemzug als „eine ferne, unbestimmte und verblaßte Geschichte, ein verblichenes Bild“ abtat (GB 1, S. 210). Die Figur der Anna im *Grünen Heinrich* dürfte Henriette ebenfalls einige Züge verdanken.

1845/46 scheint Keller eine Leidenschaft für Maria Melos gefasst zu haben, die Schwägerin des Dichters Ferdinand Freiligrath, die sich damals für eine Weile in der Schweiz aufhielt. Ohne einen Namen zu nennen, erwähnte er diese „Affäre“ gegenüber Johann Salomon Hegi und fügte hinzu, dass sie sich „einzig auf [s]einer Seite, im verborgensten Innern“ abgespielt habe (GB 1, S. 210). Zu einer offenen Erklärung kam es demnach nicht, doch noch Jahrzehnte später nahmen die beiden einen regelmäßigen freundschaftlichen Briefwechsel auf, den erst Marias Tod beendete. 1847 lernte Keller die zehn Jahre jüngere Luise Rieter aus Winterthur kennen, der er im Oktober brieflich unter vielen Entschuldigungen seine Neigung gestand (vgl. GB 2, S. 10f.), ohne aber ihre Gunst gewinnen zu können. In der Heidelberger Zeit galt seine Liebe dann Johanna Kapp, der Tochter eines Philosophieprofessors. Sein – nicht erhaltenes – Werbungsschreiben beantwortete sie am 7. November 1849 verständnisvoll, aber ablehnend (vgl. GB 2, S. 23–25), weil sie ihrerseits ausgerechnet für Ludwig Feuerbach schwärmte, dessen Lehren Keller damals so sehr faszinierten. Wieder fanden seine Liebeswirren einen Ausdruck in Versen. In der Rubrik „Aus dem Leben“ in den *Neueren Gedichten*, die sonst überwiegend aus feuerbachianisch inspirierten Weltanschauungs- und Thesengedichten besteht, sind die Nummern XIV bis XVI Johanna Kapp gewidmet, ebenso wie das Nachlassgedicht *Schöne Brücke, hast mich oft getragen.*

Eine unglückliche Liebesgeschichte überschattete auch Kellers letztes Berliner Jahr. Diesmal ging es um die schöne, vornehme Betty Tendering, die er im Hause ihres Schwagers, des Verlegers Franz Duncker, kennenlernte. Berühmtheit haben die beiden großen Papierbögen erlangt, auf denen Keller damals in zahlreichen verschlungenen Zeichnungen und wortspielerischen Notizen seine Empfindungen und Nöte zu bewältigen suchte – außergewöhnliche biographische und künstlerische Dokumente, „Erzeugnisse geistiger Verarbeitung, protokollierte Sehnsucht, sarkastisches Dahinträumen und kalligraphisches Spielen, doch gar künstliche und wundersame, wochenlang herangewachsene Kompositionen von vieldeutiger Sinngebung".[2] Unter Verwendung ihrer Initialen nannte er die Angebetete dort „bella trovata" oder „belle trouvée" (30, S. 523), die ‚schöne Gefundene', und so wurde aus seinen schwärmerischen Phantasien die Idealfigur der Dorothea Schönfund im *Grünen Heinrich* geboren.

Erst als er längst Züricher Staatsschreiber war, ging Keller endlich eine Verlobung ein, die jedoch nach wenigen Wochen in einer Tragödie endete, als sich seine Braut Luise Scheidegger, eine Waise und kaum halb so alt wie er, am 13. Juli 1866 das Leben nahm. Über die Gründe dafür kann nur spekuliert werden. Erschüttert schrieb Keller an Luises Onkel: „es ist wie ausgestorben in mir. Die Tote hat mich einen Augenblick angesehen und ist dann ihren einsamen Weg weiter gegangen, ohne zu wissen, an was sie vorüberging" (GB 4, S. 128). Einmal mehr nahm er seine Zuflucht zur Lyrik, um das bedrückende Erlebnis zu verwinden. Nach und nach entstanden mit *Du solltest ruhen und ich störe dich, Geistergruß* und *Die Entschwundene* mindestens drei Gedichte, die dem Gedächtnis der Verstorbenen gewidmet sind.

Auch Kellers Gefühle für Marie Exner, die Schwester eines erfolgreichen Juristen, der in Zürich zeitweilig zu den engsten Vertrauten des Dichters gehörte, mögen über eine bloße freundschaftliche Neigung hinausgegangen sein. Nachdem Adolf Exner 1872 an die Universität Wien berufen worden war, unterhielt Keller einen regen, humoristisch gefärbten Briefwechsel mit den Geschwistern und ließ sich 1873/74 sogar ausnahmsweise zu zwei Fernreisen verlocken, um die ‚Exnerei' in Österreich zu besuchen. Eine Verbindung mit Marie kam aber von vornherein nicht in Frage, da sie bereits mit dem Mediziner Anton von Frisch verlobt war, den sie 1874 heiratete. Zu guter Letzt sei noch erwähnt, dass der Dichter 1873 einer gewissen Lina Weißert, die in einem Züricher Café als Kellnerin arbeitete, einen Heiratsantrag machte, der abschlägig beschieden wurde. Alle Bitterkeit mit Galgenhumor überspielend, stellte Keller sich dem Literaturhistoriker Emil Kuh als einen „kleine[n] dicke[n] Kerl" vor, „der abends 9 Uhr ins Wirtshaus und um Mitternacht zu Bette geht als alter Junggeselle" (GB 3.1, S. 165). Den Haushalt führte ihm bis zu ihrem Tod im Jahre 1888 seine eigenwillige, aber treue Schwester Regula.

In Kellers Erzählwerk treten mehrere alternde Hagestolze auf, in denen ihr Schöpfer sein eigenes Schicksal teils spiegelte, teils verklärend überhöhte. Von Pankraz, in dessen Leben die wahre Liebe keinen Platz hat, war bereits die

Rede. Nicht viel anders ergeht es dem Helden der zweiten Fassung des *Grünen Heinrich.* Heinrich Lee, mittlerweile ein einsamer, verdrossener Staatsbeamter, findet zwar am Ende die geliebte Judith wieder und fühlt in ihrer Person zugleich „Jugendglück, Heimat, Zufriedenheit" zurückkehren (3, S. 271), aber die beiden begnügen sich mit freundschaftlicher Nähe und verzichten auf eine Ehe. Obwohl ihnen jetzt offen stünde, „was die Welt das Glück nennt", nämlich „Mann und Frau" zu werden, predigt Judith Entsagung, weil sie in ihrem wechselvollen Leben verlernt hat, „einem vollen und ganzen Glücke zu vertrauen" (S. 279f.). Dem Leser wird nicht recht wohl bei diesem Romanschluss, und Keller selbst erklärte die merkwürdige „Resignation" des Paares in einem Brief an Heyse zu einem „pathologische[n] Konkretum", also zu einem Sonderfall, der nicht als das „allgemein Richtige und Bessere" angesehen werden dürfe (GB 3.1, S. 53).

In hellem Licht strahlt der Verzicht dagegen in der Erzählung *Der Landvogt von Greifensee* aus den *Züricher Novellen.* Der Titelheld Salomon Landolt hat im Laufe der Zeit fünf Frauen umworben und von jeder einen Korb bekommen, aber er weiß Gewinn aus diesen Enttäuschungen zu ziehen, indem er die Schönen samt und sonders zu einem heiteren Versöhnungsfest unter dem Motto „Zeit bringt Rosen" lädt. Seine Tischrede ist ein Loblied auf die Entsagung und den Lohn, den sie ihrem treuen Jünger gewährt:

> „Ja, wie gut haben es Zeit und Schicksal mit mir gemeint! Denn hätte mich die erste von Euch genommen, so wäre ich nicht an die zweite geraten; hätte die zweite mir die Hand gereicht, so wäre die dritte mir ewig verborgen geblieben, und so weiter, und ich genösse nicht des Glückes, einen fünffachen Spiegel der Erinnerung zu besitzen, von keinem Hauche der rauhen Wirklichkeit getrübt; in einem Turme der Freundschaft zu wohnen, dessen Quadern von Liebesgöttern auf einander gefügt worden sind! – Wohl sind es die Rosen der Entsagung, welche die Zeit mir gebracht hat; aber wie herrlich und dauerhaft sind sie! [...]" (6, S. 239)

Das echte Glück liegt demnach nicht im Erleben und Genießen, denn nur wer – freiwillig oder gezwungen – auf die Erfüllung verzichtet, kann sich seine Sehnsüchte und Träume für alle Zeit als selige „Erinnerung" bewahren, die „von keinem Hauche der rauhen Wirklichkeit getrübt" ist. Auf Salomons Fest werden die fünf Schönen zu Objekten der lustvollen Betrachtung: „Mit einem warmen Glücksgefühle sah er sie so an einem Tische versammelt und unterhielt das Gespräch nach allen Seiten mit großer Beflissenheit, damit er ohne Verletzung des guten Tones alle der Reihe nach ansehen konnte, vor- und rückwärts gezählt und überspringend, wie es ihn gelüstete" (S. 236). Der ästhetische Genuss verbindet sich mit einer wohltuenden Distanz, die den Mann zu nichts verpflichtet, und man mag sich fragen, ob dieser vielfach gescheiterte Brautwerber überhaupt jemals ernstlich eine feste, exklusive Bindung eingehen *wollte*. Salomon Landolt (1741–1818) ist übrigens eine historische Gestalt, die Keller aus einer von David Heß verfassten Biographie kannte.[3] Er blieb tatsächlich unvermählt, doch die fünf Liebesgeschichten, die den Löwenanteil der Novelle ausmachen, beruhen als „ergänzende Erzählung" (S. 144) auf freier Erfindung des Dichters.

Mit dem Landvogt von Greifensee, in dem man unschwer eine mustergültige Wunschprojektion erkennen kann, erscheint in Kellers Werk „etwas Einzigartiges: der unter den Unglücksvoraussetzungen des grünen Heinrich und seines Autors glückliche Mensch".[4] Keller selbst dürfte den Verzicht und die Entsagung weniger leicht genommen haben als sein Novellenheld. „Resignatio ist keine schöne Gegend", steht auf einem der Berliner Papierbögen zu lesen (30, S. 503), und auch jene schwermütige „stille Grundtrauer" (GB 3.1, S. 381), die ihn unablässig begleitete, sowie seine von den Zeitgenossen oft vermerkte grämliche Verschlossenheit waren wohl dadurch mitbedingt, dass ihm Liebes- und Eheglück zeitlebens verwehrt blieben. Wenn Theodor Storm Kellers skurrilen Humor auf eine von „schmerzlicher Resignation" geprägte Gemütslage zurückführte, die sich hin und wieder in solchen „‚befreienden' Späße[n]" Luft mache (GB 3.1, S. 460), bewies er einen feinen Sinn für die seelische Verfassung seines Schriftstellerkollegen.

Kellers Texte beschreiben die erfüllte Liebe oft als eine grandiose Glückserfahrung, mit deren literarischer Gestaltung er reale Leiden und Versagungen tagträumerisch kompensiert haben mag. Das eindrucksvollste Zeugnis dafür findet sich ausgerechnet in der Legende *Die Jungfrau und der Teufel*. Der Satan, der hier in einer „uralte[n] Wildnis" haust, wo alles „düster und schwarz" aussieht, und gleich beim ersten Auftritt durch „einen Zug gründlicher Unzufriedenheit um Mund und Augen" charakterisiert wird (7, S. 357), ist weniger ein diabolischer Verführer als vielmehr ein Melancholiker, der sich verzweifelt nach Heilung sehnt. Die erhofft er sich von der Liebe der schönen Gräfin Bertrade, in deren Person sich allerdings ohne sein Wissen die Gottesmutter Maria verbirgt. Nachdem er auf einer öden Heide einen märchenhaften Liebesgarten im Stil des Rokoko heraufbeschworen und „gewaltsam zärtlich" die Hand der Dame ergriffen hat, bringt er seine Werbung vor, mit der er zugleich sein trauriges Los beklagt: „‚Ich bin der ewig Einsame, der aus dem Himmel fiel! Nur die Minne eines guten irdischen Weibes in der Mainacht läßt mich das Paradies vergessen und giebt mir Kraft, den ewigen Untergang zu tragen. Sei mit mir zu zweit, und ich will Dich unsterblich machen und Dir die Macht geben, Gutes zu thun und Böses zu hindern, soviel es Dich freut!'" (S. 361f.) Einen Augenblick später aber zeigt Maria ihr wahres Gesicht und beginnt mit dem Teufel zu ringen, der zu unterliegen droht, bis er schließlich auf eine List verfällt:

> Allein der Böse änderte seine Kampfesweise, hielt sich ein Weilchen still und nahm die Schönheit an, welche er einst als der schönste Engel besessen, so daß es der himmlischen Schönheit Marias nahe ging. Sie erhöhte sich, so viel als möglich; aber wenn sie glänzte wie Venus, der schöne Abendstern, so leuchtete jener wie Luzifer, der helle Morgenstern, so daß auf der dunklen Heide ein Leuchten begann, als wären die Himmel selbst herniedergestiegen.
>
> Als die Jungfrau merkte, daß sie zu viel unternommen und ihre Kräfte schwanden, begnügte sie sich, den Feind gegen Verzicht auf die Grafenfrau zu entlassen, und alsbald fuhren die himmlische und die höllische Schönheit auseinander mit großer Gewalt. (S. 362f.)

Natürlich hat diese Episode bei dem frommen Ludwig Theoboul Kosegarten, dessen Werk den Stoff für die *Sieben Legenden* lieferte, kein Gegenstück; dort jagt die Himmelskönigin den Leibhaftigen mühelos davon.[5] Aber auch im Kontext von Kellers Erzählung, in der es doch eigentlich um die Schicksale des Grafen Gebizo und seiner Frau geht, verselbständigt sich die Konfrontation des Teufels mit Maria in auffälliger Weise, was dem Liebesideal, das hier entwickelt wird, ein umso größeres Gewicht verleiht. Als „der ewig Einsame, der aus dem Himmel fiel", ist Kellers Teufel eine mythisch überhöhte Figuration des entfremdeten, isolierten (männlichen) Subjekts, das schwermütig einer phantasmatischen ursprünglichen Einheit nachtrauert. Erlösung verheißt einzig die aufrichtige Neigung einer Geliebten, die das verlorene „Paradies vergessen" machen könnte, indem sie es für das Paar erneuert – das ist wieder jene Vorstellung von der irdischen Liebe als einem säkularisierten Religionsersatz, die wir schon aus der Novelle *Romeo und Julia auf dem Dorfe* kennen. In der liebenden Vereinigung der Geschlechter soll eine neue Ganzheit gestiftet werden, die das Leiden an der Vereinzelung aufhebt.

Die blasphemische Pointe der Erzählung besteht nun darin, dass in der Begegnung des Teufels mit Maria, die dem Mann als unschuldige Jungfrau, wunderschöne Frau und bergende Mutter in einer Person ein Höchstmaß an Erfüllung verspricht, wirklich die Vision einer utopischen Versöhnung aufscheint. Die Protagonisten sind nicht nur ebenbürtig, sondern augenscheinlich füreinander bestimmt. Der „schönste Engel" kommt der „himmlischen Schönheit Marias" gleich und übt eine Anziehungskraft aus, die ihr wider Willen „nahe" geht, und wenn sie wie der „schöne Abendstern", er dagegen wie der „helle Morgenstern" glänzt, wird die Gleichrangigkeit sogar zu einer geheimen Identität, da sich hinter beiden Gestirnen bekanntlich der Planet Venus verbirgt.

Aber obgleich das hartnäckige Ringen der Gottesmutter mit dem Teufel stark an einen leidenschaftlichen Liebeskampf erinnert, wird das Versprechen einer höheren Einheit letztlich nicht eingelöst, denn „die himmlische und die höllische Schönheit" bleiben unvereinbar. Der in der christlichen Lehre postulierte Gegensatz von Gut und Böse dient Keller hier als Folie für die Inszenierung jener „Urfeindschaft" zwischen den Geschlechtern, von der er einmal in einem Brief spricht (GB 2, S. 19) und die wie ein tiefer Riss die erträumte Wiederherstellung der paradiesischen Seligkeit in der Verschmelzung unmöglich macht. Am Schluss sieht sich der Satan als sprichwörtlicher armer Teufel auf seine leidende Kreatürlichkeit zurückgeworfen: „der Böse [...], unfähig, länger irgend eine Verwandlung zu tragen und wie an allen Gliedern zermalmt, schleppte sich in grausig dürftiger Gestalt, wie der leibhafte geschwänzte Gram, im Sande davon. So übel war ihm das vorgehabte Schäferstündchen bekommen!" (7, S. 362f.) Was mit tragischem Pathos begann, endet mit der grotesken Komik gequälter Leiblichkeit. Beide Aspekte kennzeichnen bei Keller als zwei Seiten einer Medaille die Lage eines Mannes, der das volle Liebesglück entbehren muss.

Die Idealgestalt einer Frau, deren liebende Zuwendung den Gipfel des Glücks bedeutet, ist in seinem Werk in mannigfachen Abwandlungen anzutreffen. „Süße Frauenbilder zu erfinden, / Wie die bittre Erde sie nicht hegt", nennt ein Poet in dem Gedicht *Tod und Dichter* „die lieblichste der Dichtersünden" (10, S. 111f.), und Keller hat diese Sünde immer aufs Neue mit virtuoser Kunstfertigkeit begangen. Schon den jungen Heinrich Lee überkommt bei der nächtlichen Begegnung mit einer Schauspielerin eine Ahnung von der Seligkeit der Frauenliebe, „indem [s]eine Augen fortwährend auf dem weißen Raume ihrer Brust hafteten und [s]ein Herz zum ersten Male wieder so andächtig erfreut war" wie bei den ersten religiösen Regungen in früher Kindheit (11, S. 162). In einer späteren Episode glänzt Judiths halb entblößte Brust unmittelbar „vor [s]einem Blicke [...] wie die ewige Heimath des Glückes" (S. 464), während im *Sinngedicht*, etwas dezenter, das Gesicht der Dame Lucia dem männlichen Betrachter „wie ein schönes Heimatland aller guten Dinge" erscheint (7, S. 32). „Glück ist Glück und es giebt nur Ein Glück" (11, S. 466), erklärt Judith ihrem jungen Freund und formuliert damit eine Lehre, der im Grunde sämtliche Protagonisten Kellers beipflichten. Der Schmoller Pankraz spürt, dass alles, was ihm „jemals in [s]einem Leben von reinem Glück beschieden sein mochte", an die geliebte Lydia geknüpft ist (4, S. 60), und Dietegen, der Held der gleichnamigen Seldwyler Erzählung, fühlt sich, wenn die Tränen der geretteten Küngolt sein Gesicht benetzen, „als ob er vom seligen Glücke selbst getauft würde" (5, S. 246).

Kellers Frauenfiguren sind offensichtlich nicht nur aus männlicher Perspektive entworfen, sondern auch ganz auf den Mann und seine Bedürfnisse ausgerichtet. Wie es im zeitgenössischen bürgerlichen Geschlechterdiskurs üblich war, erfüllt das Weibliche bei ihm in erster Linie eine komplementäre und kompensatorische Funktion. Als in sich ruhendes, natürliches Wesen steht die Frau tröstend und heilend der rauhen Welt der Kulturtätigkeit, des Berufs und der gesellschaftlichen Bewährung gegenüber, in der sich der schwer ringende Mann behaupten muss. Diese Erkenntnis dämmert dem grünen Heinrich in Judiths Armen: „Es dünkt mich, die Ruhe an der Brust einer schönen Frau sei der einzige und wahre irdische Lohn für die Mühe des Helden jeder Art und für alles Dulden des Mannes, und mehr werth, als Gold, Lorbeer und Wein zusammen" (11, S. 464). Das Verlangen nach sexueller Erfüllung und die regressive Sehnsucht nach tiefer Geborgenheit bei einer Muttergestalt sind hier kaum voneinander zu trennen, denn die ideale Weiblichkeit soll beide Wünsche gleichermaßen befriedigen. Das gilt ebenso für Jole in der Legende vom schlimm-heiligen Vitalis, die ihren Geliebten nicht nur zu einem vorbildlichen Ehemann erzieht, sondern sich auch mit mütterlicher Sorge um ihn bemüht: „Jole mischte dem stillen Vitalis eine Schale Wein und reichte ihm liebevoll etwas zu essen, so daß er sich wie zu Hause fühlte und ihm fast seine Kinderjahre in den Sinn kamen, wo er als Knäbchen zärtlich von seiner Mutter gespeist worden" (7, S. 408). Meist sind Kellers Frauengestalten als reife, selbstsichere Persönlichkeiten ihren verträumten oder verirrten Liebhabern weit überlegen und leiten sie souverän zum rechten Leben wie Jole den Mönch Vitalis, Judith den grünen Heinrich, Nettchen den Wenzel Strapinski, Hermine Frymann ihren Karl oder Marie Salander ihren Gatten. Über ihnen allen schwebt als mythisches Urbild einer solchen Schutzherrin die Gottesmutter Maria, die sich in *Die Jungfrau als Ritter* des braven, aber weltfremden Zendelwald annimmt.

Was eine vollkommene Frau ausmacht, die dem liebenden Mann „Ruhe" und „dauernden Trost" gewährt (12, S. 189), fasst Lys im *Grünen Heinrich* zusammen, wenn er die Braut seines Freundes Erikson in ihrer „unverwüstliche[n] Gesundheit, Heiterkeit, Güte und Klugheit" als „Darstellung einer ganzen Welt von Weibern", also gleichsam als einen inkarnierten Idealtypus bezeichnet (S. 199f.). Nicht zufällig tritt diese Rosalie auf dem Künstlerfest in der deutschen Residenzstadt in der Maske der Liebesgöttin Venus auf! Denselben Rang nimmt etwa Gritli aus den *Mißbrauchten Liebesbriefen* ein, von der es heißt: „Diese Frau war in ihren Kleidern und bei sich selbst zu Hause, und wer da einkehrte, befand sich in keiner Marktbude" (5, S. 177). Nur wenn sie allezeit „heiter und sich selber gleich" ist (12, S. 189), wenn Äußeres und Inneres, Betragen und Wesensart, körperliche Reize und seelische Reinheit miteinander harmonieren, kann eine weibliche Gestalt das utopische Gegenbild zu jener Zerrissenheit und Entfremdung abgeben, die den bürgerlichen Mann in der komplexen modernen Gesellschaft unweigerlich quälen. Deshalb sind Anmut und körperliche Reize für Kellers positive Frauenfiguren unabdingbar - bei ihnen ist die „Schönheit", wie in *Hadlaub* von der jungen Fides gesagt wird, „von innen heraus ernsthaft, wahr und untrüglich" (6, S. 89). Fehlen diese Eigenschaften wie etwa bei Viggi Störtelers zweifelhafter Muse Kätter Ambach mit ihrem „sehr langen hohen Rumpf, der auf zwei der allerkürzesten Beinen einherging", und ihrem „unverhältnismäßigen Unterkiefer" (5, S. 134) oder gar bei dem abscheulichen Ölweib aus *Das verlorene Lachen*, auf dessen Gesicht „Neid, Rachsucht und Schadenfreude über gebrochener Eitelkeit gelagert waren, wie Zigeuner auf einer Heide um ein erloschenes Feuer" (S. 342), so darf ohne weiteres auf gewaltige charakterliche Mängel geschlossen werden. Freilich kann Frauenschönheit, wie Lydia in *Pankraz, der Schmoller* und Wendelgard in *Der Landvogt von Greifensee* beweisen, bei Keller manchmal auch eine bloße Maske für Oberflächlichkeit und innere Leere sein.

Doch in anderen weiblichen Wesen lauern ebenfalls unheimliche Abgründe. Das kleine Meretlein soll bereits mit sieben Jahren „erwachsene Mannspersonen verführt" haben, „wenn es sie nur angeblickt, daß selbe sich sterblich in das kleine Kind verliebt und seinetwegen böse Händel angefangen hätten" (11, S. 96f.), und dieser magische Zwang, den betörende Frauen auf das männliche Geschlecht ausüben, kehrt anderswo variantenreich wieder. In *Dietegen* wird auch Küngolt der Hexerei bezichtigt, womit die Ankläger im Grunde nur ihre faszinierende und zugleich bedrohliche erotische Ausstrahlung umschreiben: In den „Blicken" des schönen Mädchens liegt das wahre „Zaubergift", das sämtliche jungen Männer in „Verblendung und Leidenschaft" stürzt (5, S. 223). Und wenn Hermine Frymann aus dem *Fähnlein der sieben Aufrechten*, die doch gewiss zu Kellers makellosen Idealfrauen zählt, ihren Geliebten beim Wettschießen zu überragenden Leistungen anspornt, zeigt auch sie ein fast dämonisches Doppelgesicht: „es glühte etwas Herbes und Tyrannisches mitten in der lachenden Süßigkeit ihres Blickes, zwei Geister sprachen beredt aus seinem Glanze: der befehlende Wille, aber mit ihm verschmolzen die Verheißung des Lohnes und aus der Verschmelzung entstand ein neues geheimnisvolles Wesen“ (6, S. 325).

In diese Reihe gehört schließlich noch eine Episode aus der Legende *Die Jungfrau und die Nonne*. Die entlaufene Klosterfrau Beatrix, die mit dem Ritter Wonnebold die Freuden des weltlichen Daseins kennengelernt hat, muss erleben, wie ihr Geliebter sie in einem unbedachten Augenblick als Einsatz im Würfelspiel an einen fremden Baron verliert. Doch sie weiß sich zu helfen, indem sie den Sieger zu einer weiteren Spielrunde verleitet, bei der es nicht mehr nur um ihre „Person“, sondern um ihr „Herz“ gehen soll: „Dies sagte sie mit großem Ernste, sah ihn aber dabei so seltsam an, daß ihm jetzt erst das Herz zu klopfen anfing und er sie verwirrt betrachtete.“ Wieder sind es also gerade die Augen der Frau, die den Mann in ihren Bann ziehen, so dass er, gänzlich „[b]ethört“, seinen freien Willen einbüßt. „Gebt mir Euer Schwert“, verlangt Beatrix zu allem Überfluss und nimmt die Waffe an sich, mit der sie dann, nachdem sie die entscheidende Partie gewonnen hat, auch auf und davon geht (7, S. 381). Sinnfälliger könnte man die Entmächtigung der kriegerischen Männlichkeit kaum ins Bild setzen.

Weil Kellers hehre Frauenfiguren, die eine so ungeheure Verlockung und ein utopisches Versprechen verkörpern, die geheimsten leidenschaftlichen Sehnsüchte des Mannes wecken und damit seine Dominanz und Selbständigkeit in Frage stellen, umgibt sie stets eine gewisse magisch-hexenhafte Aura, die von jener Verheißung nicht zu trennen ist. Zur heilsamen Disziplinierung dieser unheimlichen Macht empfiehlt Keller die Ehe. Wie bei den meisten zeitgenössischen Autoren deutscher Sprache erscheint sie in seinem Werk als die einzige wahrhaft positive, stabile Form zwischengeschlechtlicher Beziehungen, und als solche bewährt sie sich auch in den eben erwähnten Erzählungen: Küngolt wird schließlich Dietegens treue Haus- und Ehefrau, Hermine Frymann bekommt ihren Karl Hediger, und Beatrix kehrt zu dem geliebten Wonnebold zurück, der sie nun endlich heiratet und dem sie acht stattliche Söhne schenkt. Erst mit der Eheschließung ist das Happy End einer Keller'schen Novelle vollständig (sofern der Held nicht das Pech hat, an eine Züs Bünzlin oder Kätter Ambach zu geraten). Die Ehe krönt einen gelingenden bürgerlichen Entwicklungsweg und markiert den erfolgreichen Abschluss der männlichen Sozialisation. Sie ist jene Institution, die den Glücksanspruch des Individuums mit den gesellschaftlichen und kulturellen Normen vermittelt, das Begehren mit der Ordnung versöhnt und dem Einzelnen die volle soziale Integration ermöglicht. Selbst in den *Sieben Legenden*, deren entrückte Kunstwelt den Wunschphantasien des Verfassers einen weiten Spielraum gewährte, nimmt die liebende Gemeinschaft der zum irdischen Glück bestimmten Protagonisten stets die Gestalt einer ehelichen Verbindung an.

Angesichts von Kellers zwiespältiger Einschätzung der sexuellen Triebe und Lockungen kann es nicht verwundern, dass gelingende Ehen bei ihm mehr auf Solidarität, Fürsorge und wechselseitigem Verständnis als auf erotischer Attraktion aufgebaut sind. Paare wie Hansli Gyr und Ursula in der letzten der *Züricher Novellen* oder Martin Salander und seine Frau bieten Beispiele für eine partnerschaftliche Zuneigung, die ganz ohne verwirrende leidenschaftliche Ingredienzien auskommt. Den Vogel schießt aber Brandolf aus der Erzählung *Die arme Baronin* im *Sinngedicht* ab, der erst von seinem Vater auf die Idee gebracht wird, seine Schutzbefohlene Hedwig von Lohausen zu heiraten. Der Vorschlag ist ihm recht, ohne dass er überschwängliche Begeisterung an den Tag legen würde: „Brandolf antwortete, er sei es zufrieden. Die Hedwig sei ihm als Schützling lieb, wie wenn sie sein Kind wäre; allein er könne sie auch als sein Frauchen lieb haben“ (7, S. 163) - in seinen Augen scheint da kein großer Unterschied zu bestehen.

So sehr die Frauenliebe von Keller als Quelle einer tiefen Glückserfahrung gefeiert wird, so entschieden machen sich andererseits der Zwang der bürgerlichen Gesellschaft zur Sublimierung der Begierden und die tief verwurzelte Angst vor dem Chaos der Leidenschaften bemerkbar. Die gebändigte Normalform der Ehe ist der Kompromiss, der diesen Widerstreit schlichten soll. Generell findet Kellers Kultus der Natur und der Sinnenfreude, den er mit Feuerbachs Philosophie rechtfertigen konnte, seine Schranke in den Prinzipien der bürgerlichen Moral und in dem Tabu, mit dem ungezügelte triebhafte Regungen belegt waren. Das lässt sich am besten anhand der Schlusspartie der Zweitfassung des *Grünen Heinrich* demonstrieren, von der oben schon kurz die Rede war. Judith, die so beredt von Entsagung und Verzicht spricht, wird hier kurzerhand zur „Stimme der Natur selbst“ erhoben, der Heinrich sich bedenkenlos anvertrauen darf (3, S. 281); bei der Wiederbegegnung der beiden scheint sie sogar unmittelbar aus der Natur, „aus dem Gestein herausgetreten“ zu sein (S. 269). Nicht überschwängliche Leidenschaftlichkeit und das unbedingte Glücksverlangen, das auch die volle sinnliche Befriedigung fordert, gelten demnach als naturgemäß, sondern eine beherrschte, sittenstrenge Haltung, die auf ein selbstloses gemeinschaftsdienliches Handeln zielt, wie

Judith es mit ihren karitativen Anstrengungen exemplarisch praktiziert. Die vielgepriesene Naturordnung, als oberste Legitimationsinstanz in Kellers postmetaphysischem Weltbild angeblich der Willkür menschlicher Setzungen entzogen, ist bei ihm von vornherein durch kulturelle Wertvorstellungen überformt und damit hochgradig sublimiert: Die von der „Treuherzigkeit eines Naturkindes" (S. 270) beseelte Idealfigur der Judith steht „für naturhaft gedachte domestizierende Kulturnormen ein".[6] Bezeichnenderweise trägt sie, als Heinrich sie nach langen Jahren wiedersieht, keine leuchtenden Farben, sondern eine züchtige Gewandung „von leichtem grauem Stoffe" (S. 270).

Um der Würde teilhaftig zu werden, „die personifizierte Natur selbst" darzustellen (GB 3.1, S. 380), musste Judith allerdings zunächst einen tiefgreifenden Wandel durchmachen. Während des Aufenthalts in Amerika, wo sie genötigt war, ihre gesamte Auswanderergruppe zu lenken und zu leiten, hat sie Disziplin und Selbstbeherrschung erworben und „den Teufel [...] zähmen lernen" (S. 421), also jene ausgeprägte Sinnlichkeit bezwungen, die in der Jugendgeschichte noch so deutlich zutage trat. Als sie in Heinrichs Begleitung den Baumgarten wieder erblickt, der einst der Schauplatz ihrer heimlichen Liebesbegegnungen war, wird der Abstand zu ihrem früheren Selbst sichtbar: „Sie warf nur einen halben Blick auf mich, schlug ihn dann nieder und errötete sanft, indem sie eilig weiter schritt." Heinrich begreift sogleich, „daß dieses Weib, das die Meere durchschifft, sich in einer neuen werdenden Welt herumgetrieben und zehn Jahre älter geworden, zarter und besser war, als in der Jugend und in der stillen Heimat" (3, S. 272).

Als „einfache Naturmanifestation", wie er sie in einem Brief nannte (GB 3.1, S. 421), kann Judith in Kellers Augen lediglich deshalb gelten, weil sie sich mittlerweile dem bürgerlichen Ideal sanfter, schamhafter Weiblichkeit angenähert hat und ihre Existenz bedingungslos in den Dienst ihrer Mitmenschen stellt. Aus Amerika kehrte sie zurück, weil sie von dem „elenden Zustande" gehört hatte, in dem Heinrich sich angeblich befand: „Als ich so dein Unglück vernahm, packte ich unverzüglich auf, um zu dir zu kommen und bei dir zu sein" (3, S. 276). Fortan bleibt sie ihrem Altruismus bis in den Tod treu: „Sie starb, als eine verderbliche Kinderkrankheit herrschte und sie sich mit ihren hilfsbereiten Händen in eine ratlose Behausung armer Leute stürzte, die mit kranken Kindern angefüllt und von den Aerzten abgesperrt war" (S. 281). Um Judiths spätere Wandlung vorzubereiten, nahm Keller außerdem bei der Überarbeitung der Jugendgeschichte des *Grünen Heinrich* jene vieldiskutierte Streichung vor, der die nächtliche Badeszene an der Heidenstube zum Opfer fiel. Vor Heinrichs Augen nackt dem Wasser entsteigend wie die mythische Venus

Anadyomene und „einem über lebensgroßen alten Marmorbilde" gleichend (12, S. 81f.), erreichte Judith in der früheren Version des Romans in dieser Episode den faszinierenden Gipfel ihrer sinnlichen Ausstrahlung, die in der Zweitfassung nun wesentlich gedämpfter erscheint.

Obwohl Keller Judiths gemäßigte Freundschaft mit Heinrich als „pathologische[s] Konkretum" relativierte und sie nicht als allgemeingültiges Muster zwischengeschlechtlicher Beziehungen verstanden wissen wollte (GB 3.1, S. 53), stellt sie im Grunde nur eine gesteigerte Form seines ohnehin recht platonisch gefärbten Eheideals dar. Eine radikale Ausnahme im Hinblick auf Triebzügelung und Affektbeherrschung bilden unter den Liebespaaren in seinem Werk nur Sali und Vrenchen in *Romeo und Julia auf dem Dorfe*. Aber auch sie sehnen sich nach einer rechtmäßigen Ehe, nach sozialer Akzeptanz und geben sich ihrem Begehren erst dann rückhaltlos hin, als dieser „gute Grund und Boden" (4, S. 150) endgültig unerreichbar ist; überdies bezahlen sie die leidenschaftliche Vereinigung abseits der gesellschaftlichen Ordnung unmittelbar mit dem Tod. Allerdings sollte man nicht vergessen, dass Keller die rigide Disziplinierung der menschlichen Triebwelt durchaus auch kritisch darzustellen verstand. Texte wie die Geschichte von der kleinen Meret und das Gedicht *Winternacht*, die im vorigen Kapitel erörtert wurden, halten die Erinnerung an den Preis wach, der für die vermeintlich gesunde bürgerliche Normalität bezahlt werden muss, und begleiten den literarischen Hymnus auf die domestizierte Kultur-Natur mit einer dunklen Gegenstimme.

Will man sich die gesamte Palette von Kellers Frauengestalten vor Augen führen, sollte der erste Blick dem *Grünen Heinrich* gelten. Den Konventionen des Entwicklungsromans folgend, bringt er seinen Protagonisten mit mehreren weiblichen Figuren in Kontakt, die jeweils gewisse Erfahrungsbereiche und damit auch unterschiedliche Bildungsfaktoren verkörpern. Das Heimatdorf der Eltern, das Heinrich nach seinem Ausschluss aus der Schule erstmals besucht, spielt hierbei eine besondere Rolle. In ihrem markanten Gegensatz zu dem kleinbürgerlich beschränkten Dasein in der Stadt wirkt die ländliche Welt wie ein paradiesischer Ort: „Hier war überall Farbe und Glanz, Bewegung, Leben und Glück, reichlich, ungemessen, dazu Freiheit und Ueberfluß, Scherz, Witz und Wohlwollen" (11, S. 241). Heinrich erfährt bei den Verwandten Sinnenfreuden, die ihm bislang unbekannt waren, wenn ihm etwa von allen Seiten reichliches Essen aufgedrängt wird, während er daheim mit den frugalen Mahlzeiten der Mutter vorlieb nehmen muss. Darüber hinaus ist das Dorf aber der Schauplatz seiner ersten Liebeserlebnisse, denn in dieser idyllischen Sphäre begegnet er der schönen, lebensfrohen Judith und der kindlichen Anna.

Dass die um einige Jahre ältere Witwe und das mit Heinrich ungefähr gleichaltrige Mädchen als Kontrastpaar entworfen sind und vom Helden auch so wahrgenommen werden, ist nicht zu übersehen. Mit seiner widersprüchlichen doppelten Neigung konfrontiert, fühlt Heinrich „[s]ein Wesen in zwei Theile gespalten und hätte [s]ich vor Anna bei der Judith und vor Judith bei der Anna verbergen mögen“ (S. 470). So entspricht der Gegensatz der Frauenfiguren einem inneren Zwiespalt des Heranwachsenden, der „in Anna den besseren und geistigeren Theil [s]einer selbst liebt“, während Judith, wie er glaubt, „nur [s]eine sinnliche Hälfte“ fesselt (12, S. 50). Dieselbe Diagnose stellt später der Malergenosse Lys, der um Heinrichs Jugenderlebnisse weiß: „Die sinnliche Hälfte“ des Freundes habe sich „an das reife kräftige Weib, die zartere geistige“ dagegen „an das junge transparente Mädchen“ geheftet (S. 199). Keller selbst nannte diese beiden Gestalten in einer autobiographischen Aufzeichnung „gedichtete Bilder der Gegensätze, wie sie im erwachenden Leben des Menschen sich bestreiten“ (15, S. 413). Ganz so glatt, wie es solche Formulierungen suggerieren, geht die Rollenverteilung zwischen Judith und Anna indes nicht auf.

Judith ist als junge Witwe einerseits frei und unabhängig, andererseits bereits sexuell erfahren. Da ihre Mutter, mit der sie bis zu deren Tod zusammenwohnt, im Roman eine Randfigur bleibt, tritt sie dem grünen Heinrich stets allein gegenüber, eine ebenso selbständige wie selbstbewusste Person, die sich keiner patriarchalischen Autorität unterwirft. Schon bei der ersten Begegnung wird sie mit Attributen ausgestattet, die sie als erotisch verführerische Frau und zugleich als nährende Muttergestalt ausweisen. „Sie galt für eine Art Lorelei“, heißt es da zunächst, „obschon sie Judith hieß, auch Niemand etwas Bestimmtes oder Nachtheiliges von ihr wußte“ (11, S. 237). Während der Lorelei-Mythos die sexuelle Anziehungskraft einmal mehr mit einer existenziellen Gefährdung für die unseligen Betörten verbindet, trägt Judith den Namen einer Heldin des Alten Testaments, die, um das Volk Israel zu retten, den feindlichen Heerführer Holofernes erschlug, also einer gleichfalls äußerst ambivalenten Figur, in der sich Gottesfurcht mit männermordender Bedrohlichkeit vereint. Weil Judith mit Früchten und Blumen beladen ist, erinnert sie Heinrich aber auch an eine „reizende Pomona“ (S. 237), an die Göttin der Fruchtbarkeit und der üppigen Fülle, und in der Tat gibt sie dem Jungen auf der Stelle in mütterlicher Fürsorge Milch zu trinken. Wie Keller später in der Badeszene bei der Heidenstube den mythologischen Anspielungshorizont, der Judiths Person umgibt, durch die Motive der Venus Anadyomene und des zum Leben erwachten Marmorbildes erweitert, wurde bereits erwähnt. Und wo noch einmal Assoziationen an die jüdisch-christliche Überlieferung ins Spiel kommen, verweisen sie ausgerechnet auf die Verführerin Eva im Paradies. In ihrem „prächtigen großen Baumgarten [...], dessen Bäume alle voll der schönsten reifen Früchte hingen" (12, S. 44), lockt Judith den grünen Heinrich mit den Worten: „‚komm', ich habe schöne Aepfel!'" – und die sind nicht nur „von der seltensten Frische und Gewürzigkeit" (S. 46), sondern auch ein traditionelles Liebessymbol.

Heinrich reagiert auf Judiths weibliche Reize mit einer bezeichnenden Mischung aus Faszination und Angst. Er wandelt gleichsam ständig auf der Grenze zum vollen sexuellen Erleben, ohne sie je zu überschreiten, und wenn Judith ihn zu regelmäßigen heimlichen Besuchen nötigt, indem sie erklärt: „Wenn du mir nicht heilig und auf deine Ehre versprichst, daß du wieder kommen willst, so nehm' ich dich sogleich wieder mit, nehme dich zu mir in's Bett und du mußt bei mir schlafen!", so zeigt diese „Drohung" bei dem eingeschüchterten Jungen umgehend die gewünschte Wirkung (11, S. 469). Mitten „im heftigen Küssen" mit Judith geht in Heinrichs Gedanken „Anna's Stern" umso strahlender auf (S. 468). Die geistige Vision verdrängt die pralle Gegenwart und veranlasst ihn, umgehend von Judith Abschied zu nehmen, statt sich endlich bedingungslos den Lockungen der Sinnlichkeit hinzugeben. Buchstäblich ausweichend verhält er sich auch, als Judith bei der Heidenstube nackt aus dem Wasser steigt: „Jetzt hob sie die Arme und bewegte sich gegen mich; aber ich, von einem heißkalten Schauer und Respect durchrieselt, ging mit jedem Schritt, den sie vorwärts that, wie ein Krebs einen Schritt rückwärts, aber sie nicht aus den Augen verlierend". Das bloße Schauen ersetzt hier das Greifen, Halten und Betasten. Heinrich, der angehende Künstler, malt keine einzige Darstellung von Judith, aber in dieser Episode formt er sich, ihre körperliche Nähe verdrängend, ein dauerhaftes *inneres* Bild von ihr, denn er spürt, „wie unauslöschlich der nächtliche Spuk, die glänzende Gestalt für immer [s]einen Sinnen eingeprägt sei und wie ein weißes Feuer in [s]einem Gehirne und in [s]einem Blute umging" (12, S. 82). Eine Kompromissbildung, die im Dienste der vorsichtigen Selbstbewahrung zwischen Begehren und Abwehr vermittelt: Das Faszinosum, vor dem Heinrich sich in der Wirklichkeit zurückzieht, wird als Erinnerungsspur aufbewahrt, die eine geradezu rauschhafte Erregung hervorruft.

Wie anders gestaltet sich schon die erste Begegnung mit Anna! Das Mädchen steht keineswegs alleine in der Welt, sondern lebt als folgsame Tochter bei seinem Vater, einem ehemaligen Schulmeister, voll und ganz eingebunden in die patriarchalische Ordnung der bürgerlichen Gesellschaft. Die beiden wohnen in einer „friedevollen Umgebung“ an einem schönen See, über den sich der „reine tiefe Himmel“ spannt, in einem weiß und rot bemalten Häuschen, neben dem „ein duftendes Rosen- und Nelkengärtchen“ angelegt ist (11, S. 260). Assoziationen an den Garten Eden stellen sich auch hier ein – zumal die „Flügelthürchen“ der Hausorgel „das gemalte Paradies“ zeigen (S. 268) –, aber nicht unter dem Gesichtspunkt der Verführung und des Sündenfalls, sondern unter dem der puren Unschuld. Entsprechend fällt die Beschreibung von Annas Person aus, in der sich die Diminutive häufen:

> [A]us der Hausthür trat, ein zierliches Treppchen herunter, das junge Bäschen, schlank und zart wie eine Narzisse, in einem weißen Röckchen und mit einem himmelblauen Bande gegürtet, mit goldbraunen Haaren, blauen Aeuglein, einer etwas eigensinnigen Stirne und einem kleinen lächelnden Mündchen. Auf den schmalen Wangen wallte ein Erröthen über das andere hin, das feine Glockenstimmchen klang kaum vernehmbar und verhallte alle Augenblicke wieder. (S. 260)

Das Mädchen, das hier wie ein Engel in Menschengestalt auftritt, wird später, als es im väterlichen Hause an der Orgel sitzt, auch mit der „heilige[n] Cäcilie“, der Schutzherrin der Kirchenmusik, verglichen (S. 359).

Eine körperliche Annäherung an ein derart ätherisches Wesen scheint sich von vornherein zu verbieten, und sei’s auch nur in Form des Handschlags: „Wir berührten uns kaum mit den Fingerspitzen“ (S. 269). Das ändert sich zwar mit der Zeit, doch die Zärtlichkeiten, die Heinrich mit Anna tauscht, unterscheiden sich erheblich von seinen Erlebnissen mit Judith: „Als ich Anna geküßt, war es gewesen, als ob mein Mund eine wirkliche Rose berührt hätte; jetzt aber küßte ich eben einen heißen, leibhaften Mund und der geheimnißvolle balsamische Athem aus dem Inneren eines schönen und starken Weibes strömte in vollen Zügen in mich über“ (S. 468). Auch zwischen Heinrich und Anna gibt es eine Schlüsselszene an der Heidenstube, die aber in einem deutlichen Gegensatz zu dem Abenteuer mit Judith steht. Am Tag des Tell-Festes küssen sich die beiden dort „mit Heftigkeit“ (S. 446), lassen jedoch umgehend erschrocken und beschämt davon ab, weil sie das Gefühl haben, es sei „etwas Fremdes, Unheimliches“ zwischen sie getreten (S. 448). Der plötzliche Ausbruch des sinnlichen Verlangens kommt einer Vertreibung aus dem paradiesischen Stand der Unschuld gleich, und weinend beklagt Anna den Verlust ihrer kindlichen Unbefangenheit: „O es war so schön! wir waren so glücklich bis jetzt!“ (S. 447) Die beiden begnügen sich nun lieber damit, in behutsamer Distanz „eine tiefe und von Grund auf glückliche Ruhe“ zu genießen (S. 450).

Heinrich sieht in Anna mehr ein verkörpertes Ideal und einen Gegenstand der „innige[n] Verehrung" (S. 297) als einen wirklichen Menschen, der leidenschaftliches Begehren wecken könnte. Um für sie zu schwärmen, bedarf er ihrer Anwesenheit nicht, die er manchmal sogar eher als störend empfindet. Bei seinem zweiten Aufenthalt im Dorf verspürt er eine „unerklärliche Furcht, ihr zu begegnen", und als er endlich vernimmt, dass Anna gar nicht mehr in der Gegend sei, sondern in einem entfernten vornehmen Bildungsinstitut unterrichtet werde, zieht er aus dieser Neuigkeit nur Vorteile für sein Gefühlsleben: „Nun wurde das ganze Land wieder beredt und voll ihres Lobes! Jedes Gras und jedes Blatt am Baume sprach mir von ihr, der blaue Himmel hier schien mir tausendmal schöner und sehnsüchtiger, als anderswo, die blauen Bergzüge und die weißen Wolken zogen ihr nach, und von Westen her, wo Anna weilte, dünkte es mir leis aber selig über die Bergrücken herzuläuten" (S. 329f.). Gerade die Entfernung der Geliebten eröffnet der verklärenden Phantasie einen Spielraum, in dem sie sich ungestört ergehen kann.

Da es Heinrich in seiner Befangenheit bisweilen unmöglich wird, auch nur „das gleichgültigste Wort" an Anna zu richten (S. 370), erfolgt seine Kommunikation mit ihr meist auf Umwegen und damit verstellt oder verzerrt. Nur schriftlich wagt er es, sich offen und „in feurigen Worten" (S. 354) zu seinen Gefühlen zu bekennen, indem er „lange Liebesbriefe" an Anna verfasst (S. 331), die er jedoch niemals abschickt, und als einer davon trotzdem zum Vorschein kommt und vor der Adressatin und vor Heinrichs Cousinen verlesen wird, verleugnet er ihn entschieden, um das „zarte Geheimniß [...] zu schützen" (S. 377). Aus der *Tell*-Inszenierung auf dem ländlichen Fest weiß er ebenfalls eine indirekte Liebeserklärung zu machen, indem er selbst den Rudenz spielt, während er für Anna die Rolle der Bertha von Bruneck reserviert. Die beiden stellen also ein liebendes Paar vor, was aber nach Heinrichs Absicht niemand bemerken soll: Da die vollständige Ausgabe von Schillers *Tell* „nicht bekannt im Hause" ist, „ahnt kein Mensch die Beziehungen" hinter dieser Maskerade, „und Anna ging arglos in die ihr gestellte Falle" (S. 413). Auch seine Kunst nutzt Heinrich für eine schwärmerische Stilisierung der Geliebten. Er malt „Anna's Bildniß aus dem Gedächtniß in Wasserfarben", wobei er es mit phantastischen Verzierungen und „Goldlichtern" ausschmückt (S. 371), so dass das Werk, das einen würdigen Platz „im Orgelsaale" des frommen Schulmeisters findet, schließlich „wie das Bild einer märchenhaften Kirchenheiligen" anmutet (S. 379). Mangelhaft fällt lediglich das Gesicht aus, das „fast gar nicht modellirt und ganz licht" ist (S. 379), weil Heinrich es nun einmal nicht besser zustande bringt - ein Hinweis darauf, dass hier eigentlich keine individuelle

Person abgebildet, sondern ein romantischer Idealtypus entworfen wird, der bloß in der Einbildung des Künstlers lebt.

Für Heinrich gehört Anna mehr dem Himmel als der Erde an, und die Beziehung der beiden steht von vornherein im Zeichen des Todes. Zu den ersten Küssen kommt es ausgerechnet auf dem Kirchhof in den „verworrenen Schatten der üppigen Grabgesträuche" (S. 304), und bereits während ihrer letzten Krankheit wird von Annas Umgebung „ein sanfter trauernder Kultus des Todes" um sie getrieben (12, S. 71). Berücksichtigt man die Eigenart von Heinrichs Liebe, so bedeutet Annas frühzeitiges Hinscheiden nicht etwa deren Ende, sondern ihre wahre Erfüllung. Der Tod der Geliebten bildet den Abschluss eines Prozesses fortschreitender Verklärung und spiritualisierender Entrückung, der die Haltung des Protagonisten ihr gegenüber von Anfang an bestimmt hat. Den Engeln vergleichbar erscheint Anna schon bei ihrem ersten Auftritt, und die himmlischen Boten begleiten sie auch ins Grab, denn zu Heinrichs Erstaunen sind auf der Glasscheibe, die in den Sarg eingefügt werden soll, „drei reizende, musicirende Engelknaben" zu erblicken (S. 94). Bezeichnenderweise wird der junge Mann durch Annas Tod nicht sonderlich erschüttert. Der Anblick ihres geschmückten Leichnams erweckt in ihm „beinahe eine Art glücklichen Stolzes, in einer so traurigen Lage zu sein und eine so poetisch schöne todte Jugendgeliebte" zu besitzen, mit der er sich nun erst recht „durch ein unauflösliches Band" verknüpft fühlt (S. 89). Das Stereotyp der schönen Leiche, das hier zitiert wird, ist aus der literarischen Tradition wohlbekannt, und Kellers Roman lässt ahnen, woher es seine Anziehungskraft bezieht: Nur im Tod kann, psychologisch wie ästhetisch gesehen, ein überhöhtes Ideal, das in den Wechselfällen des Lebens zwangsläufig Schaden nehmen würde, dauerhaft konserviert werden. Statt in Schmerz oder Verzweiflung zu versinken, gibt sich Heinrich noch bei Annas Beerdigung einer distanzierten kontemplativen Betrachtung hin, die ihm mehr Genuss als Leiden bereitet. Die tote Geliebte ist endgültig zu einem unkörperlichen Bild und damit zu einem unverlierbaren inneren Besitz geworden:

> Der letzte Sonnenstrahl leuchtete nun durch die Glasscheibe in das bleiche Gesicht, das darunter lag; das Gefühl, das ich jetzt empfand, war so seltsam, daß ich es nicht anders, als mit dem fremden hochtrabenden und kalten Worte ‚objectiv' benennen kann, welches die deutsche Aesthetik erfunden hat. Ich glaube, die Glasscheibe that es mir an, daß ich das Gut, was sie verschloß, gleich einem in Glas und Rahmen gefaßten Theil meiner Erfahrung, meines Lebens, in gehobener und feierlicher Stimmung, aber in vollkommener Ruhe begraben sah [...]. (S. 96f.)

Sicherlich mit Bedacht platziert Keller Judiths nächtliches Bad an der Heidenstube fast unmittelbar vor Annas Tod und Begräbnis, womit die beiden kontrastierenden Frauenbeziehungen seines Helden gleichsam enggeführt werden. Da Heinrich mittlerweile sowohl Judith als auch Anna teils im übertragenen, teils im wörtlichen Sinne ins Bild gebannt hat, kann er sich nun von den leibhaftigen Personen lösen. Anna verschwindet im Grab, und von Judith nimmt Heinrich trotz ihres Widerstrebens ein für alle Mal Abschied: „Nie werd' ich Dich wieder sehen, so gewiß ich ehrlich zu bleiben hoffe! Judith! leb' wohl!" (S. 100) Die Beziehung zu ihr fortzusetzen, müsste ihm ja auch wie ein frevelhafter Bruch des Gelöbnisses vorkommen, mit dem er der verstorbenen Anna „ewige Treue" geschworen hat (S. 91). Erst als Tote triumphiert das arme Mädchen endgültig über seine Konkurrentin.

Es wurde allerdings bereits angedeutet, dass Heinrich der vielschichtigen Wirklichkeit seiner beiden Geliebten nicht ganz gerecht wird, wenn er sie einseitig zum Inbegriff heidnisch-erotischer Verführung beziehungsweise geistig-spiritueller Reinheit stilisiert. Auch auf dem Gebiet der Liebe und der Geschlechterbeziehungen neigt er dazu, sich den Zugang zur Realität durch die Projektionen seiner regen Einbildungskraft zu verstellen, weil ihm „nach alter Weise Alles sich zum entschiedenen Romane gestaltet" (11, S. 295). Obwohl er Judith nur seine „sinnliche Hälfte" zugestehen möchte, wird sein „Herz" von ihr doch weit stärker angelockt, als er sich selbst klarzumachen wagt (12, S. 50). Und Judith ihrerseits geht keineswegs vollständig in sinnlichem Verlangen und einer faszinierenden erotischen Ausstrahlung auf, denn sie legt durchaus auch geistige Interessen und eine tiefe Sehnsucht nach Treue, Lauterkeit und inniger Nähe an den Tag, die sie in Gemeinschaft mit Heinrich zu befriedigen hofft. In ihm sucht sie „etwas Edleres [...], als ihr die Welt bisher geboten" (S. 50), und sie träumt davon, an seinen „geheimen Gedanken" teilhaben zu dürfen (11, S. 464), um der Eintönigkeit ihres ländlichen Daseins zu entfliehen. In der Tat sind die Vergnügungen, die die beiden miteinander teilen, nicht nur körperlicher Natur. Mit Judith liest Heinrich Ariost, in dessen Werk sie einen tiefsinnigen Spiegel des menschlichen Lebens erkennt, und sie ist es auch, der er das Vergehen an seinem Lehrer Römer beichtet und die ihm deutlich zu verstehen gibt, dass er „in diesem Handel schon [s]eine moralische Jungfernschaft verloren" habe (12, S. 76). Nicht zuletzt kann er mit Judith offen über seine Liebe zu Anna sprechen, während der umgekehrte Fall undenkbar wäre: „Ohne Rückhalt begann ich nun, ihr die ganze Geschichte zu erzählen von Anfang bis zu Ende, Alles, was je zwischen Anna und mir vorgefallen, und verband die beredte Schilderung ihres Wesens mit derjenigen der Gefühle, die ich für sie empfand" (11, S. 466). Indem sie diesen Bericht einfühlsam aufnimmt, erweist sich Judith als eine verständnisvolle Vertraute, wie Heinrich sie in seinem ganzen Leben nicht noch einmal finden wird.

Auf der anderen Seite besitzt Anna wiederum einige Wesenszüge, die ihrer Erhöhung zum körper- und leidenschaftslosen Engel zuwiderlaufen. Beim gemeinsamen nächtlichen Bohnenputzen zeigt sie eine heitere Ausgelassenheit, die man sonst nicht von ihr gewohnt ist: „Sie war jetzt überhaupt ganz lebendig, laut und beweglich wie Quecksilber und schien ein ganz anderes Wesen zu sein, als am Tage. Die Mitternacht schien sie zu verwandeln, ihr Gesichtchen war ganz geröthet und ihre Augen glänzten vor Freude". Das schalkhafte Spiel mit den Bohnen, das sie initiiert, führt unverkennbar erotische Konnotationen mit sich, und am Ende stimmt sie sogar ein Lied an, das von dem „goldnen Pfeil" des Liebesgottes Amor handelt (S. 290f.). Wenn sie bei einer Mahlzeit „so zierlich und mäßig an dem Essen nippt wie eine Elfe, und als ob sie keine irdischen Bedürfnisse hätte", wird sich der Leser an luftige himmlische Wesen erinnert fühlen, aber „kaum eine Stunde nachher" kann man sie, „mit einem mächtigen Stück Brod in der Hand [...], unbefangen und tüchtig dreinbeißen" sehen (S. 285) – die Zurückhaltung bei Tisch ist demnach wohl eher den Regeln des Anstands als einer überirdischen Bedürfnislosigkeit geschuldet. Und auch bei der Totenfeier für Heinrichs Großmutter tritt Annas Leidenschaftlichkeit hervor, die für gewöhnlich unter dem Zwang von Zucht und Sitte verborgen bleibt. Um „das Recht des Lebens gegen den Tod" geltend zu machen (S. 301), schließen die Landleute dem gesetzten Leichenmahl einen Tanzabend für die jüngeren Gäste an, der sich rasch zu einem „rauschenden und tobenden Wirbel der Lust" steigert und Heinrich wie Anna in seinen Bann schlägt:

> Nachdem wir lange Zeit zugeschaut, fortgegangen und wieder gekommen waren, sagte Anna erröthend, sie möchte einmal probiren, ob sie in der großen Menge tanzen könne. Dieses kam mir sehr gelegen und wir drehten uns im selben Augenblicke in den Kreisen eines Walzers dahin. Von nun an tanzten wir mehrere Stunden ununterbrochen, ohne müde zu werden, die Welt und uns selbst vergessend. Wenn die Musik eine Pause machte, so standen wir nicht still, sondern setzten unsern Weg durch die Menge fort in raschem Schritte und fingen mit dem ersten Tone wieder zu tanzen an, wir mochten gerade gehen, wo es war. (S. 303)

Aus dem *Tanzlegendchen* und aus *Romeo und Julia auf dem Dorfe* kennen wir den Tanz bereits als Inbegriff eines rauschhaften sinnlichen Lebensgenusses.

Da überrascht es nicht, dass es noch am selben Abend zum ersten Kuss des jungen Paares kommt.

Wenn Anna sich mit der Zeit gleichwohl zusehends der Norm stiller, sittsamer Weiblichkeit annähert, ist dies vor allem auf den Einfluss ihres Vaters zurückzuführen, der bei der Erziehung der Tochter von „seiner steten Sehnsucht nach Bildung und Feinheit der Seele" geleitet wird (S. 330). Trotz ihrer „Abneigung" und ihrer „Thränen" vertraut er sie einer „Bildungsanstalt in der französischen Schweiz" an (S. 330), wo sich geistliche Erzieher und damit weitere männliche Autoritäten ihrer annehmen. Der Erfolg bleibt nicht aus und sticht Heinrich bei der nächsten Begegnung mit Anna sogleich ins Auge:

> Sie war eine ganz andere Gestalt geworden, schmal und hoch, von einem schwarzen Seidenkleide umwallt, ihr Goldhaar lag schlicht und vornehm gebunden und ließ eine sorgfältige Toilette ahnen, während früher manche Löckchen sich auf eigne Hand gekräuselt und zwischen den Flechten hervorgeguckt hatten. Die Gesichtszüge waren in ihrer Eigenthümlichkeit ganz gleich geblieben, nur hielten sie sich nun viel ruhiger, und die armen, schönen blauen Augen hatten ihre Freiheit verloren und lagen in den Banden vornehm bewußter Sitte. (S. 350f.)

Die höhere Erziehung zielt in erster Linie auf eine umfassende Affektkontrolle und auf die „vornehm bewußte" Unterdrückung von natürlicher Sinnlichkeit und Spontaneität. Als leibhaftige „Erfüllung" des „Ideales" ihres Vaters, „schön, fein, gebildet und von andächtigem, edlem Gemüthe" (S. 358f.), verkörpert Anna jetzt wirklich ein ganz aus männlicher Sicht entworfenes Wunschbild. Eigenschaften und Neigungen, die sich diesem Ideal nicht fügen wollen, bleiben dabei auf der Strecke. Die Formung der weiblichen Persönlichkeit erweist sich auch hier, wenngleich weniger drastisch als im Falle der kleinen Meret, als eine Art von Dressur.

Der schroffe Kontrast zwischen Judith und Anna, der die gesamte auf dem Lande angesiedelte Handlungssequenz des *Grünen Heinrich* strukturiert, verdankt sich zu einem guten Teil der eigentümlichen subjektiven Perspektive des Helden, die der Romantext stellenweise durchaus als einseitig und verzerrend kenntlich macht. Der Heranwachsende ist bis auf weiteres unfähig, die erwachenden sinnlich-erotischen Regungen mit seinen sublimeren geistigen und sittlichen Ansprüchen zu versöhnen und beide auf ein und dieselbe Person zu fixieren. Das ständige Hin und Her zwischen Judith und Anna, das jeden seiner Aufenthalte im Dorf prägt, spiegelt eine vorläufig unüberwindliche seelische Spaltung wider. Solange sie bestehen bleibt, wird Heinrich, wie

Lys richtig bemerkt, keine „wirkliche ganze Liebe“ erleben (12, S. 199), die ihm die Erfüllung aller seiner Sehnsüchte gewähren könnte.

Später, während Heinrichs Aufenthalt in Deutschland, wiederholt sich der spannungsreiche Antagonismus zweier Frauentypen in abgewandelter Form in dem Gegensatz zwischen Rosalie und Agnes, die auf dem großen Maskenfest der Künstlerschaft als strahlende Venus und als keusche Diana auftreten. Erst mit Dorothea Schönfund begegnet Kellers Protagonist einer Frau, die sämtliche erstrebenswerten weiblichen Eigenschaften in einer makellosen Synthese vereint. Angesichts dieser schönen, freundlichen und klugen Person, die doch auch kindlich heiter und ausgelassen sein kann, wird Heinrich von einer Leidenschaft ergriffen, die ihn völlig gefangen nimmt und ihn das „leidvolle und süße Leben“ der Liebe kennen lehrt (S. 427). Bei dieser Gelegenheit denkt er an die sorglosen Jugendtage im Dorf des Oheims zurück und vergleicht sie zerknirscht mit seiner augenblicklichen Lage:

> Habe ich nur ein Stückchen Brot weniger gegessen, als Anna krank war? Nein! Habe ich eine Thräne vergossen, als sie starb? Nein! Und doch that ich so schön mit meinen Gefühlen! Ich schwur, der Todten ewig treu zu sein; hier aber wäre es mir nicht einmal möglich, dieser Treue zu schwören, so lange sie lebt und jung und schön ist, da dies sich ja von selbst versteht und ich mir nichts Anderes denken kann! [...]
>
> Wenn diese schwer erkranken oder gar sterben sollte, würde ich alsdann im Stande sein, dem traurigen Ereigniß so künstlerisch zuzusehen und es zu beschreiben? O nein, ich fühle es! Es würde mich brechen wie einen Halm und die Welt würde sich mir verfinstern [...]. Und dennoch, welch’ ein praktischer Kerl bin ich gewesen, als ich so theoretisch, so ganz nach dem Schema liebte und ein grünes Bürschchen war! Wie unverschämt hab’ ich da geküßt, die Kleine und die Große, zum Morgen- und Abendbrot! (S. 427f.)

Von einem unheilbaren Widerspruch in seinem Seelenleben kann jetzt keine Rede mehr sein, denn Dorothea verkörpert in noch höherem Maße als Rosalie die vollendete Weiblichkeit in allen ihren Spielarten: „Wäre es hier möglich, daß meine Neigung und mein Wesen in zwei verschiedene Theile auseinander fiele, daß neben dieser mich ein anderes Weib auch nur rühren könnte? Nein! Diese ist die Welt, alle Weiber stecken in ihr beisammen, ausgenommen die häßlichen und schlechten!“ (S. 428) Weil sie in der Hierarchie von Kellers Frauenfiguren die höchste Stelle einnimmt, wird Dortchen auch zum Sprachrohr der Lehren Feuerbachs, zu denen sich der grüne Heinrich auf dem Schloss des Grafen bekehrt. Die junge Frau, die sich die Unausweichlichkeit des Todes stets bewusst hält und das irdische Leben dadurch nur umso intensiver erfährt, mutet wie eine glücklichere Schwester des Meretleins an. Kann man das unbarmherzig gequälte „Hexenkind" (11, S. 96) als säkularisierte Märtyrerin einer feuerbachianischen Welt- und Naturfrömmigkeit betrachten, so darf Dorothea Schönfund mit Fug und Recht als deren strahlende Schutzheilige gelten. Heinrich aber lebt seine Liebessehnsucht nur in Tagträumen aus, statt der Angebeteten seine Gefühle zu offenbaren, und versagt damit einmal mehr vor den handfesten Anforderungen der Lebensrealität.

Dem von Dorothea verkörperten Idealbild der jungen Geliebten lässt sich mit Marie Salander, die unermüdlich für das Wohl ihres Mannes und ihrer Kinder eintritt, das Musterbeispiel einer perfekten Ehefrau an die Seite stellen. Die Interpretation des *Martin Salander* im siebten Kapitel wird sich näher mit dieser Figur befassen. Hier sei statt dessen noch einmal ein Blick auf die Novelle *Der Landvogt von Greifensee* geworfen, die über die Darstellung der fünf ‚Flammen' des Titelhelden ein breites Spektrum unterschiedlicher Frauentypen entfaltet. Von den einzelnen Liebesgeschichten des späteren Landvogts Salomon Landolt wird in ausführlichen Binnenerzählungen berichtet, die jeweils mit dem Spitz- oder Kosenamen der betreffenden Dame überschrieben sind. Sämtliche sich anbahnenden Beziehungen scheitern nach hoffnungsvollem Beginn an gewissen charakterlichen Defiziten der Angebeteten, die zum Bruch führen oder zumindest eine Eheschließung unmöglich machen.

Salome, genannt Distelfink, anmutig, heiter und aus einem wohlhabenden Hause stammend, entsagt sogleich allen Heiratsplänen, als Salomon unvorsichtigerweise „die Festigkeit ihrer Neigung auf die Probe zu stellen" beschließt, indem er ihr in einem Brief „eine mysteriös bedenkliche Schilderung seiner Abkunft und Aussichten" macht (6, S. 160). Da der verwöhnten jungen Frau „ein sorgenvolles oder gar unglückliches Leben undenkbar" vorkommt, verlobt sie sich lieber „mit einem reichen Manne, dessen Verhältnisse und Temperamente über die Sicherheit einer wohlbegründeten Zukunft keinen Zweifel aufkommen ließen" (S. 164f.). Mit ihrer Leidenschaft für Landolt kann es nicht weit her gewesen sein! Das gilt in noch höherem Maße für Wendelgard alias ‚der Kapitän', die dritte in der Reihe, die bei großen äußeren Reizen doch so selbstsüchtig und oberflächlich ist, dass in ihr „die Schönheit ohne alle andere Zuthat persönlich geworden" zu sein scheint (S. 199). Obwohl Salomon ihr großzügig aus ihren unbedacht angehäuften Schulden heraushilft, gibt sie ihn auf der Stelle preis, als sich ein anderer Bewerber einstellt, der über „eine halbe Million Einkünfte" verfügt (S. 202).

Barbara, die ‚Grasmücke', die ihre Zeit damit verbringt, aus Stoffresten kleine Figürchen zu basteln, mit denen sie ihre Stube in ein förmliches „Museum" verwandelt (S. 210), zeigt sich in ihrer eigensinnigen Beschränktheit und Ängstlichkeit dem liebenden Mann nicht im Entferntesten gewachsen. Dessen künstlerische Betätigung, obgleich auch nur von dilettantischer Art, hat ganz andere Dimensionen und zeugt von einem „kühne[n] und zugleich still harmonische[n] Geist", der das volle Leben der Natur und der Menschen in plastischen Gestalten einzufangen weiß (S. 211). Der armen Grasmücke kommt diese Welt dermaßen „fremd und unverständlich" vor (S. 213), dass sie beim Anblick der Bilder sogleich in Panik gerät und die Flucht ergreift. Günstiger fällt das Bild der letzten Dame aus, die Aglaja genannt wird und von Landolt den Spitznamen Amsel erhält. Leider ist sie aber bereits vergeben und arbeitet als junge Frau „von tiefgründigem Charakter" (S. 223) zielstrebig auf die Ehe mit dem Geliebten hin, die sie mit Landolts entsagungsvollem Beistand schließlich auch durchsetzt. Sogar Marianne, die grimmige Haushälterin des Landvogts, muss anerkennen, „daß Aglaja immerhin einer echten Liebe fähig gewesen und nach der ersten Neigung geheiratet habe" (S. 227). Dass sie ausgerechnet einen schwärmerischen Geistlichen erwählt, stimmt jedoch bedenklich und verrät eine „überreiche Phantasie" (S. 222), die sie denn auch ins Unglück führt: Der Ehemann legt einen „brennende[n] Ehrgeiz" an den Tag, richtet sein Augenmerk vor allem auf „irdisches Ansehen, Beförderung und Auskommen" und stirbt schon in jungen Jahren (S. 224).

Einen Sonderfall bildet Figura Leu, genannt Hanswurstel, die Nummer zwei in der Galerie des Landvogts, die ihm „die liebste" von allen ist (S. 226) und beim Fest auf Schloss Greifensee auch von Marianne besonders ausgezeichnet wird. Als schöne, kluge und witzige Person von feinem Empfinden gibt sie eine ebenbürtige Partnerin für Landolt ab. Aber selbst Figura ist nicht ohne Fehl und Tadel. Sie scheut die Ehe, weil sie das Schicksal ihrer Mutter fürchtet, die „geisteskrank, erst schwermütig, dann schlimmer" war (S. 186), wie es auch anderen Frauen der Familie widerfahren ist. Sogar ihre fröhliche Lebhaftigkeit deutet sie in ein unheilvolles Menetekel um: „Ich bin jetzt schon nur so lustig und thöricht, um die Schwermut zu verscheuchen, die wie ein Nachtgespenst hinter mir steht, ich ahne es wohl!" (S. 187) Deshalb muss sich Landolt damit begnügen, „ihr liebster und bester Freund" zu sein. Doch so aufrichtig Figuras Befürchtungen sein mögen, so unbegründet sind sie auch, „denn sie blieb bei guter Gesundheit, und das düstere Schicksal erschien nicht" (S. 188). Gerade vor dem Hintergrund feuerbachianischer Diesseitsfrömmigkeit kann der Leser nicht umhin, ihr Verhalten kritisch zu bewerten: Gelähmt von der Angst vor einer ungewissen Zukunft, versäumt Figura die Erfüllung ihres Lebensglücks, die ihr an Salomons Seite gewiss zuteil geworden wäre. Einen „Zweig voll korallenroter Kirschen" wirft er ihr während einer Landpartie „auf den Schoß", aber statt dieser unmissverständlichen Verheißung sinnlich-erotischer Genüsse zu trauen, bewahrt die Entsagende nur „den Zweig mit den vertrockneten Früchten noch dreißig Jahre lang sorgfältig auf", ein melancholisches Symbol dessen, was hätte sein können und doch nicht geworden ist (S. 188).

Der Landvogt von Greifensee präsentiert eine Musterreihe weiblicher Unzulänglichkeiten, die freilich in jedem Einzelfall mit bestimmten Reizen und Vorzügen kombiniert sind. Im Folgenden soll aber von einigen Frauenfiguren Kellers die Rede sein, die sich ein noch viel schlimmeres Vergehen zuschulden kommen lassen, indem sie ihre Weiblichkeit gänzlich verleugnen und damit die bürgerliche Ordnung der Geschlechter von Grund auf erschüttern.

Rollenmuster und Verstöße

Schon in jungen Jahren besaß Keller klare Vorstellungen davon, was einen richtigen Mann und eine echte Frau ausmacht. Im Juli 1838 versuchte er sich in seinem Studienbuch an einer Wesensbestimmung der Geschlechter:

> Ein Mann ohne Tagebuch (habe er es in den Kopfe, od[er] auf Pap[ier] geschrieben) ist, was ein Weib ohne Spiegel. Dieses hört auf Weib zu sein, wenn es nicht mehr zu Gefallen strebt u seine Anmuth vernachläßigt, es wird seiner Bestimmung, gegenüber dem Manne, untreu; jener hört auf ein *Mann* zu sein, wenn er sich selbst nicht mehr beobachtet u Erhohlung und Nahrung immer außer sich sucht. Er verliert seine Haltung, seine Festigkeit, seinen Charakter und wenn er seine geistige Selbständigkeit dahingibt, wird er ein Tropf. Diese aber kann nur bewahrt werden durch stetes Nachdenken u strenges Beobachten seiner selbst, u geschieht am besten durch ein Tagebuch. (16.1, S. 361)

Der Mann kann sich selbst zum Gegenstand des Nachdenkens, der Reflexion machen und dadurch seine „geistige Selbständigkeit" als autonomes Subjekt wahren. Die Frau dagegen reflektiert nur im buchstäblichen Sinne ihre äußere Erscheinung im Spiegel, um sicherzustellen, dass ihre „Anmuth" keinen Schaden leidet: Was für den Mann der wache Geist, ist für sie das schöne Gesicht. Deshalb findet sie das Zentrum ihrer Existenz auch nicht in sich selbst, sondern in dem „Gefallen", das ihre Reize bei den (männlichen) Betrachtern wecken. Ihre „Bestimmung" liegt nicht in ihrer eigenen Bildung und Vervollkommnung, sie ist vielmehr eine „Bestimmung gegenüber dem Manne“, auf den sich ihr Dasein auszurichten hat. Ganz von den Bedürfnissen des liebenden und begehrenden Partners her definiert, bleibt die Frau ihm zwangsläufig untergeordnet.

Keller übernahm demnach frühzeitig die charakteristischen Rollenzuschreibungen des bürgerlichen Geschlechterdiskurses, gegen die schon Lessings kluge Gräfin Orsina polemisiert, die geradezu eine vorweggenommene spöttische Replik auf das Räsonnement im Studienbuch des jungen Schweizers liefert: „Ein Frauenzimmer, das denket, ist eben so ekel als ein Mann, der sich schminket.“[7] Solche Gender-Stereotype beeinflussten seit dem 18. Jahrhundert als feste kulturelle Wahrnehmungs- und Deutungsmuster die Identitätsbildung und das Selbstverständnis von Männern wie Frauen und strukturierten die Beziehungen zwischen den Geschlechtern bis hinein in den ehelichen Alltag. Auch in Kellers geistig-seelischem Leben scheinen sie als orientierende Maßstäbe von großer Bedeutung gewesen zu sein, und jeder Versuch, sie in Frage zu stellen, provozierte bei ihm schroffe Reaktionen.

Des Öfteren äußerte er sich spöttisch und missgünstig über selbstbewusste, unabhängige Frauen, die für ihn abstoßende maskuline Züge gewannen. So wurde ihm Ludmilla Assing, Varnhagens Nichte, die er aus Berlin kannte und mit der er zeitweilig einen regen Briefwechsel unterhielt, später zuwider. 1879 traf er sie noch einmal in Zürich: „Ich ging jedenfalls zum letztenmal hin; denn sie machte mir einen unerträglichen Eindruck. Sie hatte eine goldene Brille auf der Nase, renommierte, daß sie Latein treibe, warf die Gegenstände auf dem Tisch mit barschen Mannsbewegungen herum, heulte dazwischen, rückte mir auf den Leib, immer von sich sprechend etc.“ (GB 2, S. 394f.). Aus den Briefen der Rahel Varnhagen las er eine „wuchernde Eitelkeit“ heraus, die ihn an Züs Bünzlin aus den *Drei gerechten Kammmachern* erinnerte (GB 3.1, S. 193), und Bettina von Arnim war in seinen Augen „ein unerlaubt verdrehter, verlogener und geckenhafter Charakter“ (GB 2, S. 132). Auch die in Heidelberg so sehr verehrte Johanna Kapp verscherzte sich seine Sympathie, weil er fand, sie nehme sich zu wichtig und wolle unbedingt „ein großes Schicksal haben“. Sie sei ihm mittlerweile „fast unheimlich“, vertraute er Hettner 1856 an, „es ist, als ob sie selbst sich verzehre, wenn sie nicht andern Leuten die Köpfe verdrehen und Unheil anrichten kann“ (GB 1, S. 436). Nicht einmal die Brünhild des *Nibelungenliedes*, die er ein „scheußliches, männliches Weib“ nannte, blieb von seiner Aversion verschont.[8]

Kellers Einstellung schlug sich auch in seinem literarischen Werk nieder. Sicherlich legte er den Erzählern in *Eugenia* und *Das verlorene Lachen* eigene

Überzeugungen in den Mund, wenn er sie angesichts von Bemühungen, auch den Frauen einen Zugang zur gelehrten Bildung und zur Berufstätigkeit zu eröffnen, über die weibliche „Sucht, den Mann zu spielen" (7, S. 337), und die „kranke Sucht nach Selbständigkeit" (5, S. 325) schimpfen ließ: Der Versuch, die traditionellen Rollenmuster zu sprengen, wird als pathologische Verirrung denunziert. Davon spricht, wenngleich in scherzhaft-spielerischem Ton, schon das dreizehnte der „Siebenundzwanzig Liebeslieder" in den *Gedichten* (13, S. 75f.). Hier hat sich eine junge Frau in den Kopf gesetzt, Gebiete zu okkupieren, die normalerweise den Herren der Schöpfung vorbehalten bleiben. Das männliche lyrische Ich bringt für diesen revolutionären Angriff auf die bestehende Geschlechterordnung kein Verständnis auf:

> Du willst dich freventlich emanzipiren
> Und aufstehn wider mich mit keckem Sinn,
> Auf's eigne Fäustchen deine Wirthschaft führen,
> Du schöne, kleine Jakobinerin!?
>
> Zur Politik nun auch dein Wörtlein sagen,
> Aus trauter Kammer in den Rathsaal fliehn?
> [...]

Wenn sich die Geliebte auf die „eignen Lehren" des Sprechers „[v]on Freiheit, Gleichheit und von Menschenrecht" beruft, bekommt sie zu hören: „O laß', mein Kind, mit Küssen dich belehren, / Dies Eine Mal erriethest du mich schlecht", denn so war das liberale politische Programm keineswegs gemeint. Wenn auch die „Völker" allenthalben befreit werden sollen, so hat doch die *Frau* nach wie vor in der abhängigen Stellung zu verharren, die ihrer vermeintlichen Bestimmung entspricht:

> Mir, mir, mein Schatz! mußt du dich nun verpflichten,
> Dein Liebster und dein Herr ist für dich frei;
> Auf ihn sollst du die blauen Augen richten,
> Daß er allein dein siegreich Banner sei.

Mit „Blumenketten" gefesselt, wird die Geliebte auf ewig in einem duftenden „Gefängniß [...] [v]on Rosen, Liljen, Myrthen" sitzen, bewacht und umsorgt von ihrem beglückten männlichen „Kerkermeister". Im Gewand verehrender Liebe wird hier eine umfassende Entmündigung der Frau vorgenommen.

Wie sein Protagonist Martin Salander gehörte also auch Keller „nicht zu den Befreiern oder Gleichstellern des Frauengeschlechts hinsichtlich des bürgerlichen Daseins“ (8, S. 185). Sein Bannstrahl trifft alle Frauen, die ihr angestammtes Territorium verlassen, weil sie damit ihre natürliche Anmut, ja ihre Weiblichkeit einbüßen und zu ebenso grotesken wie unglücklichen, von Selbstsucht und Eitelkeit gepeinigten Zwittergeschöpfen werden. Eine intuitive Lebensklugheit gestand Keller dem weiblichen Geschlecht gerne zu, nicht aber die Befähigung zu gelehrten Studien, denn selbst Dorothea Schönfunds feuerbachianische Weltanschauung ist keine Frucht „angelernter und gelesener Dinge“, sondern eine „unschuldige gemüthliche Ueberzeugung“ (12, S. 413f.). Züs Bünzlin liefert mit ihrem pseudo-intellektuellen Geschwafel ein abstoßendes Exempel für bildungsbeflissene Frauenzimmer, und nicht viel besser steht Lucies einstige Erzieherin im *Sinngedicht* da, die ihre Zeit „mit dem Vermehren und Ordnen einer Käfersammlung“ verbringt und als geschäftstüchtige Frau einen schwunghaften Handel mit Exemplaren einer seltenen Insektenart betreibt. Auch sie ist durch eine absurde Vermännlichung gekennzeichnet: „Uebrigens hieß sie Fräulein Hansa. Sie bewunderte und liebte nämlich den Namen Hans über alles, und um seiner teilhaftig zu werden, hatte sie ihn ohne Rücksicht auf Sinn oder Unsinn mit einem a verziert und angenommen“ (7, S. 306).

Das künstlerische Schaffen hielt Keller gleichfalls für eine männliche Domäne, in die Frauen tunlichst nicht hineinpfuschen sollten. Wenig Sympathie brachte er etwa für die Schriftstellerin Fanny Lewald auf, eine zeitgenössische Vorkämpferin der Frauenemanzipation, der er in seinen Briefen mehr als einmal Eitelkeit und die „Leidenschaft der Selbstsucht und des Brotneides“ attestierte (GB 1, S. 416). In seinem Werk wird dieser Typus durch Kätter Ambach in *Die mißbrauchten Liebesbriefe* repräsentiert, die sich eines „höhern Geistes“ rühmt (5, S. 134) und zu den „gebildete[n] Frauen“ zählen will (S. 136). Als affektierte Muse des Möchtegern-Poeten Viggi Störteler tritt sie in einen schroffen Gegensatz zu Gritli, die mustergültig die Rolle der tüchtigen Hausfrau und warmherzigen Gattin ausfüllt und sich mit Recht gegen Viggis Forderung sträubt, „ihre Frauengefühle in einer geschraubten und unnatürlichen Sprache und in langen Briefen für die Oeffentlichkeit aufzuschreiben, und statt ihrem häuslichen Leben nachzugehen, die schöne Zeit mit einer ihr fremden und widerwärtigen, nutzlosen Thätigkeit zu verbringen“ (S. 141). Die Frau gehört ins Haus, in die private Sphäre von Ehe und Familie, nicht auf das Feld der öffentlichen Rede und der kulturellen Produktion.

In der Erzählung *Regine* aus dem *Sinngedicht* hat das abstoßendste aller

Keller'schen Mannweiber seinen Auftritt, „eine junge Malerin“, die aber lieber als „Maler“ gelten möchte, „denn sie schneuzte wie ein kleines Kätzchen, wenn man sie Malerin nannte. Die schöne wohlklingende Endsilbe, mit welcher unsere deutsche Sprache in jedem Stande, Berufe und Lebensgebiete die Frau bezeichnet und damit dem Begriffe noch einen eigenen poetischen Hauch und Schimmer verleihen kann, war ihr zuwider wie Gift und sie hätte die verhaßten zwei Buchstaben am liebsten ganz ausgereutet“ (7, S. 89). Schon ihr Äußeres zeigt, was von einem solchen Ungeheuer zu halten ist, das sich sogar auf einer geselligen Landpartie „in einem trostlos dunklen, nüchternen und schlampigen Kleide“ präsentiert, „mit der beleidigenden Absicht, ja keinen Anspruch auf weibliche Anmut und Frühlingsfreude machen zu wollen. [...] Von einer freien Locke oder Haarwelle war nichts zu sehen; gleich einem Kranze von Schnittlauch trug sie das gestutzte Haar um Ohren und Genick. Was werden das für traurige Zeiten sein, wenn es so kommt, daß mit den lichten Kleidern und den fliegenden Locken der jungen Mädchen und Frauen die Frühlingslust aus der Welt flieht!“ (S. 95) Mit diesem Stoßseufzer dürfte der Erzähler Reinhart seinem Schöpfer Keller aus dem Herzen gesprochen haben.

Künstlerinnen werden in *Regine* allenfalls dann akzeptiert, wenn sie „neben ihrem Rufe in den schönen Künsten zugleich des unvergänglichen Ruhmes einer idealen Frauengestalt mit heiterem oder tragischem Schicksale genossen“, also nicht der Gefahr erliegen, aus Ehrgeiz und Geltungsdrang den „lieblichen Eindruck“ echter Weiblichkeit zu verscherzen. Das gilt beispielsweise für Angelika Kauffmann, die sich selbst in einer stilisierten rollengerechten Pose gemalt hat, „den blühenden Kopf mit den vollen reichen Locken von einem grünen Epheukranze umgeben, der Körper in weißes Gewand gehüllt“ (S. 96). Jene maskuline Malerin leistet dagegen auch auf dem Gebiet der Kunst nur Unerfreuliches: Ihre Bilder fallen „phantastisch“ und „theatralisch“ aus und sind „mit einer scheinbaren Frechheit gemalt“ (S. 92). In ihrer „Verirrung“ erinnert sie Reinhart an eine mittelalterliche Sage, die dem römischen Kaiser Nero ein „Gelüst nach der Geschlechtsänderung“ andichtete, um seine „wirklich verübten Tollheiten“ noch zu überbieten. Mit Hilfe dunkler Magie habe er sich den Wunsch, schwanger zu werden, erfüllt, aber nur eine Kröte zur Welt gebracht, die alsbald in einem Sumpf verschwunden sei. Die Moral der Geschichte formuliert der Erzähler ausdrücklich: „In der That hat die Wut, sich die Attribute des andern Geschlechts anzueignen, immer etwas Neronisches; möge jedesmal die Kröte in den Sumpf springen!“ (S. 89f.) Die mutwillige Überschreitung der Geschlechtergrenzen erscheint als Gipfel der Perversion.

Kellers positive Frauenfiguren mögen klug und zuweilen auch außerordentlich selbständig sein, bleiben jedoch immer einem Mann zu- oder untergeordnet wie Judith, die aus Amerika heimkehrt, um Heinrich beizustehen, oder Regel Amrain, die ihr ganzes Leben der Erziehung ihres Sohnes widmet. Bei diesen Gestalten vermeidet der Dichter sorgfältig jeden Anschein einer Vermännlichung, indem er ihre Tatkraft und geistige Regsamkeit behutsam mit Anmut und vollkommener seelischer Reinheit ausbalanciert. So verlässt keine von ihnen den engen Kreis, den die patriarchalischen Normvorstellungen dem weiblichen Geschlecht anweisen.

Im Gegenzug müssen freilich auch die Männer ihre vorgegebene Rolle ausfüllen und Versäumnisse oder krankhafte Abweichungen vermeiden. Keller, der selbst lange mit den gesellschaftlichen und ökonomischen Pflichten bürgerlicher Männlichkeit zu ringen hatte und zeitlebens nie Ehemann und Vater wurde, erzählt in seinen Sozialisationsgeschichten immer wieder davon, wie die Protagonisten auf diesem wichtigen Feld reüssieren oder scheitern. Frau Amrain wird von „Zorn“ und „Unruhe“ ergriffen, als ihr Fritz sich auf einer lustigen Seldwyler Hochzeit ausgerechnet als Frau verkleidet, „denn nichts schien ihr geeigneter, einen jungen Menschen in das Lotterleben zu bringen“, ihn nämlich seiner männlichen Identität und Bestimmung zu entfremden (4, S. 176f.). Als Erziehungskünstlerin, die sie ist, führt Regula dem Sohn seinen Fehltritt drastisch vor Augen, indem sie das missbrauchte Kleid in Stücke reißt, und die gewünschte Wirkung tritt sogleich ein: „Fritz war für einmal gerettet, denn er schämte sich vor seiner Mutter mehr, als vor der ganzen übrigen Welt“ (S. 182). Pankraz, der Schmoller, der Ritter Zendelwald, der einstige Schulmeister Wilhelm und Jukundus Meyenthal sind weitere Helden Kellers, die sich – im Gegensatz zu Heinrich Lee – mit der Zeit in die Rolle des tatkräftigen Beschützers und Ernährers hineinfinden. Meist besiegelt eine Heirat ihren erfolgreichen Werdegang: Wer wahre Männlichkeit erlangt hat, kann und darf auch als Ehegatte glücklich werden.

Eine Verletzung der Geschlechtergrenzen thematisieren zwei von Kellers *Sieben Legenden*, die hier näher betrachtet seien. *Eugenia* und *Der schlimm-heilige Vitalis*, beide im spätantiken Alexandria angesiedelt, gestalten das Problem einmal aus weiblicher, einmal aus männlicher Perspektive und verhalten sich damit spiegelbildlich zueinander, was auch durch ihre Stellung innerhalb der Sammlung signalisiert wird, wo sie die Dreiergruppe der Marienlegenden flankieren. Eugenia und Vitalis geraten auf Abwege, indem sie unter dem Einfluss leib- und sinnenfeindlicher christlicher Glaubenslehren ihr natürliches Geschlecht verleugnen. Sie werden indes einem exemplarischen Prozess der Besserung und ‚Heilung' unterworfen, in dessen Verlauf sie nicht nur zu einer diesseitsfrohen Lebenshaltung gelangen, sondern auch ihre wahre geschlechtliche Identität zu akzeptieren lernen. Wieder einmal verfremdet der Dichter also das traditionelle Gattungsschema im Interesse seines religionskritischen Anliegens und kehrt die typische Stoßrichtung der christlichen Legende um. Während Kosegarten Eugenia und Vitalis als fromme Asketen sterben lässt, führen Kellers Erzählungen vor, wie sich „unnatürliche Bekehrer" in „bekehrte Unnatürliche" verwandeln.[9]

Das dem Alten Testament entnommene Motto von *Eugenia* gibt die polemisch-didaktische Tendenz der Geschichte vor: „Ein Weib soll nicht Mannsgeräte tragen, und ein Mann soll nicht Weiberkleider anthun; denn wer solches thut, ist dem Herrn, deinem Gott, ein Greuel" (vgl. Dtn 22,5). Eugenia, eine Tochter aus guter Familie, wird eingeführt als abschreckendes Beispiel einer Frau, die den „Ehrgeiz der Schönheit, Anmut und Weiblichkeit" vernachlässigt, „um sich in andern Dingen hervor zu thun", die besser Männersache bleiben sollten (7, S. 337). Sie verwendet ihre ganze Energie auf den Erwerb einer gelehrten Bildung, besucht „alle Schulen der Philosophen, Scholiasten und Rhetoren" und hält sich dabei eine Art „Leibwache von zwei lieblichen Knaben ihres Alters [...], welche seltsamer Weise beide Hyazinthus hießen" und ihr beim Lernen und Disputieren Gesellschaft leisten (S. 338). Solche kuriosen Figurenvervielfachungen kennt man bereits aus der Erzählung von den drei gerechten Kammmachern als eine satirische Technik, mit der Keller das Fehlen individueller Konturen bei seinen Protagonisten herauszustreichen pflegt. Darüber hinaus deuten die „Hyazinthen" an Eugenias Seite schon auf die verhängnisvolle Verunklärung der geschlechtlichen Identität hin, die den weiteren Verlauf der Handlung bestimmen wird, denn beim Anblick des merkwürdigen Trios wäre ein fremder Betrachter „ungewiß gewesen, ob er drei schöne zarte Knaben oder drei frischblühende Jungfrauen vor sich sehe" (S. 339).

Als der stattliche Prokonsul Aquilinus ihr einen Heiratsantrag macht, wird Eugenia „nicht einmal" rot, „so sehr hatte ihre Wissenschaft und Geistesbildung alle feineren Regungen des gewöhnlichen Lebens in ihr gebunden" (S. 339). Bei einem solchen Anlass schamhaft-beglückt zu erröten, wäre aus Sicht des Erzählers also die „gewöhnliche", natürliche Reaktion der jungen Frau gewesen, aber ihre weiblichen Regungen sind durch die forcierten intellektuellen Studien offensichtlich längst abgetötet oder zumindest betäubt worden. Aquilinus kommt mit seiner Werbung denn auch übel an, weil er in der Schönen eine „Ehegenossin" und keine Philosophin sucht und ihrer Vermännlichung entgegenwirken will: „Nun bitte ich Dich, mir Bescheid zu geben, nicht als ein Gelehrter, sondern als ein Weib von Fleisch und Blut!" (S. 340). Unter diesen Umständen kann Eugenias Antwort nur abschlägig ausfallen.

An früherer Stelle wurde bereits erörtert, wie sich Eugenia, ihre unterdrückten sinnlichen Bedürfnisse missverstehend, nach dem Zerwürfnis mit Aquilinus zum Christentum bekehrt und in ein Kloster eintritt, wo sie bald zu einem allseits verehrten Abt aufsteigt, und wie sie später beim Anblick einer Statue, die „in wunderbarer Anmut und Schönheit [...] ihr besseres Selbst" darstellt (S. 345), in eine tiefe Krise gerät. Ihr „Gemüt", in dem die asketische Frömmigkeit nun im Streit mit ihren weiblichen Empfindungen liegt, leidet unter einem schrecklichen „Zwiespalt" (S. 349), den das verstörende Erlebnis mit einer lüsternen Witwe, die den vermeintlichen Geistlichen verführen will und seine Zurückweisung mit Vergewaltigungsvorwürfen beantwortet, noch verschärft. Mit spürbarem Vergnügen schildert Keller die groteske Klemme, in die sich Eugenia durch ihren radikalen Bruch mit dem konventionellen Rollenverständnis hineinmanövriert hat. Als der Fall vor dem Richterstuhl des Aquilinus verhandelt wird, sieht sich die Heldin in äußerster Not gezwungen, auf die „Hülfsquellen ihres natürlichen Geschlechtes" zurückzugreifen (S. 337) und ihr Geheimnis buchstäblich zu enthüllen: „Da rief Eugenia: ‚So helfe mir Gott!' und riß ihr Mönchsgewand entzwei, bleich wie eine weiße Rose und in Scham und Verzweiflung zusammenbrechend" (S. 351).

Dies ist in mehrfacher Hinsicht die Schlüsselszene der Legende. Indem Eugenia ihren Körper entblößt, kommt unter allen Verirrungen und Verdrehungen endlich ihre wahre Geschlechtsidentität zum Vorschein, die, wie Keller suggeriert, eben in der leiblichen Natur des Menschen verankert und damit unhintergehbar ist. Das „Mönchsgewand" wiederum dient in der Legende als greifbares Sinnbild christlicher Unnatur, die die Protagonistin mit ihrer ausdrucksvollen Geste ein für alle Mal überwindet. Die fatale Kutte kann nunmehr durch die „köstlichsten Frauengewänder" ersetzt werden (S. 352). Und wenn Aquilinus, der jetzt doch noch Eugenias Mann wird, der staunenden Öffentlichkeit das spurlose Verschwinden des frommen Abtes Eugenius mit einer rasch zusammenphantasierten Dämonengeschichte erklärt, trägt er im tieferen Sinne gar keine Lüge vor, da Kellers unheimliche Mannweiber tatsächlich immer etwas Dämonisches an sich haben.

Sobald die rechte Ordnung der Geschlechter über die Perversion triumphiert hat, ist das Happy End gesichert. Eugenia gibt sich fortan, „ohne viele Worte zu machen, mit eben der gründlichen Ausdauer, welche sie sonst der Philosophie und der christlichen Askese gewidmet, dem Studium ehelicher Liebe und Treue hin" (S. 353) und wird mit Aquilinus glücklich. Zwar bleibt sie ihrer Religion treu und bekehrt sogar ihren Gatten zum Christentum, aber von ihrer Karriere als „berühmte Glaubensheldin und Märtyrerin", deren Stationen Kosegarten gewissenhaft verzeichnet, berichtet Keller nur noch sehr knapp und im distanzierten Modus des Zitats: „Die Legende erzählt nun weiter [...]" (S. 354). So setzt er den Schluss, der unvermittelt in die vertrauten Bahnen eines religiösen Exempels einlenkt, deutlich von der hindernisreichen Entwicklungs-, Liebes- und Ehegeschichte ab, auf die es ihm eigentlich ankam.

Der Mönch Vitalis, Eugenias Pendant in der fünften Legende, verkleidet sich zwar nicht etwa als Frau, ist aber als strenger Asket und fanatischer geistlicher Retter sittenloser Weibsbilder auch weit davon entfernt, ein rechter Mann in Kellers Sinne zu sein. Wie Eugenias Frömmigkeit gründet auch der verbissene Eifer des Vitalis in der Verdrängung sinnlicher Wünsche und Begierden. In den sündigen Buhlerinnen der Stadt Alexandria bekämpft der Mönch, hierin dem Pfarrer aus der Meret-Geschichte ähnlich, seine eigenen verbotenen Gelüste, die dabei jedoch die Gelegenheit nutzen, um sich wenigstens in der pervertierten Form sadistischer Gewalttaten zur Geltung zu bringen. Nicht zufällig haben die Bekehrungsakte, die Vitalis, wie es vielsagend heißt, mit „Leidenschaft" durchführt (S. 386), eine unangenehme Ähnlichkeit mit Vergewaltigungen. Man lese nur die folgende Beschreibung seiner Konfrontation mit einer besonders verdorbenen Hetäre:

> Als sie aber plötzlich in verlockende Gebärden überging und mit der Hand in seinen glänzenden dunklen Bart fahren wollte, da brach das Gewitter seines geistlichen Gemütes mächtig los, zornig schlug er ihr auf die Hand, warf sie dann auf ihr Bett, daß es erzitterte, und indem er auf sie hinkniete und ihre Hände festhielt, fing er, ungerührt von ihren Reizen, dergestalt an, ihr in die Seele zu reden, daß ihre Verstocktheit endlich sich zu lösen schien. (S. 393)

Auch in den Kosenamen, mit denen er die Objekte seiner fragwürdigen seelsorgerischen Bemühungen anredet – „mein Kätzchen", „mein Täubchen", „schwarzäugiges Höllenbrätchen" oder „kleine Hexe" (S. 399f.) –, kommt die schlecht verhehlte Lüsternheit zum Ausdruck. Der Ruf eines Wüstlings, der Vitalis in der Öffentlichkeit vorauseilt, ist nicht ganz so unverdient, wie der Mönch in seiner frommen Eitelkeit glaubt.

Einige Indizien deuten allerdings von vornherein darauf hin, dass in ihm mehr steckt als ein bigotter Eiferer mit schlechtem Gewissen, „seine stattliche Gestalt und sein männliches Aussehen" etwa (S. 396) oder auch sein Name: Vitalis ist der Lebendige, der für das Leben und zum Leben Bestimmte. Und er hat das Glück, mit Jole schließlich eine Frau zu treffen, die ihm sowohl liebende Zuneigung als auch mütterliche Sorge entgegenbringt, seine „guten Eigenschaften“ mit scharfem Blick erkennt und sich vornimmt, „aus einem wackeren Märtyrer einen noch besseren Ehemann zu machen“ (S. 401). Durch sie werden die geheimen Sehnsüchte des Vitalis förmlich erlöst und in Freiheit gesetzt. Bedeutsam ist dabei wieder der Wechsel der Kleidung. Durch eine List überredet Jole den geliebten Mann, seinen „Mönchshabit“ wenigstens vorübergehend gegen prächtige „weltliche Gewänder“ zu vertauschen. „Nun geschah aber ein wahres Wunder und eine seltsame Umwandlung mit dem Mönch; denn kaum saß er in seinem weltlichen Staat neben dem anmutvollen Weibe, so war die nächste Vergangenheit wie weggeblasen aus seinem Gehirn und er vergaß gänzlich seines Vorsatzes“, Jole in gewohnter Manier zu Reue und Buße zu bewegen (S. 407f.). Als er nach einem kleinen Schläfchen feststellen muss, dass sie seine Kutte „feierlich verbrannt“ hat, kümmert ihn das kaum noch, denn er wird ohnehin „immer weltlicher im Gemüt“, ehelicht alsbald seine Retterin und erweist sich an ihrer Seite als ein „trefflicher und vollkommener Weltmann und Gatte“ (S. 409f.). So wandelt der Dichter das wunderbare Ereignis ab, das in einer christlichen Legende nicht fehlen darf. Bei ihm besteht das „wahre Wunder“ in der Bekehrung eines religiösen Fanatikers zu sinnenfroher Lebenslust.

Noch deutlicher als *Eugenia* spielt die Legende vom schlimm-heiligen Vitalis auf einen Bibelspruch an, dessen Metaphorik Keller mit dem Kleiderwechsel seines Helden wörtlich nimmt: „Zieht den neuen Menschen an, der nach dem Bild Gottes geschaffen ist in wahrer Gerechtigkeit und Heiligkeit“ (Eph 4,24). Doch während der Apostel Paulus bei diesem „neuen Menschen“ den frommen Christen als lichtes Gegenbild zum verstockten Heiden im Sinn hat, verkehrt Keller den Appell ins Gegenteil. Die aufs Jenseits fixierte Religion mit ihren asketischen Idealen gilt es zu überwinden, damit der Mensch als diesseitig-natürliches Wesen wiedergeboren werden und sich ganz den Genüssen (und Pflichten) des Erdenlebens widmen kann. Zu dieser unverfälschten Menschennatur gehört in Kellers Augen auch eine bestimmte geschlechtliche Identität, die den bürgerlichen Normen entspricht. Eine solche ‚Naturalisierung‘ der stereotypen Bilder von Männlichkeit und Weiblichkeit stellte im 19. Jahrhundert – und noch weit darüber hinaus – eine gängige Strategie dar, mit deren Hilfe die einschlägigen *kulturellen* Zuschreibungen legitimiert und gegen jede Kritik abgesichert wurden. Indem er die konventionellen geschlechtsspezifischen Rollenmuster als natürliche Grundstrukturen des menschlichen Daseins ausgibt, tritt Kellers poetischer Realismus in den Dienst dieser Ideologie. Seiner im Geiste Feuerbachs geübten Religionskritik mag man ein beträchtliches emanzipatorisches Potenzial zusprechen; von dem Konzept der Geschlechter, das die *Sieben Legenden* propagieren, lässt sich das hingegen schwerlich behaupten.

Von einer Krise der Geschlechterordnung und ihrer Überwindung handelt auch eine Geschichte aus dem zweiten Band der *Leute von Seldwyla*. Mit *Dietegen* wagte sich Keller, noch vor den *Züricher Novellen*, erstmals auf das Gebiet der historischen Erzählung, denn das Geschehen spielt „gegen das Ende des fünfzehnten Jahrhunderts“ (5, S. 181) vor dem Hintergrund der Kämpfe der Eidgenossen mit Herzog Karl dem Kühnen von Burgund. Die Probleme, die anhand von Dietegens wechselvoller Beziehung zu der schönen Küngolt literarisch-fiktional gestaltet werden, sind indes, wie bei Keller üblich, solche der bürgerlichen Gesellschaft seines eigenen Zeitalters.

Der schroffe Gegensatz zu der benachbarten Stadt Ruechenstein mit ihrer asketischen Leibfeindlichkeit und ihrem grausamen Rechtsfanatismus rückt die lebenslustigen Seldwyler in *Dietegen* ausnahmsweise einmal in ein ungetrübt positives Licht. Die beiden Hauptfiguren der Erzählung repräsentieren jeweils gewisse Züge ihrer Herkunftsorte: Während der spröde, pflichtbewusste Ernst des Titelhelden eine gemilderte und zugleich noblere Variante der ruechensteinischen Strenge darstellt, verkörpert die muntere Küngolt, die gern bunte Farben trägt und sich mit Blumenkränzen schmückt, die seldwylische Heiterkeit und Daseinsfreude. So ist sie es auch, die den armen Dietegen, einen Waisenjungen, der in Ruechenstein wegen einer Lappalie gehenkt wurde, aus dem Sarg heraus- und ins Leben zurückholt. Den Geretteten in ihrer Mitte, ziehen die Seldwyler vergnügt heimwärts, und das Fest, das sie an einem lauen Sommerabend veranstalten, um sich von ihrem deprimierenden Besuch bei den finsteren Nachbarn zu erholen, ist eine grandiose Feier weltlich-sinnlicher Lust.

Doch aller Glanz dieses Tages kann nicht darüber hinwegtäuschen, dass das Verhältnis zwischen Küngolt und Dietegen von Anfang an im Zeichen einer unheilvollen Störung der ‚natürlichen‘ hierarchischen Geschlechterordnung steht. Wenn Küngolt den Knaben als ihre „Eroberung“ behandelt (S. 195) und ihm schon nach kurzer Bekanntschaft fast drohend auseinandersetzt: „Du mußt mein Mann werden, wenn wir groß sind, Du gehörst mein! Willst Du freiwillig?“ (S. 199), leitet sie aus ihrer Rettungstat einen Besitzanspruch ab, der einer Frau in Kellers Augen gewiss nicht zukommt. Zwar sind die beiden zu diesem Zeitpunkt erst sieben und elf Jahre alt, aber wie im *Grünen Heinrich* bildet die Kindheit auch hier „schon ein Vorspiel des ganzen Lebens“, das „die

Hauptzüge der menschlichen Zerwürfnisse im Kleinen abspiegel[t]" und damit das Fundament für spätere Entwicklungen legt (11, S. 216). Symptomatisch ist eine Episode, die sich gleich an dem ersten Tag ereignet, den Dietegen bei Küngolts Familie im Forsthaus zubringt. Mit einem Spieß ausgerüstet, durchstreift der Junge in Begleitung seiner neuen Freundin den Wald:

> Sie kamen an einen rauschenden Bach, in welchen, von ihren Füßen aufgescheucht, eben eine Schlange schlüpfte [...]. Schnell riß sie ihm den Spieß aus der Hand und wollte damit in dem Wasser herumstechen, um die Schlange aufzustöbern. Aber als Dietegen sah, daß sie die blankgeschliffene schöne Waffe mißhandeln wollte, nahm er ihr dieselbe stracks wieder aus den Händen und machte sie aufmerksam, wie sie die glänzende scharfe Spitze an den Steinen verderben würde. (5, S. 202)

Bereits in *Pankraz, der Schmoller* und *Die Jungfrau und die Nonne* war eine Waffe als greifbares Sinnbild wehrhafter phallischer Männlichkeit anzutreffen. So deutet das Gerangel um den Spieß in *Dietegen* auf Küngolts Bestreben hin, selbst die männlich konnotierte dominante Rolle zu übernehmen, und wenn Dietegen sie souverän belehrt und ihre Anmaßung zurückweist, trägt ihm das umgehend ein Lob der maßgeblichen väterlichen Instanz ein: „‚Das ist wohl gethan von Dir, Du wirst gut zu brauchen sein!' sagte plötzlich der Forstmeister, der mit einem Knechte hinter den Kindern stand" (S. 202f.).

Küngolt bleibt sich auch in der Folgezeit treu. Sie beginnt, Dietegen „zu tyrannisieren", und unterwirft ihn einer strengen „Dienstbarkeit", während er als braver, anstelliger Bursche doch eigentlich „einen kleinen Sittenspiegel für das mutwillige Mädchen" abgibt (S. 204). Impulsiv, ja aggressiv reagiert sie, sobald ihr Herrschaftsanspruch in Zweifel gezogen wird: „Du gehörst mir allein, Du bist mein Eigentum, ich allein habe Dich aus dem Sarge befreit, in dem Du auf ewig geblieben wärest!" (S. 205) Als die beiden heranwachsen, mischen sich auch erotische Begierden und Erwartungen in dieses heikle Verhältnis. Selbst als liebende Frau will Küngolt rückhaltlos über Dietegen verfügen: „Er ist mir geschenkt worden von den Richtern, da er nichts als ein Leichnam war, den ich zum Leben erweckt habe! Drum hat nicht er über mich zu richten, sondern ich allein über ihn, und er muß thun alles, was ich will, und wenn ich ihn gern küsse, so habe ich es allein zu verantworten und er hat nur still zu halten!" (S. 212) Oder, noch knapper: „Du bist mein und nicht ich Dein!" (S. 213)

Unter der Aufsicht des Forstmeisters gedeiht Dietegen zu einem stattlichen Bürger seiner neuen Heimatstadt, der sich in den Burgunderkriegen mit „seiner Tapferkeit und Tüchtigkeit" bewährt (S. 239), zu einem rechten Mann also, dessen Tugenden Keller hier, dem mittelalterlichen Ambiente der Erzählung entsprechend, nur etwas stärker in den soldatischen Bereich verlagert, als er es sonst zu tun pflegt. Ein rundum beispielhafter Vertreter idealer Männlichkeit ist Dietegen freilich nicht: „Damit aber auch er nicht ohne Fehl und Tadel aus diesen Schicksalsläufen hervorgehe, hatten die Gewohnheiten des Krieges [...] eine gewisse Wildheit in ihn gebracht", die ihn im Felde zu einem prahlerischen Gehabe und allerhand Torheiten verlockt (S. 240). Doch solche vergleichsweise harmlosen Verfehlungen stellen das normative geschlechtsspezifische Rollenmuster nicht in Frage. Anders verhält es sich mit Küngolt, die massiv gegen die Gebote echter Weiblichkeit verstößt und sich daher erst gründlich bessern muss, ehe sie als Gattin des Geliebten doch noch ihr Glück finden darf. Küngolt ist denn auch, dem Titel des Werkes zum Trotz, als dessen heimliche Hauptfigur anzusehen, auf deren Werdegang sich das Interesse des Lesers konzentriert.

Ausgerechnet in der Johannisnacht, die der Volksaberglaube seit jeher mit Spuk und Zauberwesen in Verbindung bringt, ereignet sich die Katastrophe, die den entscheidenden Wendepunkt im Leben des Mädchens markiert. Fatalerweise sind sämtliche einheimischen Männer, deren Autorität für Ordnung sorgen könnte, abwesend, als Küngolt, ihre künftige Stiefmutter Violande und einige andere Frauen auf dem Forsthaus ein geselliges Vergnügen veranstalten, dem sich bald ein Trupp junger Herren aus Ruechenstein anschließt. Nun bricht Küngolts Herrschsucht endgültig durch und nimmt geradezu dämonische Dimensionen an: „Küngolt aber war von einer Sehnsucht gequält, alle diese Jünglinge sich unterworfen zu sehen" (S. 222). Ganz wie Lydia in *Pankraz, der Schmoller* ist sie von einem krankhaften Narzissmus beseelt, dem das Begehren der Männer lediglich zur eigenen Selbstbestätigung dient, während sie ihrerseits „kalt wie Eis gegen jeden einzelnen in ihrem Herzen" bleibt (S. 224). Einen vermeintlich zauberkräftigen Liebestrank mischt Küngolt den Gästen in den Wein, um ihre Absichten zu erreichen, aber der Text lässt keinen Zweifel daran, dass die Magie, die nun ihre unheilvolle Wirkung entfaltet, in Wahrheit einer anderen Quelle entspringt: „süß und schalkhaft" blickt die schöne junge Frau jeden der Männer an, und „[i]n diesen gleichmäßig und unparteiisch verteilten Blicken lag das Zaubergift, welches nebst dem starken Wein jetzt die Knaben bethörte, daß alle voll Verblendung und Leidenschaft das glänzende Mädchen umwarben mit jener Selbstsucht, welche sich allaugenblicklich stets dahin wendet, wo sie ein von anderen gewünschtes oder allgemein erstrebtes Gut locken sieht" (S. 223).

Nachdem die Ruechensteiner, von „allgemeiner Eifersucht toll geworden“, in einen blutigen Streit geraten sind, wird Küngolt demnach nicht zu Unrecht „der Zauberei und Behexung beschuldigt“ (S. 226f.): Ihre bewusst eingesetzten weiblichen Reize haben die Opfer ihres freien Willens beraubt und zu bloßen Marionetten degradiert. Küngolts unwiderstehliche Ausstrahlung, ihre Eitelkeit und Herrschsucht verstören die bürgerliche Geschlechterordnung nachhaltig und fordern eine scharfe Ahndung und Sühne. Vom Augenblick ihrer Verhaftung an steht die Protagonistin bezeichnenderweise durchgängig unter der Macht und Gewalt von richtenden und strafenden Männern, die ihren störrischen Eigenwillen brechen – die Unterordnung unter ihren Gatten Dietegen, der sie schließlich auf seinen Armen davonträgt, bildet nur den krönenden Abschluss dieser Entwicklung. Um eine rechte Ehefrau werden zu können, die „einen gewissen tiefen Ernst“ an den Tag legt und deren frühere selbstbewusste Lebhaftigkeit zu einem bescheidenen „Restchen von Schalkheit“ gemildert ist (S. 248f.), muss Küngolt förmlich neu geboren werden, und in der Tat bringt die Novelle sie gleich zweimal in die erschütternde Grenzsituation der Todesnähe: zunächst während ihrer Haftzeit in Seldwyla, die sie „zur wohlthätigen Buße für ihren sündigen Sinn“ (S. 230) im Hause des Totengräbers unmittelbar neben dem Friedhof verbringen muss, und dann in Ruechenstein, wo sie bereits auf dem Schafott steht, als Dietegen zu ihrer Rettung herbeieilt.

Diese Erlebnisse bewirken eine Läuterung, in deren Folge sich die Heldin endlich den Erwartungen fügt, denen eine vorbildliche bürgerliche Frau zu genügen hat: „es ist alles wie vom Feuer weggebrannt, was sie verunziert hat; sie ist gut und sanft“, versichert Violande dem zweifelnden Dietegen (S. 243). War Küngolt einst wegen ihrer unheimlichen Anziehungskraft im übertragenen Sinne eine verderbliche Hexe und Zauberin, so ist sie mittlerweile durch ein ebenso metaphorisches reinigendes Flammenbad gegangen und darf damit als geheilt gelten. Die Bildlichkeit, auf die Keller hier zurückgreift, lässt erkennen, wie gewaltsam diese disziplinierende Zurichtung ausfällt. Trotz und Hochmut sind zuletzt ganz von Küngolt gewichen. Demütig und „ergeben“ sieht sie in Ruechenstein dem Tod entgegen, und „süße Thränen“ ruft lediglich das Bewusstsein hervor, dass Dietegen ihr sein Leben verdankt: „sie fühlte sich durch dieses Erinnern getröstet, so selbstlos und gut war ihr Herz geworden“ (S. 244). Die Veränderung schlägt sich auch in ihrer äußeren Erscheinung nieder, denn die „Zeit ihres Leidens“ hat Küngolts faszinierende erotische Aura durch eine „neue Art von Schönheit“ ersetzt, der nichts Bedrohliches mehr anhaftet: „sie war ein reifes, schlankes, obgleich blasses Frauenbild geworden, dessen Augen in sanftem und lieblichem Feuer strahlten, von einem Trauerschatten umgeben" (S. 235).

Am Ende dieser großen Bekehrungs- und Besserungserzählung sind die vorübergehend ins Wanken geratenen Geschlechterverhältnisse wieder gefestigt. Hatte Küngolt als junges Mädchen den kleinen Dietegen gerettet, so vergilt er es ihr, indem er sie als Erwachsener nun seinerseits vor der Exekution durch die Ruechensteiner bewahrt. Diese „Symmetrie", das „Ineinandergreifen der beiden alten Rechtsgebräuche des Lebenschenkens", sei der „Keim der ganzen kleinen Geschichte" gewesen, erklärte Keller (GB 3.1, S. 178), der für die Novelle zunächst auch den Titel „Das Leben aus dem Tode" oder „Leben aus Tod" vorgesehen hatte.[10] Vollkommen ist die Symmetrie freilich nicht, und es kann keine Rede davon sein, dass am Ende zwischen Dietegen und Küngolt aufgrund der Doppelung der Rettungsaktionen „die Logik einseitiger Besitztitel aufgehoben" sei.[11] Küngolt hat einst spontan mit einer impulsiven Zufallstat zugunsten des Knaben eingegriffen, wohingegen Dietegens Einsatz für sie auf der wohlerwogenen Entscheidung eines reifen Mannes beruht, der sich über die weitreichenden Folgen seines Tuns im Klaren ist. Und wie rigoros Küngolt sich fortan ihrem Gemahl unterordnet, beweist sie viele Jahre später, als sie dem tapferen Dietegen, der auf einem Feldzug in Italien gefallen ist, buchstäblich nachstirbt: „Sie eilte hin, in der Absicht, ihm ein Grabmal zu errichten, in der That aber, um ungesehen eine lange Regennacht hindurch auf seinem Grabe zu sitzen, so daß ein Fieber sie in zwei Tagen dahin raffte und sie an der Seite Dietegens ihre Ruhestatt fand" (S. 249).

In ihren Nebenfiguren variiert die Novelle das zentrale Problem eines Verstoßes gegen die geschlechtsspezifischen Normen. Der Forstmeister wirkt zunächst wie das Musterbild eines Mannes, solide, tüchtig und wehrhaft, anständigen Zerstreuungen nicht abgeneigt und dennoch jederzeit Herr seiner selbst. Er kann Dietegen als Lehrer und Vorbild dienen und führt eine tadellose Ehe, weil beide Partner sich aufs Beste in die Rollenverteilung schicken, die das bürgerliche Ideal vorsieht: Die „zarte Beschaffenheit", die „wehrlose Herzensgüte" und die „anmutige Schwäche" der Gattin bilden das Gegenstück zur „wahre[n] Stärke" und überlegenen Ruhe ihres Gemahls (S. 207). Nach dem Tod der Frau büßt der Forstmeister aber in jener fatalen Johannisnacht seine löbliche Souveränität ein und lässt sich von Violande umgarnen. Das Übel nimmt seinen Lauf, sobald die nüchterne Vernunft vor der angeregten Einbildungskraft kapituliert: „Sein großmütiges Herz stieg in das aufgeregte Hirn empor und schaffte dort in aller Eile an allerlei Bildwerk herum. Violande erschien ihm plötzlich als eine durch Leiden und viele Erfahrung höchst wertvoll gewordene Person“ (S. 225). Mit seinem heroischen Tod für das Vaterland in der Schlacht von Grandson sühnt der Forstmeister die Verirrung, die ihn in die Netze einer Intrigantin fallen ließ. Violande ihrerseits teilt als selbstbewusste Frau, die ihre weiblichen Vorzüge geschickt zur Manipulation des Mannes einzusetzen weiß, Küngolts Untugenden. Aber auch sie macht unter dem Eindruck der schlimmen Geschehnisse, „von Reue und Mitleid erschüttert“ (S. 242), eine Wandlung durch und entsagt am Ende als Nonne aller weltlichen Eitelkeit und ihren selbstsüchtigen Ambitionen.

Bei Keller wird jede ‚Unnatur‘ auf dem Gebiet der Geschlechterrollen entweder kuriert oder drakonisch bestraft, und sei es auch nur durch eine satirische Vernichtung, wie sie etwa Züs Bünzlin widerfährt. Für seine Orientierung in der Welt und seine eigene seelische Stabilität sah sich der Dichter augenscheinlich auf die klaren, normenkonformen Muster von Männlichkeit und Weiblichkeit angewiesen, während Abweichungen ihn zutiefst irritierten: Die Ordnung der Gesellschaft, die Ordnung der Geschlechter und die von einer strengen verinnerlichten Affektkontrolle geprägte Ordnung der Triebe stützten und garantierten einander wechselseitig. Und doch war Keller bisweilen imstande, seine eigenen Ideale mit kritischer Skepsis oder blanker Ironie zu betrachten. Wenn Spiegel dem Hexenmeister Pineiß die Reize einer braven bürgerlichen Gattin anpreist, verzerrt sich die vorbildliche Gestalt, die nur für ihren Mann lebt, zu einem grotesk übersteigerten Klischeebild:

> [S]o ist eine gute Hausfrau etwa weiß am Leibe, sorgfältig im Sinne, zuthulich von Sitten, treu von Herzen, sparsam im Verwalten, aber verschwenderisch in der Pflege ihres Mannes, kurzweilig in Worten und angenehm in ihren Thaten, einschmeichelnd in ihren Handlungen! Sie küßt den Mann mit ihrem Munde und streichelt ihm den Bart, sie umschließt ihn mit ihren Armen und kraut ihm hinter den Ohren, wie er es wünscht, kurz, sie thut tausend Dinge, die nicht zu verwerfen sind. Sie hält sich ihm ganz nah zu oder in bescheidener Entfernung, je nach seiner Stimmung, und wenn er seinen Geschäften nachgeht, so stört sie ihn nicht, sondern verbreitet unterdessen sein Lob in und außer dem Hause; denn sie läßt nichts an ihn kommen und rühmt alles, was an ihm ist! (4, S. 282f.)

Auf ergötzliche Weise persifliert dieser Hymnus die bürgerliche Geschlechterideologie und die stereotypen männlichen Wunschvorstellungen von einem demütig-ergebenen Weibchen. Lachen wird darüber aber allenfalls der Leser des Märchens, denn dem einfältigen Pineiß läuft bei der verlockenden Beschreibung sogleich das Wasser im Munde zusammen. Leider erweist sich die vermeintlich wunderschöne und fügsame Frau, die er ehelicht, in der Hochzeitsnacht als abscheuliche, tyrannische Hexe!

Kellers ausführlichste Auseinandersetzung mit der Liebe und den Geschlechterrollen in der bürgerlichen Welt findet sich in dem Novellenzyklus *Das Sinngedicht*, der vom Anfang bis zum Ende um die Frage kreist, was wahre Männlichkeit und echte Weiblichkeit ausmacht und wie die Grundlagen einer gelingenden ehelichen Verbindung beschaffen sein müssen. Weil das *Sinngedicht* die Beziehungen zwischen Mann und Frau dank seiner kunstvoll-artifiziellen Erzähltechnik facettenreicher gestaltet als jedes andere Werk Kellers, sei ihm hier ein separates Interpretationskapitel gewidmet.

Ein Duell der Geschlechter: *Das Sinngedicht*

Bekanntlich erlebte Keller mehr als einmal „das Geschick [...], eine in Jugendjahren konzipierte Arbeit in Alterstagen auszuführen“ (GB 3.2, S. 399). Auch die Anfänge des *Sinngedichts* reichen bis in seine Berliner Zeit zurück. 1851 notierte er auf einer Liste mit Ideen für künftige Erzählungen gleich an erster Stelle: „Variationen zu dem Logau'schen Sinngedicht: Wie willst du weiße Lilien etc.“ (16.2, S. 235). Zwei Jahre darauf, noch vor dem Abschluss des *Grünen Heinrich*, kündigte er Vieweg vollmundig eine „Novelle: Galatea“ an, wobei er die geplante Rahmenkonstruktion mit eingefügten Binnenerzählungen skizzierte (GB 3.2, S. 80), und 1855 kam es mit dem Verleger Franz Duncker sogar schon zu einem Vertragsabschluss. Niedergeschrieben wurden damals aber, wie Keller später eingestand, lediglich „[d]ie ersten 70 Seiten“ (GB 2, S. 280), bevor das Projekt liegen blieb; Duncker erhielt auch nie ein Manuskript. 1860 erwähnte der Dichter das Vorhaben wieder in einem Brief an Freiligrath. Jetzt ist von „zwei Bändchen Novellen mit dem Titel: *Die Galatee*“ die Rede, und der rote Faden der Handlung wird so charakterisiert: „Einer liest Logaus Distichon“ – es folgt der Wortlaut der Verse – „und reist aus, das Ding zu probieren, bis es am Ende des zweiten Bandes gelingt.“ Zu dieser Zeit war noch vorgesehen, für die eingeflochtenen Geschichten unter anderem jene „7 christliche[n] Legenden“ zu verwenden (GB 1, S. 268), die schließlich doch aus dem größeren Zusammenhang gelöst und 1872 separat publiziert wurden. Der Novellenzyklus selbst musste noch länger auf seine Fertigstellung warten. Er erschien erst 1881, nunmehr unter dem endgültigen Titel, zunächst in Fortsetzungen in der „Deutschen Rundschau“ und dann, erweitert um Lucies Lebensgeschichte im dreizehnten Kapitel, die „einer besseren Charakteristik des Frauenzimmers“

dienen sollte (GB 3.2, S. 430), als eigenständiges Buch. Das *Sinngedicht* fand bei den Zeitgenossen großen Anklang und erlebte in rascher Folge mehrere Neuauflagen.

Den männlichen Protagonisten Reinhart haben wir bereits früher kennengelernt, und zwar als fanatischen Naturwissenschaftler, der mit dem Licht experimentiert und sich darüber nicht nur die Augen verdorben, sondern auch „das Menschenleben fast vergessen" hat (7, S. 11). Als er der krankhaften Einseitigkeit dieser Existenz inne wird, packt ihn plötzlich die Lust, die finstere Studierstube zu verlassen und „auf das durchsichtige Meer des Lebens hinauszufahren", wo es „liebliche Dinge" zu sehen gibt (S. 12). Die Richtschnur für seine Expedition liefert ihm der Zweizeiler *Frage* von Friedrich von Logau (1605–1655), den er in einem „Band der Lachmann'schen Lessingausgabe" entdeckt:

Wie willst du weiße Lilien zu roten Rosen machen?
Küß eine weiße Galathee: sie wird errötend lachen.
(S. 13)

Das kleine Sinngedicht des von Lessing wiederentdeckten Barock-Poeten gehört in den Kontext der frivol-anzüglichen Poesie des 17. Jahrhunderts und spricht in durchsichtiger Verhüllung von der sexuellen ‚Erweckung' einer unberührten jungen Frau: Als Initiation in die Freuden der körperlichen Liebe verdrängt der Kuss die weiße Farbe der Unschuld durch die Röte des sinnlichen Empfindens, so wie die keusche Lilie, die Blume der himmlischen Jungfrau Maria, der glühenden Rose der erotischen Leidenschaft weicht. Eine zusätzliche Dimension gewinnen die Verse durch eine Anleihe bei der antiken Mythologie, denn Galathee (oder Galatea) ist der Name einer Nereide, einer Meerjungfrau, der spröden Angebeteten des ungeschlachten Kyklopen Polyphem. Die in der Sagenwelt des Altertums ziemlich randständige Figur erfreute sich seit der Renaissance als Inbegriff von Liebreiz und Reinheit großer Beliebtheit in der Dichtung, in der Malerei und im Musiktheater und tritt noch in der Klassischen Walpurgisnacht in Goethes *Faust II* auf ihrem von Delphinen gezogenen Muschelwagen als schönste aller Frauen auf. Wörtlich übersetzt bedeutet ihr Name übrigens „die Milchweiße", womit sich Tugend und Unschuld ebenso assoziieren lassen wie Kälte und Gefühllosigkeit. Logaus Zweizeiler liefert also eine scherzhafte Anleitung, wie man mit einer unzugänglichen Schönen zu verfahren habe. Dabei wird das Thema, dem ‚galanten' Stil des Barock entsprechend, unter Männern erörtert, während die Frau lediglich das Objekt der kavaliersmäßigen Verständigung abgibt.

Kellers Zyklus, dem Logaus Spruch als Leitmotiv dient, knüpft an diese Verse ein anspielungsreiches Gewebe von Sinnbezügen, das den gesamten Text überspinnt. Wichtig sind dabei zunächst die Gebärden des Lachens und des Errötens. Was es mit ihnen auf sich hat, wird im *Sinngedicht* freilich nie explizit gesagt, so dass sich der Leser auf eigene Überlegungen und Schlussfolgerungen verwiesen sieht. Lachen wie Erröten sind körperliche Phänomene, die aber als unwillkürliche Zeichen geistig-seelischer Vorgänge aufgefasst werden können. Sie zählen deshalb zu den Vorrechten des *Menschen*, der an den Sphären von Natur und Kultur gleichermaßen Anteil hat. „Zum Lachen braucht es immer ein wenig Geist; das Tier lacht nicht!“, räsoniert Reinhart (S. 211), und man kann unschwer ergänzen: Tiere erröten auch nicht. Gelächter zeugt von innerer Freiheit, von der Fähigkeit, Freude und Genuss zu empfinden, und überdies von einem gewissen Selbstbewusstsein, während das Erröten nicht allein auf das Erwachen sinnlich-erotischer Regungen, sondern auch auf deren Konflikt mit den Geboten schamhafter Zucht und Sittlichkeit hindeutet. Die ideale Frau, der Reinhart, mit dem Epigramm bewaffnet, auf der Spur ist, müsste das Kunststück zuwege bringen, beide Reaktionen und die korrespondierenden Eigenschaften miteinander zu vereinbaren, indem sie „errötend lach[t]“.

Wie sehr es gerade auf diese Ausgewogenheit ankommt, machen die Kapitel 2 und 3 deutlich, in denen der an Logau orientierte Versuch, wie die Überschriften penibel vermerken, jeweils bloß zur „Hälfte gelingt“ (S. 14 und 19). Die Brückenwärterin, der Reinhart zuerst begegnet, weiß nur zu gut um ihre äußeren Reize und bezeichnet die bewundernden Blicke der Männer als ihr „größtes Vergnügen“: „Hundert Jahre möchte ich so vor diesem Häuslein stehen und immer jung und hübsch sein!“ (S. 16f.) Das ist purer Narzissmus und erinnert an Figuren wie Lydia aus *Pankraz, der Schmoller* oder Küngolt aus *Dietegen*. Kein Wunder, dass die junge Frau beim Kuss zwar lacht, aber nicht rot wird! Umgekehrt ist die Pfarrerstochter, Reinharts zweite Kandidatin, dermaßen scheu und ängstlich, dass sie unter dem Küssen tief errötet, „aber ohne nur zu lächeln“ (S. 22), und anschließend sofort die Flucht ergreift. Selbstbewusste Freiheit ohne Schamhaftigkeit grenzt an Frechheit, Schamhaftigkeit ohne innere Freiheit und heitere Lebenslust wird zur neurotischen Verklemmtheit.

Doch der Sinngehalt, der Logaus Spruch im Kontext von Kellers Werk zukommt, ist damit noch keineswegs erschöpft, denn durch den Namen Galathee musste sich der gebildete zeitgenössische Leser an einen weiteren antiken Mythos erinnert fühlen. Seit Rousseaus Dramolett *Pygmalion* war es nämlich üblich geworden, auch die ursprünglich anonyme Geliebte dieses sagenhaften

Bildhauers so zu nennen. Nach Ovid, in dessen *Metamorphosen* der Stoff seine kanonische Form fand[12], fühlt sich Pygmalion von der Sittenlosigkeit der Frauen dermaßen abgestoßen, dass er lieber einsam und ehelos lebt. Dafür verfertigt er jedoch aus Elfenbein das Bildnis eines wunderschönen Mädchens und verliebt sich alsbald in die Schöpfung seiner eigenen Hände. Durch die Gunst der Göttin Venus erwacht die Statue zum Leben: Bei Pygmalions Kuss errötet sie („erubuit") und schlägt die Augen auf, wobei sie in ein und demselben Moment den Himmel und ihren Schöpfer-Geliebten erblickt („pariter cum caelo vidit amantem"), der nun ihr Gemahl wird. Eine Männerphantasie reinsten Wassers: die perfekte Frau als *Werk* des Mannes, als fleischgewordenes Wunschbild ihres Herrn und Meisters! Für Keller und sein Publikum lag es nahe, den barocken Zweizeiler über seinen manifesten frivolen Sinn hinaus auch auf die Verwandlung der weißen Elfenbeinstatue in einen atmenden, fühlenden Menschen zu beziehen, dessen Erröten das Erwachen feinerer seelischer Regungen anzeigt.

In der Neuzeit wurde der Pygmalion-Mythos so breit rezipiert, dass die Vielzahl der Zeugnisse kaum zu überblicken ist. Besonders im Frankreich des 18. Jahrhunderts entstand eine Fülle teils ernsthafter, teils parodistischer Gestaltungen im Ballett und im Singspiel, in der bildenden Kunst und in der Dichtung. Den Geschmack des Rokoko reizten die erotischen Pikanterien, zu denen der Stoff förmlich einlud, während der anthropologische Diskurs der Aufklärung sich seiner bemächtigte, um das Wesen und die Bildung des Menschen zu erörtern. Damit war der Weg für eine pädagogische Umdeutung geebnet, die vor allem die Rezeptionsgeschichte im 19. Jahrhundert prägen sollte. Aus dem bildenden Künstler Pygmalion wurde jetzt ein Lehrer, der sein ‚Geschöpf' durch erzieherische Maßnahmen beseelt und formt – eine Rationalisierung und Psychologisierung, die übernatürliche Elemente wie das persönliche Eingreifen einer Göttin überflüssig machte. Im deutschen Sprachraum gehört vor allem Karl Immermanns Erzählung *Der neue Pygmalion* von 1825 in diesen Traditionszusammenhang, im weiteren Sinne aber auch Berthold Auerbachs Novelle *Die Frau Professorin*, die 1846 in den berühmten *Schwarzwälder Dorfgeschichten* erschien. Beide Werke verknüpfen eine Liebeshandlung, die die Pygmalion-Konstellation zitiert, mit dem Unterschied der Stände, verraten jedoch auch schon eine gehörige Skepsis gegenüber den pädagogischen Ambitionen ihrer männlichen Protagonisten, die wir bei Keller wiederfinden werden. Während Immermann dem Baron Werner und der Förstertochter Emilie wenigstens noch ein Happy End beschert, scheitert in *Die Frau Professorin* der Versuch des Malers Reinhard, das unbefangene Naturkind

Lorle ins städtische Milieu zu verpflanzen, worüber auch die Beziehung der beiden zerbricht. Inspirieren ließ sich Auerbach hierbei von der Ehegeschichte des Wissenschaftlers Jakob Henle und der aus einfachen Verhältnissen stammenden Elise Egloff, die Keller ebenfalls persönlich kannte.

Anders als in den *Züricher Novellen*, wo der Erzähler einen jungen Bildhauer, der, statt ein Standbild zu schaffen, ‚nur' ein lebendiges Kind gezeugt hat, ironisch als „neuen“ oder „glücklichen Pygmalion“ apostrophiert (6, S. 253 und 256), wird dieser Name im *Sinngedicht* nirgends genannt. Trotzdem ist der Mythos in seiner modernen, psychologisierten Variante als geheimer Subtext allgegenwärtig und mit ihm die Auffassung, dass ein überlegener Mann die geliebte Frau bilden und erziehen müsse, um sie auf diese Weise erst zum vollen, bewussten Leben zu erwecken. Das Ideal eines pädagogischen Eros schlägt dezent die Brücke zu den sexuellen Anspielungen in Logaus Epigramm, und der Name Galathee, der sowohl die spröde Nymphe als auch die erwachende Statue bezeichnet, kann ebenso gut für den Motivkreis des sinnlich-erotischen Erlebens wie für das Konzept einer humanen Bildung des Individuums einstehen. Weiß ist die Farbe einer Unschuld, die die handfesten Freuden der Liebe noch nicht kennengelernt hat, aber auch die Farbe des toten Elfenbeins, das darauf wartet, mit Seele und Geist erfüllt zu werden. Gemeinsam ist sämtlichen Assoziationsketten, die von Logaus Verspaar ausgehen, die streng hierarchische Beziehung zwischen den Geschlechtern. In jedem Fall agiert der Mann als selbstbewusstes, aktives Subjekt, während die Frau den passiven, empfangenden Part zu spielen hat. Unter diesen Voraussetzungen tritt Reinhart, der sich von dem Sinngedicht leiten lassen will, seine Fahrt an.

Die von Mythos und Dichtung vorbuchstabierten geschlechtsspezifischen Rollenzuschreibungen verbinden sich aufs engste mit dem Selbstverständnis des Protagonisten, der zu diesem Zeitpunkt trotz der Sorge um seine Augen und der Angst vor einem verfehlten Dasein noch keineswegs gesonnen ist, die gewohnte Haltung des nüchternen Forschers aufzugeben. Obwohl er es künftig nicht mehr mit bloßen Naturphänomenen, sondern mit denkenden und empfindenden Menschen zu tun haben wird, hält er wie selbstverständlich an den Vorstellungsmustern fest, denen seine Arbeit bisher verpflichtet war. Er versteht das Sinngedicht, das er enthusiastisch als „einfach, [...] tief, klar und richtig, so hübsch abgewogen und gemessen“ preist, als „Vorschrift“ oder „Recept“, als Anleitung für eine Versuchsanordnung, für ein „köstliches Experiment“ (7, S. 13), und schon die Überschrift des Einleitungskapitels lässt keinen Zweifel daran, dass er sich mit dem Ethos eines Wissenschaftlers auf die Reise begibt: „Ein Naturforscher entdeckt ein Verfahren und reitet über Land, dasselbe zu prüfen" (S. 9). Reinhart unterstellt also, dass auch das Handeln und die Gefühle von Menschen festen Gesetzen unterliegen, die sich experimentell ermitteln lassen. Dabei wird zugleich die wohlbekannte Rangfolge der Geschlechter auf neue Weise legitimiert, denn während der Mann als Experimentator und Beobachter eine überlegene Position einnimmt, bildet die Frau den Gegenstand der Untersuchung, dessen Reaktionen getestet werden sollen. Vorläufig bewegt sich Reinhart demnach immer noch auf vertrautem Terrain, was auch die erstaunliche Souveränität erklären mag, die der notorische Stubengelehrte bei seinen ersten beiden Frauenabenteuern an den Tag legt.

Doch bereits sein drittes Versuchsobjekt bringt Reinharts Sicherheit gehörig ins Wanken. Die Wirtin im Gasthaus zum Waldhorn erweist sich als selbstsichere Person, die das galante Gespräch so gewandt zu lenken weiß, dass dem Besucher bald die Worte ausgehen: „Nun also - beim Himmel, ich bin ganz verblüfft und weiß nichts zu sagen!" Unter diesen Umständen scheint sogar eine Vertauschung der konventionellen Geschlechterrollen denkbar, wie die Wirtin andeutet: „Sollen wir etwa gar die verkehrte Welt spielen und soll ich Ihnen den Hof machen und Ihnen angenehme Dinge sagen, während Sie sich zieren?" (S. 25f.) Reinhart sieht einen wahren „Teufel im Mieder" vor sich, der auf irritierende Weise männliche und weibliche Attribute vereint, einen „starke[n] Geist mit langen Haaren" (S. 26). In diesem Sinne lässt sich übrigens schon der auffallende Kopfschmuck der jungen Frau deuten, „dessen Form zwischen einem Löffel und einem Pfeile schwankt" (S. 23). Am Ende muss der Forscher etwas belämmert abziehen, ohne das Kussexperiment erneut durchgeführt oder auch nur zu einer halbwegs klaren Haltung gegenüber seiner Gastgeberin gefunden zu haben.

Die Lage verschlimmert sich noch, als er sich dem abgelegenen Landhaus nähert, in dem er Lucie kennenlernen wird. Reinhart verfehlt in der bewaldeten Gegend schnell den rechten Pfad, gerät in ein „Netz von Holzwegen und ausgetrockneten Bachbetten" und verfällt zunehmend einer „traumhaften Verwirrung", bis er auf seinem behäbigen Mietgaul schließlich in die Parkanlagen des Gutes hineintölpelt, die sorgfältig angelegten „Zierbeete" verwüstet (S. 29f.) und sich zuletzt zu seiner Beschämung „wie eine Drossel an den schwachen Gitterchen" des Gartens verfängt (S. 32). Im Vorgriff auf das Folgende darf man dieses verzweifelte Umherirren auch im übertragenen Sinne verstehen, denn in Lucies Sphäre verliert Reinhart in mehr als einer Hinsicht die klare Orientierung. In seiner Verstörung drückt er der Hausherrin bei der Begrüßung sogar den Zettel mit dem Sinngedicht in die Hand, statt ihr den Brief der Pfarrerstochter zu überreichen! Dass der Held auf der Suche nach einer geeigneten Kandidatin für sein Experiment nun endlich an der richtigen Adresse ist, wird dem Leser zwar sogleich durch einige auffällige motivische Bezüge signalisiert. Weiß gekleidet und mit einem „Haufen Rosen“ beschäftigt (S. 31), steht die schöne Lucie vom ersten Augenblick an im Zeichen der beiden Farben, die Logaus Zweizeiler nennt, und der mit Delphinen geschmückte Brunnen, neben dem Reinhart sie antrifft, lässt an die Nereide Galathee denken. Aber dem Reisenden schwant bereits, dass er diesmal nicht so leicht ans Ziel gelangen wird wie auf der Brücke oder im Pfarrhaus: „indem er sich sagte, daß er hier oder nirgends das Sprüchlein des alten Logau erproben möchte, und erst jetzt die tiefere Bedeutung desselben völlig empfand, merkte er auch, mit welch' weitläufigen Vorarbeiten und Schwierigkeiten der Versuch verbunden sein dürfte“ (S. 33).

Lucie entspricht nämlich keineswegs dem Frauenbild, das Reinhart als Wissenschaftler, galanter Kavalier und neuer Pygmalion im Kopf hat. Selbstbewusst und redegewandt tritt sie ihrem Gast gegenüber, dem ihr Kunstverstand und ihre gediegene Bildung bald „eine unfreiwillige Achtung und Verwunderung“ einflößen. Sogar die Pläne für die Gartenanlagen ihres Gutes hat Lucie persönlich entworfen und sich damit auf ein Gebiet gewagt, das sonst Männersache ist, und diese Pläne sind „nicht etwa auf kleine ängstliche Blätter, sondern mit fester Hand auf große Bogen von dickem Packpapier gezeichnet“ (S. 40). Auch auf dem Feld der Geschlechterrollen und der Eheauffassungen sieht sich Reinhart jetzt mit Ansichten konfrontiert, die den seinen schroff widersprechen, so dass sich zwischen den beiden Protagonisten „eine Art von Duell“ entwickelt (S. 274), in dem jeder seine Position so gut wie möglich zu verfechten sucht. Damit zeugt das *Sinngedicht* eindrucksvoll von jener „Urfeindschaft“ zwischen den Geschlechtern, die Keller einmal postulierte, die er aber auch „reizend und interessant“ nannte und als „Grundlage der schönsten Erscheinungen“ bezeichnete (GB 2, S. 19f.). In seinem Novellenzyklus wird sie in der Tat ungemein produktiv.

Als Waffe dient in dem besagten Duell das Erzählen, und die einzelnen Binnennovellen, allesamt „als Argumente im Streit zwischen Reinhart und Lucie um die ‚richtige‘ Beziehung zwischen den Geschlechtern angelegt“[13], sind die Hiebe, die dabei geführt werden: individuelle Beispielgeschichten, die im Hinblick auf das übergreifende Thema Thesen- und Belegcharakter besitzen. Auf diese Weise verknüpft der Autor die eingelagerten Novellen enger mit der Rahmenhandlung seines Werkes, als man das sonst aus der abendländischen Tradition des zyklischen Erzählens kennt, die im 14. Jahrhundert mit Boccaccios *Decamerone* ihren Anfang nahm und in Deutschland etwa von

Goethe, Tieck, E.T.A. Hoffmann und Wilhelm Hauff weitergeführt wurde. Das *Sinngedicht* präsentiert sich deshalb auch viel geschlossener als Kellers Sammlung von Seldwyler Geschichten, die bloß durch zwei kleine Vorreden zusammengehalten wird, und als die recht locker komponierten *Züricher Novellen*, deren Rahmen nur drei der fünf Einzelgeschichten umschließt.

Mit *Regine, Die arme Baronin* und *Don Correa* werden Reinhart nicht weniger als drei Binnennovellen, obendrein die umfangreichsten von allen, in den Mund gelegt. Dabei fühlt er sich in seiner Rolle eigentlich nicht besonders wohl. Seine „Erzählungskunst", sagt er selbstironisch, sei ihm „wie ein Dachziegel auf den Kopf gefallen" (7, S. 131), denn sie gehört gewiss nicht zum gewöhnlichen Rüstzeug eines Naturwissenschaftlers. Im Erzählwettstreit mit seiner Widersacherin begibt sich Reinhart also auf unbekanntes Gelände. Bei der Erforschung natürlicher Phänomene trachtete er stets danach, klare Gesetzmäßigkeiten zu entdecken und „den unendlichen Reichtum der Erscheinungen unaufhaltsam auf eine einfachste Einheit zurückzuführen" (S. 12). Beobachtung und Experiment waren seine Werkzeuge, und in diesem Sinne fasst er ja zunächst auch Logaus Epigramm auf. Im Umgang mit Lucie muss er jedoch lernen, dass menschliche Lebenswege und Charakterzüge keinen allgemeingültigen Gesetzen unterliegen, die jeden individuellen Fall abdecken, und dass komplexe Empfindungen, wie sie sich im Lachen oder Erröten kundtun, nicht experimentell in Gang gesetzt und studiert werden können. Wer etwas über das Wesen eines Menschen in Erfahrung bringen möchte, muss sich in dessen konkrete Erlebnisse, in seinen einmaligen Werdegang vertiefen, kurz: Er muss seine ganz persönliche Geschichte verstehen. Und das Medium, in dem dies geschieht, ist das Erzählen.

Lucie befindet sich da von vornherein auf der richtigen Spur. Während in Reinharts Arbeitszimmer „[k]ein einziges Buch" zu sehen ist, das „von menschlichen oder moralischen Dingen, oder, wie man vor hundert Jahren gesagt haben würde, von Sachen des Herzens und des schönen Geschmackes" handelt (S. 10), und er daher auch die hilfreiche Lessing-Ausgabe erst einmal aus dem Staub des Dachbodens hervorziehen muss, enthält die Handbibliothek seiner Gastgeberin „durchweg die eigenen Lebensbeschreibungen oder Briefsammlungen vielerfahrener oder ausgezeichneter Leute", deren Reihe von Plinius und Augustinus bis zu Goethe und Jung-Stilling reicht und damit die unterschiedlichsten Zeitalter und Kulturkreise einschließt (S. 38). Anhand dieses reichen Materials bemüht sich Lucie, einen Zugang zu Lebensschicksalen und Persönlichkeiten zu gewinnen: „Ich suche die Sprache der Menschen zu verstehen, wenn sie von sich selbst reden" (S. 298).

Was Keller in der Konfrontation seiner beiden Hauptfiguren inszeniert, erinnert an die wenig später einsetzenden Bemühungen Wilhelm Diltheys und anderer, durch die Unterscheidung zwischen dem hermeneutischen *Verstehen* individueller Erscheinungen und dem gesetzesförmigen *Erklären* allgemeiner Zusammenhänge die Geistes- von den Naturwissenschaften abzugrenzen. Mehr noch: Das *Sinngedicht* nimmt geradezu jene ‚Zwei-Kulturen-Debatte‘ vorweg, die Charles Percy Snow 1959 auslöste, als er das geisteswissenschaftlich-literarische und das naturwissenschaftlich-technische Weltbild mit ihren jeweiligen Anschauungen und Methoden einander gegenüberstellte. Lucie und Reinhart, die feinfühlige Adeptin der Hermeneutik und der nüchterne Experimentator, repräsentieren – mit wiederum bezeichnender geschlechtsspezifischer Zuordnung! – zwei höchst unterschiedliche Weisen, der Lebenswirklichkeit und den Menschen zu begegnen.

Auf welcher Seite Kellers Sympathien liegen, kann dabei nicht zweifelhaft sein. Gleich zu Beginn seines Werkes versetzt er dem ausgeprägten Fortschrittsoptimismus der empirischen Naturforschung, die sich im Laufe des 19. Jahrhunderts als neue Leitdisziplin etablierte, einen spöttischen Seitenhieb: „Vor etwa fünfundzwanzig Jahren, als die Naturwissenschaften eben wieder auf einem höchsten Gipfel standen, obgleich das Gesetz der natürlichen Zuchtwahl noch nicht bekannt war [...]“ (S. 9). Spielt diese Wendung auf Charles Darwin an, der 1859 mit *On the Origin of Species* seine epochemachende Evolutionstheorie vorlegte, so zielt die Kritik an Reinharts experimenteller Vergewaltigung des Lichts, wie schon an früherer Stelle dargelegt wurde, letztlich auf Isaac Newton. Das Eingangskapitel des Zyklus zitiert also in respektloser Manier ausgerechnet jene beiden Männer, die schon zu Kellers Zeiten als die größten Heroen der naturwissenschaftlichen Weltdeutung galten.

Die kritische Erörterung des Geltungsanspruchs der Naturwissenschaften im *Sinngedicht* belegt einmal mehr, dass der Autor die „Reichsunmittelbarkeit der Poesie“ (GB 3.1, S. 57) keineswegs als Vorwand für eskapistische Phantasien und eine Flucht in den unverbindlichen schönen Schein gebrauchte, sondern in seinem poetisch-realistischen Schreiben brisante Phänomene der aktuellen Kulturentwicklung aufgriff. Dazu passt übrigens der erste Publikationsort dieses Werkes, denn die „Deutsche Rundschau“ wollte, wie ihr Name bereits andeutet, ein Panorama des Wissens ihrer Epoche bieten und druckte daher neben Romanen und Erzählungen auch Fachaufsätze aus den verschiedensten Disziplinen ab, in denen damals zum Beispiel der Darwinismus und seine weltanschaulichen Implikationen intensiv diskutiert wurden.

In Lucies Haus kommt die einseitige Haltung des experimentierenden Naturwissenschaftlers endgültig an ihre Grenze. Der verirrte Forscher muss zulassen, dass Lucie „das arme Papierchen“ (7, S. 46), auf dem er Logaus Verse notiert hat, feierlich verbrennt, und dann auch noch zu dem ungewohnten Mittel des Erzählens greifen, um seine Vorstellungen von idealer Weiblichkeit und von den Voraussetzungen eines glücklichen Ehebundes überhaupt zur Geltung bringen zu können. So bekräftigt das *Sinngedicht* das Eigenrecht eines hermeneutischen Zugriffs auf die Lebenswelt, der sich narrativer Techniken bedient. Die poetologische, selbstreflexive Seite des Textes ist hier nicht zu übersehen: Indem er zeigt, „über welche Dimension der ‚moralischen Welt‘“ – also des Reiches menschlicher Gefühle und Schicksale – „nicht eine der mit der Signatur Darwin angedeuteten Möglichkeiten der Menschenkunde, sondern allein die Dichtung zu sprechen befugt ist“[14], begründet und rechtfertigt Keller sein eigenes Metier. Und er markiert zugleich seine skeptische Distanz gegenüber der naturalistischen Richtung in der zeitgenössischen Literatur, deren „Lumpenprosa“ (GB 3.1, S. 65) die Kunst programmatisch auf die Verfahren der exakten Wissenschaften verpflichten wollte und sie damit ihrer ‚reichsunmittelbaren‘ Autonomie beraubte. Das *Sinngedicht* erzählt nicht nur von den konfliktreichen Beziehungen zwischen den Geschlechtern, es erzählt auch vom Erzählen selbst, von seinen Leistungen und Möglichkeiten, die kein anderes Medium menschlicher Selbstverständigung zu ersetzen vermag.

Den Ausgangspunkt für das Duell der Protagonisten bildet Lucies Bericht von der Affäre der schönen Salome aus dem ländlichen Wirtshaus zum Waldhorn mit dem städtischen Schnösel Drogo, die wegen der Unreife und der geistlosen Oberflächlichkeit auf beiden Seiten in einem unheilbaren Zerwürfnis endete. Reinhart nimmt diese Erzählung zum Anlass, seine Vision einer idealen Liebesbeziehung zu entfalten. Nach seiner Überzeugung hätte Salome ein anderer Partner gutgetan: „Eher glaube ich, daß ein derartiges Wesen sich noch am vorteilhaftesten in der Nähe eines ihm wirklich überlegenen und verständigen Mannes befinden würde, ja sogar, daß ein solcher bei gehöriger Muße seine Freude daran finden könnte, mit Geduld und Geschicklichkeit das Reis einer so schönen Rebe an den Stab zu binden und gerade zu ziehen“ (7, S. 57). Das ist Pygmalion in seiner modernen Gestalt als Lehrer und Erzieher einer dankbaren, fügsamen Schülerin! Lucie fährt ihrem Gast allerdings sofort mit spöttischen Kommentaren in die Parade und vergleicht den Mann, der eine solche Frau sucht, mit einem „Käufer, der auf den Sklavenmarkt geht und die Veredelungsfähigkeit der Ware prüft“ (S. 59). Durch diese Polemik gegen seine „orientalischen Anschauungen“ (S. 60) gereizt, trägt Reinhart daraufhin mit der Novelle *Regine* seine erste Beispielgeschichte vor, die sich einst in seinem Bekanntenkreis zugetragen hat. Der deutschstämmige Amerikaner Erwin Altenauer, der als Gesandtschaftssekretär in der Heimat seiner Vorfahren weilt, heiratet dort eine einfache Dienstmagd und gibt sich alle Mühe, sie zum Niveau seiner reichen, kultivierten Familie emporzubilden. Er macht sie mit dem Betragen einer Dame von Welt, mit Fremdsprachen und mit den höheren Sphären von Kunst und Kultur bekannt und vermittelt ihr auf diese Weise tatsächlich einen „neuen Geist“ und ein „Bewußtsein“ (S. 86). Regine wird, wie diese Formulierungen suggerieren, erst durch die Bemühungen ihres Mannes zu einem richtigen Menschen. Erwin versteht sich daher auch als väterlicher Mentor seiner Gattin, die er gerne „mein Kind“ nennt (S. 88).

Indes kann Reinhart von vornherein nicht verhehlen, dass diese Ehe trotz allem in eine Tragödie münden wird, und mittendrin geht ihm auch auf, wie wenig sie im Grunde als Argument für seine Auffassung vom rechten Verhältnis der Geschlechter taugt: „Ich überlege soeben, [...] daß ich am Ende unbesonnen handle und meine eigenen Lehrsätze in bewußter Materie untergrabe, indem ich die Geschichte fertig erzähle und deren Verlauf auseinandersetze“ (S. 80f.). Die Schuld an der Katastrophe scheinen freilich in erster Linie unglückliche Zufälle und Missverständnisse zu tragen. Wegen dringender Geschäfte nach Amerika zurückberufen, lässt Erwin seine junge Frau in der Obhut dreier affektierter, kulturbeflissener Damen, die hinter vorgehaltener Hand „die drei Parzen“ genannt werden, „weil sie jeder Sache, deren sie sich annahmen, schließlich den Lebensfaden abschnitten“ (S. 88). Sie ziehen Regine in einen Strudel geselliger Vergnügungen und überreden sie obendrein, jener androgynen Malerin, die wir schon früher kennengelernt haben, Modell zu stehen. So wird sie ästhetisch zurechtgestutzt und mit einer Aura des Gemachten und Künstlichen umgeben, die ihrer unbefangenen Natürlichkeit widerspricht und ihrem Mann bei seiner Rückkehr unangenehm auffällt. Wegen der Bilder der Malerin und eines geheimnisvollen nächtlichen Besuchs gerät die Protagonistin sogar in den Verdacht der Untreue, obwohl sie in Wahrheit lediglich ihrem polizeilich gesuchten Bruder ein Obdach gewährt hat. In wechselseitigen Täuschungen befangen, entfremden sich die Eheleute einander immer mehr, bis die verzweifelte Regine kurz nach ihrer Ankunft in Erwins Bostoner Elternhaus Selbstmord begeht.

Schon als Frauen können die Parzen nach den Geschlechterstereotypen der Zeit keine angemessenen Erzieher für Regine sein, der es in der kritischen Phase an einer souveränen männlichen Aufsichtsperson fehlt. Man mag sich jedoch fragen, ob die traurigen Verstrickungen, die die Ärmste Glück und Leben kosten, ganz unabhängig von den pädagogischen Bemühungen ihres

Mannes betrachtet werden dürfen. Sind die fatalen Parzen nicht bloß ein verzerrtes Spiegelbild jenes ‚pygmalionischen' Anspruchs, der Erwins eigenen Umgang mit seiner Gattin leitet? Zu einem *Bild* wird Regine nicht erst durch diese zweifelhaften Beschützerinnen gemacht, vielmehr sind Bild und Bildung die Leitmotive der gesamten Erzählung. Romantisch gefärbte Klischees verstellen von Anfang an den Blick des belesenen Amerikaners auf die deutsche Lebensrealität und insbesondere auf die deutschen Frauen, die ihm aus der Ferne wie die „Schätze des Nibelungenliedes" entgegenleuchten. Und nachdem ihm schon die Verwandten daheim nahegelegt haben, „eine recht sinnige und mustergültige deutsche Frauengestalt über den Ocean zurückzubringen" (S. 61), setzt Erwin in der Tat seinen Ehrgeiz darein, aus Regine „ein Bild verklärten deutschen Volkstumes" zu machen, „das sich sehen lassen dürfe" (S. 83). Mit einer „liebevoll bildenden Hand" formt er dieses lebende Kunstobjekt, das „so vollkommen als möglich" werden soll (S. 84), und aus Künstlerehrgeiz möchte er unbedingt auch noch „die letzte Hand an sein Bildungswerk legen [...], ehe er die Gattin in das Vaterhaus mitbringe" (S. 88); andernfalls hätte er Regine nicht für ein Dreivierteljahr in Deutschland zurücklassen müssen, und die schlimmen Folgen wären vermieden worden. Statt seine Frau in ihrer individuellen Eigenart zu respektieren und zu lieben, modelliert Erwin sie in Pygmalion-Manier nach einem vorgefassten Schema. Verhängnisvolle „menschliche Eitelkeit" (S. 88), die „Eitelkeit der Welt" (S. 126) kommt hier ins Spiel, wie Reinhart in einer Zwischenbemerkung einräumt und Lucie im Anschluss an die Geschichte noch einmal bekräftigt. Da ist es nur folgerichtig, wenn auch das finale Unheil maßgeblich durch Bilder ausgelöst wird, nämlich durch das Porträt der Malerin und durch Regines inszenierte, der Venus von Milo nachempfundene Pose vor dem Spiegel.

Außerdem trägt Erwins pädagogisches Vorgehen, näher betrachtet, sehr widersprüchliche Züge. Als schöne, bescheidene und doch selbstsichere Person darf Regine als ‚natürlich' im besten Sinne des Wortes gelten. Aber obwohl sie Erwin damit sofort bezaubert, ist dies doch keineswegs die Art von Natürlichkeit, die der gebildete Herr im Sinn hat. Sein Ideal speist sich aus Quellen der Hochkultur, und so muss Regine unter seiner Anleitung die Volkslieder aus *Des Knaben Wunderhorn* und die „Goetheschen Jugendlieder" im „Volkstone" studieren (S. 86): In einem paradoxen Prozess wird ihr eine vermeintlich ungekünstelte Naivität antrainiert, die eigentlich bloß eine sentimentalische Wunschprojektion darstellt. Erwin legt sich auch keine Rechenschaft darüber ab, wie sich der Inbegriff ursprünglicher Natur, in den er seine Frau auf so kunstvolle Weise verwandeln will, mit dem „gemessenen Ton, der in seinem elterlichen Hause herrscht“, und der „Rangstufe, welche Regine dort einzunehmen berufen“ ist, vertragen soll (S. 83). Wann immer sie wirklich spontan und aus ihrem Gefühl heraus handelt, indem sie etwa von Gleich zu Gleich mit den Dienstboten plaudert oder ihnen gar zur Hand geht, sieht er sich genötigt, sie zu einer „größere[n] Zurückhaltung gegenüber den Dienenden und Geringen“ zu mahnen, wie ihre künftige Stellung sie erfordert (S. 83).

Weil Erwin so großen Wert auf gesellschaftliche Konvenienz legt, gewinnt in Regines Augen auch der im Grunde läppische „Vorfall mit der Malerin“ das Gewicht einer „Sünde“: „Sie habe“, wie sie in ihrem Abschiedsbrief schreibt, „daraus den Schluß ziehen müssen, daß sie nicht die Sicherheit und Kenntnis des Lebens besitze, die zur Erhaltung von Ehre und Vertrauen erforderlich sei“ (S. 125f.). Aus ihrer ursprünglichen Umgebung und der angestammten sozialen Schicht herausgerissen, findet sie sich in ihrer neuen Welt nicht mehr zurecht. Die Szene, in der sie vor dem Spiegel posiert, erhält in diesem Zusammenhang einen symbolischen Wert. Regine wird sich hier auch selbst zum Bild, und in der ihr aufgezwungenen Reflexion und Entfremdung zerbricht die Gefühlssicherheit, von der sie früher geleitet wurde. Wenn sie schließlich in dem Kleid begraben zu werden wünscht, „in welchem sie einst als arme Magd gedient“ hat (S. 126), widerruft sie damit alle Erziehungsanstrengungen des unseligen neuen Pygmalion, durch die sie in eine förmliche Ich-Dissoziation getrieben worden ist.

Mit der Schilderung dieser „Bildungskatastrophe“[15] erweist Reinhart seinen eigenen Thesen zu Liebe, Ehe und Geschlechterrollen einen Bärendienst. Im zweiten Anlauf will er es besser machen, und so präsentiert er am folgenden Tag die Geschichte *Die arme Baronin*, die ebenfalls auf einer authentischen Begebenheit beruhen soll. Der junge Rechtsgelehrte Brandolf glaubt zunächst, in seiner neuen Vermieterin einen geizigen, menschenfeindlichen „Teufel und Unhold“ bekämpfen zu müssen (S. 133), erkennt aber bald, dass Hedwig von Lohausen viel eher sein Mitleid verdient und seines Beistands bedarf. Schlimme Schicksale und die Barbarei ihrer Brüder und ihres ersten Mannes haben sie ins Unglück gestürzt, sie ihr Kind und ihr Vermögen gekostet. Arm ist die Baronin in mehr als einer Hinsicht: Sie muss in beschränkten Verhältnissen ihr Leben fristen und hat sich aufgrund der traumatischen Erfahrungen in eine „starre Entbehrungskunst“ (S. 155) hineingesteigert, die zwanghafte Züge trägt. Brandolf gewinnt anfangs nur einen undeutlichen Eindruck von ihr, „weil sie wieder das verhüllende Tuch um Kopf und Hals geschlagen hatte, einer Kapuze ähnlich, und eine Art grauen Ueberwurfes trug, der sowohl einen Mantel wie einen Hausrock vorstellen konnte“ (S. 136). Ihr Gesicht ist „ernst und abgehärmt" und „von einer fast durchsichtigen weißen Farbe" (S. 138f.), und in ihrer wortkargen Isolation mutet sie wie eine Geistesverwandte des Schmollers Pankraz an. Verzweifelt klammert sie sich an die Überbleibsel ihrer einstigen „hausrätliche[n] Einrichtung" (S. 161), weshalb die mit kostbaren Möbeln, Kunstwerken, Glas und Porzellan vollgestopften Zimmer, die Brandolf als Mietsmann bewohnt, einem Museum ähneln. Eine solche Verdinglichung des Daseins ist bei Keller stets das Symptom einer Verfehlung der lebendigen Wirklichkeit. Und zuletzt wird die bedauernswerte Frau in ihrer elenden Behausung auch noch von einer Krankheit heimgesucht, die ihre Existenz physisch bedroht.

Dank seiner geduldigen Anteilnahme gelingt es Brandolf, die Baronin aus ihrer Erstarrung zu erlösen und buchstäblich dem Leben wiederzugeben. Er pflegt sie gesund, bringt sie behutsam zum Sprechen und sorgt dafür, dass zuerst „ein ungewohntes unendlich rührendes Lächeln" und dann sogar „ein schwacher rötlicher Schimmer, gleich demjenigen auf den Rosen", auf ihrem Antlitz erscheint (S. 152f.) – das Frauenideal von Logaus Sinngedicht klingt an. Indem Brandolf die Genesene als Wirtschafterin auf den Gütern seines Vaters unterbringt und später zu seiner Gattin macht, führt er sie Schritt für Schritt in die menschliche Gemeinschaft zurück. Das Hochzeitsfest wird bewusst in die „Zeit der Weinlese" verlegt, „um zugleich eine natürliche Lustbarkeit mit demselben zu verbinden und es zu einer gewissermaßen symbolischen Feier für die wirtliche Braut zu gestalten, die so vieles erduldet und entbehrt hatte" (S. 164). Ein sinnenfrohes, buntes Spektakel verdrängt jetzt die graue Entsagung, und Hedwig fühlt sich wie neugeboren: „Ich scheine mir überhaupt früher nicht gelebt zu haben" (S. 166).

Brandolfs glückliche Verbindung mit seiner Schutzbefohlenen wurde bereits an anderer Stelle als eine jener Ehen bei Keller erwähnt, die weitgehend ohne erotische Anziehungskraft und sexuelles Begehren auskommen. Zu Beginn nähert sich der Held seiner Zimmerwirtin als psychologisch interessierter Forscher und Vorkämpfer der Menschlichkeit, und im weiteren Verlauf der Handlung spielt er eher den Vormund und Beschützer als den leidenschaftlichen Liebhaber. „[E]s ist mir fast zu Mute wie einem schwachen Weibe, dem das Kind erkrankt ist", eröffnet er dem zu Hilfe gerufenen Arzt (S. 148), und als Hedwig sich auf dem Wege der Besserung befindet, erklärt er den Tischgenossen seine gute Laune mit einem aufschlussreichen Märchen: „meine Katze hat Junge, und als ich heut' eines der Tierchen in die Hand nahm, gingen ihm in demselben Augenblicke die Aeuglein auf und ich sah mit ihm die Welt zum ersten Mal" (S. 153). Überdies greift der Erzähler Reinhart in *Die arme Baronin* auf einen Vergleich zurück, den er schon früher gebraucht hat: Während die Kranke zusehends zu Kräften kommt, empfindet Brandolf das „Behagen eines Gärtners, der ein verkümmertes Myrtenbäumchen sich neuerdings erholen und im frischen Grün überall die Blüten erwachen sieht“ (S. 156). Den Gedanken, dass er Hedwig heiraten solle, bringt erst sein Vater aufs Tapet, worauf der junge Mann, der sie liebt, „wie wenn sie sein Kind wäre“, zu dem generösen Schluss gelangt, „er könne sie auch als sein Frauchen lieb haben“ (S. 163).

Die Novelle von der armen Baronin ist also keine Liebesgeschichte, sondern die Schilderung eines mustergültigen Erziehungs- und Heilungsprozesses. War Erwin Altenauer als neuer Pygmalion noch gescheitert, so feiert Brandolf in derselben Rolle einen glänzenden Triumph. Mit anderen Worten: Diesmal hat Reinhart seine Absicht konsequent durchgeführt und sein Konzept einer vorbildlichen Beziehung zwischen Mann und Frau tadellos umgesetzt. Selbstverständlich gestaltet sich diese Beziehung strikt hierarchisch, da das „Frauchen“ kaum mehr ist als ein unmündiges Kind oder ein zu formender Stoff, dem der Herr und Gemahl erst Leben einhaucht. Deshalb leitet Brandolf aus seinem Einsatz für Hedwigs Wohlergehen auch einen Besitzanspruch ab und fängt bald an, „sie wie eine wohlerworbene Sache zu behandeln oder ein anvertrautes Gut, für das man verantwortlich ist, das man aber dafür nicht aus der Hand läßt“ (S. 162). Eigentlich wird die Baronin in ihrem neuen Dasein ebenso gegängelt, wie sie es einst schon als Opfer der Rohheit ihres ersten Gatten und der verbrecherischen Machenschaften ihrer Brüder erlebt hat. Zwar geht der Menschenfreund Brandolf ganz anders mit ihr um als diese brutalen Gauner, doch eine Chance, frei über ihr Schicksal zu entscheiden, bekommt sie nie.

Hier setzt auch Lucies Kritik an dem „edlen und wohlmögenden Frauenwähler“ Brandolf an (S. 175). Nicht einmal „ein Rest von eigenem Willen“ sei der „armen Frau Hedwig [...] vergönnt“ gewesen „im Punkte des Heiratens“, und so habe sie sich damit begnügen müssen, „ein sanftes Wollschäfchen mehr auf dem Markte“ zu sein, obendrein noch ausgestattet mit der ökonomischen „Nutzbarkeit einer guten Wirtschafterin“. Die umfassende Entmündigung der Frau bildet also die fragwürdige Kehrseite des Pygmalion-Modells. Den eigentlichen Gegenschlag gegen Reinharts Idealentwurf der Geschlechterbeziehungen führt aber nicht Lucie selbst, sondern ihr Oheim, der seiner Nichte beispringt, indem er anhand einer selbsterlebten Geschichte demonstriert, dass es mit der männlichen „Wahlfreiheit und Herrlichkeit“ in Liebes- und Ehesachen oft „nicht gar so weit her“ ist. Die Novelle *Die Geisterseher* handelt nämlich davon, wie zwei stattliche Männer ihrerseits „zum Gegenstande der Wahlüberlegung eines Frauenzimmers“ werden (S. 176).

Die beiden Bewerber um die Gunst der schönen Bankierstochter Hildeburg, der Oheim selbst in jungen Jahren und sein Kommilitone Mannelin, verkörpern den für Keller so charakteristischen Gegensatz zwischen phantastischer Realitätsverkennung und nüchterner Wirklichkeitstauglichkeit. Der Oheim, den die Dame scherzhaft ihren „Marschall" nennt, ist ein impulsiver Draufgänger und zudem ein Schwärmer mit einer ausgeprägten „Vorliebe für das Unerklärliche und Uebersinnliche" (S. 179); Mannelin dagegen, der „Kanzler" in Hildeburgs kleinem Hofstaat, zeichnet sich durch ruhige Selbstbeherrschung aus und vertritt als „geübter Kantianer" den „Standpunkt der Vernunft" (S. 180). Gerade weil sie in ihrem Wesen so grundverschieden sind, halten die Männer gute Freundschaft, und Hildeburgs „unglückliche Doppelliebe" (S. 204), die es ihr vorerst unmöglich macht, sich für einen von ihnen zu entscheiden, lässt erahnen, dass beide auch jeweils eine Saite ihrer eigenen Persönlichkeit zum Klingen bringen. Das Dilemma soll schließlich durch eine Probe aufgelöst werden, der sich die Nebenbuhler stellen müssen. Wer sich in der Konfrontation mit einem mysteriösen Poltergeist, der ‚alten Kratt', besser bewährt, darf das geliebte Mädchen heiraten.

Das Resultat fällt, wie der Oheim in der Erzählgegenwart zerknirscht bekennt, eindeutig aus. Während er selbst beim Erscheinen des vermeintlichen Gespensts in Panik gerät und die Besinnung verliert, behält Mannelin in der folgenden Nacht die Nerven und verteidigt die Autonomie der aufgeklärten Ratio, die der Erzähler mit einem ungewöhnlichen, aber treffenden Bild illustriert: „wie der Jäger, von einem Tiere überrascht, sein Gewehrschloß schnell in Ordnung bringt, stellte Mannelin geschwind seine Gedanken in eine kleine Reihe, als ob es Polizeileute wären, und sich selbst an ihre Spitze" (S. 203). So gelingt es ihm, den Geist buchstäblich zu entlarven und hinter einer „abfallende[n] Wachsmaske" (S. 204) die schöne Hildeburg zu entdecken, die nun die Seine wird. Ein Mensch, der seinen „einfachen Verstand" gebraucht, vermag die Wahrheit ans Licht zu bringen und die Lebenswirklichkeit zu meistern, wohingegen derjenige kläglich scheitert, der „der göttlichen Vernunft manquiert im rechten Augenblick" (S. 204f.). Außerdem bleibt Mannelin im Gegensatz zu seinem Konkurrenten im kritischen Moment auch sprachmächtig. Als der „Marschall" von seinem nächtlichen Erlebnis mit der alten Kratt berichtet, reagiert Hildeburg mit der nur scheinbar unpassenden Frage: „Und haben Sie mit ihr gesprochen?" (S. 200) Genau dazu war der von tiefem Entsetzen geschüttelte Mann aber eben nicht in der Lage, anders als Mannelin, der das ‚Gespenst' gelassen anredet: „Na, Frauchen, was treiben Sie denn da?" (S. 203) Die souveräne Rede erweist sich gleichfalls als taugliches Instrument zur Erschließung der Realität, zumal der zwischenmenschlichen. Sprechend und handelnd dringt Mannelin zu der wahren Person der geliebten Frau vor, die sein törichter Rivale verkannt hat. Der muss sich bei der Auflösung des Rätsels denn auch wie ein unreifes Kind ermahnen lassen, künftig „nicht mehr so leichtgläubig zu sein“ (S. 206).

Das „Verfahren“ der jungen Dame bei dieser Liebesprobe sei „technisch untadelhaft“ und „ganz unparteiisch“ gewesen (S. 206), räumt der unterlegene Kandidat noch viele Jahre später ein. Verhält es sich aber wirklich so? Dass Mannelins Triumph Hildeburgs „geheimsten Wünschen“ entspricht, kann dem Oheim nicht entgehen, doch wie zielstrebig die Geliebte ihre „Männerwahl“ tatsächlich durchführt, durchschaut der Genarrte auch im Nachhinein nicht (S. 206f.). Immerhin ist sie ja mit den Eigenarten ihrer Verehrer bestens vertraut, also auch mit der Besonnenheit des „Kanzlers“ und mit der romantisch-irrationalen Begeisterung des „Marschalls“ für die „sogenannten Nachtseiten“ und die „jenseitigen Geheimnisse“ (S. 193). Unter diesen Umständen eine Prüfung zu veranstalten, die in erster Linie kühle Vernunftfähigkeit verlangt, bedeutet eigentlich, das Ergebnis schon vorwegzunehmen. Virtuos weiß Hildeburg die Probe so einzurichten, dass der bevorzugte Bewerber aller Wahrscheinlichkeit nach siegen muss, und dabei gleichwohl den Schein der Neutralität zu wahren. Ihrer inneren Zerrissenheit zwischen Vernunft und Leidenschaft zum Trotz trifft sie demnach schließlich doch jene Entscheidung, die nach den Maßstäben der bürgerlichen Solidität und einer aufgeklärten Weltanschauung die einzig richtige ist.

Die Pointe der *Geisterseher*-Erzählung enthüllt der Oheim am Schluss, wenn er verrät, dass Mannelin und Hildeburg mit Reinharts Eltern identisch sind. Der verdutzte Sohn wird durch diese Eröffnung in arge Konfusion gestürzt und zu abenteuerlichen kontrafaktischen Spekulationen verführt, in denen die Logik förmlich Purzelbäume schlägt:

> Auch Reinhart saß jetzt in nicht angenehmer Ueberraschung und war ganz rot, da die Laune, in welcher er sich seit zwei Tagen bewegte, sich gegen ihn selbst zu kehren schien. [...] Zu der seltsamen Entdeckung trat ein noch seltsamerer Eifer der Selbstsucht, als er bedachte, wie nahe die Gefahr gestanden habe, daß ein anderer als sein Vater die Mama bekommen hätte, und was wäre alsdann aus ihm, dem Sohne geworden? Und was war er jetzt anderes als der Sohn der willkürlichsten Manneswahl einer übermütigen Jungfrau? Nun, Gott sei Dank, war es wenigstens seine Mutter und sein Vater! Es hätte können schlimmer ausfallen! Wie denn schlimmer, Du Dummkopf? Gar nicht wäre es dann ausgefallen! (S. 207)

Hat Reinhart in seinen Thesen wie in seinen Beispielgeschichten das Recht zur Wahl in Liebesdingen und die Rolle des überlegenen Erziehers stets dem männlichen Part vorbehalten, so muss er sich nun damit abfinden, selbst ein Produkt ganz umgekehrter Verhältnisse zu sein, was ihm Lucie in Anspielung auf Joh 15,16 auch sogleich unter die Nase reibt: „‚Trösten Sie sich mit dem Evangelium,' sagte sie, ‚wo es heißt: Ihr habt mich nicht erwählet, sondern ich habe euch erwählet!'" (S. 208) Wenn er, der seine Reise in der „Laune" eines Forschers und Experimentators angetreten hat, seine eigene Existenz bloß einer Art von Experiment und einer von weiblicher Hand arrangierten Probe verdankt, bleibt von seiner angemaßten Souveränität nicht mehr viel übrig. Ein Wissenschaftler sollte normalerweise als nüchterner Beobachter über den Dingen stehen, die er analysiert, aber der Held des *Sinngedichts* sieht sich jetzt auf einmal in Beziehungen verstrickt, die bis vor seine Geburt zurückreichen und sich seiner Kontrolle völlig entziehen. Damit beschwören die Enthüllungen des Oheims eine Krise herauf, die das Fundament von Reinharts Selbstverständnis betrifft.

Und noch ein anderer Faktor trägt zu seiner Verstörung bei, nämlich „der ungebührlich wachsende Eindruck, den Lucie auf ihn macht" (S. 210). Da hilft auch die Besinnung auf sein Weiblichkeitsideal, dem diese selbstbewusste junge Frau so wenig entspricht, nicht weiter:

> Das waren ja Teufelsgeschichten! Der Verlust seiner goldenen Freiheit und Unbefangenheit, der im Anzuge war, wollte ihm fast das Herz abdrücken. Man sieht ja, dachte er, welchen Wert sie darauf legen, obenauf zu sein! Da lob' ich mir die ruhige Wahl eines stillen, sanften, abhängigen Weibchens, das uns nicht des Verstandes beraubt! Aber freilich, das sind meistens solche, die rot werden, wenn sie küssen, aber nicht lachen! Zum Lachen braucht es immer ein wenig Geist, das Tier lacht nicht! (S. 210f.)

Wenn es überhaupt noch eines Beweises bedürfte, dass Reinharts Beharren auf dem Ethos des exakten Wissenschaftlers, seine strengen Vorstellungen von den Rollen der Geschlechter und die Pygmalion-Phantasien von männlicher Dominanz und Schöpferkraft ihre tiefsten Wurzeln in purer Unsicherheit und der Angst vor geistig selbständigen Frauen haben, so würden diese Reflexionen ihn liefern. Über Nacht aber rüstet er sich zu einem neuen Hieb in dem begonnenen Erzählduell, indem er eine Geschichte ausspinnt, die ihm „prächtig zur Abwehr gegen die Ueberhebung des ebenbürtigen Frauengeschlechts zu taugen" scheint (S. 213). Tatsächlich entfaltet *Don Correa* musterhaft das gespaltene bürgerlich-patriarchalische Frauenbild, das die Hure oder Hexe der makellosen Heiligen, die Schreckensvision dem Wunschtraum gegenüberstellt. Freilich lässt gerade die Rigidität der von dieser Erzählung postulierten Geschlechterphilosophie auch das Ausmaß erahnen, das Reinharts Verunsicherung mittlerweile erreicht hat.

Der Doppelung der Weiblichkeitsimaginationen entspricht die Zweiteilung der umfangreichen Geschichte über den frühneuzeitlichen portugiesischen Seehelden und Eroberer Don Salvador Correa de Sa Benavides. Zwei Anläufe nimmt er, um eine geeignete Gattin zu finden; der erste führt in eine fürchterliche Enttäuschung und um ein Haar sogar in den Untergang, der zweite beschert ihm endlich das ersehnte Glück. Trug und Maskerade bestimmen verhängnisvollerweise von Anfang an Correas Verhältnis zu der jungen Witwe Donna Feniza Mayor de Cercal. Während der Admiral, der in stolzem Eigensinn darauf beharrt, nur um seiner selbst willen geliebt werden zu wollen, bei der Werbung um die geheimnisvolle Schöne „Namen, Rang und Vermögen“ verleugnet (S. 215f.) und sich als verarmter Edelmann ausgibt, verbirgt sich auf ihrer Seite hinter dem Schein der Frömmigkeit eine Verbrecherin, die schon ihren ersten Ehemann meuchlerisch aus dem Weg geräumt hat. Die Erzählung gibt einige Winke, die den aufmerksamen Leser frühzeitig auf das kommende Unheil vorbereiten, etwa mit der fatalen Kombination der Farben „schwarz und rot“ (S. 217) in der Aufmachung der Dame und ihres halb skurrilen, halb dämonischen Gefolges. Und wenn Correa die Stufen zu Donna Fenizas Schloss hinaufsteigt, während sie ihm hoheitsvoll von oben entgegenkommt, ahnt man bereits, dass die ‚natürliche‘ Geschlechterhierarchie hier infolge der wechselseitigen Verkennung der Partner eine Umkehrung erfährt, die zu nichts Gutem führen kann.

Fenizas eigentliches Vergehen liegt in dem trotzigen Selbstbewusstsein, mit dem sie sich eine unabhängige, ja dominante Stellung gegenüber dem Mann anmaßt. Als Correa, dessen wahre Identität ihr immer noch unbekannt ist, sie nach der Hochzeit für einige Zeit verlässt, nimmt sie auf der Stelle einen anderen Liebhaber bei sich auf, und bei seiner Heimkehr begrüßt sie den Gatten nicht nur mit Hohn und Spott, sondern auch mit dem Hinweis auf ihr souveränes Hausrecht: „Dieser Tisch ist, so viel mir bewußt, mein Tisch, und es sitzt daran, wem ich es erlaube. Nehmt, statt zu zanken, lieber den Platz ein, der noch frei ist, und stärkt Euch, wenn Ihr Hunger habt! Aber benehmt Euch so, wie es jedem ziemt, der seine Füße unter meinen Tisch streckt!“ (S. 232)

Nüchtern betrachtet, erscheint Fenizas Einstellung durchaus verständlich. Während sie Don Correa für einen armen „Schlucker“ (S. 234) halten muss, der alles, was er hat, ihrer Gunst verdankt, schwingt er sich sofort wie selbstverständlich zum Herrn im Hause auf und jagt ohne Rücksicht auf seine Gemahlin ihre sämtlichen Dienstleute davon. Reinharts Erzählung, die eine entschiedene Sympathielenkung zugunsten des Helden betreibt, macht es dem Leser aber schlechterdings unmöglich, der Dame von Cercal mit Einfühlung oder gar Anerkennung zu begegnen, denn sie zeichnet diese Figur eben nicht als starke, emanzipierte Frau, sondern als Unholdin, deren „Lebensluft" nur aus „Selbstsucht, Willkür", der „Liebe zum Laster" und diabolischer „Heuchelei" besteht (S. 240), als eine leibhaftige „Furie" (S. 236), die alle männlichen Ängste vor einer Gefährdung der überkommenen patriarchalischen Geschlechterrollen in Reinkultur verkörpert. Beinahe wird Correa selbst ein Opfer ihrer tückischen Anschläge, doch im Augenblick höchster Gefahr „kehrt endlich die ruhige und klare Besonnenheit des thatkundigen Mannes wieder bei ihm ein" (S. 237), mit deren Hilfe er nicht nur der Bedrängnis im brennenden Schloss entrinnt, sondern sich auch ein für alle Mal aus dem Bann der Hexe befreit.

Jetzt fallen die Masken auf beiden Seiten, und die Schlüsselfragen „Was bist Du für ein Weib?" und „Was bist Du für ein Mann?" (S. 233f.), die die verunsicherten Protagonisten noch kurz zuvor ausgetauscht hatten, werden so klar beantwortet, wie man es sich nur wünschen kann. Auf sein Admiralsschiff zurückgekehrt, nimmt Correa, „mit der Feldherrnbinde und dem Orden des goldenen Vließes" angetan (S. 239), wieder die ihm zukommende Stellung als Repräsentant der (männlichen) Staats- und Militärmacht ein und erfüllt in dieser Funktion seine Pflicht, die „Bestie" (S. 241), als die sich die Frau von Cercal nunmehr endgültig entlarvt hat, abzuurteilen. An der Rechtmäßigkeit des Verfahrens und der folgenden Hinrichtung der Schuldigen besteht nach den Wertmaßstäben, die die Erzählung voraussetzt, kein Zweifel. Der massive Angriff auf die herrschende Ordnung der Geschlechter fordert eine Reaktion von solch brutaler Gewalttätigkeit förmlich heraus.

Correa zieht aus seinen Erlebnissen „die Lehre, daß man in Heiratssachen auch im guten Sinne keine künstlichen Anstalten treffen und Fabeleien aufführen soll, sondern alles seinem natürlichen Verlaufe zu überlassen besser thut" (S. 238). Wie der „natürliche Verlauf" einer gelingenden Liebesbeziehung in Reinharts Augen aussieht, illustriert der zweite Teil seiner Erzählung. Wenn der Protagonist volle zehn Jahre nach der unseligen Liaison mit Feniza der afrikanischen Sklavin Zambo begegnet, sind die Identitäten beider von vornherein klar und frei von jedem falschen Schein. Damit verbindet sich eine Hierarchie der Geschlechter, die nicht eindeutiger ausfallen könnte. Sie wird plastisch in Szene gesetzt, indem Correa seine künftige Gattin im wörtlichen Sinne vom Boden aufhebt: Nachdem sie von ihrer bisherigen Besitzerin, der angolanischen Fürstin Annachinga, als lebender Stuhl benutzt worden ist, bleibt Zambo liegen, bis der Admiral als ihr neuer Herr sie aufstehen heißt und ihr obendrein persönlich auf die Beine hilft. An die Stelle dämonischer erotischer Reize treten diesmal sanfte Schönheit, „vornehme Anmut“ und demütige Unterwürfigkeit: „Da stand sie nun vor ihm mit vor Scham niedergeschlagenen Augen, und eine Purpurröte wallte sichtbar über die braunen Wangen“ (S. 249). Correa ist auf der Stelle überzeugt, „daß dieses weibliche Wesen ihn nicht betrüben werde“, betrachtet Zambo fortan als sein „Eigentum“ (S. 250) und beschließt, sie zu seiner Gemahlin heranzubilden. Ihre Meinung dazu wird nicht eingeholt.

Im Umgang mit der jungen Frau bewährt sich Don Correa als vorbildlicher Pygmalion. Auf die Geschichte von der zum Leben erwachenden Statue spielt der Erzähler an, wenn er Zambo als „schöne[s] Bildwerk“ (S. 248) oder als „stille[s], fremde[s] Menschenbild“ bezeichnet (S. 250), das erst nach und nach eine Seele erhält, aber natürlich orientiert sich Reinharts Schilderung im Ganzen an der modernen, psychologischen Variante des Mythos. Es geht darum, „die heidnische Sklavin in den Besitz der menschlichen und christlichen Freiheit und des Selbstbewußtseins zu setzen“ (S. 250), ihr also jene Qualitäten zu vermitteln, die aus abendländischer Sicht echte Humanität begründen. Der rohe Stoff muss durch behutsame Formung erst in ein vollgültiges menschliches Subjekt verwandelt werden. Später, als endlich genügend Zeit dafür ist, hat Correa in der Tat seine Freude daran, Zambo nach diesem Ideal zu erziehen, das der Text mit einer reichen Lichtmetaphorik umgibt:

> Denn als er ihr allmählich die Freiheit ihrer Seele begreiflich machte, Ehre und Recht einer christlichen Ehefrau beschrieb und ihr die Pflicht des persönlichen Willens und Beschließens auseinandersetzte, was alles durch Liebe zusammengehalten und verklärt werden müsse, da soll es gar schön anzusehen gewesen sein, wie von Tag zu Tag das Verständnis heller aufging und die junge Frau mit dem Lichte menschlichen Bewußtseins erfüllte. (S. 273)

Als Objekt einer solchen Musterpädagogik eignet sich Zambo vortrefflich, weil die verstoßene Sklavin ohne Volk und Familie von vornherein keinen störenden anderweitigen Bindungen unterliegt. Zwar steht sie zu Beginn immerhin noch in einer flüchtig angedeuteten weiblichen Genealogie, die über ihre „tote Mutter“ hinaus auch „die letzte Ueberlieferung eines wahrscheinlich schon seit tausend Jahren untergegangenen Kultus" um eine schützende Mondgöttin einschließt. Doch in dem Augenblick, in dem die einsame, verängstigte Zambo sich im Schein des Mondes hilfesuchend an diese „verschollene Selene" wendet, tritt Correa buchstäblich dazwischen und steckt schweigend „einen schimmernden Ring an ihren Finger" (S. 256), mit dem er das Verlöbnis besiegelt. Die letzten Reste einer weiblich konnotierten kulturellen Verwurzelung werden hier auch symbolisch durch die Vormundschaft des künftigen Gatten abgelöst. Zu Zambos neuer Identifikationsfigur steigt Maria auf, deren Namen sie in der Taufe erhält – gleichfalls eine Art Muttergottheit, aber doch eine, die einem patriarchalischen Vatergott untergeordnet ist. Der Namenswechsel bildet den Übergang in die abendländisch-christliche Kultur mit allen seinen Schwierigkeiten und Hindernissen ab: Nur zögerlich verdrängt der neue Eigenname der Protagonistin in der Erzählerrede den alten, bis die einstige Zambo zuletzt wirklich „Donna Maria Correa" geworden ist und damit ihr wahres Menschentum vollständig angenommen hat (S. 272).

Die Frage, warum Correa nach den ernüchternden Erfahrungen mit Feniza erst in die Wildnis Angolas fahren muss, um dort seine zweite und rechte Gemahlin zu finden, lenkt den Blick auf die Verknüpfung der Geschlechterrollen mit dem Diskurs des Kolonialismus, die Reinhart in seiner Geschichte vornimmt.[16] Don Correa ist nicht nur ein liebender Mann und ein ‚pygmalionischer' Erzieher, sondern auch ein Krieger und Eroberer, und sein Umgang mit der fremden Frau rückt in eine aufschlussreiche Parallele zu der Haltung, die die Europäer gegenüber den eingeborenen Völkern anderer Kontinente einnehmen. Solche Analogien haben die kolonialen Bilderwelten seit jeher tief geprägt: Das männlich konnotierte zivilisierte Europa sieht sich einem primitiven, wilden Erdteil gegenüber, der als weiblich imaginiert wird und erforscht, unterworfen und angeeignet werden muss. Bei Keller repräsentieren ausschließlich Frauenfiguren den ‚dunklen Kontinent', denn der furchtsame König von Angola tritt gar nicht persönlich auf und schickt seine selbstbewusste Schwester vor, um in Correas Lager zu verhandeln. In der Konstellation Zambo–Annachinga zeichnet die Novelle das (feminine) Janusgesicht, das die exotische Sphäre dem europäischen Mann zuwendet. Neben der guten steht die bedrohliche Wilde, neben dem gefügigen, formbaren Geschöpf das männermordende weibliche Raubtier, das mit seiner dämonisch-kraftvollen Unabhängigkeit noch einmal jenen Frauentypus variiert, der schon in Donna Feniza Gestalt annahm. Dem Gerücht zufolge hat Annachinga einst sogar Anstalten gemacht, „den König, ihren Bruder, abzusetzen und hinrichten zu lassen", und ihren Auftritt vor dem portugiesischen Befehlshaber begleitet ein imponierendes Gefolge, das „ein bald dumpfes, bald gellendes Dröhnen von Menschenstimmen, Tiergeheul und kriegerischen Instrumenten aus sich heraus gebar“ (S. 242f.).

Die Fürstin und die Sklavin verkörpern zwei typische männlich-europäische Phantasmen von exotischer Weiblichkeit, die sich komplementär zueinander verhalten. *Natur* sind jedoch beide Figuren gleichermaßen: Vertritt Annachinga deren „triumphierende Schrecken“, so erkennt Correa in Zambo voller Rührung „die stumme Klage und Trauer der leidenden Natur“ (S. 249f.). Im einen Fall muss diesen elementaren Wesen eben mit kriegerischen, im anderen mit pädagogischen Mitteln begegnet werden, wobei der abendländische Mann als Sendbote der Kultur, der Vernunft und der Aufklärung jeweils die hierarchisch übergeordnete Position einnimmt. Daher setzt Correa gegenüber Annachinga die Machtansprüche seines Monarchen durch und degradiert ihren Bruder zu einem „Vasall[en] der Krone Portugals“ (S. 258), während er Zambo auf eine mildere, aber nicht minder effiziente Art ‚kolonisiert‘, indem er sie als geduldiger Lehrer Schritt für Schritt den Normen der europäischen Welt unterwirft. Die Ausstattung mit „christlicher Tracht“ (S. 250), die Taufe und der neue Name, der Verlobungsring, der Erwerb der portugiesischen Sprache und schließlich die glückliche Ehe mit dem Admiral markieren die Etappen dieses Assimilationsprozesses.

In Konkurrenz zu Correas Bemühungen um seine Geliebte treten die Jesuiten, die aus der frischbekehrten Heidin gerne eine „Art von Wunderthäterin und Heiligen“ machen würden (S. 261) und sie zu diesem Zweck ihrem Beschützer entführen. Um Zambos eigenen Willen schert sich dabei weder die eine noch die andere Partei. Die junge Frau bleibt in ihrer „natürliche[n] Demut“ (S. 272) allemal ein Spielball männlich-patriarchalischer Interessen, wobei Correa sich nur dadurch auszeichnet, dass er redlich auf ihre geistige Selbständigkeit hinarbeitet. Sein Vorgehen ist allerdings durch einen fundamentalen Widerspruch gekennzeichnet, der das vermeintlich so klare ideologische Programm der Erzählung unterminiert. Die „menschliche und christliche Freiheit“ will er Zambo schenken (S. 250), obwohl er sie doch als sein persönliches „Eigentum“ ansieht – wie geht das zusammen? Tatsächlich kann Zambo der „Verstrickung in das Paradoxon einer Freiheit, die ihre restlose Abhängigkeit vom Mann zur Voraussetzung hat“, niemals entrinnen[17], weshalb die Autonomie, zu der sie mit der Zeit gelangt, auch eine sehr bedingte bleibt. Dem Kloster, in das die jesuitischen Intriganten sie gesperrt haben, entflieht sie zwar mit List, aber die gewonnene „Freiheit“ soll ihr nur gestatten, an der Seite ihres Herrn umgehend die „rechtmäßig geliebte Unfreiheit wieder zu finden" (S. 269). Correa dagegen, der noch kurz zuvor, von den Ränken seiner Widersacher zermürbt, ernstlich in Betracht gezogen hat, statt der verschollenen Zambo lieber „eine gleichgültige Dame ins Haus zu setzen, die den Staat macht und uns kalt läßt" (S. 267), behält stets die volle Unabhängigkeit der Entscheidung und die Möglichkeit einer echten „Wahl" (S. 271).

Ihren Gipfel erreicht die komplizierte Dialektik von Freiheit und Gebundenheit in dem abschließenden Wortwechsel der Liebenden auf Correas Admiralsschiff, der nach Reinharts Intention sicherlich das strahlende Happy End der Novelle bekräftigen soll:

> „Hat das Meer auch eine Seele und ist es auch frei?" fragte die Frau.
>
> „Nein," antwortete Don Correa, „es gehorcht nur dem Schöpfer und den Winden, die sein Atem sind! Nun aber sage mir, Maria, wenn Du ehedem Deine Freiheit gekannt hättest, würdest Du mir auch Deine Hand gereicht haben?"
>
> „Du frägst zu spät," erwiderte sie mit nicht unfeinem Lächeln; „ich bin jetzt Dein und kann nicht anders, wie das Meer!"
>
> Da sie aber sah, daß diese Antwort ihn nicht befriedigte, und nicht seiner Hoffnung entsprach, blickte sie ihm ernst und hochaufgerichtet in die Augen und gab ihm mit freier und sicherer Bewegung die rechte Hand. (S. 273)

Correas Wünsche fallen irritierend zwiespältig aus. Ist die ideale Frau einerseits das Werk seiner bildenden Hand und damit in jeder Hinsicht von ihm abhängig, so sehnt er sich doch andererseits nach einer Liebe, die seiner individuellen Person gilt und ihm aus freien Stücken entgegengebracht wird. Einen Ausweg aus dieser Aporie gibt es nicht, weil Zambo-Marias Bindung an ihren Meister jedem Entschluss, den sie zu treffen vermag, vorausgeht, so wie auch das Meer seinem „Schöpfer" bedingungslos zu gehorchen hat. Darüber täuscht nicht einmal die „freie und sichere Bewegung" hinweg, mit der die einstige Sklavin ihrem Gatten schließlich die Hand reicht. Die Freiheit dieser Frau kann höchstens darin bestehen, ihre Lage zu durchschauen und zu reflektieren, und dass sie dazu wirklich imstande ist, deutet der zitierte Dialog zumindest an.

Die gegensätzlichen stereotypen Weiblichkeitsbilder, die *Don Correa* präsentiert, und die männlichen Ängste und Wunschträume, in denen sie wurzeln, dürfen nicht ohne weiteres auf das Konto des Autors Keller gesetzt werden, denn sie entsprechen lediglich dem Bewusstseinsstand der fiktiven Figur Reinhart, die die Geschichte zu verantworten hat. Im übergreifenden

Kontext des *Sinngedichts* werden sie für den Leser förmlich ausgestellt und seiner kritischen Begutachtung überantwortet, die der Zyklus überdies dadurch anregt, dass er Reinharts Vorstellungen nicht unwidersprochen lässt. Lucie reagiert mit boshaften Sticheleien auf seine neueste Erzählung. Spöttisch erkennt sie an, wie virtuos er die Aufgabe gelöst hat, sein Modell der Geschlechterrollen in ein novellistisches Gewand zu kleiden, indem sie ihm gönnerhaft eine Zensur erteilt und verspricht, seine Lehre zu beherzigen: „Das haben Sie gut gemacht! [...] wir andern wollen uns merken, wie nützlich die Demut ist, und wie erhöht wird, wer sich erniedrigt hat!“ (S. 274) Vor allem aber trägt sie nun ihrerseits die Geschichte *Die Berlocken* vor, die Keller seinem Verleger als „ein spezielles Pendant zum *Don Correa*“ ankündigte (GB 3.2, S. 384) und die tatsächlich nichts anderes als eine satirische Replik auf Reinharts letzten Beitrag darstellt.

Lucies ‚Held‘ Thibaut von Vallormes, der zur Zeit Marie Antoinettes lebt, wirkt wie ein groteskes Zerrbild jener Männer, die als überlegene väterliche Vormünder und Erzieher über die Frauen verfügen. Schon in jungen Jahren erweist er sich als gefühlskalter Egoist, dem weibliche Wesen nur zur Bestätigung seiner Eitelkeit dienen, und damit als männliches Gegenstück zu Lydia, der ebenso selbstbezogenen Angebeteten des Schmollers Pankraz. Thibaut ist ganz darauf fixiert, seine Uhrkette mit hübschen Berlocken herauszuputzen, und stets auf der Jagd nach den Schmuckstücken der Damen, die er seiner Sammlung einverleiben will. Mit List und Tücke eignet er sich ein Kleinod nach dem anderen an und lässt die Besitzerinnen fallen, sobald er sein Ziel erreicht hat. Unfähig zu einer echten Liebesbeziehung, klammert er sich an den Fetisch der Berlocken, die ihm als Sinnbilder phallischer Macht und narzisstischer Größe die begehrte Anerkennung in der Männergesellschaft des Militärs sichern: „sein Uhrgehänge klirrte und blitzte, daß es eine Art hatte, und er galt für den gefährlichsten Kavalier der Armee, wenn er im Kreise der Herren Kameraden die Geschichte der einzelnen Merkwürdigkeiten erzählte und die Juwelen und Perlen streichelte, die sich darunter fanden. Und er ging mit den Berlocken zu Bett und stand mit denselben auf“ (S. 284).

Eine neue Dimension erreichen Thibauts Eroberungsgelüste, als er mit dem französischen Heer zur Unterstützung des amerikanischen Unabhängigkeitskampfes über den Ozean fährt und mit den eingeborenen Völkern in Berührung kommt. Die schöne Indianerin Quoneschi zieht ihn in ihren Bann, und zum ersten Mal scheint der junge Offizier gewillt, sich dauerhaft zu binden: „So gleichgültig er zuletzt gegen das Frauengeschlecht in Frankreich gewesen, so heftig verliebte er sich jetzt in das rote Naturkind und ging geradezu mit dem Gedanken um, dasselbe zu seiner rechtmäßigen Gemahlin zu erheben" (S. 286). Die Ironie der Erzählerin verschont jedoch nicht einmal diese Gefühlsaufwallung, denn im Grunde bleibt sich Thibaut auch in Amerika treu. Quoneschi, mit der wegen der Sprachbarriere ohnehin keine echte Verständigung zustande kommt, interessiert ihn vornehmlich als Verkörperung jener rousseauistischen Phantasien von „der wahren Natur und freien Menschlichkeit" (S. 285), denen die Franzosen so enthusiastisch nachhängen, und damit als neues Renommierobjekt: „Wie würde das philosophische Paris erstaunen, dachte er sich, ihn mit diesem Inbegriff von Natur und Ursprünglichkeit am Arme zurückkehren und in die Salons treten zu sehen" (S. 286).

Genüsslich entwickelt Lucie schließlich die böse Pointe der Erzählung. Quoneschi scheint als Preis für ihre Gunst ausgerechnet die prächtige Berlockensammlung zu fordern, die ihr Anbeter nach einigem Zögern auch herausrückt. Der Verlust dieser Trophäen kommt für ihn einer Kastration gleich: „Thibaut hingegen empfand ein Gefühl, wie wenn einer ihm den schönen Zopf abgeschnitten hätte, der so stattlich den Rücken seines Scharlachrockes schmückte", während er in der Nacht träumt, eine Spinne habe ihn „in die Nase gebissen, die wie eine Rübe aufgeschwollen sei" (S. 288f.). Und am Ende verhilft ihm sein Opfer nicht einmal zu der erhofften Heirat, weil Quoneschi in Wahrheit längst mit einem Krieger ihres Stammes verlobt ist und die Berlocken sogleich ihrem Zukünftigen zum Geschenk macht, der sie zu Thibauts blankem Entsetzen vor aller Augen als exotischen Nasenschmuck zur Schau trägt! So hält die Indianerin ihrem unglücklichen Verehrer einen Spiegel vor – er, der bislang eine Frau nach der anderen hintergangen und ausgeplündert hat, ist nun seinerseits in seinen Gefühlen getäuscht und seiner Schätze beraubt worden. Mit dem Verlust der Berlocken *und* Quoneschis sowie mit seiner öffentlichen Blamage, die das „schallende Gelächter" der schadenfrohen Offizierskameraden hervorruft (S. 291), bricht die schimmernde Fassade der Männlichkeit, die Thibaut so mühevoll aufgebaut hat, in sich zusammen. Er wird buchstäblich ins Nichts gestoßen, und deshalb gibt es nach den ernüchternden Schlussworten „Der Herr von Vallormes bekam weder die Berlocken noch die Indianerin je wieder zu sehen" auch nichts mehr von ihm zu berichten (S. 292).

Lucie karikiert aber nicht nur die patriarchalischen Herrscherallüren, die das weibliche Geschlecht zum willenlosen Objekt männlicher Fremdbestimmung degradieren, sondern dekonstruiert auch den europäischen Kolonialismusdiskurs, den Reinhart mit *Don Correa* ins Spiel gebracht hat. Zwar sind die Franzosen in *Die Berlocken* nicht darauf aus, die Indianer militärisch zu überwältigen, doch sie gebrauchen sie als Medien ihrer angelesenen sentimentalischen Sehnsucht nach unverbildeter paradiesischer Ursprünglichkeit, „denn jeder von ihnen trug sein Stück Jean Jacques Rousseau im Leibe“ (S. 285). Das Fremde wird als Folie für nostalgische Projektionen benutzt und damit in Verkennung seiner Eigenart und seines Eigenrechts für die Bedürfnisse der Europäer funktionalisiert – auch dies eine subtile Form der Unterwerfung und Inbesitznahme. Und wenn Lucie die Haltung der Franzosen gegenüber dem fremden Kontinent und seinen Bewohnern in eine Analogie zu der hierarchischen Beziehung zwischen Mann und Frau bringt, zitiert sie unmittelbar die aus *Don Correa* vertraute geschlechtsspezifische Semantisierung des kolonialen Verhältnisses: Als Thibaut selbstgefällig den Rücken seiner Quoneschi streichelt, die ihm zu Füßen sitzt, „dünkte er sich der Christofor Columbus zu sein, welchem sich der entdeckte Weltteil in Gestalt eines zarten Weibes anschmiegt“ (S. 289). Obendrein entlarvt der Text die rousseauistische Naturschwärmerei als blasierte Attitüde einer gelangweilten überzivilisierten Gesellschaft. So ist das „philosophische Paris“ keineswegs gesonnen, im Namen von „Natur und Ursprünglichkeit“ etwa seine vornehmen „Salons“ aufzugeben (S. 286), in denen die aus Amerika importierte ‚gute Wilde‘ lediglich ein modisches Accessoire wäre, mit dem sich der eitle Herr von Vallormes schmücken könnte.

Statt der kolonialen Rede über die Fremden eine positive Alternative entgegenzusetzen, liefert die Novelle eine „Parodie auf die Produktion des Bildes vom Anderen“[18], die durch spöttische Übertreibung den ebenso ethnozentrischen wie zutiefst illusorischen Charakter exotistischer Imaginationen aufdeckt. Dass Lucie gar nicht erst versucht, ein authentisches Porträt der amerikanischen Indianer zu entwerfen, sondern lieber die klischeehaften Vorstellungen der Europäer ins Visier nimmt, zeigt sich besonders deutlich, wenn es um das Aussehen der schönen Quoneschi geht. Die Erzählerin verweist die männlichen Zuhörer in diesem Punkt nämlich auf ihre eigene Einbildungskraft, die sich getrost von den üblichen Stereotypen inspirieren lassen möge:

> Ich kann es nicht wagen, eine Beschreibung von dem wunderbaren Wesen zu machen, und muß es den Herren überlassen, sich nach eigenem Geschmacksurteil das Schönste vorzustellen, was man sich damals unter einer eingeborenen Tochter Columbias dachte, sowohl was Körperbau und Hautfarbe, als Kostüm und dergleichen betrifft. Ein hoher Turban von Federn wird unerläßlich, ein buntes Papagenakleidchen rätlich sein; doch wie gesagt, ich will mich nicht weiter einmischen [...]. (S. 286)

Anders verhält es sich mit Quoneschis Bräutigam, dem „Donner-Bär", den Lucie bis in die kleinsten Details von Körperbau und Schmuck als einen „Schatz von Schönheit und männlicher Kraft" zeichnet (S. 290f.). Ernst nehmen wird der Leser ihre überschwängliche Schilderung freilich kaum, denn sie ist unverkennbar als Persiflage auf das Ideal aggressiver, eroberungslustiger Männlichkeit angelegt – zum guten Schluss trägt der furchterregende Krieger seine Quoneschi „wie ein geschossenes Reh" auf der Schulter davon (S. 292)! In der Gestalt des Donner-Bärs begegnet der europäische Mann einem verzerrten Spiegelbild seines patriarchalischen Gebarens, das hier als trauriger Überrest einer archaisch-primitiven Einstellung verhöhnt wird.

Mit vollem Recht interpretiert Reinhart Lucies Erzählung im anschließenden Gespräch mit dem Oheim als Frontalangriff auf sein Bild von den Geschlechtern und auf die Wunschphantasie von einer souveränen Männlichkeit, der sich die Frau willig unterordnet: „‚Was hat Ihre prächtige Nichte,' sagte er, ‚nur für einen Zorn auf meine armen Schützlinge, daß sie so satirische Pfeile auf mich abschießt? Das geht ja fast über das Ziel hinaus!'" Doch Lucie wehrt sich eben ihrer Haut, so gut sie kann, und verteidigt ihre Würde als gebildete, selbstbewusste Person gegen die männliche Vorliebe „für allerhand unwissende und arme Kreaturen [...], zu denen sie einmal nicht zu zählen das Glück oder Verdienst hat" (S. 293). Hinter ihrer beharrlichen Opposition gegen Reinharts Ansichten steckt jedoch noch mehr. Für den Rezipienten des *Sinngedichts* bleibt Lucie lange Zeit eine rätselhafte Gestalt, weil er sie allein aus der Außensicht wahrnimmt, während ihm der unmittelbare Zugang zu ihren Empfindungen und Gedanken verwehrt bleibt. So kann er zunächst auch nur spekulieren, warum die reizende, kluge junge Frau derart zurückgezogen in einem „klosterartigen Hause" (S. 43) lebt, offenbar nicht ans Heiraten denkt und sich statt dessen lieber mit Kunst, Literatur und fremden Sprachen abgibt. Eine Wende tritt jedoch ein, als Lucie dem Gast endlich ihre Lebensgeschichte anvertraut und damit gewisse Begebenheiten aus ihrer Jugend enthüllt, die sie tief geprägt haben. Einmal mehr bewährt sich die Hermeneutik des Erzählens: Erst die Schilderung ihres individuellen Schicksals, mit der Lucie Reinharts unausgesprochene Frage ‚Was hast du erlebt?" (S. 42) beantwortet, erschließt die Eigenart ihres Wesens. Lucies Offenheit, auf die wir bis zum letzten Kapitel des Zyklus warten müssen, verrät aber auch, wie groß ihr Vertrauen zu Reinhart mittlerweile geworden ist. Und indem er ihre Bekenntnisse einfühlsam aufnimmt, zeigt er sich seinerseits dieses Vertrauens würdig und eines tieferen Verständnisses fähig.

Lucie reagiert wohl deshalb so allergisch auf Reinharts Kussexperiment und seine Geschichten von maskuliner Überlegenheit, weil sie selbst in frühen Jahren zum Opfer männlicher Experimentatoren geworden ist, die sie rücksichtslos manipuliert haben. Der ehrgeizige Katholik Leodegar, ein entfernter Verwandter, der später in Rom als Geistlicher Karriere macht, missbraucht die kindliche Schwärmerei, die sie ihm entgegenbringt, um Lucie zu einem heimlichen Konfessionswechsel zu verleiten: „‚Du gutes Mädchen, wenn Du erst katholisch bist, wird die Hochzeit sein!‘“ (S. 311) Dass sie grausam getäuscht wurde, begreift Lucie erst viele Jahre später, nachdem sie sich schon lange mit Vorwürfen und Gewissensbissen gequält hat. Ihr Vater ist ihr keine Hilfe, da ihn seine zynische rationalistische Kälte daran hindert, aufrichtigen Anteil an seiner Tochter zu nehmen. Er verfährt mit Menschen wie ein Wissenschaftler mit seinen Versuchsobjekten: An seiner frommen Hauswirtschafterin macht er „zu seinem Vergnügen gewisse religionspsychologische Studien [...], und sie merkte natürlich nicht, daß er ihre Reden zergliederte und unter die Rubriken eines Tabellenwerkes verteilte“ (S. 306), und sogar seine Entscheidung, Lucie einer protestantischen Erziehungsanstalt anzuvertrauen, entspringt weniger der Sorge um ihr Wohlergehen als seiner Neigung zu „religiösen Experimenten [...], die er an andern Leuten anstellte, wie die Naturforscher an den Fröschen“ (S. 318f.).

Angesichts des bürgerlichen Weiblichkeitsideals ist es schon bemerkenswert, dass die Protagonistin des *Sinngedichts* überhaupt eine eigene Geschichte, eine ‚Vergangenheit‘ besitzt und kein unschuldiges Naturkind mehr ist, das demütig seiner Erweckung durch einen gottgleichen männlichen Schöpfer, Lehrer und Erzieher harrt. Reinhart wird auch auf der Stelle aufmerksam und neugierig, als seine Gastgeberin ihren Übertritt zum Katholizismus erwähnt: „Ein Religionswechsel ist in dies scheinbar ruhige Leben gefallen; was mag damit alles zusammenhängen! sprach es sogleich in seinem Innern“ (S. 301). Ihre früheren Erlebnisse, über die sie bislang nie zu reden wagte, haben Lucie reifer, selbstbewusster und skeptischer gemacht und sie für alle Zeit von der Neigung befreit, einem Mann um jeden Preis gefallen zu wollen. Aber es sind auch traumatische Spuren übriggeblieben. „Jugend, Leben und Glück, oder was man dafür hält“, hat sie sich, wie sie glaubt, durch ihre „Streiche [...] selbst vor der Nase abgesperrt“ (S. 322), und so wohnt sie seither entsagungsvoll auf dem abgelegenen Landgut, das sie mit ihren kunstvollen Gartenanlagen zu einer ästhetisch stilisierten Fluchtwelt umgestaltet. Diese selbstgewählte Isolation korrespondiert der „verwünschten Heimlichkeit“, von der sie gemartert wird, bis sie in Reinhart endlich einen verständnisvollen Zuhörer findet, einen „Beichtvater“, wie sie ihn scherzhaft und doch bedeutungsvoll nennt (S. 323).

Kellers *Sinngedicht* umkreist die ‚Ordnung der Geschlechter' und deren spannungsgeladene Beziehungen, indem es von glücklichen und unglücklichen, gelingenden und verhinderten Ehen erzählt, und zwar auf einer Ebene, die das schon im ersten Satz ironisch zitierte „Gesetz der natürlichen Zuchtwahl" (S. 9), die glänzendste Errungenschaft der Naturforschung im 19. Jahrhundert, weit hinter sich lässt. Gleichzeitig thematisiert der Zyklus, wie zu sehen war, immer wieder die Frage nach dem Stellenwert und dem Nutzen des Erzählens selbst. Nicht zuletzt handelt er aber auch von der langsamen Annäherung der beiden Hauptfiguren, die über das Reden und Erzählen vermittelt wird, und von einem doppelten Heilungs- und Belebungsprozess. Denn in ihren Ausgangspunkten sind Reinhart und Lucie gar nicht so weit voneinander entfernt, wie man anfangs denken sollte. Beide existieren mehr oder weniger abgeschieden für sich, entfernt von der „schönen Welt mit allem, was draußen lebte und webte" (S. 10), beide entbehren das volle Glückserleben und die sinnliche Erfüllung, und beide hegen eine furchtsame Sorge um ihre persönliche Unabhängigkeit, die sie das jeweils andere Geschlecht mit misstrauischen Augen betrachten lässt. Verschanzt er sich hinter der vermeintlich sicheren Haltung des nüchternen wissenschaftlichen Beobachters oder hinter dem Ideal eines neuen Pygmalion, so ist sie versucht, ihn ohne Umschweife aus dem Haus zu jagen, sobald er ihr das Programm seiner absonderlichen Forschungsreise offenbart hat. Zwar genießt Lucie den Vorteil einer profunden hermeneutischen Schulung, die ihr das Verständnis menschlicher Schicksale erleichtert, aber vorläufig schöpft sie ihr Wissen ausschließlich aus der einsamen, stummen Lektüre, die erst nach Reinharts Ankunft durch den fruchtbaren Austausch mit einem leibhaftigen Partner ersetzt wird. Dass diese Debatte zunächst nicht gerade in entspannter Atmosphäre abläuft, sondern sich eher als „eine Art von Duell" gestaltet (S. 274), kann angesichts der Voraussetzungen auf beiden Seiten allerdings kaum verwundern.

Trotzdem dürfte dem Leser schon lange vor dem glücklichen Ende nicht entgehen, dass Lucie und Reinhart im Zuge ihrer Kontroverse um die Rollen der Geschlechter in Liebe und Ehe auch ihr künftiges wechselseitiges Verhältnis aushandeln. Keller ersparte sich im *Sinngedicht* freilich, wie er Heyse einmal erläuterte, eine detaillierte „psychologische Motivierung" der Vorgänge und setzte auf ein Publikum, das imstande war, „puncto Charakterpsychologie zuweilen zwischen den Seiten zu lesen [...], respektive zwischen den Factis, was nicht dort steht" (GB 3.1, S. 56). Deshalb beließ er es im Hinblick auf die sich anbahnende Liebesgeschichte bei einigen diskreten Winken. Zum Beispiel macht der Oheim Reinhart darauf aufmerksam, dass Lucies Protest gegen sein unwürdiges Frauenbild im Grunde doch ausgesprochen „schmeichelhaft“ für ihn sei (7, S. 293), ein Gedanke, der auf den jungen Mann buchstäblich herzerwärmend wirkt. Lucies vertrauliche Eröffnungen über ihre Jugenderlebnisse belegen etwas später, wie hoch sie ihren Gefährten inzwischen schätzt, und weisen ihr endlich einen Weg aus ihrer bedrückenden Zwangslage und ihrer Verschlossenheit. Damit kommt ein weiterer Aspekt des Erzählens, das die Protagonistin hier treffend mit einer säkularisierten Beichte gleichsetzt, in den Blick: Es übt einen therapeutischen Effekt aus, indem es den Bann der Sprachlosigkeit bricht. Und als sie beim ersten Kuss „von einem lange entbehrten und verschmähten Gefühle“ ergriffen wird (S. 328), ist Lucies Befreiung zu einem neuen Leben vollendet.

Aber schlüpft Reinhart, indem er zu ihrem „Beichtvater“ (S. 323) avanciert und sie aus ihrer Erstarrung erlöst, nicht doch noch in die Rolle Pygmalions? Man kann es durchaus so auffassen, sollte dabei jedoch nicht übersehen, dass Lucie umgekehrt für Reinhart etwas ganz Ähnliches leistet. Auch er befand sich zu Beginn in seinem Studierzimmer, wo es „gar so dunkel, still und einsam war“, in einem todesähnlichen Zustand und hatte „das Menschenleben fast vergessen“ (S. 11), bis sich das Augenleiden als warnendes Symptom einer existenziellen Krise einstellte. Erst mit Lucie, die er nach dem Beispiel des Oheims fortan „Lux“ nennt (S. 329), lernt er das Licht, das er früher bloß wissenschaftlich untersucht und „auf die Tortur gespannt“ hat (S. 10), in seiner höheren, poetischen Bedeutung als Inbegriff des Lebens und der irdischen Reize kennen. Sie öffnet ihm buchstäblich die Augen für die Schönheit der Welt – nicht von ungefähr gilt die heilige Lucia als Schutzpatronin der Augenkranken! Und ihren strahlenden Gipfel, ihre letzte Erfüllung findet die Hinwendung zur Wirklichkeit in der Liebe. Reinhart begreift, was ihm die Apparate in seinem Laboratorium niemals hätten verraten können: Das wahre Licht strahlt von dem geliebten Menschen aus.

Die Spiegelbildlichkeit dieser unterschiedlichen Vorgänge der Erweckung und Belebung hebt die hierarchische Struktur der Geschlechterbeziehung auf, die dem Pygmalion-Mythos oder auch Reinharts anfänglichen wissenschaftlichen Ambitionen zugrunde liegt. Zum guten Schluss wird beim Kuss der Liebenden zwar tatsächlich das „schlimme Rezept von dem alten Logau ausgeführt“ (S. 329), wie Lucie im Nachhinein feststellt: „Lucie hatte die Augen voll Wasser und doch lachte sie, indem sie purpurrot wurde“ (S. 328). Aber dieses krönende Ereignis ist nicht das Resultat einer korrekten wissenschaftlichen Versuchsanordnung, die verlässliche Gesetzmäßigkeiten zutage fördert, sondern erwächst aus einem langen, dialogisch vermittelten Verständigungsprozess zwischen zwei Menschen. Den entscheidenden Moment führt am Ende statt kühler Berechnung „eine Art von Tumult“ der Sinne und der Emotionen herbei, von dem sich Lucie und Reinhart „hingerissen“ fühlen und der jedes Kalkül über den Haufen wirft (S. 328). So haben beide im Augenblick des Kusses „wahrhaftig nicht an das Epigramm gedacht“ (S. 329): „Das Experiment gelingt, als und weil es keines mehr ist“.[19] Um die Gleichberechtigung der Partner geht es auch in Goethes Lied *Mit einem gemalten Bande*, mit dem der Schuhmachermeister, ohne es zu wissen, dem heimlich lauschenden Paar aus dem Herzen spricht: „Reiche frei mir deine Hand“. Und die Wendung des Erzählers, dass „Lucie und Reinhart sich küßten“ (S. 328), lässt ebenfalls keinen Platz mehr für Logaus selbstherrlichen Kavalier, der zu seinem Vergnügen eine spröde Schöne beglückt und mit amüsierter Überlegenheit den Erfolg beobachtet.

Verständnis und liebendes Vertrauen können Raum gewinnen, weil beide Protagonisten mittlerweile gelernt haben, auf Dominanzansprüche ebenso zu verzichten wie auf überängstliche Absicherungen. Keller gelingt damit die Gestaltung einer vollkommen ausgewogenen Liebesbeziehung, wie man sie in seinem Werk sonst nur selten findet. Und was die Problematisierung fester geschlechtsspezifischer Rollenmuster betrifft, steht das *Sinngedicht* bei ihm einzig da. Die kunstvolle Großform des Novellenzyklus hat daran einen erheblichen Anteil, weil sie über die unterschiedlichen Perspektiven, die sie eröffnet, vielfältige Möglichkeiten der Distanzierung, der subtilen Brechung und Relativierung von Meinungen und Denkmodellen bietet. So gestattet sie es dem Autor, die Geschlechterstereotype der bürgerlichen Welt förmlich in Fluss zu bringen. Wo das geschieht und sich eine Liebe jenseits beengender Normen und Zwänge entfaltet, scheint sich geradezu das Paradies zu erneuern. Auf ihrem Spaziergang durchwandern Lucie und Reinhart eine Landschaft, die von naturhafter Liebessymbolik erfüllt ist: Sie erblicken „einen Eichbaum, der eine schlanke Buche in seinen knorrigen Armen hielt; das vermischte Laub ihrer Kronen flüsterte und zitterte in einander, und eben so innig schmiegte sich der glatte Stamm der Buche an den rauheren Eichenstamm“ (S. 324). Die von Licht, Luft und Tönen durchflutete Schusterwerkstatt stellt wiederum im schroffen Kontrast zu Reinharts Studierzimmer einen Ort der Lebensfreude und der überschäumenden Liebesseligkeit dar, und wenn der Meister in Gedanken an seine bevorstehende Hochzeit „in einem verdorbenen Dialekte“ Goethes Lied anstimmt, ohne dabei im Geringsten einen „lächerlichen Eindruck“ zu erwecken (S. 327), holt er die hohe Kunst auf vorbildliche Weise in eine humane Alltagspraxis zurück – im Gegensatz zu Erwin Altenauer, für dessen fragwürdiges Bildungsprogramm Goethes Jugendlyrik gleichfalls eine wichtige Rolle spielt.

Einen genaueren Blick verdient schließlich die Episode mit der Schlange, die Reinhart und Lucie mit vereinten Kräften von einem Krebs befreien:

> „Halten Sie mir das arme Tier,“ sagte er zu Lucien, „damit ich den Quäler abnehmen kann! Fassen Sie nur fest mit beiden Händen, es ist keine Giftschlange!“
>
> Lucie sah ihn etwas furchtsam an; doch traute sie seinen Worten und hielt die Schlange tapfer fest, die sich nicht heftig bewegte. Reinhart drückte den Krebs, bis er seine Scheren aufthat, und warf ihn in den Bach. Die Schlange blutete ein wenig. Sie schaute das schöne Fräulein ruhig an, und dieses blickte mit sichtlicher Erregung dem Waldgeheimnis in die nahen Augen. Ihre Scheu völlig bezwingend, legte Lucie das Tier langsam auf die Erde und ließ es sachte entschlüpfen. (S. 325)

Dieser Vorfall lässt sich in mehrfacher Hinsicht sinnbildlich auslegen. Er spiegelt zuallererst jene Befreiung wider, die Lucie erfährt, als sie im Gespräch mit Reinhart über ihre Vergangenheit endlich die „verwünschte Heimlichkeit“ abstreift (S. 323), die seit Jahren auf ihr lastet. Darüber hinaus mag das verlockende „Waldgeheimnis“ für den Reiz und die Fülle des Lebens schlechthin stehen, die Lucie so lange furchtsam gemieden hat. Indem sie „lernt [...], die Kreatur in Händen zu halten“ (S. 325), überwindet sie ihre beklemmende Daseinsangst und den resignierten Verzicht auf „Jugend, Leben und Glück“ (S. 322). Kein Wunder, dass sie so euphorisch auf das „kleine Rettungsabenteuer“ reagiert: „Ach, von dieser schönen Schlange wünschte ich zu träumen, wenn ich einmal traurige Tage hätte. Gewiß würde mich der Traum beglücken!“ (S. 325f.)

Aber auch Reinhart, der gestandene Naturwissenschaftler, zeigt sich nun von einer neuen Seite. Nahm er bei seinen Lichtexperimenten noch die Haltung des analytischen Forschers ein, der die Ganzheit der natürlichen Wirklichkeit unbarmherzig zergliedert, so wendet er sein Wissen jetzt an, um hilfreich einzugreifen und der Schlange als dem Inbegriff der lebendigen, schönen, geheimnisreichen Natur beizustehen. Das Tier scheint seinen Rettern sogar auf wundersame Weise „dankbar zu sein“ und ihnen bei ihrem Waldspaziergang für eine Weile „das Geleit zu geben“ (S. 325). Wieder fühlt man sich an den Garten Eden erinnert, wie er vor dem Sündenfall war, der ja auch die Sexualität überhaupt erst mit Scham und Angst infiziert hat. Wo selbst die Schlange, in der Bibel bekanntlich die Urheberin der fatalen Versuchung und überdies ein klassisches Phallussymbol, wieder in den Stand der Unschuld versetzt wird, kehren auch Reinhart und Lucie zu einer paradiesischen Einheit mit der Natur zurück, unter der nicht zuletzt ihre eigene sinnliche Menschennatur zu verstehen ist.

Höchst deplatziert wirkt in diesem Kontext allerdings eine Bemerkung Reinharts, die unvermittelt darwinistische Kategorien ins Spiel bringt und damit den Bogen zu der Darwin-Reminiszenz im ersten Satz des Zyklus schlägt: „es erfreut uns, in dem allgemeinen Vertilgungskriege das einzelne für den Augenblick zu schützen, soweit unsere Macht und Laune reicht, während wir gierig mitessen“ (S. 325). Die Schlangenepisode wird hier zu einer seltenen Ausnahme und obendrein zu einem puren Willkürakt des Menschen erklärt, der für gewöhnlich auch selbst an dem unerbittlichen Kampf ums Dasein teilnimmt. In der Tat ist die strahlende Harmonie, in die das *Sinngedicht* mündet, etwas zu perfekt, um wahr zu sein. Keller nutzt ausgiebig die Lizenzen, die ihm die ‚reichsunmittelbare‘ Dichtkunst gewährt, um ein utopisches Szenario reiner Liebe und Humanität zu entwerfen. Die beinahe märchenhafte Atmosphäre entsteht unter anderem dadurch, dass die Geschichte um Reinhart und Lucie sämtliche störenden Faktoren einer spezifisch modernen Lebensrealität ausblendet. Der Autor verlegt das Geschehen in eine abgeschiedene ländliche Gegend, beschwört mitten im Zeitalter der Industrialisierung die vormoderne Idylle einer dörflichen Schusterwerkstatt herauf und befreit seine Protagonisten auch von allen materiellen Nöten und beruflichen Pflichten. Reinharts Hinweis auf den „allgemeinen Vertilgungskrieg“ durchbricht diesen schönen Schein jedoch abrupt und macht ihn als Produkt einer Wunschphantasie kenntlich, womit zugleich implizit der fiktionale Charakter des gesamten Werkes reflektiert wird, das eben nicht der kruden Wirklichkeit, sondern dem „freie[n] allgemeine[n] Weltreich der Poesie“ angehört (GB 2, S. 177). Eine Utopie umfassender Versöhnung ist in Kellers Augen offenbar nur statthaft, wenn sie sich ihren eigenen Status bewusst hält und es dadurch vermeidet, in unverbindliche eskapistische Träumereien abzugleiten.

6. Der Staat und seine Bürger

Stürmische Anfänge: Kellers politische Lyrik der vierziger Jahre

Seinen kanonischen Rang in der Literaturgeschichte und seine anhaltende Popularität verdankt Keller dem *Grünen Heinrich* und seinem novellistischen Werk. Darüber gerät leicht in Vergessenheit, dass er um die Mitte der vierziger Jahre zuerst als Lyriker an die Öffentlichkeit trat. Seine Zukunft sah damals alles andere als rosig aus, denn der Aufenthalt in München hatte nicht den erhofften Schwung für die angestrebte Malerkarriere gebracht, und nach der Rückkehr in die Heimat boten sich ihm weder künstlerisch noch beruflich und materiell konkrete Perspektiven. Ausgerechnet in dieser „gedrückten, kummervollen Lage" (18, S. 61) entdeckte er aber plötzlich sein lyrisches Talent und entfaltete binnen kürzester Zeit eine erstaunliche Produktivität auf diesem Gebiet. Sie verdankte sich nicht etwa purer Introspektion oder gefühlvoller Schwärmerei, sondern der wachen Aufmerksamkeit für die angespannte politische Lage in der Ära des Vormärz. Als Geburtshelfer des neuen Poeten wirkten einige jener liberalen deutschen Autoren, die ihr Schreiben in den Dienst der revolutionären Agitation stellten. In seinen autobiographischen Aufzeichnungen von 1876/77 erinnerte sich Keller an die entscheidenden Augenblicke:

> Eines Morgens, da ich im Bette lag, schlug ich den ersten Band der Gedichte Herweghs auf und las. Der neue Klang ergriff mich wie ein Trompetenstoß, der plötzlich ein weites Lager von Heervölkern aufweckt. In den gleichen Tagen fiel mir das Buch *Schutt* von Anastasius Grün in die Hände, und nun begann es in allen Fibern rhythmisch zu leben, so daß ich genug zu thun hatte, die Masse ungebildeter Verse, welche sich täglich und stündlich hervorwälzte, mit rascher Aneignung einiger Poetik zu bewältigen und in Ordnung zu bringen. Es war gerade die Zeit der ersten Son-

derbundskämpfe in der Schweiz; das Pathos der Parteileidenschaft war eine Hauptader meiner Dichterei und das Herz klopfte mir wirklich, wenn ich die zornigen Verse skandirte. (15, S. 411f.)

Die rückblickende Schilderung dieser Initiationserfahrung mag in mancher Hinsicht stilisiert sein, doch die Schreibbücher, in denen Keller damals seine lyrischen Ergüsse festhielt, belegen, dass er seit dem Sommer 1843 tatsächlich in rascher Folge eine Vielzahl politischer Gedichte verfasste. Parallel dazu stellte er in seinem Tagebuch Überlegungen zu einer engagierten, gegenwartsbezogenen Literatur an. Ein Dichter, so heißt es dort unter dem Datum des 14. Juli, müsse sich „mit den großen Welt-Fort- oder Rückschritten beschäftigen, mit den ernsten Lebensfragen, die die Menschheit bewegen", er müsse „die Sache der Menschheit, die Freiheit" verfechten (18, S. 47). Am 5. August notierte Keller: „Die Zeit ergreift mich mit eisernen Armen. Es tobt und gährt in mir wie in einem Vulkane. Ich werfe mich dem Kampfe für völlige Unabhängigkeit und Freiheit des Geistes und der religiösen Ansichten in die Arme" (S. 63). Zornige Ausfälle richten sich gegen die „Pfaffen und Finsterlinge" (S. 71) und gegen die reaktionären „Wuthanstrengungen der dunklen Brut", die bei dem Schreiber sogleich „neue Entschlüsse zum heißen Kampfe" provozieren (S. 83).

Keller konnte also später mit Fug und Recht behaupten, „daß der Ruf der lebendigen Zeit es war", der ihn „weckte" und über seine künftige „Lebensrichtung" entschied, indem er auf lange Sicht den Abschied von der Malerei zugunsten der Dichtung besiegelte (15, S. 412). Und das Bekenntnis zur staatsbürgerlichen Verantwortung und zum Öffentlichkeitsbezug des Schreibens sollte eine Konstante in seinem Selbstverständnis bleiben: Wenn die Frage nach der rechten Beziehung des bürgerlichen Individuums zur sozialen Ordnung als Lebensthema dieses Autors angesehen werden darf, so bildet die Standortbestimmung des *Poeten* auf dem Feld von Politik und Gesellschaft gewissermaßen einen Spezialfall davon. Dabei war Keller als Schweizer mit ganz anderen Verhältnissen konfrontiert als seine Zeitgenossen in den monarchisch regierten Ländern des Deutschen Bundes. Will man sein Schaffen, beginnend mit den Gedichten der vierziger Jahre, in den historischen Kontext einordnen, muss man sich also die politische Situation in der Schweiz und speziell in Zürich vor Augen führen. Deshalb sei hier ein Überblick über die bewegte Geschichte der Eidgenossenschaft in der ersten Hälfte des 19. Jahrhunderts eingeschaltet. Er kann sich an einigen Abschnitten der Erzählung *Der Wahltag* orientieren, einer volkspädagogischen Gelegenheitsarbeit, die Keller 1862 in einer Zeitung und drei Jahre später in erweiterter Fassung in Berthold Auerbachs „Deutschem Volks-Kalender" publizierte.

In *Der Wahltag* redet der alte Friedensrichter Berghansli seinen wahlmüden Enkeln ins Gewissen, indem er anhand einer wohlgeordneten Dokumentensammlung sämtliche Verfassungen Revue passieren lässt, die er in den vergangenen Jahrzehnten beschworen hat und deren stattliche Zahl schon andeutet, wie unruhig und verworren die Zeitläufte waren. Den Anfang macht „die Verfassung der helvetischen Republik" (14, S. 228), die erlassen wurde, nachdem die französischen Revolutionstruppen die Schweiz überrannt und der alten Eidgenossenschaft ein Ende bereitet hatten. Unter französischem Druck ersetzte 1798 ein künstlich gezimmerter zentralistischer Einheitsstaat den seit dem Mittelalter allmählich gewachsenen Verbund selbständiger Kantone. Berghansli findet harsche Worte für diese Verfassung: „fabrizirt aber ist sie in Paris worden und hat uns kein Glück gebracht. Die sie gemacht haben, wußten nicht, was Schweizer sind" und „was schweizerisches Recht und Freiheit eigentlich seien" (S. 228). Der Kommentar der fiktiven Figur gibt hier die Meinung ihres Schöpfers wieder, der sich beispielsweise auch in dem Aufsatz *Am Mythenstein* über die „aufgedrungene Abklatschverfassung von 1798" empörte und die Urkantone der inneren Schweiz für ihren tapferen Abwehrkampf gegen die ausländischen Besatzer pries, mit dem sie ihr „ureigenes Gesetz gegen eingedrungene Falschmünzer" verteidigt hätten (15, S. 190).

In der Novelle *Verschiedene Freiheitskämpfer*, die vor dem Hintergrund der Helvetischen Republik spielt und 1862 gleichfalls im „Volks-Kalender" erschien, wird das Thema ebenfalls aufgegriffen. Auch hier erregt die „romanisch-gallische Einheitsverfassung [...], welche in Paris von politisch-dilettantischen Kehlabschneidern gemacht und den Schweizern aufgedrungen worden" (14, S. 215), den Abscheu des Erzählers, der am Beispiel des Soldaten Peter Dümanet und der Jungfer Babette Zulauf – ein sprechender Name! – plastisch beschreibt, wie französische Frivolität und Eitelkeit mit der schnöden Anpassungsbereitschaft und Traditionsvergessenheit mancher Eidgenossen eine verhängnisvolle Verbindung eingehen. Zu dem „sittlichen Mangel an nationalem Selbständigkeitsgefühl" (S. 204) gesellt sich bei Babette die Schamlosigkeit, mit der sie sich den Franzosen anbiedert. Dagegen wird der aussichtslose Widerstand der Nidwaldener gegen die übermächtigen Invasoren als heroische Tragödie gestaltet. Aloisi Allweger und seine keusche junge Frau Klara repräsentieren dabei das verklärte idyllisch-beschränkte Kontrastmodell zu der fatalen modernen Weltläufigkeit und Selbstbezogenheit des Paares Dümanet-Zulauf. Dass der Autor diesen Text später nicht in seine *Gesammelten*

Werke aufnahm, lag wohl an dem holzschnittartigen Geschichtsbild und dem recht aufdringlichen moraldidaktischen Anliegen der Erzählung, die eben auf das Medium des populären Kalenders berechnet war.

Keller war gewiss kein Freund des Ancien Régime in der Schweiz mit seiner provinziellen Kleinräumigkeit, seinen antiquierten ständisch-feudalen Vorrechten und den erstarrten sozialen und ökonomischen Strukturen seiner von Patriziern, Kaufleuten oder Zunfthandwerkern beherrschten Oligarchien, und sogar der Erzähler in *Verschiedene Freiheitskämpfer* räumt ein, dass dem französischen Einmarsch eigentlich bloß „alter Plunder" zum Opfer gefallen sei (S. 213). Doch einer von außen oktroyierten Ordnung, die nicht die geringste Rücksicht auf eidgenössische Überlieferungen und Gepflogenheiten nahm, konnte der Dichter offensichtlich ebenso wenig abgewinnen. Die „sogenannte Mediationsakte", die 1803 nach heftigen innerschweizerischen Auseinandersetzungen von Napoleon in Kraft gesetzt wurde und zwar manche von der Helvetischen Republik gewährte Freiheitsrechte zurücknahm, dafür aber die föderalen Elemente wieder stärkte, findet weit eher Berghanslis Zustimmung: „Das war schon ein besseres Werk und das Beste, das wir bis zur neuen Zeit gehabt haben. Der Bonaparte hat es gemacht und uns gegeben und daher war es immer bitterlich für ein altes Kriegs- und Freiheitsvolk, wenn ein fremder Kaiser und Kriegsmann ihm das Gesetz machen mußte, das es selber nicht mehr zuweg bringen konnte" (S. 228). Auch im *Grünen Heinrich* spricht Keller anerkennend von der „kluge[n] Mediations-Verfassung", die den emanzipatorischen „französischen Ideen" der Revolutionszeit einen „gelinden Nachsommer" verschafft habe (11, S. 66f.) und es Heinrichs Vater gestattete, seine ländliche Heimat zu verlassen, um sich auf Reisen fortzubilden und später als Handwerksmeister in der Stadt Karriere zu machen. Diese Romanfigur, die aus den überkommenen ständischen Bindungen ausbricht, in jeder Hinsicht ihren Horizont erweitert und enthusiastisch an eine bessere Zukunft glaubt, steht exemplarisch für das Selbstgefühl und die Fortschrittszuversicht der bürgerlichen Liberalen des frühen 19. Jahrhunderts.

Einen schweren Rückschlag für alle liberal Gesinnten bedeutete Napoleons Sturz, der auch bei den Eidgenossen eine Epoche der Restauration heraufführte. Mit wenigen verächtlichen Worten geht Berghansli über die staatsrechtlichen Regelungen hinweg, in denen sich in Zürich wie in der gesamten Schweiz dieser Umschwung manifestierte: „Das ist die von Anno 1814, das die Bundesverfassung von 1815; es ist Herrenzeug und zwar von kleinen Herren, die immer weniger über ihre Nase hinaussehen als die großen" (14, S. 228). Die Züricher Kantonalverfassung von 1814 konzentrierte die Macht erneut in den Händen einer schmalen städtischen Oberschicht und stellte die politische Dominanz der Metropole über das Umland, das in vorrevolutionären Zeiten als bloßes Untertanengebiet gegolten hatte, wieder her, während der eidgenössische Bundesvertrag aus dem folgenden Jahr zur Organisationsform eines lockeren Verbandes souveräner Kantone zurückkehrte, dessen einziges Zentralorgan, die Tagsatzung, sich bald als weitgehend ohnmächtig erwies.

Die konservative Restauration war indes nicht von Dauer, und so kann Berghansli als glanzvollen Höhepunkt eine weitere Verfassung vorlegen, diesmal wieder eine kantonale: „Folgt die von Anno 1831, die ich eigentlich gesucht habe. Das ist die erste, die so recht unser eigenes Gewächs ist, drum hat sie auch schon bald dreißig Jahre hergehalten“ (S. 228). Sie galt mit einigen Modifikationen noch, als Keller seine Erzählung schrieb, und mit ihr argumentiert der greise Friedensrichter, um seine Enkel zur Teilnahme an den Wahlen zum Kantonsparlament, dem Großen Rat, zu überreden. Die Verfassung von 1831 war eine Frucht der französischen Juli-Revolution, die auch den Schweizer Liberalen mächtig Auftrieb gab, so dass sie in einer ganzen Reihe von Kantonen – und zwar den bevölkerungsreicheren des Landes – grundlegende politische Veränderungen durchzusetzen vermochten. Zürich verwandelte sich damals in eine repräsentative Demokratie, die auf den Prinzipien der Volkssouveränität und der Gewaltenteilung aufbaute und fundamentale Bürgerrechte garantierte. Energisch trieb die neue liberale Regierung ihre Reformprojekte voran, um Staat und Gesellschaft zu modernisieren. Sie verordnete Gewerbefreiheit, leitete die Ablösung der feudalen Grundlasten ein, drängte den Einfluss der Kirche zurück und nahm den Ausbau des Schul- und Bildungswesens in Angriff. Die letzten Befestigungsanlagen der Stadt Zürich wurden jetzt ebenfalls niedergerissen – auch ein Akt symbolischer Politik, der das Ende der städtischen Vorherrschaft über das Umland und den befreienden Ausbruch aus der Enge der vormodernen Welt augenfällig machte.

Ein reiner Triumphzug war die Geschichte des schweizerischen Liberalismus jedoch nicht. Mit den Umwälzungen von 1830/31 etablierte sich vielmehr bis auf Weiteres der erbitterte Streit zwischen den Liberalen (oder „Radikalen“), die nicht zuletzt auch die gesamte Eidgenossenschaft in einem strafferen Staatsgebilde zusammenfassen wollten, und ihren konservativen Gegenspielern als beherrschendes Muster der Politik. Standen einerseits die überwiegend katholisch geprägten konservativen Kantone den liberal regierten protestantischen gegenüber, so setzten sich andererseits innerhalb der Einzelkantone die Parteikämpfe mit wechselndem Glück fort. Den Züricher Liberalen schien ihr forsches Vorgehen zwischenzeitlich zum Verhängnis zu werden.

Mit ihren rigorosen Eingriffen in das Schulwesen und dem unsensiblen Versuch, den schwäbischen Theologen David Friedrich Strauß, seines Zeichens Verfasser der skandalumwitterten bibelkritischen Studie *Das Leben Jesu*, an die kantonale Universität zu berufen, weckten sie die Empörung der frommen, traditionsbewussten Landbevölkerung, mit deren Hilfe es ihren Widersachern am 6. September 1839 gelang, im sogenannten „Züriputsch“ das liberale Regiment zu stürzen. Lange sollten sich die Konservativen ihres Erfolges allerdings nicht erfreuen können.

Welche Haltung nahm der junge Gottfried Keller in diesem Zeitraum ein?[1] Jener Schülerstreich, der ihm 1834 die Relegation eintrug, richtete sich gegen einen Lehrer, den die städtische Jugend gerade wegen seiner liberalen Gesinnung ablehnte. Im *Grünen Heinrich* findet diese Begebenheit einen starken Widerhall, und die Romanpassage, die die Hintergründe des Konflikts erläutert, darf in einem sehr direkten Sinne autobiographisch gelesen werden:

> Es lehrte an unserer Schule ein Mann, welcher mit wahrer Herzensgüte und ehrlichem Sinne eine große Unerfahrenheit, mit der Jugend umzugehen, und ein schwächliches und seltsames Aeußeres verband. Er hatte in dem Kampfe, welcher den Umschwung der Dinge und besonders das erneute Schulwesen herbeiführte, tapfer mitgewirkt und war in der konservativen Stadt als ein leidenschaftlicher Liberaler verschrieen. Wir Knaben waren allzumal gute Aristokraten, mit Ausnahme derer, die vom Lande kamen. Auch ich, obgleich meines Ursprunges halber auch ein Landmann, aber in der alten Stadt geboren, heulte mit den Wölfen und dünkte mich in kindischem Unverstande glücklich, auch ein städtischer Aristokrat zu heißen. Meine Mutter politisirte nicht und sonst hatte ich kein nahestehendes Vorbild, welches meine unmaßgeblichen Meinungen hätte bestimmen können. Ich wußte nur, daß die neue radikale Regierung einige alte Thürme und Mauerlöcher vertilgt hatte, welche Gegenstand unserer besonderen Zuneigung gewesen, und daß sie aus verhaßten Landleuten und Emporkömmlingen bestand. (11, S. 210f.)

Die Kritik des Erzählers an seinem früheren Betragen ist nicht zu überhören: Nur der „kindische Unverstand“ konnte den jungen Heinrich dazu verleiten, gegen die Vorkämpfer des Fortschritts Stellung zu beziehen. In der Tat schlug sich Keller, sobald er ein klares politisches Bewusstsein ausgebildet hatte, nach dem Beispiel seines verstorbenen Vaters zu den Liberalen. Schon im September 1839 soll er bereit gewesen sein, für die bedrängte Regierung zu kämpfen.[2] Aus München bestellte er „ein paar der letzten Nummern vom ‚Landboten‘ oder ‚Republikaner‘“ (GB 1, S. 23), also Ausgaben der führenden liberal-demokratischen Blätter in der Heimat, und zur selben Zeit rechnete er sich in seinem Essay *Vermischte Gedanken über die Schweiz* ausdrücklich zu der „liberalen u radicalen Seite“ des politischen Spektrums (16.1, S. 397). Mit Befriedigung verfolgte er das Wiedererstarken der Züricher Liberalen, die sich rasch von dem Schock des unseligen ‚Straußenhandels‘ und des Züriputsches erholten und Zug um Zug die Macht zurückeroberten. Bereits 1844 stellten sie wieder einen der beiden Bürgermeister von Zürich, und zwei Jahre darauf konnte Keller seinem Freund Hegi nach den Wahlen zum Kantonsparlament mitteilen, „daß das Zürcher Volk im schönen Monat Mai 1846, in einer ruhigen Zeit, ohne Umtriebe und Aufregung, ohne Hitze und Zorn, kühl und vernünftig und still einen Großen Rat gewählt hat, der selbst in den dreißiger Jahren nie so radikal bestellt war. So hat sich der 6. September gerächt; er ist verschwunden und überwunden, wie ein Dampf“ (GB 1, S. 210). Dieselbe triumphierende Genugtuung spricht aus einigen Versen, die er damals in sein Notizbuch eintrug:

> Sieben magre Jahre sind
> Wie ein Rauch verschwunden
> Und du hast, o Volk, o Kind!
> Wieder dich gefunden
> Wandelnd auf der alten Bahn
> Sag' wer dir vom schweren Wahn
> Aug' und Herz entbunden?
> (16.2, S. 37)

Diesmal sollten die Liberalen für mehr als zwei Jahrzehnte die dominierende Kraft im Kanton bleiben. Sie zogen auch ihre Lehren aus dem konservativen Zwischenspiel, indem sie künftig eine umsichtigere, taktisch geschicktere Politik verfolgten.

1845 schaltete sich Keller mit einigen Artikeln im radikalen „Boten von Uster“ öffentlich in die politischen Auseinandersetzungen ein. Aufschlussreich ist vor allem der Beitrag *Die sogenannte Gemüthlichkeit in der Volksschule*, der energisch für die Unabhängigkeit der schulischen Bildung von der Kirche plädiert. Keller war sich zu diesem Zeitpunkt zwar noch sicher, dass der Mensch „unsterblich und von einem Gotte überwacht“ sei. Religion und Glaube müssten aber „Privatsache“ bleiben, während die Schule einzig und allein die weltlich-irdischen Pflichten zu vermitteln habe, nämlich „Bürgertugend, Aufopferungsfähigkeit, unentwegte Theilnahme am Ganzen, Begeisterung für das Gesammtwohl, für die Gleichheit und die Freiheit aller Nebenmenschen, heilige

Ehrfurcht für klares natürliches Recht und Wahrheit, vor Allem aus ein zartes und reizbares Gefühl für irdisches Weh und Leid des Volkes, ja aller Völker, Sinn für alles Schöne und möglichst edlen Ausdruck“ (15, S. 20f.).

Keller wollte jedoch kein bloßer Federheld sein, sondern auch mit der Waffe in der Hand für seine Überzeugungen eintreten. In den vierziger Jahren eskalierten die eidgenössischen Parteikämpfe mehrfach zu gewaltsamen Konfrontationen. Der Dichter war mit von der Partie, als 1844 und 1845 liberale Freiwillige aus verschiedenen Gegenden der Schweiz auf eigene Faust versuchten, die konservative Regierung von Luzern zu stürzen. Die abenteuerlichen Unternehmungen dieser paramilitärischen ‚Freischaren‘ scheiterten aber kläglich, und das höchst unzureichend ausgerüstete Züricher Kontingent – Keller selbst besaß gar kein funktionstüchtiges Gewehr! – kam beide Male nicht einmal über die Kantonsgrenze hinaus, weil die tapferen Streiter in Wirtshäusern hängen blieben.[3] So musste sich Keller letztlich doch darauf beschränken, sein Draufgängertum und seine kämpferische Gesinnung auf dem Feld der Lyrik auszuleben, wo er nach eigenen Worten als „erzradikaler Poet“ auftrat (GB 1, S. 233). Von den über dreihundert Gedichten, die er bis Anfang 1846 schrieb, blieb zwar ein beträchtlicher Teil unveröffentlicht, doch seine Kontakte zu der Züricher Kolonie der deutschen Liberalen erschlossen ihm auch bereits erste Publikationsmöglichkeiten. Zum Mentor des jungen Verseschmieds wurde August Adolf Ludwig Follen, ein politischer Flüchtling, der die Verbindung zum „Literarischen Comptoir“ in Zürich und Winterthur herstellte. Dieser Verlag hatte sich dem Kampf gegen die Restauration verschrieben und 1841 mit dem ersten Band von Georg Herweghs *Liedern eines Lebendigen*, der bei den Zeitgenossen ungeheures Aufsehen erregte, eines jener Bücher herausgebracht, denen Keller sein Erweckungserlebnis als politischer Lyriker verdankte. 1845/46 erschienen im „Literarischen Comptoir“ zwei Jahrgänge eines „Deutschen Taschenbuches“, die zahlreiche Gedichte Kellers enthielten. Deren Textgestalt entsprach freilich nicht in jedem Punkt den ursprünglichen Intentionen des Autors, da Follen die Werke seines Schützlings gründlich geprüft und sich tiefgreifende redaktionelle Eingriffe erlaubt hatte. Diese Abänderungen, die heute überwiegend nicht mehr zu rekonstruieren sind, wurden von dem schüchternen Nachwuchspoeten offenbar ohne Murren akzeptiert. Follen war auch an der Vorbereitung des Bandes *Gedichte* beteiligt, den Keller 1846 veröffentlichte.

Der Lyriker Keller widmete sich zwar keineswegs ausschließlich den öffentlichen Angelegenheiten, wie etwa ein Zyklus von Liebesgedichten belegt, der im zweiten Jahrgang des „Deutschen Taschenbuches“ abgedruckt wurde und später in erweiterter Form unter dem Titel „Siebenundzwanzig Liebeslieder" in den Gedichtband einging. Unsere Aufmerksamkeit soll jedoch allein der politischen Dichtung gelten. Als Ausgangsbeispiel diene ein Werk, dessen Urfassung Keller am 3. August 1843 unter dem Titel *Jesuitenlied* in seinem Schreibbuch festhielt (vgl. 17.1, S. 70/73). Hier folgt die leicht abgeänderte Version aus den *Gedichten*, für die Follen eine Überschrift wählte, die auf Theodor Körners berühmtes Lied *Lützows wilde verwegene Jagd* aus den deutschen Befreiungskriegen anspielt:

Loyola's wilde verwegene Jagd.

Keine Vision.

Hussah! Hussah! Die Hatz' geht los!
Es kommt geritten Klein und Groß:
Der springt und purzelt gar behend,
Der kreischt und zetert ohne End':
    Sie kommen, die Jesuiten!

Da reiten sie auf Schlängelein,
Und hintennach auf Drach' und Schwein:
Was das für muntre Bursche sind!
Wohl graut im Mutterleib dem Kind:
    Sie kommen, die Jesuiten!

Hu, wie das krabbelt, kneipt und kriecht!
Pfui, wie's so infernalisch riecht!
Jetzt fahre hin, du gute Ruh!
Geh', Grete, mach' die Fenster zu:
    Sie kommen, die Jesuiten!

Von Kreuz und Fahne angeführt,
Den Giftsack hinten aufgeschnürt,
Der Fanatismus als Profoß,
Die Dummheit folgt als Betteltroß:
    Sie kommen, die Jesuiten!

> O Schweizerland, du schöne Braut,
> Du wirst dem Teufel angetraut!
> Ja, weine nur, du armes Kind!
> Vom Gotthard weht ein schlimmer Wind:
> Sie kommen, die Jesuiten!
> (13, S. 118f.)

Diese polemische Groteske war der erste Text aus Kellers Feder, der das Licht der Öffentlichkeit erblickte, denn sie wurde bereits im Februar 1844, versehen mit dem Titel *Sie kommen, die Jesuiten!* und begleitet von einer Zeichnung des Karikaturisten Martin Disteli, in der liberalen Zeitschrift „Die freie Schweiz" publiziert und obendrein als separates Flugblatt verbreitet.[4] Noch nach mehreren Jahrzehnten erinnerte sich der Verfasser mit milder Selbstironie an den Startschuss seiner literarischen Karriere: „Das erste Product, welches in einer Zeitung gedruckt wurde, war ein Jesuitenlied, dem es aber schlecht erging; denn eine conservative Nachbarin, die in unserer Stube saß, als das Blatt zum Erstaunen der Frauen gebracht wurde, spuckte beim Vorlesen der gräulichen Verse darauf und lief davon" (15, S. 412).

‚Schön' im konventionellen Sinne ist das Gedicht wahrhaftig nicht, aber streitbare politische Lyrik, die aufrüttelnd wirken möchte und daher für feine Differenzierungen und subtile ästhetische Reize wenig übrig hat, folgt eben ihren eigenen Gesetzen. Keller äußerte sich viel später einmal zu diesem Problem, als er die von Jakob Baechtold herausgegebenen Werke des Berner Schriftstellers und Malers Niklaus Manuel aus dem frühen 16. Jahrhundert besprach. Den derben satirischen Dichtungen dieses kampflustigen Parteigängers der Reformation würde, wie er einräumt, „[n]ach jetztläufigen ästhetischen Begriffen [...] allerdings die Bezeichnung ‚poetisch' nicht zukommen, da im poetischen Kunstwerk jede Tendenz und Absicht verpönt sein soll, jene aber aus der Tendenz geboren und lediglich von ihr erfüllt sind." Doch der Rezensent fährt gelassen fort:

> Wir wollen uns hierüber keine grauen Haare wachsen lassen [...]. Die Wahrheit ist, daß eben Alles an seinen Ort gehören und der Umgebung nicht widerstreiten soll; das subjektive Pathos eines politischen oder religiösen Streitgedichtes ist, wenn das übrige Zeug daran nicht fehlt, gerade so poetisch, wie die objektivste historische Ballade und vielleicht oft noch werthvoller wegen der größern Unmittelbarkeit. (15, S. 306)

Diese Reflexionen können auch das Urteil über Kellers frühe politische Lyrik leiten.

Agitatorische Texte wollen die Anhänger der eigenen Partei mobilisieren und zusammenschweißen, indem sie vornehmlich an deren Affekte und Emotionen appellieren. Dafür bedarf es eines prägnanten Feindbildes, das über den Kontrast das Wir-Gefühl und die kämpferische Entschlossenheit des angesprochenen Kollektivs verstärkt. Aus diesem Grunde bedienten sich in den 1840er Jahren liberale wie konservative Eidgenossen gerne der konfessionellen Polemik, um ihre jeweiligen Standpunkte wirkungsvoll zu vermitteln. Der Gegensatz zwischen Katholiken und Protestanten war zwar keineswegs absolut deckungsgleich mit den politischen und weltanschaulichen Fronten, die damals die Schweiz spalteten, bot aber eine willkommene Möglichkeit, klare Abgrenzungen zu schaffen und (vermeintliche) Eindeutigkeit herzustellen. Die liberale Seite schoss sich besonders auf die Jesuiten ein, in denen man die verschwörerische Elitetruppe des reaktionären ultramontanen Katholizismus zu erkennen glaubte. In Kellers Schreibbuch von 1844/45 finden sich neben verschiedenen einschlägigen Gedichtentwürfen ellenlange wüste Schimpftiraden gegen diese verderblichen Widersacher (vgl. 17.2, S. 46/49), und in seinem ersten Artikel im „Boten von Uster", *Zur Warnung* überschrieben, porträtierte er sie in durchsichtiger Bildlichkeit in Gestalt eines Drachen, der nur darauf lauert, einfältige Frömmler zu verschlingen (vgl. 15, S. 17). Die Entscheidung der konservativen Machthaber in Luzern, die Jesuiten offiziell als Lehrer und Prediger ins Land zu rufen, bildete den Auslöser für die oben erwähnten Freischarenzüge.

Das Gedicht *Loyola's wilde verwegene Jagd* verfährt zweigleisig, indem es den Abscheu vor dem Bösen mit absurder Komik verbindet und den zum widerwärtigen Ungeziefer degradierten Gegner zugleich verteufelt und verspottet. Das strukturbildende Hauptmotiv, der Heereszug der Jesuiten, die sich anschicken, über den Gotthardpass in die Schweiz einzufallen, suggeriert eine unmittelbare Bedrohung, die durch das drängende Alarmsignal des Refrains noch verstärkt wird. Und im Verein mit dem einprägsamen Rhythmus, der eingängigen Sprache und dem vorherrschenden Reihungsstil beschwören die plastischen Bilder ein wahrhaft apokalyptisches Szenario herauf, das sogar jeden expliziten Aufruf zum Widerstand überflüssig macht. Wie es in *Zur Warnung* heißt, kommt eine „Versöhnung [...] zwischen Mensch und Vieh" ohnehin nicht in Betracht (S. 17).

Kellers Hassgesang lässt sich dem Werk eines anderen Meisters der politischen Polemik an die Seite stellen, nämlich dem großen Gedicht *Freiheit und Democracy*, mit dem Bertolt Brecht 1947 die von den Amerikanern geförderten restaurativen Tendenzen in den westdeutschen Besatzungszonen aufs Korn nahm. An Kunstfertigkeit bleibt *Loyola's wilde verwegene Jagd* – zumal die vierte Strophe, in der die pointierten Verunglimpfungen nur so niederprasseln – nicht hinter dem späteren Pendant zurück, und Brecht bedient sich auch ganz ähnlicher Strukturmuster und rhetorischer Techniken: Er beschreibt gleichfalls einen ebenso grotesken wie schreckenerregenden Zug, in dem neben alten Nazis und schmutzigen Geschäftemachern auch allegorische Figuren wie die personifizierte Unterdrückung, der Betrug und die Dummheit aufmarschieren. Dabei griff er seinerseits auf Percy Bysshe Shelleys Gedicht *The Masque of Anarchy* aus dem Jahre 1819 zurück, das mit vergleichbaren Mitteln die brutale Unterdrückung sozialer Protestbewegungen durch die englische Tory-Regierung angeprangert hatte. Über die Unterschiede der Epochen, der politischen Kontexte und der weltanschaulichen Überzeugungen hinweg bieten sich gewisse literarische Strategien offenbar immer wieder an, wenn es gilt, ein Maximum an aufrüttelnden Effekten und agitatorischer Wirkung zu erzielen – freilich um den bedenklichen Preis, den jeweiligen Feind gänzlich zu dehumanisieren und damit aus der Sphäre menschlicher Schonung und Rücksichtnahme zu verbannen.

Während sich Kellers engagierte Lyrik aus der Mitte der vierziger Jahre in formaler Hinsicht zum größten Teil aus schlichten vier- oder achtzeiligen Reimstrophen und Sonetten zusammensetzt, bietet sie im Blick auf Themen und Stilhaltungen ein außerordentlich buntes Bild. Neben dem Jesuitenlied finden sich weitere Invektiven gegen die katholisch-konservativen Kräfte und „die alte Spinne von Rom" (13, S. 118), darunter die Gedichte *Waldstätte* und *Pietistenwalzer*. Ihnen gegenüber steht die Panegyrik, die einzelne Heroen der liberalen Partei verherrlicht. Einige Strophen betrauern den frühen Tod Martin Distelis, der Kellers erste Publikation illustriert hatte, andere feiern die Befreiung des Luzerner Politikers Robert Steiger, der nach den Freischarenzügen in seiner Heimat inhaftiert und zum Tode verurteilt worden war, oder die Dichterkollegen und Gesinnungsgenossen Georg Herwegh und Ferdinand Freiligrath. In *Warnung* und *Den Konservativen* beklagt Keller die innere Zerrissenheit der Schweiz, während er im Gegenzug die Freiheit preist, mal als vielgestaltige Schutzgöttin der Völker Europas (*Ueberall!*), mal im Sinnbild des Freiheitsbaums (*Holzwege*). Auch die Zustände im restaurativen Deutschland werden ins Auge gefasst, wenn der lyrische Sprecher die naive Untertanengesinnung geißelt (*Frau Michel*, *„Morgenroth u. s. w."*), das Elend der Bevölkerung thematisiert (*Der Kürassier*) oder in *Am Vorderrhein* dem Strom eine hoffnungsvolle Freiheitsbotschaft an „all' die deutschen Brüder" mitgibt (S. 135).

Die erwähnten Texte brachte Keller in seinem ersten Lyrikband in den Rubriken „Sonette" und „Vermischte Gedichte" (vor allem in dem einleitenden Zyklus „Schweizerisches") unter, doch auch in der Abteilung „Natur" finden sich einige politische Kundgebungen, die den reichen Fundus der Natursymbolik für ihre Zwecke ausbeuten. So endet das erste Gedicht der Gruppe „Morgen" mit den zuversichtlichen Versen:

So lang noch Morgenwinde
Voran der Sonne wehn,
Wird nie der Freiheit Priesterschaar
In Nacht und Schlaf vergehn.
(S. 14)

Der Frühling dient als Hoffnungszeichen für einen kommenden universalen „Völkerfrieden" (S. 26), und selbst durch die düstere Herbstnacht wandelt die „Freiheit" als „bleiche, hohe Königin" (S. 36). Mit der zehnteiligen *Feuer-Idylle* schließlich, die in den *Gedichten* eine eigene Rubrik ausmacht, hat Keller ein farbiges Genrebild geschaffen, das zugleich eine politische Botschaft transportiert, denn der Brand eines alten Bauernhauses wird durchsichtig auf den ersehnten revolutionären Umsturz, der einer neuen Ära den Weg bereiten soll. Mit dem „Ungeziefer" und den „Gespenstern", die den Flammen zum Opfer fallen (S. 109), zitiert der Autor geläufige Symbole für die reaktionären Mächte, und den von dem geizigen Bauern gehorteten edlen Wein setzt er explizit mit „unterdrücktem Geist" gleich (S. 110).

Bei aller Originalität, die sie zumindest in Teilen aufweisen, sind Kellers politische Gedichte doch unverkennbar an Herwegh und anderen zeitgenössischen deutschen Lyrikern geschult. Die zentralen Motive, insbesondere der Rückgriff auf einschlägig konnotierte Naturbilder, gehörten ebenso zum Gemeingut der Vormärz-Liberalen wie die bevorzugten rhetorischen Haltungen, die von der enthusiastischen Freiheitshymne über das Pathos der polemischen Anklage bis zum satirischen Spott reichen. Dass nicht wenige der Werke, die der junge Schweizer in seinem Schaffensrausch aufs Papier warf, allzu unklar, phrasenhaft und weitschweifig ausfielen, kann kaum verwundern; er selbst hielt ja auch keineswegs alles, was er in den Schreibbüchern aufzeichnete, für publikationswürdig. Im vorgerückten Alter tat Keller seine frühen Gedichte sogar pauschal als „Erzeugnisse einer kritiklosen und übel beratenen Vergangenheit" ab (GB 4, S. 401) und nahm auch die seinerzeit veröffentlichten Texte nur in strenger Auswahl und zudem meist in überarbeiteten Fassungen in die

Sammelausgabe von 1883 auf. Allerdings konnten einige von ihnen unvermutet wieder aktuell werden. Das gilt etwa für das Jesuitenlied *Loyola's wilde verwegene Jagd*, das man in Kellers letztem Gedichtband, nunmehr unter dem Titel *Jesuitenzug*, sogar in einer um zwei Strophen erweiterten Version antrifft (vgl. 9, S. 281f.). Die beigefügte Jahreszahl 1843 markiert zwar den historischen Abstand zum ursprünglichen Entstehungskontext, aber nach dem Ersten Vatikanischen Konzil hatte der ‚Kulturkampf', in dem sich der säkulare Staat auch in der Schweiz noch einmal dem Einfluss und den Ansprüchen der katholischen Kirche entgegenstemmen musste, dem Thema eine neue Brisanz verliehen. So trat Kellers verjährte Jesuitenschelte jetzt neben ein Gedicht wie das mehr als dreißig Jahre später verfasste *Frühgesicht*, das in mythologisch verbrämten Bildern dazu aufruft, „brav und mannhaft" in den „letzten Streit" gegen den großen weltanschaulichen Gegner zu ziehen (S. 179).

Keller war zweifellos ein aufrichtiger Anhänger der liberalen Emanzipationsbewegung, für die er sich so enthusiastisch einsetzte. Gleichwohl erfüllte seine politische Lyrik nebenher noch andere Zwecke, die persönlicher Art waren und die Öffentlichkeit nichts angingen. In der Krise nach dem schmählichen Scheitern in München bot dieses neue Medium dem jungen Mann eine willkommene Möglichkeit, sich endlich schöpferisch zu entfalten, aus seinem ziellosen Schlendrian und seinen Selbstzweifeln herauszufinden und „den Karren" seiner ungewissen Existenz „aus dem Schlamm zu bringen" (18, S. 41). Mit Recht hat man von einer „Flucht in die rettende Welt der Politik gesprochen"[5]: Der Aktionismus im Dienst von Freiheit und Fortschritt eröffnete Keller einen Ausweg aus seinen privaten Nöten und Verstrickungen, gewährte eine feste geistige Orientierung und bildete ein Ventil für angestaute Aggressionen und Frustrationen. So erklärt sich, auch über die konstitutiven Gattungseigentümlichkeiten agitatorischer Lyrik hinaus, die Mischung aus überschwänglichem Pathos und Vagheit, aus zorniger Entschlossenheit und inhaltlicher Unbestimmtheit, die viele Gedichte Kellers aus diesen Jahren charakterisiert.

Es ist symptomatisch, wie unvermittelt in seinen Schreibbüchern und im Tagebuch die forcierten politischen Proklamationen mit melancholischen persönlichen Betrachtungen in Vers und Prosa abwechseln. Die wichtigsten Motive von Kellers Frühwerk begegnen in privaten und öffentlichen Zusammenhängen gleichermaßen: Der Morgen, der Frühling, Freiheit und Erlösung, aber auch Nacht, Dunkelheit und Einsamkeit können im politisch-symbolischen Sinne verstanden und doch ebenso gut auf die ureigenen Hoffnungen und Sehnsüchte des Schreibers bezogen werden.[6] Ein Beispiel für die Vermischung beider Sphären liefert ein Sonett, das der Dichter am 7. März 1844 niederschrieb:

> O wer die Maienluft noch athmen mag,
> die niederthaut einst auf die welken Lande!
> Wer noch vernimmt den Morgenglockenschlag,
> Der klingend sprengen wird einst Gruft und Bande!
>
> Ich möchte ruhn mit lindem Liebestande
> In Mägdleins Arm im dichten Rosenhag
> Einhüllen meinen Zorn in Festgewande
> Vergessen mich im wilden Trinkgelag!
>
> Doch, wenn der Schlag erzittert durch die Felder
> Die Thürme rüttelt all' der grauen Städte
> und wiederhallet durch die grünen Wälder:
>
> Dann schleudert' weit ich von mir Harf' und Becher,
> Ich spräng' empor vom weichen Rosenbette
> Und stürzt' berauscht mich in die Schaar der Rächer!
> (17.1, S. 350)

Die Natur des gewaltsamen Konflikts, den die Verse herbeisehnen, bleibt diffus. Entscheidend ist offenbar allein, dass die kommende Eruption nicht nur die „welken Lande", sondern auch das lyrische Ich aufrütteln und neu beleben soll wie „Maienluft" und „Morgenglockenschlag", wobei die Metaphorik von „Gruft und Bande[n]", die es zu sprengen gilt, sogar an die österliche Auferstehung denken lässt.

Wie zahlreiche andere Gedichte, in denen sein Ringen mit persönlichen Krisenerfahrungen allzu deutlich hervortritt, hat der Autor auch dieses Sonett nie veröffentlicht. Es illustriert den irrationalen, ungestümen „Kellerschen Chiliasmus" jener Jahre[7], die von revolutionärer Ungeduld inspirierte und oft in religiöse Bilder gekleidete Hoffnung, das Kontinuum der historischen Entwicklung durchbrechen und gleichsam mit einem Sprung in eine neue Epoche des Heils gelangen zu können. Ein früher lyrischer Entwurf identifiziert den nahenden Moment des Entscheidungskampfes mit dem „jüngste[n] Tag" (S. 429), ein anderer schwärmt von der bevorstehenden „letzten Schlacht" und dem „großen Friedensmorgen", der ihr folgen werde (17.2, S. 481). Ähnliche

Gedanken durchziehen ein ebenfalls unveröffentlichtes Terzinengedicht (17.1, S. 441–445), dessen Sprecher durch Herweghs Appell „Wer etwas auf dem Herzen hat, der eile, / Es noch bei Zeiten vor sein Volk zu bringen“[8] erweckt worden ist. Hatte sich das Ich zuvor ganz dem tändelnden Spiel mit der schönen Natur ergeben, so eilt es jetzt voll Tatendrang zum Kampf: „und wie ich war, lief ich vom Berg hernieder / u wählt mir eine von den Kriegsstandarten! // Und wie ich bin, nehmt auf mich, edle Brüder“. Dabei gibt sich der Sprecher als Poet zu erkennen, dessen Gesänge künftig der großen Politik gewidmet sein sollen und der alle seine Berufsgenossen leidenschaftlich auffordert, mit ihm „der Dichter Landsturm“ zu bilden.

Die Verse greifen damit das Programm einer zeitgemäßen Poetik auf, mit dem Keller im Vorjahr den Schriftsteller auf die „ernsten Lebensfragen“, auf die „Sache der Menschheit“ und die „Freiheit“ verpflichtet hatte (18, S. 47). Umgekehrt kann die schreibende Zunft aus dem öffentlichen Engagement eine eindrucksvolle Legitimation ihres Tuns ableiten, denn wer mit dem „Wort des Zornes“ in den politischen Streit eingreift, tritt für Keller gleichberechtigt neben den Kämpfer, der eine echte Waffe schwingt. Die überbordende kriegerische Metaphorik der Terzinen untermauert auf suggestive Weise diesen selbstbewussten Anspruch, den der Autor wiederum von Herwegh und anderen Vormärz-Lyrikern übernahm. Er stellt mitsamt der dazugehörigen Bildlichkeit ein Leitmotiv seiner frühen Lyrik dar, das beispielsweise auch in einer Strophe des Gedichts *Aufruf* begegnet:

> Von Eisen laßt die Harfen sein,
> von gutem Stahl die Saiten!
> Vom Morgen- bis zum Abendschein
> Laßt kühn in alle Welt hinein
> die Lieder für uns streiten.
> (17.1, S. 85)

Und in dem Sonett *Zur Verständigung* rechtfertigt der Sprecher seine zuweilen misstönenden agitatorischen Verse als den „Schlachtschrei, der beim Angriff muß erdröhnen: / Auf diesen folgt ein regelrechtes Schlagen!“ (13, S. 51)

Wenn die eben zitierten Terzinen die Metamorphose eines weltfremden, müßigen Träumers schildern, der sich endlich seinem „Volk“ anschließt und dabei „edle Brüder“ zu Mitstreitern gewinnt, spiegeln sie in verklärter Form Erfahrungen wider, die Keller damals tatsächlich machte. Er erfuhr sein politisches Dichten als Rettung aus quälender Isolation, als Heilmittel gegen eine unfruchtbare Ich-Befangenheit. Es verschaffte ihm öffentliche Aufmerksamkeit, vermittelte ihm den Zugang zu den Kreisen der Züricher Liberalen und der gleichgesinnten deutschen Emigranten, zu Männern wie Follen, Freiligrath, Herwegh, Julius Fröbel und Wilhelm Schulz, und bahnte so den Weg zu einer sozialen Integration und Anerkennung, die er zuvor schmerzlich entbehrt hatte. Noch in den autobiographischen Aufzeichnungen von 1876/77 vergaß er nicht zu erwähnen, dass ihm diese Lyrik „schnell Freunde, Gönner und ein gewisses kleines Ansehen" erworben habe (15, S. 412).

Als Dichter mit einer öffentlichen Sendung näherte sich Keller der Ordnung der bürgerlichen Gesellschaft oder zumindest ihrem progressiven, liberalen Flügel an. Deshalb bewegte sich sein politischer Aktionismus bei aller zur Schau gestellten Radikalität auch stets innerhalb der Grenzen des bürgerlichen Denkens, während er den Kommunismus äußerst skeptisch beurteilte. Er verstand darunter in erster Linie die frühsozialistischen Ideen des Schneidergesellen Wilhelm Weitling, der sich 1843 für eine Weile in Zürich aufhielt, bis er von der konservativen Regierung ausgewiesen wurde. In Kellers Tagebuch finden sich unter dem Datum des 10. Juli dieses Jahres ausführliche Reflexionen über „das geheime, Unheildrohende Gähren und Motten des Comunismus" und dessen verborgene, aber zahlreiche Anhängerschaft (18, S. 37). Mit scharfen Worten verwirft der Schreiber Weitlings Lehren als „Hirngespinste", die ihre Anziehungskraft nur „einer immer mehr um sich greifenden Genuß- und Bequemlichkeitssucht" und dem kleinlichen „Neid [...] gegen die Reichen dieser Welt" verdankten (S. 39). In einer imaginären Anrede an die Kommunisten erklärt er sich mit einer sozialen Politik zwar vollauf einverstanden, erteilt der gewaltsamen Umwälzung von Wirtschaft und Gesellschaft aber eine klare Absage:

> Wenn ihr ganz gleichmäßige Erziehung vom Staate aus, Sorge für allgemeinen Verdienst vom Staate aus allgemeine Versorgung der Verdienstunfähigen und Hülflosen, vom Staate aus, verlangt: dann bin ich mit Leib und Seel bei euch! – So aber, mit euren wirklich fanatischen, Welt stürmenden Gedanken bleibt mir vom Halse, scherrt euch in's Tollhaus, wenn ihr's aufrichtig, und zum Teufel, wenn ihr es nur für euren werthen Bauch gemeint habt. (S. 39/41)

Angesichts seiner prekären persönlichen Situation fand Keller in den festen Normen und Strukturen der bürgerlichen Welt offenbar einen seelischen Halt, auf den er keinesfalls verzichten wollte. Besonders verräterisch ist in dieser Hinsicht die Bemerkung, der Kommunismus ziele darauf ab, „die ganze gegenwärtige Ordnung der Dinge nicht nur außen, sondern bis in unser Innerstes hinein, um[zu]stürzen" (S. 39). So war Kellers Kritik an dieser Bewegung, wie er selbst einräumte, eher affektiv als rational begründet. Am 16. Juli zankte er sich stundenlang mit ein paar kommunistischen Handwerkern herum, deren Argumenten er am Ende nur noch entgegenzuhalten wusste: „Es wird und kann halt nicht sein!" (S. 53)

Keller sah nicht nur in den entschiedenen Parteigängern der Liberalen, sondern in dem gesamten „Volk", das in den Gedichten häufig angesprochen wird, den Adressaten seiner flammenden lyrischen Appelle. Vor allem war das Volk jene politische, gesellschaftliche und kulturelle Größe, die in letzter Instanz das tiefe Bedürfnis des Außenseiters nach sinnstiftender und bergender Zugehörigkeit stillen sollte. Die eindringlichsten Formulierungen dazu finden sich in einem essayistischen Text aus dem Mai 1848, in dem Keller noch einmal fast chiliastisch anmutende Töne anschlägt:

> Mein Herz zittert vor Freude, wenn ich daran denke, daß ich ein Genosse dieser Zeit bin. Wird dies Bewußtsein nicht alle mitlebenden Gutgesinnten als das schönste Band einer allgemein gefühlten heiligen Pflicht umschlingen und am Ende die Versöhnung herbei führen?
>
> Aber wehe einem Jeden, der nicht sein Schicksal an das jenige der öffentlichen Gemeinschaft bindet, denn er wird nicht nur keine Ruhe finden, sondern dazu noch allen innern Halt verlieren und der Mißachtung des Volkes preisgegeben sein, wie ein Unkraut, das am Wege steht. (18, S. 243)

Etwas später folgt der noch weiter zugespitzte Eintrag: „Nein, es darf keine Privatleute mehr geben!" (S. 245) Mit der innigen Bindung jedes Einzelnen, nicht zuletzt des Dichters, an das Kollektiv des Volkes formulierte Keller einen Grundsatz, der sein Denken und Schreiben zeitlebens leiten sollte. Die Art und Weise, wie er ihn konkret interpretierte, machte allerdings im Laufe der Jahre einige Wandlungen durch. Schon die Phase der revolutionären Ungeduld, die im Sommer 1843 begonnen hatte und mit der Ära seiner kämpferischen frühen Lyrik zusammenfiel, währte nicht lange.

Beruhigung: Keller und der Schweizer Bundesstaat

Am 20. September 1847 hielt Keller in seinem *Traumbuch* einige Überlegungen fest, in denen man den rabiaten Stürmer und Dränger der ersten politischen Gedichte und Verlautbarungen kaum mehr wiedererkennt. Die Führungsfiguren der Züricher Liberalen, darunter Jonas Furrer und Johann Jakob Rüttimann, werden hier als leuchtende Vorbilder beschworen:

> Inzwischen erfüllt mich das Benehmen unserer Regierungsmänner wie Furrer, Rüttimann etc mit der größten Achtung. Ich bin ganz im geheimen diesen Männern viel Dank schuldig. Aus einem vaguen Revolutionär und Freischäärler à tout prix habe ich mich an ihnen zu einem bewußten und besonnenen Menschen herangebildet, der das Heil schöner und marmorfester Form auch in politischen Dingen zu ehren weiß und Klarheit mit der Energie, möglichste Milde und Geduld, die den Moment abwartet, mit Muth und Feuer verbunden wissen will. (18, S. 149/151)

Jetzt, wo die Liberalen die Macht im Kanton zurückerobert haben, verdrängt ein gelassenes Vertrauen auf die immanente Logik des geschichtlichen Fortschritts das jugendliche Revoluzzertum:

> Uebrigens wird die Revolution von Tage zu Tage unzulässiger u überflüssiger, in einer Zeit, wo das lebendige Wort sich fast überall Bahn zu brechen weiß, besonders aber bei uns, wo die Gerechtigkeit immer eklatanter nach jeder Verfinsterung auf dem gesetzlichen Wege siegt. Ja, wir werden bald alle Revolution verdammen und verfolgen müssen, weil sie, da bald überall gesetzliche Anfänge der Freiheit gegründet sind, das Erbe des Absolutismus wird. (S. 151)

In den Parteihäuptern, die sich in Kellers Augen für das Wohl der Gemeinschaft aufopfern, glaubt er „die antike Tugend [...] im modernen Gewand" auferstehen zu sehen (S. 151). Besonders angetan hat es ihm eine Persönlichkeit, die in der Folgezeit der gesamten liberalen Epoche in Zürich und der Schweiz ihren Stempel aufdrücken sollte:

> Ein erbaulicher Charakter anderer Art ist Alfred Escher; der Sohn eines Millionär's, unterzieht er sich den strengsten Arbeiten vom Morgen bis zum Abend, übernimmt schwere weitläufige Aemter, in einem Alter, wo andere junge Männer v. fünf- bis acht u zwanzig Jahren, wenn sie seinen Reichthum besitzen, vor allem aus das Leben genießen. Man sagt zwar, er sei ehrgeizig; mag sein, es zeichnet nur eine be-

> stimmtere Gestalt. Ich meinerseits würde schwerlich, auch wenn ich seine Erziehung genossen hätte, den ganzen Tag auf der Schreibstube sitzen, wenn ich dabei sein Geld besäße. (S. 155)

Für den jungen Mann, der sich als gescheiterter Maler und freischaffender Poet immer noch am Rande der bürgerlichen Gesellschaft bewegte, repräsentierte dieser disziplinierte, tatkräftige Altersgenosse – Escher war ebenfalls 1819 geboren – ein bewundertes und wohl auch etwas beneidetes Gegenmodell zu seiner eigenen Existenz. Zumindest gedanklich und ideell war Keller, seinen unsicheren äußeren Umständen zum Trotz, 1847 bereits voll in das liberale Gemeinwesen integriert. Die zitierten Bemerkungen zum Wesen des politischen Handelns und zu den entsprechenden Tugenden bezeichnen schon ganz jenes Ethos, mit dem er vierzehn Jahre später das Amt des Züricher Staatsschreibers übernehmen sollte, und dem Ideal eines Politikers, der energische Zielstrebigkeit mit kluger Besonnenheit, fortschrittliche Gesinnung mit Volkstümlichkeit vereint und eher auf eine behutsame Evolution als auf den radikalen Umsturz der Verhältnisse setzt, entspricht noch die leuchtende Gestalt des Reformators Zwingli in der Erzählung *Ursula* aus den *Züricher Novellen*.

Wie Keller sich eine tüchtige republikanische Regierung vorstellte, illustriert eine Passage aus *Frau Regel Amrain und ihr Jüngster*:

> [E]s wurde in allen Ecken fleißig gearbeitet, man lichtete die alten Winkeleien in der Gesetzsammlung und machte fleißig neue, gute und schlechte, bauete öffentliche Werke, übte sich in einer geschickten Verwaltung ohne Unbesonnenheit, doch auch ohne Zopf, und ging darauf aus, jeden an seiner Stelle zu verwenden, die er verstand und treulich versah, und endlich gegen jedermann artig und gerecht zu sein, der es in seiner Weise gut meinte und selbst kein Zwinger und Hasser war. (4, S. 200f.)

Wo dieser unaufgeregte Pragmatismus herrschte, mussten die Freischarenzüge, an denen Keller einst teilgenommen hatte, im abgeklärten Rückblick wie sonderbare Jugendtorheiten wirken. In *Frau Regel Amrain* bilden derartige Unternehmungen, die unreifem Draufgängertum und „übel gewendeter Thatkraft“ entspringen (S. 187), ein beliebtes Vergnügen der nichtsnutzigen Seldwyler. In einer ergötzlichen Episode schildert die Novelle, wie ein typischer Freischarenzug abläuft, mit dem man einer „verhaßten Nachbarregierung“, die der konservativen Richtung angehört, „vom Amte zu helfen“ gedenkt (S. 190). Obwohl auch Blut fließt und es sogar einige Tote gibt, trägt das Geschehen eher den Charakter einer burlesken Volkskomödie. In Abwesenheit der wehrfähigen Jugend hat das katholische Bauernvolk des fremden Kantons den Freischärlern zwar nur „alte Menschen, Weiber und Priester" entgegenzustellen, aber dieser zusammengewürfelte „Landsturm" reicht hin, um Fritz Amrain und seine Genossen alsbald zu entwaffnen (S. 192). Nachdem man die verunglückten Helden genugsam mit „Knüffen und Püffen" traktiert (S. 193) und mit einem Schwall ausgesuchter Beleidigungen überschüttet hat, werden sie erst einmal hinter Gitter gebracht. Diese demütigende Erfahrung kuriert Fritz von „jeder nur äußerlichen und unbedachten Kampflust" (S. 199), womit er denselben Wandel vom „vaguen Revolutionär und Freischäärler à tout prix" zum verantwortungsbewussten Staatsbürger erlebt wie Keller selbst. Auch im *Grünen Heinrich* ist einmal von der „seltsamen Erscheinung der Freischaarenzüge" die Rede, „wo seßhafte wohlgestellte Leute [...] gutbewaffnet auszogen, um in eine benachbarte Souveränetät einzubrechen und die dortige gleichgesinnte Minderheit mit Gewalt zur Mehrheit zu machen." Der Roman verurteilt die ungesetzlichen Operationen zwar, gewinnt ihnen aber in einer dialektischen Volte dennoch etwas Gutes ab, weil sie die inner-eidgenössischen Konflikte weiter zugespitzt und damit „den schließlichen Sieg der legalen und ruhigen Freisinnigen herausgefordert und ermöglicht" hätten, denen die Sympathie des Erzählers gehört (12, S. 457).

Kellers Neuorientierung und seine veränderten Wertmaßstäbe ließen den Strom der agitatorischen Parteilyrik 1846 abrupt versiegen. Die Verse, die er in der Folgezeit schrieb und zu deren Sammelbecken die *Neueren Gedichte* von 1851 wurden, tragen einen ganz anderen Charakter:

> In zunehmendem Maße verbietet es sich der Dichter, in seinen Gedichten anders als betrachtend oder reflektierend, oder als Objekt der Reflexion, aufzutreten. Immer seltener wird unmittelbar von eigenen Gefühlswirren, Affekten und Leidenschaften gesprochen; vor allem wird dem eigenen Ich nur da noch das Wort erteilt, wo es nicht mehr als leidendes und begehrendes, sondern als denkendes und kontemplatives Ich erscheint.[9]

Außerdem büßte die Lyrik damals ihre beherrschende Stellung in Kellers literarischen Plänen ein. Den *Grünen Heinrich*, der in Heidelberg und Berlin entstand, betrachtete er wegen seiner autobiographischen Züge zwar ebenfalls noch als Frucht einer leidenschaftlichen ‚subjektiven' Phase, doch war er mittlerweile schon entschlossen, dergleichen ein für alle Mal hinter sich zu lassen. 1850 nahm er sich vor, das „subjektive und eitle Geblümsel" und das „impotente Poetenfieber" durch ein „frisches lebensfrohes Schaffen" zu überwinden

(GB 1, S. 250), und mit Blick auf das Bändchen der *Neueren Gedichte* verkündete er: „Dieses wird wohl mein Abschied von der Lyrik sein, sowie ich überhaupt, auch in betreff obigen Romanes [des *Grünen Heinrich*], nun dieses subjektive Gebaren endlich satt habe und eine wahre Sehnsucht empfinde nach einer ruhigen und heitern objektiven Tätigkeit, welche ich zunächst im Drama zu finden hoffe" (GB 4, S. 345f.). Bekanntlich wurde diese Hoffnung nicht erfüllt. An die Stelle des Dramas trat nach dem Abschluss des Romanerstlings die Novelle.

In den Heidelberger und Berliner Jahren wandte Keller sich jenem poetischen Realismus zu, der die Richtschnur seines reifen Schaffens bilden sollte. Die vier umfangreichen Gotthelf-Besprechungen, die er zwischen 1849 und 1855 publizierte, und die Goethe-Partien im *Grünen Heinrich* entwickeln die Grundlinien dieses Programms. Dabei diente seine intensive Auseinandersetzung mit Gotthelf nicht zuletzt einer verdeckten Selbstreflexion. Bei allem Respekt vor dem urwüchsigen epischen Talent des älteren Kollegen wirft Keller ihm doch vor, in der Hitze des politischen Streits bloß noch „leidenschaftlich-wüste, inhalt- und formlose, stümperhafte Producte" zu liefern (15, S. 102). Wenn man schon ein „Parteimanifest" verfasse, „sei es ein rhetorisches oder plastisch-poetisches", dann müsse es immer „zugleich ein reines und gediegenes Kunstwerk sein", und dazu gehörten „eine über der Befangenheit der Partei schwebende unbefangene Seele, eine über die Leidenschaft sich erhebende Ruhe" und „eine gewisse Achtung des Gegners" (S. 101). Natürlich war die konservative und tiefreligiöse Gesinnung des Pfarrers Albert Bitzius alias Jeremias Gotthelf, die ihn regelmäßig zu Ausfällen gegen die moderne Welt, den Liberalismus und die Aufklärung veranlasste, dem liberalen Feuerbachianer ein Dorn im Auge, aber wenn Keller ganz allgemein die „parteiliche Verdrehung" (S. 81), den „sophistischen Tendenzfanatismus" (S. 111) und die Unterordnung der Dichtung unter die Interessen der Tagespolitik geißelte, kritisierte er damit implizit auch seine eigene frühere Agitationslyrik. Immerhin tat Gotthelf nichts anderes, als was Keller einst mit umgekehrten Vorzeichen ebenfalls getan hatte: „Seit er [...] alle Rechtlichkeit und Weisheit, alle Ehre und Wohlgesinntheit, kurz alles Gute Einer Partei vindicirt und alle Ehrlosigkeit, Schelmerei und Narrheit, alles Uebel der andern, seit er das Menschenschicksal ausschließlich abhängigmacht vom Bekenntniß dieses oder jenes Parteistandpunkts, seitdem hat er den Boden unter den Füßen verloren" (S. 102) und die Fähigkeit eingebüßt, echte Kunst zu schaffen. So ruiniert der blinde politische Furor den Poeten: „Gotthelf als Seher und Dichter" steht „nicht über den Gegensätzen", sondern steckt „tief in ihnen und unter ihnen" (S. 116f.).

Die Goethe-Passagen in Kellers Roman wiederum, die das wahre künstlerische Sehertum verherrlichen, indem sie eine „hingebende Liebe an alles Gewordene und Bestehende“ predigen und die „Ruhe in der Bewegung“ als vorbildlich preisen (12, S. 16f.), formulieren nicht nur eine Poetik, sondern lassen sich auch als Entwurf einer politischen Haltung lesen, die das revolutionäre Ungestüm ablöst und einer langsamen, organischen Entwicklung den Vorzug gibt. In denselben Kontext gehören zwei satirische Dramenprojekte, mit denen Keller zu Beginn seiner Berliner Zeit beschäftigt war. Unter der Überschrift *Freischaarengespräch aus dem Stern zu Heidelberg. Juni 1849* findet sich in seinem Nachlass ein burleskes Szenenbruchstück aus dem Umfeld der Revolution, das die Großsprecherei der „Freischärler von der deutschen politischen Flüchtlingslegion“ ins Lächerliche zieht (18, S. 671), und in einem *Die Rothen* betitelten Lustspiel sollten „ein rother Monarchist u ein rother Republikaner“ die Hauptrollen in einer possenhaften Handlung spielen, mit der der Dichter den blutrünstigen Radikalismus jeglicher Couleur zu verspotten gedachte (16.2, S. 232).

Klarheit und Besonnenheit stiegen also seit etwa 1846 auf allen Gebieten, dem politischen, dem ethischen und dem ästhetischen, zu Kellers leitenden Maximen auf. Das machte sich sogar in seinem Briefstil in einem disziplinierteren Umgang mit der eigenen Subjektivität bemerkbar: Der pathetische Überschwang vieler Freundschaftsbriefe aus seinen jüngeren Jahren wurde verdrängt durch einen bewussteren Adressatenbezug, einen entspannten Plauderton, gegenstandsbezogene Präzision und verschiedene Formen des Humors und der (Selbst-)Ironie, in denen sich die Individualität des Schreibers geltend machen konnte, ohne sich störend in den Vordergrund zu drängen.[10] So war die Zähmung der Parteileidenschaft und der idealistischen Höhenflüge Teil eines umfassenden Prozesses der Besinnung und Selbstfindung, über den Keller innere Stabilität und letztlich auch eine feste Position in der bürgerlichen Gesellschaft zu erlangen hoffte. Vergleichbare Veränderungen vollzogen sich in jenen Jahren, befördert durch die enttäuschenden Ergebnisse der Märzrevolution, bei vielen Autoren in Deutschland. Sie brachten ein neues System des literarischen Stils, der Mentalität und der politischen Einstellungen hervor, das man schon bald als ‚realistisch‘ bezeichnete und deutlich von den Verhältnissen der Vormärz-Ära absetzte. Allerdings besaß ein solcher Realismus in den deutschen Ländern, in denen damals die reaktionären Obrigkeiten den Ton angaben, in politischer und weltanschaulicher Hinsicht eine ganz andere Qualität als unter den Bedingungen der liberalen Schweizer Republik.

In zwei sehr unterschiedlichen, für ihn aber ähnlich bedeutsamen Ereignissen konnte Keller seine gewandelte Haltung alsbald bestätigt finden: zum einen in der Bekanntschaft mit Feuerbach, der seinem Dichten und Denken ein festes weltanschauliches Fundament lieferte, zum anderen in der Zuspitzung der eidgenössischen Parteikämpfe, die in einen grandiosen Triumph der liberalen Fraktion mündete. Ende 1845 schlossen sich sieben konservative Kantone, darunter die innerschweizerischen Urkantone, zur Wahrung ihrer Interessen in einem Sonderbund zusammen, gegen den die Liberalen schließlich mit Waffengewalt vorgingen. Der Bürgerkrieg, der im November 1847 ausbrach – bis heute die letzte kriegerische Auseinandersetzung auf dem Boden der Schweiz –, war binnen weniger Wochen zugunsten der weit überlegenen liberalen Kräfte entschieden. Im folgenden Jahr setzten die Sieger im Windschatten der Revolutionen, die damals weite Teile Europas erschütterten und den reaktionären Großmächten ein Eingreifen unmöglich machten, endlich eine von ihren Vorstellungen geprägte gesamteidgenössische Verfassung durch, die im September 1848 in Kraft trat und den lockeren Verband selbständiger Kantone in einen föderativen Bundesstaat verwandelte. So entstand im Herzen Europas eine liberale Republik, die in ihrer Art auf dem Kontinent einzigartig war (und es noch für geraume Zeit bleiben sollte). In den Grundzügen hat sich ihre staatsrechtliche Ordnung mitsamt den wichtigsten Institutionen bis in die Gegenwart erhalten.

In der ersten Auflage von Kellers *Neueren Gedichten* findet sich ein Sonett *Nach dem Sonderbundskriege*, das die jüngsten Geschehnisse aus der Perspektive eines Dichter-Ich kommentiert:

In tiefer Scham erglühen meine Wangen,
Da ich mit dieser Reime leerem Beten
Vor mein lebendig-kräft'ges Volk will treten,
Das eben kommt von That und Sieg gegangen!

Des Tambur's Schlägel, die im Wirbel sprangen,
Der rauhste Tagruf gellender Trompeten:
Sie gelten jetzo mehr, o ihr Propheten!
Als Alles, was wir stolz und eitel sangen.

Der letzte schlichte Wächter vor dem Heere,
Der, Gluth und Kraft im Herzen, hat getragen
In kalter Sternennacht die blanke Wehre,

Und Jeder, der nur Einen Streich geschlagen,
Ist nun ein König von lebend'ger Ehre! –
Was soll da unser Singen noch und Sagen?
(13, S. 200)

Was für ein ernüchternder Kontrast zu den früheren agitatorischen Tiraden! In der Einsicht, dass der Poet gegenüber dem ruhmreichen, tatenfrohen „Volk" bloß nichtiges Wortgeklingel zu bieten hat, äußert sich das schlechte Gewissen eines Künstlers, der auch als Urheber martialischer Appelle nur Zuschauer und nicht Gestalter der Weltgeschichte ist. Die Verse verabschieden den hybriden Anspruch des Dichters, als sprachmächtiger „Prophet" der Freiheit gleichberechtigt neben dem handfesten Soldaten zu stehen. Wenn Keller dem Schriftsteller auch künftig eine öffentliche Aufgabe, eine staatsbürgerliche Sendung zuschreiben wollte, musste er sie anders definieren.

Mit dem Ergebnis des Waffengangs war er natürlich vollauf zufrieden. Als Heinrich Lee bei seiner Rückkehr in die Schweiz das Basler Schützenfest von 1844 mitfeiert, gibt der Erzähler einen kurzen Ausblick auf den weiteren Gang der geschichtlichen Entwicklung, in dem der patriotische Stolz auf das Errungene unüberhörbar mitschwingt:

> Das Land war mitten in dem Kampfe und in der Mauser begriffen, welche mit dem Umwandlungsprocesse eines Jahrhunderte alten Staatenbundes in einen Bundesstaat abschloß und ein durchaus denkwürdiger, in sich selbst bedingter organischer Proceß war, der in seiner Mannigfaltigkeit, Vielseitigkeit, in seinen wohlproportionirten Verhältnissen und in seinem erschöpfenden Wesen die äußere Kleinheit des Landes vergessen ließ und sich schlechtweg lehrreich und erbaulich darstellte [...]. (12, S. 454f.)

Die Geschehnisse seit „Anno dreißig" werden nach einem dialektischen Muster interpretiert, das nicht allein, wie schon erwähnt, die fragwürdigen Aktionen der Freischaren zu integrieren vermag, sondern sogar „die vermeintliche Reaction" – beispielsweise den Züriputsch von 1839 – mit einem höheren Sinn ausstattet, weil sie letztlich doch „nur dazu diente, dem Fortschritt einen Schwung zu geben, und es ihm möglich machte, nach mehrjährigen Kämpfen endlich die sichere und bewußte Mehrheit zu finden für die neue Bundesverfassung" (S. 455). Der Erzähler übernimmt hier jenes Bild der Geschichte als eines „organisch-nothwendigen Gewebes" (S. 256), das sich sein Protagonist an der Universität angeeignet hat. Heinrich lernt bei seinen akademischen

Studien, „daß die Geschichte nicht einem schlechten Romane gleicht, wo eine Anzahl gemüthlicher und tadelloser Menschen von der willkürlichen Teufelei absoluter Schurken gehemmt und verwickelt wird, sondern daß in ihr das Unheil eben nur der Lückenbüßer und Aehrenleser des Heiles, d.h. der Rückschritt nichts Anderes als der stockende Fortschritt ist" (S. 256f.). Nach dieser Lehre, die den historischen Prozess als säkularisierte, innerweltliche Heilsgeschichte deutet, gibt es „nur Eine wirkliche Bewegung, diejenige nach vorwärts", während die „Reactionäre von Profession" lediglich „die Fußschwielen der vorwärtsschreitenden Menschheit" sind (S. 257). Als Paradebeispiel dafür müssen einmal mehr die Jesuiten herhalten, mit denen der Roman in einer seitenlangen Philippika abrechnet. Dagegen durfte sich jeder überzeugte Schweizer Liberale spätestens seit 1847/48 mit dem Geist der Geschichte einig fühlen. Noch mehr als zehn Jahre danach nannte Keller „unsere Bundesverfassung [...] das erste brauchbare Originalgewächs seit dem Untergange der alten Eidgenossenschaft" und ein „Erzeugniß unseres germanischen Saftes und Blutes, so gut wie die alten Briefe der großen Zeit" (15, S. 153f.).

Heinrich leitet aus seinen Erkenntnissen einige Verhaltensmaßregeln ab, die der Roman wohl auch seiner Leserschaft nahelegen will. „[G]egen die ununterbrochene Ursachenreihe [...] in der Geschichte" helfen „weder hoffen noch fürchten, weder jammern noch toben, weder Uebermuth noch Verzagtheit"; statt dessen empfiehlt sich für den „guten und wohlgebildeten Weltbürger" der „ruhige feste Gleichmuth", der aus einer souveränen Kenntnis historischer Gesetzmäßigkeiten erwächst, „glücklich gemischt mit lebendigem Gefühl und Feuer für das nächst zu Ergreifende und Selbsterlebte" (12, S. 261f.). Unter diesen Umständen fällt das Finale des *Grünen Heinrich* zwiespältig aus. Die geschichtsphilosophischen Reflexionen und der Ausblick auf die bevorstehende Gründung des eidgenössischen Bundesstaates verheißen den glorreichen Abschluss einer sinnhaften historischen Entwicklungsreihe, der die immanente Logik des Fortschritts bestätigt, während der Held des Romans wegen seiner fatalen Versäumnisse vor einem Scherbenhaufen steht und nach dem Tod der Mutter „kein Recht und keine Ehre" mehr zu beanspruchen wagt, „unter diesem Volke mitwirken zu wollen, nach dem Worte: Wer die Welt will verbessern helfen, kehre erst vor seiner Thür" (S. 465). Als unproduktiver Phantast bleibt Heinrich aus dem triumphierenden nationalen Kollektiv ausgeschlossen, verfällt in unheilbare Melancholie und stirbt einsam – die düstere Vision eines Schicksals, von dem Keller in den schwierigen Berliner Jahren bisweilen gefürchtet haben mag, dass es ihn selbst noch ereilen könnte.

Kaum war in der Schweiz der Sonderbund besiegt, kam auch in Deutschland Bewegung in die Politik. Der Dichter verfolgte den Gang der Revolution, die das Nachbarland erschütterte, und auch die gesamteuropäischen Ereignisse mit reger Anteilnahme. Schon im März 1848 verschlang er Tag für Tag die aktuellen Zeitungen, die im Lesezimmer der Züricher Museumsgesellschaft auslagen: „Es gehen jetzt in der Welt Dinge vor, welche man gehörig und kühwarm studieren muß, auf daß man dereinst, wenn man ein alter Mann wird und Kinder hat, denselbigen etwas erzählen kann. Selbst der Unbedeutendste muß jetzt fest auf der Wache stehen und die Nase hoch in die wehende Frühlingswitterung hinausrecken und nicht allein ein Winteresel bleiben im allgemeinen Rosensturm" (GB 2, S. 454). In einem Text mit der Überschrift *Am Abend des 1sten Mai 1848*, der irgendwo zwischen einer autobiographischen Aufzeichnung, einer fiktionalen Erzählung und einem freien Essay angesiedelt ist, zeichnete er eine ganze Reihe disparater Erlebnisse und Reflexionen auf, zu denen auch Betrachtungen über die verworrene politische Lage gehören. „[E]inige verwehte Republikaner aus Baden" treten ins Blickfeld (18, S. 227), versprengte Anhänger Friedrich Heckers, dessen bewaffneter Kampf für eine deutsche Republik frühzeitig gescheitert war. Abwägende Blicke richten sich auf Frankreich, Polen und Italien, aber die größte Sorge gilt den anti-französischen Aufwallungen in Deutschland, die das revolutionäre Freiheitsstreben in nationalen Chauvinismus zu verkehren drohen: „Wer [...] ohne Grund und vor der Zeit den Teufel eines Krieges zwischen Frankreich und Deutschland an die Wand malt, der streift mit roher Hand dem Lenzflore des Jahres 1848 seinen schönsten Blüthenstaub ab" (S. 235). Das Resümee fällt pessimistisch aus, bevor Keller sich doch noch zu einem hoffnungsvollen Ausblick aufrafft, dessen Überschwang freilich etwas forciert wirkt:

> So weht ein rauher unfreundlicher Hauch überall durch den Geisterfrühling dieses jungen Jahres. Das Göttliche ist erwacht auf Erden und bricht in tausend goldenen Flammen hervor; aber zugleich sammelt sich alle menschliche Schwachheit und Unvollkommenheit in Eine qualmende Staubwolke und wenn jene Flammen nicht zusammenschlagen können, so scheint diese dunkle dämonische Wolke sich um so leichter zu verdichten und den Schatten auf die irrenden Augen zu legen.
> [...]
> Doch nein! nein! es wird Sommer, heißer, glühender Sommer! Das neunzehnte Jahrhundert, das verhängnißvolle, läßt uns nicht zu Schanden werden, und haben wir nicht seine sommerliche Mitte erlebt? In zwei Jahren zählen wir 1850, was kann da nicht Alles reif werden und sich vorbereiten zur großen Wendung unserer Geschichten. (S. 237/239)

Unter dem Datum des 2. Mai folgt in dem Manuskript dann der weitaus zuversichtlicher getönte, bereits weiter oben zitierte Eintrag: „Mein Herz zittert vor Freude, wenn ich daran denke, daß ich ein Genosse dieser Zeit bin", dem sich wiederum die programmatischen Äußerungen zur Integration des Einzelnen in die „öffentliche Gemeinschaft" anschließen (S. 243).

Konkreter fasste Keller die Stationen der deutschen Revolution in einigen seiner *Neueren Gedichte* ins Auge. *Wien*, mit dem Datum „Frühling 1848" versehen, feiert die Kaiserstadt für ihre Vorreiterrolle in den entscheidenden Märztagen und verheißt eine kommende deutsche Republik; *Der Gemsjäger*, auf „Frühling 1849" datiert, kritisiert die heuchlerische, volksfeindliche Politik des österreichischen Erzherzogs Johann, den das Paulskirchenparlament zum provisorischen Regenten des noch zu gründenden Nationalstaats gewählt hatte, und das zweiteilige Werk *Die Schifferin auf dem Neckar* kontrastiert die Lebenslust und die Hoffnungen von 1848 mit dem blutigen Ende der badischen Erhebung des Folgejahres, deren gewaltsame Niederschlagung durch preußische Truppen den letzten revolutionären Funken im Südwesten Deutschlands erstickte. So formen diese Texte, die in Kellers Band die Abteilung „Vermischte Gedichte" beschließen, einen kleinen zeitgeschichtlichen Zyklus, der den Übergang von frohen Erwartungen zu tiefer Enttäuschung nachzeichnet. Am Ende bleiben nur noch „zerschossene Leichen" und das Verschwinden des schwarz-rot-goldenen „Deutschpaniers", das die letzten tapferen Kämpfer auf ihrer Flucht mitnehmen (13, S. 240).

Da Keller, mit einem Stipendium der Kantonsregierung versehen, ab Herbst 1848 in Heidelberg weilte, konnte er die späteren Phasen der Revolution aus nächster Nähe beobachten. Vor allem in dem kleinen Aufsatz *Die Romantik u die Gegenwart* sowie in verschiedenen Briefen in die Heimat hielt er seine Eindrücke fest. Während des badischen Aufstands fanden einige Kampfhandlungen, wie er Mutter und Schwester mitteilte, buchstäblich vor seiner Haustür statt:

> Es wurde in der Nähe von zwei Stunden kanoniert und gepülvert, und ein paarmal kamen die Feinde bis vor die Stadt, daß wir sie auf dem Berg herumlaufen sahen. Sie schossen in unsere Gassen herein, über 2000 Schritt weit, und ein Soldat fiel tot um nicht weit von mir, auf der Brücke. Hierauf fanden wir, die nichts da zu tun hatten, für gut, uns ein wenig zurückzuziehen. Die Preußen haben halt auch Scharfschützen. Ich verfügte mich auf mein Zimmer; aber da war es noch ärger. Die Hausleute flüchteten ihre Habe, weil das Haus am Wasser steht; es waren Kanonen dicht unter meinem Fenster aufgefahren, welche über den Neckar den Feind abhalten

> sollten, welcher, im Fall er ernsthaft angegriffen hätte, wahrscheinlich diese Kanonen samt dem Haus, vor welchem sie standen, auch ein wenig berücksichtigt haben würde. (GB 1, S. 97)

Als Eidgenosse, der die Errungenschaften des Sonderbundskrieges und der Bundesverfassung mittlerweile wohlgeborgen wusste, nahm er aber einen souveränen Standpunkt über den Dingen ein, den er schon am 25. März 1848, also noch in Zürich, folgendermaßen umschrieben hatte:

> Ungeheuer ist, was vorgeht, *Wien, Berlin, Paris* hinten und vorn, fehlt nur noch Petersburg. Wie unermeßlich aber auch alles ist, wie *überlegen*, ruhig, wie *wahrhaft vom Gebirge herab* können wir arme, kleine Schweizer dem Spektakel zusehen! Wie feingliederig und politisch raffiniert war unser ganzer Jesuitenkrieg in allen seinen Phasen und Beziehungen gegen diese freilich kolossalen, aber abc-mäßigen Erschütterungen!" (GB 2, S. 454)

Durch das Scheitern der Märzrevolution wurde die Kluft zwischen der Eidgenossenschaft und den Ländern des Deutschen Bundes weiter vertieft. Das mag Keller dazu veranlasst haben, in den ersten Kapiteln des *Grünen Heinrich* die Unterschiede herauszustreichen: Einerseits verherrlicht er am Beispiel der Stadt Zürich und eines wohlhabenden Dorfes, das Heinrich auf seiner Fahrt zur Grenze passiert, die prosperierende republikanische Schweiz, die jedem Bürger „die unbeschränkte persönliche Freiheit" gewährt (11, S. 35), andererseits konfrontiert er seinen Helden auf deutschem Boden sogleich mit jener „Autoritätssucht" (12, S. 123) und „Respectwuth", die in monarchisch regierten Staaten herrscht, wo „Alles das erste und letzte Eigenthum eines einzelnen Menschen" zu sein scheint (11, S. 51f.). Die verklärenden Tendenzen, die das Bild der Schweiz im Roman über weite Strecken bestimmen, verdanken sich aber gewiss auch der Tatsache, dass Keller die ersten Jahre des jungen Bundesstaates gar nicht persönlich miterlebte. Erst in Heidelberg, dann in Berlin wohnhaft, wo er die tristen Zustände im reaktionären Preußen kennenlernte, musste er die ferne Heimat in einem umso glänzenderen Licht sehen.

Es ist jedoch in der Tat unbestreitbar, dass die Jahre 1847/48, die mit der Überwindung der parteipolitischen Zerklüftung und des kantonalen Partikularismus auch einen rasanten ökonomischen Aufschwung in Gang setzten, das Goldene Zeitalter des Schweizer Liberalismus einläuteten. Keller begriff das liberale Denken indes nicht nur als politisches oder wirtschaftliches Programm, sondern als geziemende sittliche Haltung eines jeden aufrechten

Staatsbürgers. So erweist sich Fritz Amrain frühzeitig als ein „liberaler Gesell, wegen seiner Jugend, seines Verstandes, seines ruhigen Gewissens in Hinsicht seiner persönlichen Pflichterfüllung und aus anererbtem Mutterwitz“ (4, S. 184), und der auktoriale Erzähler der Novelle erklärt das liberale Ethos sogar zur einzig zeitgemäßen Form echter Humanität:

> Wer freisinnig ist, traut sich und der Welt etwas Gutes zu und weiß mannhaft von nichts Anderem, als daß man hiefür einzustehen vermöge, während der Unfreisinn oder der Konservatismus auf Zaghaftigkeit und Beschränktheit gegründet ist. Diese lassen sich aber schwer mit wahrer Männlichkeit vereinigen. Vor tausend Jahren begann die Zeit, da nur derjenige für einen vollkommenen Helden und Rittersmann galt, der zugleich ein frommer Christ war; denn im Christentum lag damals die Menschlichkeit und Aufklärung. Heute kann man sagen: sei einer so tapfer und resolut, als er wolle, wenn er nicht vermag freisinnig zu sein, so ist er kein ganzer Mann. (S. 185)

Keller teilte die weltanschaulichen Grundsätze des Liberalismus, der an die Autonomie und Verantwortlichkeit des Individuums glaubte, das produktive Wirken des Einzelnen mit dessen Einfügung in die gesellschaftliche Ordnung vereinbaren wollte und einen ausgeprägten Fortschrittsoptimismus kultivierte, der auch die hohe Wertschätzung von Bildung und Erziehung einschloss. In politischer Hinsicht verstand der Dichter unter einem liberalen Staatswesen eine „repräsentative Demokratie“, die Annas Vater im *Grünen Heinrich*, in dieser Textpassage sicherlich ein Sprachrohr des Autors, ausdrücklich als „die beste Verfassung“ bezeichnet. Die Gefahren einer solchen politischen Ordnung, in der die „Herren Regenten“ selbst „ein Stück Volk“ sind, werden dabei freilich nicht ausgeblendet, denn die Romanfigur macht auf die „wunderbare Thatsache“ aufmerksam, dass „ein solches Stück Volk, ein repräsentativer Körper durch den einfachen Prozeß der Wahl sogleich etwas ganz merkwürdig Verschiedenes wird, eines Theils immer noch Volk, und andern Theils etwas dem ganz Entgegengesetztes, fast Feindliches wird.“ Um der bedrohlichen Verselbständigung einer Schicht professioneller Volksvertreter vorzubeugen, tue die wahlberechtigte Bevölkerung als der eigentliche Souverän des Staates gut daran, diese „wunderbar verwandelte Materie manchmal etwas zu rütteln“ und kritisch zu prüfen, damit sie ihr auch weiterhin nützlich sein könne (11, S. 439f.).

Unter den staatsbürgerlichen Tugenden stand für Keller deshalb die verantwortungsbewusste Ausübung des Wahlrechts, die auf einer sorgfältigen

Beobachtung der öffentlichen Angelegenheiten basieren musste, obenan. In seinen Schriften finden sich einige diesbezügliche Appelle, die bis heute nichts von ihrer Aktualität eingebüßt haben. Die Erzählung *Der Wahltag* verfasste der Staatsschreiber 1862 sogar eigens, um vor der anstehenden Erneuerung des Großen Rates von Zürich den Aufruf seiner Regierung zu einer breiten Wahlbeteiligung zu unterstützen. Der alte Berghansli, der die „lebendige Theilnahme des Volkes" als unentbehrliches Fundament der Republik ansieht, trägt seinen Enkeln einen förmlichen Katechismus des wachen, umsichtigen Wahlbürgers vor und warnt vor den Folgen einer kurzsichtigen Bequemlichkeit, die alle wichtigen Entscheidungen irgendwelchen Cliquen überlässt:

> Geradeso endet die träge Theilnahmslosigkeit eines Volkes immer mit der Mißachtung seiner Einrichtungen und mit dem Verluste seiner Freiheit. Ueberlaßt nur fünfzig Jahre lang die Bestimmung eures Schicksals einigen wenigen fleißigen Männchen, die nicht zu faul sind, in die Gemeinde zu laufen, so werden euch die schon eine Verfassung machen, welche euch der sauren Mühe des Wählens enthebt, ihr Nachtkappen [...]! (14, S. 229)

Dass Keller dieser Erzählung später einen Platz in seinen *Gesammelten Werken* verweigerte, war wohl unter anderem den Überschneidungen mit der älteren *Amrain*-Novelle geschuldet, in der Regula ihren Sohn als sein personifiziertes staatsbürgerliches Gewissen zur Teilnahme an einer „Wahlhandlung" überredet, „welche die Grundlage unsers ganzen öffentlichen Wesens und Regimentes ist" (4, S. 204). Systematisch zerpflückt sie alle Ausflüchte und Einwände und beharrt darauf, dass die „Selbstherrlichkeit" des souveränen Volkes „nur durch gute Gewöhnung, Ordnung und regelrechte Ablösung oder kräftige Bestätigung" seiner bevollmächtigten Repräsentanten „zu brauchen und bemerklich zu machen" sei (S. 205). Der Ablauf der Wahlversammlung zu Seldwyla beweist dann auch eindrucksvoll, wie heilsam sich schon das energische Eingreifen eines einzigen Mannes auswirken kann.

Neben das Wahlrecht, das zugleich eine bürgerliche Pflicht mit sich bringt, tritt für jeden Einzelnen die Aufgabe, das Gemeinwesen notfalls mit bewaffneter Hand zu verteidigen. Daher sind Kellers ideale Bürgerfiguren stets wehrhafte Leute, die mit einem Gewehr umzugehen wissen. Karl Hediger, der jugendliche Protagonist im *Fähnlein der sieben Aufrechten*, stellt männliche Reife und Bürgertugend nicht zuletzt durch seine erstaunlichen Gaben als Schütze unter Beweis, und selbst der notorische Träumer Heinrich Lee unterzieht sich bereitwillig der militärischen Ausbildung, weil er ihren vernünftigen Sinn und Zweck einsieht: „Es galt nun, sich einer eisernen Ordnung zu fügen und sich jeder Pünktlichkeit zu befleißen, und obgleich dies mich aus meiner vollkommenen Freiheit und Selbstherrlichkeit herausriß, so empfand ich doch einen wahren Durst, mich dieser Strenge hinzugeben“ (12, S. 102f.). Nicht von ungefähr lässt Keller im Roman auf das Exerzieren der Rekruten unmittelbar die Teilnahme seines Helden an einer Wahlversammlung folgen, bei der er sich „in anderer Weise zum ersten Mal als Bürger geltend machen“ darf (S. 104). Und noch auf seinem Rückweg in die Heimat gesellt sich Heinrich auf dem Basler Schützenfest für eine Weile „zu den Schießenden, nicht um irgend sein Glück zu versuchen, sondern um zu sehen, ob er für seinen Handgebrauch und für den Nothfall etwa im Ernste mitzugehen im Stande wäre“ (S. 458).

Überschwänglich feiert der Erzähler bei dieser Gelegenheit die Institution des republikanischen Bürgerheeres: Dessen „Rottenfeuer“ sei „kein blindes Knattern wie von einem Regiment Soldaten, sondern zu jedem Schusse gehörte ein wohlzielender Mann mit hellen Augen, der in einem guten Rocke steckte, seiner Glieder mächtig war und wußte was er wollte“ (S. 454). Wie viele seiner Landsleute dürfte Keller die Schlagkraft dieser Volksmiliz gewaltig überschätzt haben, und es war sicherlich eine glückliche Fügung, dass den Schweizern auch in Zeiten internationaler Krisen eine Konfrontation mit den Linientruppen der Großmächte erspart blieb. Aber in ihrem Selbstverständnis spielte der wehrhafte Bürger, der jederzeit bereit ist, einem äußeren Feind oder einem Tyrannen entgegenzutreten, eine bedeutsame Rolle. Der nationale Heros Wilhelm Tell, der im *Grünen Heinrich* durch die Aufführung von Schillers Stück im Rahmen eines Volksfestes gefeiert wird, verkörperte diesen Typus in mythischer Überhöhung.

Das Ideal der bürgerlichen Gesellschaft als einer freien „Genossenschaft“, die allen Individuen ihre Selbständigkeit belässt und sie doch zugleich zum solidarischen Kollektiv zusammenschließt, entwirft bereits ein Text aus Kellers *Gedichten* im Bild eines Waldes mächtiger Föhren:

Reichen Königskindern gleich
Steh’n sie da im Bunde;
Jedes erbt sein Königreich
In dem grünen Grunde.

Aber oben eng verwebt,
Eine Bürgerkrone

Die Genossenschaft erhebt
Stolz zum Sonnenthrone.
(13, S. 29)

Ein liberaler Staatsbürger, wie Keller ihn sich dachte, erlebt die Ordnung des Gemeinwesens nicht als unbequeme Einschränkung seiner Willkür, sondern im Gegenteil als eine Sphäre der schöpferischen Entfaltung. Darauf zielen die Überlegungen des grünen Heinrich, der auf dem Rückweg aus Deutschland bei sich „die angeborne Lust und Neigung" entdeckt, „im lebendigen Menschenverkehr zu wirken und zu hantiren und seinerseits dazu beizutragen, daß alle Dinge, an denen er betheiligt, einen ordentlichen Verlauf nähmen" (12, S. 364f.). Als er nach dem Aufenthalt in Basel quer durch die Schweiz heimwärts wandert, werden diese Pläne im Hinblick auf das bürgerliche Wirken in einer Republik konkretisiert:

> Er selbst schritt rüstig durch katholische und reformirte Gebietstheile, durch aufgeweckte und eigensinnig verdunkelte, und wie er sich so das ganze große Sieb von Verfassungen, Confessionen, Parteien, Souveränetäten und Bürgerschaften dachte, durch welches die endliche sichere und klare Rechtsmehrheit gesiebt werden mußte, die zugleich die Mehrheit der Kraft, des Gemüthes und des Geistes war, der fortzuleben fähig ist, da wandelte ihn die feurige Lust an, sich als der einzelne Mann, als der wiederspiegelnde Theil vom Ganzen zu diesem Kampfe zu gesellen und mitten in demselben die letzte Hand an sich zu legen und sich mit regen Kräften zurecht zu schmieden zum tüchtigen und lebendigen Einzelmann, der mit rathet und mit thatet und rüstig darauf aus ist, das edle Wild der Mehrheit erjagen zu helfen, von der er selbst ein Theil ist [...]. (S. 459f.)

Erst als „wiederspiegelnde[r] Theil vom Ganzen" des Volkes und im tätigen Einsatz für dessen Gedeihen nach demokratischen Spielregeln erreicht das Individuum in Gestalt eines „tüchtigen und lebendigen Einzelmann[s]" seine Vollendung – das ist ein Konzept von Bildung, das der *deutsche* Entwicklungsroman nicht kennt, weil es damals nur in der Schweiz entworfen werden konnte. Heinrich spinnt den Gedanken weiter, indem er über die Pflicht des verständigen Einzelnen räsoniert, nach Kräften auf die Volksmehrheit einzuwirken und sie „vernünftig und klar zu machen, wo sie es nicht ist. [...] indem er dies thut, wird er erst zum ganzen Mann und es tritt eine wundersame Wechselwirkung ein zwischen dem Ganzen und seinem lebendigen Theile. [...] Jede wahre Volksrede ist nur ein Monolog, den das Volk selber hält. Glücklich aber, wer in seinem Lande ein Spiegel seines Volkes sein kann, der nichts widerspiegelt, als dies Volk [...]!“ (S. 460f.)

Dass Heinrich selbst diesem Ideal nicht genügt, muss er nur zu bald feststellen, denn durch seine Gedankenlosigkeit und Ich-Bezogenheit hat er eine Mitschuld am Tod der Mutter auf sich geladen. Damit ist ihm in seinen Augen die ersehnte Teilhabe am republikanischen Leben für alle Zeit verwehrt: „So war nun der schöne Spiegel, welcher sein Volk wiederspiegeln wollte, zerschlagen und der Einzelne, welcher an der Mehrheit mitwachsen wollte, gebrochen“ (S. 465). Das verklärte Bild eines Staatswesens, dessen freie Bürger sich mit ihren Fähigkeiten und Neigungen bereitwillig in das nationale Kollektiv integrieren, bleibt von dem persönlichen Versagen des Protagonisten jedoch unberührt. Keller war zuversichtlich, den privaten Egoismus durch Solidarität und staatsbürgerliches Verantwortungsgefühl zähmen zu können. Die „wahre Demokratie“, notierte er einmal, bestehe „nicht im rücksichtslosen Durchführen subjektiver Leidenschaften, sondern in der Zufriedenheit u Uebereinstimmung Aller“ (31, S. 101). Die „Grundlagen des republikanischen Lebens“ seien „in der gleichmäßigen und vertragsmäßigen Betheiligung aller Stimmen und Kräfte“ zu sehen (15, S. 170).

Worin gründet aber die innere Einheit eines Kollektivs, das die Einzelnen auf so vorbildliche Weise an sich binden kann, also jene „Identität der Nation“ (12, S. 339), die der grüne Heinrich im Traum in der allegorischen Gestalt einer prächtigen Brücke erblickt? Im Zeitalter der Nationalstaaten war diese Frage nicht nur für die Einigungsbewegungen in Deutschland oder Italien, sondern auch für die Schweiz hochaktuell und von erheblicher Brisanz. Immerhin bot das Land, das bis zur Gründung des Bundesstaates eben ein Flickenteppich von unterschiedlichen „Verfassungen, Confessionen, Parteien, Souveränetäten und Bürgerschaften“ gewesen war (S. 459), ein außerordentlich heterogenes Bild, zumal es obendrein noch von den Grenzen zwischen drei Nationalsprachen zerrissen wurde, deren Einflussgebiete wiederum jeweils spezifische kulturelle Orientierungen und Traditionen aufwiesen.

Keller kam schon in dem Essay *Vermischte Gedanken über die Schweiz*, den er 1841 in München für das von ihm redigierte „Wochenblatt der Schweizergesellschaft“ verfasste, auf dieses Problem zu sprechen. Gleich eingangs ist hier von einer kritischen Zeit die Rede, „wo man angefangen hat, unsre Nationalität zu bestreiten, wo man uns geistig zwingen will, unser Vaterland nicht als helvetisches, sondern als deutsches, als französisches, als italiänisches zu lieben“ (16.1, S. 385), kurz: wo die nationale Identität und Integrität der Schweiz allenthalben angezweifelt wurde. Keller behauptet nun, dass die „Abstammung“ von bestimmten „Völkerstämmen" in diesem Punkt nicht ausschlaggebend sei (S. 387), und stellt im Gegenzug die These auf: „Der Nationalcharakter der Schweizer besteht nicht in den ältesten Ahnen, noch in der Lage des Landes noch sonst in irgend etwas Materelliem [!]; sondern er besteht in ihrer Liebe zur Freiheit, zur Unabhängigkeit, er besteht in ihrer außerordentlichen Anhänglichkeit an das kleine, aber schöne u theure Vaterland". Ein zugereister Ausländer, der sich aufrichtig zu diesen Werten und den entsprechenden „Sitten u Gebräuche[n]" bekenne, sei daher „ein so guter Schweizer, als einer, dessen Väter schon bei Sempach gekämpft haben" (S. 389) - eine Einsicht, die noch heutzutage in manchen Debatten um Flüchtlinge und Zuwanderung sehr wohltätig wirken könnte. Der Eidgenosse habe nun „einmal gefunden, daß die Unabhängigkeit des gesammten Vaterlandes, die Freiheit des Gedankens u des Wortes, die völlige Gleichheit der Rechte u Nichtgeltung des Standes u anderer Aeußerlichkeiten das Bedürfniß seiner Seele ist" (S. 391). Diese Freiheit, deren Definition unter den kämpfenden Parteien in der Schweiz damals so umstritten war, versteht Keller, der sich zur „liberalen u radicalen Seite" bekennt (S. 397), eindeutig als eine demokratisch-republikanische. Sein Aufsatz warnt allerdings auch bereits vor überpatriotischer Engstirnigkeit und nationalistischem Dünkel. Was die „schönen Wissenschaften u Künste" angehe, dürfe sich die Schweiz nicht abschotten, „denn in dieser Hinsicht ist uns Deutschland weit voran; u es schadet unsrer politischen Nationalität durchaus nichts, wenn wir das in Kunst u Litteratur höher stehende Ausland zum Muster nehmen" (S. 397).

Dieser Auffassung von der nationalen Identität seines Heimatlandes blieb Keller zeitlebens treu. Den Zyklus der „Vaterländischen Sonette" aus den *Gedichten* von 1846 leiten zwei Texte ein, die ebenfalls den Freiheitsenthusiasmus als das unerschütterliche Fundament der Eidgenossenschaft feiern: In *Die schweizerische Nationalität* wird „die *Freiheit*, der polit'sche Glaube" programmatisch über „Volksthum und Sprache" gestellt, und in *Das Eidgenossen-Volk* erscheint das nationale Kollektiv, von „*Freiheitslieb'* [...] zum *Volke* ein[ge]weiht", als strahlend reiner, unzerstörbarer Diamant (13, S. 49). Andere Gedichte des Bandes zelebrieren dagegen die enge Verbundenheit mit Deutschland, das der Sprecher in *Am Vorderrhein* sein „zweites Heimatland" nennt (S. 135). Das lyrische Ich in *Einkehr unterhalb des Rheinfalls* findet am Rand des Stromes, der die Schweiz von Baden trennt, einen idyllischen Zufluchtsort, an dem es, „ungestört und ungekannt / [...] Schweizer darf *und* Deutscher sein". Dann taucht jedoch am jenseitigen Ufer ein lauschender und spähender „Scherg" auf, offenbar ein uniformierter Grenzwächter des badischen Fürstenstaates, der den schönen Traum zerstört (S. 136f.). Was aufgrund von Kultur und Sprache zusammengehört, bleibt – vorläufig – durch die politischen Verhältnisse schroff getrennt. Das muss ja auch der grüne Heinrich erfahren, sobald er deutschen Boden betritt.

Noch ausführlicher thematisiert Keller diese Diskrepanz in dem Gedicht *Mein Lied an das deutsche Volk*, das er Anfang 1844 niederschrieb, aber nie veröffentlichte. Die Strophen preisen Deutschland als „Land der Sagen und der Liebesthränen", der Geschichte, des Geistes und der Poesie, schildern es aber andererseits mit schmerzlicher Wehmut als ein „Grab", auf dem „vierzig Throne, als vierzig Leichensteine, schwer von Erz" lasten (17.1, S. 301f.). Am Schluss steht indes die Vision von einem revolutionären „Ostertag", an dem sich das „deutsche Volk" mit seinem unwiderstehlichen „Auferstehungsdrang" die lang entbehrte Freiheit erkämpfen werde (S. 305). In seinem Überschwang versteigt sich der Sprecher zu der Andeutung, dass unter solchen Umständen sogar eine Vereinigung mit den Eidgenossen möglich sei:

> Wir greifen todeskühn zu Schild und Degen
> wenn unserm Wappen deutsche Knechtschaft droht:
> Wie gerne woll'n wir auf den Altar legen
> der Einen Freiheit unser Weiß und Roth!
> (S. 306)

Da Keller die nationale Eigenart der Schweiz im Freiheitsgedanken verankert sah und den „Nationalismus" lediglich als „die silberne Schale welche die goldene Frucht der Freiheit umschließt" gelten ließ (15, S. 62), erscheint diese kühne Schlussfolgerung nur konsequent, und wir werden sehen, dass er noch Jahrzehnte später auf sie zurückkam.

Auch die Gespräche, die Heinrich Lee auf seiner Fahrt durch Deutschland mit dem Grafen führt, drehen sich um die „schweizerische Nationalität" (11, S. 54). Sie hat nach Heinrichs Überzeugung nichts mit „Sprache und Farbe der Haare" zu tun, sondern stützt sich auf das „aufgeweckte und vergnügliche bürgerliche Leben" der Eidgenossen, auf „[a]ehnliche Neigungen in der durchweg ähnlichen, schönen Landschaft, eine Menge nachbarlicher Berührungen" und nicht zuletzt auf die „gemeinsame Zähigkeit, den Boden unabhängig zu erhalten" (S. 54f.). Dadurch sei im Laufe der Zeit „ein von jedem andern Nationalleben unterschiedenes Bundesleben" entstanden, „welches allen seinen Theilnehmern wieder einen gleichmäßigen Charakter bis in die feineren Schattirungen der Sitten und Sinnesart verliehen hat" (S. 55). Das gelte aber nicht für Kunst und Wissenschaft, die „des großen Weltmarktes und zunächst der in Sprache und Geist verwandten größeren Völker" bedürften, „um kein verlorener Posten zu sein": „Zu einer guten patriotischen Existenz braucht es jederzeit nicht mehr und nicht weniger Mitglieder, als gerade vorhanden sind. Mit den Culturdingen ist es anders; da sind vor Allem gute Einfälle, so viel als immer möglich, nothwendig, und daß deren in vierzig Millionen Köpfen mehrere entstehen, als nur in zwei Millionen, ist außer Zweifel!" (S. 56f.) Von einer „eigenthümlichen" schweizerischen „Geistescultur", wie sie der Graf postuliert, könne daher keine Rede sein (S. 55).

Keller scheint selbst bemerkt zu haben, dass dieser ausufernde Exkurs den Rahmen des Romans zu sprengen drohte und überdies nicht recht zu dem Charakter seines träumerischen Helden passte, und legte dem Grafen deshalb den halb verwunderten, halb spöttischen Kommentar in den Mund: „Ei, Sie sprechen ja wie ein Buch, junger Freund!" (S. 53) Von ihrem Gehalt her dürften Heinrichs Reden aber durchaus den Überzeugungen des Autors entsprechen, der die Schweizer 1861 in einer Rezension zu jenen begünstigten „kleinen Völkerschaften" rechnete, „welche, geistig und sprachlich einer großen Cultur angehörend, politisch für sich bestehen" (15, S. 207f.). Und in einer viel späteren Notiz erörterte er die „Nationalitätsfrage in der poet. Literatur und Kunst" erneut in diesem Sinne: „Die Dichter u Künstler sind gute Patrioten in allen bürgerlichen Dingen. Aber in der Kunst schweifen sie in's Freie hinaus über die Grenzen; da lassen sie sich nicht behaften" (16.2, S. 351). Er sei „ein Freund der Deutschen [...] und ein Angehöriger ihrer Literatur", erklärte Keller einmal (GB 3.1, S. 216), während er die „Auffassung, als ob es eine schweizerische Nationalliteratur gäbe", noch 1880 entschieden zurückwies: „Denn bei allem Patriotismus verstehe ich hierin keinen Spaß und bin der Meinung, wenn etwas herauskommen soll, so habe sich jeder an das große Sprachgebiet zu halten, dem er angehört" (GB 2, S. 357).

Bemühungen um wertvolle Denkmäler der schweizerischen Literatur- und Kunstgeschichte wie zum Beispiel Baechtolds Niklaus Manuel-Ausgabe wusste er zu schätzen, sofern sie „die richtige Mitte [...] zwischen dem Anspruch einer sogenannten Nationalliteratur und der Behauptung des geistigen Antheils an einem großen Sprachgebiete" hielten (15, S. 303), aber alle Versuche, eine besondere Schweizer Kultur auszumachen oder gar zielstrebig zu fördern, hielt er für abwegig. Das bekam vor allem ein gewisser Ludwig Eckardt zu spüren, der sich, obgleich selbst aus Österreich gebürtig, in den späten fünfziger Jahren zum Vorkämpfer einer schweizerischen Literatur, eines Nationaltheaters und einer nationalen Schriftstellervereinigung aufwarf und mit seinen Anliegen auch an Keller herantrat.[11] In seinem Antwortbrief, der Eckardts Pläne Punkt für Punkt zerpflückt, hielt sich der Dichter mit knapper Not noch innerhalb der Grenzen der Höflichkeit (vgl. GB 4, S. 75–79), aber bei anderen Gelegenheiten nahm er kein Blatt vor den Mund. *Das Lied vom Mutz, als er ein schweizerisches Nationaltheater errichten wollte*, das er 1858 anonym in der Satire-Zeitschrift „Der Postheiri" veröffentlichte, macht sich über Eckardts Bestrebungen lustig, und in Briefen verspottete er dessen „hyperpatriotische und überschweizerische philiströse Ruhmrednerei und Duselei" (GB 3.2, S. 189) und nannte ihn einen „Marktschreier", der einen peinlichen „dilettantischen Schreibeschwindel" in Gang gesetzt habe (GB 1, S. 441). Gegen rigide kulturelle Grenzziehungen, die sich der „servile[n] Nationalitätsschmeichelei" eines falsch verstandenen Patriotismus verdankten, wendet sich auch Kellers Artikel über die geplante Reform der vormals von Eckardt geleiteten Literaturzeitschrift „Die Schweiz":

> Der Geist ist frei und allgemein; denken und schreiben wir mit unserem schweizerischen Mutterwitz, aber ohne die eidgenössische Zollinspektion, sonst laufen wir Gefahr, in kurzer Zeit wöchentlich einen zwar urpatriotischen, aber langweiligen Monolog zu halten. Das literarische und künstlerische Vaterland auf diese Weise abzuzäunen, heißt ihm den heilsamen kritischen Maßstab der allgemeinen Geisterbewegung entziehen und ihm dadurch gerade die Fähigkeit zur Originalität zu ersticken [...].
>
> Diese spezifische Schweizerei in Literatur und Kunst führt durchweg zur kritiklosen Verflachung, indem das Schwache und Mangelhafte sich mit dem Patriotismus zu decken sucht [...]. (15, S. 223)

Schon die Bewunderung für Schillers *Wilhelm Tell*, die „verklärende Nationaldichtung" der Eidgenossen (S. 177), der er im *Grünen Heinrich* bescheinigte, „auf eine wunderbar richtige Weise die schweizerische Gesinnung" auszudrücken (11, S. 410), musste Keller davor bewahren, die Bedeutung der deutschen Literatur und Kultur für sein Heimatland gering zu schätzen. Um die Bande zu den Nachbarn jenseits des Rheins nicht zu kappen, verzichtete er in seinen Werken, im Gegensatz etwa zu Gotthelf, auch auf den Gebrauch des Dialekts. Wie er einmal an Storm schrieb, fand er „etwas Barbarisches darin [...], wenn in einer Nation alle Augenblicke die allgemeine Hochsprache im Stiche gelassen und nach allen Seiten abgesprungen wird, so daß das Gesamtvolk immer bald dies, bald jenes nicht verstehen kann" (GB 3.1, S. 429). Hinter der Orientierung am Hochdeutschen steckte freilich noch ein weiteres Motiv, und zwar ein ganz handfestes materielles, nämlich Kellers Wunsch, sich den ungehinderten Zugang zum großen deutschen Literaturmarkt zu erhalten. Auch seine Verleger saßen allesamt in Deutschland.

Angesichts seiner liberalen und republikanischen Überzeugungen muss die Begeisterung verwundern, mit der Keller 1870/71 den deutsch-französischen Krieg und die durch die Politik des preußischen Obrigkeitsstaates herbeigeführte Reichseinigung verfolgte. An seiner entschiedenen Parteinahme ist aber nicht zu zweifeln. Im Blick auf Deutschland sprach er von einer „große[n]" (GB 4, S. 73) oder „glorreiche[n] Zeit" (GB 3.2, S. 445), dem nationalliberal gesinnten Friedrich Theodor Vischer, mit dem er seit dessen Züricher Zeit befreundet war, schrieb er im Herbst 1871: „Ich möchte Ihnen gern einläßlich zum Krieg und Deutschen Reich gratulieren und über die Franzosenborniertheit fluchen, die sich beim großen Haufen in unserer alten Schweiz breit machte und noch glimmt" (GB 3.1, S. 129), und noch zehn Jahre später zählte er sich ausdrücklich zu den „auswärtigen Freunde[n] und ideellen Anhänger[n] des Reiches" (S. 450). In die Legende *Die Jungfrau als Ritter* wollte er, wie er Vischer anvertraute, „unter dem Eindruck des Krieges" sogar „nationale Tendenzen hineingeheimnissen", denn Guhl der Geschwinde und Maus der Zahllose, auf die Maria im Turnier trifft, sollten allegorisch „Frankreich" und „den Panslawismus" vorstellen, „welche die Muttergottes als deutscher Recke sukzessive besiegt" (S. 138). Zum Glück bleiben diese Bezüge im Text so gut verborgen, dass der unbefangene Leser sie gar nicht bemerkt.

Wie viele andere zeitgenössische Beobachter überschätzte Keller wohl die Chancen einer liberalen Entwicklung des jungen deutschen Nationalstaats. Bereits 1861 hatte er in einer Rezension von Vischers *Kritischen Gängen* die „thatendurstige Sehnsucht nach deutscher Machtentfaltung" als legitim bezeichnet – aber nur, wenn sie mit „Freiheit und Einigkeit", mit „Gerechtigkeit und Humanität" einhergehe (15, S. 207). Anlässlich des sogenannten Tonhallekrawalls, der Zürich im März 1871 erschütterte, musste er feststellen, wie unmittelbar die Schweiz trotz ihrer strikten Neutralität von den „ungeheuern Ereignissen und der allgemeinen Völkeraufregung" betroffen war (GB 3.1, S. 157): Eine Siegesfeier der in der Stadt ansässigen Deutschen und vieler mit ihnen sympathisierender Schweizer, zu denen auch Keller zählte, provozierte damals Proteste franzosenfreundlicher Eidgenossen und internierter französischer Soldaten, die zu gewaltsamen Ausschreitungen führten und das Militär auf den Plan riefen. Ein Jahr später beschwor der Dichter selbst einen kleinen Skandal herauf, als er sich auf einem Abschiedsbankett für den nach Straßburg berufenen Mediziner Adolf Gusserow etwas missverständlich über das künftige Verhältnis der Schweiz zu Deutschland äußerte. Da die Affäre Aufsehen erregte, zumal

Keller als Staatsschreiber eine öffentliche Person war, sah er sich zu einer Klarstellung genötigt, um dem Verdacht entgegenzutreten, er wolle „[s]ein Vaterland mit Sack und Pack unter die Pickelhaube bringen“ (GB 3.2, S. 322):

> Ich hatte allerdings, von belebtem Toastiren hingerissen, auch das Wort ergriffen; der Sinn meiner nicht studirten Rede war kurz gesagt der: Gusserow möchte die Straßburger von ihren alten Freunden den Zürchern grüßen und ihnen sagen, sie möchten sich nicht allzu unglücklich fühlen im neuen Reiche. Vielleicht käme eine Zeit, wo dieses deutsche Reich auch Staatsformen ertrüge, welche den Schweizern nothwendig seien und dann sei eine Rückkehr der letztern wohl denkbar.

„Selbstverständlich“ habe er dabei das „Bestehen größerer Volksrepubliken“ im Auge gehabt und hinzugefügt, „die Sache könne so gut noch fünfhundert Jahre gehen wie nur wenige Jahre“. Für seine Person sei er jedenfalls „noch lange zufrieden mit unserm Vaterlande und seiner Stellung zu der übrigen Welt“ (15, S. 345f.).

Mit seinen Reflexionen über die nationale Identität der Eidgenossenschaft ließ sich Kellers Toast ohne weiteres vereinbaren. Während die (deutsche) Schweiz durch Kultur und Sprache eng mit Deutschland verbunden war, sorgten die politischen Zustände für einen unüberbrückbaren Gegensatz. Der musste aber wegfallen, sobald auch jenseits des Rheins eine freiheitliche, republikanische Verfassung durchgesetzt werden konnte; dann lag eine Annäherung bis hin zur staatlichen Vereinigung für Keller durchaus im Bereich des Möglichen. Derartige Überlegungen hatte er bereits früher gelegentlich angestellt, etwa in dem schon zitierten Gedicht *Mein Lied an das deutsche Volk* von 1844, in seinem lyrischen *Gruß an die Bremer Schützen am eidgenössischen Schützenfest zu Zürich 1859* oder in einem Brief aus dem Jahre 1860, in dem er erklärte, „daß die Schweiz nur an einem freien und gerechten Deutschland einen dauernden und sichern Rückhalt gewinnen“ könne; wenn es aber einmal so weit sei, würden die Eidgenossen „gewiß die gemeinsame Fahne eines großen freien germanischen Verbandes freudig auf die Alpen stecken als der äußerste Vorposten“ (GB 4, S. 106). Der Trinkspruch für Gusserow enthielt also aus seiner Sicht nichts Anstößiges. Er beweist aber, dass Keller trotz der Klage über die grassierende „Franzosenborniertheit“ die Stimmung in seiner Heimat verkannte und die verbreitete Skepsis gegenüber dem neuen Deutschen Reich unterschätzte. Die naheliegende Frage, was gegebenenfalls mit der französischen und der italienischen Schweiz geschehen sollte, ließ er in seinen einschlägigen Stellungnahmen übrigens gleichfalls unerörtert.

Eine neue Poetik: Das patriotische Fest und die Kunst

Mit dem einheitsstiftenden Freiheitsgedanken und der kulturellen Offenheit nach Deutschland hin sind zwei Grundpfeiler von Kellers Ansichten über die nationale Eigenart der Schweiz benannt. Einen dritten bildete seine Begeisterung für die historisch gewachsene innere Vielfalt der Eidgenossenschaft, getreu der im *Grünen Heinrich* formulierten Devise, dass „Verschiedenheit und Mannigfaltigkeit" innerhalb von „Völkerfamilien" nur von Vorteil sein könnten, weil „das Ungleiche und doch Verwandte [...] besser zusammen" halte (12, S. 124). Mit der Bundesverfassung von 1848, so schrieb Keller in einer seiner Gotthelf-Rezensionen, habe man eine „zeitgemäße Beschränkung der Cantonalsouverainetät" eingeführt und damit „die langen politischen Kämpfe um die schmale Linie auf welcher Centralisation und Föderalismus einander am füglichsten die Hand reichen" zumindest zu einem „vorläufigen Abschluß" gebracht (15, S. 102). In diesem Status quo erkannte er fortan die „Schweiz, wie sie ist und bleiben soll", während er jede weitere Konzentration von Machtbefugnissen beim Bund, die auf lange Sicht die föderalen Strukturen auflösen und einen „wohldressirte[n] Einheitsstaat" schaffen würde, für traditionswidrig und gefährlich erklärte (S. 149). Daher rührte auch seine schroffe Kritik an der zentralistisch organisierten Helvetischen Republik der Jahrhundertwende.

Als das Städtchen Glarus 1861 von einer verheerenden Brandkatastrophe heimgesucht wurde, pries Keller in einem Zeitungsartikel die rasche Hilfe, die den Betroffenen aus der ganzen Schweiz zufloss, und nutzte die Gelegenheit für ein Loblied auf den Föderalismus. Angesichts des spontanen Beistands „von Gemeinden, Städten, Regierungen" könne er „nicht einsehen, in wiefern unser Bundesleben seine Aufgabe überlebt haben und dem Einheitsstaate verfallen sein sollte, welcher mehr oder weniger offen und lüstern immer wieder prophezeit wird." Eine „durchgehende Zentralisation mit ihren tausend Unfreiheiten, Schwerfälligkeiten und Bevormundungen" würde niemals eine vergleichbare Effizienz entfalten. Nach wie vor bleibe es die Aufgabe der kantonalen Behörden, einerseits „den Wohlstand und die Selbstständigkeit der Kantone, den persönlichen Werth ihrer Bürger zu mehren durch mannhaft durchgeführte Grundsätze in Erziehung und Verwaltung" und andererseits untereinander einen rühmlichen Wettstreit „in Erfüllung der Bundespflichten" auszutragen (S. 204f.).

In *Der Wahltag* wird auch dieses Thema zum Gegenstand des staatsbürgerkundlichen Unterrichts, den Berghansli seinen Enkeln erteilt. Einer der drei rechtfertigt seine Wahlmüdigkeit nämlich mit dem Argument, „unser kantonales Wesen mit seinem Großen Rath habe nicht mehr viel zu bedeuten, Alles dränge jetzt der Einheit zu, der Auflösung der Kantone in ein Ganzes, des Kleinen in das Große" (14, S. 233). Damit kommt er bei dem Alten schlecht an, der im Gegenzug die „fruchtbringende Mannigfaltigkeit" des Föderalismus hervorhebt und in farbigen Bildern die wünschenswerte Balance zwischen helvetischem Nationalgefühl und kantonaler Eigenständigkeit beschwört:

> „So? [...] pfeifst du auch aus dem Loch? Was willst du mit deiner Schweiz ohne ihre alten und neuen Kantone? Eine ausgefressene Schüssel, ein leeres Faß würde sie sein, ein weggeworfener Bienenkorb ohne Waben, ein in ein Haferfeld, auf dem die Rosse weiden, umgearbeiteter Garten würde sie sein! Nein, er ist schön, der rothe schweizerische Bundes- und Waffenrock, aber ein politischer Schmutzfink ist, wer nicht sein reinliches, selbstgewobenes Hemd ehrbaren Standeslebens darunter trägt; es ist stattlich, das rothe Ehrenkleid der Helvetia mit dem Kreuz auf der Brust; aber höchst ehrbarlich und von gutem Herkommen zeugend sind die zweiundzwanzig schneeweiße Hemdchen, welche sie im Kasten hat, das Zürcherische mit einem weiß und blauen Schildlein am Herzschlitz. Ohne Bund giebt es keine Eidgenossen, ohne Kantone keinen Bund, ohne Wetteifer im Großen und Guten keine Kantone: das ist der Steinschnitt im Gewölbe unseres Vaterlandes. [...]" (S. 234)

Noch in seiner Rechtfertigung nach dem Gusserow-Eklat attackierte Keller die politische Richtung, die eine „gänzliche Zentralisation" und „den förmlichen Einheitsstaat einführen" und damit „den alten Bund mit seinem fünfhundertjährigen Lebensprinzip aufheben" wolle, denn „durch das Herausbrechen des eidgenössischen Einbaues der Kantone" würde „eine Höhlung entstehen [...], welche die Außenwand unseres Schweizerhauses nicht mehr genug zu stützen im Stande ist" (15, S. 346).

Der schönste Hymnus des Dichters auf die föderative Verfassung der Schweiz findet sich in Karl Hedigers Festrede im *Fähnlein der sieben Aufrechten*. Hier erscheint die Solidarität zwischen den Kantonen als Inbegriff der Menschlichkeit und aller bürgerlichen Werte und als Pendant zu der bruchlosen Einfügung der Individuen in das Kollektiv des Volkes:

> Wie kurzweilig ist es, daß es nicht einen eintönigen Schlag Schweizer, sondern daß es Zürcher und Berner, Unterwaldner und Neuenburger, Graubündner und Basler giebt, und sogar zweierlei Basler! daß es eine Appenzeller Geschichte giebt und eine Genfer Geschichte; diese Mannigfaltigkeit in der Einheit, welche Gott uns erhalten

> möge, ist die rechte Schule der Freundschaft, und erst da, wo die politische Zusammengehörigkeit zur persönlichen Freundschaft eines ganzen Volkes wird, da ist das Höchste gewonnen; denn was der Bürgersinn nicht ausrichten sollte, das wird die Freundesliebe vermögen und beide werden zu einer Tugend werden! (6, S. 317f.)

Aus verständlichen Gründen lässt der Redner unerwähnt, dass die Heterogenität der Eidgenossenschaft in der Vergangenheit und gerade zwischen 1830 und 1847 oft genug für schwere Konflikte gesorgt hatte. Deren Nachwirkungen sind hier nur noch in verdeckter Form zu spüren, zum Beispiel in der scheinbar harmlosen und für die meisten Nicht-Schweizer vermutlich rätselhaften Bemerkung über die „zweierlei Basler". Sie spielt auf die bis heute fortbestehende Teilung des Kantons Basel in zwei Halb-Kantone an, die 1832/33 vollzogen worden war, und zwar keineswegs auf schiedlich-friedlichem Wege, sondern im Zuge der eidgenössischen Parteikämpfe und unter schweren Auseinandersetzungen, die auch zu Blutvergießen führten.

Für Gegenwart und Zukunft gibt Keller durch den Mund seines Protagonisten die Losung „Mannigfaltigkeit in der Einheit" aus: Republikanischer Freiheitssinn und ein lebendiges staatbürgerliches Gemeinschaftsgefühl sollen die bunte Vielfalt der Kantone, Regionen und Konfessionen zusammenhalten. Damit lag der Dichter ganz im Trend der Epoche nach 1848, in der die Zeichen in dem jungen eidgenössischen Bundesstaat auf Ausgleich und Integration standen. Man lebte eben, wie Keller es in einem Brief ausdrückte, in der „Zeit der versöhnten Gegensätze" (GB 3.2, S. 189), die er literarisch nach Kräften zu unterstützen suchte. Als 1852 eine landesweite Sammelaktion gestartet wurde, um den Kantonen des ehemaligen Sonderbundes die Begleichung der ihnen auferlegten Kriegskosten zu erleichtern, nahm er diese eindrucksvolle Solidaritätskundgebung zum Anlass für ein Gedicht, das auf die einstige Spaltung zurückblickt und die Früchte ihrer Überwindung feiert: „ein neuer Bund [...], / Ein neues Recht, ein neues Haus". Die mörderische Zwietracht unter den Eidgenossen ist dem Bewusstsein einer höheren Einheit der Nation gewichen:

> Der Raum ist eng, die Seelen fest:
> hie alte – hie neue Zeiten!
> Erscholl's und blutig maßen sich
> die Mehr- und Minderheiten.
> Doch nun der Streit gestritten ist,
> so sind wir wie Ein Mann,

Ein Mann, der sich bezwungen hat,
und niemand geht's was an!
(9, S. 202f.)

1861 würdigte Keller in einem Zeitungsartikel den friedlichen Ausgleich zwischen Liberalen und Konservativen im Kanton St. Gallen, mit dem „Bürgertugend“ und „Rücksicht“ (15, S. 226) über die Parteileidenschaft gesiegt und eine Wiederkehr der unseligen Putsche und Freischarenzüge vermieden hätten. Der *Mythenstein*-Aufsatz geht sogar noch weiter, wenn er die katholisch-konservativen Urkantone der inneren Schweiz als „Bewahrer der ältesten, noch lebendigen Form unserer Freiheit“ und als wichtiges stabilisierendes Element der Eidgenossenschaft feiert (S. 189). Sehr unangenehm war es dem Autor unter diesen Umständen, als 1867 sein mehr als zwanzig Jahre altes Gedicht *Waldstätte*, das eben diese Kantone scharf attackierte, durch eine Vertonung Wilhelm Baumgartners wieder in eine breitere Öffentlichkeit getragen wurde, zumal man das Werk mancherorts für ein „ganz neues“ und folglich für einen „in jüngster Gegenwart gegen die Urschweiz gerichteten absichtlichen Angriff“ hielt. Keller publizierte umgehend einen offenen Brief, in dem er die Sache richtig stellte und den Text als „Zeit- und Streitgedicht aus jugendlich leidenschaftlicher Feder“ charakterisierte, das jetzt, „mitten im Gedeihen des erstarkten neuen Bundes“, längst überholt sei (S. 343) – der antikatholische Kulturkampf stand damals noch bevor.

Kellers Distanzierung von der konfessionellen und parteipolitischen Polemik früherer Jahre bestätigt einmal mehr den Wandel seines staatsbürgerlichen Engagements wie auch seines Selbstverständnisses als Dichter, der spätestens mit den Ereignissen von 1847/48 besiegelt war. Künftig wollte er keine kämpferischen Appelle mehr vortragen, sondern die nationale Eintracht fördern und schweizerische Eigenarten und Wertvorstellungen feiern – oder sie auch skeptisch reflektieren. Er entwickelte daher eine Art vaterländischer Poetik, die auf der kritischen Loyalität gegenüber seiner Heimat und ihren Bürgern basierte und in erster Linie didaktische Absichten verfolgte. Es gelte, „[d]ie Freude am Lande mit einer heilsamen Kritik zu verbinden“, schrieb er 1860 an Auerbach (GB 3.2, S. 189), für dessen „Volks-Kalender“ er soeben das *Fähnlein der sieben Aufrechten* verfasste, und im Blick auf diese Erzählung erörterte er auch ausführlich sein volkspädagogisches Konzept, das bereits im dritten Kapitel angeführt wurde, um die Grundzüge des poetischen Realismus zu illustrieren, und das hier noch einmal vollständig zitiert sei:

> Wir haben in der Schweiz allerdings manche gute Anlagen und, was den öffentlichen Charakter betrifft, offenbar jetzt ein ehrliches Bestreben, es zu einer anständigen und erfreulichen Lebensform zu bringen, und das Volk zeigt sich plastisch und froh gesinnt und gestimmt; aber noch ist lange nicht alles Gold, was glänzt; dagegen halte ich es für Pflicht eines Poeten, nicht nur das Vergangene zu verklären, sondern das Gegenwärtige, die Keime der Zukunft so weit zu verstärken und zu verschönern, daß die Leute noch glauben können, ja, so seien sie und so gehe es zu! Tut man dies mit einiger wohlwollenden Ironie, die dem Zeuge das falsche Pathos nimmt, so glaube ich, daß das Volk das, was es sich gutmütig einbildet zu sein und der innerlichen Anlage nach auch schon ist, zuletzt in der Tat und auch äußerlich wird. Kurz, man muß, wie man schwangeren Frauen etwa schöne Bildwerke vorhält, dem allezeit trächtigen Nationalgrundstock stets etwas Besseres zeigen, als er schon ist; dafür kann man ihn auch um so kecker tadeln, wo er es verdient. (S. 195)

Keller verband solche poetologischen Erwägungen aufs engste mit den Festen, die im gesellschaftlichen und kulturellen Leben der Schweiz eine überragende Rolle spielten. In den dreißiger und vierziger Jahren waren die zahlreichen Sänger-, Turn- und Schützenfeste zugleich politische Kundgebungen der liberalen Partei und aufwändig inszenierte Vorgriffe auf die angestrebte staatliche Einheit. Die „eidgenössische Schützenfahne", heißt es in einer von Kellers Gotthelf-Rezensionen, galt „den nach bessern Zuständen sich sehnenden Schweizern" damals als „ein Symbol [...] das sie mit lärmendem, aber wahrem und liebevollem Enthusiasmus begrüßten wo es sich zeigte" (15, S. 98). Dementsprechend bezeichnet der Erzähler im *Grünen Heinrich* jenes Basler Schützenfest von 1844, das Heinrich Lee besucht, als „das politische Rendez-vous des Volkslebens [...] in einer gährenden Umwandlungszeit" (12, S. 453). Nach der Gründung des Bundesstaates wurden die gesamteidgenössischen Feste dagegen mehr und mehr zu öffentlichkeitswirksamen Feiern der neu errungenen nationalen Geschlossenheit und avancierten damit zu sozialen Medien einer Selbstdarstellung und Selbstverständigung der schweizerischen Bürgerschaft. Auch diese Ausprägung der patriotischen Festkultur ist in Kellers Roman anzutreffen. In der großartigen *Tell*-Aufführung, die im achten Kapitel des zweiten Bandes geschildert wird, gewinnt sie eine verklärte, dichterisch überhöhte Gestalt.

Die Landbevölkerung macht sich ohne jede Berührungsangst ein klassisches Kunstwerk zu eigen, in dem sie sich selbst mit ihren Werten und Idealen wiedererkennt. Nicht auf einer Theaterbühne, sondern auf Feldern, Straßen und Wegen wird Schillers Stück gespielt und dabei unbefangen dem Geschmack und den Verhältnissen der Zeit und der Gegend angepasst: „Denn dies war das Schönste bei dem Feste, daß man sich nicht an die theatralische Einschränkung hielt [...], sondern sich frei herum bewegte und wie aus der Wirklichkeit heraus und wie von selbst an den Orten zusammentraf, wo die Handlung vor sich ging“ (11, S. 417). Ein Großteil der Ansässigen wirkt bei der Inszenierung mit, ohne sich dafür sonderlich anstrengen zu müssen: „Die Leute hatten nur ihre altherkömmliche Sonntagstracht anzuziehen gebraucht, mit Ausschluß aller eingedrungenen Neuheiten und Hinzufügung einiger Prachtstücke ihrer Aeltern oder Großältern, um ganz festlich und malerisch auszusehen, und der stärkste Anachronismus waren die kurzen Pfeifen, welche die Bursche unbekümmert im Munde trugen“ (S. 414f.). Alltag und Festgebaren, Lebenswirklichkeit und Rolle gehen ineinander über, wenn „Arnold von Melchthal“ – in Wahrheit natürlich der Mann, der ihn spielt! – „ruhig einem Stadtmetzger einen Ochsen verkauf[t], wozu er schon seine alte Tracht trug“ (S. 417), oder der Tell persönlich, bereits vollkommen „in seine Würde vertieft“ (S. 419), einen pedantischen Zolleinnehmer zurechtweist, der das Spiel zu stören droht.

So betont Keller die innige Verschmelzung von Vergangenheit und Gegenwart, von Kunst und Leben und nicht zuletzt von Schauspielern und Zuschauern, denn das Volk stellt sowohl die Akteure als auch das Publikum der theatralischen Veranstaltung. Einen glänzenden Höhepunkt markiert die Szene auf dem Rütli, wo „der Schweizerbund unter donnerndem Zuruf des lebendigen Berges umher“ – also der zahlreich versammelten Schaulustigen – „beschworen“ wird (S. 423). Hier geht es nicht um eine antiquarische Geschichtsbetrachtung oder einen selbstgenügsamen Kunstgenuss, sondern um die produktive Aneignung einer identitätsstiftenden Vergangenheit durch das souveräne Volk, das sich nach wie vor in der im fernen Mittelalter gestifteten Tradition geborgen weiß. Die Figur des Tell, der geradezu als „Schutzpatron und Heiliger“ des Landes verehrt wird (S. 418), und der berühmte Rütli-Schwur formen einen politischen Gründungsmythos, der noch im 19. Jahrhundert das Selbstverständnis der Schweizer auszudrücken vermag. Auch in *Am Mythenstein* rühmt Keller die „lebendige Ueberlieferung“ (15, S. 178) von den Anfängen der Eidgenossenschaft und will, aller Skepsis der Fachhistoriker zum Trotz, zumindest nicht ausschließen, dass die Sage von dem Sieg über die tyrannischen Vögte ein geschichtliches Fundament besitzt.

Für Keller entfaltet das patriotische Fest eine integrative Wirkung, indem es die Einbindung sämtlicher Bürger in das nationale Kollektiv unmittelbar anschaulich und sinnlich erfahrbar macht. In der „Dialektik von jeweiliger Besonderheit und gemeinschaftlicher Ganzheit" bringt es einen „idealen Gesellschaftsentwurf" hervor[12], der dem Alltag nicht etwa strikt entgegengesetzt ist, sondern ihn verklärend überhöht und auf ihn zurückstrahlt: Die wechselseitige Verbundenheit der vielen Einzelnen, vom festlichen Ereignis ins Bewusstsein gehoben, soll die gesamte Lebenspraxis des Volkes durchdringen und veredeln. So wird das Fest selbst zu einem plastischen poetisch-realistischen Kunstwerk, das „dem allezeit trächtigen Nationalgrundstock [...] etwas Besseres zeig[t], als er schon ist" (GB 3.2, S. 195), und zwar in der Absicht, ihn allmählich zu diesem Ideal emporzubilden.

Das geschieht im *Grünen Heinrich* wiederum unter Vermittlung der Dichtkunst, denn erst Schillers Drama verleiht dem eidgenössischen Mythos jene klar umrissene Gestalt, die in der Inszenierung des Stückes allen Beteiligten vor Augen geführt werden kann. Im Kontext des Romans tritt das ländliche Tell-Fest in Kontrast zu jenem Künstlerfasching in der deutschen Hauptstadt, der bloß die nostalgische Reminiszenz an eine entlegene Vergangenheit zelebriert, indem er mit einem enormen Aufwand an Masken und Kostümen das „Phantasiebild der gestorbenen Reichsherrlichkeit" heraufbeschwört (12, S. 127). Hier schafft die Kunst lediglich eine „Traumwelt" mit eskapistischen Zügen, die obendrein, weit entfernt von republikanischer Selbstbestimmung, nur im „Machtkreis" eines Monarchen existiert (S. 162). Dagegen eröffnete die populäre schweizerische Festkultur für Keller verlockende Aussichten auf eine zukunftsweisende öffentliche Funktion und damit auf eine neue Rechtfertigung des poetischen Schaffens: Wenn der Dichter Worte findet, in denen sich das Volk seiner kollektiven Identität vergewissern kann, wird er zum berufenen Künder der nationalen Einigkeit.

Nach seiner Rückkehr aus Berlin stürzte Keller sich wieder persönlich in den Festtrubel. Am 8. September 1856 berichtete er Lina Duncker ausführlich von einem Kadettenfest, das mehrere Tausend junge Leute in Zürich zusammengeführt hatte, und versicherte: „Ich habe noch nie eine solche Freude gesehen oder selbst gehabt und habe mir alle Grillen aus dem Kopf geschlagen" (GB 2, S. 161). Bereits zu diesem Anlass war er auch poetisch tätig geworden und hatte das *Marschlied für das ostschweizerische Kadettenfest 1856* gedichtet, von dessen begeisterter Aufnahme der zitierte Brief ebenfalls erzählt. In einem heiter beschwingten Ton, wie er dem jugendlichen Publikum angemessen ist, entwickelt das Gedicht die Bürgertugenden Eintracht und Wehrhaftigkeit, die den Kadetten auf dieser „kecke[n] Heeresschau" nahegebracht werden sollen:

Was eilt zu Thal der Schweizerknab'
Und wandert aus den Thoren?
Er fährt den Strom und See herab,
Was hat er wohl verloren?

Heiho! heiho! er sucht geschwind
Und findet seine Brüder,
Bis hundert und bis tausend sind
Und dreimal tausend wieder!

Hei seht! er schwärmt von Haus zu Haus
Und will schon Eisen tragen!
Sie zieh'n mit Wehr und Waffen aus
Und auch mit Stück und Wagen.
[...]
(9, S. 205)

Als Instrument einer patriotischen Identitätsstiftung bot sich der hymnische Festgesang förmlich an, und so folgten diesem ersten Beispiel bis in die achtziger Jahre hinein zahlreiche weitere, von denen Keller die meisten schließlich in der Rubrik „Festlieder und Gelegentliches" seiner *Gesammelten Gedichte* vereinigte, darunter das *Wegelied*, das als „Tischlied am Jahresfest der schweizerischen Militärgesellschaft 1857" konzipierte Gedicht *Schweizerdegen*, das *Eröffnungslied am eidgenössischen Sängerfest 1858*, das *Becherlied auf das eidgenössische Sängerfest in Chur 1862*, die Strophen *Auf das eidgenössische Schützenfest* von 1872, der *Schlußgesang am Volkstage in Solothurn für Annahme der abgeänderten Bundesverfassung* aus dem Jahre 1873 und das 1878 verfasste Lied *Für ein Gesangfest im Frühling.*

Die Maximen, die ihn bei der Arbeit an diesen Texten leiteten, legte Keller 1858 in einem Brief dar, mit dem er dem Züricher Stadtsängerverein für die Ernennung zum Ehrenmitglied dankte. Ausgehend von der Diagnose, dass die „patriotische oder nationale Lyrik [...] gegenwärtig fast allerorten an einer gewissen Verschwommenheit und Gedankenarmut" kranke, forderte er den Verzicht auf abgegriffene Klischees und eine ideelle Vertiefung:

> Hauptsächlich gilt es, statt der ewigen Verwendung des „donnernden Lawinenfalles" u. dergl. eine Reihe von sittlichen Ideen und historischen Charakterzügen, welche speziell unser vaterländisches Leben bedingen, in plastische Gestalt zu bringen,

> so daß der Sänger, indem er singt, von einer lebendigen Überzeugung durchdrungen und sein Gesang etwas Selbsterlebtes wird, ein Stück seines eigenen gegenwärtigsten Lebens darstellt. (GB 4, S. 353f.)

Die erhöhte Stimmung und die „vaterländ'schen Freuden" (9, S. 200), die Kellers Festlieder unermüdlich beschwören, wurzeln in der Besinnung auf die bindenden Kräfte der staatsbürgerlichen Gemeinschaft. Des „Festes Rosenstunde" ist flüchtig, zeitigt aber nachhaltige Wirkungen:

> Und jede Pflicht hat sie erneuet,
> Und jede Kraft hat sie gestählt
> Und eine Körnersaat gestreuet,
> Die nimmer ihre Frucht verhehlt.
> (S. 200)

Einheit und Freiheit sind die wichtigsten Werte, die in den Gedichten eingeschärft werden, verstärkt durch eingängige Symbole wie das gemeinsame Trinken und Singen oder die Fahne, die über den Köpfen der Gäste weht. Auf dem patriotischen Fest ist das ganze „Schweizerland" gegenwärtig. Hier erlebt sich das Volk als solidarisches Kollektiv, in dem jeder Einzelne unbefangen er selbst sein und sich zugleich wohltuend geborgen fühlen kann:

> Ihr andern aber heuchelt nicht
> Und gebt euch, wie ihr seid,
> Und eh' das Herz vor Schweigen bricht,
> Verkündet euer Leid!
> Der Weise spreche warm erregt,
> Der Schwätzer schwatze tief bewegt
> In seinem Narrenkleid!
>
> Und zürnt ihr, sei die Hand geballt
> Von echtem Freundeszorn:
> Sie öffnet sich, sobald erschallt
> Das alte Wunderhorn!
> Wir dürsten all' nach Einem Trank
> Und baden alle, wenn wir krank,
> In Einem klaren Born!
> (S. 219f.)

Wo sich das Prinzip der „Mannigfaltigkeit in der Einheit“ (6, S. 318) so trefflich bewährt, entschärft es jeden Konflikt und mildert sogar Schwächen und Torheiten wie die geschwätzige Narrheit zu harmlosen, fast liebenswerten Eigenarten.

Das Prunkstück unter Kellers Festdichtungen stellt der *Prolog zur Schillerfeier in Bern 1859* dar, den er für die Festlichkeiten zu Schillers hundertstem Geburtstag am Berner Theater verfasste. Diesmal handelt es sich ausnahmsweise nicht um ein strophisch gegliedertes und gereimtes Lied, das im Chor gesungen werden kann, sondern um eine poetische Rede in Blankversen über die Verflechtung von Kunst und Volksleben. Stolz nennt der Sprecher die Schweiz „ein warm gebautes Haus“, das ein „einig durchgebildet Volk von Männern“ in rühriger Tatkraft, bürgerlicher Tugendliebe und friedlicher Eintracht bewohne:

> [...] rüstig leben wir und thun es kund
> Im rastlos wachen Fleiß, der sich ergeht
> In Thalesgründen und auf luft'gen Höhen,
> Und uns're hurt'gen Wasser treiben lachend,
> Das Land durcheilend, tausend schnelle Räder.
> Auf allen Meeren schwimmen uns're Güter,
> Und wo die großen Völker ihre Märkte
> Wetteifernd halten, breitet auch der Schweizer
> Rühmlich die reichgehäuften Waren aus.
> Zugleich wird fort und fort das alte Schwert
> Mit neuem Eifer vorbedacht geschliffen,
> Dem ärmsten Mann im Land zu Trost und Freude.
> In hellen Sälen wird Vertrag und Recht,
> Gesetz und Ordnung forschend ausgebildet,
> Wie es das wechselvolle Leben heischt;
> Und selbst der Gegensätze zorn'ge Flammen
> Besiegt die stärk're Hand des guten Willens,
> Der nicht vergeblich in die Schule ging.
> (9, S. 224f.)

Doch gelte es jetzt, noch das Äußerste zu erreichen und das Geschaffene mit Hilfe der „Schönheit“ zu vollenden, die allein „[z]ur höchsten Freiheit“ führen könne:

Sie klärt des Priesters Wort zur reinen Liebe,
Sie hellt dem Ratsmann trefflich den Verstand,
Sie macht des Kriegers Waffen scharf und glänzend;
Dem Werkmann adelt sie die harte Arbeit,
[...]
Um alle windet sie ein Zauberband,
Das gleich uns macht im edlern Sinn des Wortes,
Wertvoll und fähig zu der Freiheit Zwecken.
(S. 226)

Friedrich Schiller wird – unter anderem in Anspielung auf *Wilhelm Tell* – als Kronzeuge einer solchen schönen Kunst in Anspruch genommen, die das Ideal des poetischen Realismus verwirklicht, da sie keine „Ammenmärchen" erdichtet, sondern

[...] das Leben tief im Kern ergreift
Und in ein Feuer taucht, d'raus es geläutert
In unbeirrter Freude Glanz hervorgeht,
Befreit vom Zufall, einig in sich selbst –
Und klar hinwandelnd wie des Himmels Sterne!
(S. 227)

Die Schönheit ist für Keller der utopische Vorschein und zugleich das pädagogische Medium einer sozialen Harmonie in Freiheit, weil sie

[...] das Gewordene als edles Spiel verklärt,
Das seelenstärkend neuem Werden ruft,
Daß Dichtung sich und kräft'ge Wirklichkeit
In reger Gegenspieglung so durchdringen,
Wie sich, wo eine wärm're Sonne scheint,
Am selben Baume Frucht und Blüten mengen,
Bis einst die Völker selbst die Meister sind,
Die dicht'risch handelnd ihr Geschick vollbringen.
(S. 228)

Die Stufe der Vollkommenheit erreicht ein Volk also, wenn es noch in seinen alltäglichen Verrichtungen den Gesetzen des Schönen und Poetischen folgt, wenn „Dichtung" und „kräft'ge Wirklichkeit" in eins verschmelzen. Dann ist auch die patriotische Feier, die dem Kollektiv seine Verbundenheit bewusst macht, gar nicht mehr von der gewöhnlichen Lebenspraxis zu unterscheiden. Wo das Volk „redlich selbst sich prüft und kennt und dennoch / In ungetrübter Frische lebt und wirkt", gelangt es endlich dahin, „[d]aß seine Arbeit festlich schön gelingt / Und ihm das Fest zur schönsten Arbeit wird" (S. 225).

Kellers Festgedichte und insbesondere der *Prolog zur Schillerfeier* greifen unverkennbar auf Schillers Entwurf einer ästhetischen Erziehung des Menschen zurück, dem die Überzeugung zugrunde liegt, dass „es die Schönheit ist, durch welche man zu der Freiheit wandert."[13] Das anspruchsvolle philosophische Gedankengebäude wird hier gewissermaßen popularisiert und auf die eigentümlichen Gegebenheiten der Schweiz bezogen, die als republikanischer Nationalstaat ein geeignetes Feld für seine praktische Umsetzung zu bieten schien. In diesem Sinne äußerte sich Keller auch 1869 in einem Brief an den Regierungsrat Johann Caspar Sieber, in dem er erklärte, „an der Lösung der Aufgabe mitwirken" zu wollen, „volkstümlich zu schaffen, ohne die Gesetze des Schönen und der echten Poesie zu verlassen in Betreibung einer bloßen Didaktik und Utilität in gebundener oder ungebundener Rede" (GB 4, S. 357). Die schöne Kunst war für ihn, ganz im Sinne der Weimarer Klassik, weit mehr als eine gefällige Einkleidung nützlicher Lehren, denn im ästhetischen Erleben wurde jener Einklang, den es in Staat und Gesellschaft erst herzustellen galt, bereits konkret erfahrbar: „ästhetisch leuchtet vor, was politisch noch werden soll."[14]

Die vaterländischen Festgedichte verschafften Keller in seiner Heimat ein beträchtliches Ansehen. Vor allem über ihre zahlreichen Vertonungen sorgten sie dafür, dass sein Name auch in den späten fünfziger und in den sechziger Jahren, als er so gut wie keine erzählenden Werke veröffentlichte, nicht in Vergessenheit geriet, und zu seinem fünfzigsten Geburtstag trugen sie ihm verschiedene Ehrungen ein, darunter die Verleihung der Doktorwürde durch die Philosophische Fakultät der Universität Zürich. Dabei waren diese Gesänge eigentlich nur der bescheidene Ersatz für weitaus ambitioniertere Projekte, die der Dichter nie zu einem Abschluss brachte, denn als höchstes patriotisches Kunstwerk schwebte ihm das Drama vor. Schon in Heidelberg hatte er seine Beschäftigung mit Literatur, Wissenschaft und Philosophie hauptsächlich als Vorschule für das Theaterschaffen betrachtet und durch intensive Lektüre ein „dramaturgische[s] Studium" betrieben (GB 4, S. 345), und in Berlin hoffte er, „den Besuch des Theaters mit den nötigen historischen Studien verbinden" zu können (S. 346). Der Briefwechsel mit Hermann Hettner, den er während seiner Zeit in der preußischen Hauptstadt führte, enthält eingehende

Betrachtungen zur Berliner Theaterkultur, zu einzelnen zeitgenössischen Bühnenwerken und zu grundlegenden poetologischen Fragen des Dramas.[15]

Keller vertrat ein klassizistisch gefärbtes Ideal der Gattung, das „die größte Einfachheit und Klarheit zum Prinzip" erhob, auf das „reine Aufeinanderwirken menschlicher Leidenschaften und innerlich notwendige Konflikte" setzte und die künstliche „Intrige und Verwicklung" ebenso ausschloss wie den „Zufall" (GB 1, S. 295f.). So unternahm er auch eine Ehrenrettung für das „altfranzösische Theater" eines Corneille oder Racine, das in Deutschland seit Lessings Polemik einen schlechten Ruf hatte (S. 331), und gegenüber Hettner erklärte er:

> Es kommt im Theater lediglich darauf an, daß man komisch oder tragisch erschüttert werde, und dies geschieht weit mehr, als durch Überraschungen und künstliche Verwicklungen, durch die vollständige Übersicht des Zuschauers über die Verhältnisse und Personen. [...] Es sind dieses die edelsten und reinsten, die einzig dramatischen Erschütterungen, welche stufenweise vorher schon empfunden und vorausgesehen worden sind, und wer nach *ihnen* trachtet, wird unfehlbar auf der Bahn innerer Notwendigkeit wandeln. (S. 340)

Dahinter stand die Absicht, dem Drama eine optimale Breitenwirkung zu verschaffen: „Damit aber so viele als immer möglich, damit das *ganze Volk* auf diesen hohen Standpunkt, zu diesem wahren Genusse gebracht werden könne, ist auch von selbst die größtmögliche Einfachheit, Ruhe und Klarheit bedungen, welche zur Klassizität führt und wieder führen wird, wenn die Herrschaften einmal wieder für einfache und starke Empfindungen empfänglich sind" (S. 340). Kellers Dramenpoetik war wirkungsästhetisch ausgerichtet; die Gattung interessierte ihn in erster Linie um ihrer politischen und gesellschaftlichen Dimensionen willen.

Obwohl der Dichter mit vielen Zeitgenossen die Ansicht teilte, dass die Gegenwart der ausdifferenzierten bürgerlichen Gesellschaft keine günstigen Rahmenbedingungen für die dramatische Kunst biete, war er für die Zukunft optimistisch. In kommenden Epochen, für die man „größere Zustände", „eine gewaltige Geschichte" und „ein gebildetes und bewußtes Volk" voraussetzen dürfe, werde auch das monumentale heroische Geschichtsdrama als „dramatische[r] Abschluß" und „poetische Verklärung" des Erlebten wieder seinen Platz finden (S. 359). Vorläufig glaubte er aber eher, „sehr bedeutsame und wichtige Vorboten einer neuen Komödie" zu entdecken, und zwar in den populären „Wienerpossen", die er auf der Bühne des Friedrich-Wilhelmstädtischen Theaters in Berlin sah. Sie boten in seinen Augen „eine Menge traditioneller, sehr guter Witze und Situationen, Motive und Charaktere", verbanden in ihren Couplets die Schauspielkunst geschickt mit der Musik und verarbeiteten zur Freude des Publikums zahlreiche aktuelle „politische und soziale Anspielungen" (S. 332f.).

Nachdem Keller den „aristophanische[n] Geist" dieses dramatischen Genres, in dem „Volk und Kunst zusammen, unbewußt, nach einem neuen Inhalte und nach der Befreiung eines allmählich reif werdenden Idealen ringen", bereits im September 1850 wortreich gepriesen hatte (S. 333), kam er einige Monate später mit unverminderter Begeisterung auf die „künftige politische Komödie" zurück, die aus der „jetzigen Lokalposse" hervorgehen sollte. Auch für sie werde der „rechte Stoff" freilich erst zu finden sein, „wenn die Völker frei, geordnete würdige Zustände und wahre Staatsmänner und andere Träger der Kultur vorhanden" seien; erst dann könne „auch die Posse eine edlere Natur annehmen" (S. 354f.). Für Keller waren die fraglichen Stücke jedenfalls ein Erzeugnis der urwüchsigen Volkskultur:

> Und was das Beste und Herrlichste ist: Das Volk, die Zeit haben sich diese Gattung selbst geschaffen nach ihrem Bedürfnisse, sie ist kein Produkt literarhistorischer Experimente, wie etwa die gelehrte Aufwärmung des Aristophanes und ähnliches! Gerade deswegen wird vielleicht ihre Bedeutung von den gelehrten Herren ignoriert, bis sie ihnen fertig und gewappnet, wie die junge Pallas, vor den Augen steht. (S. 354)

Die Volkskomödie verdankte ihre Entstehung demnach jener „Dialektik der Kulturbewegung" (S. 400), die der Dichter zur einzigen Quelle echter Kunst erklärte.

Auch mehrere dramatische Projekte, mit denen er sich in Heidelberg und Berlin beschäftigte, sollten aktuelle politische Stoffe aus dem Umkreis des Sonderbundskrieges und der deutschen Revolution komisch oder satirisch behandeln. Von den geplanten Lustspielen *Freischaarengespräch aus dem Stern zu Heidelberg* und *Die Rothen* war bereits die Rede, und ein weiteres Manuskript kündigt „[e]ine Conferenz der sonderbündlerischen Häupter oder auch blos luzernischer Notabilitäten" an (18, S. 461). Indes gelangte der Autor in keinem Fall über flüchtige Notizen und Szenenbruchstücke hinaus, wohl nicht zuletzt deshalb, weil er die Gattung des Dramas zu sehr mit programmatischen Erwartungen befrachtet hatte – ein Fehler, den er später auf dem Gebiet der Erzählprosa wohlweislich vermied, indem er sich entschieden gegen „aprioristische Theorien und Regeln" aussprach (GB 3.1, S. 464).

Am weitesten gedieh noch eine – unpolitische – Charaktertragödie mit dem Titel *Therese*, die von der verhängnisvollen Leidenschaft einer jungen Witwe für den Bräutigam ihrer Tochter handeln sollte, doch auch dieses Vorhaben blieb unvollendet liegen, obwohl Keller es in reiferen Jahren mehrfach wiederzubeleben versuchte. Überhaupt fiel es ihm zeitlebens schwer, sich das Scheitern seiner Ambitionen auf dem Feld des Dramas einzugestehen. Noch 1875 kündigte er Hettner an, die „Erzählerei" bald an den Nagel zu hängen und auf seine „dramatischen Velleitäten von ehemals zurückzukommen", also „die Konzeptionen des Dreißigers als Fünfziger auszuführen, nachdem die Lebenstrübe sich gesetzt hat." Offenbar war es ihm durchaus ernst mit diesem „kuriose[n] Experiment" (GB 1, S. 451), denn in einem Brief an Emil Kuh hatte er kurz zuvor eine ähnliche Ankündigung gemacht: „in einem Jahr etwa denke ich mit dem Erzählungswesen abzuschließen und dann auf frischem Tisch das Drama vorzunehmen" (GB 3.1, S. 184). Niedergeschrieben wurde aber lediglich ein kleines „Festspiel bei der Becherweihe der zürcherischen Zunftgesellschaft zur Schmieden" mit dem Titel *Die Johannisnacht*, das 1875 als Auftragswerk entstand und später Aufnahme in die *Gesammelten Gedichte* fand. Es blieb das einzige Bühnenwerk, das Keller je fertigstellte und das auch zu seinen Lebzeiten aufgeführt wurde. Erst in den achtziger Jahren resignierte er allmählich und beschloss, „einen Trauerspiel- und zwei Komödienstoffe, die ich seit drei Dezennien heimlich herumtrage, in Gottesnamen als Novellen einzupökeln, eh' auch dies unmöglich wird" (S. 75). Aber nicht einmal diese Absicht konnte er verwirklichen.

Letztlich musste Keller sich damit zufrieden geben, den visionären Entwurf eines künftigen Volkstheaters in eine essayistische Form zu fassen, statt ihn in die dramatische Praxis umzusetzen. Den Anlass bot wieder einmal der Dichter des *Tell*, zu dessen Ehren die Urkantone den Mythenstein, eine Felsklippe im Vierwaldstätter See, in ein Denkmal verwandelt hatten, das am 21. Oktober 1860 eingeweiht wurde. Keller, der den Feierlichkeiten beiwohnte, schilderte den Hergang wenige Tage später in einem kleinen Artikel für die „Allgemeine Zeitung" (vgl. 15, S. 158–160). Im April 1861 ließ er im „Morgenblatt für gebildete Leser" unter dem Titel *Am Mythenstein* einen zweiten, sehr viel umfangreicheren Beitrag folgen, der nun auch grundsätzliche Überlegungen zur Zukunft der dramatischen Kunst entwickelte. Dabei rückte deren innige Verbindung mit dem patriotischen Fest in den Mittelpunkt. Das Drama, das in der Routine der kommerziellen Theateranstalten zu verkommen schien, sollte sich erneuern, indem es zum vaterländischen Festspiel wurde.

Das lebhafte „Bedürfniß nach Schauhandlung", das mit der Zeit „die goldene Frucht eines fertigen, reinen nationalen Spieles" hervorbringen werde, sieht Keller im Prinzip in jedem Land gegeben (S. 192). Gerade das „Schweizervolk" sei aber prädestiniert, auf dem Gebiet des Schauspiels „etwas Eigenes und Ursprüngliches" zu schaffen, weil es „die ‚Mütter' dazu besitzt, nämlich große und ächte Nationalfeste, an welchen Hunderttausende sich betheiligen mit dem ausschließlichen Gedanken des Vaterlandes" (S. 193). Keller referiert zunächst einen früheren Plan zu einem heiteren allegorischen Spiel, das zur Aufführung auf einem Volksfest bestimmt gewesen sei und mit etwas Glück vielleicht zum Vorläufer für „eine stattliche zweistündige Volkskomödie" geworden wäre. Solche „neuen dramatischen Möglichkeiten" müssten jedoch aus der „ursprüngliche[n] Phantasie" der „Volksmassen" geboren werden (S. 195). Der Autor erklärt das nationale Kollektiv zu einem strengen, unbestechlichen Kunstrichter, ohne diese zuversichtliche Überzeugung näher zu begründen: „Denkt man sich eine Zuschauerschaft von Tausenden, die in erhobener vaterländischer Feststimmung versammelt sind, so ist damit auch eine kritische Zuchtschule gegeben, welche von selbst bald Bedürfniß und Ausführung reguliren würde." Vor allem die „größeren Gesangfeste", die „schon von Haus aus auf die schönen Künste gerichtet sind", könnten zur Wiege bedeutender musikalischer und dramatischer Werke werden (S. 196). Mit wachsender Teilnehmerzahl und Kunstfertigkeit würde „das Lyrische [...] vor dem Epischen und Oratorischen" zurücktreten, das nun auch „[g]roße geschichtliche Erinnerungen, die Summe sittlicher Erfahrung oder die gemeinsame Lebenshoffnung eines Volkes" zu gestalten hätte (S. 199). In einer solchen Kunstübung wären alle Stände und Berufsgruppen vereint, wie Keller es ja auch vom patriotischen Fest erwartete: „das gemeinsame Element der Bildung umfaßte die Blüthe der Nation vom anständigen Arbeiter und Bauernsohn bis zum Staatsmann und Kaufherren, vom taktfesten Dorfschulmeister bis zum gelehrten Kapellmeister der Hauptstadt" (S. 200).

Würden sich zum Gesang der Chöre und seiner musikalischen Untermalung schließlich noch „die Lust und das Geschick zu kostümirten Aufzügen" und eine „allgemeine Cultur körperlich-rhythmischer Bewegung" gesellen (S. 200f.), könnte die im Fest vereinte Nation ein echtes Gesamtkunstwerk hervorbringen:

> Das große Festlied erhebt sich eben zum Ausdruck der reinsten Leidenschaft und Begeisterung. Sie reißt den Körper der auswendig singenden Tausende von Männern, Jünglingen und Jungfrauen mit, eine leise rhythmische Bewegung wallt wie mit Zauberschlag über die Menge, es hebt sich vier- bis fünftausendfach die rechte

> Hand in sanfter Wendung, es wiegt sich das Haupt, bis ein höherer Sturm aufrauscht und beim Jubiliren der Geigen, dem Schmettern der Hörner, dem Schallen der Posaunen, unter Paukenwirbeln, und vor allem mit dem höchsten Ausdrucke des eigenen Gesanges die Masse nicht in Tanzen und Springen, wohl aber in eine gehaltene maßvolle Bewegung übergeht, einen Schritt vor- und rückwärts oder seitwärts tretend, sich links und rechts die Hände reichend oder rhythmisch auf und nieder wandelnd, ein Zug dicht am andern vorüber in kunstvoller Verwirrung, die sich unversehens wieder in Ordnung auflöst. (S. 201)

Um den besonderen Charakter der Veranstaltung zu unterstreichen, sollte sie sich nur alle fünf Jahre wiederholen. Ihre wohltuenden Effekte für das Volksleben könnten umso weniger ausbleiben: „Die Wirkung solcher Spiele würde die gehaltlose Geräusch- und Vergnügungssucht verdrängen, und die Zwischenzeit wäre in der That eine Zeit ruhiger Arbeit und des Friedens, der aus der gleichmäßigen Bildung und Veredlung des Menschen und aus dem gemeinschaftlichen Wirken ungleicher Stände hervorginge“ (S. 202f.).

In der „Bildung und Veredlung“ der Nation und der Stiftung eines Gemeinschaftssinns, der alle individuellen oder sozialen Differenzen überwölbt, findet Kellers Programm einer ästhetischen Erziehung sein höchstes Ziel, und in dem „Stadium der Feste“, das der Aufsatz skizziert, wäre die „Blüthe der Volksherrlichkeit“ erreicht. Erst nach diesem glänzenden Gipfelpunkt, wenn sich „die Menge, gesangesmüde“, langsam wieder „in passiv Genießende verwandeln“ würde, könnte erneut „die persönliche Meisterschaft der Einzelnen“ in den Vordergrund treten und „das Festgedicht in eine eigentliche Handlung verdichten“. So entstünde dann, schon am Anfang einer Phase des kulturhistorischen Niedergangs, „auf dem gewaltigen Umwege“ wieder eine „Tragödie [...] als etwas Neues und Verjüngtes“ im ewigen Kreislauf der Kunstformen (S. 203).

Mit seinem hochfliegenden Entwurf einer schweizerischen „Nationalästhetik“ (S. 196) drohte Keller in eine bedenkliche Nähe zu jenem Ludwig Eckardt zu geraten, den er damals so heftig befehdete. Die Unterschiede sollten allerdings nicht übersehen werden und sind auch im *Mythenstein*-Aufsatz selbst deutlich markiert, wenn der Verfasser über einen gewissen „eingewanderte[n] Unternehmungslustige[n]“ spottet, der jüngst die eidgenössische „Nationalbühne“ ausgeschrieben habe, „wie man eine Rettungsanstalt für verwahrloste Kinder ausschreibt“ (S. 192). Was Eckardt bewusst und zielstrebig ‚machen‘ zu können glaubte, will Keller einer organischen Entwicklung und der produktiven Phantasie des Kollektivs überlassen. „Das Neue“ in der Kunst, schreibt er, wird „nicht von Einzelnen auszuhecken und willkürlich von außen in die Welt hinein zu bringen seyn", vielmehr ist es immer nur „der gelungene Ausdruck des Innerlichen, Zuständlichen und Nothwendigen [...], das jeweils in einer Zeit und in einem Volke steckt" (S. 197) – noch einmal der wohlbekannte Gedanke einer schöpferischen „Dialektik der Kulturbewegung". In *Am Mythenstein* heißt es denn auch im Anschluss an den Seitenhieb auf Eckardt: „So leicht ist nun freilich der gewaltige Vorhang einer neuen Nationalbühne nicht in die Höhe zu ziehen; nur die Zeit selbst vermag ihn zu bewegen, daß er majestätisch sich aufrollt" (S. 193). Und der Schlussabschnitt mahnt die Leserschaft aufs Neue, „nicht voreilig und eigenmächtig erzwingen zu wollen, was aus dem Ganzen und Großen hervorgehen und werden soll", denn andernfalls drohe eine sterile, „einseitige Festvirtuosität ohne dazu gehörendes Lebensgeschick" (S. 203).

Auch Richard Wagner zieht Kellers Kritik auf sich, weil sein großangelegter „Versuch [...], eine Poesie zu seinen Zwecken selbst zu schaffen", nur zu einem rückwärtsgewandten „archaistischen Getändel" geführt habe (S. 200). Dabei verschweigt der Autor geflissentlich, dass er einigen Abhandlungen des Gescholtenen, die zehn Jahre zuvor erschienen waren, wichtige Impulse verdankte. In dem Aufsatz *Ein Theater in Zürich* geht Wagner, der damals als Revolutionsflüchtling in Kellers Heimatstadt lebte, ebenfalls von dem desolaten Zustand der deutschsprachigen Bühnenkunst aus und formuliert tiefgreifende Reformvorschläge, die nicht nur auf die Förderung talentierter einheimischer Dichter und eine bessere Ausbildung der Darsteller zielen, sondern auf lange Sicht die „Sonderstellung des Schauspielerstandes" zugunsten einer umfassenden „schöne[n] Bildung der bürgerlichen Gesellschaft" aufheben wollen.[16] Fruchtbare Ansätze dazu erkennt Wagner in der eidgenössischen Fest- und Vereinskultur, deren Turn- und Gesangsübungen, Aufzüge und Spiele „Kundgebungen einer natürlichen Neigung zur Kunst, und namentlich zur dramatischen Kunst, [...] im öffentlichen Leben" seien. Darauf aufbauend, könne man das Theater mit der Zeit als kommerzielle „industrielle Anstalt" verschwinden lassen und es statt dessen zum „höchsten und gemeinsamsten gesellschaftlichen Berührungspunkt eines öffentlichen Kunstverkehres" machen, der den Sinn für künstlerische Schönheit und damit eine sublimere Form der Humanität befördern würde.[17]

Bereits in Berlin las Keller diesen Beitrag „mit Freuden" und fühlte sich, wie er dem Wagner-Verehrer Baumgartner gestand, in der „schon früher gefaßte[n] Hoffnung bestärkt, daß ich, nachdem ich mir in Deutschland vielleicht einigen Erfolg und Erfahrungen erworben haben werde, zu Hause nicht ganz abgeschnitten sei, sondern ein Feld zur Wirksamkeit in vaterländischer

Luft finden dürfte. Ich bin mit dem Schriftchen ganz einverstanden" (GB 1, S. 294). Der spätere *Mythenstein*-Essay teilt mit Wagners Konzept den Anspruch, eine Wechselwirkung zwischen Kunst und Volksleben in Gang zu bringen. Wird die nationale Identität durch das Drama gestärkt und verklärt, so bezieht andererseits die Dichtkunst aus dieser bedeutsamen Aufgabe eine unangreifbare Legitimation.

Ebenso wichtig dürfte für Keller jenes Ideal eines Gesamtkunstwerks gewesen sein, mit dem Wagner die verschiedenen künstlerischen Betätigungen aus ihrer modernen Isolation erlösen und zugleich die Grenze zwischen Kunst und Leben überwinden wollte. Bei Wagner findet sich auch schon die Vorstellung, dass eine solche Schöpfung allein dem Genius des Volkes zuzutrauen sei:

> Das große Gesamtkunstwerk, das alle Gattungen der Kunst zu umfassen hat, um jede einzelne dieser Gattungen als Mittel gewissermaßen zu verbrauchen, zu vernichten zu Gunsten der Erreichung des Gesamtzwecks *aller*, nämlich der unbedingten, unmittelbaren Darstellung der vollendeten menschlichen Natur, – dieses große Gesamtkunstwerk erkennt er nicht als die willkürlich mögliche Tat des Einzelnen, sondern als das notwendig denkbare gemeinsame Werk der Menschen der Zukunft.[18]

Nicht das persönliche Können eines Meisters, sondern das „Volk" als solches sei demnach als die „bedingende Kraft für das Kunstwerk" anzusehen.[19] Von diesen Thesen zeigte sich Keller 1851 gleichfalls sehr angetan. Er beharrte zwar auf dem „entschiedene[n] Bedürfnis individueller Virtuosität im *Einzelnen*", räumte aber ein, „daß alle Künste, dereinst noch in größerer Harmonie als jetzt, im Drama aufgehen werden und gewiß auch die Masse, das Volk selbst, sich beteiligen und selbst verklären wird durch die Kunst" (S. 294). Die Grundlinien des *Mythenstein*-Beitrags sind damit bereits vorgezeichnet.

Aus heutiger Sicht mögen Kellers Spekulationen über eine kommende „Nationalästhetik" recht weltfremd und naiv anmuten, und er selbst relativiert sie in seinem Aufsatz behutsam, indem er das Bild des vaterländischen Festspiels einleitend als „Träumerei" charakterisiert, die allenfalls in einer „fernen Zukunft" verwirklicht werden könne (15, S. 191), und zwischendurch auch einmal von „Luftschlösser[n]" spricht (S. 201). Von ironischen Brechungen hält er seine Ausführungen jedoch frei, und es ist auch ohne weiteres begreiflich, welchen Reiz die Vision einer Kunst, die ihren festen Platz im öffentlichen Leben und Treiben des Volkes hat, auf den notorischen Außenseiter ausüben musste.[20] In *Am Mythenstein* gewinnen die Wunschträume eines Dichters Gestalt, den das bürgerliche Zeitalter stets mit der Frage konfrontiert, wie sich sein Schaffen überhaupt noch rechtfertigen lasse, und der eine verlockende Antwort in dem Gedanken findet, ganz mit dem Volk zu verschmelzen oder mit seiner poetischen Rede zumindest dem „Volksgeiste" (S. 196) eine Stimme zu leihen.

Historische Selbstvergewisserung: *Züricher Novellen*

Etwa zur selben Zeit, als Keller im *Mythenstein*-Essay über die fruchtbare Beziehung zwischen der Kunst und den großen Volksfesten sinnierte, verfasste er eine Erzählung, die ebenfalls von seinem regen Interesse an der nationalen Festkultur zeugt. *Das Fähnlein der sieben Aufrechten* erschien zuerst 1860 in Auerbachs „Volks-Kalender", dessen Herausgeber übrigens auch die prägnante Titelformulierung fand, und wurde später in den Zyklus der *Züricher Novellen* aufgenommen. Als Flaggschiff vaterländischer Literatur und kanonische Schullektüre genoss es in der Schweiz lange Zeit eine außerordentliche Popularität.

Die Novelle ist im Vergleich zu den meisten Geschichten aus Seldwyla sehr viel konkreter und gegenwartsnäher situiert. Sie spielt im Jahre 1849, überwiegend in Zürich, und das Schützenfest von Aarau, „das erste nach der Einführung der neuen Bundesverfassung" (6, S. 271), bildet ihren glanzvollen Höhepunkt. Die Titelhelden sind befreundete Handwerksmeister im vorgerückten Alter, ehrbare, liberal gesinnte Männer, die unter der Führung des Zimmermanns Frymann und des Schneiders Hediger einen privaten Zirkel und Debattierklub gegründet haben. Außerdem bezieht der Autor mit Hermine Frymann und Karl Hediger die heranwachsenden Kinder der Wortführer dieser „sieben Aufrechten" ein. Den beiden Generationen, aus denen sich die Akteure rekrutieren, entsprechen zwei Handlungsstränge. Die alten Patrioten haben es sich in den Kopf gesetzt, auf dem Fest in Aarau „mit eigener Fahne aufzutreten und eine stattliche Ehrengabe zu überbringen" (S. 271). Dazu gehört aber auch eine Ansprache vor dem versammelten Volk, die partout keiner von ihnen übernehmen will, weshalb eine öffentliche Blamage droht. Parallel dazu erzählt Keller die Liebesgeschichte, die sich zwischen Karl und Hermine entspinnt. Doppelt ist auch die Verknüpfung dieser beiden Handlungsfäden. Einerseits legen die eigensinnigen Väter zunächst ihr Veto gegen die Heiratspläne der Kinder ein, andererseits bietet sich Karl den „Aufrechten" im letzten Augenblick spontan als Redner auf dem Schützenfest an, womit er die alten

Herren von ihren Nöten erlöst, so dass Frymann und Hediger die Ehe am Ende doch genehmigen.

Der Plot folgt also einem wohlbekannten Komödienmuster, nach dem zwei junge Leute ihre Liebe mit List und Witz – und in diesem Fall auch mit der Unterstützung von Karls verständnisvoller Mutter, die ihrem polternden Gatten Paroli bietet – gegen den Widerstand der Väter durchsetzen, bis sich im Happy End alle Konflikte in Wohlgefallen auflösen. Aber dieser lustspielhafte Ablauf ist im *Fähnlein der sieben Aufrechten* kein bloßer unterhaltsamer Selbstzweck. In dem Gegensatz der Generationen und dem abschließenden Triumph der Jungen spiegelt sich vielmehr der Übergang von den „bitter leidenschaftliche[n] Tage[n]“ (S. 259) der eidgenössischen Parteikämpfe vor 1847 zu der neuen „Zeit der versöhnten Gegensätze“ (GB 3.2, S. 189), die „die Schweiz wieder zu Kraft und Einigkeit“ geführt hat (6, S. 268), und damit ein glorreicher Wendepunkt der vaterländischen Geschichte.

Die sieben Aufrechten wurzeln ganz in jener vergangenen Epoche, in der sie sich als tapfere, opferfreudige Verfechter des Liberalismus bewährt haben, und finden sich unter den mittlerweile so grundlegend veränderten Bedingungen nicht mehr ohne weiteres zurecht. Ihre Strenge und ihr parteiischer Kampfeseifer, in der „Zeit der Unruhe, des Streites und der politischen Mühe“ (S. 271) noch rühmliche Tugenden, wirken in der Gegenwart schon unpassend und bisweilen sogar unfreiwillig komisch. Als sich Frymann, den die Gruppe trotz seines Sträubens als Festredner zwangsverpflichten will, mit dem Manuskript seiner Ansprache abquält, kommt wenig Brauchbares heraus: „Die Rede war eine Anhäufung von Donnerworten gegen Jesuiten und Aristokraten, und dazwischen waren die Ausdrücke Freiheit, Menschenrecht, Knechtschaft und Verdummung u. dgl. reichlich gespickt, kurz es war eine bittere und geschraubte Kriegserklärung, in welcher von den Alten und ihrem Fähnlein keine Rede war“. Hermines diplomatisch vorgetragene Kritik macht deutlich, dass inzwischen eine andere Mentalität und andere staatsbürgerliche Werte gefragt sind: „die Rede sei sehr kräftig, doch scheine ihr dieselbe etwas verspätet, da die Jesuiten und Aristokraten für einmal besiegt seien, und sie glaube, eine heitere und vergnügte Kundgebung wäre besser angebracht, da man zufrieden und glücklich sei“ (S. 310).

Statt aber die greisen Patrioten, die immerhin „alle mitgerungen“ haben, „diese neue Zeit herbeizuführen“, lächerlich zu machen, verabschiedet die Novelle die verdiente Vätergeneration mit mildem Humor zugunsten der Kinder, die künftig „die Grundsätze und den unentwegten Glauben der sieben Aufrechten aufbewahren“ und damit eine Kontinuität von Gemeinschaftsgeist und Freiheitssinn über die Generationen hinweg stiften werden. Am Schluss übergeben die einsichtig gewordenen Väter offiziell den Staffelstab: „heute feiern wir, was unsere alten Köpfe betrifft, mit unserem Fähnlein den Abschluß, das ‚Ende Feuer!' und überlassen den Rest den Jungen" (S. 332). Das Bild der historischen Entwicklung, das Keller im *Fähnlein* zeichnet, ist jener hoffnungsfrohen Geschichtsphilosophie verpflichtet, die im *Grünen Heinrich* skizziert wird und nach der es, allen reaktionären Bemühungen und scheinbaren Rückschlägen zum Trotz, letztlich „nur Eine wirkliche Bewegung" gibt, und zwar „diejenige nach vorwärts" (12, S. 257). Ausdrücklich schreibt der Romanerzähler dem Gang der Geschichte die Struktur einer Komödie zu, wie sie auch das Geschehen in der Novelle bestimmt: „in der Geschichte und Politik" handelt es sich „nicht um ein Trauerspiel, sondern um ein gutes Ziel und Ende, wo die geläuterte unbedingte Einsicht Alle versöhnt, um ein großes heiteres Lustspiel, wo Niemand mehr blutet und Niemand weint. Langsam aber sicher geht die Welt diesem Ziele entgegen" (S. 261).

Später wird im *Grünen Heinrich* die neuere Geschichte der Schweiz, „welche mit dem Umwandlungsprocesse eines Jahrhunderte alten Staatenbundes in einen Bundesstaat abschloß und ein durchaus denkwürdiger, in sich selbst bedingter organischer Proceß war" (S. 455), als Zeugnis für das unfehlbare Wirken dieser immanenten historischen Vernunft angeführt. In der Tat waren es, wie Keller noch kurz vor seinem Tod in einer autobiographischen Rückschau festhielt, die „Zufriedenheit mit den vaterländischen Zuständen" und die „Freude über den Besitz der neuen Bundesverfassung", die ihm nach 1848 für einige Zeit eine solche Zuversicht vermittelten und aus denen auch das *Fähnlein der sieben Aufrechten* geboren wurde (15, S. 420). Von der sicheren Höhe der jüngsten nationalen Errungenschaften konnte er gelassen auf die kampfdurchtobte Vergangenheit zurückblicken und sich über ihre letzten harmlosen Überbleibsel in der anachronistischen Mentalität seiner sieben Aufrechten amüsieren. Einmal mehr zeigt sich hier, dass die politische Grenzscheide von 1847/48 bei Keller mit einem Wechsel der bevorzugten rhetorischen Mittel und Stilhaltungen zusammenfiel: Das zornige Pathos der Parteileidenschaft wich der versöhnlichen Heiterkeit und einem humoristisch getönten Einverständnis. So reflektierte der Dichter in dem Porträt seiner gealterten Novellenhelden auch den Abstand zu seiner eigenen Vergangenheit als polemischer Agitator und Jesuitenfresser.

Demgegenüber verkörpert die junge Generation im *Fähnlein* die Werte der neuen Ära. Karl Hediger, der aus dem Stegreif die Festansprache für den patriotischen Verein hält, beim Preisschießen mit fünfundzwanzig Schüssen ebenso viele Treffer erzielt, was doch eigentlich „gar nicht vor[kommt]“ (6, S. 325), und obendrein als geübter Turner beim Fingerhakeln einen bärenstarken Gegner besiegt, erweist sich zur Verblüffung seines strengen Vaters als mustergültiger Staatsbürger, „redebegabt und berühmt in den Waffen“ (S. 327), dem verdientermaßen das ersehnte Liebesglück zuteil wird. Sicherlich ist diese Figur wieder eine Wunschprojektion des Autors Keller, ein literarisch herbeiphantasiertes Ideal-Ich, das sogar den Landvogt von Greifensee noch übertrifft. Und während Karl „die Kraft, die Entschlossenheit und Gewandtheit“ eines rechten Mannes besitzt, verkörpert Hermine mit ihrer „Anmut und weibliche[n] Reinheit“ den Inbegriff bürgerlicher Weiblichkeit (S. 332). Das patriotische Fest ist der Ort, an dem die Tugenden der beiden öffentlich präsentiert und gewürdigt werden können. Setzt Karl durch seine „Werke und Verrichtungen“ alle in Erstaunen (S. 331), so nötigt Hermines Schönheit den Versammelten das Eingeständnis ab, dass sie „das feinste Mädchen in der Hütte“ des Festessens sei (S. 328).

Das Aarauer Schützenfest wird in der Novelle als triumphale Demonstration der frisch errungenen nationalen Einheit und Versöhnung zelebriert. Dafür bietet Keller sämtliche symbolisch bedeutsamen Elemente auf, die aus der eidgenössischen Festkultur bekannt sind und auch in seinen Festliedern immer wieder begegnen, nämlich die Schießübungen, die von einer gemeinsamen Mahlzeit gekrönte fröhliche Geselligkeit, den prächtigen „Gabentempel, der mit seinen Schätzen schimmert“, und „eine dichte Menge Fahnen [...] in den Farben der Kantone, der Städte, Landschaften und Gemeinden“ (S. 315) – bunte Sinnbilder jener „Mannigfaltigkeit in der Einheit“ (S. 318), die Keller als löbliche schweizerische Eigenart begriff, wobei die „Einheit“ wiederum durch die „eidgenössische Schützenfahne“ veranschaulicht wird, die „hoch in der Luft [...] in sonniger Einsamkeit“ über allen anderen weht (S. 312). Vor allem aber hebt der Erzähler hervor, dass die festliche Gelegenheit, bei der „Landleute und Städter, Männer und Weiber, Alte und Junge, Gelehrte und Ungelehrte“ (S. 322), Sparsame und Verschwender, Reiche und Arme zusammenkommen, auch die unterschiedlichsten Individuen in Harmonie vereint. Die aus diesen Einzelnen gebildete Nation erscheint in Karls Festansprache als eine organische Größe, die er mit Naturmetaphern umschreibt, etwa als „Waldesdickicht“ (S. 316) oder als der „Wellenschlag eines frohen Volkes“ (S. 318).

Die programmatische Rede, in der Keller den jugendlichen Protagonisten in schwungvoller Rhetorik seine eigenen Ideale vortragen lässt, bildet das Sinnzentrum der Geschichte. Ausgehend von dem Spruch „Freundschaft in der Freiheit!“, der die grüne Fahne der Aufrechten ziert, erhebt Karl „die

Freundschaft von Vaterlandswegen, die Freundschaft aus Freiheitsliebe" zum Motto der vielgestaltigen und doch einigen Eidgenossenschaft (S. 315f.); auch die schon mehrfach zitierte Formel von der „Mannigfaltigkeit in der Einheit" (S. 318) variiert diesen Grundgedanken. So geben die sieben Titelhelden zwar nicht mit ihrem unzeitgemäßen verbissenen Parteihass, wohl aber in ihrer solidarischen Verbundenheit im Zeichen des bürgerlichen Freiheitssinns ein Modell für die gesamte Schweizer Nation ab. Das Volksfest macht diese Einheit bewusst, indem es ihr eine sichtbare Gestalt verleiht, und fördert damit alle vaterländischen Tugenden. Das unterstreicht ein anderer Redner in Erwiderung auf Karls Ansprache: „mögen unsere Feste nie etwas Schlechteres werden, als eine Sittenschule für die Jungen, der Lohn eines reinen öffentlichen Gewissens und erfüllter Bürgertreue und ein Vergnügungsbad für die Alten! Mögen sie eine Feier bleiben unverbrüchlicher und lebendiger Freundschaft im Lande von Gau zu Gau und von Mann zu Mann!" (S. 318)

Es ist nur folgerichtig, wenn die Verlobung von Karl und Hermine ausgerechnet auf dem Schützenfest, mitten im Trubel der Menge, mit dem Segen der Väter besiegelt wird. In der Verbindung dieser beiden jungen Leute, die das lustspielhafte Handlungsschema krönt, drückt sich Kellers Erwartung aus, dass Liebe, Freiheitsenthusiasmus und Gemeinschaftsgefühl zu guter Letzt auch alle Klassenunterschiede, die die Nation zu spalten drohen, überwinden werden – Frymanns und Hedigers Einwände gegen die Eheschließung bezogen sich ja gerade auf die soziale und ökonomische Kluft zwischen dem Zimmermann, der „ein wahrer Krösus mit einem stattlichen Hauswesen" ist, und dem Schneidermeister als dem „Unbemitteltste[n]" in der Runde der sieben Männer (S. 270). Daher ist die Liebesbeziehung im *Fähnlein* auch keine reine Privatangelegenheit, die das Volk nichts anginge. Karl und Hermine stehlen sich zwar kurzzeitig aus dem Lärm der Festhütte weg, nehmen es aber keineswegs übel, wenn sie draußen auf dem nächtlich stillen Platz unvermutet von einem wachestehenden Scharfschützen aus dem Aargau angesprochen werden, der Karl von früher kennt: „Die Verlobten setzten sich auf die Stufen zu seinen Füßen und erzählten sich was mit ihm wohl eine halbe Stunde, ehe sie zur Gesellschaft zurückkehrten" (S. 334). Wo die ideale Nation durch die „persönliche Freundschaft eines ganzen Volkes" zusammengehalten wird (S. 318), gehen die private und die öffentliche Sphäre fließend ineinander über.

Vor allem mit der verklärenden Festschilderung verwirklichte Keller seine pädagogische Absicht, „das Gegenwärtige, die Keime der Zukunft [...] zu verstärken und zu verschönern", um dem „allezeit trächtigen Nationalgrundstock“ damit „etwas Besseres [zu] zeigen, als er schon ist“, und zwar stets in der Hoffnung, dass das Volk „durch das Bild auch angeregt zur teilweisen Verwirklichung werde“ (GB 3.2, S. 195f.). Und obwohl seine Erzählung eine historisch-politische Entwicklung hymnisch feiert und zugleich ein überschwängliches Liebesglück inszeniert, fällt sie niemals ins Platte und Triviale, weil der Autor die nationale Panegyrik durch verschiedene „ironische Entpathetisierungstechniken“[21] abmildert und den Leser immer wieder zum Schmunzeln bringt. Die Komik der sieben Alten, die so gern große Reden schwingen, wenn sie unter sich sind, in der Öffentlichkeit aber um keinen Preis das Wort ergreifen wollen, wurde bereits erwähnt; hinzu kommt, dass diese Männer sich zwar als „strenge Haustyrannen“ gebärden (6, S. 268), aber von Frau und Kindern doch ziemlich mühelos an der Nase herumgeführt werden. Darüber hinaus hat Keller eine Reihe ergötzlicher Genrebilder in seinen Text eingebaut, die den hehren Anspruch der vaterländischen Pädagogik auf den Boden des Alltags zurückholen, beispielsweise die wichtigen Besprechungen der Aufrechten im Vorfeld des Festes, bei denen die patriotischen Ziele bisweilen doch mit dem profanen Eigennutz der Einzelnen kollidieren, das verschwörerische Treffen von Frau Hediger und Hermine bei Kaffee und Gebäck, die heimlichen nächtlichen Trinkspiele unter Karls Soldatenkameraden oder die „zwei Sennen aus dem Entlibuch“, die sich in Aarau tummeln, ein hünenhafter Achtzigjähriger mit seinem ungebärdigen, etwas tumben „Büebeli“ von Anfang fünfzig, das Karl zum Fingerhakeln herausfordert (S. 329). Man müsse „mit einiger wohlwollenden Ironie“ arbeiten, „die dem Zeuge das falsche Pathos nimmt“, äußerte Keller gegenüber Auerbach (GB 3.2, S. 195); auch gelte es, „das Didaktische im Poetischen aufzulösen“ (S. 190) und den „didaktischen Knochen“ durch „etwas novellistische Petersilie“ auszuschmücken (S. 196). In dieser Erzählung ist ihm das mustergültig gelungen.

Kaum war das Manuskript des *Fähnleins* abgeschlossen, erwog Keller bereits, „nach und nach eine Reihe Zürchernovellen zu schreiben, welche, im Gegensatz zu den *Leuten von Seldwyla*, mehr positives Leben enthalten“ sollten (S. 196f.). Ausführen konnte er das Projekt aber erst 1876/77, als er die zeitraubende Tätigkeit als Staatsschreiber quittierte. Der erste Teil der *Züricher Novellen* mit den Erzählungen *Hadlaub*, *Der Narr auf Manegg* und *Der Landvogt von Greifensee*, die in eine Rahmenhandlung um den jungen Herrn Jacques und seinen Paten eingebettet sind, erschien in Fortsetzungen in der „Deutschen Rundschau“, und bald darauf kam die Buchausgabe heraus, ergänzt um einen zweiten Band mit den Beiträgen *Das Fähnlein der sieben Aufrechten* und *Ursula*, die jenseits des Erzählrahmens stehen. Der fertige Zyklus, wenn man die

Sammlung überhaupt noch so nennen mag, weist also eine auffallend heterogene Gestalt auf, die der Dichter auch in den späteren Auflagen nicht antastete. Übrigens hatte ihm der Termindruck beim Schreiben wieder einmal mächtig zugesetzt. Von der Erzählung *Ursula*, die ursprünglich vor dem *Fähnlein* platziert werden sollte und nur deshalb nach hinten verschoben wurde, weil Keller das Manuskript nicht rechtzeitig liefern konnte, sagte er im Nachhinein, sie sei „einfach nicht fertig, die zweite Hälfte mit sehenden Augen nicht ausgeführt, weil mir der Verleger wegen des üblichen Weihnachtsgeschäftes auf dem Nacken saß" (GB 3.1, S. 30).

Die einzelnen Novellen thematisieren, wenngleich nicht in strenger chronologischer Abfolge, wichtige Etappen der Züricher Geschichte aus dem hohen und späten Mittelalter (*Hadlaub* bzw. *Der Narr auf Manegg*), dem 16. (*Ursula*), dem 18. (*Landvogt*) und dem 19. Jahrhundert (*Fähnlein*). Eine ähnliche Traditionsvergewisserung durch den Rückgriff auf die historische Vergangenheit seiner Heimat unternahm Keller auch in einigen kleineren Werken, die jeweils einen ausgeprägten Öffentlichkeitsbezug aufweisen. So rühmt das Gedicht *Ufenau*, das er 1858 für die „Züricher Studenten anläßlich einer festlichen Fahrt nach Ulrich von Huttens Grabinsel" verfasste (9, S. 211), den streitbaren Humanisten und Vorkämpfer der Reformation als Vorbild für die Gegenwart, und das schon erwähnte Festspiel *Die Johannisnacht*, das Keller niederschrieb, während er sich bereits mit dem Plan der *Züricher Novellen* beschäftigte, entfaltet ein Panorama der kriegerischen Geschichte von Zürich, indem es in der spukhaften Mittsommernacht charakteristische Repräsentanten der einzelnen Jahrhunderte als Geister auftreten lässt, die sich über ihre früheren Schicksale austauschen. Dabei spannt sich der Bogen von einem Schmied, den der Sieg Rudolfs von Habsburg auf dem Marchfeld 1278 das Leben gekostet hat, bis zu einem Chirurgen, der 1757 im Dienst Friedrichs des Großen in der Schlacht bei Leuthen gefallen ist.

Kellers Geschichtsdichtungen stehen im Kontext des Historismus, der im 19. Jahrhundert viele Autoren zur Bearbeitung solcher Stoffe inspirierte, darunter Deutsche wie Gustav Freytag, Joseph Victor von Scheffel oder Felix Dahn, aber beispielsweise auch Kellers Landsmann Conrad Ferdinand Meyer.[22] Gerade in Deutschland sollte die Besinnung auf die Vergangenheit die Identitätsbildung der werdenden Nation fördern, doch darüber hinaus lässt sie sich als kritische Wendung gegen eine hektische, traditionsvergessene Moderne interpretieren, die in ihrer Dynamik manche verstörenden Erfahrungen der Entfremdung und Entwurzelung mit sich brachte. Wie es für die historistische Strömung in der Literatur typisch war, betrieb Keller für die *Züricher No-*

vellen fleißige Quellenstudien, insbesondere zum mittelalterlichen Minnesang und zum Wirken Zwinglis.[23] Dennoch fühlte er sich auf diesem Gebiet nicht ganz wohl, weil das historische Material seine Bewegungsfreiheit auf ungewohnte Weise einschränkte und das Verhältnis zwischen überlieferter Faktizität und dichterischer Behandlung einige Probleme aufwarf. Dem „Rundschau“-Herausgeber Rodenberg schrieb er während der Arbeit: „Bei dem Hadloub [!] bin ich wegen Verquickung von Wahrheit und Dichtung in unerwartete Verkrempelung geraten und muß mit Geduld darüber hinwegduseln“ (GB 3.2, S. 344), und in einem Brief an Baechtold prophezeite er halb im Scherz, „einige Schulherren“ würden diese Erzählung gewiss zum Anlass nehmen, „eine Polemik gegen unberufene poetische Verwertung und lügenhafte Erfindungen zu eröffnen“ (GB 3.1, S. 280). Zu C.F. Meyer soll Keller schließlich gesagt haben: „In einer historischen Erzählung bin ich wie mit Hunden gehetzt, weil ich nie weiß, ob ich in der Wahrheit stehe.“[24] Nachdem er seinen Novellenzyklus abgeschlossen hatte, hielt er sich fortan von geschichtlichen Stoffen fern.

Kellers Zeitgenossen bedienten sich in ihren historischen Erzählungen häufig der Rahmentechnik, um den geschichtlichen Rückblick aus großer Distanz förmlich ins Bild zu setzen. Im ersten Band der *Züricher Novellen* nutzt der Dichter diesen Kunstgriff ebenfalls. Der Abstand zwischen den erzählten Ausschnitten aus ferner Vergangenheit und dem Rahmengeschehen, das „[g]egen das Ende der achtzehnhundert und zwanziger Jahre“ angesiedelt ist (6, S. 7), wird dabei jedoch durch eine Fülle subtiler Bezüge und Verweise überspielt. Die narrative Aneignung der geschichtlichen Überlieferung erfolgt hier weder im Geiste einer nostalgischen Schwärmerei noch um der musealen Bewahrung antiquarischer Relikte willen, sondern im Dienst dezidiert gegenwartsbezogener Interessen: Die Absicht ist eine erzieherische, das historische Erzählen fungiert als Instrument der Pädagogik.

In der Fiktion des Erzählrahmens gibt ein junger Bursche namens Jacques das Erziehungsobjekt ab. Dem Sohn eines wohlhabenden Züricher Kaufmanns ist unbehaglich zumute, seit er „in irgend einem vorlauten Buche“ gelesen hat, „daß es heutzutage keine ursprünglichen Menschen, keine Originale mehr gebe, sondern nur noch Dutzendleute und gleichmäßig abgedrehte Tausendspersonen“. Er selbst glaubt nämlich den „unbewußte[n] Trieb“ zu verspüren, „ein Original zu sein oder eines zu werden, das heißt, sich über die runden Köpfe seiner guten Mitschüler zu erheben“ (S. 7f.), und sieht nun den Weg zu diesem Ziel versperrt. Damit sind gleich zwei Probleme berührt, deren Bedeutung für Keller uns schon wohlbekannt ist: zum einen das Verhältnis des Individuums zu den übergreifenden sozialen und kulturellen Ordnungssystemen und zum anderen die Gefahr unproduktiver Epigonalität im Zeitalter der bürgerlichen Gesellschaft.

Der Erzähler in der Rahmenhandlung der *Züricher Novellen* interpretiert die „jugendlichen Originalitätssorgen" des „trauernden Heranwüchsling[s]" (S. 21) allerdings einfach als Zeichen pubertärer Unreife. Er behandelt seinen Helden durchweg mit spöttischer Ironie – beispielsweise wird als Indiz für dessen höheres Streben lediglich die Neigung angeführt, in seine Schulaufsätze allerlei affektierte, hochtrabende Redewendungen einzuflicken! –, und für echte tragische Verwicklungen besitzt Jacques' Charakter auch gar nicht die nötige Tiefe. Immer wieder kommt unter seinen melancholischen Anwandlungen und seinen ambitionierten literarischen Plänen eine sehr prosaische Natur zum Vorschein, die allemal besser ins väterliche Handelskontor als in eine Dichterklause passt. Als „neue[r] Ovid" möchte Jacques eine moderne Variante der Metamorphosen schaffen und „Verwandlungen von Nymphen und Menschenkindern in Pflanzen der Neuzeit, welche die Säulen des Kolonialhandels waren", besingen. Der kuriose Versuch, dem ökonomischen Nutzenkalkül ein ehrwürdiges antikes Gewand umzuhängen, scheitert jedoch, da „das Zuckerrohr, die Pfefferstaude, Baumwoll- und Kaffeepflanze" und das „Süßholz" keine rechte „Handhabe" bieten, „bei welcher er sie anpacken konnte". Um sich Inspiration zu holen, wandert Jacques, mit Schreibtafel und Stift bewaffnet, in die „romantische Wildnis" an den Ufern der Sihl hinaus, „ganz gewärtig, die Zeugnisse seiner Originalität zu beglaubigen, welche die rauschenden Wasser ihm bringen sollten" (S. 10f.). Der Fluss trägt aber etwas ganz anderes mit sich, nämlich frisch geschlagenes Holz, das für die Bürger von Zürich bestimmt ist. Bei diesem Anblick vergisst der junge Mann seine poetischen Pläne sogleich und zählt statt dessen die Holzscheite, deren Wert er flugs im Kopf berechnet, so dass am Ende kein dichterischer Gesang auf der Tafel festgehalten wird, sondern „die ziemlich wahrscheinliche Summe [...], für welche die Stadt während zweier Tage Brennholz einführte" (S. 12).

Die Erzählkur für Jacques' eingebildete Nöte beginnt, als er unterwegs seinen Paten trifft und ihm sein Herz ausschüttet: Er „sei in einer Zeit geboren, in der man unbedingt kein Originalmensch mehr werden könne und am Gewöhnlichen haften bleiben müsse" (S. 16). Der alte Herr setzt daraufhin dem Ideal eines schöpferischen Genies im Stil des Sturm und Drang, wie es Jacques vorschwebt, ein bescheideneres Verständnis von Originalität entgegen:

> „Also ein Original möchtet Ihr gerne sein, Meister Jacques? [...] Ei, das kommt nur darauf an, was für eines! Ein gutes Original ist nur, wer Nachahmung verdient!

> Nachgeahmt zu werden ist aber nur würdig, wer das, was er unternimmt, recht betreibt und immer an seinem Orte etwas Tüchtiges leistet, und wenn dieses auch nichts Unerhörtes und Erzursprüngliches ist! Jenes ist aber im ganzen so wenig häufig oder recht betrachtet so selten, daß, wer es kann und thut, immer den Habitus eines Selbständigen und Originalen haben und sich im Gedächtnis der Menschen erhalten wird, ganze Stämme sowohl, wie einzelne.“ (S. 22f.)

Der Pate steht dem forcierten, übersteigerten Subjektivismus offenbar ebenso skeptisch gegenüber wie Keller selbst seit der zweiten Hälfte der vierziger Jahre. Zwar mag man sich fragen, ob die „kräftige Edelnormalität“[25], die er als Muster aufstellt, überhaupt noch den Namen eines Originals verdient. Sie hat aber den Vorzug, jene Konflikte mit den festen Normen der Gesellschaft, die aus der Hybris eines Genies fast zwangsläufig erwachsen müssen, von vornherein zu vermeiden, indem sie Originalität gerade als recht verstandene soziale Integration definiert: „Das Bild, das Jakobus hier vom ‚Original‘ entwirft, ist die Vorstellung vom Bürger, der sich durch Leistung als würdiges Mitglied der Gesellschaft legitimiert.“[26] Damit löst der Pate zugleich elegant das Problem des Epigonentums, denn eine Originalität, von der „nichts Unerhörtes und Erzursprüngliches“, sondern bloß solide Tüchtigkeit verlangt wird, lässt sich ohne Zweifel in jeder Epoche denken.

Mit seinem Schützling vor den Ruinen der Burg Manegg sitzend, die einst der Familie Manesse gehörte, und die Stadt Zürich vor Augen, wo unter anderen mittelalterlichen Gebäuden auch „der ehemalige Turm der Manessen“ aufragt, kommt der Pate auf die berühmte Züricher Patriziersippe zu sprechen, die ihm ein historisches Exempel für seine Lehre von der wahren Originalität liefert: „Da haben wir dieses längst verschwundene Geschlecht der Manesse, die in ihrer Blütezeit alles, was sie unternahmen, ausführten, und, ohne sich durch seltsame Manieren bemerklich zu machen, mustergültig ihren Platz ausfüllten, auch wenn es nicht der oberste war“ (S. 23). Ihre größte Tat vollbrachten die Manesse auf dem Gebiet der Kultur, als sie die Zusammenstellung der nach ihnen benannten Liedersammlung veranlassten, mit der um das Jahr 1300 in Zürich begonnen wurde. Um diesen Codex Manesse, die Große Heidelberger Liederhandschrift, die mit ihren prächtigen Illustrationen und mit Texten von nicht weniger als hundertvierzig Poeten bis heute die wichtigste Quelle für den hochmittelalterlichen Minnesang darstellt, kreist auch die erste Erzählung, die der Pate vorträgt, um Jacques mit einigen echten Originalen bekannt zu machen. Die Mitglieder der Familie Manesse treten in *Hadlaub* allerdings nur am Rande auf. Im Mittelpunkt steht der junge Titelheld, der im

Auftrag der vornehmen Herren für die Anfertigung des Liederbuches verantwortlich zeichnet und dabei seine dichterische Ader entdeckt.

Wenn der Pate beiläufig erwähnt, die Überlieferung zu Hadlaub und den Manesse habe ihn inspiriert, sich „die Geschichte etwas zusammen zu denken und auszumalen" (S. 24), so ist das ein indirektes Bekenntnis des Autors Keller, der in der Tat die historischen Quellen, darunter verschiedene Ausgaben des Codex Manesse, sowie einige wissenschaftliche Arbeiten als Material für eine Novelle verwendete, in der er sich alle Freiheiten eines allwissenden Erzählers nahm. Er stützte sich auf die noch heute vieldiskutierte These, dass ein Kreis von kulturbeflissenen Adligen und Patriziern um Rüdiger Manesse den Älteren die umfassende Sammlung von Minneliedern initiiert habe und der Züricher Johannes Hadlaub, dessen eigene Werke in der Manessischen Handschrift zahlreich vertreten sind, als deren Schreiber und Illustrator tätig gewesen sei. Da von dem historischen Hadlaub aber wenig Sicheres bezeugt ist, entwickelte Keller das Handlungsgerüst seiner Novelle aus den überlieferten Liedern dieses Poeten, die er als biographische Dokumente deutete. Literarische Texte, die – so die Unterstellung – Produkte persönlicher Erfahrungen waren, werden im Akt des Erzählens in das gelebte Leben zurückverwandelt, dem sie ihre Entstehung verdankten.

Hadlaub schildert eine Entwicklungsgeschichte. Der jugendliche Protagonist, Sohn eines freien Bauern vom Zürichberg, erhält eine gelehrte Ausbildung an der städtischen Stiftsschule und leistet den Züricher Patriziern und den adligen Herren des Umlandes bei Schreibarbeiten und Rechtsgeschäften wertvolle Dienste. Als die kunstsinnigen Angehörigen des Manesse-Kreises beschließen, alle erreichbaren Minnelieder zu dokumentieren, um von dieser ehrwürdigen Tradition zu „retten, was zu retten ist" (S. 50), betrauen sie ihn daher mit der Redaktion der Texte und mit der Anfertigung und Illustration einer Sammelhandschrift, so dass Hadlaub unversehens zum „Minnekanzler" (S. 60) avanciert. Statt sich aber auf die pietätvollen Bemühungen um das überlieferte Kulturgut zu beschränken, nimmt er sein Amt alsbald zum Anlass, selbst im Stil des Minnesangs zu dichten, denn er ist in die schöne Fides verliebt, die natürliche Tochter des Bischofs Heinrich von Konstanz und der Züricher Fürstäbtissin Kunigunde, die ihrerseits den Manesse nahestehen. Die Formen und Themen der Minnepoesie eröffnen Hadlaub „junge[r] Leidenschaft" einen willkommenen „Ausweg" (S. 62), liefern ihm eine Sprache, in der er seinem Begehren und seinen Kümmernissen Ausdruck verleihen kann, und vertiefen und verfeinern zugleich seine Neigung. Weil jedes kleine „Erlebnis" mit Fides „seine Minnethaten neu in Fluß" bringt (S. 69), bilden die gedichteten Lieder eine Chronik seines Lebens, seiner Empfindungen und Sehnsüchte.

Gegenüber dem adligen Fräulein, das sich in vornehmer Zurückhaltung übt, ist Hadlaub in einer Lage, die exakt der typischen Konstellation des Hohen Minnesangs entspricht: „er sang an eine hartherzige oder spröde Schöne um Erhörung, und daß diese so lange als möglich ausblieb, mußte er eben gewärtigen und ertragen wie jeder Singer“ (S. 70). Auch die Herren im Umkreis der Manesse dulden seine poetische Werbung lediglich deshalb, weil sie überzeugt sind, „daß der junge Mann die Sache nur als eine Sache der ‚hohen Minne‘ betreibe, d.h. die Dame seiner Lieder als weit über ihm stehend und im Ernste als unerreichbar betrachte“ (S. 74). Sie fassen die ganze Affäre als „artige[s] Spiel“ auf, als ein „gelungene[s] Kunstwerklein“, das ihnen einen kultivierten Genuss verschafft (S. 89). Doch Hadlaub ist Fides „ernstlich zugethan“ (S. 70), so wie auch sie seine Liebe allmählich aufrichtig erwidert. Damit verletzen die beiden die „alte Sitte“, dass „man nicht freite, wo man minnte“ (S. 100), und brechen mit den ungeschriebenen Regeln der klassischen Minne, die eine wechselseitige Liebesbeziehung oder gar eine Eheschließung nicht vorsehen. Am Schluss nimmt das vermeintliche „heitere Spiel“ daher eine „ernsthafte Wendung“ (S. 116), als Hadlaub und Fides vor dem versammelten Manesse-Zirkel ihre Verlobung bekanntgeben. Sie ziehen in die Stadt Zürich, wo Hadlaub auch die Liederhandschrift vollendet.

Die Wende zum 14. Jahrhundert wird in der Novelle in mehrfacher Hinsicht als eine Epoche des Übergangs charakterisiert. Das gilt zunächst auf dem Feld der Kunst und der Kultur, denn der Minnesang gehört eigentlich längst der Vergangenheit an: In Zürich und Umgebung „erfreute man sich eines verspäteten Minne- und Liederwesens ritterlicher Art, nachdem dessen Blütezeit schon vorüber war“ (S. 28). Der Manesse-Kreis, in dem nur noch ganz vereinzelt produktive Dichter auftreten, widmet sich vorrangig der antiquarischen Geschichtspflege. Die Minnelieder, die er zu bewahren trachtet, sind gleichsam Museumsstücke, umgeben von dem nostalgischen Glanz vergangener schöpferischer Größe. Deshalb hält Rüdiger Manesses nüchterne, handfeste Gattin auch nichts von Hadlaubs Minnetreiben: „Wir leben hier an der Stadt bei Handel und Wandel und nicht auf Hofburgen und in Zaubergärten. Alte Mären lesen wir in den Büchern, aber wir spielen sie nicht selbst wieder ab“ (S. 73).

Hadlaub ist jedoch kein reiner Epigone, der eine überholte Tradition künstlich am Leben hält. Seine Originalität verdankt er der Fähigkeit, die Konventionen des hohen Minnesangs mit neuen Inhalten zu füllen und auf neue Ziele auszurichten. Was hundert Jahre zuvor eine streng geregelte, artifizielle Übung war, die der höfischen Repräsentation und der stilisierten Selbstdarstellung einer aristokratischen Gesellschaftsschicht diente, verwandelt sich unter seiner Feder in den kunstvoll geformten Ausdruck authentischer Gefühlsregungen. Wie er Fides gesteht, sind unter seinen Liedern zwar manche, die er nur „zur guten Uebung hervorbringt, aus Lust am Singen und gewissermaßen zum Vorrat", aber neben diesen Virtuosenstücken stehen andere Gedichte, „die man selbst empfindet und erlebt und nicht anders machen oder unterlassen kann" (S. 109). Hier zeichnet sich – natürlich völlig anachronistisch – das Konzept einer modernen ‚Erlebnislyrik' ab, die vom traditionellen Minnesang nur die äußere Hülle borgt, unter der sich jetzt grundlegend veränderte Denkmuster, Emotionen und soziale Kontexte verbergen. Hadlaubs Kunst, die eine verjährte Überlieferung zeitgemäß erneuert, geht tatsächlich aus der von Keller beschworenen „Dialektik der Kulturbewegung" (GB 1, S. 400) hervor.

Der Rang dieses Dichtertums wird im Text allerdings relativiert. Als Hadlaub in Österreich die altertümlichen Strophen des Kürenbergers zu Gesicht bekommt, erkennt er in ihnen „Erzeugnisse eines wirklichen und ganzen Dichters, deren Ursprünglichkeit und Schönheit" ihn frappiert (6, S. 98). Mit diesem längst verschollenen Vorgänger kann sich der Protagonist nicht messen, und so trägt er Fides schließlich dessen berühmtes Falkenlied vor, „das tausendmal besser und schöner alle Sehnsucht und alles Weh enthält, die in mir sind, als alle meine Lieder und Leiche" (S. 110). Ausgerechnet das letzte in der Novelle erwähnte Gedicht, das Fides zu Tränen rührt und ihr Liebesgeständnis vorbereitet, ist also ein Zitat und keine Eigenschöpfung Hadlaubs! Nach der Eheschließung stellt Johannes seine künstlerischen Bemühungen dann endgültig ein, was nur konsequent erscheint, da sie ja in erster Linie von der Sehnsucht unerfüllter Liebe inspiriert waren, an deren Stelle nun die praktische Bewährung als bürgerlicher Ehemann tritt. Hadlaub wird gewiss positiver gezeichnet und mit mehr Glück und Erfolg bedacht als die meisten Künstlerfiguren Kellers, aber das latente Misstrauen gegen den Künstler und seine Herabstufung im Vergleich zu der tüchtigen Existenz eines ehrbaren Bürgers machen sich doch auch in diesem Falle bemerkbar.

Dem Niedergang des klassischen Minnesangs korrespondiert in *Hadlaub* der Verfall jener höfischen Gesellschaft, in der diese Kunstform einst ihre Blüte erlebte. In der heiteren Geselligkeit des Manesse-Kreises, in den Jagdvergnügungen und Minnespielen der vornehmen Herrschaften finden die Lebensformen des adligen Rittertums zwar noch eine Fortsetzung, aber auf all dem liegt doch schon ein herbstlicher Schimmer des nahen Endes, den der Erzähler durch düstere Vorausdeutungen verstärkt. Wenn sich beispielsweise Jakob von Wart als einer der spätesten Minnesinger der Anerkennung freut, die ihm in dieser Runde zuteil wird, ahnt er nicht, „daß in weniger als zwanzig Jahren seine Burgen zerstört und sein Geschlecht von der Erde hinweggetilgt sein würden“ (S. 52). Mehrere der Versammelten werden nämlich später in die Ermordung König Albrechts I. verwickelt sein und dafür grässliche Strafen erleiden: Wer von ihnen „die Zukunft hätte sehen“ können, der hätte gewusst, „wie die Geschlechter vertilgt, der hundertjährige Besitz genommen und die Burgen zerstört wurden, daß die Flamme zum Himmel und das Blut von der Erde rauchte vor den grimmigen Bluträchern.“ Über „dem sonnigen Lebensbilde“ einer spätzeitlichen Adelskultur, das die Novelle entwirft, schwebt somit eine drohende „Wolke schwarzen Schicksals“ (S. 88).

Im Aufstieg begriffen sind dagegen die Städte, darunter das „bürgerliche Gemeinwesen“ Zürich, „dessen Schutz und guten Willen bereits mancher Herr wohl brauchen konnte“ (S. 81), und obwohl die hochmögenden Grafen und reichen Patrizier es eigentlich „nicht dulden wollen, daß ein bürgerlicher Singmeister und Schreiber“ mit ernsten Absichten „einer Freiherrin nachstelle“ (S. 102), akzeptieren sie die Verbindung zwischen Hadlaub und Fides schließlich doch einsichtig „als ein Zeichen der Zeit [...] in dem unaufhörlichen Wandel aller Dinge“ (S. 116), dem auch die hergebrachte Vormachtstellung der Aristokratie unterliegt. Wie Hadlaub, seiner bäuerlichen Herkunft entwachsend, zuletzt „ein Mann von der Stadt sein will“, so entsagt das adlige Fräulein Fides seinem Lehen und zieht „als Bürgersfrau in die aufstrebende Stadt“ (S. 116f.). Als Originale im Sinne des Paten erweisen sich die beiden nicht durch außergewöhnliche Fähigkeiten oder unerhörte schöpferische Kräfte, sondern indem sie als städtische Bürgersleute dem Zug der historischen Entwicklung gehorchen.

Es sei töricht, erklärt der Erzähler im *Grünen Heinrich*, „irgend einen entschwundenen Völkerzustand, und sei er noch so glänzend gewesen, zu beklagen, da dessen Untergang der erste Beweis seiner Unvollständigkeit ist.“ Ebenso wie die Individuen prägen auch einzelne Zeitalter und Gesellschaftsformationen im Gang der Geschichte nach und nach ihr Wesen aus, entfalten ihre Anlagen, soweit es ihnen möglich ist, und machen dann neuen Erscheinungen Platz. Aber in universaler Perspektive geht nach Kellers Überzeugung nichts wahrhaft Wertvolles verloren, denn was an den entschwundenen Epochen „gut und schön war“, das ist „nichts weniger als vergangen, sondern in jedes bewußten Mannes Bewußtsein aufbewahrt und lebendig“ und kann „in dem Grade, nebst anderen guten Dingen, endlich wieder hervortreten [...], als das Bewußtsein der Menschengeschichte, d.h. die wahre menschliche Bildung allgemein werden wird" (12, S. 256). Im Geiste einer solchen Geschichtsphilosophie erzählt *Hadlaub* vom Ende der höfischen Kultur, deren reiches Erbe nun in der Manessischen Handschrift aufgehoben ist, um in ferner Zukunft in die „wahre menschliche Bildung" eingeschmolzen zu werden. Deshalb gelten die letzten Sätze der Novelle auch der Fertigstellung des Liederbuches. Nachdem Hadlaub alle erreichbaren Strophen der ihm bekannten Dichter eingetragen hat, „schloß er endlich die Sammlung und schrieb unter den Index: Die gesungen hant nu zemale sint C und XXXVIII" (6, S. 117). Mit der Stiftung dieses Codex haben Hadlaub und die Angehörigen des Manesse-Kreises unzweifelhaft „etwas Tüchtiges" geleistet, wie es Jacques' Pate von einem echten Original verlangt (S. 22), und sich ein bleibendes Verdienst um die Menschheit erworben.

Die Geschichte von den Schicksalen der Manesse findet ihre Fortsetzung, als der Pate den „jungen Adepten des Originalwesens" (S. 118) nach einiger Zeit zu einem weiteren Spaziergang abholt, um ihm durch eine neue Erzählung, *Der Narr auf Manegg*, seine Flausen auszutreiben. Dem Zuhörer wird diesmal eine ganze Galerie vorbildlicher und abschreckender Beispiele aus der Historie vorgeführt. Im 14. Jahrhundert bewährt sich das manessische Geschlecht in den „Uebergängen", die Zürich in einen „freien Bürgerstaat, nach damaligen Bedingungen", verwandeln (S. 123f.); gemeint ist der von Rudolf Brun betriebene Verfassungsumsturz, der 1336 dem Patrizierregiment ein Ende setzte und die Handwerkerzünfte an der politischen Macht beteiligte. Die Manesse, obwohl selbst eine patrizische Familie, stehen dabei „bürger- und freiheitsfreundlich auf Seite der Stadt und der neuen Zeit" (S. 124). Besonders der jüngere Rüdiger Manesse, ein Urenkel des Liedersammlers, tut sich rühmlich hervor, indem er die Züricher Streitmacht 1351 in der Schlacht von Dätwil zum Sieg führt und sich anschließend, statt die ihm gebührende Anerkennung einzufordern, im Interesse der öffentlichen Ordnung „still und verschwiegen" dem angesehenen Bürgermeister Brun unterordnet, der in der Stunde der Gefahr jämmerlich versagt hat (S. 125). Durch diese tadellose staatsbürgerliche Pflichterfüllung erlangt Rüdiger in den Augen des Paten „eine wirkliche und classische Originalität", so wie er auch sonst „in That und Leben mustergültig, fest und gelassen" ist, „ohne sich jedoch als ein Originalmensch zu geberden" (S. 123f.).

In der folgenden Generation vollzieht sich der Niedergang der Manesse, der bei Keller in zwei exemplarischen Gestalten greifbar wird: Während der Ritter Ital Manesse die melancholische oder tragikomische Variante des Verfalls verkörpert, repräsentiert Buz Falätscher dessen groteske Spielart. Gemeinsam ist beiden Männern, dass sie unablässig die Wirklichkeit verfehlen und ihr Leben nicht zu meistern verstehen. Unruhe und Unstetigkeit verwehren es dem jungen Ital, der doch „ein anmutender und begabter Mann“ ist (S. 125), seine Talente fruchtbar zu verwerten und das Glück festzuhalten, und so zerrinnen ihm die Besitztümer seiner Vorfahren unaufhaltsam unter den Händen, bis er sogar die Burg Manegg preisgeben muss. Dagegen besitzt Buz Falätscher, auch „eine Art Abkömmling der manessischen Herren“ (S. 129), aber aus einer dunklen, illegitimen Nebenlinie, nicht einmal mehr vielversprechende Anlagen. Als einfältiger Prahlhans, der abwechselnd in allen möglichen Rollen dilettiert, ist er mit der Zeit „über dem Laster, immer etwas Anderes vorstellen und sein zu wollen, als man ist, verrückt geworden“ (S. 129). Er gehört also zu jenen närrischen Phantasten, die in Kellers Werk so häufig anzutreffen sind und meist kläglich zugrunde gehen, wenn sie sich nicht rechtzeitig eines Besseren besinnen. Demgegenüber entspricht das von dem Paten entworfene Bild eines echten Originals, das seinen Platz im Leben kennt und ihn zum eigenen Vorteil wie auch zum Nutzen der Gesellschaft tatkräftig ausfüllt, dem Ideal solider Bürgerlichkeit, das uns ebenfalls schon wohlvertraut ist.

Auch das Problem des epigonalen Künstlertums wird in der Geschichte von Buz Falätscher nochmals aufgegriffen. Nachdem der Narr die verlassene Burg bezogen hat, wo er sich nun hochtrabend „einen Ritter Manesse von Manegg“ nennt (S. 135), gelangt er durch Diebstahl in den Besitz der wertvollen Liederhandschrift und beutet sie auf seine Weise aus: „er gewann eine schwache Ahnung, um was es sich darin handle, und beschloß sofort, ein alter Minnesinger zu sein. Ohne Verstand und Zusammenhang schrieb er mit elender Hand verschiedene Seiten aus und ergänzte sie mit Verszeilen eigener Erfindung, Verse von jenem schauerlichen Klang, der nur in der Geistesnacht ertönt und nicht nachgeahmt werden kann“ (S. 137). Das ist nun eine krasse, abstoßende Erscheinungsform des Epigonentums, die an Schwätzer wie Viggi Störteler, John Kabys oder Adam Litumlei erinnert und gar keine schöpferischen Impulse mehr freizusetzen vermag. Während sich der Manesse-Zirkel noch mit pietätvollem Verständnis um das überlieferte Kulturgut sorgte, klammert sich Buz lediglich aus törichter Eitelkeit an eine Vergangenheit, die er nicht mehr begreift. Erst der Tod erlöst den armen Narren, in dem ein ganz und gar „unechtes Leben“ Gestalt annimmt, „von der Qual, sein zu wollen, was man nicht ist“ (S. 140).

Wie der Pate gehofft hat, wird Jacques durch diese Erzählung nachdenklich gestimmt. Ein erster Erziehungserfolg ist zu verbuchen: Weil der „unglückliche Narr von Manegg" ihm fortan beständig „wie ein Nachtgespenst" vor Augen steht, gibt der junge Mann das hochfliegende Projekt auf, die glanzvolle Geschichte seiner Vaterstadt in einem Züricher „Ehrenhort" zu dokumentieren (S. 142f.). Um das „Originalitätsübel" (S. 143) vollends zu besiegen, legt der alte Herr seinem Zögling zu guter Letzt noch die Geschichte des Landvogts von Greifensee vor, die er selbst niedergeschrieben hat und von Jacques säuberlich kopiert sehen möchte. In Salomon Landolt erkennt er nämlich wieder eines jener wahren „Originale", die „mit ihrem besonderen Wesen allgemeine Tüchtigkeit, Liebenswürdigkeit" und einen „innerliche[n] Witz" verbinden und „eine erhellende und erwärmende Wirkung" auf ihre Umgebung ausüben, „die manchen eigentlichen Geniemenschen versagt ist" (S. 143f.). Einmal mehr drückt sich hier das Misstrauen gegenüber dem überragenden Einzelnen aus, der sich hochmütig absondert und zwangsläufig in ein gespanntes Verhältnis zu den gesellschaftlichen Konventionen tritt. Landolt ist eine markante Persönlichkeit, heiter, lebensfroh und als bildender Künstler der sinnenhaften Wirklichkeit zugewandt. Er ist aber zugleich ein tüchtiger Staatsbürger, der seinem Kanton als erfahrener Militär das „Corps der zürcherischen Scharfschützen" schenkt – diese braven jungen Männer, zu denen er in einem „väterlichen Verhältnis" steht, sind gleichsam der Ersatz für die leiblichen Kinder, die dem Junggesellen fehlen (S. 145) – und als Richter seinem biblischen Vornamen alle Ehre macht: Klug und souverän beurteilt er die Streitfälle, die ihm vorgelegt werden, ohne durch großzügig verhängte Geldbußen selbst einen Nutzen daraus zu ziehen.

Der weitaus größte Teil der Novelle *Der Landvogt von Greifensee* kreist allerdings um die fünf Liebesaffären, die Salomon Landolt erlebt, ohne es je zu einer Eheschließung zu bringen, und die bereits im fünften Kapitel ausführlich behandelt worden sind. Das Thema der rechten Originalität tritt dadurch in den Hintergrund, womit Keller auch die didaktischen Intentionen des Paten relativiert. Dennoch scheint der alte Herr gerade mit dieser dritten Erzählung seine Absicht zu erreichen, denn über dem Abschreiben des Textes, das hier als heilsame therapeutische Übung in entsagungsvoller Bescheidenheit das eigene kreative Schaffen ersetzt, fliehen „die letzten Mücken aus dem jungen Gehirn" des Herrn Jacques, der nun „freiwillig und endgültig" darauf verzichtet, „ein Originalgenie zu werden, so daß der Herr Pate seinen Part der Erziehungsarbeit als durchgeführt ansehen konnte" (S. 248).

Bei näherem Hinsehen erweist sich der vermeintlich durchschlagende Erfolg jedoch als fragwürdig. Jacques verzichtet hauptsächlich aus Bequemlichkeit auf seine Ambitionen, weil ihm Salomons Lebensgeschichte gezeigt hat,

„was alles für schwieriger Spuk dazu gehörte, um einen originellen Kauz notdürftig zusammenzuflicken“ (S. 248). Von der pubertären Originalitätssucht und dem verspäteten Geniekult mag er zwar kuriert sein, aber seine philiströse Pedanterie und seine eitle Beschränktheit hat er keineswegs abgelegt, weshalb der Erzähler auch weiterhin keine Anstalten macht, die spöttische Ironie, mit der er den Protagonisten behandelt, abzumildern. In der Schlusspartie der Rahmenhandlung wird der mittlerweile erwachsene Jacques als selbstzufriedener Bourgeois gezeigt, der gar keine produktive Arbeit leisten muss, weil sich das „ererbte Handelsgeschäft [...] gewissermaßen von selbst fortführt“ (S. 249). In seiner Muße wirft er sich zum Mäzen auf, um zumindest auf diesem Wege den „Idealen“ zu dienen: „wenn er auch selbst nichts mehr hervorzubringen trachtete, so bildete er sich dagegen zu einem eifrigen Beschützer der Künste und Wissenschaften aus und wurde ein Pfleger der jungen Talente und Vorsteher der Stipendiaten“ (S. 248).

Ob Jacques die Fähigkeiten seiner Schutzbefohlenen kompetent zu beurteilen weiß, bleibt indes zweifelhaft. Sein Augenmerk richtet sich ohnehin mehr auf ihre sittliche Haltung, wobei ihm, „[d]a er selber entsagt hatte“, vorrangig an „Bescheidenheit“ gelegen ist (S. 248). In der Praxis äußert sich diese Maxime in vielen kleinlichen Schikanen, mit denen er die Künstler, die er in aller Welt „am Futter stehen hat“ (S. 249), auf den Pfad der asketischen Tugendhaftigkeit leitet. Aber im Falle eines Bildhauers, den er persönlich in Rom aufsucht, scheitert diese Pädagogik auf eine Art, die sie drastisch ins Lächerliche zieht. Der Stipendiat hat sich nämlich, statt anständig zu darben und fleißig zu arbeiten, der südländischen Lebenslust ergeben und seine Unterstützungsgelder in der Wirtschaft einer römischen Wäscherin angelegt, mit deren Tochter er bei Jacques' Eintreffen soeben fröhlich Hochzeit feiert. Das vielversprechende „Erstlingswerk“ des angehenden Künstlers, „ein dürstender Faun, der den Schlauch erhebt“ (S. 250), ist dagegen längst im Stadium eines unvollendeten Tonmodells steckengeblieben. Der Schlauch fehlt noch, und „das gierig durstige Gesicht war herrlich motiviert durch den wie ein dürres Ackerland zerklüfteten Leib, der den wohlthätig anfeuchtenden Wasserstaub seit vielen Wochen nicht verspürt haben mochte“ (S. 255) – ein komisches Sinnbild der von Jacques geforderten Askese. Der junge Mann vollzieht demnach auf seine Weise den Schritt von der Kunst zum Leben, den so viele Künstlerfiguren Kellers tun, und so hat er auch statt einer Marmorstatue ein wirkliches Kind in die Welt gesetzt, denn die glücklichen Brautleute sind, wie der sittenstrenge Mäzen fassungslos feststellt, bereits Eltern eines Sohnes geworden.

Was bleibt von der didaktischen Tendenz der *Züricher Novellen* letztlich übrig? Merkwürdig mutet es schon an, dass der greise Pate, der so wortreich über richtige und falsche Originalität doziert, die von ihm formulierten Ansprüche selbst keineswegs erfüllt. Offenbar ist er nicht gesonnen, „irgendwo an einer praktischen Thätigkeit wirklichen Anteil zu nehmen" (S. 118); jedenfalls erzählt Keller nichts davon. Und bei dem Versuch, wenigstens seinen Zögling zu einem nützlichen, tätigen Bürger zu erziehen, scheitert der alte Herr ebenso wie Jacques bei seinen Bemühungen, eine junge Künstlerpersönlichkeit nach seinen Wünschen zu formen. Die ironischen Brechungen, die der Dichter in dieses Werk einbaute, lassen darauf schließen, dass sein Vertrauen in das volkspädagogische Potenzial der Literatur seit der Abfassung des *Fähnleins der sieben Aufrechten* beträchtlich nachgelassen hatte. Auch betreibt der Erzählzyklus keine schlichte patriotische Verherrlichung Zürichs. Von solchen Bestrebungen grenzt sich Keller ab, indem er den schon erwähnten „Zürcherische[n] Ehrenhort", mit dem Jacques „einen Schatz und Wahrzeichen" schaffen will, „wie er des schweizerischen Athens, des Athens an der Limmat allein würdig sei" (S. 120f.), der scharfen Kritik des Paten unterwirft: Dieses Vorhaben zeuge von einer fatalen „Eitelkeit, die sich auf Kosten anderer bläht", und begünstige einen „Gesamtdünkel", hinter dem sich jede persönliche Unzulänglichkeit verschanzen könne (S. 122). Jacques' Projekt, das gar nicht erst über das dilettantisch gestaltete Titelbild hinausgelangt, stellt sozusagen ein fiktives negatives Gegenstück zu den *Züricher Novellen* dar.

Kellers Erzählungen wenden sich der Geschichte nicht zu, um die überragende Größe des Vaterlandes zu feiern oder eine simple Ahnengalerie von politischen Helden und kulturellen Glanztaten aus allen Epochen zu schaffen. Sie zielen vielmehr auf eine reflektierte Aneignung der Vergangenheit, die unter dem Gesichtspunkt der rechten Originalität eine Verständigung über bürgerliche Werte und Handlungsnormen der Gegenwart anregen soll. Das zeitgenössische Lesepublikum dürfte sich um solche Feinheiten freilich wenig gekümmert und den Zyklus vor allem als Huldigung Kellers an seine Heimat aufgefasst haben. Der Lohn dafür bestand in dem Bürgerrecht der Stadt Zürich, das dem Dichter 1878 von der Bürgergemeinde und dem Stadtrat „aus besonderm Dank für die lebensfrischen Dichtungen, die er zum Gedächtniss Zürich's und eines strebsamen und thatkräftigen Bürgersinnes geschaffen hat"[27], verliehen wurde. Bis dahin war er, obgleich aus Zürich gebürtig, Bürger der Gemeinde Glattfelden gewesen, aus der seine Eltern stammten, und hatte in der Hauptstadt nur als Niedergelassener gegolten.

Obwohl das *Fähnlein der sieben Aufrechten* um einiges älter ist als die Konzeption der *Züricher Novellen* und in der Buchfassung, in der es den zweiten Band eröffnet, schon außerhalb der Rahmenerzählung um Herrn Jacques steht, fügt es sich bruchlos in den Kontext der Sammlung ein, weil es deren Kernthemen noch einmal variiert. Auch hier gestaltet Keller eine Zeitenwende – diesmal nach dem Muster einer Komödie –, und mit Karl Hediger und den sieben alten Patrioten stellt er einige echte Originale vor, wie sie Jacques' Pate favorisiert, redliche, tüchtige Staatsbürger, die sich in ihrer jeweiligen Epoche nützlich bewähren. Und schließlich dreht sich auch in der Reformationsnovelle *Ursula* alles um einen krisenhaften historischen Wandel und um die Frage nach dem Verhältnis des Einzelnen zur politisch-sozialen Ordnung der Gemeinschaft. Was Ursula und ihrem Geliebten Hansli Gyr widerfährt, wird gleich eingangs als individueller Fall einer allgemeinen Regel, als greifbare Bestätigung einer geschichtlichen Gesetzmäßigkeit kenntlich gemacht. Phasen des Umbruchs fördern demnach das Beste wie das Schlimmste in den Menschen zutage:

> Wenn die Religionen sich wenden, so ist es, wie wenn die Berge sich aufthun; zwischen den großen Zauberschlangen, Golddrachen und Krystallgeistern des menschlichen Gemütes, die ans Licht steigen, fahren alle häßlichen Tazzelwürmer und das Heer der Ratten und Mäuse hervor. So war es zur ersten Reformationszeit auch in den nord-östlichen Teilen der Schweiz und sonderlich in der Gegend des zürcherischen Oberlandes, als ein dort angesessener Mann, der Hansli Gyr genannt, aus dem Kriege heimkehrte. (S. 335)

Den Beispielcharakter des Geschehens unterstreicht der auktoriale Erzähler auch später noch mehrfach, indem er sich mit wertenden und generalisierenden Kommentaren einschaltet und damit zugleich die Meinungsbildung des Lesers lenkt.

Die erzählte Zeit umfasst jene acht Jahre, in denen Ulrich Zwingli in Zürich Kirche und Gesellschaft reformierte. 1523 fanden die ersten öffentlichen Disputationen über seine Thesen statt, 1531 unterlagen die Züricher in der Schlacht bei Kappel, die auch Zwingli das Leben kostete, den Truppen der katholischen Kantone, wodurch die Ausbreitung der Reformation gehemmt und die konfessionelle Spaltung der Schweiz besiegelt wurde. In Zwingli erblickte Keller seit jeher eine Lichtgestalt der eidgenössischen Geschichte, die er schon während der Konflikte der vierziger Jahre als Kronzeugen für seine Partei herbeizitierte. Das Gedicht *Zwingli* von 1844 beschwört den Glaubenshelden als ein „gewappnet Herz / das an Reinheit, Licht und edlem Sinn / noch den großen Luther übertraf“ (17.1, S. 534) und interpretiert die aktuellen Kämpfe mit den katholischen Konservativen als direkte Fortsetzung des Ringens um die

Reformation. Auch im *Grünen Heinrich* wird Zwingli über Luther gestellt, weil er „einen freieren Geist und einen weiteren Blick" besessen habe (11, S. 403). In *Ursula* wirkt der „liebliche mutige Mann" (6, S. 348), der mit seinem „sonnige[n] Auge", seiner „bewegliche[n] Sprache" und seinem „frischen und unbefangenen Wesen" sogar einen Trupp rauher Kriegsleute zu beherrschen vermag (S. 364), fast wie eine überirdische Erscheinung.

Die Reformation, die den christlichen Glauben „vom Dunste des Priesterheidentums" reinigte, „soweit das Zeitalter es erlaubte" (S. 366), gilt dem rückblickenden Erzähler als epochaler Fortschritt auf dem Weg zur Geistesfreiheit und zu einer diesseitsfrohen Weltlichkeit, wobei der einschränkende Zusatz, der an die geschichtliche Bedingtheit von Zwinglis Denken und Handeln erinnert, implizit auf spätere Bewegungen verweist, die diese Richtung weiterverfolgten, etwa auf die Aufklärung und natürlich auf die Philosophie Feuerbachs. Ein optimistischer Geschichtsentwurf liegt also auch noch der Novelle *Ursula* zugrunde, obgleich hier für die neuen Errungenschaften ein höherer und blutigerer Preis entrichtet werden muss als im lustspielhaften *Fähnlein der sieben Aufrechten*. Dabei ist Zwingli kein schwärmerischer Phantast, der einen radikalen Bruch mit dem Herkommen anstrebt oder in wirre Spekulationen abgleitet: „Aber die Religion blieb die alte und wurde nicht zu einer mythologischen Litteratur, welche, über eine philosophische Formel gespannt, mit mehr oder weniger Kunstfertigkeit gespielt werden kann, wie ein anderes Instrument" (S. 366). Als kluge, organische Weiterentwicklung einer ehrwürdigen Überlieferung hält die Reformation die goldene Mitte zwischen dem starren Festklammern an der Vergangenheit, wie es die Katholiken praktizieren, und dem eschatologischen Wahn der Wiedertäufer, die zur gleichen Zeit im Kanton Zürich ihr Unwesen treiben.

Der eigentlich *religiöse* Charakter und Gehalt von Zwinglis Wirken tritt bei dem Feuerbachianer Keller aber weitgehend in den Hintergrund. Bereits für den Ich-Erzähler im *Grünen Heinrich* war der Reformator „viel weniger ein Pfaff als ein humaner Staatsmann" (11, S. 403), und auch die spätere Erzählung schildert ihn vorrangig als politischen und geistigen Führer eines Gemeinwesens, das eine schwierige Zeit des Umbruchs durchmacht, während in der ganzen Schweiz heftige Macht- und Glaubenskämpfe toben. In solch gefährlicher Lage steht Zwingli als echter ‚uomo universale' souverän am Ruder des bedrängten Staatsschiffs:

> Auf dieser stürmisch hin und wieder wogenden See fuhr das Schifflein der Zürcher mit seinem Zwinglischen Steuermann ohne Aufenthalt weit voran. Mit vollkomme-

> ner Einfalt in seinem Vertrauen auf die unmittelbare persönliche Vorsehung Gottes und ebenso großer Wachsamkeit und Kenntnis der Dinge und Menschen kämpfte er unermüdlich gegen List und Gewalt der gegnerischen Welt; er war die Seele des geheimen und des offenen Rates, Lehrer und Prediger, Staatsmann und Diplomat und schrieb mit der gleichen Feder theologische Abhandlungen, Sittengesetze, Staatsschriften und Kriegspläne. (6, S. 386)

Statt jedoch selbstherrlich einsame Entschlüsse zu fassen, hält er stets Fühlung mit der breiten Bevölkerung und wahrt so die nötige Geschlossenheit des Kollektivs: „unerschütterlich standen jetzt Regiment und Volk hinter dem Meister, wobei freilich die Eintracht und das gute Einvernehmen mit eine Frucht steten Berichtens und Anfragens bei den Gemeinden waren“ (S. 387). Keller entwirft damit, weit über den historischen Rahmen des Novellengeschehens hinaus, das Ideal eines liberalen Staates unter der Leitung fähiger und verantwortungsbewusster Männer, die sich auf die kritische Solidarität der gesamten Bürgerschaft und deren „rege und kräftige Gedankenarbeit“ stützen (S. 361). Unter diesen Bedingungen gelingt es Zwingli, die in den Wirren der Epoche freigesetzten Energien in die Bahnen eines maßvollen, geordneten Fortschritts zu lenken.

Allerdings musste Keller der Tatsache Rechnung tragen, dass Zwinglis vielgepriesene Politik 1531 in die Katastrophe des Zweiten Kappeler Krieges mündete. Die Fehler und Versäumnisse, durch die Zürich seine vorteilhafte Ausgangslage verspielte und sich innerhalb der konfessionell gespaltenen Eidgenossenschaft in eine fatale Isolation manövrierte, werden in *Ursula* auch keineswegs verschwiegen. Von „gewaltsame[n] Rechtsverletzungen“ und einem ungeschickten „einseitige[n] Vorgehen“ ist die Rede, vor allem aber von verhängnisvoller Überheblichkeit: „Die Stadt Zürich war jetzt mit Gelehrten und Theologen wohl besetzt, ein Geist der Klugheit und Ueberlegenheit erfüllte sie; jedermann hatte die heilige Schrift und die Traktate in der Hand, und die allgemeine Wohlweisheit beleidigte und reizte nicht nur die katholischen Gegner, sondern selbst die Freunde“ (S. 398f.). So müssen die Züricher am Ende alleine gegen die überlegenen Streitkräfte der Waldstätte antreten. Doch gerade in der vernichtenden Niederlage bewährt sich die Verbundenheit zwischen der Führungsriege und dem mündigen Volk, das „nach jener Schlacht die Regierung und die Führer, statt sie im allgemeinen Unglücke mit Vorwürfen zu überhäufen und mit Unzufriedenheit zu quälen, zur Standhaftigkeit aufmunterte und seiner Opferfreudigkeit versicherte, freilich nicht ohne seine aufrichtige Meinung über dies und jenes beizufügen, was vielleicht besser zu machen wäre.“ Der Züricher Musterstaat, in dem alle redlichen Bürger „mit wohlwollender Offenheit ihre Stimme“ erheben können, „aber zugleich mit eiserner Zuverlässigkeit für das gemeine Wesen“ einstehen, ist auch zur Selbstreflexion und Selbstkorrektur fähig (S. 411).

Zwingli persönlich, dessen Name in dem Exkurs zu den Schattenseiten der zürcherischen Reformationsbewegung unerwähnt bleibt, wird ohnehin von allen Vorwürfen freigehalten. Im Kampfgetümmel bei Kappel harrt er bei seinen Mitbürgern aus, „um zu dulden, was ihnen bestimmt war“, und erlebt sterbend eine wundersame Verklärung:

> Die sinkende Sonne glänzte ihm in das noch feste und friedliche Antlitz; sie schien ihm zu bezeugen, daß er schließlich nun doch recht gethan und sein Amt als ein Held verwaltet habe. Wie die große goldene Welthostie des gereinigten Abendmahles schwebte das Gestirn einen letzten Augenblick über der Erde und lockte das Auge des darnieder liegenden Mannes an den Himmel hinüber.
>
> Vom Rigiberge bis zum Pilatus hin und von dort bis in die fernab dämmernden Jurazüge lagerte eine graue Wolkenbank mit purpurnem Rande gleich einem unabsehbaren Göttersitze. Auf derselben aber schwebten aufrechte leichte Wolkengebilde in rosigem Scheine, wie ein Geisterzug, der eine Weile innehält. Das waren wohl die Seligen, die den Helden in ihre Mitte riefen, und zwar, wie er einst an König Franz I. geschrieben, nicht nur die Heiligen des alten und neuen Testamentes und der Christenkirche, sondern auch die rechtschaffenen Heiden: Herkules, Theseus, Sokrates, Aristides, Antigonus, Numa, Camillus, die Catonen und die Scipionen. (S. 407)

So geht Zwingli im Tode in das Pantheon der großen Weisen, Tugendhelden und Kulturstifter der abendländischen Geschichte ein.

Obwohl die Schlacht von Kappel den tragischen Höhepunkt der Erzählung bildet, spielen die katholischen „Mächte der Vergangenheit“ (S. 386) in *Ursula*, aufs Ganze gesehen, eine erstaunlich geringe Rolle. Die wichtigste weltanschauliche Front verläuft im Text vielmehr zwischen den Anhängern Zwinglis und den Wiedertäufern, die Keller als die wahren ideellen Gegenspieler der Reformation inszeniert. Die Sympathielenkung ist dabei eindeutig und wird bereits durch die Bildersprache des ersten Abschnitts vorgegeben: Während man sich unter den kostbaren Schätzen, den „großen Zauberschlangen, Golddrachen und Krystallgeistern des menschlichen Gemütes“ die hehren Ziele des Reformators vorzustellen hat, der für eine heilsame „Reinigung von Glauben, Sitte und Staat“ kämpft, verweisen die „häßlichen Tazzelwürmer und das Heer der Ratten und Mäuse“ auf die konfusen Lehren und die sittenlose Verwilderung der Wiedertäufer (S. 335f.), die auch im weiteren Verlauf der Erzählung moralisch rigoros diskreditiert werden. Diese Sektierer, die das „tausendjährige Reich“ nahe wähnen (S. 347), leiden unter einer gesteigerten Form jener phantastischen Realitätsverkennung, die Keller unermüdlich als fundamentales menschliches Fehlverhalten anprangerte. Hinter ihren eschatologischen Hoffnungen stehen Habsucht, sinnliche Begierden und purer Geltungsdrang, also triebhaft-egoistische Regungen, die sich unter dem Deckmantel der Religion ungehemmt entfalten können. Überdies verbinden sich die Endzeiterwartungen auch mit sozialrevolutionären Ideen. Die „Heiligen und Sündelosen des neuen Glaubens“ fühlen sich „keiner weltlichen noch geistlichen Obrigkeit mehr unterthan“ (S. 343), polemisieren gegen „Herrenpfaffen“ wie Zwingli (S. 348) und die „kleinen Bürgerkönige von Zürich“ (S. 351) und berufen sich statt dessen auf das „Volk“ (S. 356), auf das sie ihre eigene Herrschaft zu gründen gedenken.

Solche Tiraden legen es nahe, auch in der Darstellung dieser Sekte eine Analogie zu Kellers eigener Zeit und eine hochaktuelle Mahnung und Warnung zu vermuten, zumal der Schlusssatz der Novelle beiläufig anmerkt, dass die „Art“ der Täufer „ab und zu immer noch“ im Kanton Zürich herumspuke (S. 411). Der Autor attackiert hier in versteckter Form die demokratische Bewegung in der Schweiz, die seit den 1860er Jahren in Konkurrenz zu den Liberalen trat und von der im nächsten Kapitel noch ausführlicher die Rede sein wird. Die Demokraten propagierten ebenfalls eine direkte Volksherrschaft, die das Repräsentativsystem ersetzen sollte, und auch ihnen pflegte der Dichter unlautere, selbstsüchtige Beweggründe zu unterstellen. So werden in der Erzählung Kontroversen der Gegenwart in einer fernen Vergangenheit gespiegelt, oder besser gesagt: Als „exemplarische Übergangszeit-Novelle“[28] entwirft *Ursula*, von bestimmten historischen Ereignissen ausgehend, einen Modellfall, der typische Erscheinungen in verworrenen Umbruchsphasen der Geschichte sichtbar macht. Neben den Demokraten mögen die zeitgenössischen Sozialisten ein weiteres Angriffsziel Kellers gewesen sein. Die religiöse Überhöhung sozialrevolutionärer Forderungen durch urchristliches Gedankengut hatte er bei Wilhelm Weitling kennengelernt, und auch dessen Anhänger verdächtigte er, in Wahrheit nur von Neid und Egoismus getrieben zu sein.

Die Wiedertäufer, die sogar die Ehe ablehnen und die Vereinigung von Mann und Frau allein dem „heiligen Geist“ und dem „Willen, der in uns waltet“, überlassen wollen (S. 343), verkörpern das Schreckbild eines radikalen Umsturzes, der nicht nur die politische, gesellschaftliche und ökonomische Ordnung gefährdet, sondern darüber hinaus das Chaos der Triebe und Begierden entfesselt. Auf solch grundlegende Herausforderungen seiner Werte und Ideale reagierte Keller bekanntlich oft mit einer satirischen Verzerrung ins Groteske, die ihm als Abwehrstrategie diente. Auch die „Winkelpropheten“ und „Schwärmer“ (S. 369) macht er schon durch ihre Namensgebung nach Kräften lächerlich: Ursulas Vater, der sich zum Anführer der Bewegung aufschwingen will, heißt Enoch Schnurrenberger, andere werden „der kalte Wirtz von Goßau“ oder „der Schneck von Agasul“ genannt. Wenn Schnurrenberger keine Knechte für die Bestellung seiner Felder mehr findet, „weil jeder ihm gleich sein und keiner ihm gehorchen wollte“ (S. 370), offenbaren sich die absurden Konsequenzen einer Lehre, die alle sozialen Hierarchien aufhebt, und zuletzt geht das Schwärmertum in blanken Irrsinn über, denn die Täufer nehmen die Mahnung des Evangeliums, dem Beispiel der Kinder zu folgen, wörtlich und widmen sich tagelang albernen Spielen, um auf diese Weise das Himmelreich zu erlangen. Der greise Enoch, dessen Hof derweil gänzlich verkommt, hockt zum Beispiel „in einem roten alten Weiberrock, der ein Kinderröcklein vorstellen sollte, auf dem Stubenboden, und baute ein kleines Fuhrwerklein von Brettchen, das er mit Spreuer belud und dazu mit Kinderlauten stöhnte: Lo lo lo, da da da!“ (S. 399f.)

Indem er sie entweder als Narren oder aber als listige Gaukler und Betrüger abtut, nimmt der Erzähler die Wiedertäufer mit ihren eigentümlichen theologischen Ansichten von vornherein nicht ernst, und Zwinglis besonnene Politik wird mühelos mit ihnen fertig: „Jedoch Regiment und Mehrheit behielten die Oberhand über das Wirrsal; es wurde abermals zum lebendigen Worte und zur Bibel gegriffen, die Wiedertäuferei zum öffentlichen Gespräch geladen, für überwiesen und besiegt erklärt und verurteilt, d.h. bei fernerem Beharren verfolgt, verbannt oder an Freiheit und Leben gestraft“ (S. 381f.). Eine echte Bedrohung für die bürgerliche Ordnung will Keller in dieser Sekte – und ihren späteren Nachfahren – demnach nicht sehen. Der auffallend breite Raum, den er den verachteten Wiedertäufern in seiner Novelle zugesteht, lässt jedoch ahnen, dass ihn derartige Phänomene weit stärker beschäftigten und tiefer beunruhigten, als er zuzugeben bereit war. Die einschlägigen Schilderungen sind in ihrer Farbigkeit und Skurrilität überdies diejenigen Partien, die der Erzählung einen besonderen Reiz verleihen und den Eindruck trockener Didaktik vermeiden helfen.

Die Liebesgeschichte um Ursula und Hansli Gyr ersann Keller, um von den historischen Konstellationen, denen sein Hauptaugenmerk galt, überhaupt in novellistischer Form erzählen zu können. Beide Figuren sind, dem Modellcharakter des Werkes entsprechend, „zum Zweck exemplarischer Demonstration erstellte Typen“[29], deren Taten und Leiden durchgängig auf die zeitgeschichtlichen Ereignisse bezogen bleiben. Ihre Beziehung droht an den politischen und weltanschaulichen Gegensätzen zu scheitern, denn während sich der aus päpstlichen Diensten heimgekehrte Söldner Hansli sogleich auf Zwinglis Seite schlägt, wird Ursula von ihrem Vater in die Wiedertäuferbewegung hineingezogen und verfällt vorübergehend dem Wahnsinn, bis sie am Ende doch noch Heilung erfährt und nach der Schlacht von Kappel zu dem Geliebten zurückfindet.

Als „eine Versinnlichung des Volksgeistes [...], wie dieser jetzt lebte“ (S. 387), verkörpert Hansli das Ideal des aufrechten Bürgers. Dank seiner „gesunden Sinne“ (S. 344) ist er gegen alle Anfechtungen der Schwärmerei gefeit, denn „er gehörte zu jenen einfach gearteten Menschen, welche von ausbrechenden Seelenkrankheiten unberührt bleiben, ohne sich irgend dafür anstrengen zu müssen“ (S. 356). Da die „bürgerliche Ehre“ sein Lebenselixier ausmacht und er nur „in Verständigkeit und Ordnung und klarer Luft zu leben“ vermag (S. 383), nimmt er Ursulas traurige Verstörung bekümmert zur Kenntnis, ohne sie ganz zu begreifen. Natürlich kommt die ‚wilde Ehe‘ nach den Prinzipien der Täufer, die sie ihm anträgt, für diesen steifen, sittenstrengen Gesellen, der tagaus, tagein seinen „fühllosen Harnisch“ (S. 341) am Leibe trägt, nicht in Frage: „‚Auf die Art kann es nicht gehen,‘ sagte er ernsthaft, ‚ich will nach Recht und Bräuchen zur Ehe schreiten und festhalten, was mein ist! [...]‘“ Wo „alles in der Ordnung“ abläuft, scheinen Moralität und Besitzdenken selbst in Liebesdingen unauflöslich miteinander verknüpft zu sein (S. 344).

Auf der Seite von Recht und Gesetz und demnach als Parteigänger Zwinglis wird Hansli unmittelbar nach seiner Ankunft in Zürich in der politischen Arena aktiv. An die im Wirtshaus versammelten Kriegskameraden richtet er eine programmatische Rede, die Ruhe zur ersten Bürgerpflicht erklärt und seinen eigenen Weg bis zum Ende der Novelle vorzeichnet: „‚Liebe Brüder, ich bin erst seit ein paar Stunden hier und habe gleichwohl erkundet, daß die Räte und Bürger, die Zweihundert und das Volk auf der Landschaft in großer Mehrheit einig gehen und die Gewalt bei ihnen ist nach wie vor! Darum halte ich dafür, daß es uns nicht anstehe oder nützlich sei, Streit zu erregen und von der Ordnung zu weichen‘“ (S. 363). Von dem Übervater Zwingli, der unbemerkt neben ihn getreten ist, wird er für diese verständigen Worte sogleich belobigt! Dass ein Mann wie Hansli den politischen und religiösen Lehren, die man in Zürich propagiert, ohne weiteres folgen kann, wertet der Erzähler als Beleg für die echte Volkstümlichkeit der Reformation und ihren Einklang mit den Forderungen der Zeit: „Daher waren die Reformatoren samt ihrem Volke naiv fromm und mit sich einig bei aller Freiheit des Geistes, und es wurde auch dem einfachen Soldaten Hansli Gyr möglich, mit Bewußtsein und wachem Auge die neuen Wege zu gehen“ (S. 366).

Im ohnehin schon beispielhaften „reformierten Kriegslager“, in dem wider alle Gewohnheit strenge Zucht herrscht, avanciert Hansli als „einer der Eifrigsten, solche Ordnung zu halten“, alsbald zu einem „wahren Mustersoldaten“ (S. 388). Sogar in den Verhandlungen mit den katholischen Kantonen ergreift er als Sprachrohr Zwinglis das Wort, spricht „aus seinem Volksgemüte heraus zu demjenigen der Gegner [...], wie es der Meister Ulrich nicht besser hätte wünschen können“, und legt „[f]rischweg und verständlich“ die Überzeugungen der Züricher Seite dar (S. 390). Aber eben weil Hansli den „Volksgeist“ vertritt, ist er nicht immun gegen die fatale Hybris, die bei den Reformierten um sich greift. Während er als Rottmeister peinlich genau auf „Mäßigkeit und Sitte“ unter seinen Soldaten achtet, nimmt er allmählich „einen Anhauch von Selbstgerechtigkeit“ und ein „feierliche[s] Wesen“ an, das ihm den Spitznamen „der tugendreiche Feldküster“ einbringt (S. 393). Und wie für ganz Zürich, so gilt auch für ihn persönlich die Spruchweisheit, dass Hochmut vor dem Fall kommt. Erst stürzt er auf der verwitterten Treppe eines Gasthauses, in dem eine verführerische Frau soeben seine Selbstgefälligkeit gewaltig erschüttert hat, und später fällt er auf dem Kappeler Schlachtfeld im Eifer des Gefechts „rücklings in den Graben“, aus dem Ursula ihn retten muss (S. 408). Diese Erlebnisse scheinen aber die notwendige Katharsis zu bewirken, denn am Schluss gehört Hansli wieder zu jenen wackeren Männern, die als vorbildliche Bürger für das Wohl ihrer Heimat tätig werden.

Von der nüchternen Klarheit ihres Geliebten ist die mit der wiedertäuferischen „Wahnkrankheit“ (S. 344) infizierte Ursula zunächst weit entfernt. Und doch steht auch diese Gestalt, die Hansli mit der „Heimaterde selbst“ assoziiert, weil er sie von früher als „stilles, schlichtes Wesen, ohne allen Schein, weder schön noch häßlich, gut, wie das tägliche Brot, frisch, wie das Quellwasser und rein wie die Luft vom Berge“, in Erinnerung hat (S. 340), exemplarisch für die gesunde Wesensart eines Volkes, das sich noch aus den schlimmsten Verirrungen stets auf den rechten Weg zurücktastet. Leitmotivisch bringt der Text sie mit Naturszenarien und Naturmetaphern in Verbindung, und da Kellers Bild der Natur bekanntlich seinerseits durch bürgerliche Sittlichkeitsnormen überformt ist, bleibt Ursula sogar in der tiefen „Verfinsterung der Seele [...] unbewußt“ (S. 369) dem braven Hansli treu, den sie jetzt eben in der Person des Erzengels Gabriel liebt, während sie die Avancen einiger lüsterner Sektierer geschickt abzuwehren versteht. Ihre Heilung wird durch die Begegnung mit dem Reformator eingeleitet, der inmitten der Züricher Kriegerschar seinem Martyrium bei Kappel entgegengeht: Sein „sympathischer Anblick“, der „ahnungsvoll traurige, fromme und ergebene Ausdruck“ seines Gesichts und sein stilles Gebet wirken wohltätig auf die Geisteskranke und senden einen „lichte[n] Strahl von Gesundheit und lindem Troste in ihre gequälte Brust“ (S. 404). Nach Hanslis glücklicher Errettung ist Ursula dann sofort „auf wunderbare Weise genesen“ und ganz bei Sinnen, so wie ein „gesegnetes Fleckchen Erde [...] alsobald wieder ergrünt, sobald nur ein Sonnenblick und ein Tau darauf fällt“ (S. 410).

Nun kann endlich geheiratet werden, und zwar „nach der Vorschrift der bestehenden Ordnung“, der sich Ursula jetzt bereitwillig fügt (S. 410). Es ist eine jener für Kellers Werk typischen Ehen, die der Domestizierung sinnlicher Regungen dienen und auf wechselseitiger Zuneigung und unwandelbarer Treue statt auf flammenden erotischen Leidenschaften aufbauen. In *Ursula* steht auch weniger das private Liebesglück als vielmehr die gelingende gesellschaftliche Integration im Vordergrund. Hansli und Ursula leben fortan „als würdige Glieder des Volkes“, das sich gegenüber seinen Führern sogar im tiefsten Unglück vorbildlich solidarisch zeigt (S. 411); mit ihrer Eheschließung wird zugleich die Stabilität der sozialen und politischen Verhältnisse bekräftigt. Dass die Ordnung der Gesellschaft, die Ordnung der Geschlechter und die Ordnung der Triebe für Keller eine bedeutsame Trias bilden, wurde schon an früherer Stelle erwähnt, und der Schluss von *Ursula* lässt diese Dreieinigkeit in vollem Glanz aufleuchten.

Im *Fähnlein der sieben Aufrechten* fasst Frymann zur Entrüstung seiner Freunde, aber ganz im Sinne Kellers jene „Zeit“ ins Auge, „wo die schweizerischen Dinge einst ihrem Ende nahen“. Alles sei „vergänglich und dem Wechsel unterworfen auf dieser Erde“, und deshalb hätten selbst „Nationen“ keinen ewigen Bestand (S. 276f.). Wir kennen das Geschichtsbild des Dichters bereits, das er zum Beispiel auch in seinem *Prolog zur Schillerfeier in Bern 1859* oder im *Eröffnungslied am eidgenössischen Sängerfest 1858* formulierte, in dem es heißt:

Wie grüne Au'n im Firnenschnee
In alter Zeit verschwunden,
So hat noch jedes Volk das Weh
Des Endes auch empfunden
[...].
(9, S. 208)

Und immer wieder verbindet sich der ernste Gedanke der Vergänglichkeit mit der Mahnung an das Volk wie an den einzelnen Bürger, die begrenzte Zeit tatkräftig zu nutzen, um „die Fähigkeiten, die in ihm liegen, ans Licht und zur Geltung" zu bringen und „ein rühmliches Gedächtnis" für die Nachwelt zu hinterlassen (6, S. 277), damit es dereinst heißen möge: „was diese werden konnten, / Das haben sie voll Lebensmut erfüllt!" (9, S. 225) Die *Züricher Novellen* führen einige echte Originale aus der vaterländischen Geschichte vor, denen das auf die eine oder andere Weise gelungen ist. Wenn Keller einmal von dem „Streben nach Humanität" spricht, das sich „ewig gleich bleiben muß" (GB 1, S. 354), so kann man dieses Ideal in jener ethisch fundierten Tüchtigkeit wiederfinden, die dem Paten des jungen Jacques als Wahrzeichen der Originalität vorschwebt. Eine greifbare Gestalt gewinnt ein solcher zeitloser Maßstab in den großen Heroen der Sittlichkeit, des Geistes und der Kultur, die Zwingli in seiner Todesvision am Himmel erblickt.

„Was aber diese Humanität jederzeit umfassen solle", fährt Keller in dem zitierten Brief fort, „dieses zu bestimmen, hängt nicht von dem Talente und dem Streben ab, sondern von der Zeit und der Geschichte" (S. 354), also von dem, was er anderswo die „Dialektik der Kulturbewegung" nennt (S. 400). Johannes Hadlaub und der jüngere Rüdiger Manesse, Salomon Landolt, Karl Hediger und die sieben Aufrechten, Ulrich Zwingli und Hansli Gyr müssen sich jeweils unter eigentümlichen historischen Bedingungen bewähren und die Forderungen ihrer Zeit erfüllen. Wer dabei erfolgreich ist, erlebt bei Keller eine förmliche Verklärung wie Karl mit seinem Ruhm auf dem Schützenfest von Aarau, die schöne Hermine Frymann, auf deren Gesicht „goldene Lichter" spielen, wenn der Weinbecher vor ihr im Sonnenlicht erglänzt (6, S. 328), oder der sterbende Reformator auf dem Feld bei Kappel, der „recht gethan und sein Amt als ein Held verwaltet" hat (S. 407). Was solche Personen und ganze Epochen an künstlerischen Artefakten oder an geistigen Fortschritten auf dem Weg zu einer humanen Selbstbestimmung hervorgebracht haben, kann nach Kellers Überzeugung in den Besitz späterer Zeitalter übergehen. Die *Züricher Novellen* überführen die Erinnerung an ihre Leistungen in das kollektive kulturelle Gedächtnis und bewahren sie damit für die künftige „wahre menschliche Bildung" (12, S. 256) auf.

7. Die Skepsis des Alters

Die Schweiz auf dem Weg in die Moderne

Der festliche Schimmer, der im *Fähnlein der sieben Aufrechten* die geeinte Nation und den Gemeinschaftssinn der Eidgenossen verklärt, erschien dem Autor später äußerst fragwürdig. Als 1878 die *Züricher Novellen* vorlagen, in deren Rahmen die Erzählung wieder abgedruckt wurde, schrieb Keller an Storm: „Das *Fähnlein*, kaum 18 Jahre alt, ist bereits ein antiquiertes Großvaterstück; die patriotisch-politische Zufriedenheit, der siegreiche altmodische Freisinn sind wie verschwunden, soziales Mißbehagen, Eisenbahnmisere, eine endlose Hatz sind an die Stelle getreten" (GB 3.1, S. 420). Ähnlich ließ er sich gegenüber dem Herausgeber der „Deutschen Rundschau" vernehmen: Das *Fähnlein* handele „von glücklicheren *tempi passati*", während in der tristen Schweizer Gegenwart „politisch und sozial [...] ein großes Mißbehagen herrsch[e]" (GB 3.2, S. 358). Und wenn er noch gegen Ende seines Lebens die Entstehung der Novelle auf die „Zufriedenheit mit den vaterländischen Zuständen" und die „Freude über den Besitz der neuen Bundesverfassung" zurückführte, unterließ er es nicht, hinzuzufügen: „Es war der schöne Augenblick, wo man der unerbittlichen Konsequenzen, welche alle Dinge hinter sich her schleppen, nicht bewußt ist und die Welt für gut und fertig ansieht" (15, S. 420).

Tatsächlich hatten der Sieg der Liberalen und die Gründung des Bundesstaates mittel- und langfristige Folgen, die Keller sehr zwiespältig beurteilte. Zwar reichten die Anfänge der Industrialisierung in der Schweiz und gerade im Kanton Zürich sehr viel weiter zurück, aber erst die Verfassung von 1848 überwand die territoriale Zersplitterung, die bis dahin Handel und Wandel gehemmt hatte, und schuf einen einheitlichen nationalen Wirtschaftsraum, indem sie die unzähligen Binnenzölle und den Wirrwarr unterschiedlicher Gesetze, Währungen, Maße und Gewichte beseitigte. Damit brach sie einem schwindelerregenden ökonomischen Aufschwung Bahn, der sich insbesondere in den rasanten Fortschritten des Eisenbahnbaus niederschlug. Nun war Keller kein prinzipieller Gegner des Gewinnstrebens und der wirtschaftlichen Vernunft. Aus einigen seiner Festgedichte wie dem *Prolog zur Schillerfeier* oder der Cantate bei *Eröffnung einer schweizerischen Landesausstellung in Zürich 1883* spricht der Stolz auf die industrielle Blüte des Vaterlandes, auf die prosperierenden Gewerbe und die rührige Handelstätigkeit seiner Landsleute:

> [...] rüstig leben wir und thun es kund
> Im rastlos wachen Fleiß, der sich ergeht
> In Thalesgründen und auf luft'gen Höhen,
> Und uns're hurt'gen Wasser treiben lachend,
> Das Land durcheilend, tausend schnelle Räder.
> Auf allen Meeren schwimmen uns're Güter,
> Und wo die großen Völker ihre Märkte
> Wetteifernd halten, breitet auch der Schweizer
> Rühmlich die reichgehäuften Waren aus.
> (9, S. 224)

Ein Bürger, wie Keller ihn sich vorstellte, musste durch disziplinierte Arbeit seine materielle Unabhängigkeit sichern und damit gleichzeitig das Gedeihen des Gemeinwesens fördern. Die dörfliche Idylle, die Heinrich Lee auf seiner Fahrt nach Deutschland passiert, zeugt von Wohlstand und „Stattlichkeit" (11, S. 35), und während der *Tell*-Aufführung auf dem Lande begreift sogar der weltfremde Romanheld, „daß für alles dies rüstige Volk die Freiheit erst ein Gut war, wenn es sich seines Brotes versichert hatte, und [...] daß selbst dieses Fest bei hungrigem Magen und leerem Beutel ein sehr trübseliges gewesen wäre" (S. 441). Auch von dem Regierungsstatthalter wird er belehrt, wie eng die staatsbürgerlichen Tugenden mit den wirtschaftlichen verknüpft sind: Nur wer „frei heraus für seinen Nutzen und für sein Gut einstehen" könne, sei auch in der Lage, seinen Mitmenschen einen Vorteil zu verschaffen (S. 437).

Wo sich das ökonomische Handeln aber verselbständigte und der Profit zum einzigen Wertmaßstab aufstieg, geriet das harmonische Gefüge einer solidarischen Bürgergemeinschaft ins Wanken. Und solche Sorgen quälten Keller nicht erst in seinen späten Jahren, vielmehr deuten sie sich bereits im *Grünen Heinrich* an. Schon auf dem Tell-Fest erzeugen private Egoismen einen Missklang, der die patriotische Hochstimmung empfindlich stört. Ausgerechnet der Darsteller des Tell, ein alteingesessener Wirt, gerät über der Frage nach dem wünschenswerten Verlauf einer projektierten Straße in Streit mit einem fortschrittlich denkenden Holzhändler, weil beide ganz persönliche Interessen an das Bauvorhaben knüpfen. Heinrich, der ihren Disput verfolgt, trägt einen „peinlichen Eindruck" davon:

> [B]esonders am Wirth hatte mich dies unverholene Verfechten des eigenen Vortheiles, an diesem Tage und in solchem Gewande gekränkt; diese Privatansprüche an ein öffentliches Werk, von vorleuchtenden Männern mit Heftigkeit unter sich behauptet, [...] widersprachen durchaus dem Bilde, welches von dem unparteiischen und unberührten Wesen des Staates in mir war und das ich mir auch von den berühmten Volksmännern gemacht hatte. (S. 435)

Nicht einmal die Erläuterungen des Statthalters, die Gemeinwohl und Eigennutz dialektisch versöhnen wollen, können den Protagonisten trösten, der lapidar anmerkt: „Ich war indessen nicht überzeugt worden" (S. 437).

Wie sehr im *Grünen Heinrich* sämtliche zwischenmenschlichen Beziehungen von den allgegenwärtigen wirtschaftlichen Rücksichten und Zwängen infiziert sind, hat schon das vierte Kapitel gezeigt. Angesichts der komplexen kapitalistischen Ökonomie erweist sich auch das schöne Bild von der Arbeit als einer tätigen Selbstverwirklichung des Individuums als realitätsfernes Konstrukt, und dass selbst die Kunst den unerbittlichen Gesetzen des Marktes unterliegt, beweisen die Zustände in Habersaats Manufaktur ebenso wie Heinrichs Erfahrungen bei dem Versuch, in der deutschen Hauptstadt seine Bilder an den Mann zu bringen.

In Kellers Urteil über die Rolle der Ökonomie in der bürgerlichen Gesellschaft gab es also keinen Bruch, keinen radikalen Umschwung. Statt dessen muss man von einer im Laufe der Jahre wachsenden Skepsis ausgehen, die den Widerspruch zwischen der immanenten Logik der kapitalistischen Wirtschaft und dem Entwurf einer idealen (staats-)bürgerlichen Existenz immer stärker betonte. In seinem Erstlingsroman, den er fern der Heimat und unter dem Eindruck der Restauration in den deutschen Ländern schrieb, neigte der Autor noch dazu, die ein ums andere Mal anklingenden Bedenken zugunsten einer Verklärung der schweizerischen Zustände beiseite zu schieben, wie sie sich etwa in der hymnischen Feier der jüngeren historischen Entwicklung bis zur Gründung des Bundesstaates kundtut. Zurück in Zürich, wurde er dagegen unmittelbar mit der entfesselten ökonomischen Dynamik in seinem Geburtsland konfrontiert. Keller verarbeitete dieses desillusionierende Erlebnis in zwei zentralen Figuren seines Spätwerks, nämlich in dem Heinrich Lee der zweiten

Romanfassung und im Titelhelden des *Martin Salander*. Beide sehen nach langer Abwesenheit die heimatliche Schweiz wieder und müssen feststellen, dass die Wirklichkeit nicht mit ihren glänzenden Erwartungen Schritt hält.

Bereits am 6. März 1856, wenige Monate nach seinem Eintreffen in Zürich, meldete Keller der Berliner Freundin Lina Duncker: „Übrigens ist es wundervoll hier und ein ganz goldenes Land; in den Leuten dagegen, wie überall, die leidenschaftlichste Geld- und Gewinnsucht, alles drängt und hängt am Golde, Gott besser's!" (GB 2, S. 154) Das Wissen um die Schattenseiten der wirtschaftlichen Blüte dämpfte mitunter auch seine patriotische Festeuphorie. Ein weiteres Schreiben an Lina Duncker, aus dem schon an anderer Stelle zitiert wurde, berichtet zwar voller Begeisterung von dem Züricher Kadettenfest im Herbst 1856, das gezeigt habe, „wieviel Liebe und rechtes Gefühl doch noch in der Welt ist" (S. 162), aber gegenüber Ludmilla Assing schlug Keller im April desselben Jahres andere Töne an, als er über das üppige „nationale Festleben" sprach: „Die Kehrseite von alledem ist, daß die Schweizer mehr als je, und so gut wie überall, nach Geld und Gewinn jagen; es ist, als ob sie alle Beschaulichkeit in jenen öffentlichen Festtagen konzentriert hätten, um nachher desto prosaisch ungestörter dem Gewerb und Gewinn und Trödel nachzuhängen" (S. 44f.). Das deckt sich ganz mit der späteren Warnung des *Mythenstein*-Essays vor einer „einseitige[n] Festvirtuosität", die in einen verhängnisvollen Gegensatz zu der gewöhnlichen „Unzufriedenheit des bürgerlichen Elendes" geraten könne (15, S. 203). Unter solchen Umständen drohte das vaterländische Fest, das doch eigentlich als sichtbare Inszenierung der nationalen Gemeinschaft sämtliche sozialen und politischen Differenzen überwinden und die Alltagspraxis läutern sollte, zu einem trügerischen Schein zu verkommen, der bloß die rauhe, vom Egoismus der Konkurrenz dominierte Realität verhüllte.

Auch seine Vorstellung von der liberalen Republik als einer Angelegenheit jedes einzelnen mündigen Staatsbürgers fand Keller in den fünfziger Jahren nur sehr unvollkommen verwirklicht, „[d]enn es herrschte in Zürich eher eine Oligarchie des Reichtums und der Bildung als eine Demokratie"[1], und dasselbe galt im Grunde für die eidgenössische Nation in ihrer Gesamtheit. Die Elite der liberalen Partei verteilte die einflussreichen Positionen im Staat ebenso wie die wirtschaftlichen Chancen weitgehend unter sich, ohne recht wahrzunehmen, wie ihre Kungelei die Masse der Bürger entmündigte. Eine beherrschende Stellung eroberte sich damals jener Alfred Escher, dessen enorme Energie der gleichaltrige Keller bereits 1847 in seinem *Traumbuch* bewundert hatte (vgl. 18, S. 155). Escher, der aus einer schwerreichen Familie stammte und in der Villa Belvoir über dem Zürichsee residierte, verwaltete in Zürich und

Bern hohe politische Ämter, war als Direktionspräsident der Schweizerischen Nordostbahn und später der Gotthardbahn-Gesellschaft der wichtigste Förderer des eidgenössischen Eisenbahnbaus und legte mit der Schweizerischen Kreditanstalt (heute Credit Suisse) die Fundamente für die Bankenmetropole Zürich – dass er außerdem die Gründung des Eidgenössischen Polytechnikums (heute ETH Zürich) inspirierte, sei nur am Rande erwähnt. Sein virtuos geknüpftes Netzwerk von Vertrauten, Freunden und Gefolgsleuten, an dem im politischen und ökonomischen Leben der Schweiz jahrelang kein Weg vorbeiführte, ließ bereits die Zeitgenossen von einem ‚System Escher' sprechen, dessen Schöpfer als ‚Princeps' und ungekrönter König von Zürich galt.[2]

Die enge Verflechtung von Staat und Wirtschaft, die in Eschers Person geradezu Gestalt annahm, verwandelte die regierende liberale Partei nach 1848 mehr und mehr in eine Interessenvertretung des schweizerischen Unternehmertums. Keller, für den der Liberalismus eine umfassende Weltanschauung darstellte, die auch bestimmte moralische und gesellschaftspolitische Werte einschloss, verfolgte diese Entwicklung mit Unbehagen. Hatte er schon im *Grünen Heinrich* dem Schulmeister die Einsicht in den Mund gelegt, dass der „repräsentative Körper" in einer Republik „durch den einfachen Prozeß der Wahl sogleich etwas ganz merkwürdig Verschiedenes wird, eines Theils immer noch Volk, und andern Theils etwas dem ganz Entgegengesetztes, fast Feindliches" (11, S. 439), so sah er solche Befürchtungen durch die zunehmende Abschottung der liberalen Führungsclique bestätigt. Das Volk schien kaum mehr imstande, seine Bevollmächtigten wirksam zu kontrollieren, und die Wahlbeteiligung fiel auf einen dramatischen Tiefstand. Kellers eindringliche Appelle in der Erzählung *Der Wahltag* reagieren auf diese fatale Situation.

Sein staatsbürgerliches Verantwortungsgefühl bewog den Dichter im Herbst 1860, sich öffentlich zu Wort zu melden. Im Vorfeld der Wahlen zum Nationalrat, der großen Kammer des eidgenössischen Parlaments, beteiligte er sich an der Abfassung eines Flugblatts *An die Wahlmänner des Kantons Zürich!*, das Bewegung in die erstarrten politischen Verhältnisse bringen sollte. Den Fortgang dieser Wahlagitation kommentierte er dann in einigen Beiträgen, die als „Zürcher Korrespondenz" in der Berner Zeitschrift „Der Bund" erschienen. Der Unmut der Unterzeichner des besagten Flugblatts entzündete sich an dem sogenannten „Savoyerhandel" vom Frühjahr 1860 (15, S. 355), einer außenpolitischen Krise, die die Schweiz im Streit um ihre Neutralität beinahe in einen Krieg mit Frankreich gestürzt hätte. Einige Heißsporne wären einem militärischen Abenteuer gar nicht abgeneigt gewesen, unter ihnen auch Keller, der die Politik Napoleons III. mit größtem Misstrauen betrachtete und in dem sich bei dieser Gelegenheit noch einmal jene impulsive Aggressivität regte, die er früher im Kampf gegen Reaktionäre und Jesuiten an den Tag gelegt hatte. Führende Liberale um Escher zeigten sich indes besonnen genug, eine Eskalation zu verhindern. Das Flugblatt unterstellte ihnen deshalb einen schmählichen Mangel an Vertrauen „in das gute, altschweizerische Volksthum", seine „Kraft" und „Entschlossenheit" und forderte die Züricher auf, diesmal „die herkömmliche Theilnahmslosigkeit an den Wahlen" zu überwinden und energischere kantonale Repräsentanten in den Nationalrat zu entsenden (S. 355f.). Dabei brachten die Verfasser die als Schwäche gedeutete Friedensliebe der liberalen Parlamentarier auf maliziöse Weise, aber gewiss nicht ganz zu Unrecht mit den Interessen von Handel und Industrie in Verbindung: „Wir wollen nicht, daß die Züricher, die Ostschweizer überhaupt in das Gerücht eines falschen Spekulantenvolkes gerathen, welches den Ernst des Lebens als ein Ränkespiel betreibt" (S. 356). Die Attacken richteten sich allerdings weniger gegen Escher persönlich, dessen Leistungen man durchaus Gerechtigkeit widerfahren ließ, als gegen manche seiner gefügigen Parteigänger, die ihren Aufstieg allein dem ‚System' zu verdanken hatten.

Auch in seinen Zeitungsartikeln beklagte Keller, dass in der Savoyen-Affäre der „ritterlich naive Glaube" des Volkes „an seine unbedingte Wehrbarkeit gegen jeden Feind" nicht hinreichend gewürdigt worden sei (S. 147), und verlangte ein entschiedeneres Auftreten gegenüber Frankreich. Während solche Tiraden von wenig Augenmaß und einem ziemlich dilettantischen Urteil in Fragen der äußeren Politik zeugen, sind seine Betrachtungen zur demokratischen Kultur der Schweiz weitaus bedenkenswerter. Er konstatiert eine „Verharzung" des öffentlichen Lebens, die es dem „edlere[n] Theil unsrer Bevölkerung durch die lange Entwöhnung" schwer mache, „sich zu gemeinsamem Handeln gegenseitig zu orientieren und zu verständigen" (S. 145) und seine staatsbürgerlichen Rechte effektiv wahrzunehmen. Mittlerweile verstehe es sich fast von selbst, „das zürcherische Wahlgeschäft [...] nur innerhalb der stehenden Cadres der Beamtenwelt und der Bezirksintriganten" ablaufen zu lassen (S. 150). Diesen Cliquen sei es gelungen, „die öffentliche, freie Bewegungs- und Lebenskraft einzuschüchtern" und „das freie Wählen und sich Wählenlassen als Allotria, wo nicht gar als eine Art von Unbotmäßigkeit" zu denunzieren (S. 151). Und wieder benennt Keller die wirtschaftlichen Klasseninteressen, denen sich das politische Handeln zunehmend unterordne: „Die Polemik" der herrschenden Liberalen gegen ihre Kritiker drehe sich „lediglich um Eisenbahnen und nichts als Eisenbahnen; es ist, als ob es keinen Napoleon und keine Franzosen, keinen Rhein, kein Savoyen und keinen Simplon in der Welt gäbe" (S. 152). Der Angriff auf die fortschreitende Ökonomisierung von Staat und Politik und auf die Monopolisierung wirtschaftlicher Chancen durch eine schmale Elite gipfelt in der düsteren Vision einer künftigen Schweiz, die aussehen werde

> wie eine einzige ungeheure Fabrikstadt, in welche alles Geld der Welt zugeführt wird. Die Söhne der Matadoren jassen um halbe Millionen, die Kinder des gesammten Volkes müssen täglich 14 Stunden arbeiten, die eidgenössische Armee ist zum Kohlentragen kommandirt, mit Ausnahme der Artillerie, welche die schweizerischen See- und Handelshäfen Triest und Venedig vertheidigt. Jede Bundesräthin hat in diesen Häfen eine vergoldete Yacht, in welcher sie der Königin von England Besuche abstattet. (S. 149)

Kellers leidenschaftlicher Einsatz fruchtete bei den Wahlen wenig. Anfang November zog er im „Bund" Bilanz: „Unser Angriff auf einen Theil der bisherigen Nationalrathsvertretung ist mit mehr oder weniger Glanz abgeschlagen worden" (S. 154). Gleichwohl habe die Provokation etwas Gutes bewirkt, „indem die obsiegende Partei oder das herrschende System in einer bestimmten Gestalt herausgetreten ist und ein charakteristisches Verfahren angenommen hat [...]. Solche Symptome führen immer einen Schritt vorwärts in einem Krankheitsprozesse." Außerdem war diesmal wenigstens „ein Dritttheil" der stimmberechtigen Bevölkerung an die Urnen gegangen, was gegenüber früheren Wahlen eine merkliche Steigerung bedeutete (S. 155). Ein leicht ironisch gefärbtes Resümee der Kampagne formulierte Keller zur gleichen Zeit in einem Brief an Ludmilla Assing:

> Ich habe letzthin auch politisiert, indem ich mich in eine Wahlbewegung hinein verführen ließ, um einige schlaffe und kriegsscheue Gesellen aus dem Nationalrat hinauszuwählen. Die Zürcher offizielle Welt nahm unseren Scherz aber als einen Angriff auf sie selbst auf und entbot allen ihren Kräften, so daß wir ziemlich aufs Haupt geschlagen wurden. Ich hatte den Manifestschreiber dabei gemacht und mir dadurch das „Bedauern" der Hochmächtigen zugezogen. Das Bedauern ärgerte mich, und ich verwandelte es durch eine Reihe von Zeitungsartikeln in etwas Solideres, nämlich in Haß und Zorn, der sich wohl wieder legen wird. (GB 2, S. 98)

Der Versuch, die „offizielle Welt" von Zürich herauszufordern, blieb also vorläufig Episode. Er markierte aber, rückblickend betrachtet, die zaghaften Anfänge jener demokratischen Bewegung, die wenige Jahre später das liberale Establishment von Grund auf erschüttern sollte.

1860 war nun gerade das Jahr, in dem auch das *Fähnlein der sieben Aufrechten* in Auerbachs „Volks-Kalender" erschien. Hält man die verklärenden Schilderungen der Novelle neben Kellers Kommentare zur Nationalratswahl, wird man ihm jedenfalls keine naive Selbsttäuschung über die Zustände in seinem Heimatland mehr vorwerfen können. Die Diskrepanz zwischen dem gedichteten Bild und der realen politischen und gesellschaftlichen Lage war ihm vollauf bewusst. Er hoffte damals aber noch, sie mit der Zeit überwinden zu können, unter anderem eben durch breitenwirksame volkspädagogische Werke, die darauf abzielten, „die Keime der Zukunft [...] zu verstärken und zu verschönern", damit „das Volk das, was es sich gutmütig einbildet zu sein und der innerlichen Anlage nach auch schon ist, zuletzt in der Tat und auch äußerlich wird" (GB 3.2, S. 195). Achtzehn Jahre später war von dieser Zuversicht, wie wir eingangs hörten, nichts mehr übrig geblieben.

Doch auch im *Fähnlein* selbst stößt man auf Passagen, die den patriotischen Glanz merklich trüben und dafür sorgen, dass die „Zufriedenheit mit den vaterländischen Zuständen" (15, S. 420), die aus der Novelle spricht, nicht in philiströse Eitelkeit umschlägt. Wenn etwa der Schneidermeister Hediger in dem fiktiven Jahr 1849 prophetisch vor den Gefahren warnt, die der staatsbürgerlichen Gleichheit und der freiheitlichen Ordnung des jungen Bundesstaates drohen, dürften ihn Kellers zeitgenössische Leser, Eschers liberale Plutokratie vor Augen, ohne weiteres verstanden haben:

> Glücklicher Weise giebt es bei uns keine ungeheuer reichen Leute, der Wohlstand ist ziemlich verteilt; laß aber einmal Kerle mit vielen Millionen entstehen, die politische Herrschsucht besitzen, und du wirst sehen, was die für einen Unfug treiben! Da ist der bekannte Spinnerkönig, der hat wirklich schon viele Millionen und man wirft ihm vor, daß er ein schlechter Bürger und ein Geizhals sei, weil er sich nichts ums Allgemeine kümmere. Im Gegenteil, ein guter Bürger ist er, der nach wie vor die andern gehen läßt, sich selbst regiert und lebt wie ein anderer Mann. Laß diesen Kauz ein politisches herrschsüchtiges Genie sein, gieb ihm einige Liebeswürdigkeit, Freude an Aufwand und Sinn für allerhand theatralischen Pomp, laß ihn Paläste und gemeinnützige Häuser bauen und dann schau, was er für einen Schaden anrichtet im gemeinen Wesen und wie er den Charakter des Volkes verdirbt. Es wird eine Zeit kommen, wo in unserem Lande, wie anderwärts, sich große Massen Geldes zusammenhängen, ohne auf tüchtige Weise erarbeitet und erspart worden zu sein; dann wird es gelten, dem Teufel die Zähne zu weisen; dann wird es sich zeigen, ob der Faden und die Farbe gut sind an unserem Fahnentuch! (6, S. 286f.)

Mag Hediger auch manche skurrilen Eigenarten aufweisen – diese Mahnrede ist gewiss ernst zu nehmen und ganz im Sinne des Autors gehalten. Trotz ihrer heiteren Züge und ihrer lustspielhaften Grundstruktur entwirft Kellers Erzählung keine heile Welt, sondern ein didaktisch intendiertes Gegenmodell zu gewissen Zeittendenzen, die er mit Sorge beobachtete. Exemplarisch vertreten werden sie im Text von einem gewissen Ruckstuhl, der mit Karl Hediger die Rekrutenausbildung absolviert. Dieser Bursche beherrscht nämlich die hohe Kunst, ohne eigene Anstrengungen und auf Kosten anderer ein Vermögen anzuhäufen, indem er mit Immobilien spekuliert, die Kundschaft nach Kräften übers Ohr haut und die Mietpreise in seinen Häusern auf jede erdenkliche Art nach oben treibt: „Dergestalt erfreute er sich einer hübschen jährlichen Einnahme, ohne eine Stunde wirklicher Arbeit" (S. 291). Dass die Novelle Ruckstuhl dabei als den „dümmste[n] Kerl von der Welt" hinstellt (S. 291) und ihn in der Kaserne in einer drastischen nächtlichen Szene zum Gespött seiner Kameraden werden lässt, entspricht Kellers bekannter Strategie, solche unheimlichen Erscheinungen literarisch zu entschärfen, indem er sie der Lächerlichkeit preisgibt.

Für den Klub seiner sieben Aufrechten wählte er bezeichnenderweise alte, ehrbare Handwerksmeister, die gar nicht mehr so recht in die neue Ära passen, und nicht etwa moderne Geschäftsleute als Vertreter eines weit zeitgemäßeren Menschenschlags. Er erwog außerdem, sogar den jugendlichen Protagonisten, der als „angehender Beamter auf einer Regierungskanzlei" arbeitet (S. 259f.), am Ende in die Sphäre des Handwerks zu führen. Als das Manuskript des *Fähnleins* für den „Volks-Kalender" bereits abgeliefert war, übermittelte Keller dem Herausgeber brieflich noch den Einfall, „daß der alte Zimmermann von Karl verlangt, er solle wieder zum Handwerk zurückkehren, wenn er die Tochter wolle; denn seine Talente und seine Bildung hätten nur den rechten Wert, wenn er seinen angebornen Stand damit ziere" (GB 3.2, S. 197). Wahrscheinlich nahm Auerbach daraufhin selbst eine entsprechende Ergänzung vor, denn im Erstdruck erklärt Frymann in der Tat: „ich stelle meinerseits noch den Wunsch auf, daß Karl aus seiner Kanzlei weggehe und gewissermaßen zum Handwerk zurückkehre, indem er in mein Geschäft eintritt. Dadurch wird er sein eigner Herr und Meister, seine Gaben zieren den Stand in welchem er geboren ist" (22, S. 409).

In der Textfassung der *Züricher Novellen* ließ Keller diesen Passus zwar unberücksichtigt, aber die Erläuterung, mit der er seinen Vorschlag in jenem Brief begleitet, ist vielsagend: „Die Rückkehr zum soliden Handwerk (d.h. zum kunstgerechten tüchtigen) wird nämlich jetzt von einsichtigen Gewerbsmännern wieder mehr betont, da zuletzt niemand mehr ordentlich arbeiten lernt und alle persönliche Selbstherrlichkeit zum Teufel geht" (GB 3.2, S. 197). In dem unabhängigen Handwerker, der dank seiner beruflichen Stellung und eines bescheidenen Wohlstands in politischer wie ökonomischer Hinsicht „persönliche Selbstherrlichkeit" genießt, nimmt Kellers Ideal eines autonomen, verantwortungsbewussten Bürgers Gestalt an, das er der beunruhigenden Dynamik der modernen kapitalistischen Welt entgegenhält. Die hoffnungsfrohe Vision einer schöneren Zukunft, die das *Fähnlein der sieben Aufrechten* bieten soll, entpuppt sich damit freilich eher als poetischer Spiegel einer verklärten Vergangenheit. Angesichts der stürmischen Entwicklungen in der Schweizer Gründerzeit nach 1848 mussten die Wunschvorstellungen des Dichters zunehmend anachronistisch wirken.

Auch nach dem Fehlschlag der Wahlagitation vom Herbst 1860 setzte Keller sein publizistisches Engagement fort. Im Februar des folgenden Jahres polemisierte er im Zürcher Intelligenzblatt gegen eine zum Frieden und zur politischen Besonnenheit mahnende, nach seinem Geschmack aber allzu „geldstolze" Rede (15, S. 163), die Escher als Präsident des Großen Rates, des Kantonsparlaments, gehalten hatte, und im März veröffentlichte er in derselben Zeitung eine Folge von vier „Randglossen", in denen er sich kritisch mit verschiedenen Artikeln der Neuen Zürcher-Zeitung auseinandersetzte, die dem ‚System' nahe stand. Der Savoyerhandel, die Antipathie gegen Napoleon III. und der Streit um die eidgenössische Neutralität während des italienischen Einigungskrieges klingen in diesen Beiträgen noch vernehmlich nach, aber von größerem Gewicht sind Kellers Reflexionen über die ökonomische Lage und die wachsenden sozialen Spannungen in der Schweiz. So prangert er in der dritten „Randglosse" das verbreitete „Eisenbahnfieber" und die Profitgier der Beteiligten an, die den „schweizerische[n] Zank um das Geld wieder einmal" angeheizt hätten, und ruft dazu auf, dem Gemeinwohl den Vorrang vor wirtschaftlichen Sonderinteressen einzuräumen: „Das Schweizervolk ist da gewesen, eh' es Eisenstraßen gab; es wird hoffentlich noch bestehen, wenn sie längst fertig gebaut und dem Wegknecht übergeben sind; denn sie sind kein Zweck, sondern nur ein Mittel. Daß sie vorübergehend zu einem verhängnißvollen Zwecke werden konnten, daran ist die Unruhe und Gewinnsucht Aller schuldig" (S. 172f.). Zudem wird erneut die Manipulation der demokratischen Spielregeln durch die „Majoritätenfabrik" herrschender Cliquen kritisiert. Nach Kellers Überzeugung sollten alle politischen Fragen „im offenen Saale" des Parlaments „vor dem ganzen Volke" erörtert werden, wobei einzig „das Wohl des Ganzen" als Richtschnur zu gelten habe (S. 173).

Die vierte und letzte „Randglosse" befasst sich ebenfalls mit der fundamentalen Gefährdung bürgerlich-republikanischer Prinzipien durch die Übermacht der Ökonomie und liefert eine kritische Diagnose, die sowohl in ihrer Schärfe als auch wegen der virtuos eingesetzten Bildlichkeit in Kellers Schriften einzig dasteht. Der Essay konzentriert sich auf die Baumwollindustrie, die neben den Eisenbahnen den wichtigsten Wirtschaftszweig der Schweiz darstellte, und zeigt, wie sie „auf die politischen und menschlichen Anschauungen derer, die mit ihr zu schaffen haben, einen unläugbaren Einfluß behauptet", der „mit dem innern Leben eines tiefer gefaßten Patriotismus, einer gründlichen Humanität oft genug in Widerspruch geräth" (S. 173f.). Statt aber abstrakt zu argumentieren, malt der Autor diesen Konflikt anschaulich aus, indem er ein gepflegtes „Musterdorf" schildert, dem die Baumwollverarbeitung zu Wohlstand verholfen hat, und es dann unvermittelt mit dem Elend der Fabrikarbeiter kontrastiert, die unter menschenunwürdigen Bedingungen schuften müssen, um diesen Reichtum zu erwirtschaften. Was nützen ihnen ihre politischen Rechte, die auf dem Papier gewährleistet sind, wo faktisch eine strikte ökonomische Abhängigkeit besteht? Als „Unfreie" kann man die Proletarier zwar kaum bezeichnen, denn sie „haben das Recht, zu den Wahlen zu gehen so gut" wie alle anderen, „ja sie werden vom Fabrikherrn sogar dazu aufgeboten, nur ist ihnen zu rathen, daß sie so stimmen, wie ihnen empfohlen wird" (S. 174f.).

Das größte Skandalon erkennt Keller in der Kinderarbeit, die in der Baumwollindustrie gang und gäbe war und bis zu „dreizehn tägliche Arbeitsstunden" umfasste. Um die rhetorische Wirkung seiner Anklage weiter zu steigern, personifiziert er die Baumwolle als unerbittliche Tyrannin, die auf der Jagd nach Profit ein „verkümmertes Geschlecht" hervorbringt, das dem Staat „weder taugliche Vertheidiger noch unabhängige, auch nur zum Schein unabhängige Bürger mehr liefer[n]" wird (S. 175). „[D]en Courszeddel der Gegenwart in der Hand", begegnet die Baumwolle jeder Intervention zugunsten der geschundenen Kinder mit dem zynischen Hinweis „auf die ‚persönliche Freiheit'", die hier eben nur noch die Freiheit des kapitalistischen Unternehmers ist und eine „neue Leibeigenschaft" schrankenloser Ausbeutung legitimiert. Angesichts der krassen Inhumanität eines so einseitig ökonomisch begriffenen Liberalismus fordert Keller eine zeitgemäße Sozialgesetzgebung. Gerade auf diesem Gebiet müsse die Politik handlungs- und durchsetzungsfähig bleiben, statt sich willenlos den Regeln der Wirtschaftssphäre zu fügen: „Auch wir sind stolz darauf, daß schweizerische Fracht auf allen Meeren fährt [...]; aber wir möchten auch gerne stolz auf die freie Hand sein, die man in einem so freien und durchsichtigen Gemeinwesen haben sollte, die Dinge sich nicht über den Kopf wachsen zu lassen, sondern sie nach Vernunft und Menschlichkeit zu bezwingen“ (S. 176).

Keller war also durchaus nicht blind für die Probleme, die das Erfolgsmodell des eidgenössischen Liberalismus mit sich brachte, und erkannte frühzeitig den tiefen Widerspruch, der die bürgerliche Welt auf ihrem Weg in die Moderne begleitete: Die entfesselte kapitalistische Ökonomie unterminierte die humanen, aufklärerischen Ideen von der Freiheit und der Würde des Menschen und die Basis der demokratischen Ordnung, indem sie die neuen Ungleichheiten einer ausdifferenzierten Klassengesellschaft und damit ganze „Kasten“ von Unterprivilegierten (S. 175) hervorbrachte. Dem Leser dieser furiosen vierten „Randglosse“ drängt sich allerdings die Frage auf, warum die industrielle Fabrikarbeit und die Lebensumstände des Proletariats in Kellers Erzählwerk so gut wie gar nicht vorkommen. Die einschlägigen Stellen kann man an den Fingern abzählen. Heinrich Lee geht einmal an einem „Fabrikgebäude“ in seiner Heimatstadt vorbei und empfängt einige flüchtige, aber überaus abschreckende Eindrücke: „Ein häßlicher Vitriolgeruch drang mir in die Nase und bleiche Kinder arbeiteten innerlich und lachten mit rohen Grimassen hervor“ (11, S. 307). Wie intensiv den Autor gerade das Phänomen der Kinderarbeit beschäftigte, zeigt auch die Beschreibung von Habersaats Kunstmanufaktur, bei der die Ausbeutung kindlicher Arbeitskräfte ebenfalls hervorgehoben und zugleich als symptomatisch bezeichnet wird:

> Die Jugendjahre von wohl Dreißigen solcher Knaben und Jünglinge hatte Habersaat schon in blauen Sonntagshimmeln und grasgrünen Bäumen auf sein Papier gehaucht [...]. So begriff er vollständig das Wesen heutiger Industrie, deren Erzeugnisse um so werthvoller und begehrenswerther zu sein scheinen für die Käufer, je mehr schlau entwendetes Kinderleben darin aufgegangen ist. (S. 312)

Über diese vereinzelten Seitenhiebe geht Kellers literarische Auseinandersetzung mit dem heiklen Sujet jedoch nicht hinaus.

Aus der zweiten Fassung des *Grünen Heinrich* ist die Näherin Hulda zu erwähnen, die der Protagonist in Deutschland in einer Runde von „jungen Arbeitsleuten verschiedener Profession“ kennenlernt (3, S. 83). Aber obwohl sie sich seit dem zwölften Lebensjahr alleine durchschlagen und mit eigenen Händen ihren Unterhalt verdienen muss, wird man Hulda kaum für eine typische Proletarierin halten. In der anmutigen Selbstsicherheit, mit der sie ihre Existenz auf die beiden Säulen „Arbeit und Liebe“ gründet, wirkt sie auf Heinrich vielmehr „wie eine Erscheinung aus der alten Fabelwelt, die ihr eigenes Sittengesetz einer fremden Blume gleich in der Hand" trägt (S. 91) und den gescheiterten Maler beinahe zu dem Entschluss verführt, gleichfalls „unter[zu]tauchen in diese glückselige Verborgenheit, allem ideal- und ruhmsüchtigen Treiben entsagend" (S. 93). Die elenden Lebensumstände der Arbeiterschaft gelangen hier teils gar nicht, teils nur in stark stilisierter Form in den Blick. Das gilt ebenso für jene aus „einer Witwe mit ihrer Tochter" bestehende „kleine arme Arbeiterfamilie" (5, S. 332), die Justine in der Seldwyler Erzählung *Das verlorene Lachen* aufsucht, um sich in ihren religiösen Zweifeln Rat zu holen. Ursula und Agathchen, die mit Waschen und Seidenhaspeln ihr karges Brot erwerben, sind „Musterbilder menschlicher Frömmigkeit" und verstehen „ohne Absicht die Kunst, in der Armut reich zu sein, allein durch die unaufhörliche Arbeit und die eigene Genügsamkeit und Zufriedenheit" (S. 338). So verwandelt Keller alle Mühsal und Entbehrung in eine friedvolle Idylle. Dass der Zeitroman *Martin Salander* das Industrieproletariat schließlich völlig ausblendet, werden wir später noch sehen.

Vermutlich mied der Dichter – wie die meisten seiner deutschen Kollegen – die literarische Beschäftigung mit der Not der unterbürgerlichen Schichten, weil sie das Verklärungspostulat heillos überfordert und den poetischen Realismus an seine Grenzen geführt hätte. In diese Sphäre einzudringen, blieb dem Naturalismus vorbehalten, dessen „Lumpenprosa" mit ihren „ewigen Wechsel- und Fabrikaffären" Kellers Abscheu weckte (GB 3.1, S. 65). Sein zeitkritisches Engagement in seinen mittleren und späten Jahren orientierte sich nach wie vor an dem Ideal einer bürgerlich-liberalen Gesellschaft, an den Vorstellungen von freier individueller Entfaltung und staatsbürgerlicher Solidarität, und war daher vorwiegend ethisch oder sozialmoralisch geprägt. Den verschärften Klassenantagonismen im kapitalistischen Zeitalter vermochte Keller unter diesen Umständen kaum gerecht zu werden, und mit sozialistischen Umsturzideen, die er ja schon in den vierziger Jahren vehement zurückgewiesen hatte, konnte er sich natürlich erst recht nicht anfreunden.

Zunächst einmal verschob sich die Perspektive, unter der er die Verhältnisse in seiner Heimat betrachtete, im Herbst 1861 abrupt, als er mit seiner überraschenden Ernennung zum Staatsschreiber des Kantons Zürich gewissermaßen die Seiten wechselte und von einem Tag auf den anderen selbst zu einem Teil jenes ‚Systems Escher' wurde, dem er bislang so skeptisch gegenübergestanden hatte (übrigens wählte ihn seine Heimatgemeinde Glattfelden damals auch in den Großen Rat, dem er fünf Jahre lang angehören sollte). Seine Mitbürger reagierten begreiflicherweise mit Verblüffung und teilweise auch mit gehässigen Unterstellungen. Hatte sich der unbequeme Kritiker vielleicht einfach kaufen lassen? In der Tat gehörte es zu den bewährten Strategien der regierenden Liberalen, Widersacher durch die Vergabe von Ämtern zu sich herüberzuziehen, und auch im Falle Kellers mögen derartige Erwägungen eine Rolle gespielt haben. Indes hätte ihm der Regierungsrat den wichtigen Posten, der die administrative Drehscheibe des politischen Handelns in Zürich bildete, schwerlich anvertraut, wenn er nicht überzeugt gewesen wäre, dass der auserkorene Kandidat trotz mangelnder bürokratischer Erfahrung die notwendigen Fähigkeiten dafür mitbrachte. Keller seinerseits nutzte kurz entschlossen die Gelegenheit, seine zerfahrene Existenz endlich in feste Bahnen zu lenken und ihr zugleich eine solide materielle Grundlage zu verschaffen. Dem schon länger empfundenen „Mangel eines Amtes oder einer bestimmten bindenden und sicherstellenden Tätigkeit" war nun abgeholfen (GB 3.2, S. 212), und die „Regelmäßigkeit der Amtsgewöhnung" konnte ihre heilsame disziplinierende Wirkung entfalten (GB 3.1, S. 206). Keller gehörte fortan auch zu Eschers gesellschaftlichem Kreis und war des Öfteren in der Villa Belvoir zu Gast. Der notorische Außenseiter schien im Zentrum der bürgerlichen Gesellschaft angekommen zu sein.

Regierungskritische Töne waren von ihm seither nicht mehr zu vernehmen – er konnte ja auch nicht gut Maßnahmen und Beschlüsse in Frage stellen, die er selbst ausfertigte und unterschrieb. An die Stelle der polemischen Presseartikel eines freien Intellektuellen, der sich im Bewusstsein seiner staatsbürgerlichen Verantwortung zu Wort meldete, traten nun die Bettagsmandate als offiziöse Verlautbarungen der Kantonsregierung. Der Dank-, Buß- und Bettag, der in der Schweiz Jahr für Jahr an einem Sonntag im September begangen wurde und an altehrwürdige Traditionen anknüpfte, stand seit der Gründung des Bundesstaates als landesweiter „eidgenössische[r] Gewissenstag" (15, S. 373) im Dienst einer religiös grundierten patriotischen Besinnung. In Zürich gab die Regierung aus diesem Anlass ein Mandat heraus, das von den Kanzeln herab verlesen wurde, die Bevölkerung zur Rechenschaftslegung vor Gott aufforderte und an ihre vaterländischen Tugenden appellierte. Sofern gerade keiner der Regierungsräte Lust verspürte, den Text zu formulieren, blieb das dem Staatsschreiber überlassen, und so stammen die Bettagsmandate der Jahre 1863, 1867, 1871 und 1872 aus Kellers Feder. 1873 wurde beschlossen, künftig auf solche Erlasse zu verzichten, die der neuen demokratischen Regierung schon unzeitgemäß vorkamen.

Der Dichter brauchte eine Weile, um sich an die eigentümliche Textsorte, die wenig Spielraum für individuelle Anliegen und Ausdrucksformen bot, zu gewöhnen. Ein erster Versuch, den er bereits im Herbst 1862 vorlegte, fiel zu umfangreich aus und kam wohl auch zu konkret auf mögliche Gefahren für die bürgerliche Ordnung zu sprechen, weshalb die Regierung ihn kassierte und durch eine konventionellere Version ersetzte. Keller warnte die Züricher in seinem Entwurf vor „eitlem Selbstruhm" und einer hektischen Neuerungssucht, die dazu verleiten könne, „selbst an unserer so schwer erkämpften Bundesverfassung und mit ihr an den Grundlagen des eidgenössischen Lebens zu rütteln" (S. 372f.). Mit Blick auf den Sezessionskrieg, der damals die Vereinigten Staaten von Amerika zerriss, prangerte er außerdem den „Streit um Gewinn u irdischen Vortheil" an, der „unter dem Vorwande ökonomischer Nothwendigkeit" das Gemeinwohl gefährde (S. 375). Hier kehren zentrale ethische und sozialpolitische Überzeugungen des Verfassers wieder, die wir bereits aus anderen Zusammenhängen kennen.

Seine späteren Mandate sind allgemeiner gehalten und treffen den gewünschten salbungsvollen, feierlichen Ton besser. Gleichwohl dürften sie, wenn man von den obligatorischen Hinweisen auf Gottes Güte und Allmacht absieht, keine bloßen Pflichtübungen gewesen sein, denn Keller fand auch hier Gelegenheit, dem Publikum die Werte und Ideale, die ihm am Herzen lagen, ins Gedächtnis zu rufen. So spricht das Mandat des Jahres 1863 von den Segnungen, aber auch von dem Konfliktpotenzial des Fortschritts, von den Unwägbarkeiten des politischen Lebens und den „gewaltigen materiellen Entwicklungen der Zeit" und mahnt:

> Hier gilt es nun, mitten im Wechsel der Anforderungen zu verharren im Geiste unserer Vorfahren, festzuhalten die Treue am Bunde, die Einfachheit und Reinheit der Sitten, die Redlichkeit der Denkart. [...]
>
> Lasset uns, liebe Mitbürger, jeder an seinem Orte nicht nachlassen in Uebung der so nöthigen Selbsterkenntniß und Selbstbeherrschung, welche den Mann erst zum freien Manne erhebt. Vergeblich würden alle freien Gesetze und todt alle Rechte sein, wenn wir unsere gefährlichsten Zwingherren, die Leidenschaften des Neides, des Hasses, des Stolzes und die Unsitte jeglicher Art in unserer eigenen Brust nicht zu bekämpfen vermöchten. Denn wer der Knecht seiner eigenen Leidenschaft ist, fällt zuletzt jeder Art von Knechtschaft anheim. (S. 378f.)

Von Fall zu Fall kommentieren die Mandate einzelne zeitgeschichtliche Ereignisse. Schon in seinem Entwurf von 1862 kommt Keller nicht nur auf den amerikanischen Bürgerkrieg zu sprechen, sondern rühmt auch das neue Züricher Gesetz zur rechtlichen Gleichstellung der Juden, das der „verjährten Verfolgung u Verachtung“ dieser Bevölkerungsgruppe ein Ende bereiten werde (S. 374), als eine große Tat der Menschlichkeit und der politischen Vernunft. 1871 erwähnt er die „furchtbaren Kämpfe“ und das „unerhörte Schauspiel“ des deutsch-französischen Krieges, mit dem Deutschland – wie einige Jahre zuvor schon Italien – zur Einheit als machtvoller monarchischer Nationalstaat gefunden hatte, weil diese Vorgänge die „Lage auch unseres Vaterlandes“ nicht unberührt ließen. Für die Bewohner der kleinen Schweiz gelte es jetzt mehr denn je, durch Arbeit, Pflichterfüllung und aufrichtige Selbsterforschung „das republikanische Prinzip, welches unser bürgerliches Dasein von jeher bedingt hat“, zu stärken und ihre Unabhängigkeit zu sichern (S. 389). Die zunehmende Isolation der Eidgenossenschaft in dem veränderten europäischen Kräftefeld der sechziger und siebziger Jahre, die sich zum Glück letztlich nicht zu einer existenziellen Bedrohung auswuchs, beschäftigt später übrigens auch den Patrioten Martin Salander, der seiner Frau schreibt: „Rings um uns hat sich in den großen geeinten Nationen die Welt wie mit vier eisernen Wänden geschlossen“, so dass sich die Schweizer nur noch auf das „Gefühl der Selbstbestimmung, der Furchtlosigkeit und der Pflichtliebe“ stützen könnten (8, S. 74).

Das wichtigste Anliegen der Bettagsmandate des Staatsschreibers Keller bleibt es aber, den sozialen und ökonomischen Verwerfungen einer Klassengesellschaft mit moralischen Appellen zu begegnen, die auf die „Schlichtheit und Gediegenheit des Lebens und Denkens“, auf „Einigkeit und Genügsamkeit“ und auf die solidarische „Bruderliebe“ aller Bürger zielen (15, S. 379). So müsse der Streit „über eine billige Ausgleichung der Arbeitswerthe“ stets von den „Geistern des Friedens und der Gerechtigkeit“ begleitet sein, damit er nicht zu „leidenschaftlicher Selbstzerstörung“ führe, und bei allem löblichen Gewerbefleiß hätten die Schweizer „den Ruf schnöder Gewinnsucht und eines um den Vortheil hadernden Volkes“ zu vermeiden (S. 392f.). Der beschwörende Ton, den solche Passagen anschlagen, verdankt sich nicht nur den spezifischen Traditionen und Zwecksetzungen dieser Mandate. Keller registrierte offenbar sehr genau, dass seine sozialethischen Ideale und die von ihm verfochtenen vaterländischen Tugenden angesichts der ungebremsten Entfaltung des modernen Kapitalismus und Materialismus zunehmend in die Defensive gerieten.

Nicht nur von Amts wegen, sondern auch aus innerer Überzeugung distanzierte er sich bald von jener anschwellenden demokratischen Bewegung, die in den sechziger Jahren mit der Forderung nach tiefgreifenden verfassungsrechtlichen und sozialstaatlichen Reformen die liberale Dominanz herausforderte und deren ersten Anfängen er, wie vorhin erwähnt, durchaus nahe gestanden hatte. Seine kritische Haltung dokumentieren beispielsweise einige „Kantonalberichte", mit denen er 1864/65 in der Berner „Sonntagspost" die Debatten um eine partielle Revision der Züricher Verfassung, die damals in die Wege geleitet wurde, kommentierte. Die Regierung und der Große Rat legten mehrere Änderungsgesetze vor, die die Gemeindeverwaltung, das Gerichtswesen, die Volkswahl zahlreicher Beamter und die Handels- und Gewerbefreiheit betrafen. Auch sollte die Bürgerschaft künftig von sich aus weitere Verfassungsrevisionen anstoßen können, ohne erst auf eine Initiative des Regierungsrates oder des Parlaments warten zu müssen.

Der Staatsschreiber begrüßte diese „zeitgemäße Entwicklung der Volksrechte" ausdrücklich (S. 246). Zugleich ließ er es nicht an Attacken auf die Demokraten fehlen, denn die „Bewegungslustigen" oder „Angriffsmänner", wie er sie spöttisch titulierte, verlangten eine „Totalrevision" der Kantonsverfassung, die in ihrem Kern immer noch die von 1831 war, um das Repräsentativsystem durch eine unmittelbare Volksherrschaft zu ersetzen (S. 239f.). Keller räumte zwar ein, „daß die ungeheuren Fortschritte im heutigen wirthschaftlichen und Verkehrsleben einen schnellen Wechsel der öffentlichen Einrichtungen bedingen" (S. 238). Mittlerweile längst weit von dem stürmischen Überschwang und den eschatologischen Visionen der mittleren vierziger Jahre entfernt, lehnte er jedoch allzu revolutionäre Experimente mit den Rahmenbedingungen des staatlichen Lebens ab:

> Eine Verfassung ist [...] keine stylistische Examenarbeit. Die sogenannten logischen, schönen, philosophischen Verfassungen haben sich nie eines langen Lebens erfreut. Wäre mit solchen geholfen, so würden die überlebten Republiken noch da sein, welche sich einst bei Rousseau Verfassungen bestellten, weil sie kein Volk hatten, in welchem die wahren Verfassungen latent sind bis zum letzten Augenblick. Uns scheinen jene Verfassungen die schönsten zu sein, in welchen, ohne Rücksicht auf Styl und Symmetrie, ein Concretum, ein errungenes Recht neben dem andern liegt, wie die harten glänzenden Körner im Granit, und welche zugleich die klarste Geschichte ihrer selbst sind. (S. 240)

In dieser Sicht kann die jeweils aktuelle Verfassungswirklichkeit immer nur die jüngste Frucht einer organischen historischen Entwicklung sein, die nicht willkürlich manipuliert werden sollte. Keller ergreift deshalb Partei für die maßvollen Reformvorschläge der Liberalen und plädiert für einen „stäten ruhigen Fortschritt", der von einem „reifen politischen Charakter" zeuge (S. 241). Sein letzter einschlägiger Artikel endet schließlich mit dem unvermeidlichen Seitenhieb auf die ebenfalls von den Demokraten propagierte Idee einer stärkeren Zentralisierung auf Bundesebene, auf die „rührende Sehnsucht nach höheren schweizerischen ‚Einzelkompetenzen'", die er nach wie vor als Gefahr für die geschichtlich gewachsene Struktur der Eidgenossenschaft auffasst (S. 254).

Keller war kein prinzipieller Gegner der direkten Demokratie, bezweifelte aber, dass die Schweizer schon jenen Grad an politischem Bewusstsein und staatsbürgerlicher Reife erlangt hätten, der es ihnen gestatten würde, als Kollektiv unmittelbar über alle öffentlichen Belange zu entscheiden. Außerdem war die „Selbstregierung eines Volkes", wie er bereits 1852 an Baumgartner schrieb, für ihn „nicht der Zweck, sondern nur ein Mittel seiner Existenz, und ein Volk, das die ganze Zeit mit diesem Mittel zubringen muß, gleicht einem Menschen, der eine Schüssel Krebse bearbeitet und bei aller Arbeit hungert." Weiter heißt es in dem Brief:

> Die repräsentative Demokratie wird daher so lange der richtigste Ausdruck der zürcherischen Volkssouveränetät sein, bis alle psychischen und physischen Materien so klar und flüssig geworden sind, daß die unmittelbarste Selbstregierung ohne zuviel Geschrei, Zeitverlust, Reibung und Konfusion vor sich gehen kann, bis das goldene Zeitalter kommt, wo alles am Schnürchen geht und nur einer den anderen anzusehen braucht, um sich in ihn zu fügen. (GB 1, S. 301)

Hier wird, wie die Anspielung auf das „goldene Zeitalter" verrät, ein ganz unwirklicher, utopischer Zustand imaginiert, der nicht allein jede Verfassung, sondern im Grunde jedes politische Handeln, das diesen Namen verdient, überflüssig machen würde. Im gleichen Jahr tadelte der Dichter in einer seiner Gotthelf-Rezensionen mit deutlichen Worten die von einigen „radical Gesinnten" durchgesetzte Verfassung des Kantons Bern von 1846, die sich der „‚reinen Demokratie'" näherte, weil sie dem Volk das Recht einräumte, seine gewählten Vertreter auch „jederzeit [...] zwischen den Wahlterminen ab[zu]berufen", damit aber in den Augen ihres Kritikers nur die „ausgebildetste Demagogie" heraufbeschwor (15, S. 104f.).

1865 dagegen war eine funktionierende direkte Demokratie für Keller zumindest schon in den Bereich des Möglichen gerückt. Seinem historisch-genetischen Denkansatz getreu, konnte er sie sich aber allenfalls als Ergebnis eines allmählichen kollektiven Bildungsprozesses vorstellen:

> Nur da, wo das Volk seiner klaren und freien, ihm zuständigen Mitwirkung und Ent-

scheidung bewußt ist und wo dieses Bewußtsein sich mit der übrigen humanen Ausbildung harmonisch fortentwickelt, kann man auch in den repräsentativen Republiken der Schweiz auf das Herannahen jenes Augenblickes hoffen, wo man ihm mit Freuden jedes Gesetz zur Entscheidung vorlegen kann, ein Augenblick, welcher wahrscheinlich wieder eine größere Dauer und eine gewisse Klassizität der Gesetze mit sich bringen wird. (S. 242f.)

Und da dieser glorreiche Moment seines Erachtens noch längst nicht gekommen war, vertraute Keller bis auf Weiteres darauf, dass das Volk den verführerischen radikal-demokratischen Parolen der „kuriosen Staatskünstler auf allen Gassen" widerstehen und klar erkennen werde, „was in seinem Wesen liegt und was nicht" (S. 254).

In solchen Hoffnungen sah er sich jedoch bald getäuscht, denn auf die Dauer war die demokratische Bewegung in Zürich wie in der gesamten Schweiz nicht einzudämmen.[3] Die Unzufriedenheit der Bevölkerung und ihre zunehmende Politisierung schlugen sich im Laufe der sechziger Jahre in einer rasch ansteigenden Wahlbeteiligung und in der besonders kritischen Phase 1867/68 auch in einer Vielzahl öffentlicher Diskussionsveranstaltungen nieder. Sie wurden genährt durch eine Wirtschaftsflaute, die Industrie und Landwirtschaft gleichermaßen in Mitleidenschaft zog, und zusätzlich befeuert durch die Pamphlete des zwielichtigen Anwalts Friedrich Locher, der im Kanton Zürich mit aggressivem Populismus gegen die Liberalen zu Felde zog, wobei er auch vor persönlichen Verunglimpfungen nicht zurückschreckte. Die tieferen Ursachen für die Krise des ‚Systems Escher' lagen aber in der allgemeinen Dynamik von Ökonomie und Gesellschaft im Zeitalter der Industrialisierung, die das liberale Honoratioren- und Unternehmerregiment unaufhaltsam unterminierte. Nicht alle Bevölkerungsgruppen profitierten von den wirtschaftlichen Fortschritten und dem steigenden Wohlstand. Während mancherorts große Vermögen angehäuft wurden, sahen sich insbesondere Bauern, mittelständische Gewerbetreibende und Industriearbeiter benachteiligt, und eine nachhaltige Kreditklemme verschärfte die sozialen Spannungen noch.

Ausgerechnet in der Neuen Zürcher-Zeitung, die er noch fünf Jahre zuvor als den einflussreichen publizistischen Arm des ‚Systems' attackiert hatte, trat der Staatsschreiber 1866 einem demokratischen Angriff auf Escher entgegen. Sein Beitrag *Die „Rückblicke" – und die Akten* weist die Anschuldigungen einer Artikelserie zurück, die unter der Überschrift „Rückblicke" im radikalen Winterthurer „Landboten" erschienen war und dem ‚Princeps' Willkür und Vetternwirtschaft zur Last legte. Dabei lässt Keller die Vorwürfe auf ihren Urheber zurückfallen, indem er ihm seinerseits eine fragwürdige „Auffassung des öffentlichen Lebens" unterstellt (15, S. 261), die sich für staatliche Ämter einzig und allein unter Karrieregesichtspunkten interessiere. Der Ton der politischen Auseinandersetzungen war, wie man sieht, schon ziemlich rauh geworden, und Keller scheute sich auch nicht, den erwähnten Friedrich Locher gesprächsweise rundheraus einen „Schurken" zu nennen (GB 4, S. 111).

Im selben Jahr bekam er die veränderte Stimmung am eigenen Leibe zu spüren, als ihn die Gemeinde Glattfelden nicht wieder in den Großen Rat wählte. Er sei, wie er Heyse erläuterte, „[s]einen Wählern, [s]einen Herren Heimats-Bauern, nicht demokratisch genug" gewesen: „Ich bin nämlich mehr Repräsentativ-Republikaner" (GB 3.1, S. 20). Insgesamt fielen die Erfolge der Demokraten bei den Wahlen von 1866 zwar noch recht bescheiden aus, aber zwei Jahre später gelang ihnen der Durchbruch. Am 26. Januar 1868 machte eine Volksabstimmung in Zürich den Weg für eine totale Verfassungsrevision frei, deren Resultate am 18. April 1869 in einem weiteren Referendum angenommen wurden. Neben sozial- und wirtschaftspolitischen Reformen brachte das neue kantonale Grundgesetz eine massive Stärkung der direkten Demokratie mit sich, indem es dem Volk auch die Bestellung des Regierungsrates überließ, ein verpflichtendes Referendum über alle vom Parlament beschlossenen Gesetze einführte und der wahlberechtigten Bevölkerung die Möglichkeit zu eigenen Gesetzesinitiativen gab. Der Verfassungsrevision schloss sich ein Regierungswechsel an: Die Liberalen, die die Kantonspolitik – mit einer kurzen Unterbrechung nach dem ‚Züriputsch' – seit 1831 dominiert hatten, wurden durch die demokratische Partei abgelöst. Andernorts in der Schweiz vollzogen sich damals ähnliche Umwälzungen, bis die Eidgenossen 1874 schließlich auch eine neue Bundesverfassung im radikaldemokratischen Sinne erließen.

Keller verfolgte die Entwicklung mit Bangen. Während der eigens gewählte Züricher Verfassungsrat im Sommer 1868 seine Vorschläge ausarbeitete, schrieb er dem alten Freund Hegi: „Unsere politischen Geschichten sehen trüb aus. Wenn's so fortgeht und angenommen wird, was die Kommissionen jetzt machen, so soll unsere gute Republik ganz auf den Kopf gestellt werden und von vornen anfangen in einer Weise, wie es nur nach einer blutigen Revolution oder nach einem Eroberungskriege etc. bisher geschah, und da nicht einmal in solcher Art" (GB 1, S. 218). Auch für seine Person fürchtete er gravierende Konsequenzen, nämlich den Verlust seines Amtes: „Vermutlich [...] werde ich beim Antritt der neuen Regierung als ein ‚Zopf' oder ‚Reaktionär' wieder in meine Poetenfreiheit zurückgelangen" (S. 219). Eine Ironie der Geschichte:

Die einst so progressiven Liberalen, die als Speerspitze der neuen Zeit das konservative Regiment hinweggefegt hatten, sahen sich nun ihrerseits vom Gang der Ereignisse überholt und in die undankbare Rolle der reaktionären ‚Zöpfe' gedrängt!

In einem Brief an Ludmilla Assing kommentierte Keller die Vorgänge noch ausführlicher:

> Wir haben [...] in unserm Kanton eine trockene Revolution mittelst einer ganz friedlichen, aber sehr malitiösen Volksabstimmung gehabt [...], in deren Folge jetzt unsere Verfassung total abgeändert wird. Das bisherige Repräsentativsystem soll in die neue und absolute Demokratie umgewandelt und damit unser Staatsgebäude in allen Teilen niedergerissen und neu aufgebaut werden. Da ich zu denen gehöre, die nicht von der Zweckmäßigkeit und Heilsamkeit der Sache überzeugt sind, so werde ich ganz resigniert abspazieren, ohne dem Volke zu grollen, das sich schon wieder zurechtfinden wird. Im Anfange der Bewegung hatten wir ewigen Ärger, da sie durch infame Verleumdungen in Gang gebracht wurde. Allein das Volk, welches die Lügen bei ihrer Kühnheit zu glauben gezwungen war, hätte von Stein sein müssen, wenn es nicht hätte aufgeregt werden sollen. Die Verleumder sind auch bereits erkannt und beiseite gesetzt; aber wie der Weltlauf ist, zieht seine Majestät, der Souverän, nichtsdestoweniger seinen Nutzen aus der Sache und behält seine Beute, die er erweiterte Volksrechte nennt. (GB 2, S. 122f.)

Bei allen Vorbehalten gegenüber der direkten Demokratie bewahrte sich der Dichter doch sein Vertrauen auf das „Volk" als das wahre Subjekt des Staates und des geschichtlichen Fortschritts, das nicht dauerhaft vom rechten Wege abirren könne. Verstörend scheinen auf ihn insbesondere Lochers „infame" Invektiven gewirkt zu haben, die er als Symptome eines bedenklichen Verfalls der politischen Kultur auffasste; andererseits machte er zu Recht darauf aufmerksam, dass sich die demokratische Partei sehr rasch von dieser zweifelhaften Figur distanziert hatte. Und seine Erwartung, aus dem Amt gedrängt zu werden, erfüllte sich nicht, da seine Zuverlässigkeit als Staatsbeamter über die Parteigrenzen hinweg respektiert wurde. Zunächst erhielt Keller als Vertreter der Liberalen einen Sitz in dem erwähnten Verfassungsrat und wurde sogar zu dessen zweitem Sekretär gewählt. Das bedeutete freilich eine zusätzliche Arbeitsbelastung, die er Storm später rückblickend in einem Ton schilderte, der seine Meinung über diese „trockene aber radikale Staatsumwälzung" noch einmal deutlich zu erkennen gibt: „neben den laufenden Geschäften" habe er „zwei Jahre lang fast Tag und Nacht Schwatzprotokolle zu schreiben" gehabt, „die nachher zur Interpretation dienen sollen, wenn die Esel nicht mehr wissen, was sie gewollt haben" (GB 3.1, S. 434).

Auch die neue demokratische Regierung war nicht gesonnen, auf die bewährten Dienste des Staatsschreibers Keller zu verzichten. Er verwaltete sein Amt daher noch für mehrere Jahre, bis er es aus freien Stücken niederlegte, um sich ganz der Schriftstellerei zu widmen. Die politische Entwicklung und die zunehmende Hektik der Dienstgeschäfte hatten ihm seinen Beruf ohnehin verleidet, wie er in dem Essay *Autobiographisches* erklärte: Der Schreiber, der „in dem abgegriffenen Handexemplar der Gesetzsammlung, das schon von den Randglossen entschlafener Vorgänger bedeckt ist, wieder Seite um Seite aufgehobener Bestimmungen durchstreicht", die er „vor wenig Jahren vielleicht selbst in diesem papiernen Tempel aufgehangen hat, empfindet [...] nicht immer den rechten Respect vor dem frischen Wehen des Lebens, dem stürmischen Vorschritt des Volkes, der solchen Wechsel bedingt"; er fühle sich vielmehr wie eine „Danaide mit dem Wassersieb in der Hand, er sieht nur die Vergänglichkeit der Dinge, hört nur das Abschnarren eines Uhrwerkes, aus welchem die Hemmung weggenommen ist" (15, S. 404). Den Amtsverzicht dürfte er unter diesen Umständen als Befreiung empfunden haben. Wie sein Ausstand ablief, schilderte er Adolf Exner im August 1876. Der Bericht mag gehörig übertrieben sein, ist es aber jedenfalls wert, vollständig zitiert zu werden:

> Mit meiner Demokraten-Regierung bin ich leidlich auseinandergekommen oder vielmehr lustig [...]. Sie veranstalteten mir ein Abschiedsessen im Hotel Bellevue, an dem ausschließlich die Mitglieder der Regierung und ich waren, und überreichten mir einen silbernen Becher. Die Sache begann um 6 Uhr nachmittags. Um 9 Uhr schien es mir einschlafen zu wollen, ich verfiel auf die verrückte Idee, ich müsse nun meinerseits etwas leisten und den Becher einweihen. Ich lief hinaus und machte ganz tolle Weinbestellungen in Bordeaux, Champagner usf. in der Meinung, dieselben selbst zu bezahlen. Die Herren aber wußten, daß alles aus der Staatskasse bezahlt werden müsse, und um den Schaden wenigstens erträglich zu machen, fingen sie krampfhaft an mitzusaufen und soffen verzweifelt bis morgens um 5 Uhr, so daß wir am hellen Tage auseinandergehen mußten. Sieber wurde in einer Droschke nach Hause gebracht, ich wurde in einer Droschke nach dem Bürgli gefuhrwerkt, ich hatte drei Tage Kopfweh. Das Tollste ist, daß ich die Herren, je mehr wir soffen, um so reichlicher mit Offenherzigkeiten regaliert habe in diesem letzten Augenblick, mit meinen Ansichten über die Verdienstlichkeit ihres Regiments u. dergl., was mich nachher geärgert hat, denn es war doch kommun undankbar. Sie machten jedoch geduldige Mienen dazu; ich glaube aber, sie gäben mir jetzt den Becher nicht

mehr. Die bestellten Weine wollte ich am anderen Tage oder vielmehr am Nachmittage desselben Tages bezahlen; es wurde mir aber richtig nichts abgenommen. (GB 2, S. 260f.)

So fand Kellers Zeit als Staatsschreiber, die mit einer Wirtshausschlägerei am Vorabend des Dienstantritts begonnen hatte, mit einem ebenso denkwürdigen Gelage ihr Ende.

Auch wenn sich die Kräfteverhältnisse in Zürich schon im Laufe der siebziger Jahre wieder neu austarierten und – unter Hinzutreten der erstarkenden Sozialdemokratie – ein ungefähres Gleichgewicht zwischen Liberalen und Demokraten zustande kam, fühlte sich der Dichter in der veränderten politischen Landschaft nicht mehr zuhause. Die Interpretation der Erzählung *Ursula* hat bereits gezeigt, wie er im historischen Gewand die wahnhaften Züge und die geheime Selbstsucht aggressiver politischer Schwärmer karikierte und im Gegenzug den weisen Staatslenker pries, der im Namen und im recht verstandenen Interesse des Volkes die Regierungsgeschäfte führt. Auch in späteren Jahren erhob er bisweilen noch öffentlich seine Stimme, wobei er weiterhin die Neue Zürcher-Zeitung als Forum nutzte. So nahm er 1882 einen „Vorschlag der demokratischen Wahlversammlung" für die Regierungsratswahlen zum Anlass, die bei den Demokraten beliebte Behauptung, ihr Kandidat sei „aus dem Volke hervorgegangen", kritisch zu sezieren. Mit spürbarem Vergnügen wies er nach, dass der vermeintliche „Extra-Volksentsprossene" keiner „armen Holzscheiter- oder Thurmwächterfamilie", sondern einem uralten zürcherischen Adels- und Patriziergeschlecht entstammte und somit von seiner Abkunft her keinen Anspruch auf eine „besondere Volksthümlichkeit" erheben konnte (15, S. 327f.). Privat sparte Keller nicht mit abfälligen Bemerkungen über die vermeintlichen oder tatsächlichen Auswüchse der direkten Demokratie. In einem Brief an Wilhelm Petersen spottete er:

> Hier haben wir einen kompletten Regensommer; es sieht betrübt aus. Die Bauern sind vergrämt und wählen Leute in die Behörden, die den unreifen Trauben entsprechen, verwerfen alle Gesetze, die man vorlegt, und werden wahrscheinlich nächstens verlangen, daß die jährliche Festsetzung der Witterung jeweilig der Volksabstimmung unterbreitet werde durch besondern Gesetzentwurf. (GB 3.1, S. 390)

Auf der anderen Seite ließ Keller sich eine gerechte Würdigung des 1882 verstorbenen Alfred Escher angelegen sein. Dieser hatte gegen Ende seines Lebens, nicht zuletzt im Zuge des demokratischen Umschwungs, seine Machtstellung in Politik und Wirtschaft eingebüßt und für seine Leistungen schwärzesten Undank erfahren; zum feierlichen Durchstich des großen Gotthardtunnels, der ohne sein energisches Wirken schwerlich zustande gekommen wäre, lud man ihn nicht einmal mehr ein. Nach seinem Tod wurden jedoch bald Pläne geschmiedet, das Andenken des Übervaters der eidgenössischen Liberalen zu ehren. Keller, der seine eigene Integration in die bürgerliche Ordnung unter Eschers Ägide erlebt hatte, wies schon 1883 auf das „Modell einer Kolossalbüste des Verewigten" hin (15, S. 328), das der Bildhauer Richard Kissling angefertigt hatte, und regte an, auf dieser Grundlage die Planungen für ein Denkmal voranzutreiben. Ein Jahr später begrüßte er die Fortschritte des Projekts, rief zu weiteren Geldspenden auf und rühmte Escher als einen Mann, der beispielhaft für „das alte Glück der Republik" stehe und zu jenen vorbildlichen Politikern gehört habe, die „in aufopfernder Arbeit das Volk führten und noch führen, ohne es der Selbsterkenntniß und schließlich des Verstandes zu berauben" (S. 330f.) – ein unmissverständlicher Seitenhieb auf die ‚Demagogie' der demokratischen Partei.

Ein weiterer Zeitungsartikel, zugleich sein letzter, war im Juni 1889 der Enthüllung des fertigen Denkmals gewidmet. Bei dieser Gelegenheit distanzierte Keller sich implizit reumütig von seiner Polemik gegen den Staatsmann Escher im Zusammenhang mit dem Savoyerhandel des Jahres 1860, wobei er sinngemäß aus eben jener Rede des damaligen Großratspräsidenten zitierte, die er seinerzeit im Zürcher Intelligenzblatt so abschätzig kommentiert hatte: „Alfred Escher war ein Mann des Friedens, nicht um jeden Preis, aber stets ein Gegner dessen, was nach gefährlichem und thörichtem Muthwillen aussah. In einer kritischen Stunde rief er: Nicht durch gewaltsames Einmischen in fremde Händel, sondern durch ihr bloßes Beispiel, ihr geordnetes Bestehen soll unsere Republik, unsere Staatsform Propaganda machen!" (S. 334f.)[4] Gewidmet sei das Ehrenmal einem Mann, „der mit Geistestreue und eigenster Arbeit sich selbst Pflichten auf Pflichten schuf und, sie erfüllend, wirkend und führend seine Tage verbrachte, die Nächte opferte und das Augenlicht" (S. 335). Das von Kissling entworfene Monument ist noch heute vor dem Züricher Hauptbahnhof zu sehen.

Wenn man Kellers politische Äußerungen in ihrer chronologischen Abfolge betrachtet, könnte man zu dem Schluss gelangen, er sei mit dem Alter immer konservativer geworden. Dieser Eindruck sollte aber differenziert werden. Im Grunde hielt der Dichter zeitlebens an jenen Prinzipien fest, die er sich nach dem Abschied von seinem jugendlichen Radikalismus in den ausgehenden vierziger Jahren angeeignet hatte und die sich ihm später in der Person Eschers verkörperten. Nur mussten diese Prinzipien angesichts des rasanten Wandels in der Gründerzeit der Schweiz zunehmend konservativ wirken und seit dem Sturz des ‚Systems Escher' geradezu unzeitgemäße Züge annehmen. In einer Ära, in der die Politik mehr und mehr zum Instrument widerstreitender Klasseninteressen wurde und Keller das Gefühl für bürgerliche Freiheit und nationale Solidarität unaufhaltsam schwinden sah, stellte sich sein altbekanntes Außenseitertum unter veränderten Vorzeichen von neuem ein. Wo das „soziale Mißbehagen" und die „endlose Hatz" des voll entwickelten Kapitalismus herrschten, verblasste „die patriotisch-politische Zufriedenheit", die das *Fähnlein der sieben Aufrechten* inspiriert hatte, zu einer nostalgischen Reminiszenz aus ferner Vergangenheit (GB 3.1, S. 420).

Literarische Zeitkritik

Mit seinen *Sieben Legenden* und dem *Sinngedicht* verteidigte Keller die „Reichsunmittelbarkeit der Poesie [...] auch im Zeitalter des Fracks und der Eisenbahnen" (GB 3.1, S. 57) noch einmal gegen die „Despotie des Zeitgemäßen in der Wahl des Stoffes" (S. 163). In einigen anderen späten Werken bewies er aber, dass er im Medium der Fiktion durchaus auch unmittelbar zeitgenössische Erfahrungen und aktuelle gesellschaftspolitische Probleme zu gestalten vermochte. Dafür mussten freilich geeignete literarische Mittel entwickelt werden – und drohten solche Unternehmungen nicht automatisch in die Nähe des prosaischen Naturalismus zu geraten, der jene „Reichsunmittelbarkeit" fahrlässig preisgab?

Wenn man den „Nationalgrundstock" in pädagogischer Absicht bisweilen etwas idealisiert schildere, so schrieb Keller im Zusammenhang mit dem *Fähnlein der sieben Aufrechten*, dürfe man ihn im Gegenzug „auch um so kecker tadeln, wo er es verdient" (GB 3.2, S. 195). Dieser Devise getreu, ließ er in den *Gesammelten Gedichten* auf die Rubrik „Festlieder und Gelegentliches", die seine hymnischen patriotischen Gesänge enthält, die Abteilung „Pandora. (Antipanegyrisches.)" folgen, in der sich der vaterländische Poet als Kritiker, Warner und Mahner betätigt und seinen Finger in die Wunden des staatlichen und gesellschaftlichen Lebens legt: Die sprichwörtliche Büchse der Pandora enthielt nach dem antiken Mythos alle Laster und Übel der Welt. Die einschlägigen Texte, darunter der *Apostatenmarsch* und der *Jesuitenzug*, stammen allerdings überwiegend aus der politischen Kampfzeit vor dem Sonderbundskrieg und finden sich bereits in den *Gedichten* von 1846. Nur die beiden letzten wurden erst in den siebziger Jahren und damit nach den Umwälzungen geschrieben, die der liberalen Vorherrschaft in der Schweiz ein Ende machten. Hatte der Dichter schon die Schmähungen gegen Escher und seine Parteifreunde als Zeichen eines traurigen Verfalls der öffentlichen Moral gewertet, so sah er diese Diagnose 1878 bestätigt, als eine publizistische Rufmordkampagne den verdienten Vorsteher der kantonalen Irrenanstalt Burghölzli, Eduard Hitzig, zum Rücktritt zwang. In einer Dankadresse an den scheidenden Direktor beklagte Keller das „widerwärtige Schauspiel" des Skandals, sprach von einem „Getümmel der wildesten Verläumdung und Verlogenheit" und vermutete gar eine förmliche „Erkrankung des öffentliches Geistes" (15, S. 366f.). Im selben Jahr entstand mit *Die öffentlichen Verleumder* (9, S. 283f.) „eine Art ethisches Zorngedicht" zu diesem Thema, wie der Autor selbst erklärte (GB 3.2, S. 356). Die Strophen beschreiben in düsteren Bildern das Wuchern boshafter Gerüchte. In der „Leere dürft'ger Zeiten" und dank der Leichtgläubigkeit des Volkes kann ein zungenfertiger Intrigant als vermeintlicher „Prophet" Karriere machen und eine dämonische Gewalt gewinnen:

Gehüllt in Niedertracht
Gleichwie in einer Wolke,
Ein Lügner vor dem Volke,
Ragt bald er groß an Macht
Mit seiner Helfer Zahl,
Die hoch und niedrig stehend,
Gelegenheit erspähend,
Sich bieten seiner Wahl.

Keller rückt die öffentliche Verleumdung in apokalyptische Dimensionen und schreckt nicht vor den schärfsten Metaphern zurück, wenn er sie mit der Pest, dem „schwarzen Tod", vergleicht und ihre Urheber als „Ungeziefer" tituliert.

Für das umfangreiche Gedicht *Nacht im Zeughaus* (9, S. 285–290), das 1873 erstmals publiziert wurde und in den *Gesammelten Gedichten* die Abteilung „Pandora" beschließt, griff Keller zwar auf Ansätze aus dem Jahre 1844 zurück, doch während diese älteren Verse im Gedenken an die glorreichen Kriegstaten der eidgenössischen Vergangenheit zum Kampf gegen Jesuiten und Reaktionäre aufrufen (vgl. 17.1, S. 573–578), ist die Stoßrichtung in der überarbeiteten Version eine gänzlich andere. Jetzt wird das lyrische Ich im nächtlichen Zeughaus, das Rüstungen und Waffen aus größeren Zeiten verwahrt, mit einer alptraumhaften Szenerie konfrontiert:

Aber statt der tapfern Alten
Seh' ich Schlimmes sich gestalten:
Grause Larven, kaum zu glauben,
Grinsen aus den Eisenhauben!

Einzelne Strophengruppen führen schaurige allegorische Gestalten wie die „Schwätzerei" in Gestalt eines keifenden alten Weibes, die „Verläumdung", den „Bruderneid" und den „Eigenruhm" vor. Angesichts des gespenstischen Panoptikums bleibt am Ende nur die Hoffnung, es möge recht bald „tagen" und ein reinigendes „Ungewitter" die moralische Verkommenheit der Gegenwart hinwegfegen. Mit solch bitteren Ausfällen machte man sich natürlich wenig Freunde: Wie der Autor Adolf Exner berichtete, trug ihm das Gedicht in Zürich „ein tiefes Stillschweigen nebst grimmigen und mißtrauischen Blicken" ein (GB 2, S. 195).

Kellers wachsende Skepsis angesichts der Zustände in seiner Heimat schlug sich auch in dem veränderten Bild der Schweiz nieder, das die zweite Fassung des *Grünen Heinrich* entwirft. Eine gründliche „Umarbeitung" des frühen Romans, der ihm in vieler Hinsicht kompositorisch und stilistisch misslungen schien, hatte der Dichter schon 1854 ins Auge gefasst, noch bevor das Werk überhaupt vollendet war (GB 1, S. 390), doch erst gegen Ende der siebziger Jahre kam er dazu, sein Vorhaben auszuführen. Während er die Jugendgeschichte in ihren Grundzügen unberührt ließ, griff er umso tiefer in die übrigen Textpartien ein, die er ebenfalls zu einer Ich-Erzählung umgestaltete, so dass sich nun der ganze Text als fiktive Autobiographie präsentiert. Das Verschwinden der auktorialen Instanz, deren umfangreiche Reflexionen entweder gestrichen oder den auftretenden Figuren in den Mund gelegt wurden, lässt die Perspektivierung des Dargestellten deutlicher hervortreten und gibt dem szenischen Erzählen breiteren Raum; andererseits illustrieren neu eingeführte Parallel- und Kontrastgestalten wie der verkommene Schlangenfresser, der innerlich gespaltene Albertus Zwiehahn, der eitle Feuerbach-Jünger Peter Gilgus und das Arbeitermädchen Hulda zusätzlich die Möglichkeiten und Gefährdungen von Heinrichs Lebensweg als Künstler und Bürger.[5] Die gravierendste Neuerung betrifft den Schluss. Der Protagonist darf jetzt sein Leben behalten, als Staatsbeamter in der ländlichen Schweiz einer nützlichen Tätigkeit nachgehen und sogar die geliebte Judith wiedertreffen, deren Freundschaft dem vielfach Enttäuschten im vorgerückten Alter noch einen milden Nachsommer beschert.

Doch trotz des versöhnlichen Endes ist der neue *Grüne Heinrich* weit davon entfernt, ein Loblied auf die eidgenössische Bürgerlichkeit zu singen. Indizien dafür findet der aufmerksame Leser schon sehr früh im Text, besonders wenn er die ältere Fassung zum Vergleich heranzieht. Verschwunden sind die Beschreibung der prosperierenden Stadt Zürich, die ehemals als Einleitung diente, und die Schilderung des wohlhabenden Dorfes, das Heinrich einst auf seiner Fahrt nach Deutschland kennenlernte. Das Tell-Spiel auf dem Lande ist zwar erhalten geblieben, aber während die erste Version Schillers Stück noch überschwänglich rühmte, weil es „auf eine wunderbar richtige Weise die schweizerische Gesinnung" ausdrücke und „ganz der Wahrheit und dem Leben" entspreche (11, S. 410), äußert sich die zweite merklich zurückhaltender: „Das Buch [*Wilhelm Tell*] ist den Leuten sehr geläufig, denn es drückt auf eine wunderbare Weise ihre Gesinnung und alles aus, was sie durchaus für wahr halten; wie denn selten ein Sterblicher es übel aufnehmen wird, wenn man ihn dichterisch ein wenig oder gar stark idealisiert" (1, S. 359). Man könnte glauben, der Ich-Erzähler der späten Fassung wolle sich hier behutsam von dem patriotischen Enthusiasmus der früheren distanzieren.

Ähnlich verfährt Keller mit den historischen Studien, die sein Held in Deutschland betreibt. Ursprünglich hatte er sie zum Anlass für einen ausladenden auktorialen Exkurs genommen und den Gang der Geschichte als unaufhaltsamen Fortschrittsprozess gedeutet, der „nur Eine wirkliche Bewegung" kenne, nämlich „diejenige nach vorwärts" (12, S. 257), und sich daher auf lange Sicht als „ein großes heiteres Lustspiel" mit glücklichem Ausgang entpuppen werde (S. 261). Die Zweitfassung kürzt diese Betrachtungen nicht nur rigoros, sondern tilgt auch ihre hoffnungsfrohe Tendenz, indem sie lediglich noch knapp und nüchtern von dem „wohlgemessenen Rhythmus" spricht, in dem „Bewegung und Rückschlag" im historischen Geschehen miteinander abwechseln (3, S. 27). Und wenn das erzählende Ich die rückblickende Wiedergabe seiner damaligen Gedanken obendrein mit der ironischen Bemerkung einleitet, durch das eifrige „Betrachten der Geschichte" sei es zu Ergebnissen gelangt, die sich „mit ein paar platten Sprüchwörtern" zusammenfassen ließen (S. 26), verabschiedet es mit der euphorischen Fortschrittszuversicht zugleich den einstigen Erkenntnisoptimismus.

Dementsprechend strich Keller in den Schlusspartien seines Romans auch den Hymnus auf die jüngere eidgenössische Geschichte, die als ein sinnvoller Ereignisablauf ihr Ziel in der Gründung des Bundesstaates gefunden habe, drastisch zusammen, und Heinrichs Teilnahme an dem Basler Schützenfest von 1844, jener machtvollen Kundgebung kämpferischer liberaler Entschlossenheit, entfällt in der Zweitfassung ganz. Zwar räsoniert der Protagonist auf dem Heimweg, der ihn quer durch die Schweiz führt, immer noch über das segensreiche demokratische Prinzip der „Mehrheit", die „die einzige wirkliche und notwendige Macht im Lande" sei, und über den vorbildlichen Staatsbürger, der sich als „Teil" der Menge fühlen müsse (S. 247f.), aber wieder lässt das erzählende Ich, das mittlerweile klüger geworden ist, einen relativierenden Kommentar folgen:

> Dergestalt redete ich mich in eine hohe Begeisterung hinein, je blauer der Himmel glänzte und je näher ich der Vaterstadt kam.
>
> Freilich ahnte ich nicht, daß Zeit und Erfahrung die idyllische Schilderung der politischen Mehrheiten nicht ungetrübt lassen würden [...]. Daß große Mehrheiten von einem einzigen Menschen vergiftet und verdorben werden können und zum Danke dafür wieder ehrliche Einzelleute vergiften und verderben, – daß eine Mehrheit, die einmal angelogen, fortfahren kann, angelogen werden zu wollen, und immer neue Lügner auf den Schild hebt, als wäre sie nur ein einziger bewußter und entschlossener Bösewicht, – daß endlich auch das Erwachen des Bürgers und Bauersmannes aus einem Mehrheitsirrtum, durch den er sich selbst beraubt hat, nicht so rosig ist, wenn er in seinem Schaden dasteht, – das alles bedachte und kannte ich nicht. (S. 249)

Damit büßt die republikanische Staatsverfassung den strahlenden Nimbus ein, der sie in der Erstfassung des *Grünen Heinrich* umgibt. Und auf der anderen Seite nehmen die ökonomischen Zwänge und das Laster der materiellen Selbstsucht in der überarbeiteten Romanversion noch unheilvollere Züge an. Die Misere, in die Heinrichs Deutschland-Aufenthalt mündet, wird jetzt verstärkt auf die Tücken des Kunstmarktes zurückgeführt. Nachdem ihm der skrupellose etablierte Meister sein vielversprechendes Motiv gestohlen und damit auf der öffentlichen Ausstellung fragwürdige Lorbeeren geerntet hat, versucht Heinrich verzweifelt, seine Bilder anderswo zu verkaufen, wobei er wegen seines notorischen Mangels an Selbstbewusstsein und Geschäftstüchtigkeit genötigt ist, Stufe um Stufe hinabzusteigen. Von einem „angesehenen Händler, Beherrscher der Auktionen und Aufkäufer von Künstlernachlässen" (S. 51), gelangt er über einen „Händler von minderem Range [...], bei dem die Verkehrssummen schon beträchtlich niedriger" stehen (S. 53), zu einem „israelitischen Schneider", der nebenher auch „mit neuen Kleidern und mit neuen Bildern handelt" (S. 54), und schließlich zu jenem Trödelmännchen, das ihm seine lebensvollen Naturstudien für einen Spottpreis abnimmt. Der moderne Kapitalismus stürzt auch Heinrichs Mutter ins Unglück. Nirgends kann sie die dringend benötigte Hypothek auf ihre Immobilie erhalten, „denn es bestand eben die Absicht, sie vom Hause zu bringen, und es steckten Gewinnlustige hinter der Sache [...]. Auch hier war endlich der Bau einer Schienenstraße in Aussicht getreten, der Bahnhof mußte unfern unserer Gasse zu liegen kommen, und es begann der Wert der Grundstücke beinahe täglich zu steigen, ohne daß die Mutter in ihrer Abgeschiedenheit von diesen Dingen wußte". Auf gewissenlose „Spekulanten" fällt nun ein Teil jener Schuld, die zuvor allein auf dem nachlässigen Sohn lastete (S. 255f.).

Eine bezeichnende Ergänzung nahm Keller schließlich in den Heimatträumen seines Helden vor. Wenn Heinrich über die Brücke reitet, die man „die Identität der Nation" nennt (S. 114), erweist sich „das gemünzte Gold" nach wie vor als „die Lösung und das Geheimnis [der] ganzen Identitätsfrage", denn die „Goldmünzen", die er unter dem Volk verteilt, werden „sogleich von hundert in der Luft zappelnden Händen aufgefangen und weiter geworfen [...], nachdem jeder das Gold erst besehen und an seinem eigenen Golde gerieben hatte, wodurch beide Stücke sich verdoppelten" (S. 116f.).[6] Das Geld stellt also immer noch das Lebenselixier des nationalen Organismus dar, und sein reger Umlauf scheint den Wohlstand des Gemeinwesens unaufhaltsam zu erhöhen. Aber anders als in der Erstfassung nimmt die Geschichte nun eine beängstigende Wendung. Als Heinrich zuletzt einen wahren „Goldregen" niedergehen lässt, ist bereits „ein ungeheures Gesindel von Goldhungrigen" hinter ihm her:

> Alte und Junge, Weiber und Männer purzelten übereinander, das Gold zu raffen. Diebe, die von Wächtern transportiert wurden, stürzten sich samt diesen in den Haufen; Bäckerlehrlinge warfen ihr Brot in das Wasser und füllten ihre Körbe mit Gold; Priester, die zur Kirche gingen, um zu predigen, schürzten ihre Talare, wie bohnenpflückende Bäuerinnen die Röcke, und schöpften Gold hinein; Magistratspersonen, die vom Rathause kamen, schlichen herbei und schoben verschämt ein paar zur Seite rollende Stücklein in die Tasche; selbst aus einem an die Wand gemalten Gerichte liefen die toten Richter vom Tische, ließen den Angeklagten stehen und stiegen herunter, um hinter mir her zu streichen, und schließlich kam der gemalte Verbrecher auch noch gesprungen, um nach Gold zu schreien. (S. 117f.)

Die Handel und Wandel befruchtende Wirkung des Geldes verkehrt sich in eine dämonische Gewalt, die alle sozialen Ordnungen zerstört, alle moralischen Normen aufhebt und die Gesellschaft ins Chaos stürzt. Kellers Angst vor einer ganz von Gier und Eigennutz beherrschten Lebenswirklichkeit verdichtet sich in diesem Traumbild zu einer beklemmenden Vision.

Unter solchen Umständen wird der heimgekehrte Heinrich Lee auch seines Wirkens als Staatsbeamter nicht froh. Allenthalben beobachtet er, wie bei seinen Mitbürgern „die Neigung zum Nachlassen und zur Pflichtvergessenheit zum Vorschein" kommt und „jeder die Wässerlein auf seine Mühle zu leiten" sucht (S. 266). Die vielgepriesenen bürgerlichen Tugenden dienen oftmals nur dem puren Egoismus als Maske:

> Ich sah, wie es in meiner geliebten Republik Menschen gab, die dieses Wort zu einer hohlen Phrase machten und damit umherzogen, wie die Dirnen, die zum Jahrmarkt gehen, etwa ein leeres Körbchen am Arme tragen. Andere betrachteten die Begriffe Republik, Freiheit und Vaterland als drei Ziegen, die sie unablässig melkten, um aus der Milch allerhand kleine Ziegenkäslein zu machen, während sie scheinheilig die Worte gebrauchten, genau wie die Pharisäer und Tartüffe. (S. 267)

Freilich greift das erzählende Ich auch hier korrigierend ein, und zwar diesmal, um seinen früheren Pessimismus zu widerrufen: „Alles zusammen war ein schädlicher Schimmel, der ein Gemeinwesen zerstören kann, wenn er zu dicht wuchert; doch befand sich die Hauptschar in gesundem Zustande, und sobald sie sich ernstlich rührte, stäubte der Schimmel von selbst hinweg" (S. 267f.). Er selbst habe, wie Heinrich gesteht, in der tristen Zeit unmittelbar nach seiner Rückkehr wegen der „Schatten", die seine „ausgeplünderte Seele erfüllten", auch die „Menschlichkeiten" in seinem Lande „dunkler" gesehen, „als sie an sich waren" (S. 266). Erst die Wiederbegegnung mit Judith befreit ihn von seiner Melancholie und ermöglicht ihm damit auch ein tatkräftiges Handeln im Dienst der Gesellschaft. An der Überzeugung, dass die „Hauptschar" des Volkes weiterhin „in gesundem Zustande" und die Krise der Gegenwart daher nicht existenzbedrohend sei, hielt Keller noch im Alter eisern fest.

Was Heinrich fortan praktisch tut und leistet, erfährt man im Text allerdings nicht, denn der einzige Hinweis auf sein staatsbürgerliches Engagement bleibt auf fast provozierende Weise unbestimmt: „ich habe mich gerührt und nicht mehr geschwiegen, auch nach Kräften dies oder jenes verrichtet" (S. 280). Keller versucht gar nicht erst, eine bruchlose Integration des Individuums in das nationale Kollektiv, wie sie in der ersten Fassung zumindest als Ideal im Hintergrund stand, auch nur halbwegs plastisch zu gestalten und den persönlichen Glücksanspruch des Einzelnen wirklich mit dem gesellschaftlichen Nutzen zu versöhnen. Hatte der *Grüne Heinrich* früher dem tragischen Scheitern seines Helden die verklärende Schilderung der eidgenössischen Republik gegenübergestellt, so zeichnet die spätere Version ein differenzierteres

Bild, in dem die Grautöne überwiegen. Die Erfahrungen seit den sechziger Jahren lehrten Keller, die politische und soziale Wirklichkeit der Schweiz nüchterner zu beurteilen, und veranlassten ihn überdies, in seiner volkspädagogischen Poetik die Elemente der Mahnung und Warnung stärker zu betonen, also zur Abwechslung „den Patriotismus [...] in Tadel statt in Lob zu exerzieren", wie er schon 1871 an Heyse schrieb (GB 3.1, S. 19).

Rund fünfundzwanzig Jahre liegen zwischen den beiden Fassungen des *Grünen Heinrich*, und immerhin knapp zwanzig trennen den ersten Band der *Leute von Seldwyla* von seinem Nachfolger. Die kurze Vorrede zum zweiten Teil der Novellensammlung greift diesen Abstand auch innerhalb der Erzählfiktion auf, wenn sie berichtet, wie sich der „sonst durch Jahrhunderte gleich gebliebene Charakter" Seldwylas binnen kürzester Zeit von Grund auf verändert hat (5, S. 8). Das einst so närrische und lustige Städtchen ist inzwischen zu einer Hochburg kühner Spekulationen und Börsenmanöver geworden. Die Bewohner führen „elegante kleine Notizbücher, in welchen die Aufträge in Aktien, Obligationen, Baumwolle oder Seide kurz notiert werden", pflegen mit den „angesehensten Geschäftsmännern" Umgang und sind teilweise bereits zu einem beachtlichen Vermögen gelangt (S. 8f.). Wenn doch noch einmal ökonomische Kalamitäten über sie hereinbrechen, gibt es nicht mehr die „früheren plebejisch-gemütlichen Concurse und Verlumpungen", sondern „vornehme Accommodements mit stattlichen auswärtigen Gläubigern, anständig besprochene Schicksalswendungen, welche annäherungsweise wie etwas Rechtes aussehen, sodann Wiederaufrichtungen, und nur selten muß noch einer vom Schauplatze abtreten" (S. 9). Sogar der wirtschaftliche Ruin bekommt jetzt einen seriösen Anstrich.

Hier wird ein zentraler Aspekt von Kellers Zeitkritik greifbar: Sie nimmt immer wieder die schwindelhaften Seiten des entfesselten Kapitalismus ins Visier, der in den Augen des Dichters ebenso wenig auf ehrlicher Arbeit basiert wie einst die zweifelhafte Herrlichkeit der seldwylischen Jeunesse dorée. Eigentlich haben sich demnach nicht die Seldwyler selbst gewandelt, vielmehr ist die gesamte bürgerliche Lebensrealität mittlerweile zu einem einzigen gigantischen Seldwyla mutiert, in dem der bloße Schein und die eitle, umtriebige Wichtigtuerei jede produktive Tätigkeit verdrängen. Der Erzähler der Vorrede korrigiert denn auch umgehend seine erste Feststellung:

> Oder, wahrer gesagt, hat sich das allgemeine Leben so gestaltet, daß die besonderen Fähigkeiten und Nücken der wackeren Seldwyler sich herrlicher darin entwickeln können, ein günstiges Fahrwasser, ein dankbares Ackerfeld daran haben, auf wel-

> chem gerade sie Meister sind und dadurch zu gelungenen, beruhigten Leuten werden, die sich nicht mehr von der braven übrigen Welt unterscheiden.
>
> Es ist insonderlich die überall verbreitete Spekulationsbethätigung in bekannten und unbekannten Werten, welche den Seldwylern ein Feld eröffnet hat, das für sie wie seit Urbeginn geschaffen schien und sie mit Einem Schlage tausenden von ernsthaften Geschäftsleuten gleichstellte. (S. 8)

Wenn in der bürgerlichen Sphäre die Tugenden der Disziplin und des Leistungswillens ihre Geltung eingebüßt haben, ist Seldwyla eben keine Gegenwelt mehr, die entweder als Schreckbild törichter Verwahrlosung oder als heimliches Sehnsuchtsziel dienen könnte; das Städtchen spiegelt statt dessen schlicht die Normalität wider, die jetzt das „allgemeine Leben“ beherrscht. Mit ihrem Status als skurrile Sonderlinge verlieren seine Einwohner, nunmehr „angehende Besitzlustige“, die „fast keine Zeit mehr“ finden, „auf Schwänke und Lustbarkeiten zu sinnen“, auch ihren Reiz für den Poeten, denn „es ereignet sich nichts mehr unter ihnen, was der beschaulichen Aufzeichnung würdig wäre“ (S. 9f.). Der Erzähler stellt die folgenden Geschichten deshalb als „eine kleine Nachernte“ vor, die er in den früheren „guten lustigen Tagen der Stadt“ gehalten habe (S. 10), und in der Tat präsentieren sich die Seldwyler in den meisten dieser Novellen noch ganz auf die altgewohnte Art und Weise. Die letzte Erzählung des Bandes, *Das verlorene Lachen*, macht allerdings eine Ausnahme und sprengt den in der Vorrede abgesteckten Rahmen, denn sie ist in Kellers eigener Gegenwart angesiedelt und thematisiert Krisenphänomene auf den Gebieten der Politik, der Wirtschaft und der Mentalitäten, die der Autor seinerzeit unmittelbar beobachten konnte.

Keller war sich der Sonderstellung dieses Textes sehr genau bewusst. Zum Abschluss des Zyklus habe er sich „in einem modernen ernsteren Kulturbild versuchen“ wollen, schrieb er an Vischer (GB 3.1, S. 139), und auch seinem Verleger Weibert kündigte er *Das verlorene Lachen* als „ganz modern und zeitgemäß“ an und fügte hinzu, es werde als „Schlußstein“ des zweiten Seldwyla-Bandes zugleich „die bedeutendste der neuen Erzählungen“ sein (GB 3.2, S. 247). Dem Wiener Literaturhistoriker Emil Kuh erklärte er: „Ich hatte zuerst nur einen burlesken Festlumpen im Auge, der im nüchternen Leben nicht zu brauchen ist. Dann geriet ich [...] in eine etwas höhere Stimmungsschicht und endlich auf den Gedanken, die etwas schnurrpfeiferliche Sammlung doch mit einem ernsteren Kultur- und Gesellschaftsbilde abzuschließen.“ Es würden darin „ganz konkrete hiesige Zustände“ aufgegriffen, „die jedermann in der Schweiz sogleich erkennt“ (GB 3.1, S. 183). Trotzdem sei die Novelle nicht „zu tendenziös und lokalisiert" angelegt, sondern liefere „ein allgemein wahres Gesellschaftsbild der Gegenwart" (S. 190). Keller schrieb den Züricher Verhältnissen also einen exemplarischen Stellenwert zu, der die Möglichkeit bot, aus ihnen den Stoff für eine literarische Epochendiagnose zu gewinnen.

Zunächst einmal behandelt *Das verlorene Lachen* freilich ein wohlbekanntes Thema Kellers, nämlich die Überwindung trügerischer Illusionen zugunsten bürgerlicher Tüchtigkeit. Aber während in seinen einschlägigen Texten sonst meist ein einzelner (männlicher) Protagonist im Mittelpunkt steht, geht es diesmal um ein Ehepaar, dessen Beziehung eine tiefe Krise durchmacht, und die Täuschungen, die das gemeinsame Glück gefährden, erwachsen nicht mehr aus einer allzu lebhaften Phantasie und einer Neigung zu Träumereien, aus ‚spiritualistischen' künstlerischen Ambitionen oder gar aus Eitelkeit und Geltungsdrang, sondern aus gewissen Entwicklungen des öffentlichen Lebens, aus politischen Konflikten, ökonomischen Zwängen und einem neuen religiös-weltanschaulichen Trend. So verbindet der Dichter die vertraute Problemstellung und das entsprechende Erzählmuster mit einer hochaktuellen Zeitkritik. Es ist daher müßig, hier einen Gegensatz zu konstruieren, indem man die Novelle einseitig „nicht als Zeitdarstellung, sondern als Entwicklungsgeschichte" interpretiert[7]: Ihre eigentümliche Struktur erwächst gerade aus Kellers Versuch, beide Aspekte miteinander zu verknüpfen. Ob ihm das überzeugend gelungen ist, wird noch zu erörtern sein.

Jukundus Meyenthal und Justine Glor lernen sich auf einem großen Sängerfest kennen, das man sich in der Stadt Zürich zu denken hat. Keller eröffnet die Erzählung mit dem Festlied, das Jukundus als prachtvoll geschmückter „Fahnenträger des Seldwyler Männerchors" (5, S. 251) anstimmt. Die fröhlich-beschwingten Strophen „Drei Ellen gute Bannerseide ...", später unter dem Titel *Wegelied* auch in den *Gesammelten Gedichten* abgedruckt, evozieren sogleich jene gelöste Atmosphäre, die dann auch die ersten Episoden der Geschichte durchdringt. Indem es Jukundus und Justine zusammenführt und die Grundlagen für ihren Ehebund legt, erfüllt das Fest mustergültig seine Aufgabe, gesellschaftliche Differenzen aufzuheben und den Eidgenossen ihre solidarische Einheit bewusst zu machen. Die soziale Herkunft der Liebenden könnte nämlich kaum unterschiedlicher sein. Während die Glors „reiche Arbeitsherren" in der Seidenindustrie sind (S. 257) und in Schwanau ein weitläufiges Anwesen bewohnen, stammt Jukundus aus dem berühmt-berüchtigten Narrenstädtchen, wo bekanntlich „noch nie einer auf einen grünen Zweig gekommen sei und wo niemand etwas besitze" (S. 265).

Doch Jukundus und Justine sind von Anfang an füreinander bestimmt. Das wird für alle Festgäste offenkundig, als die junge Frau dem Fahnenträger den Kranz überreicht, der den Seldwylern als Preis zugesprochen worden ist: „Zugleich sah man aber auch den Jukundus, der unversehens mit seiner Fahne vor ihr stand und in frohem Glücke lachte. Da strahlte wie ein Widerschein das gleiche schöne Lachen, wie es ihm eigen, vom Gesichte der Kranzspenderin, und es zeigte sich, daß beide Wesen aus der gleichen Heimat stammten, aus welcher die mit diesem Lachen begabten kommen" (S. 254). Wer so lacht, lebt in seliger Harmonie mit sich selbst und der ganzen Welt, und wenn Jukundus und Justine durch das gleiche Lachen ausgezeichnet sind, stellt „dieses wundervolle Naturspiel" eine so „unverkennbare Willensäußerung des Schicksals" dar (S. 262), dass am glücklichen Fortgang der Liebesgeschichte nicht zu zweifeln ist. In der Tat werden sämtliche Hindernisse durch eine kleine, wohlmeinende Intrige von Jukundus' Mutter derart mühelos überwunden, als wenn alles nur ein heiteres Lustspiel wäre. Schon am Ende des ersten Kapitels können die jungen Leute ihre Hochzeit feiern, die „das teilnehmende Volk wie ein altes schönes Lied anmutet" (S. 271).

Was aber so märchenhaft begonnen hat, gerät alsbald in die Niederungen eines ganz und gar nicht mehr festlichen Alltags. Kellers Erzählung liefert damit den Gegenentwurf zu einer älteren Novelle, in der ein patriotischer Feiertag den glanzvollen Gipfel- und Endpunkt des Geschehens bildet: „Das *Fähnlein der sieben Aufrechten* schließt mit einem Fest und ist auf dieses hin angelegt, das *Verlorene Lachen* nimmt das Fest an den Anfang und zerstört in seinem Handlungsverlauf dessen Hochstimmung."[8] Allerdings fallen bereits auf dem Sängerfest selbst erste Schatten auf die allgemeine Euphorie. Abgesehen davon, dass der Erzähler den Ehrgeiz und die forcierten Anstrengungen der wetteifernden Musensöhne mit einiger Ironie schildert, kann die jubelnde Fröhlichkeit auch die Klassenunterschiede der bürgerlich-kapitalistischen Gesellschaft nicht völlig vergessen machen. Justines Verwandte laden die Festbesucher vor allem deshalb so großzügig auf ihr Gut am See ein, weil sie ihren Wohlstand öffentlich demonstrieren wollen. Dass sie „auf ihre Besitztümer, als selbsterworbene, etwas viel hielten" (S. 256), bekommt Jukundus gleich bei der Begrüßung zu spüren: „Er wurde von den Männern höflich und auch freundlich gegrüßt und willkommen geheißen, aber nicht ohne jene feste kühle Haltung, welche so reiche Arbeitsherren einem nichts oder wenig besitzenden Seldwyler gegenüber bewahren mußten" (S. 257). Und wie sich rasch zeigt, bringt die Eheschließung dieses gesellschaftliche und ökonomische Gefälle keineswegs zum Verschwinden. Die eigentliche Bewährungsprobe für das liebende Paar steht erst nach der Hochzeit an.

Der frischgebackene Ehemann muss nun einen Beruf wählen, um sein Auskommen zu sichern, und eröffnet in der Heimat ein „Handelsgeschäft", das sich „auf den Holzreichtum der Stadtgemeinde und der umgebenden Landschaft gründet" (S. 273). Aber auch unter den Seldwylern greifen mittlerweile „die Verlockung und die Gewinnsucht" der modernen Zeit um sich. Von blinder Profitgier getrieben, machen sie ihre Waldbestände rücksichtslos zu Geld, ohne an die Zukunft zu denken und wenigstens die jüngeren Bäume zu schonen. Die Folgen bleiben nicht aus, denn die flächendeckenden Abholzungen öffnen „dem Strich der Hagelwetter den Durchlaß auf die Weinberge und Fluren" (S. 273). An dieser „Baumschlächterei" (S. 276) will sich Jukundus, der „von Jugend auf ein großer Freund und Liebhaber des Waldes gewesen" ist (S. 274), nicht beteiligen. Er verlagert seine Geschäftstätigkeit daher auf Bodenschätze, die das Holz teilweise ersetzen können, und erwirbt zudem auf eigene Kosten die tausendjährige „Wolfhartsgeeren-Eiche" (S. 274), um wenigstens das eindrucksvollste Naturdenkmal der Gegend vor der Vernichtung zu retten. Diese uneigennützige Tat ruiniert jedoch sein Ansehen als Kaufmann und lässt ihn fortan immer häufiger zum Opfer betrügerischer Manöver werden. Seine grenzenlose Vertrauensseligkeit tut ein Übriges: „Jukundus sagte immer die Wahrheit und glaubte dafür auch alles, was man ihm sagte" (S. 276). Da er obendrein kein „geschickter Finanzmann" ist, „der Geld und Credit zu wenden" weiß (S. 277), führt sein Weg unausweichlich in den Ruin.

Der Protagonist scheitert also gerade an seinen moralischen Eigenschaften, die ihm die Sympathie des Lesers einbringen – in der kapitalistischen Wirtschaftswelt ist ein ehrlicher Mann mit festen sittlichen Grundsätzen fehl am Platze. Jukundus besitzt zu seinem Unglück weder den Willen noch die Fähigkeit, dem Profit alle anderen Werte unterzuordnen. Um aber zumindest nicht ganz mittellos dazustehen und ausschließlich vom Vermögen seiner Frau zehren zu müssen, gibt er schließlich doch noch die Wolfhartsgeeren-Eiche preis, die für teures Geld verkauft und von ihrem neuen Besitzer sogleich gefällt wird. Minuziös schildert der Erzähler den Aufwand, den diese Aktion erfordert, bis endlich nur noch „der leere Himmel an der Stelle" ist, wo vorher die mächtige Eiche aufragte (S. 281). Mit der Vernichtung eines Baumes, dessen „junger Wipfel noch in germanischen Morgenlüften gebadet hatte" (S. 274), wird nicht bloß ein ökologischer Kahlschlag praktiziert, sondern auch das Band einer uralten geschichtlichen Kontinuität gelöst: Die ökonomische Rationalität der Moderne trennt den Menschen gewaltsam von der Natur wie von der historischen Tradition. Bedenkt man außerdem die Assoziationen an den Garten Eden, die sich in der ersten Seldwyla-Vorrede an die Schilderung der fruchtbaren Waldungen rund um die Stadt knüpften, so treten die fatalen Dimensionen des neuerdings betriebenen Raubbaus noch deutlicher zutage. Das kurzsichtige Streben nach materiellen Vorteilen zerstört die paradiesische Idylle, die vormals zumindest eine Seite von Seldwyla darstellte, und den unerschöpflichen natürlichen Reichtum, der früher das vergnügte Treiben der Bewohner überhaupt erst möglich machte.

Die Eheleute quartieren sich jetzt in Schwanau bei Justines Familie ein. Den armen Jukundus, der damit „Freiheit" und „Selbstbewußtsein" einbüßt, kommt dieser Schritt hart an. Der Verlust der wirtschaftlichen Unabhängigkeit beschwört auch eine Krise seiner Männlichkeit herauf, denn was ist von einem Ehegatten zu halten, der nicht einmal aus eigener Kraft seine Familie zu ernähren vermag? Wenn Justine sich insgeheim freut, „daß sie den lieben, schönen, guten Mann in ihr Vaterhaus ziehen und dort mit aller Vorsorge einspinnen und in Seide wickeln könne, wie ein zerbrechliches Glasmännchen" (S. 278), verschärft sie das Problem noch, indem sie Jukundus förmlich entmündigt und zum Kind degradiert. Und trotz redlicher Bemühungen gelingt es ihm nicht, sich wenigstens als Angestellter der Glors nützlich zu machen. Mit diesem Familienunternehmen, einem „großen Gewerbs- und Handelsgeschäft" (S. 288), liefert Keller ein anschauliches Bild der Seidenweberei, die damals im Kanton Zürich in hoher Blüte stand. Das Haus Glor organisiert die Produktion überwiegend noch in der hergebrachten Form des Verlagswesens, bei der die Arbeiter an eigenen Webstühlen für den kapitalstarken Verleger tätig sind, der ihnen die Seide zur Verfügung stellt und die fertige Ware weiterverkauft: „In hundert ländlichen Wohnungen an den sonnigen Berglehnen, hinter klaren Fenstern, standen die Webstühle der Mädchen und jüngeren Frauen der Bevölkerung, welche die glänzenden Stoffstücke mit leichter fleißiger Hand webten". Anders als in der Baumwollindustrie setzte sich die fabrikmäßige Fertigung im Seidengewerbe erst relativ spät durch, doch die Glors sind auf diesem Gebiet ebenfalls schon aktiv: „In großen Sälen waren aber auch Maschinen aufgestellt, an welchen schwerere und reichere Stoffe verfertigt und männliche Arbeiter beschäftigt wurden" (S. 288).

Wer in einem solchen Betrieb Verantwortung trägt, hat hochkomplexe Zusammenhänge zu überblicken und zu dirigieren:

> Der Ankauf der rohen Seide, die Vorbereitung derselben durch die verschiedenen Stadien, die Beaufsichtigung und Beurteilung der Arbeit, der Verkauf der gehäuften Vorräte, der Ausblick in den allgemeinen Verkehr und die Berechnung des richtigen Augenblickes für jede Geschäftshandlung, endlich die vorteilhafteste Verwendung

> der eingehenden Wertsummen, alles dies bedingte eine unaufhörliche, rasch laufende Thätigkeit und eine Reihe ineinandergreifender Erfahrungen.

Man muss mit den Seidenhändlern ebenso verhandeln wie mit den Männern, „welche die Ausfuhr der fertigen Gewebe nach anderen Weltteilen vermittelten", man muss die Konkurrenz im Auge behalten, die eigenen Arbeiter überwachen und nicht zuletzt den „Wechsel des Geschmacks und der Bedürfnisse unter den verschiedensten Himmelsstrichen aufmerksam" verfolgen, wobei die Blicke bis nach Kalifornien und Australien schweifen (S. 289).

Wie dieses Beispiel eindrucksvoll zeigt, hat nicht erst das 20. Jahrhundert die Globalisierung hervorgebracht. Schon nach 1848 wuchs die Schweiz mehr und mehr in weltweite ökonomische Verflechtungszusammenhänge hinein, die mit den Profitchancen auch die Risiken der Unternehmer erhöhten. Letztere machen sich in Kellers Erzählung drastisch bemerkbar, wenn das blühende Haus Glor durch „eine jener grimmigen Krisen von jenseits des Oceans" beinahe in den Ruin getrieben wird (S. 321). Wegen ihrer Abhängigkeit von überseeischen Märkten war die Züricher Seidenindustrie sehr anfällig für Konjunkturschwankungen, wie sie besonders in den siebziger Jahren gehäuft auftraten. In dürren Worten schildert Keller die drohende Katastrophe:

> Schlag auf Schlag fielen die Unglücksberichte innerhalb weniger Wochen und machten den stolzen Menschen die Nächte schlaflos, den Morgen zum Schrecken und die langen Tage zur unausgesetzten Prüfung. Große Warenmassen lagen jenseits der Meere entwertet, alle Forderungen waren so gut wie verloren und das angesammelte Vermögen schwand von Stunde zu Stunde mit den hochprozentigen Papieren, in welchen es angelegt war [...]. (S. 321)

In dem „verwickelte[n] Getriebe" (S. 290) des Glor'schen Großunternehmens ist Jukundus erst recht rettungslos verloren. Er benimmt sich ungeschickt und lässt sich in seiner unseligen Aufrichtigkeit nach wie vor ständig betrügen, bis er von seinen angeheirateten Verwandten schonend, aber konsequent aus den Geschäften herausgedrängt wird, damit er keinen weiteren Schaden anrichtet. Allenfalls als unproduktiver „blinde[r] Passagier" könnte er hier künftig noch seine Existenz fristen (S. 291). Aber mittlerweile ist auch das Verhältnis zu Justine aufs Äußerste belastet, weil die junge Frau beginnt, ihren Gatten „für einen unglücklichen beschränkten Menschen zu halten" (S. 291). Im Streit wirft sie ihm schließlich einen Ausdruck an den Kopf, den „kein rechter Mann von Seite seiner Frau erträgt" (S. 306) und den der Erzähler erst viel später preisgibt: Ein „Lumpaci" (S. 354) sei Jukundus, ein liederlicher Bursche und Taugenichts – und damit eben kein „rechter Mann" im bürgerlichen Sinne. Fortan gehen Jukundus und Justine getrennte Wege.

Dem durch die Fährnisse der Ökonomie so sehr gebeutelten Protagonisten bleibt es nicht erspart, auch noch mit den Wirren der Politik unliebsame Bekanntschaft zu machen. Die aktuellen Bezüge sind dabei wieder unübersehbar, denn Keller beschreibt offenkundig die Entstehung und Ausbreitung der demokratischen Bewegung in Zürich in den sechziger Jahren.[9] Namen werden freilich nicht genannt, und die Akzentsetzung, die der Autor vornimmt, ist aufschlussreich. Folgendermaßen umreißt er die Ausgangslage, in der die langjährige Vorherrschaft der liberalen Partei zunehmend ins Wanken gerät:

> In der Republik waren seit der letzten jener politischen Umgestaltungen, durch welche das Volk sich verlorene Rechte erneuert oder vorhandene erweitert, vierzig Jahre verflossen und es war im jüngeren Geschlechte der Wille einer neueren Zeit reif geworden, ohne daß die noch herrschenden Träger der früheren Gestaltung denselben kannten oder anerkennen wollten. Sie hielten die Welt und den Staat, wie sie gerade jetzt bestanden, für fertig und gut und wiesen ihre Mitwirkung zu jeder erheblichen Aenderung mit einem beharrlichen Nein von sich, indem sie sich auf eine ununterbrochene Thätigkeit in der mählichen Ausbildung des Bestehenden, einst so Gepriesenen zurückzogen. Durch diesen Widerstand erwarben sie sich das Aussehen von Stehenbleibenden, ja Feinden des Fortschrittes, und erweckten eine je länger je heftiger gereizte Stimmung gegen sich. (S. 309)

Da den Amtsinhabern keine konkreten Verfehlungen nachzuweisen sind, greifen die Unzufriedenen zum Mittel der „falschen Anschuldigung", um ihre Zwecke zu erreichen, und es entwickelt sich „eine dämonisch seltsame Bewegung", die nur von Gerüchten lebt, aber trotzdem „mehr Schrecken und Verfolgungsqualen in sich barg, als manche blutige Revolution" (S. 310). Die maßgeblichen Persönlichkeiten in Regierung und Verwaltung, hinter denen Kellers zeitgenössische Leser unschwer die Träger des ‚Systems Escher' erkennen konnten, werden zuerst lächerlich gemacht und verhöhnt und dann mit den schlimmsten Beschuldigungen überhäuft, die zwar aus der Luft gegriffen sind, aber zumindest einen tiefen „Abscheu" zurücklassen, der an den Betroffenen kleben bleibt. Mit der Zeit gedeiht das heimtückische Anschwärzen, von der Bosheit der Neider und Zukurzgekommenen genährt, zu einem förmlichen Volkssport: „So eilten denn aus allen Ritzen und Schlupfwinkeln die Teilnehmer an dem allgemeinen Reichstage der Verleumdung und der Beschimpfung herbei" (S. 311). Es verbreitet sich ein bedrückendes Klima der Angst und des Misstrauens, in dem sich kein anständiger Mensch mehr sicher fühlen darf. Das alte „Oelweib", das Jukundus später kennenlernt, so genannt „nach der biblischen Witwe mit dem unerschöpflichen Oelkrüglein, weil ihr der gute Ratschlag und die üble Nachrede so wenig ausgehe, wie jener das Oel" (S. 317), erscheint geradezu als eine diabolische Inkarnation des verleumderischen Geschwätzes, wie sie als allegorische Figur auch in dem Gedicht Nacht im Zeughaus auftritt.

Keller widmet den politischen Forderungen der Demokraten wenig Aufmerksamkeit und spart zudem die vielschichtigen sozialen und ökonomischen Hintergründe der neuen Bewegung aus. Eher beiläufig ist von der angestrebten „Staatsveränderung" und der „Erweiterung der Freiheit" die Rede (S. 312), von jenen „neuen Rechte[n]" also, die das Volk letztlich aus der widerwärtigen Kampagne gewinnt, „wie man glänzende Farben und Wohlgerüche aus dunklen Stoffen und Schmutz hervorbringt", während es die „Schattengestalten" der Verleumder alsbald beiseite schiebt (S. 314). Dieser Ausbau der Souveränitätsrechte des Volkes wird von der Novelle nicht einmal kritisiert; ihr Augenmerk – und das spürbare Entsetzen ihres Verfassers – gilt statt dessen dem Niedergang der Moral und der Sittlichkeit im öffentlichen Leben. In den unschönen Begleiterscheinungen des Konflikts zwischen Liberalen und Demokraten sah Keller jene fundamentale Solidarität, die alle Eidgenossen miteinander verbinden sollte, unter dem Druck egoistischer Interessen und triebhafter Regungen zerfallen.

Der naive Jukundus wird von dem Strudel der Lügen mitgerissen und „glaubt jede Schändlichkeit, die man vorbrachte, wie ein Evangelium, über die Maßen erstaunt, wie es also habe zugehen können und was in einer Republik möglich sei" (S. 313). In seinem irregeleiteten Idealismus schart er die Missgünstigen und Enttäuschten um sich, die er „als die Opfer einer Welt betrachtet, von der er auch ein Lied singen zu können glaubt" (S. 314), und gibt ihnen in einem Gasthof ein Festmahl, das wie eine Szene aus Dantes Inferno anmutet: „Verkommene Winkeladvokaten, ungetreue und bestrafte kleine Amtsleute, betrügerische Agenten, müßiggängerische Kaufleute und Bankerottierer, verkannte Witzlinge und Sandführer verschiedener Art saßen um ihn geschart und jubelten und sangen, als ob das tausendjährige Reich da wäre" (S. 315). Die Anspielung auf das „tausendjährige Reich" erinnert an die Novelle *Ursula*, die mit der Darstellung der Wiedertäufer und ihrer eschatologischen Wahnideen ja ebenfalls ein – historisch verfremdetes – Porträt der demokratischen Bewegung zeichnet.

Das große Gelage der Schwätzer und Intriganten bildet das Gegenstück zu dem heiteren Sängerfest vom Anfang der Erzählung und lässt die Brüche, die dort nur angedeutet wurden, unübersehbar hervortreten. Diese grotesk verzerrte, pervertierte Form eines patriotischen Festes führt alle hehren vaterländischen Werte ad absurdum. Das finstere Versammlungszimmer ist mit einer Tapete ausstaffiert, die „eine großmächtige und zusammenhängende Schweizerlandschaft [...] mit Schneespitzen, Alpen, Wasserfällen und Seen“ zeigt. Da sie aber ursprünglich für einen deutlich höheren Saal bestimmt war, bedeckt sie jetzt zusätzlich einen Teil der Decke, so dass „die gewaltigen Bergriesen [...] ihre schneeigen Häupter an der Mitte der niedrigen Zimmerdecke zusammenstießen, wo sie jedoch von Dunst und Lampenruß etwas verdüstert waren“ (S. 318). Um die Desillusionierung vollkommen zu machen, erwähnt der Erzähler auch noch die ringsum gehende „dunkle Beschmutzung“, die „von den fettigen Köpfen der Stammgäste“ herrührt (S. 319). Trotzdem halten sich die um Jukundus versammelten gescheiterten Existenzen in vollem Ernst für einen „Verein wackerer Eidgenossen“, der an diesem Ort gleichsam „das herrliche, teure, das schöne Vaterland“ um sich sehe – was einige von ihnen jedoch nicht daran hindert, beim Essen die Überreste der verzehrten Heringe an die Decke und damit buchstäblich „dem Vaterlande ins Angesicht“ zu schleudern (S. 319)! Wenn schließlich einer der Burschen „in schrillem Tone“ jenes Lied kreischt, das Jukundus selbst in glücklicheren Tagen als Fahnenträger des Seldwyler Chors gesungen hat, ist das Maß endgültig voll (S. 292). Das Fest, nach Kellers Idealvorstellung die sichtbare Erscheinung der staatsbürgerlichen Gemeinschaft, die alle Gegensätze überwölbt und den gewöhnlichen Alltag veredelt und verklärt, sinkt zu seiner eigenen traurigen Parodie herab.

Mit seinem „Anschluß an die Volksbewegung“ vergrößert Jukundus die Distanz zu der Familie seiner Frau noch, denn das Haus Glor hält zu der „anderen Seite“ (S. 320): Die reichen Seidenfabrikanten an den Ufern des Züricher Sees zählten zu den großen Profiteuren und folglich auch zu den maßgeblichen Stützen des bürgerlich-liberalen ‚Systems Escher‘. Aber parallel zu Jukundus wandelt auch seine Frau auf Irrwegen, die sie sich selbst und ihrem Mann zunehmend entfremden. Sie begibt sich jedoch nicht auf die Gebiete der Politik oder der Ökonomie, sondern auf das der Religion – eine bezeichnende geschlechtsspezifische Zuordnung, die den typischen Rollenmustern der bürgerlichen Welt entspricht. Mit ihrem Eifer für die Belange der Gemeinde will Justine die innere Leere ausfüllen, die ihre Ehekrise hinterlässt: In der „neuen Kirchenkultur“ findet sie schon vor der Trennung von Jukundus „fast den einzigen Halt gegen den geheimen Kummer [...], der sie drückt“ (S. 305).

Der Pfarrer von Schwanau, der „auf der äußersten Linie der Streiter für die zu reformierende Kirche, die religiöse Gemeinde der Zukunft" steht (S. 292), ist ein redegewandter, ehrgeiziger und auf seine Art auch moderner Geistlicher, den die Novelle allerdings erbarmungslos der Lächerlichkeit ausliefert. Um nicht hinter „dem Geiste und der Bildung der Zeit" zurückzubleiben, macht er sich die neuesten Erkenntnisse der Wissenschaft zu eigen und räumt ein, „daß ein persönlicher Lenker der Welt und hierüber eine Theologie nicht mehr bestehen könne" und „die persönliche Fortdauer der Seele ein Traum der Vergangenheit sein dürfte" (S. 294f.). Diese Preisgabe zentraler orthodoxer Lehren, die eine christliche Kirche eigentlich von Grund auf erschüttern müsste, wird indes virtuos kaschiert, um die Gläubigen bei der Stange zu halten. Seitenlang referiert Keller genüsslich die wohlklingenden, aber völlig abstrusen Tiraden des Pfarrers, der vom „Glauben und Ahnen des Unerklärten und Unbestimmten", vom kirchlichen „Tabernakel" und seinem „geheimnisvolle[n] Ausfüllsel" (S. 294) schwafelt und seine Predigten dabei „mit tausend Verslein und Bildern aus den Dichtern aller Zeiten und Völker" garniert (S. 296). Auch der „äußere Schmuck" wird zu Hilfe gerufen, „um den Tabernakel des Unbestimmten zieren zu helfen" (S. 296). Man malt die Kirche, die seit dem reformatorischen Bildersturm in größter Schlichtheit dastand, prächtig aus, schafft bunte Fensterscheiben, Gipsfiguren und kostbares Altargerät an, stiftet einen „trompetentönigen Quiekkasten" für die musikalische Untermalung des Gottesdienstes und lässt einen Chor „alte katholische Meßstücke" einstudieren – auf Latein, damit niemand den Text versteht (S. 298). So wird die hergebrachte Verkündigung strenger Glaubenslehren in eine ästhetische Inszenierung verwandelt, deren Glanz den Mangel an echter Substanz verdeckt.

Am Beispiel Justines demonstriert der Feuerbachianer Keller, wie verlockend solche pseudo-religiösen Weltanschauungssurrogate auf Menschen wirken, die sich verunsichert und alleingelassen fühlen. Dem Pfarrer dagegen geht es nur um die Wahrung seiner Autorität und seiner Amtswürde. Salbungsvoll erklärt er den „weihenden und räuchernden Priester" zum unentbehrlichen „Lenker der hülflosen Herde" (S. 294) und wettert gegen alle „Gleichgültigen und Kalten", die sich seinem Einfluss zu entziehen wagen (S. 298) und zu denen auch Jukundus gehört, der sich in Kellers Augen zumindest in dieser Sache von Anfang an vorbildlich verhält. Den letzten, vernichtenden Schlag gegen die anmaßende Reformtheologie führt der Dichter, wenn er den Geistlichen am Ende selbst seine „lasterhafte Thorheit" bekennen lässt und ihm das Geständnis in den Mund legt, längst kein Christ und erst recht kein Priester mehr zu sein, sondern nur noch „ein beifallsdurstiger Wohlredner und Schwätzer" (S. 327f.).

Die „unbestimmte Zeitreligion" (S. 284), die der Pfarrer vertritt, ist keine Erfindung Kellers. Inspiriert unter anderem von David Friedrich Strauß, hatte diese protestantische Reformbewegung einige Jahre zuvor, besonders dank der Bemühungen Heinrich Langs, der seit 1871 als Diakon an der Pfarrkirche St. Peter wirkte, in Zürich Fuß gefasst. Sie ließ in der Tat die wichtigsten Dogmen der überlieferten Offenbarungsreligion fallen, um das Christentum mit den fortschrittlichen Naturwissenschaften zu versöhnen und es wenigstens in einer gefühlsbetonten, ästhetisch ausgeschmückten und „etwas pantheistisch klingenden" (S. 329) Gestalt in die moderne Welt hinüberzuretten. Solche halbherzigen Kompromisse auf der Basis philosophischer Spekulationen hatte schon Feuerbach, der allein das ursprüngliche, frühe Christentum als authentischen religiösen Glauben begriff, verächtlich abgetan, und Keller folgte ihm hierin. In einem Brief an Vischer rechtfertigte er den Angriff seiner Novelle auf die „sogenannte freisinnige Religiosität" und fügte hinzu:

> Übrigens ist nach meiner tiefen Überzeugung die sozial konventionelle freie Theologie und Kirchlichkeit nicht haltbar, und der vulgäre Glaube, ‚etwas müsse sein wegen der Plebs', wird, wie jede Selbstanlügerei, unter Umständen ein schlimmes Ende nehmen. Die bewußte Verlogenheit aber macht sich bereits im Charakter der Neupriester geltend, und zu den alten Lastern kommt noch die Eitelkeit und rhetorische Prunksucht, das Histrionentum. (GB 3.1, S. 139f.)

Die Gestalt des großsprecherischen geistlichen Heuchlers war also unmittelbar aus dem Leben gegriffen.

Dass er sich damit Ärger einhandelte, war Keller von vornherein klar. Ende 1874 schrieb er an Exner über den zweiten Band der *Leute von Seldwyla*: „Die letzte Erzählung fängt bei der hiesigen Reformpfaffheit eben an zu wirken; ich weiß noch nicht, ob es Topfwürfe oder Giftpfeile geben wird, wahrscheinlich beides" (GB 2, S. 235). Als Freunde von Lang ihm Missgunst und private Rachsucht als Motive für seinen literarischen Ausfall unterstellten, sah Keller sich zu einer öffentlichen Stellungnahme genötigt. Die Novelle, so heißt es in seinem Artikel *Ein nachhaltiger Rachekrieg*, biete „ein zusammenfassendes Bild verschiedener heutiger Kulturzustände", zu denen auch Kirche und Religion gehörten. „Ort und Personal der Geschichte" seien aber „natürlich fingirt resp. frei erfunden". Statt etwa Lang zu verunglimpfen, habe er „verschiedene Charakterzüge, wie sie einem Theile der sog. Reformgeistlichkeit anhaften", darunter die „gestiegene Intoleranz" gegen alle religiös indifferenten Mitbürger, in einer fiktiven Figur „vereinigt" und damit einen Idealtypus geschaffen, der

„eine ganze Richtung und eine ganze Kompagnie“ enthalte und zum kritischen Nachdenken über die „beschriebenen Unarten“ anregen solle (15, S. 347f.). Keller verstand die einschlägigen Partien seines Werkes demnach nicht als Personalsatire, sondern als Facetten einer „allgemeine[n] Sittenschilderung“ im Gewand der literarischen Fiktion (S. 350).

Über die ernüchternden Erfahrungen seiner Protagonisten gewährt *Das verlorene Lachen* Einblicke in eine umfassende Krise der bürgerlich-liberalen Ordnung, die alle vertrauten Orientierungen und Sinnstiftungen fragwürdig werden lässt. Wie der Handlungsgang demonstriert, wirkt sie auch zerstörerisch in den intimen Bereich von Ehe und Familie hinein. Angesichts der durchgreifenden Ökonomisierung der modernen Wirklichkeit, des Ruins der staatsbürgerlichen Solidarität und des Zerfalls ideologischer Gewissheiten vergeht Jukundus und Justine buchstäblich das Lachen, das anfangs noch der Ausdruck ihres Glücks und ihrer Liebesgemeinschaft war. Doch Keller belässt es nicht bei dieser Tragödie, denn am Ende versöhnen sich die Ehegatten und gehen, von einem „neuartigen Glücksgefühl“ beseelt (5, S. 350) und mit Kindern gesegnet, einer glänzenden Zukunft entgegen.

Dafür müssen beide aber zunächst einmal ihre Illusionen abschütteln und zu einer verständigen Lebenstüchtigkeit heranreifen. Trug Jukundus anfangs aufgrund seiner Naivität, seiner allzu nachgiebigen „Lenksamkeit“ (S. 273) – nicht zuletzt im Umgang mit dominanten Frauen! – und seines ökonomischen Unvermögens recht unmännliche Züge, so etabliert er sich später doch noch beruflich und verliert „seine Leichtgläubigkeit in Geschäfts- und Verkehrssachen [...], ohne deswegen selbst unwahr und trügerisch zu werden“ (S. 355). Seine Visite bei dem tückischen Ölweib belehrt ihn zudem über die Haltlosigkeit der epidemischen Verleumdungen, die das Land heimsuchen. Justine ihrerseits begreift in den Gesprächen mit dem verzweifelten Pfarrer von Schwanau und den frommen Frauen Ursula und Agathchen, dass die Religion ihr weder Trost noch Hilfe bieten kann, und wendet sich statt dessen wieder ihrem Mann zu, der eine ethisch fundierte Weltfrömmigkeit und einen gelassenen Agnostizismus predigt und in Anspielung auf das ferne Glockenläuten, das „die Beendigung des Gottesdienstes verkündet“, mit den doppelsinnigen Worten schließt: „die Kirche ist aus!“ (S. 355) Indem Justine ihren Gatten als oberste Autorität in weltanschaulichen Fragen anerkennt, fügt sie sich in die Rolle einer musterhaften bürgerlichen Ehefrau.

Die schon im *Fähnlein der sieben Aufrechten* spürbare Hoffnung, wahre Liebe, individuelle Moralität und redliche Tüchtigkeit könnten alle sozialen Differenzen überwinden, lässt Keller auch im *Verlorenen Lachen* nicht fahren.

Ob das Happy End der Novelle auf den Leser überzeugend wirkt, bleibt jedoch fraglich. Mit der Versöhnung von Jukundus und Justine beschränkt es sich ganz auf die private Dimension und lässt die mannigfachen Krisenphänomene des öffentlichen Lebens, die der Text zuvor so eindrucksvoll enthüllt hat, im Grunde unberührt. Nicht von ungefähr halten die Ehegatten ihre befreiende Aussprache inmitten einer gesellschaftsfernen sonntäglichen Naturidylle! Der plötzliche ökonomische Erfolg, der Jukundus endlich zu einem stattlichen Bürgersmann macht, mutet ebenfalls äußerst zweifelhaft an. Gleich einem *deus ex machina* verschafft ihm ein alter Bekannter einen Posten, auf dem er „weder selbst zu täuschen und zu lügen, noch die Lügen anderer zu glauben brauchte. Er hatte nicht nötig zu überfordern oder zu unterbieten, zu feilschen oder zu überlisten und Ueberlistungen abzuwehren", und so steigt er bald, „fast ohne jemandes Zuthun", auf der Karriereleiter empor. Keller konstruiert für seinen Helden also eine beschauliche Nische in der erbarmungslosen Welt kapitalistischer Konkurrenz, und es ist kein Wunder, dass die Erzählung nicht einmal verrät, in welchem Metier ein solch unwahrscheinliches „Glück" (S. 308) zu finden sein soll. Auch die Gefahren, die dem Wohlstand der Familie Glor drohen, lösen sich in Wohlgefallen auf, sobald mit der Versöhnung des zerstrittenen Paares „der Sonnenschein des alten Glückes" zurückkehrt (S. 355). Wie die leitmotivische Rolle des Wortes „Glück" andeutet, weicht Keller gegen Ende der Novelle in die unwirkliche Sphäre des Märchens aus, wo sich alle Härten und Tücken des Lebens auf wundersame Weise verflüchtigen.

Sogar der barbarischen „Baumschlächterei" (S. 276), die Jukundus so empört hat, setzt der Text noch ein Hoffnungszeichen entgegen. Auf ihrem Sonntagsspaziergang erblicken die Eheleute „eine schön gepflegte Baumschule", die Frucht „einer liebevollen Sorge [...], die nicht mehr für das eigene Leben, sondern für ein kommendes Jahrhundert, für die Enkel und Urenkel waltet" (S. 352f.). Während die großen Abholzungen, denen zuletzt auch die Wolfhartsgeeren-Eiche zum Opfer fiel, eine uralte, buchstäblich organische Tradition gewaltsam unterbrochen haben, wird hier in kluger Voraussicht eine neue, zukunftsweisende Kontinuität gestiftet. Jukundus lässt sich die Gelegenheit zu einigen erbaulichen Betrachtungen nicht entgehen und leitet aus der erneuerten privaten Seligkeit ohne Umschweife eine allgemeine Diagnose ab: „Siehst Du, [...] so wie wir uns nur wieder gefunden haben, sehen wir gleich, daß die Welt überhaupt nicht so schlimm ist, als sie sich gerne stellen möchte. Alle diese hastigen und harten Selbstsüchtigen geben sich eigentlich doch alle ihre Mühe nur für ihre Kinder und erfüllen sogar Pflichten der Vorsorge für die ihnen unbekannten künftigen Geschlechter!" (S. 353) In Anbetracht dessen, was Keller im *Verlorenen Lachen* und anderswo über die kapitalistische Ökonomie und ihre Auswirkungen auf die kollektive Mentalität zu sagen hat, mutet ein solcher Trost reichlich fadenscheinig an. Seine Novelle entfaltet eine ganze Reihe von Konfliktpotenzialen, die sie zuletzt um des versöhnlichen Ausgangs willen doch wieder ausblenden muss.

Für Kellers zeitkritisches Engagement in seinen späten Jahren stellt diese Erzählung ein wichtiges Zeugnis dar. Die Einbeziehung komplexer politischer, wirtschaftlicher und kultureller Problemfelder droht aber auf Schritt und Tritt den begrenzten Rahmen einer Novelle zu sprengen; ständig wird die gedoppelte Entwicklungs- und Reifungsgeschichte um Jukundus und Justine, die das narrative Grundgerüst abgibt, von breiten referierenden Exkursen unterbrochen. Der Dichter selbst hielt *Das verlorene Lachen* nicht für ein Meisterwerk. Gegenüber Vischer bekannte er: „Ich glaube, der Hauptfehler liegt darin, daß es eigentlich ein kleiner Romanstoff ist, der novellistisch nicht wohl abgewandelt werden kann. Daher vieles deduzierend und resümierend vorgetragen werden mußte, anstatt daß es sich anekdotisch geschehend abspinnt, daher der tendenziöse langweilige Anstrich" (GB 3.1, S. 139). Ähnliche Überlegungen finden sich in einem Brief Kellers an Kuh: Das „ernstere Kultur- und Gesellschaftsbild", das er im Sinn gehabt habe, „wäre leicht zu einem selbständigen einbändigen Roman auszuspinnen gewesen. Nun frägt sich's, ob man diese Ausführung nicht entbehrt und die Novellenkürze hier nicht schädlich ist" (S. 183). In der Tat kann man in dem *Verlorenen Lachen*, das sich schon aufgrund seines Umfangs und seiner Kapitelgliederung von allen anderen Erzählungen aus Seldwyla abhebt, durchaus einen verhinderten Roman sehen. Als Keller in den achtziger Jahren in einem zweiten Anlauf verwirklichen wollte, was ihm hier noch nicht recht gelungen schien, wählte er denn auch das geräumigere Format der epischen Großform.

Martin Salander – ein moderner Roman?

Kellers zweiter und letzter Roman ist das einzige unter seinen ambitionierten literarischen Projekten, dessen Wurzeln nicht mehrere Jahrzehnte weit zurückreichen. Die ersten Ideen kamen ihm vermutlich 1881, aber mit der Niederschrift begann er wohl nicht vor dem Frühling 1885. Im Jahr darauf erschien *Martin Salander*, und zwar, wie bei Keller mittlerweile üblich, zuerst in Fortsetzungen in der „Deutschen Rundschau" und dann als eigenes Buch. Das Werk war von vornherein als umfangreicheres Seitenstück zu der letzten Novelle der *Leute von Seldwyla* konzipiert. Anfang 1882 informierte Keller Paul Heyse über die Umrisse des Vorhabens: „Wenn Du dich an die Erzählung *Das verlorne Lachen* erinnerst, so hast Du ungefähr den Grund und Boden, eine politisch oder sozial moralische Entwicklung aus der aktuellen Misère heraus in versöhnliche [...] Perspektiven, wenn ich's herausbringe" (GB 3.1, S. 70). Auch in den folgenden Jahren hob er mehrfach die Modernität und Zeitgemäßheit dieses Unternehmens hervor. „Ich gehe jetzt mit einem einbändigen Romane um, welcher sich ganz logisch und modern aufführen wird", ließ er Storm wissen (S. 465); „etwas ernsthaft" müsse *Martin Salander* werden, hieß es bei anderer Gelegenheit, denn „die Zeit, die ihn eingegeben", sei „schlimm genug" (GB 2, S. 437). Bisweilen fürchtete Keller sogar, der Stoff könne eine „zu große Aktualität" besitzen und ihm damit die notwendige künstlerische Distanz unmöglich machen (GB 3.1, S. 75, und 3.2, S. 399).

Tatsächlich wird der Leser in dem fiktiven Münsterburg, in dem die Handlung angesiedelt ist, leicht ein verfremdetes Abbild von Kellers Heimatstadt Zürich mit den berühmten Kirchen des Groß- und des Fraumünsters erkennen. Einige zeitgeschichtliche Anspielungen gestatten es überdies, das Geschehen präzise auf die realhistorische Chronologie zu beziehen.[10] So erwähnt Martin Salander in einem Brief, den er aus Brasilien an seine Frau schreibt, die „großen geeinten Nationen", die seit kurzem die Schweiz „wie mit vier eisernen Wänden" umschließen, und die „neue Verfassung, welche unsere Republiken sich gegeben haben", womit die revidierte Bundesverfassung von 1874 gemeint ist (8, S. 74). Aus den Daten, die der Text liefert, lässt sich errechnen, dass Kellers Titelheld um 1830 geboren sein muss.

Der Autor wollte aber, wie schon im *Verlorenen Lachen*, nicht bloß Angelegenheiten von lokaler Bedeutung abhandeln. „Der Schauplatz der Salandergeschichte, d.h. der moralische, erstreckt sich nicht nur über den Kanton Zürich, sondern ziemlich auf die ganze Schweiz", schrieb er einem Leser (GB 4, S. 324). Doch Münsterburg sollte sogar noch über die Grenzen der Nation hinausweisen und ein Bild der modernen Wirklichkeit schlechthin bieten. Er wolle auf ein „allgemeine[s] Übel" aufmerksam machen, teilte Keller Julius Rodenberg mit, gegen das „keine Staatsform" der Welt – also nicht einmal die republikanische, der Stolz der Eidgenossen – schützen könne, und „[s]einem eigenen Lande" zeigen: „voilà, c'est chez nous comme partout" (GB 3.2, S. 411). Diese Wendung wird auch im Roman zitiert: „Es ist bei uns, wie überall", stellt der weltkundige Arnold Salander gelassen fest, als sein Vater über die Zustände im öffentlichen Leben seiner Heimat klagt (8, S. 338). Und in seinem Entwurf für ein Vorwort zu *Martin Salander* schrieb Keller:

> Es scheint jetzt eine Zeit zu sein, in der alle Nationen, große und kleine, eine Art Romanbekenntnisse ablegen, in denen sie ihre Schäden vergleichen und beklagen, Ueberhebungen und Verirrungen abbüßen, und ihre Besserungsrecepte austauschen. [...] Auch vorl. kleine Roman stellt sich in diesem Sinne an die Heerstraße und ohne andern Anspruch, als in das allgemeine „es ist bei uns wie wie [!] überall" als umgekehrtes c'est partout comme chez nous einzustimmen (24, S. 377)

Münsterburg ist somit ein literarisch konstruierter Modellfall, ein wahrer Mikrokosmos.

Aber obwohl es Keller um eine Gesellschafts- und Epochendiagnose ging, behielt er, wie schon der Titel andeutet, das Schema des Individualromans bei, indem er einen einzelnen Protagonisten in den Mittelpunkt rückte, dessen Erlebnisse den roten Faden der Handlung abgeben. Sämtliche Erscheinungen in Politik und Gesellschaft, die das Werk thematisiert, werden auf diese zentrale Gestalt bezogen – eine Organisation des Erzählstoffs, die hier ungleich besser gelingt als noch in *Das verlorene Lachen*. Als Entwicklungsroman, wie ihn der *Grüne Heinrich* zumindest in gebrochener Form darstellt, kann *Martin Salander* allerdings nicht gelten. Zu Beginn des erzählten Geschehens ist Martin bereits etwa vierzig Jahre alt und damit kein strebender Jüngling vom Schlage eines Wilhelm Meister oder Heinrich Lee mehr. Zwar absolviert der Sprössling einer Bauernfamilie im Laufe seines Lebens eine eindrucksvolle Karriere, die ihn erst zum Schullehrer, dann zum wohlhabenden Kaufmann und schließlich zu einem einflussreichen Politiker seines Kantons aufsteigen lässt und damit sichtbar macht, welche Chancen die liberale Staats- und Sozialordnung einem tatkräftigen Mann bot. *Charakterlich* aber erlebt Martin Salander im Roman keinen Wandel. Keller erzählt diesmal keine Bildungs- oder Reifungsgeschichte, und bezeichnenderweise kommt die Kindheit seines Helden, anders als im *Grünen Heinrich*, nie in den Blick.

Man hat gemeint, Salander sei geradezu „prädestiniert zum Diagnostiker des moralischen Zustands der Heimatstadt."[11] In Wahrheit ist er jedoch viel zu naiv, als dass er die Verhältnisse, mit denen er konfrontiert wird, durchschauen könnte. Sein schwärmerischer patriotischer Idealismus stellt ihn vielmehr in die lange Reihe jener Figuren bei Keller, die über ihren allzu lebhaften Phantasiebildern beständig die Realität verfehlen. Mit liebevollem Spott kommentiert seine Gattin Marie: „Dieser gute Martin [...], der ändert sich nicht, bis er zerbricht! Immer jagt er einen neuen Osterhasen auf, wenn man glaubt, er sei zu Ende!" (8, S. 240) Ein ums andere Mal inszeniert der Roman, bisweilen durch Kommentare des auktorialen Erzählers unterstützt, die Diskrepanz zwischen

Martins überschwänglichen Einbildungen und der nüchternen Wirklichkeit von Münsterburg, die den Protagonisten zwar mitunter gehörig zu verwirren, aber niemals nachhaltig zu belehren vermag. Wenn die Enttäuschungen überhand nehmen, flüchtet er sich in fatalistische Redensarten wie „Der Himmel möge uns in Gnaden bewahren!" (S. 232) Keller praktiziert hier eine durchgängig ironische Darstellungsstrategie, die den Leser „an vorbehaltloser Identifikation hindert" und ihm statt dessen eine „verständnisvoll-skeptische Sympathie" mit Martin nahelegt.[12] Diese Gestalt ist nicht das Subjekt, sondern nur das Medium der zeitkritischen Einsichten, die ihr Schöpfer vermitteln will und als deren einziger Adressat das Publikum des Romans in Frage kommt.

Noch eine weitere Eigenschaft teilt Salander mit manchen anderen Figuren aus Kellers Erzählwerk: Er ist ein Heimkehrer, der nach langer Abwesenheit wieder den Boden der Heimat betritt, wo Frau und Kinder auf ihn warten. Betrügerische Machenschaften eines falschen Freundes bringen ihn gleich zweimal um sein Vermögen und nötigen ihn dazu, sich erst sieben und dann noch einmal drei Jahre lang im fernen Brasilien herumzutreiben, um sich dort eine neue Existenz aufzubauen. Martins erste Rückkehr eröffnet den Roman. Dabei nutzt Keller den eigentümlichen Blick des halb fremd gewordenen Außenseiters für einige irritierende Effekte, über die er die ungeheure Dynamik der modernen Welt von Münsterburg und damit ein zentrales Thema des *Martin Salander* exponiert. Der Protagonist kommt in eine Stadt, die sich seit seiner Abreise tiefgreifend verändert hat und in der er sich prompt verirrt:

> Ein noch nicht bejahrter Mann, wohl gekleidet und eine Reisetasche von englischer Lederarbeit umgehängt, ging von einem Bahnhofe der helvetischen Stadt Münsterburg weg, auf neuen Straßen, nicht in die Stadt hinein, sondern sofort in einer bestimmten Richtung nach einem Punkte der Umgegend, gleich einem, der am Orte bekannt und seiner Sache sicher ist. Dennoch mußte er bald anhalten, sich besser umzusehen, da diese Straßenanlagen schon nicht mehr die früheren neuen Straßen waren, die er einst gegangen; und als er jetzt rückwärts schaute, bemerkte er, daß er auch nicht aus dem Bahnhofe herausgekommen, von welchem er vor Jahren abgefahren, vielmehr am alten Ort ein weit größeres Gebäude stand. (S. 5)

Etwas später heißt es: „Jedoch vergeblich forschte er zwischen der rastlosen Ueberbauung des Bodens nach Spuren früherer Pfade, die sonst zwischen Wiesen und Gärten schattig und freundlich hügelan geleitet hatten. Denn diese Pfade lagen auch weiterhin unter staubigen, oder mit hartem Kies beschotterten Fahrstraßen begraben" (S. 5f.).

Keller knüpfte hier an eigene Erfahrungen an, die sich leicht verallgemeinern ließen, weil sie im Zeitalter einer rasanten Urbanisierung von Menschen in vielen europäischen Ländern geteilt wurden. Zürich erlebte nach der Jahrhundertmitte einen Bauboom, der das Gesicht der Stadt und ihre Infrastruktur von Grund auf umgestaltete. In diesen Zusammenhang gehörte auch die Errichtung des neuen, 1871 fertiggestellten Hauptbahnhofs, der einen bescheideneren Vorläufer aus den vierziger Jahren ersetzte. Das prächtige Gebäude, das noch heute in Zürich zu sehen ist und vor dessen Front seit 1889 das von Keller gefeierte Alfred Escher-Denkmal aufragt, darf man sich als Vorbild für die „reichgegliederte, kaum zu übersehende Steinmasse" des Münsterburger Bahnhofs denken (S. 5). Und wie der Kanton Zürich damals rasch durch Eisenbahnlinien erschlossen wurde, so ist auch das „Ländchen" Münsterburg mittlerweile „überall von den Schienenwegen durchzogen", die den Alltag in einem bislang nie gekannten Maße beschleunigen (S. 143). Mit Recht versteht der Titelheld den Bahnhof und die Eisenbahnen als Sinnbilder des modernen „rastlosen Leben" (S. 163).

Die zunehmende Dynamik erfasst aber nicht nur das Bauwesen und die Verkehrstechnik. Schon im ersten Kapitel wird Martin, der arglos vom „Volke" spricht, von der rüstigen Waschfrau Amalie Weidelich belehrt: „Wir sind hier nicht Volk, wir sind Leute, die alle das gleiche Recht haben, empor zu kommen!" (S. 9), und ihr Mann bestätigt: „Die Gleichheit ist allerdings vorhanden und alle streben wir aufwärts" (S. 11). Eine neue Mobilität kennzeichnet also auch die soziale Ordnung und die Ambitionen der Menschen. Aus dem allgegenwärtigen Aufstiegsdrang, der ein Leitmotiv des Romans darstellt, wollte Keller zeitweilig sogar dessen Titel ableiten: „Excelsior" – ‚Höher hinauf' – sollte das Werk ursprünglich heißen (GB 3.1, S. 86). Im Text rückt dieser Ehrgeiz freilich von vornherein in ein fragwürdiges Licht. Freiheit und Gleichheit, die Kardinalwerte des bürgerlichen Liberalismus seit der Französischen Revolution, verbinden sich jetzt nicht mehr mit staatsbürgerlicher Solidarität und Verantwortung, sondern mit einem aggressiven Konkurrenz- und Karrieredenken. Die Mitmenschen werden dabei leicht zu Spekulationsobjekten degradiert, wie es Frau Weidelich später vorführt, wenn sie die beiden Salander-Töchter zynisch als gute Partien taxiert, die „eine halbe Million [...] das Stück" wert seien (8, S. 106). Für ihre eigenen Kinder, die Zwillinge Isidor und Julian, schmiedet sie berufliche Pläne, bei denen es lediglich auf Ansehen und Wohlstand ankommt, während die inhaltliche Ausrichtung beliebig bleibt. Studieren sollen sie auf jeden Fall, „[v]ielleicht die Rechte, einer vielleicht Medizin", und sie „können auch Professoren werden [...], weil sie jetzt so hoch bezahlt werden, sagt die Mama“ (S. 95f.), oder „studierte Räte oder Fürspreche oder Pfarrherren“ (S. 99) – nur höher hinauf muss es eben gehen.

Nach der Exposition, die das erste Kapitel füllt, entfaltet Keller sein literarisches Zeitporträt anhand von drei Handlungssträngen, die episodisch miteinander abwechseln. Der erste betrifft Martins Erfahrungen mit der Politik und den öffentlichen Angelegenheiten. Als ein ebenso reicher wie ehrbarer Mann, von dem man weiß, „daß er für sich nichts wollte“, wird er zunächst „in allerhand Ausschüsse“ und später auch in den Großen Rat des Kantons Münsterburg gewählt, wo er sich „mit ehrlichem Eifer“ für das Gemeinwohl einsetzt (S. 89). Im Mittelpunkt des zweiten Kreises der Ereignisse steht jener vermeintliche Freund Louis Wohlwend, der den vertrauensseligen Salander zweimal beraubt und ihn auch weiterhin geradezu „für sein Privateigentum“ ansieht, das er nach Kräften ausbeutet (S. 353). Um den einstigen Schulkameraden aufs Neue in die Falle zu locken, versucht er ihn mit den exotischen Reizen seiner Schwägerin Myrrha Glavicz zu ködern. Den dritten Schwerpunkt bilden schließlich die Affären von Setti und Netti Salander mit den Weidelich-Zwillingen, die in einer Doppelhochzeit gipfeln, dann aber bald in tiefes Unglück und zum Zerbrechen beider Ehen führen.

In einem Brief aus dem Jahre 1873 hatte Keller die Anforderungen formuliert, die ein großer didaktischer Gesellschaftsroman erfüllen müsste, um als modernes Pendant von Pestalozzis *Lienhard und Gertrud* gelten zu können: Ein solches Werk hätte unter anderem „den modernen Lehrer, die Arbeiterfragen, die Sozialisten, den modernen Geistlichen, die Volksvertreter, Volksbeamten etc. etc.“ zu berücksichtigen (GB 4, S. 151). *Martin Salander* erhebt offenkundig keinen derart hochgesteckten Anspruch. Keller setzt bei seinem Bild von Zeit und Gesellschaft weniger auf eine Entgrenzung des Personals, der Handlungsräume und der sozialen Sphären als vielmehr auf eine überschaubare Zahl stark typisierter Gestalten, die jeweils gewisse Seiten des modernen Daseins exemplarisch vertreten. Dabei werden die erwähnten Handlungsstränge nicht nur durch den Titelhelden zusammengehalten, der in alle drei gleichermaßen involviert ist, sondern auch durch einige übergreifende Themenkomplexe, die schon aus dem *Verlorenen Lachen* bekannt sind: die Ökonomie, die Politik, die öffentliche Moral und nicht zuletzt die spezifische Mentalität, die sich in der modernen Lebenswelt herausbildet. Diese Schwerpunkte sollen auch die folgenden Ausführungen strukturieren.

Dass *Martin Salander* kein erschöpfendes Panorama der ausdifferenzierten bürgerlichen Gesellschaft im kapitalistischen Zeitalter liefern will, zeigt bereits eine auffallende Lücke im Spektrum der sozio-ökonomischen Klassen. Während der Kanton Zürich damals längst in hohem Grade industrialisiert war, spielen die Fabriken und das Proletariat im Roman keine Rolle. Klassenkonflikte bleiben ebenso ausgespart wie alle Verhaltensdispositionen und Bewusstseinsformen, die in Not und materiellem Mangel wurzeln. Aber mehr noch: Bei Keller kommt der gesamte Bereich der Güterproduktion nicht vor, und selbst die Handelsunternehmungen des Hauses Salander gewinnen allenfalls schemenhafte Konturen. Statt dessen richtet sich das Augenmerk auf Bank- und Kreditgeschäfte und auf den Umgang mit öffentlichen Geldern. Hier öffnet sich ein weites Feld für die fragwürdigen Finanztransaktionen von Gaunern und Hasardeuren. Ein wahrer Virtuose auf diesem Gebiet ist, wie schon sein sprechender Name verrät, Louis Wohlwend. Beim ersten Mal prellt er Salander, indem er ihn zur Übernahme einer Bürgschaft beredet, die den Bedauernswerten bei Wohlwends Konkurs sein gesamtes Vermögen kostet, und Jahre später landet er den zweiten Coup, indem er dem ‚Freund' durch den betrügerischen Bankrott seines Bankhauses erneut eine gewaltige Summe abluchst, die er unter der Hand als angebliches Erbe seiner ungarischen Frau ins Trockene bringt. Isidor und Julian Weidelich dagegen missbrauchen ihre Vertrauensstellungen als Notare auf dem Lande, um sich auf Kosten anderer Leute zu bereichern. Den wachsenden Kreditbedarf der Bauern und die „weitläufige und langwierige Besorgung" von Hypotheken auf Grund und Boden ausnutzend (8, S. 301), kopieren und fälschen sie munter einträgliche Pfandbriefe, die sie dann bei den Banken versetzen, und es gelingt ihnen tatsächlich, ihre Klienten lange Zeit zu täuschen.

Solche Schurken sind keine Ausnahmeerscheinungen. In Martins Anwesenheit wird auf einer patriotischen Veranstaltung „ein wohlbekannter und beliebter Festbesucher und eines großen Vertrauens teilhafter Verwalter irgend einer der florierenden Unternehmungen" verhaftet, weil er sich in „ein Wirrsal von Unterschleifen" verstrickt hat, und noch am selben Tag muss der Protagonist auf einen Schlag drei weitere fatale Meldungen verkraften, nämlich „die Nachricht von den zu Tage getretenen Unterschlagungen eines Beamten im Osten der Schweiz", den „Bericht von der Flucht eines Kassiers im Westen" und die Neuigkeit, „daß ein Aktuarius Schimmel in Münsterburg infolge einer Reihe von Veruntreuungen und Bestechlichkeiten, deren er verdächtig, [...] verhaftet worden sei" (S. 268f.). Das alles ist wiederum nur der Auftakt zu einer schier endlosen Serie ähnlicher Vorfälle, die nun beinahe täglich die Zeitungsspalten füllen. „[D]urch die mißbräuchliche und unredliche Führung ihrer Leiter" geraten „ein paar Geldgewerbe ins Schwanken", einige „arme Erwerbsbeflissene" bedienen sich großzügig „aus den Kassen ihrer Vorgesetzten“, „ein alter Seckelmeister“, ein „Aktienchef“, ein „Gemeindefaktotum“ und ein „Vormund über sieben reiche Waisen“ werden als Betrüger entlarvt, und verschärfte Untersuchungen lassen nach und nach „ein kleines Heer mittlerer und kleiner Beamten“ auffliegen, „welchen allen es unmöglich gewesen, anvertrautes Gut in Verwahrung zu halten, ohne sich daran zu vergreifen“ (S. 270f.). So durchzieht „die schlimme Krankheit [...] das ganze Land, ohne Ansehen der Konfessionen oder der Sprachgrenzen“, und Salander macht sich langsam mit dem trüben Gedanken vertraut, „daß die Uebel der Zeit nicht an den Grenzen der Republik stehen blieben, deren geistigen und sittlichen Ausbau er so getreulich betreiben half“ (S. 271). Die Weisheit „c'est chez nous comme partout“ könnte man also schon an dieser Stelle zitieren.

Nach Anregungen für die erwähnten Skandale brauchte Keller nicht lange zu suchen, denn er fand sie reichlich in einer Vielzahl entsprechender Vorkommnisse, die um 1880 Zürich und die gesamte Schweiz erschüttert hatten. Lediglich die ins Absurde gesteigerte Verdichtung des peinlichen Szenarios ist seinem konstruktiven Eingreifen zu verdanken. Der Roman, der kaum noch Figuren kennt, die einer redlichen Arbeit nachgehen und echte Werte schaffen, zeichnet ein Bild der modernen Wirtschaft und des öffentlichen Lebens, das durchweg von Schwindelhaftigkeit und Täuschung geprägt ist – das neue Seldwyla lässt grüßen! In Kellers Augen war der „recht fleißige und solide Gründer, der Millionen stiehlt“ (15, S. 413), eine typische Figur seiner Epoche. Als Inbegriff des substanzlosen Jonglierens mit fremdem Geld erscheint in *Martin Salander* das „Börsenspiel“ (8, S. 270 und 301), bei dem, wie der Ausdruck suggeriert, allein der Zufall über Gewinn und Verlust entscheidet. Beschreibt schon der *Grüne Heinrich* das hochkomplexe System der bürgerlichen Ökonomie als „ein Gefecht in der Luft, eine ungeheure Abstraction [...] hoch über dem festen Boden der Mutter Natur“ (12, S. 269), so treibt der spätere Roman diese Diagnose auf die Spitze. Wo ökonomisches Handeln nicht mehr auf einer konkreten produktiven Tätigkeit aufbaut und undurchschaubare spekulative Manöver an der Tagesordnung sind, stehen der betrügerischen Manipulation Tür und Tor offen. Rätselhaft bleibt dabei nur, wie der anständige, arglose Salander unter solchen Umständen zu Wohlstand gelangen und sein zweimal leichtfertig verscherztes Vermögen ebenso oft wieder zurückgewinnen kann. Nicht von ungefähr gibt der Roman keine Details über Martins Handelsgeschäft preis, von dem lediglich zu hören ist, dass es „ohne besondere Anstrengung fortwährend ordentlich blühte“ (8, S. 103), und verlagert seine größten Erfolge der Einfachheit halber in die exotische Ferne Brasiliens.

Die ökonomischen Verhältnisse bleiben nicht ohne Folgen für die Mentalität der Menschen in Münsterburg. Im *Grünen Heinrich* hatte der Autor die persönlichkeitsformenden Effekte wirtschaftlicher Zwänge noch zwiespältig beurteilt: Der Hoffnung auf ihre heilsame disziplinierende Wirkung, die ein wichtiger Faktor im Reifungsprozess des bürgerlichen Mannes sein soll, steht hier bereits die düstere Ahnung gegenüber, dass die zunehmende Dissoziation von ehrlicher Leistung und Profit in der verwickelten kapitalistischen Wirtschaftswelt die individuelle ‚Bildung' in eine ganz andere Richtung lenken könnte. Der Mann der Zukunft wäre dann nicht mehr der ehrliche selbständige Handwerker, sondern der skrupellose „Speculant" (12, S. 270), der aus diesen komplexen Verflechtungen auch ohne echte Arbeit Gewinn zu ziehen versteht. Dreißig Jahre später führte Keller seine skeptischen Reflexionen unter dem Eindruck der schwindelerregenden Konjunktur der Schweizer Gründerzeit mit gnadenloser Konsequenz weiter. Die jungen Weidelichs und Louis Wohlwend, dieses unbegrenzt anpassungsfähige Chamäleon, repräsentieren einen modernen Menschenschlag, der weder Moral noch Verantwortungsgefühl besitzt und allein den Eigennutz zum Wertmaßstab nimmt. Wie üblich, verleiht Keller diesen Gestalten einige komisch-groteske Züge, die ihre Bedrohlichkeit bannen sollen. Aber der Einfluss, den sie üben, ist mittlerweile so groß und der Schaden, den sie anrichten, so offenkundig, dass sich weder die übrigen Romanfiguren noch die Leser zum Lachen aufgelegt fühlen.

Gemessen an dem bürgerlich-liberalen Persönlichkeitsideal, stellt Wohlwend, einer „Qualle" gleich (8, S. 85), gar kein vollgültiges Individuum dar, sondern nur eine Hohlform, die eine durch und durch parasitäre Existenz führt, und so verbannt ihn der Roman am Ende auch in das „Nichts", in das er gehört (S. 354). Dasselbe gilt für Isidor und Julian Weidelich. Wenn Setti und Netti glauben, durch liebevolle Geduld allmählich „einen veredelnden Einfluß" auf ihre Gatten ausüben zu können (S. 119), erliegen sie einem tragischen Irrtum, denn an Burschen, die „keine Seelen" haben (S. 217) und zeitlebens „bloße Schemen" bleiben (S. 225), muss das klassische Konzept humaner Bildung scheitern. Es ist ein genialer Kunstgriff Kellers, hier das Zwillingsmotiv ins Spiel zu bringen: Die Technik der Figurenvervielfachung, die wir schon aus *Die drei gerechten Kammmacher* kennen, macht anschaulich, wie bei Menschen, die sich bis zur Selbstaufgabe der Maxime des Gewinnstrebens unterwerfen, alle charakteristischen Konturen schwinden. Bei der älteren Generation verhält es sich noch anders. Die Eltern Weidelich träumen zwar ebenfalls von sozialem Aufstieg und materiellem Wohlstand, aber sie arbeiten wenigstens hart für diese Ziele und haben überdies weniger das eigene Glück als das ihrer Kinder im Auge: „alles, was wir aufbringen, opfern wir unsern zwei Söhnen und ihren künftigen Tagen" (S. 97). Jakob und Amalie sind deshalb auch ganz eigentümliche, unverwechselbare Gestalten.

Gewissensregungen kennen Wohlwend und die Weidelich-Söhne nicht. Als Wohlwend am Waldbach unversehens mit der Familie Salander zusammentrifft und sich Maries Vorhaltungen anhören muss, steigt zwar vorübergehend die Furcht in ihm auf, „es gäbe noch höhere Mächte als Konkursrichter und Gläubigerversammlungen". Er fasst sich aber bald wieder, indem er sich auf den „Rechtsstandpunkt" besinnt, den er ja so trefflich zu seinen Gunsten manipuliert hat, und sieht keinen Anlass, sich schuldig zu fühlen (S. 65). Ein erfahrener Irrenarzt erklärt ihn deshalb sogar zu einem interessanten pathologischen Fall: „Es gebe [...] einzelne Menschen, welche die Macht haben, ein unbequemes Faktum so zu sagen in ihrem Bewußtsein so gut aus dem Wege zu räumen, daß sie nicht einmal im Schlafe, geschweige im Wachen davon sprechen, wenn sie nicht wollen", weil sie weder die Fähigkeit besitzen noch das Bedürfnis verspüren, „sich mit sich selbst auseinanderzusetzen" (S. 84). Ebenso impertinent benehmen sich die Zwillinge, nachdem ihre kriminellen Machenschaften aufgedeckt worden sind. Julian klagt in einem Brief an seine Frau über das „kleine Lumpenländchen", in dem er „geboren und in jugendlicher Unerfahrenheit der allgemeinen Verderbnis anheimgefallen" sei, und stellt seine Gaunereien als einen „von einer philisterhaften und gelddurstigen Krämerwelt [...] aufoktroyierten Fehltritt" dar (S. 303), während Isidor seiner Gattin wehmütig über „das bis Dato Erduldete" und sein „Unglück" schreibt (S. 308). „Keine Spur von Scham oder Reu', lauter Aufgeblasenheit", konstatiert Martin, als er die denkwürdigen Episteln gelesen hat (S. 310).

Um Gier und Rücksichtslosigkeit wenigstens oberflächlich zu rechtfertigen, muss ein vulgärer Sozialdarwinismus herhalten. Louis Wohlwend und Julian Weidelich schwadronieren fast wortgleich vom unerbittlichen „Kampf ums Dasein", der ihnen ein förmliches „Martyrium" auferlege (S. 64 und 303), und sogar der Pfarrer, der die Trauung der Zwillinge mit den Salander-Töchtern vollzieht, führt solche Phrasen im Mund (vgl. S. 173). Diese augenscheinlich sehr zeitgemäße Ideologie steht im krassen Gegensatz zu jener staatsbürgerlichen Solidarität, die Keller als unentbehrliches Fundament des republikanischen Lebens betrachtete. Angesichts wachsender Selbstsucht und einer fatalen Ellbogenmentalität, genährt durch die verlockenden Möglichkeiten der expandierenden kapitalistischen Geldwirtschaft, scheint sich die Nation, die sich doch in ihren bürgerlichen Grundwerten einig wissen sollte, unaufhaltsam in einen Dschungel zu verwandeln, in dem jeder gegen jeden kämpft.

Ein ähnlich unerfreuliches Bild wie die Sphäre der Wirtschaft bietet die Politik, die in Münsterburg getrieben wird. Entsprechend dem größeren Abstand, der ihn mittlerweile von den Ereignissen der Jahre 1868/69 trennte, erzählt Keller jetzt nicht mehr wie in *Das verlorene Lachen* vom Aufbegehren der demokratischen Bewegung gegen das liberale ‚System', sondern siedelt die Handlung in einer Phase an, in der die radikale Volksherrschaft im Kanton Münsterburg bereits durchgesetzt ist. Martin selbst, der auch die Bundesverfassung von 1874 mit den „unbedingten Rechte[n], die das Volk ruhig, ohne irgend eine Störung sich genommen hat", enthusiastisch begrüßt (S. 74), gehört der demokratischen Partei an – schon das lässt Kellers kritische Distanz zu seinem Protagonisten ahnen. Als bekennender „Mann des Fortschrittes" (S. 161) ist Salander ein eifriger Verfechter sozialpolitischer Neuerungen. Um einem drohenden „gesellschaftlichen Umsturz" vorzubeugen und die materiellen Forderungen der Bevölkerung zu befriedigen, setzt er sich dafür ein, „die Zustände durch das Verstaatlichen aller möglichen Dinge in den bisherigen Formen zu erleichtern und zu verbessern" (S. 204f.). Er folgt damit dem aufgeregten Geist der Zeit, denn „überall wurden Ausgaben beschlossen zu Hilfs- oder Kulturzwecken; Martin Salander aber war unermüdlich, mitzuwirken und neue Erfindungen in Umlauf zu bringen", die jeweils auf eine „neue Unentgeltlichkeit oder öffentliche Wohlthat" zielen, an die früher niemand auch nur zu denken wagte (S. 205).

Ein solcher Übereifer musste Keller, der bekanntlich eher auf die behutsame Fortentwicklung des Bestehenden in weiter historischer Perspektive vertraute, suspekt vorkommen. Der Erzähler mokiert sich denn auch über Salanders ausgebreitete Aktivitäten, indem er sie mit ironischem Unterton als „bürgerliche Liebhabereien oder Pflichtleistungen" bezeichnet (S. 103), und ebenso skeptisch äußert sich der besonnene Arnold, wenn er zum Ärger seines Vaters die Lehren eines lebensklugen alten Herrn zitiert, der zum „bedächtigeren, beharrlicheren Ausbau des Geschaffenen" aufruft und vor hektischer Neuerungssucht warnt:

> In diesem Lichte gesehen, sei der Fortschritt nur ein blindes Hasten nach dem Ende hin und gleiche einem Laufkäfer, der über eine runde Tischplatte wegrenne und, am Rande angelangt, auf den Boden falle, oder höchstens dem Rande entlang im Kreise herumlaufe, wenn er nicht vorziehe, umzukehren und zurückzurennen, wo er dann auf der entgegengesetzten Seite wieder an den Rand komme. Es sei ein Naturgesetz, daß alles Leben, je rastloser es gelebt werde, um so schneller sich auslebe und ein Ende nehme; daher, schloß er humoristisch, vermöge er es nicht gerade als

> ein zweckmäßiges Mittel zur Lebensverlängerung anzusehen, wenn ein Volk die letzte Konsequenz, deren Keim in ihm stecke, vor der Zeit zu Tode hetze und damit sich selbst. (S. 160)

Das war wohl auch Kellers Ansicht über das typisch moderne Phänomen der Beschleunigung.

Ein besonderes Steckenpferd oder „Lieblingsfeld“ des Politikers Salander, der ja selbst einmal Lehrer war, ist die öffentliche „Volkserziehung“, also das Schulwesen. Gerade auf diesem Gebiet widmet er „[j]eder der rastlos auftauchenden Schrullen [...] seine Aufmerksamkeit“, um sie auszugestalten und durchzusetzen, wobei er über seinem hohen „Ideal“ gerne die Schranken der nüchternen Wirklichkeit vergisst (S. 206f.). Ausführlich erläutert er seiner Frau, warum „keiner unserer Jünglinge zu Stadt und Land vor dem Antritt des zwanzigsten Jahres aus der staatlichen Lehre entlassen“ werden sollte. Anvisiert wird eine wahrhaft universale Bildung für jeden Einzelnen, die Mathematik und Naturwissenschaften, „Landeskunde und Geschichte“, Musik, Sport und militärisches Training ebenso zu berücksichtigen hätte wie „Verfassungskunde“ und gewisse handwerkliche Fertigkeiten (S. 207f.). Doch der kühne Entwurf bleibt nicht unwidersprochen. Marie gibt spöttisch zu bedenken, dass die praktische Durchführung dieses Programms notwendigerweise ein „Heer von Arbeitssklaven“ erfordere, das man in „Asien oder Afrika“ rekrutieren müsse: „Denn ohne Einführung der Sklaverei, wer soll denn den ärmeren Bauern die Feldarbeit verrichten helfen, wer die Jünglinge ernähren? Oder wollt Ihr diese besolden, bis sie zwanzig Jahre alt sind und dann alles verstehen, nur nicht zu arbeiten [...]?“ (S. 209) Tatsächlich vernachlässigt Martin in seinem Überschwang die naheliegende Frage, wo man das Geld für die geplanten sozialen Wohltaten hernehmen soll. Nach seiner Wahl in den Großen Rat legt er zwar pflichtbewusst ein Notizbuch an, in dem „die Hauptposten aus allen Gebieten der Staatsverwaltung übersichtlich“ verzeichnet sind, so dass er sich „jeden Augenblick über das ökonomische Gleichgewicht des Landes Rats erholen konnte“ (S. 188). Dieses Büchlein „mit den Budget- und Staatsrechnungsauszügen“ verlegt er aber sehr bald, ohne den Verlust auch nur zu bemerken (S. 205), ein Indiz dafür, wie sehr er den Blick für das Mögliche verloren hat.

Keller scheint die Effekte des öffentlichen Erziehungssystems ohnehin nicht sonderlich günstig beurteilt zu haben, obwohl dessen Ausbau seit jeher an der Spitze der liberalen Agenda stand. Bei der Gerichtsverhandlung gegen die Weidelich-Zwillinge versucht einer der Verteidiger, seinen Mandanten zu entlasten, indem er der „beklagenswerte[n] Mangelhaftigkeit des öffentlichen Unterrichts, der Volkserziehung" eine Mitschuld an den Fehltritten der beiden „hoffnungsvollen jungen Männer" zuschreibt (S. 319). Der Gerichtspräsident widerspricht zwar vehement und verweist auf die Fortschritte, die seit über fünfzig Jahren in der Tradition Pestalozzis erzielt worden seien, und auf die enormen Aufwendungen für das „Unterrichtswesen", das regelmäßig „den obersten Posten in der Staatsrechnung bilde" (S. 320), aber es lässt sich doch nicht leugnen, dass die staatliche Pädagogik den verbreiteten moralischen Niedergang zumindest nicht zu verhindern vermochte. Sogar der Präsident scheint eine gewissenhafte familiäre Erziehung mindestens als gleichrangig zu erachten, wenn er „das Haus des ungelehrten Landmannes" als eine „Schule der Ehrlichkeit und Pflichttreue" preist (S. 321), und Keller selbst dachte wohl ähnlich. Schon der *Grüne Heinrich* stellt die Institution der staatlichen Schule – bis hin zur skandalösen Relegation des jugendlichen Protagonisten – nicht eben vorteilhaft dar, während die Novelle *Frau Regel Amrain und ihr Jüngster* das Musterbild einer häuslichen Erziehung und Charakterformung durch eine mütterliche Idealgestalt skizziert. Und als Martin Salander die wohlgeratenen Freunde seines Sohnes kennenlernt und befriedigt feststellt: „Gottlob [...], wir haben unser Geld nicht umsonst ausgegeben! Das sind doch auch Erziehungsfrüchte!", korrigiert ihn der Erzähler umgehend mit der Bemerkung: „Doch untersuchte er nicht, ob des Hauses oder des Staates" (S. 351). Offenbar soll dem Leser das Erstere nahegelegt werden.

Martins verstiegene Vision einer umfassenden Erziehung von Staats wegen ist allerdings unter den Bedingungen der direkten Demokratie zumindest konsequent, da eine Bevölkerung, die sämtliche wichtigen Fragen unmittelbar selbst entscheidet, auch allseitig unterrichtet sein muss: Wer in der Schweiz „in den Genuß und die Pflichten der Volksrechte" kommt, bedarf ausgebreiteter Kenntnisse und eines kritischen Reflexionsvermögens, „wenn die Rechte selbst nicht eine Ironie werden sollen" (S. 208). Keller bezweifelte aber, dass eine solche Reife bei der breiten Masse bereits vorhanden oder wenigstens in naher Zukunft erreichbar sei, und lässt seinen Protagonisten mehrfach Bekanntschaft mit den Schattenseiten der Volksherrschaft machen. Soeben erst zum zweiten Mal aus Brasilien heimgekehrt, entschließt sich Martin eines Sonntagsmorgens zu einem „tüchtigen Gang in das Volk hinaus", das inzwischen im ganzen Land seine unumschränkte Souveränität durchgesetzt hat. Die Enttäuschung lässt indes nicht lange auf sich warten, denn „den Hauch und Glanz [...] der neuen Zeit, das Wehen des Geistes, den etwas feierlicheren Ernst, den er suchte, konnte er nicht wahrnehmen" (S. 76). Die Münsterburger zeigen keineswegs die noble und feste Haltung von Bürgern, „welche über die Gesetze nachzudenken gewohnt sind, über die sie mitzustimmen haben“, sondern gebärden sich ganz wie früher und sprechen vor allem unverdrossen dem Alkohol zu, weshalb zu erwarten ist, „daß später am Tage einige der freiesten Männer nicht mehr auf ihren Füßen würden stehen können“ (S. 77).

Aber es kommt noch schlimmer. In einem Wirtshaus hört Salander mit an, wie ein einheimischer Handwerksgeselle großspurige Reden führt, „die von einer gemeinen Gesinnung und zügellosen Eitelkeit“ zeugen, und ein „Selbstrühmen“ praktiziert, „wie es nur ganz schlecht gezogenen Menschen thun können, die zudem niedrig denken und fühlen“ (S. 79). Seine Arroganz wurzelt nicht zuletzt in der persönlichen Teilhabe an der politischen Gewalt, die in diesem Falle leider nicht von dem geringsten Verantwortungsbewusstsein begleitet ist: „Alles machen und ordnen wir selbst, wie wir es haben wollen, und ich bin einer davon und frage weder Gott noch Teufel etwas nach! Heut' noch geh' ich in eine Beratung über ein Gerichtsgesetz, das über tausend Paragraphi hat, und morgen mach' ich Blauen, denn es wird lang dauern. Der Meister kann dafür aufstehen und schaffen!“ Als Martin den Maulhelden entrüstet zurechtweist, muss er sich als „Spion und Volksverächter“ beschimpfen lassen und bezieht um ein Haar sogar Prügel (S. 80f.).

„Eitelkeit“, die sich mit den Volksrechten brüstet, statt sie nüchtern und zweckmäßig anzuwenden, ist in Münsterburg ein verbreitetes Laster. Vor allem jüngere Leute ersetzen in politischen Debatten die vernünftigen Argumente oftmals dadurch, dass sie „nur immer das Wort Republik, republikanisch, Würde des Republikaners u.s.w.“ vorbringen (S. 91). Martin macht dagegen, weit hellsichtiger, als er es später in der Frage der Volkserziehung ist, die handgreiflichen Zwänge der objektiven Realität geltend und erinnert daran, „daß auch der Republikaner alles, was er braucht, erwerben muß und nicht mit Worten bezahlen kann“ (S. 91f.); „der Name Republik“ sei „kein Stein [...], den man dem Volke für Brot geben dürfe.“ Sofort wird ihm entgegnet, solche Reden seien pure „Reaktion“ (S. 92f.)! Ähnliches erlebt in der zweiten Fassung des *Grünen Heinrich* der heimgekehrte Heinrich Lee, der sich immer wieder mit Menschen konfrontiert sieht, die das Wort Republik zu einer „hohlen Phrase“ herabwürdigen oder „die Begriffe Republik, Freiheit und Vaterland als drei Ziegen“ betrachten, „die sie unablässig melkten“ (3, S. 267).[13]

So dominieren in der direkten Demokratie Anmaßung und Geltungssucht in einer fatalen Verbindung mit mangelnder Sachkompetenz – eine Arbeitsnotiz Kellers für seinen Roman nennt „Comödienhaftigkeit, das unwahre Hanswurstwesen“ und „hohle Beredsamkeit“ als hervorstechende Kennzeichen des politischen Tagesgeschäfts (24, S. 423). Wer sich am besten auf die demagogische Rhetorik versteht, behält die Oberhand, während der eigentliche Souverän, vom Erzähler halb respektvoll, halb furchtsam als „der Löwe Volk" tituliert (8, S. 77), wie „ein fremder, dunkelartiger Körper" erscheint, machtvoll und unberechenbar zugleich (S. 204). Wichtige Entscheidungen kommen häufig auf sehr fragwürdigen Wegen zustande, und die enorm erweiterten Kompetenzen der Bürgerschaft lassen den politischen Betrieb buchstäblich heiß laufen:

> In diesen ersten Jahren summte es denn auch wie ein Bienenkorb von Gesetzesvorschlägen und Abstimmungen, und Salander sah mit Verwunderung, wie im Halbdunkel eines Bierstübchens zwei Projektenmacher den Entwurf eines kleinen, Millionen kostenden Gesetzes oder Volksbeschlusses fix und fertig formulieren konnten, ohne daß die vom Volke gewählte Regierung ein Wort dazu zu sagen bekam. Dazu erhielten die massenhaften Wahlen aller kleinen und großen Beamten in Verwaltung, Gericht, Schule und Gemeinde, sich in kurzen Zwischenräumen drängend, die stimmberechtigte Bevölkerung unaufhörlich auf den Beinen [...]. (S. 89)

Der schon erwähnte Gerichtspräsident, seines Zeichens ein bedächtiger „Altliberaler", ist wohl nicht der einzige, dem es so vorkommt, „wie wenn der Geist eines hysterischen alten Weibsbildes in unserem Ländchen herumführe, wie der Böse im Buch Hiob" (S. 321).

Diese Situation bietet dem zahlreichen „Personal der politischen Ober-, Mittel- und Unterstreber" die verlockendsten Chancen (S. 90). Den Beweis dafür liefern die Gebrüder Weidelich, die die Politik und die öffentlichen Ämter bedenkenlos ihrem privaten Vorteil dienstbar machen. Eine herrliche Satire auf solche Gesinnungslosigkeit gelingt Keller mit der Szene, in der Isidor und Julian, die aus taktischen Gründen beschlossen haben, „nicht zu der nämlichen Partei" zu gehen, aber beide weder über „eine bestimmte Vorliebe" noch über ein „Prinzip" verfügen (S. 134f.), ihre künftige politische Orientierung einfach auswürfeln: Der Sieger wird Demokrat, der andere schlägt sich zu den Altliberalen. Der Erfolg des Manövers lässt nichts zu wünschen übrig, da die jungen Leute schon bald in verschiedenen Landesgegenden erst zu Notaren und dann sogar zu Großräten gewählt werden. Dafür genügt es vollauf, den schönen Schein zu pflegen. Den „Ruf rühriger und gut unterrichteter Politiker" erwerben sich die Zwillinge durch „schmeichelhafte Aufmerksamkeit" für ihre Parteiführer, fleißig besorgte „mindere Schreibarbeiten" und „vertrauliche Mitteilungen aus dem Lager der Gegenpartei", mit denen sie einander wechselseitig versorgen, oder auch dadurch, dass sie sich bei öffentlichen Anlässen „ab und zu dringliche Geschäftsbriefe und Telegramme" hereinbringen lassen (S. 136f.). Die Nominierung der demokratischen Partei für das Kantonsparlament verdankt Julian schließlich dem „großen Hut", den er zu tragen pflegt, „denn dieser Hut, als ein unverhohlenes Zeichen der Gesinnung, bildete einen trefflichen Gegensatz zu dem gescheitelten Haar und dem glatten Gesicht Isidors und eine Herausforderung aller Andersgesinnten überhaupt" (S. 140). Solche Qualifikationen begründen in Münsterburg politische Karrieren!

Da verwundert es nicht, wenn sich die Brüder im Großen Rat „benehmen wie auf dem Fastnachtstheater oder bei sonst einem Knabensport" (S. 143). Und als die Manipulationen in ihren Kanzleien auffliegen, bleibt es der öffentlichen Hand überlassen, die entstandenen Verluste auszugleichen. Einem verständigen Gemeindebeamten legt Keller einen Kommentar dazu in den Mund, der sicherlich sein eigenes Urteil über die schrankenlose Volksherrschaft wiedergibt: „Eigentlich müßten mir diejenigen den Schaden gutmachen, die einen solchen Menschen zu ihrem Notar wählen und das Recht dazu an sich gerissen haben! Jetzt wird die Staatskasse herhalten und das Wahlvergnügen bezahlen müssen!" (S. 296)

Auch der einstige Ratsherr und Amtsstatthalter Kleinpeter, den der Roman als Episodenfigur einführt, illustriert die schlimmen Zustände in der Politik. Er kommt freilich nicht durch gewissenlosen Egoismus, sondern durch Schwäche zu Fall, weil er außerstande ist, sich gegen sein „eitles leichtsinniges Weib" (S. 194) und seine nichtsnutzigen Söhne durchzusetzen, die auf seinen Namen unaufhörlich Schulden machen und sich am Ende sogar an den Steuergeldern vergreifen wollen. Nur indem er alle Ämter niederlegt und sich ganz aus der Politik zurückzieht, rettet Kleinpeter wenigstens „seinen letzten Besitz, den ehrlichen Namen" (S. 198). Seine Geschichte zeigt Martin, „welch' dunkle Zustände im Leben öffentlicher Vertrauenspersonen verborgen liegen oder auch als öffentliches Geheimnis bestehen können", und es überkommt ihn die Ahnung, „als ob es sich um Symptome handle", die von einer fundamentalen Krise des Gemeinwesens zeugen (S. 199f.). Kleinpeters Schicksal deutet an, welche Gefahren auch dem gutmütigen Martin Salander, der eben erst als Nachfolger dieses Unglücksraben in den Rat eingezogen ist, drohen würden, wäre er nicht mit einer treuen Frau und wohlgeratenen Kindern gesegnet.

Da *Martin Salander* sich auf gewisse symptomatische menschliche Haltungen und Charakterzüge konzentriert, statt Politik, Wirtschaft und Sozialstruktur seines fiktiven Schweizer Kantons materialreich und systematisch zu schildern, hat man in dem Roman ein vorrangig ethisches Interesse am Werk gesehen: „Die Entfaltung ökonomischer und sozialer Widersprüche wird Keller zur Erscheinung moralischen Verfalls".[14] Weil der Autor die mit Sorge beobachteten Zeichen der Zeit aber sehr wohl an die Tendenzen der modernen Geldwirtschaft und an die politische Geschichte der Schweiz zurückbindet, wäre eher von einer Art literarischer Sozialpsychologie zu sprechen: Keller zeigt, wie die stürmische Dynamik der Moderne die kollektive und individuelle Mentalität der Betroffenen verändert. Dass die Entwicklung seinem liberalen Welt- und Menschenbild schroff zuwiderlief, konnte er nicht ignorieren, und so beschrieb er mit beachtlicher Hellsichtigkeit den wachsenden Widerspruch zwischen diesem Ideal, das nach wie vor den Maßstab seiner Zeitkritik abgab, und der tristen Wirklichkeit der kapitalistischen Konkurrenzgesellschaft. In einer verhängnisvollen Dialektik unterminierten die weitreichenden Folgen der bürgerlichen Emanzipationsbewegung jene Ideen von ungehinderter persönlicher Entfaltung und einem lebendigen Gemeinschaftsgeist, die dieser Bewegung ursprünglich zugrunde lagen und ihre Anziehungskraft ausmachten. Eine derartige Diagnose konnte damals in solcher Schärfe wohl nur in der Schweiz gestellt werden.[15]

Der vorbildlichste Bürger, den man bei Keller antrifft, ist der Vater des grünen Heinrich, von dem schon in der Einleitung zu diesem Buch die Rede war. In der Gestalt des aufstrebenden Handwerksmeisters verschmelzen Tüchtigkeit, Disziplin und Tatkraft mit Bildungsenthusiasmus, Gemeinsinn und staatsbürgerlichem Verantwortungsgefühl zu einer harmonischen Einheit, so wie Lee auch in seinem Beruf Schönheit und Nutzen zu verbinden weiß. Doch leider währt die Herrlichkeit nicht lange, weil das „aufgeregte Leben" (11, S. 78), das die vielen selbstgewählten Pflichten mit sich bringen, die Gesundheit des jungen Mannes untergräbt und ihm einen frühen Tod bereitet. So präsentiert Keller den strahlenden Inbegriff von Bürgerlichkeit von Anfang an in gebrochener Form. Das unzeitige Ende von Heinrichs Vater nährt die Zweifel, ob in der hochkomplexen ausdifferenzierten Lebenswelt der beginnenden Moderne eine solch ganzheitliche, wahrhaft humane Existenz überhaupt noch möglich ist.

Der Münsterburger Kaufmann Salander wirkt neben Vater Lee wie ein um einige Jahrzehnte jüngerer Bruder im Geiste. Auch er beschränkt sich nicht auf seine Geschäfte, sondern wendet in selbstlosem Eifer viel Zeit und Mühe an die Erfüllung seiner Bürgerpflichten; er weiß ebenfalls um die hohe Bedeutung des Erziehungswesens in einem republikanischen Staat, begeistert sich für Kultur und Bildung und erwartet Großes von der Zukunft. Und auch *Martin Salander* erzählt im Grunde die Geschichte eines Scheiterns, doch was bei Lee noch in tragischem Licht erscheint, gewinnt in der ironischen Perspektive des späteren Romans eher die Züge einer Komödie oder gar einer Farce. Vor der Folie der Gründerzeit demonstriert Keller, wie realitätsfremd und anachronistisch die schwärmerischen Vorstellungen seines Helden bereits anmuten und wie es Martin nur dank einer erstaunlichen Wirklichkeitsblindheit gelingt, seinen Optimismus über alle Enttäuschungen hinwegzuretten. Lediglich die Gnade des Autors, die sich in zahlreichen glücklichen Fügungen und am Ende auch in Arnolds klug lenkender Hand manifestiert, bewahrt den Protagonisten vor der existenziellen Katastrophe, in die sein naives Gebaren sonst zwangsläufig führen müsste.

Mit dem ganz und gar zeitgemäßen Schurken Louis Wohlwend entwirft der Roman dagegen ein fratzenhaftes Zerrbild des liberalen Bürgers. Aalglatt und wendig, nie zu fassen und stets auf den eigenen Vorteil bedacht, ist Wohlwend doch kein kaltblütiger Zyniker, sondern auf seine Art gleichfalls ein Idealist, der mit Vorliebe an jene klassisch-humanistischen und patriotischen Traditionen anknüpft, die auch Keller zeitlebens hochhielt. Er rezitiert „mit einer gewissen Erregung oder Ueberzeugung“ – und mit „verflucht falscher Betonung“! – Schillers *Bürgschaft* (8, S. 20), lässt ein Bildnis des vaterländischen Helden Arnold von Winkelried mit dem berühmten Ausspruch „Sorget für mein Weib und meine Kinder!“ auf sein Haus malen (S. 48) – freilich ohne den Künstler zu bezahlen –, flieht vor seinen Sorgen „an den Busen der Natur“ (S. 64) und befasst sich eifrig mit politischen Reformvorschlägen, die auf das absurde Projekt zielen, in der Schweiz „den Gottesstaat der Neuzeit zu errichten“ (S. 255). Dabei sind die Phrasen, mit denen Wohlwend sich schmückt, offenkundig ebenso ernst gemeint, wie seine Überzeugung von seinem Recht und seiner Unschuld aufrichtig ist. Gerade weil er es sorgsam vermeidet, „sich mit sich selbst auseinanderzusetzen“ (S. 84), kann er gerührt von seinem „edeln Idealismus“ faseln (S. 64), ohne den Widerspruch zu seinem wahren Tun und Treiben zu bemerken. Auch in den Briefen der kriminellen Weidelich-Zwillinge regiert ja statt bewusster Täuschung und Heuchelei eine Haltung, die den eigenen Vorteil so unbedenklich mit dem Recht identifiziert, dass sie jede Selbstkritik im Keim erstickt. Die humanen Wertvorstellungen des Bürgertums sind hier zu einem unverbindlichen Zitatenschatz geworden.

Diese Einsicht lässt sich verallgemeinern. In Kellers Altersroman, der die Wirtschaft von Gaunern und Spekulanten und die Politik von intriganten Schwätzern dominiert sieht, bildet die Sphäre des trügerischen Scheins nicht mehr die Gegenwelt zu einer soliden, auf tüchtige Arbeit gegründeten bürgerlichen Wirklichkeit, sie ist vielmehr mit dieser Wirklichkeit identisch geworden. Schon die Vorrede zum zweiten Band der *Leute von Seldwyla* hat die entsprechende Diagnose gestellt: Das moderne Leben bietet den bekannten „besonderen Fähigkeiten und Nücken der wackeren Seldwyler" ein reiches Betätigungsfeld, weil eben mittlerweile auch die „brave übrige Welt" fast nur noch von Schwindel und Betrug zehrt (5, S. 8). Wohlwend und die beiden Weidelichs zählen zu den Bewohnern dieses neuen, global ausgeweiteten Seldwyla, und dass zumindest die Letzteren verdientermaßen im Gefängnis landen, besagt nicht viel - andere werden schon bereitstehen, um ihre Stelle einzunehmen.

Die verhängnisvolle Übermacht des leeren Scheins schlägt sich in *Martin Salander* auch in der Darstellung der patriotischen Feste nieder, die bereits im *Verlorenen Lachen* einiges von ihrem Glanz eingebüßt hatten. Keller, für den solche Veranstaltungen einst die sichtbare Erscheinung der nationalen Einigkeit gewesen waren, die er mit seinen zahlreichen Festliedern zu fördern gedachte, plante zeitweilig, den Roman für eine radikale Selbstkritik zu nutzen: „Der Autor stellt sich anläßlich des Festschwindels [...] selbst dar als büßenden Besinger und Förderer solchen Lebens. Alternder Mann der unter der Menge geht und seine Lieder bereut etc." (24, S. 373). Diese Idee wurde zwar nicht verwirklicht, aber die Fragwürdigkeit der eidgenössischen Festkultur zeichnet sich auch im fertigen Werk deutlich ab. Genau in der Mitte des Romans, im elften seiner einundzwanzig Kapitel, findet die Trauung der Zwillinge mit den Salander-Schwestern statt, die der Brautvater zu einem „freiheitliche[n] Volksfest" (8, S. 157), einer „politische[n] Volkshochzeit" (S. 163) ausgestalten will. Im Einklang mit Kellers eigener Festprogrammatik soll sie „das Volksbewußtsein [...] heben" und die „höchsten sittlichen Prinzipien des freien Staates" verherrlichen. Vor allen Dingen möchte Salander, an die „verschiedene Parteistellung der zwei jungen Großräte" anknüpfend, eine öffentliche Versöhnung „zwischen den Demokraten und den Altliberalen" inszenieren: Wieder einmal wird dem festlich erhöhten Geist der solidarischen Vaterlandsliebe zugetraut, alle Zwistigkeiten und Differenzen harmonisch aufzulösen. Ein kleines Spiel mit „allegorischen Figuren" (S. 164), das auf der Hochzeit zur Aufführung gelangt, soll die „reinere Idee" vermitteln, „daß man in Freude und Leid zusammengehen und jener schöneren Zukunft entgegenleben müsse, welche nur eine Partei noch kennen werde, diejenige der geeinigten und befriedigten Patrioten" (S. 180f.). Die dramatische Kunst auf diese Weise in den Dienst des nationalen Festgedankens zu stellen, hatte Keller schon in dem Aufsatz *Am Mythenstein* vorgeschlagen. Auch dort ist von einer schwankhaften theatralischen „Allegorie" mit patriotisch-didaktischer Tendenz die Rede, die durch Wiederholung und Variation mit der Zeit vielleicht eine „stattliche zweistündige Volkskomödie" hervorbringen könnte (15, S. 194f.).

Martin Salander holt die hochfliegende Vision allerdings unsanft auf den Boden der Realität zurück, wie denn überhaupt bei der Schilderung der ambitionierten „Volkshochzeit“ die Misstöne nicht zu überhören sind. Das allegorische Spiel artet in der praktischen Umsetzung in alberne „Hanswurstpossen“ aus und verärgert namentlich die liberal Gesinnten unter den Gästen, was der angestrebten patriotischen Versöhnung stracks zuwiderläuft (8, S. 180). Beschämender noch gerät anschließend eine grobe satirische Burleske, mit der zwei verkleidete Spaßvögel die Gesinnungslumperei der Bräutigame aufs Korn nehmen, indem sie deren Würfelspiel um die Parteizugehörigkeit persiflieren. Der politische Idealismus, den Salander so gutgläubig proklamiert, wird damit als eben jene Maske der reinen Selbstsucht entlarvt, die er bei vielen Zeitgenossen in der Tat längst geworden ist. Dass die beiden am selben Tage geschlossenen Ehen nach kurzer Frist auch gleichzeitig kläglich scheitern, rückt die von Salander initiierte Festivität nachträglich erst recht in ein zweifelhaftes Licht, was umso peinlicher wirkt, als er der Aufmerksamkeit, die diese „volksmäßig politische Feier einer Hochzeit“ im ganzen Kanton geweckt hat, seinen Sitz im Großen Rat verdankt (S. 185).

Martins Enthusiasmus veranlasst ihn, jedes Volksfest mitzumachen, sofern nur „irgend eine patriotische, volkserzieherische und fortschrittliche Idee hineingelegt werden konnte“, denn er ist aufrichtig überzeugt, dabei „das Blühen des Vaterlandes in neuer Jugend zu genießen“ (S. 266f.). Dem Leser vermittelt der Text jedoch erneut eine skeptischere Perspektive, wenn der Erzähler auf die „ungeheure Zahl größerer und kleinerer Feste, Anlässe, Gesamtreisen, Vereinsausflüge und Begehungen aller Art“ verweist, die den ganzen Sommer über ohne Unterlass aufeinander folgen, so dass man sich fragen könnte, wo die Leute „alle das Geld hernahmen, das sie verjubelten“ (S. 266). Anscheinend steuert Münsterburg unaufhaltsam auf jene „einseitige Festvirtuosität“ zu, vor der Keller im *Mythenstein*-Essay warnte (15, S. 203). Auch im Blick auf das heimische Zürich klagte der Autor während der Abfassung des Romans über „die ewige Festbummelei“, die ihm „die Freude an Land und Leuten zu verderben“ drohe, „wie es immer geht, wenn man eine Sache übertreibt“ (GB 2, S. 297). Und selbst Salanders schier unverwüstliche Zuversicht gerät an einem dieser vielen Feiertage buchstäblich ins Wanken. Zunächst lässt sich alles gut an:

> Die Abendsonne, welche eben unter die betreffende Festhalle hereinschien, spiegelte an der vergoldeten Innenwand eines großen Ehrenpokales, der vor ihm stand, mit rotem Weine frisch versehen, und der Goldschein leuchtete mit unbeschreiblichem Zauber in die durchsichtige Purpurflut.

> [...] Ein rötlicher Schimmer aus dem Becher spazierte sogar über sein begeistertes Gesicht, was eine ihm gegenübersitzende anmutige Frau wahrnahm und es ihm sagte mit der Mahnung, er solle sich still halten, denn er sähe jetzt hübsch aus. (8, S. 267)

Doch das schöne Bild wird unversehens durch eine „schwache Erschütterung" des Tisches zerstört, als zwei Polizeibeamte einen Festgenossen verhaften und ihn mit sanfter Gewalt zwingen, von der Tafel aufzustehen. Es handelt sich um jenen betrügerischen „Verwalter irgend einer der florierenden Unternehmungen" des Münsterburger Wirtschaftslebens, von dem oben bereits die Rede war (S. 267f.). Ernüchtert und verstimmt kehrt Martin nach Hause, wo er alsbald aus der Zeitung erfährt, dass diese unerfreuliche Begebenheit nur den Auftakt zu einer Serie von Korruptionsskandalen bildet, die in der Folgezeit die ganze Schweiz heimsucht und in der Entlarvung der Weidelich-Zwillinge gipfelt.

Sogar das patriotische Fest hat sich inzwischen zu einem fadenscheinigen Trugbild gewandelt, das die Abgründe in Staat und Gesellschaft allenfalls notdürftig verschleiert. Das volle Gewicht der Becher-Episode kann der Leser indes nur erfassen, wenn er ihren intertextuellen Bezug zu der Festschilderung im *Fähnlein der sieben Aufrechten* wahrnimmt, die das gleiche Motiv noch ohne ironische Brechung einsetzt. Dort ist es Hermine Frymann, der das gespiegelte Licht einen wahren Glorienschein verleiht:

> Aber von der Sonne, welche den vor ihr stehenden Becher bestreifte, daß dessen inwendige Vergoldung samt dem Weine aufblitzte, spielten goldene Lichter über ihr rosig erglühtes Gesicht, welche sich mit dem Weine bewegten, wenn die Alten im Feuer der Rede auf den Tisch schlugen; und man wußte dann nicht, ob sie selber lächelte oder nur die spielenden Lichter. Sie war jetzt so schön, daß sie bald von den umherblickenden jungen Leuten entdeckt wurde. (6, S. 328)

Der zauberische Schimmer kennzeichnet das Fest als glanzvollen Höhepunkt im Leben der Nation und mutet darüber hinaus wie ein Sinnbild jener poetisch-realistischen Verklärung an, die mit den Mitteln der Kunst die verborgene Schönheit der Wirklichkeit ans Licht heben soll. So betrachtet, verbirgt sich auch in der korrespondierenden Episode des *Martin Salander* eine poetologische Reflexion, freilich eine sehr ernüchternde. In der Tat musste die zunehmende Diskrepanz von Schein und Sein, die Keller in Politik, Gesellschaft und Ökonomie allenthalben beobachtete, den poetischen Realismus in seinem

Kern bedrohen. Die dichterische Verklärung will bekanntlich nichts erfinden, sondern lediglich das, was dem oberflächlichen Blick verhüllt bleibt, zutage fördern: Im *Grünen Heinrich* ist der „rechte Seher“ ein Mann, der „das Recht und die Bedeutung jeglichen Dinges ehrt und den Zusammenhang und die Tiefe der Welt empfindet“ (12, S. 16f.) und daher „das Nothwendige und Einfache mit Kraft und Fülle und in seinem ganzen Wesen darzustellen“ weiß (S. 18). Inneres und Äußeres, Wesen und Erscheinung fallen für das kundige Auge zusammen; die Wahrheit des Wirklichen ist eine *sichtbare*. Kann ein solcher Anspruch aber noch aufrecht erhalten werden, wenn sich die Welt immer mehr ins Anonyme, Abstrakte und Unfassbare entzieht und der äußere Schein nur allzu oft zu einem täuschenden Schleier oder zum Werkzeug der Manipulation wird?

Ganz neu waren diese Bedenken für Keller nicht. Schon am Beispiel der Rätselfigur Lydia aus *Pankraz, der Schmoller* hatte er vorgeführt, wie die Interpretation sinnlicher Zeichen an deren undurchsichtiger Vieldeutigkeit scheitern kann, und in *Kleider machen Leute* ist Ähnliches zu beobachten: Während die Bürger von Goldach einen einfachen Schneidergesellen wegen seiner vornehmen Aufmachung für einen Grafen halten, erliegt Wenzel Strapinski seinerseits einer Illusion, wenn er die verheißungsvollen Inschriften auf den Häusern des Städtchens - beispielsweise „zur Eintracht, zur Redlichkeit“ oder „zur Bürgertugend“ - für bare Münze nimmt und sich einbildet, „sie bezögen sich auf die besonderen Geheimnisse und Lebensweisen jedes Hauses und es sehe hinter jeder Hausthüre wirklich so aus, wie die Ueberschrift angab, so daß er in eine Art moralisches Utopien hinein geraten wäre“ (5, S. 31f.). Bereits in diesen Novellen steht also „nichts Geringeres als die Lesbarkeit der Welt selbst auf dem Spiel“, womit ein fundamentales „Problem des Realismus“ reflektiert wird.[16] *Martin Salander* spitzt den Widerspruch noch weiter zu und verschärft mit dem „Bruch zwischen Zeichen und Sachen“[17] auch die Krise eines poetisch-realistischen Erzählens, das sich als verklärende ‚Sinnbildkunst‘ begreift. In Münsterburg verbirgt sich hinter einer prächtigen Fassade, geschmückt mit dem Bildnis Arnolds von Winkelried „auf Goldgrund“ (8, S. 48), ein durchtriebener Wirtschaftskrimineller, und den Weidelich-Zwillingen dient ihre „regelmäßig schöne Handschrift“ (S. 102) bloß zur virtuosen Fälschung von Schriftstücken, die ihren Beutel füllen sollen. In besonders krasser Form wird der schöne Schein aber in der Person der Myrrha Glavicz als Trug entlarvt.

Die junge Frau hat angeblich „hellenisches Blut“ in den Adern, und ihr Gesicht ist auch wirklich „wie nach dem Rezept für altgriechische Frauenköpfe“ gebildet (S. 237). In Martins Augen verkörpert sie „das klassisch Schöne“

schlechthin (S. 238), und da ihn die gehäuften Enttäuschungen im öffentlichen Leben inzwischen doch ein wenig mitgenommen haben, erhofft er sich von ihrer Nähe eine heilsame Wirkung, indem er sich einredet, „wie er des Anblickes der unschuldigen Schönheit Myrrhas bedürfe und daran von den Krankheiten der Zeit zu gesunden und wieder zu erstarken hoffe". Von vornherein wirkt dieser „Verjüngungshandel" (S. 334) fragwürdig. Der Erzähler spricht ausdrücklich von einer „Selbsttäuschung" Martins und führt dessen vermeintliche „schöne Neigung" nüchtern auf einen „sinnlichen Anreiz" zurück (S. 265). Die Bildungsreminiszenzen, mit denen der Protagonist so fleißig operiert, dienen lediglich dazu, das erotische Verlangen seinem Gewissen annehmlich zu machen, und ihr philiströser Charakter wird drastisch offenbart, wenn Martin sich, „echt pedantisch", Myrrhas klassisch-griechische Reize eigens von einem „Künstler und Kenner" bescheinigen lässt, der sein fachmännisches Votum obendrein mit den zweideutigen Worten „Viel Vergnügen, Herr Salander!" beschließt (S. 260).

Da sie selbst lange Zeit gar nicht zu Wort kommt, stellt Myrrha im Roman vorläufig bloß eine stumme Projektionsfläche für Martins Sehnsüchte dar. Dem unbefangenen Arnold, der sich hier einmal mehr als „kritischer Gesell" bewährt (S. 347), bleibt es vorbehalten, die traurige Wahrheit hinter der faszinierenden Fassade aufzudecken und den Vater gründlich zu kurieren. Schon nach einem kurzen Wortwechsel mit Myrrha, bei dem er das „irre Licht" in ihren Augen bemerkt, konstatiert er, dass „der arme Tropf ja blödsinnig ist, wo nicht gar verrückt" (S. 345f.). Dieses Detail war dem verzückten Martin bisher entgangen, weil er sich nie zu einem ordentlichen Gespräch mit seiner Angebeteten in der Lage sah. Wenn Arnold nun darüber sinniert, „wie gut sich natürliche Anmut mit Blödsinnigkeit zu vertragen scheine" (S. 346), verabschiedet er mit zynischer Geste die Ideen von der humanen Ganzheit des Individuums, von dem harmonischen Einklang zwischen Innen und Außen, wie er bei Kellers früheren weiblichen Idealfiguren noch zu beobachten war, und von der veredelnden Macht des Schönen. In einer Welt des Trugs und des Schwindels entpuppen sich auch die Postulate des klassischen Menschenbildes als Täuschungen von beklemmender Komik. Wer die moderne Wirklichkeit beschreiben will, kann sich offenkundig nicht mehr darauf verlassen, dass die Wahrheit des Realen in der sichtbaren Erscheinung fassbar wird.

Gleichwohl hält Keller in *Martin Salander* an seinen erprobten Darstellungsformen fest. Typisierte Figuren, die symptomatische Haltungen verkörpern, szenische Partien, die bei aller plastischen Anschaulichkeit doch ebenfalls exemplarischen Charakter tragen und damit über sich hinausweisen, und die mal sachlich-distanzierten, mal satirisch getönten Schilderungen und Kommentare des Erzählers vermitteln ein Bild der zeitgenössischen Gegenwart, das eine didaktische Wirkung entfalten und die Leserschaft ermahnen und belehren soll. So ist der *Salander*-Roman, statt auch in dieser Hinsicht die Schwelle zur Moderne zu überschreiten, als Erzählwerk durchaus noch ein Dokument des poetischen Realismus. Die Münsterburger Wirklichkeit mag von falschem Schein und verwirrender Unübersichtlichkeit geprägt sein, aber sie kann nach wie vor narrativ vorgeführt und verständlich gemacht werden. Skepsis und Zweifel, die der Autor *inhaltlich* bereits ausgiebig thematisiert, greifen nicht auf seine literarischen Techniken über. Eine Einsicht, die Christian Begemann für *Pankraz, der Schmoller* und *Kleider machen Leute* formuliert, lässt sich daher auf Kellers späten Roman übertragen: „Auf der Ebene der Darstellung wird die Lesbarkeit der Welt restituiert, an der die erzählten Figuren scheitern“, so dass zumindest für die Rezipienten eine vollkommene „semiotische ‚Transparenz‘“ entsteht. Damit gilt freilich umgekehrt: „Was Keller inhaltlich schildert, entzieht zugleich seinem poetischen Verfahren den ‚objektiven‘ Boden.“[18]

Aber auch auf der Inhaltsebene bietet *Martin Salander* einige positive Gegenkräfte auf, um den erschreckenden Tendenzen der Moderne nicht allein das Feld zu überlassen. Salanders Hoffnung, sich nach seiner Rückkehr aus Brasilien in der freien Natur von allen Kümmernissen erholen und endlich wieder unbeschwert die „von erquickender Luft durchwehten Forsten“ der Heimat genießen zu können (S. 61), zerschlägt sich zwar, denn an dem plätschernden Waldbach, einem klassischen *locus amoenus*, hat sich ausgerechnet Louis Wohlwend mit seiner Angel breitgemacht. Doch was die Natur nicht mehr bietet, das leistet die intakte bürgerliche Familie. Sie ist das wahre Heilmittel gegen die „Krankheiten der Zeit“ (S. 334), das der törichte Martin mit seiner Begeisterung für Myrrha vorübergehend ganz woanders sucht. Marie Salander, stets entschlossen, „aufrecht zu bleiben und treu zu den Ihrigen zu halten“ (S. 59), bildet buchstäblich das Herz dieser Familie. Während ihr Gatte „für das Ganze und Kommende zu leben“ pflegt, begnügt sie sich damit, „für den Tag und Augenblick bereit zu sein“ (S. 73) und, wenn nötig, Martins idealistischen Überschwang pragmatisch zu korrigieren. Marie kennt keine Illusionen, und ihr untrügliches Gespür warnt sie vor Wohlwend ebenso wie vor den unwillkommenen Schwiegersöhnen aus dem Hause Weidelich.

Der zunehmenden Abstraktheit und Vermitteltheit menschlicher Beziehungen in der modernen Welt setzt sie die Wärme des persönlichen Gefühls und der intimen Kommunikation entgegen. Als Martin die Tochter Setti nach der Verhaftung ihres Mannes per Telegramm nach Hause zurückholen will und zu diesem Zweck rasch „ein Formular [...] mit den erforderlichen lakonischen Worten" beschreibt, schaltet sich Marie ein und verfasst einen neuen Text, der eigentlich nichts anderes aussagt, aber „die gleich harten Steinblöcken dastehenden Haupt- und Zeitwörter mit den dazu gehörigen, sie verbindenden Kleinwörtern" versieht. Damit verrät sie ein psychologisches Feingefühl, das auch der verblüffte Martin anerkennen muss: „es will mir vorkommen, daß diese kleinen Zuthaten die Schrift milder machen, ein wenig mit Baumwolle umhüllen, so daß Setti das Gefühl hat, als hörte sie uns mündlich reden, und dafür reut mich die höhere Taxe nicht" (S. 292). Martin selbst profitiert noch in seinen ärgsten Verirrungen von Maries liebevoller Freundlichkeit. Sogar die „Verrücktheit" seiner Schwärmerei für Myrrha, die er ihr schließlich beichtet, wird mit verständnisvollem Humor aufgenommen und umgehend „vergeben und vergessen" (S. 339). Unbedingte Solidarität ist die Grundlage dieser Ehe, und dass ihr dafür Sinnlichkeit und Leidenschaft abgehen, entspricht dem Normalfall ehelicher Beziehungen in Kellers Werk.

Da Martin Salander allerdings – wie Gottfried Keller – „nicht zu den Befreiern oder Gleichstellern des Frauengeschlechts hinsichtlich des bürgerlichen Daseins" gehört (S. 185), bleibt der wohltätige Einfluss der „Marienfrau" (S. 248) ganz auf Haus und Familie beschränkt. Nur vorübergehend und in Abwesenheit des Gatten kann sie sich als Geschäftsfrau betätigen. Mit der Wirtschaft, die sie auf der Kreuzhalde führt, erleidet sie jedoch Schiffbruch, und ihre späteren Erfolge als Leiterin eines kleinen Warenhandels sind von kurzer Dauer, weil Martin sie, sobald er genügend Wohlstand angehäuft hat, aus eigener Machtvollkommenheit „zur Ruhe setzt, was sie sich ohne überflüssige Reden gefallen" lässt (S. 103). Ein Aufbegehren gegen die patriarchalische Ordnung scheint ohnehin undenkbar zu sein. Weitgehend klaglos akzeptiert Marie die wiederholte langjährige Entfernung ihres Mannes und trägt derweil alleine die Sorge um die Erziehung der Kinder und die Wahrung der bürgerlichen Ehre. Obwohl der Roman sie eindeutig als den geistig und menschlich überlegenen Part in ihrer Ehe zeichnet, rüttelt er nicht an der konventionellen Geschlechterhierarchie.

Das öffentliche Handeln auf dem Feld der Politik ist der Frau, die Martins Ansichten lediglich im privaten Zwiegespräch scharfsinnig kommentieren darf, erst recht verwehrt, und nur in Form eines Kindermärchens kann sie eine Sicht des historischen Prozesses zur Sprache bringen, die Salanders euphorischem Fortschrittsglauben diametral entgegensteht. Die Geschichte von den „kleinen Leutchen aus dem Berge", mit der sie Arnold und seine Schwestern vom nagenden Hunger ablenken will, handelt von einem Abschiedsfest, das die gnomenhaften „Erdmännchen und Weibchen“ begehen, „wenn das große Volk im Lande anfängt auszuarten und dumm und schlecht zu werden und die gescheiten Leutlein unten ein betrübtes Ende voraussehen“ (S. 35f.). Wie ein Menetekel überschattet diese Erzählung aus dem dritten Kapitel die gesamte folgende Darstellung des Lebens und Treibens in Münsterburg. Solche Befürchtungen waren dem alternden Keller auch sonst nicht fremd. Zitiert sei hier nur ein in Distichen abgefasstes Gedicht aus seinen späten Jahren, das an den von Alfred Nobel 1867 erfundenen Sprengstoff eine Schreckensvision von der Selbstzerstörung der Menschheit knüpft:

Dynamit

Seit ihr die Berge versetzet mit archimedischen Kräften,
Fürcht' ich, den Hebel entführt euch ein dämonisch Geschlecht!
Gleich dem bösen Gewissen geht um die verwünschte Patrone,
Jegliches Bübchen verbirgt schielend den Gräuel im Sack.
Wahrlich, die Weltvernichtung, sie nahet mit länglichen Schritten,
Und aus dem Nichts wird nichts: herrlich erfüllt sich das Wort!
(10, S. 29)

Was für ein Abstand zu den zukunftsfrohen Erwartungen, die Keller in den vierziger Jahren in der *Erwiderung auf Justinus Kerner's Lied: Unter dem Himmel* ausgesprochen hatte! In *Martin Salander* begründet der Dichter seine Sorgen auch ökologisch, indem er das Motiv des Raubbaus an der Natur aus dem *Verlorenen Lachen* weiterführt. Die „vielen schönen Bäume“, die einst vor Maries Gartenwirtschaft standen, sind aus Profitgier gefällt worden, womit sich die „Lumpen“, wie ihr Mann kopfschüttelnd feststellt, „selbst das Klima verhunzen“ (8, S. 47), und Isidor Weidelich will das „Buchenwäldchen“ hinter seinem Landgut umgehend zu Geld machen, obwohl Martin ihm vorhält: „Sind Sie bei Trost? [...] Ihre Buchen schützen ja allein Haus und Garten samt der Wiese vor den Schlamm- und Schuttmassen, die der abgeholzte Berg herunterwälzen wird!“ (S. 220) Die hektische Gewinnsucht des modernen Kapitalismus kennt keine weise Voraussicht mehr, die das Wohl kommender Generationen mitbedenkt. In einer Entwurfsnotiz zu *Martin Salander* mündet Kellers Klage über die Zerstörung der natürlichen Ressourcen in die prophetisch anmutende Warnung: „Dahin führt das wahnsinnige: mehr, mehr! immer mehr! welches das *Genug* verschlingen wird“ (24, S. 356).[19]

Kühle Fortschrittsskepsis zeichnet auch Arnold Salander aus, dem der Roman die überlegene Position des nüchternen Beobachters vorbehält. Er referiert die Geschichte von dem blindlings vorwärts hastenden Laufkäfer, in der Martin zu Recht eine Satire auf seinen eigenen Neuerungsfanatismus erkennt, und übt sich in kluger politischer Zurückhaltung, ohne deshalb das staatsbürgerliche Verantwortungsgefühl preiszugeben. Es scheint ihm geboten, sich „im Stillen für alle Fälle brauchbar zu machen in Zeiten, wo es notwendig werden könnte, mit einzustehen und den Rank finden zu helfen. Am Allgemeinen mitzudenken sei immer nötig, mitzuschwatzen aber nicht“ (8, S. 161). Bezeichnenderweise betreibt er während seiner Auslandsaufenthalte hauptsächlich juristische und historische Studien, „um die werdende Geschichte besser zu verstehen und ihre Dimensionen messen, ihre Bedingungswerte schätzen zu lernen“ (S. 159) – denselben Fächern verdankte schon Heinrich Lee einen guten Teil seines reiferen Welt- und Menschenbildes. Anders als der Vater nutzt Arnold seine Reisen, um auch geistig eine gewisse Distanz zur Heimat zu gewinnen und eine Haltung kritischer Solidarität auszubilden, die „die Vaterlandsliebe nicht immer mit der Selbstbewunderung verwechselt“ (S. 337). Die Devise „Es ist bei uns, wie überall!“ (S. 338) illustriert seine Einsicht, dass die bedenklichen Symptome der Moderne die Schweiz nicht verschonen.

Als zurückgezogener Privatgelehrter will Arnold auch künftig „Geschichtsfreund und Jurist“ (S. 340) bleiben, während er Martins Appelle, sich endlich aktiv „den öffentlichen Dingen zuzuwenden“, beharrlich zurückweist (S. 347). Überdies schlägt er vor, auf wirtschaftlichem Gebiet ebenfalls bescheiden zu agieren, auf eine vielleicht gewinnbringende, aber jedenfalls riskante „Ausdehnung“ des väterlichen Handelsgeschäfts zu verzichten und es bei den altgewohnten „schlicht bürgerlichen Verhältnissen und Gewohnheiten“ zu belassen (S. 340). Die Familie Salander soll gewissermaßen auf eigene Faust die beunruhigende kapitalistische Dynamik stillstellen, die in Münsterburg so erschreckende Folgen zeitigt.

Arnold wird von Keller als jugendlicher Hoffnungsträger für kommende bessere Zeiten präsentiert. Seinem gutmütigen, aber etwas törichten Vater weit überlegen, entlarvt er im Handumdrehen Myrrhas schöne Fassade, stellt die Mittel bereit, um Wohlwend unschädlich zu machen, und lenkt das „Schifflein“ von Martins Leben fortan geschickt an allen „bösen Klippen“ vorbei, womit das heitere, versöhnliche Ende des Romans gesichert ist (S. 353). Er steht mit seiner ruhigen Besonnenheit auch keineswegs alleine da, denn die gleichaltrigen Freunde, die sich zu einer abendlichen Tischrunde um ihn versammeln, teilen sein Ethos und seine Ansichten. Martin, der ihren Gesprächen mit Vergnügen gelauscht hat, kann erleichtert resümieren: „Glaub' nur, wenn es viele junge Mannschaft der Art giebt, so ist mir vor unserer Zukunft nicht bang'!" (S. 352)

In der Rezeptionsgeschichte des *Martin Salander* fand jedoch gerade Arnold, der in seiner „musterschülerhaften Blässe" als bloße „Personifikation einer abstrakten Idee" erscheint[20] und allzu offensichtlich als Sprachrohr des Autors fungiert, wenig Gnade. Tatsächlich gelangt Keller mit dieser Figur nicht über einen schematischen Gegenentwurf zu den breit geschilderten gesellschaftlichen, politischen und ökonomischen Krisenphänomenen seiner Zeit hinaus. Die komfortablen Lebensumstände, die ihm den nötigen Freiraum für sein bürgerlich-vernünftiges Räsonnement verschaffen, verdankt Arnold nur dem Wohlstand, den sein Vater in harten Kämpfen erworben hat; er selbst wird niemals handelnd und in tätiger Auseinandersetzung mit der widerständigen Wirklichkeit von Münsterburg gezeigt. Und weil die Kommentare des Salander-Sohnes keine Früchte persönlicher Erfahrungen und gemeisterter Konflikte sind, müssen sie zwangsläufig altklug und lehrbuchmäßig wirken.

Auch seine vorbildlichen Freunde gewinnen kein rechtes Profil, da der Erzähler fast ausschließlich mitteilt, was diese jungen Leute *nicht* sind oder tun. Rühmend erwähnt er „die Abwesenheit aller schlechten Sprechmanier verhockter Kreise" und den Umstand, dass in ihrer Unterhaltung „nicht ein unfreisinniges Wort, nicht ein Wort, welches auf Mißachtung des Volkes hätte schließen lassen, [...] zu hören" ist; „keiner that sich als Lehrer oder Prophet hervor, und Phrasen wurden noch weniger laut" (S. 350). Auch Martin kann bei aller Begeisterung nichts Substanzielleres zum Lob der Versammelten sagen: „Sie sind keine Streber, möchte ich beschwören, und wissen dennoch, was sie wollen, obgleich oder weil sie nicht davon schwatzen" (S. 351f.). Keller war augenscheinlich bemüht, sein grimmiges literarisches Zeitporträt wenigstens mit einem lichten Ausblick zu beschließen, sah sich aber außerstande, diese zuversichtliche Perspektive auch mit einem greifbaren positiven Gehalt auszustatten. Der überzeugende Ausdruck seines redlichen Willens, zur Überwindung aktueller Missstände beizutragen, ist daher, wie schon in *Das verlorene Lachen*, „nicht der brüchige, zu solcher Verheißung untaugliche Romanschluß, sondern der radikale Realismus, durch welchen Keller den Leser des *Martin Salander* zwingt, sich mit den gesellschaftlichen Problemen seiner Zeit auseinanderzusetzen."[21]

Über Kellers letztem Werk zerbrach seine Brieffreundschaft mit Theodor Storm, der sich so abschätzig dazu äußerte, dass sein Schweizer Kollege verärgert verstummte. Dabei war der Dichter selbst mit seinem Roman und insbesondere mit der Schlusspartie unzufrieden. Insgeheim kämpfte er mit genau jenen Bedenken, die Storm so undiplomatisch vorbrachte, wenn er das Übergewicht der Zeitbezüge, der „Dinge, welche in der Wirklichkeit außer dem Buche sind“, tadelte und den *Salander* „grausam realistisch“ nannte (GB 3.1, S. 503 und 506). Gegenüber Rodenberg erklärte Keller: „Die entstandene Abneigung rührt daher, daß ich mir zu spät inne geworden bin, wie sehr ich mich in die Reihe der auf allen Punkten auftauchenden Verfallspropheten und Sittenrichter stelle und so ein der Mode nachlaufender Skribent zu sein scheine, während das Bedürfnis, das Buch zu schreiben, mir ganz spontan entstanden ist“ (GB 3.2, S. 411). Der spröde, direkt „aus der aktuellen Misère“ (GB 3.1, S. 70) geschöpfte Stoff ließ in seinen Augen nur ein „trockenes Predigtbuch“, allzu „tendenziös und lehrhaft“, zustande kommen (GB 2, S. 372). Die Last der zeitgeschichtlichen Erfahrungen und das volkspädagogische Anliegen, das den *Martin Salander* maßgeblich inspiriert hatte, hoben offenbar die „Reichsunmittelbarkeit“ auf, die Kellers Dichtungen sonst ihre souveräne Freiheit garantierte. Schon während des Schreibens klagte er über diesen „Unglücksroman“ und versicherte, er hätte die Arbeit längst eingestellt, wenn die Publikation nicht schon in der „Deutschen Rundschau“ angekündigt worden wäre (GB 3.1, S. 116). Über das fertige Werk soll er sogar gesagt haben: „Es ist nicht schön! Es ist nicht schön! Es ist zu wenig Poesie darin.“[22] Aber wie wäre das bei einem Roman, der dem schönen Schein so sehr misstraut, auch zu vermeiden gewesen?

Zudem war der Autor wieder einmal durch feste Termine unter Zugzwang gesetzt worden. Dabei hatte er es in diesem Fall nicht an guten Vorsätzen fehlen lassen und Rodenberg schon 1883 dargelegt, er müsse „einmal ein Buch bis auf das letzte Wort fertig machen, um die übereilten Schlüsse und deren Unfertigkeit zu vermeiden und während des Druckes absolute Ruhe zu haben, welche für den glücklichen Verlauf der nächsten Arbeit so wichtig ist“ (GB 3.2, S. 404). Daraus wurde aber nichts, denn der Fortsetzungsdruck in der „Rundschau“ begann, lange bevor das Manuskript abgeschlossen war: „So sehr ich gewünscht habe, nur das fertige Ganze aus der Hand zu geben, wird es am Ende doch wieder darauf hinaus laufen, daß ich, wie bei den früheren Sachen, erst im Drange der Druckerschlacht entschlossen zu Ende kommen kann“ (S. 410). Und bei der Vorbereitung der Buchausgabe im Herbst 1886 war es wiederum die „moderne Zwangsanstalt“ des Weihnachtsgeschäfts, die keine Zeit für eine gründliche Bearbeitung ließ (GB 3.1, S. 260). Keller erweiterte seinen Text zwar noch um die beiden abschließenden Kapitel, sah diese Ergänzung aber nur als Notbehelf an. Wiederholt erklärte er den Roman für „verkümmert“ (S. 261) und „nicht fertig“ (GB 2, S. 372) und bedauerte vor allem, dass der „ursprünglich geplante Schluss, der Hauptbewegung und allerhand Spektakel bringen sollte“, durch eine „dürftige Skizze“ hatte ersetzt werden müssen (S. 370).

Es gibt einige Notizen von Kellers Hand, die erahnen lassen, wie dieser „ursprünglich geplante Schluss“ aussehen sollte.[23] Bereits 1882, als er gegenüber Heyse von seinem „Romänchen“ sprach, „worin alles im guten und schlimmen Sinne aufwärts strebt“, erwähnte der Dichter, dass die Handlung „mit einer wirklichen Bergfahrt vieler Menschen kataströphlich abschließen“ und so den damals noch vorgesehenen Titel „Excelsior“ auch im wörtlichen Verständnis rechtfertigen werde (GB 3.1, S. 85f.). Nach den erhaltenen Entwürfen zu urteilen, plante er, die Ausflügler mit einer Naturkatastrophe zu konfrontieren, die als Sinnbild für die Anarchie der modernen Welt gedacht war. „Das junge degenerirliche Volk“, die „Socialisten“ und die christlichen „Frommen“ sollten mit von der Partie sein und verschiedene weltanschauliche Verirrungen verkörpern. „Alles kommt auf dem brennenden Bergvorsprung, der von dem reißenden Gewitterregen resp. angeschwollenen Bergbächen abgeschnitten ist, zu sammen und dem Untergang nahe.“ Schließlich mündet das apokalyptische Geschehen aber in eine große Katharsis: „Rechtliche u hülfsfähige Männer finden sich doch noch in den Landesfalten genug vor und bringen Rettung. Reinigende Wendung“ (24, S. 383).

Eine andere Aufzeichnung knüpft an diese Ideen an und bringt dabei noch einmal Louis Wohlwend ins Spiel, der seinen dritten „Raubzug auf Sal[ander]“ plant. Erotische und politische Abwege verflechten sich miteinander: „Er verlockt ihn zur Bergfahrt mit einer social. Fraktion nebst Weibern (zugleich polit. Falle) und isolirt ihn mit dem Weib in einem seitwärts gelegenen Berghaus.“ Der „Verführungs versuch“ wäre jedoch am Eingreifen von Marie und Arnold gescheitert (S. 428). Eine weitere Notiz visiert statt der Gefährdung durch die entfesselten Elemente einen gewaltsamen politischen Umsturz an: „Katastrophe. Die Sozial Anarchisten schlagen eines Tages los. Widerstand des Volkes der Ordnung, welches wie aus der Erde hervorwachsend, mit spontaner Kraft, überall heranzieht, überall niederschlägt, was sich entgegenstellt“ (S. 379).

Für den ausgeführten Roman kam ein solches Finale schon deshalb nicht in Betracht, weil die Sozialisten und Anarchisten mitsamt dem Thema der Klassenkämpfe letztlich gar keinen Platz im Text gefunden hatten. Dennoch ist Kellers ungebrochenes Vertrauen auf das „Volk der Ordnung“, das im kritischen Augenblick mit seiner urwüchsigen Kraft gleich einem *deus ex machina* hervortritt, aufschlussreich. Wie Martin Salander, mit dem er hier ausnahmsweise einmal völlig übereinstimmt, verließ er sich „auf den unverlierbaren guten Ackergrund des Volkes“, der „stets wieder geradgewachsene hohe Halme hervorbringe“ (8, S. 90), und wie der grüne Heinrich der zweiten Fassung war er überzeugt, dass sich die „Hauptschar“ seiner Landsleute, allen Schwätzern und Betrügern zum Trotz, „doch [...] in gesundem Zustande“ befinde (3, S. 267f.). Keller klammerte sich an die Hoffnung, dass die bürgerlich-liberalen Werte und sittlichen Normen, die er auf das idealisierte „Volk“ projizierte, das fatale Treiben der Egoisten, Intriganten und Spekulanten über kurz oder lang wie einen Spuk verfliegen lassen würden. Ein Paralipomenon zu *Martin Salander* prangert zwar mit starken Worten die „Corruption“ und den „sittl[ichen] Verfall des Volksstaates“ an, zweifelt aber nicht an der Möglichkeit einer glücklichen „Regeneration“: „es ist ja überall in der Geschichte dieser Rythmus [!] von Sinken und Erheben“ (24, S. 354).

Der Rückgriff auf ein zeitloses zyklisches Geschichtsmodell und die fortgesetzten drängenden Appelle an staatsbürgerliche Tugenden waren indes kaum geeignet, die komplexen Konfliktlagen der Moderne zu bewältigen, und so hatte Keller, wie Rodenberg in einem Brief an den Dichter erwähnte, große Schwierigkeiten, für die angestrebte „Perspektive auf eine glücklichere Zukunft [...] die rechte Wendung und plastische Gestalt zu finden“ (GB 3.2, S. 424): Es wollte ihm nicht gelingen, seine optimistischen Erwartungen im Roman glaubhaft umzusetzen. Auch das Projekt, noch „einen weitern Band unter dem Titel ‚Arnold Salander‘“ zu schreiben (GB 4, S. 274), der den unbefriedigenden Schluss des Vorgängers wettmachen und vermutlich eine breiter ausgearbeitete positive Zukunftsvision enthalten sollte, nahm er gewiss nicht nur aus Alters- und Krankheitsgründen nicht mehr ernsthaft in Angriff.

8. Schluss

Zu seinem siebzigsten Geburtstag am 19. Juli 1889 ergoss sich eine wahre Flut von Gratulationen aus dem In- und Ausland über Keller: Der Dichter, dessen zehnbändige *Gesammelte Werke* gerade im Erscheinen begriffen waren, stand auf dem Höhepunkt seines Ruhms. Weil er den Trubel fürchtete, hatte er Zürich bereits zwei Wochen vor dem Termin verlassen und sich in ein Hotel in Seelisberg am Vierwaldstättersee zurückgezogen. Dort erschien an seinem Ehrentag der Kanzler der Republik persönlich, um ihm die Glückwünsche des eidgenössischen Bundesrates zu überbringen. Es ist bemerkenswert, welche Qualitäten seiner Schöpfungen die hohen Herren in ihrer prächtigen Urkunde besonders würdigten:

> Nicht unsere Aufgabe kann es sein, hier eine ästhetische Wertschätzung derselben auszusprechen. Wohl aber dürfen wir darauf hinweisen, daß diese Dichtungen, wie hoch auch ihre Wipfel ragen mögen in's Reich der Phantasie, tief in der heimischen Scholle wurzeln und schon dadurch für unser Volk von größtem Werthe sind. Aber auch der sittliche Kern, ja, die jugend- und volkserzieherische Absichtlichkeit, welche, unbeschadet ihrer Kunstschönheit, viele dieser Dichtungen durchdringt, macht dieselben zu Werken, aus denen sowohl das jetzige Geschlecht, als auch spätere Generationen unseres Volkes nur die besten, gesundesten Anregungen schöpfen können.[1]

Für Kellers Landsleute lag es nahe, die Popularität und den erzieherischen Wert seiner Schriften hervorzuheben, denn die Tradition einer literarischen Volksaufklärung, die sich in der Schweiz bruchlos ins 19. Jahrhundert fortgesetzt hatte und etwa auch das Wirken seines großen Antipoden Jeremias Gotthelf bestimmte, war ihnen noch ganz gegenwärtig. Wie diese Kontinuität den zeitgenössischen Blick auf Keller prägte, bezeugt ein Projekt, für das Josephine Zehnder-Stadlin ihn 1873 gewinnen wollte: „Sie mögen sich entschließen, Pestalozzis Volksbuch *Lienhard und Gertrud* aus jener Zeit in die unsere, in *unsere* Verhältnisse und Charaktere herüberzutragen, d.h. auf dem Grund und Boden unsers heutigen Lebens herauswachsen und sich entwickeln zu lassen" (GB 4, S. 149f.).

Zwar wies Keller, der Pestalozzis Roman schon Jahrzehnte zuvor als „unübertroffene[s] Muster" der philanthropisch-didaktischen Literatur gerühmt hatte (15, S. 67) und ihn für unantastbar hielt, das Ansinnen der übereifrigen Pädagogin höflich zurück, doch man tat ihm gewiss nicht Unrecht, wenn man ihn mit der erwähnten Tradition in Verbindung brachte. Obwohl er jede aufdringliche Belehrung vermied und zum Beispiel die Mitarbeit an Auerbachs „Volks-Kalender", in dem in den sechziger Jahren nach dem *Fähnlein der sieben Aufrechten* noch die kleineren Erzählungen *Verschiedene Freiheitskämpfer* und *Der Wahltag* erschienen waren, bald wieder einstellte, weil er „die erzieherisch-konventionellen Rücksichten, die geboten waren, als eine Behinderung des persönlich freien Gebarens zu fühlen begann" (GB 4, S. 317), suchte er in seinen Werken doch beharrlich jenes liberale bürgerliche Ethos zu vermitteln, dessen unterschiedliche Facetten in den vorangegangenen Kapiteln beleuchtet wurden. Er nahm damit eine hohe moralische und staatsbürgerliche Verantwortung auf sich, die ihm zugleich die maßgebliche Legitimation für sein Schreiben lieferte. Literatur war demnach weder bloße Selbstbespiegelung noch unverbindliche Zerstreuung, sondern hatte ihren festen Platz und ihre Aufgaben in der bürgerlichen Gesellschaft. Noch Kellers Spätwerk, das in *Martin Salander* gipfelt, zeugt bei allem Pessimismus und aller Schärfe der Zeitkritik von seinem aufklärerischen Anspruch. Auch der skeptische Mahner und Warner hielt am öffentlichen Auftrag der Dichtung fest.

Deshalb sind seine Texte durchweg in hohem Maße kommunikations- und publikumsorientiert und auf eine breite Wirkung ausgelegt. Ob er als wortgewaltiger Vorkämpfer der liberalen Bewegung auftrat, vorbildliche oder fragwürdige Entwicklungswege gestaltete, patriotische Festlieder dichtete oder rigorose Kritik an den Verhältnissen in der Schweiz übte, stets behielt Keller die Leserschaft, die er mit seinen Werken erreichen wollte, im Auge. Ein elitärer Gestus war ihm ebenso fremd wie die Maxime des ‚l'art pour l'art', und er verzichtete zeitlebens auf allzu kühne, experimentelle literarische Verfahren, die hohe Zugangshürden für die Rezipienten aufgebaut hätten – ein Umstand, der seine Distanz zu jener literarischen Moderne markiert, die sich im ausgehenden 19. Jahrhundert etablierte.

Kellers Poetik verpflichtete die Literatur auf die erlebbare Realität und wollte doch die schöpferische Freiheit des Künstlers gewahrt wissen. Der konkrete Erfahrungsrahmen von Dichter und Publikum, der seinerseits der historischen „Dialektik der Kulturbewegung" unterliegt (GB 1, S. 400), und die souveräne „Reichsunmittelbarkeit der Poesie" (GB 3.1, S. 57) bilden die beiden Pole, zwischen denen sich sein Werk bewegt. In diesem Spannungsfeld schuf er seine persönliche Spielart des poetischen Realismus, die auf eine anschauliche, unterhaltsame und lehrreiche künstlerische Gestaltung der Lebenswirklichkeit zielte und seinen Romanen und Novellen ihre eigentümlichen Reize verlieh, zu denen besonders die Farbigkeit der Schilderungen, die plastischen Konturen der Gestalten und die vielfältigen Schattierungen des Humors gehören.

Aber nicht nur diese Qualitäten trugen Keller die Bewunderung so prominenter Leser wie Friedrich Nietzsche, Hugo von Hofmannsthal, Thomas Mann oder Elias Canetti ein und bewogen Walter Benjamin dazu, den Züricher „unter die drei oder vier größten Prosaiker der deutschen Sprache" zu zählen.[2] Zwar vertraute er im Prinzip darauf, dass die bürgerlichen Werte ein volles Lebensglück im harmonischen Einklang von individueller Erfüllung und gesellschaftlicher Nützlichkeit möglich machten, doch seine Schriften sind trotzdem kein schlichter Tugendspiegel des Bürgertums im Gewand einer phantasievollen Poesie geworden. Der Dichter war nicht blind für die inneren Widersprüche der Ideale, die er so engagiert vertrat, beispielsweise für die Verdrängungsleistungen, die der stabile bürgerliche Sozialcharakter voraussetzte, oder für die Dialektik des modernen Fortschritts, die das liberale Persönlichkeitskonzept in einen immer schrofferen Gegensatz zu der Realität der kapitalistischen Wirtschafts- und Gesellschaftsordnung brachte. Diesen Scharfblick verdankte er nicht zuletzt seinem Werdegang als bürgerlicher Außenseiter, der ihm einen zwar unbequemen, aber auch überaus erkenntnisfördernden Standpunkt anwies.

Der souveräne Dichter-Seher, von dem die Goethe-Reflexionen im *Grünen Heinrich* sprechen, ist nichts anderes als der überhöhte, verklärte Repräsentant einer solchen distanzierten Beobachterhaltung. Doch wenn Keller die bürgerliche Wirklichkeit seiner Epoche ins Auge fasste, entfaltete sich eben nicht nur der herrliche Festzug eines reichen Lebens vor ihm, und häufig sah er mehr, als ihm selbst lieb gewesen sein dürfte. Daher rührt die Komplexität und Abgründigkeit vieler seiner Werke, die bei näherer Betrachtung gar nicht mehr so idyllisch-behaglich oder vaterländisch-stolz anmuten, wie es spätere Leser bisweilen unterstellt haben. Nur wer diese Aspekte der Texte ausblendet, kann darauf verfallen, ihren Autor für die Heimatliteratur oder für einen naiven schweizerischen Patriotismus vereinnahmen zu wollen.

Es gibt manche Elemente in Kellers Weltanschauung, die aus heutiger Sicht realitätsfremd und ideologisch verzerrt wirken, darunter gewisse Züge seines Geschlechterbildes, sein Vertrauen auf den untrüglichen gesunden Sinn des ‚Volkes' oder die Fortschrittszuversicht, die ihn auch im Alter nie ganz verließ. Andere Sujets, die ihn beschäftigten, erscheinen dagegen nach wie vor verblüffend aktuell, etwa die Kritik an hemmungsloser Profitgier, die zu Lasten der Mitmenschen und der Natur geht, die Einsicht in den Widerspruch zwischen dem Traum von einer freien Persönlichkeitsentfaltung und den unbarmherzigen Zwängen der modernen Ökonomie und neuerdings sogar die Reflexionen über die Risiken einer direkten Volksherrschaft. Gerade das unablässige Wechselspiel von historischer Differenz und unvermuteter Nähe, das jede Keller-Lektüre begleitet, stellt eine ungemein faszinierende Erfahrung dar. Im Mittelpunkt seines Schaffens steht jedoch immer die Frage nach einem wahrhaft menschenwürdigen Leben und nach den Wegen, die den Einzelnen wie die bürgerliche Gesellschaft in ihrer Gesamtheit zu einem solchen Ziel führen können. Dank seiner virtuosen Erzählkunst weist Kellers Auseinandersetzung mit diesem Generalthema eine sinnliche Fülle und eine gedankliche Vielschichtigkeit auf, die in der deutschsprachigen Dichtung ihresgleichen suchen. Sie sichern ihm dauerhaft einen Platz im literarischen Kanon und machen das Studium seiner Werke auch noch im 21. Jahrhundert zu einem einzigartigen ästhetischen und intellektuellen Vergnügen.

Anhang

Anmerkungen

1. Einleitung: Gottfried Keller und Seldwyla

1 Die in Klammern gesetzten Zitatbelege verweisen mit Bandnummer und Seitenzahl auf die unter Leitung von Walter Morgenthaler herausgegebene historisch-kritische Keller-Ausgabe: Gottfried Keller: Sämtliche Werke. 32 Bde. Basel, Frankfurt a.M., Zürich 1996–2013. Neben dieser heute maßgeblichen Edition, deren umfangreiche Apparatbände zuverlässig über die Entstehungs- und Druckgeschichte der Werke sowie über philologische Details der Textgestalt informieren, bleibt schon wegen ihrer ausführlichen Erläuterungen und Kommentare auch eine etwas ältere Studienausgabe von Bedeutung: Gottfried Keller: Sämtliche Werke in sieben Bänden. Hrsg. von Thomas Böning u.a. Frankfurt a.M. 1985–1996.

2 Wenn vom *Grünen Heinrich* die Rede ist, beziehe ich mich immer auf die erste Fassung des Romans von 1854/55, sofern nichts anderes ausdrücklich gesagt wird.

3 Hanna und Rudolf Wildbolz: Gottfried Keller. In: Bürgerlichkeit und Unbürgerlichkeit in der Literatur der Deutschen Schweiz. Hrsg. von Werner Kohlschmidt. Bern u.a. 1978, S. 31–47, hier S. 33.

4 Keller war sich über diesen Zusammenhang zweifellos im Klaren: „Saelde, Selda" notierte er in den fünfziger Jahren im Rahmen verschiedener Aufzeichnungen über mittelalterliche Überlieferungen und Namen (21, S. 18, Anm. 9).

5 Georg Lukács: Deutsche Realisten des 19. Jahrhunderts. In: ders.: Werke, Bd. 7. Neuwied u.a. 1964, S. 185–498, hier S. 394.

6 Verwiesen sei zusätzlich auf die Zeittafel im Anhang.

7 Jürgen Jacobs und Markus Krause: Der deutsche Bildungsroman. Gattungsgeschichte vom 18. bis zum 20. Jahrhundert. München 1989, S. 183.

8 Kellers Briefe werden unter der Sigle GB nach folgender Ausgabe zitiert: Gottfried Keller: Gesammelte Briefe. 4 Bde. Hrsg. von Carl Helbling. Bern 1950–1954. Diese Sammlung erfasst Kellers Korrespondenz allerdings nicht vollständig.

9 Kellers bildkünstlerischer Nachlass umfasst, abgesehen von zahlreichen Entwürfen und Versuchen in seinen frühen Studien- und Notizbüchern und allerlei beiläufigen Kritzeleien, etwa hundert Werke, überwiegend Bleistiftzeichnungen und Aquarelle sowie einige Ölbilder. Es handelt sich meist um Naturstudien und Landschaften. Wiedergegeben und erläutert werden sie bei Bruno Weber: Gottfried Keller, Landschaftsmaler. Zürich 1990.

10 Vgl. zu diesem Themenkomplex Adolf Muschg: Der leere Spiegel. Bemerkungen zu Kellers Lyrik. In: Gottfried Keller. Elf Essays zu seinem Werk. Hrsg. von Hans Wysling. München 1990. S. 133–150.

11 Adolf Frey: Erinnerungen an Gottfried Keller. Zürich u.a. 1979, S. 34.

12 Vgl. den Bericht über diese Episode bei Jakob Baechtold: Gottfried Kellers Leben. Seine Briefe und Tagebücher. Zweiter Band: 1850–1861. Stuttgart u.a. [4]1903, S. 320f.

13 Jakob Baechtold: Gottfried Kellers Leben. Seine Briefe und Tagebücher. Dritter Band: 1861–1890. Berlin [2]1897, S. 1f.

14 Einen detaillierten Überblick über Kellers Stellung auf dem literarischen Markt gibt Michael Kaiser: Literatursoziologische Studien zu Gott-

fried Kellers Dichtung. Bonn ²1968, S. 73–121.

15 Walter Muschg: Umriß eines Gottfried-Keller-Porträts. In: ders.: Gestalten und Figuren. München u.a. 1968, S. 148–208, hier S. 204.

16 Vgl. Ulrich Kittstein: Gottfried Keller. Stuttgart 2008.

17 Albert Tanner: Arbeitsame Patrioten – wohlanständige Damen. Bürgertum und Bürgerlichkeit in der Schweiz 1830–1914. Zürich 1995, S. 687.

18 Ebd., S. IX.

19 Vgl. U. Henry Gerlach (Hrsg.): Gottfried Keller Bibliographie. Tübingen 2003, und Ursula Amrein (Hrsg.): Gottfried-Keller-Handbuch. Leben – Werk – Wirkung. Stuttgart 2016. Im Handbuch werden die Beiträge der Forschung allerdings nur sehr selektiv berücksichtigt.

2. Vom Dasein im Diesseits: Keller und Ludwig Feuerbach

1 Ludwig Feuerbach: Vorlesungen über das Wesen der Religion. Nebst Zusätzen und Anmerkungen (Gesammelte Werke, Bd. 6). Berlin 1967, S. 8 und 9.

2 Ludwig Feuerbach: Das Wesen des Christentums (Gesammelte Werke, Bd. 5). Berlin 1973, S. 48f.

3 Feuerbach: Vorlesungen über das Wesen der Religion, S. 24.

4 Ludwig Feuerbach: Grundsätze der Philosophie der Zukunft. In: ders.: Gesammelte Werke. Bd. 9: Kleinere Schriften II (1839–1846). Berlin 1970, S. 264–341, hier S. 333.

5 Feuerbach: Vorlesungen über das Wesen der Religion, S. 100.

6 Ebd., S. 308.

7 Ebd., S. 212.

8 Feuerbach: Das Wesen des Christentums, S. 444.

9 Ebd., S. 443f.

10 Feuerbach: Vorlesungen über das Wesen der Religion, S. 196f.

11 Ebd., S. 279.

12 Ebd., S. 288.

13 Ebd., S. 318.

14 Ebd., S. 319f.

15 Ebd., S. 320.

16 Karl Marx: Thesen über Feuerbach. In: Karl Marx und Friedrich Engels: Werke. Bd. 3. Berlin 1969, S. 5–7.

17 Die ausführlichste Studie über Feuerbachs Bedeutung für Keller ist mittlerweile schon über hundert Jahre alt, aber wegen ihrer umfassenden Sachkenntnis und ihrer sorgfältig abwägenden Darstellung nach wie vor lesenswert: Hans Dünnebier: Gottfried Keller und Ludwig Feuerbach. Zürich 1913.

18 Feuerbach: Vorlesungen über das Wesen der Religion, S. 115.

19 Feuerbach: Das Wesen des Christentums, S. 443.

20 Verwiesen sei hier generell auf Kurt Wenger: Gottfried Kellers Auseinandersetzung mit dem Christentum. Bern 1971, der detailliert nachzeichnet, wie Keller in seinem Werk einzelne christliche Dogmen kritisch beleuchtet und im weltlich-diesseitigen Sinne umdeutet.

21 Ludwig Theoboul Kosegarten: Legenden. 2 Bde. Berlin 1804. Bd. 1, S. XIV.

22 Ludwig Feuerbach: Über den Marienkultus. In: ders.: Gesammelte Werke. Bd. 9, S. 156–176, hier S. 164 und 167.

23 Wenger: Gottfried Kellers Auseinandersetzung mit dem Christentum, S. 154.

24 Kosegarten: Legenden. Bd. 1, S. 117 (vgl. 23.2, S. 447).

25 Kosegarten: Legenden. Bd. 1, S. 192 (vgl. 23.2, S. 440).

26 Christine Renz: Gottfried Kellers *Sieben Legenden*. Versuch einer Darstellung seines Erzählens. Tübingen 1993, S. 208.

27 Bernd Neumann: Gottfried Keller. Eine Einführung in sein Werk. Königstein/Ts. 1982, S. 194.

18 Arthur Henkel: Gottfried Kellers *Tanzlegendchen*. In: Germanisch-Romanische Monatsschrift N.F. 6 (1956), S. 1–15, hier S. 10.

29 Monika Ritzer: Physiologische Anthropologien. Zur Relation von Philosophie und Naturwissenschaft um 1850. In: Materialismus und Spiritualismus. Philosophie und Wissenschaften nach 1848. Hrsg. von Andreas Arndt und Walter Jaeschke. Hamburg 2000, S. 113–140, hier S. 125. Ritzer erörtert ausführlich die Beziehungen und Differenzen, die auf dem Gebiet der Anthropologie zwischen Feuerbach, Henle und Moleschott bestanden.

30 Feuerbach: Das Wesen des Christentums, S. 34.

31 Johann Wolfgang Goethe: Zur Farbenlehre (Sämtliche Werke nach Epochen seines Schaffens. Münchner Ausgabe, Bd. 10). Hrsg. von Peter Schmidt. München u.a. 1989, S. 20.

32 Jörg E. Zierleyn: Gottfried Keller und das klassische Erbe. Untersuchungen zur Goetherezeption eines Poetischen Realisten. Frankfurt a.M. u.a. 1989, S. 128.

33 Johann Wolfgang Goethe: Faust. Eine Tragödie. In: ders.: Sämtliche Werke nach Epochen seines Schaffens, Bd. 6.1: Weimarer Klassik. 1798–

1806/I. Hrsg. von Victor Lange. München u.a. 1986, S. 535–673, hier S. 568 (V. 1233).
34 Ebd., S. 546 (V. 398ff.).
35 Goethe: Zur Farbenlehre, S. 321.
36 Johann Wolfgang Goethe: Maximen und Reflexionen. In: ders.: Sämtliche Werke nach Epochen seines Schaffens, Bd. 17: Wilhelm Meisters Wanderjahre. Maximen und Reflexionen. Hrsg. von Gonthier-Louis Fink, Gerhart Baumann und Johannes John. München u.a. 1991, S. 715–953, hier S. 797.
37 Johann Wolfgang Goethe: Zahme Xenien VI. In: ders.: Sämtliche Werke nach Epochen seines Schaffens, Bd. 13.1: Die Jahre 1820–1826/I. Hrsg. von Gisela Henckmann und Irmela Schneider. München u.a. 1992, S. 221–228, hier S. 223.

3. Das „Wesen der Dinge“ und die „Unverantwortlichkeit der Einbildungskraft“

1 Adolf Frey: Erinnerungen an Gottfried Keller [1892]. Zürich u.a. 1979, S. 17.
2 Das gesamte Material zu Kellers Auseinandersetzung mit einzelnen Autoren, Gattungen, literarischen Tendenzen und Stilfragen hat Rätus Luck in einer umfangreichen Studie zusammengetragen und analysiert: Gottfried Keller als Literaturkritiker. Bern u.a. 1970.
3 Friedrich Hildt: Gottfried Keller. Literarische Verheißung und Kritik der bürgerlichen Gesellschaft im Romanwerk. Bonn 1978, S. 116.
4 Eine ausführliche Analyse dieser Schlüsselstelle liefert Hartmut Laufhütte: Wirklichkeit und Kunst in Gottfried Kellers Roman *Der grüne Heinrich*. Bonn 1969, S. 11–31.
5 Johann Wolfgang Goethe: Einfache Nachahmung der Natur, Manier, Styl. In: ders.: Sämtliche Werke nach Epochen seines Schaffens. Münchner Ausgabe. Bd. 3.2: Italien und Weimar. 1786–1790/II. Hrsg. von Hans J. Becker u.a. München u.a. 1990, S. 186–191, hier S. 191 und 188.
6 Wolfgang Preisendanz: Keller: *Der grüne Heinrich*. In: Der deutsche Roman. Vom Barock bis zur Gegenwart. Struktur und Geschichte. Hrsg. von Benno von Wiese. Bd. 2. Düsseldorf 1965, S. 76–127, hier S. 110.
7 Theodor Fontane: Unsere lyrische und epische Poesie seit 1848. In: ders.: Literarische Essays und Studien. Erster Teil. München 1963, S. 7–33, hier S. 12.
8 Otto Ludwig: Shakespeare-Studien. Halle ^{2}1901, S. 196, 197 und 306.
9 Julian Schmidt: [Wahrer und falscher Realismus]. In: Theorie des bürgerlichen Realismus. Hrsg. von Gerhard Plumpe. Stuttgart 1997, S. 119–121, hier S. 121.
10 Berthold Auerbach: Gottfried Keller von Zürich. In: Beilage zur Nr. 108 der „Allgemeinen Zeitung“ (Augsburg) vom 17. April 1856, S. 1721–1723, hier S. 1722.
11 Friedrich Theodor Vischer: Gottfried Keller. Eine Studie [1874]. In: ders.: Altes und Neues. Zweites Heft. Stuttgart 1881, S. 135–216, hier S. 156 und 173.
12 Preisendanz: Keller: *Der grüne Heinrich*, S. 116.
13 Hartmut Laufhütte: Geschichte und poetische Erfindung. Das Strukturprinzip der Analogie in Gottfried Kellers Novelle *Ursula*. Bonn 1973, S. 40.
14 Vgl. dazu Jörg E. Zierleyn: Gottfried Keller und das klassische Erbe. Untersuchungen zur Goetherezeption eines Poetischen Realisten. Frankfurt a.M. u.a. 1989, S. 231–259.
15 Johann Wolfgang Goethe: Sämtliche Werke nach Epochen seines Schaffens. Münchner Ausgabe. Bd. 19: Johann Peter Eckermann: Gespräche mit Goethe in den letzten Jahren seines Lebens. Hrsg. von Heinz Schlaffer. München u.a. 1986, S. 151.
16 Vgl. Frey: Erinnerungen an Gottfried Keller, S. 29.
17 Vgl. dazu Kaspar T. Locher: Gottfried Kellers *Der Apotheker von Chamounix*. Versuch einer Rettung. In: Jahrbuch der Deutschen Schillergesellschaft 16 (1972), S. 483–515.
18 Heinrich Heine: Französische Maler. Gemäldeausstellung in Paris 1831. In: ders.: Historisch-kritische Gesamtausgabe der Werke. Hrsg. von Manfred Windfuhr. Bd. 12: Französische Maler. Französische Zustände. Über die französische Bühne. Teil 1: Text. Hamburg 1980, S. 9–62, hier S. 47.
19 Karl Immermann: Die Epigonen. Familienmemoiren in neun Büchern. 1823–1835 (Werke in fünf Bänden, Bd. 2). Frankfurt a. M. 1971, S. 121.
20 Ausgehend von diesen Versen, gibt Thomas Böning einen knappen Überblick über Kellers Umgang mit der Epigonenproblematik: Gottfried Keller: Unser ist das Loos der Epigonen. In: Literarische Klassik. Hrsg. von Hans-Joachim Simm. Frankfurt a.M. 1988, S. 461–474.
21 Briefe von und an Hegel. Hrsg. von Johannes Hoffmeister. Bd. 1: 1785–1812. Hamburg 1952, S. 120.
22 Vgl. zum kultur- und mentalitätsgeschichtlichen Hintergrund der Festivität Wolfgang Rohe: Roman aus Diskursen. Gottfried Keller:

Der grüne Heinrich (Erste Fassung; 1854/55). München 1993, S. 111–135.

23 Vgl. zu diesem Kontext Katharina Grätz: Musealer Historismus. Die Gegenwart des Vergangenen bei Stifter, Keller und Raabe. Heidelberg 2006, S. 373–400.

24 Klaus Jeziorkowski: Literarität und Historismus. Beobachtungen zu ihrer Erscheinungsform im 19. Jahrhundert am Beispiel Gottfried Kellers. Heidelberg 1979, S. 191.

25 Die einschlägige Notiz aus der Züricher Freitags-Zeitung vom 3. September 1847 ist in 21, S. 413, abgedruckt. Der Doppelselbstmord hatte sich in der Nähe von Leipzig zugetragen.

26 Vgl. dazu Hans-Jürgen Schrader: Autorfedern unter Preß-Autorität. Mitformende Marktfaktoren der realistischen Erzählkunst – an Beispielen Storms, Raabes und Kellers. In: Jahrbuch der Raabe-Gesellschaft 2001, S. 1–40.

27 Mit dem historischen Kontext dieser Romanepisode und den Phänomenen der Arbeitsteilung, Mechanisierung und Kommerzialisierung in der Kunstproduktion befasst sich ausführlich Rohe: Roman aus Diskursen, S. 36–47.

28 Vgl. Walter Benjamin: Das Kunstwerk im Zeitalter seiner technischen Reproduzierbarkeit. In: ders.: Gesammelte Schriften. Hrsg. von Rolf Tiedemann und Hermann Schweppenhäuser. Bd. 1.2: Abhandlungen. Frankfurt [2]1978, S. 471–508, hier S. 476.

29 Fritz Martini: Gottfried Keller: *Hadlaub* oder Falschklang der Kunst und Wahrhaftigkeit der Liebe. In: Zu Gottfried Keller. Hrsg. von Hartmut Steinecke. Stuttgart 1984. S. 122–138, hier S. 137.

30 Laufhütte: Wirklichkeit und Kunst, S. 348.

31 Zum Leitmotiv der Wolke im *Grünen Heinrich* vgl. Winfried Menninghaus: Artistische Schrift. Studien zur Kompositionskunst Gottfried Kellers. Frankfurt a.M. 1982, S. 14–60.

32 Preisendanz: Keller: *Der grüne Heinrich*, S. 83.

33 Sabine Schneider: „Poesie der Unreife". Autobiographisches Schreiben im Roman. In: *Der grüne Heinrich*. Gottfried Kellers Lebensbuch – neu gelesen. Hrsg. von Wolfram Groddeck. Zürich 2009, S. 55–77, hier S. 70.

34 Vgl. dazu allgemein Luck: Gottfried Keller als Literaturkritiker, S. 88–102, und Jeziorkowski: Literarität und Historismus, S. 164–184.

35 Kaspar T. Locher: Gottfried Keller. Welterfahrung, Wertstruktur und Stil. Bern 1985, S. 157. Detailliert rekonstruiert Locher in seiner Untersuchung den für Kellers ethische Maßstäbe zentralen Widerspruch von ‚Echtheit' und ‚Befangenheit' (vgl. S. 51–125).

36 Bernd Neumann: Gottfried Keller. Eine Einführung in sein Werk. Königstein/Ts. 1982, S. 189.

37 Hugo Loetscher: Mit Gottfried Keller im ungemütlichen Seldwyla [1990]. In: ders.: Lesen statt klettern. Aufsätze zur literarischen Schweiz. Zürich 2003, S. 113–136, hier S. 129.

38 Hanna und Rudolf Wildbolz: Gottfried Keller. In: Bürgerlichkeit und Unbürgerlichkeit in der Literatur der Deutschen Schweiz. Hrsg. von Werner Kohlschmidt. Bern u.a. 1978, S. 31–47, hier S. 40.

4. Entwicklungswege und Erziehungsfragen

1 Albert Tanner: Arbeitsame Patrioten – wohlanständige Damen. Bürgertum und Bürgerlichkeit in der Schweiz 1830–1914. Zürich 1995, S. 238f.

2 Vgl. dazu die Erläuterungen in 31, S. 177f.

3 Gert Sautermeister: Gottfried Keller: *Der grüne Heinrich* (1854/55; 2. Fassung 1879/80). Gesellschaftsroman, Seelendrama, Romankunst. In: Romane und Erzählungen des Bürgerlichen Realismus. Neue Interpretationen. Hrsg. von Horst Denkler. Stuttgart 1980, S. 80–123, hier S. 101.

4 Georg Wilhelm Friedrich Hegel: Vorlesungen über die Ästhetik. Bd. 2 (Werke, Bd. 14). Hrsg. von Eva Moldenhauer und Karl Markus Michel. Frankfurt a.M. 1970, S. 219f.

5 Vgl. dazu beispielsweise Hettners Brief an Keller nach dem Erscheinen des vierten und letzten Bandes (GB 1, S. 413).

6 So Jörg Schönert: Die ‚bürgerlichen Tugenden' auf dem Prüfstand der Literatur. Zu Gottfried Kellers *Der grüne Heinrich, Die Leute von Seldwyla* und *Martin Salander*. In: Bildung und Konfession. Politik, Religion und literarische Identitätsbildung 1850–1918. Hrsg. von Martin Huber und Gerhard Lauer. Tübingen 1996, S. 39–51, hier S. 49.

7 Vgl. dazu Rainer Würgau: Der Scheidungsprozeß von Gottfried Kellers Mutter. Thesen gegen Adolf Muschg und Gerhard Kaiser. Tübingen 1994. Hier sind auch die einschlägigen Dokumente abgedruckt (S. 41–63).

8 Jakob Baechtold: Gottfried Kellers Leben. Seine Briefe und Tagebücher. Dritter Band: 1861–1890. Berlin [2]1897, S. 309 und 310.

9 Sigmund Freud: Eine Kindheitserinnerung aus *Dichtung und Wahrheit* [1917]. In: ders.: Studienausgabe. Hrsg. von Alexander Mitscherlich, Angela Richards und James Strachey. Band X: Bildende Kunst und Literatur. Frankfurt a.M. 2000, S. 255–266, hier S. 266.

10 Hans Richter: Gottfried Kellers frühe Novellen. Berlin (Ost) 1960, S. 173.
11 Ludwig Feuerbach: Die Naturwissenschaft und die Revolution. In: ders.: Gesammelte Werke. Bd. 10: Kleinere Schriften III (1846–1850). Berlin 1971, S. 347–368, hier S. 367. Mit dieser Wendung fasst der Autor die Thesen Jakob Moleschotts, dessen Buch *Lehre der Nahrungsmittel* er in seinem Beitrag rezensiert, zustimmend zusammen (Keller kannte die Besprechung; vgl. GB 1, S. 349). Feuerbach begrüßte die Einsichten der zeitgenössischen Physiologie als willkommene Unterstützung seiner anti-metaphysischen und anti-spekulativen Immanenzphilosophie, ohne sich freilich auch ihre äußersten deterministischen Folgerungen so uneingeschränkt zu eigen zu machen, wie es das berühmte Zitat, isoliert betrachtet, vermuten lassen könnte.
12 Gerhard Kaiser: Gottfried Keller. Das gedichtete Leben. Frankfurt a.M. 1981, S. 324.
13 Die folgenden Abschnitte zum *Grünen Heinrich* knüpfen an meinen Aufsatz über das Thema „Ökonomie und Individuum in Gottfried Kellers Romanen" an (Jahrbuch des Freien Deutschen Hochstifts 2011, S. 238–269).
14 Gustav Freytag: Soll und Haben. Roman in sechs Büchern. Mit einem Nachwort von Helmut Winter. Waltrop u.a. [2]2004, S. 4.
15 Friedrich Spielhagen: Hammer und Amboß. Berlin 2007, S. 613.
16 Wolfgang Rohe: Roman aus Diskursen. Gottfried Keller: *Der grüne Heinrich* (Erste Fassung; 1854/55). München 1993, S. 192.
17 Kaiser: Gottfried Keller. Das gedichtete Leben, S. 219.
18 Bernd Neumann: „Ganzer Mensch" und „innerweltliche Askese": Zum Verhältnis von Citoyen-Utopie und bourgeoiser Wirklichkeit in Gottfried Kellers Seldwyla-Novellen. In: Monatshefte für deutschen Unterricht, deutsche Sprache und Literatur 71 (1979), S. 145–160, hier S. 150.
19 Vgl. Sigmund Freud: Das Unbehagen in der Kultur [1930]. In: ders.: Studienausgabe. Band IX: Fragen der Gesellschaft. Ursprünge der Religion. Frankfurt a.M. 2000, S. 191–270.
20 Katharina Grätz: Musealer Historismus. Die Gegenwart des Vergangenen bei Stifter, Keller und Raabe. Heidelberg 2006, S. 300.
21 Karl Pestalozzi: *Der grüne Heinrich* (1854/55). Komponierte Vielfalt. In: Interpretationen: Gottfried Keller: Romane und Erzählungen. Hrsg. von Walter Morgenthaler. Stuttgart 2007, S. 15–35, hier S. 22.
22 Die folgenden Ausführungen zu dem Gedicht orientieren sich an dem entsprechenden Abschnitt in meinem Buch ***Deutsche Naturlyrik. Ihre Geschichte in Einzelanalysen.*** Darmstadt [2]2012, S. 166–171.
23 Zitiert nach Jakob Baechtold: Gottfried Kellers Leben. Seine Briefe und Tagebücher. Zweiter Band: 1850–1861. Stuttgart u.a. [4]1903, S. 31.
24 Horst Thomé: Autonomes Ich und ‚Inneres Ausland'. Studien über Realismus, Tiefenpsychologie und Psychiatrie in deutschen Erzähltexten (1848–1914). Tübingen 1993, S. 292f.
25 Handwörterbuch des deutschen Aberglaubens. Hrsg. von Hanns Bächtold-Stäubli. Bd. 3. Berlin u.a. 1930/31, Sp. 1157.
26 Herbert Uerlings: „Diesen sind wir entflohen, aber wie entfliehen wir uns selbst?" ‚Zigeuner', Heimat und Heimatlosigkeit in Kellers *Romeo und Julia auf dem Dorfe*. In: Poetische Ordnungen. Zur Erzählprosa des deutschen Realismus. Hrsg. von Ulrich Kittstein und Stefani Kugler. Würzburg 2007, S. 157–185, hier S. 171.

5. „Was bist Du für ein Weib?" – „Was bist Du für ein Mann?" Liebeswirren und Geschlechterrollen

1 Vgl. dazu die immer noch lesenswerte Arbeit von Eduard Hitschmann: Gottfried Keller. Psychoanalyse des Dichters, seiner Gestalten und Motive. Leipzig u.a. 1919. Auch Gerhard Kaiser rückt in seiner Monographie *Gottfried Keller. Das gedichtete Leben* (Frankfurt a.M. 1981) die Beziehung zur Mutter in den Mittelpunkt, wobei er allerdings häufig die notwendigen Differenzierungen zwischen der Psychobiographie des Autors und seinem literarischen Werk vernachlässigt.
2 Bruno Weber: Gottfried Keller, Landschaftsmaler. Zürich 1990, S. 98. Vgl. dazu die Detailabbildungen und Erläuterungen in 30, S. 492–523, und die im selben Band enthaltenen farbigen Reproduktionen der Bögen in Originalgröße.
3 Vgl. David Heß: Salomon Landolt. Ein Charakterbild nach dem Leben ausgemalt. Zürich 1820. Heß ist jener „geistreiche Dilettant", dessen „treffliche[s] Büchlein" in den *Züricher Novellen* als Quelle für die Geschichte des Landvogts genannt wird (6, S. 144).
4 Gerhard Kaiser: Gottfried Keller. Das gedichtete Leben, S. 460f.
5 Vgl. Ludwig Theoboul Kosegarten: Legenden.

2 Bde. Berlin 1804. Bd. 1, S. 37f. (bzw. 23.2, S. 445).

6 Gerhard Kaiser: Die heilige Musa und die Musen. Himmel, Erde und der Ort der Dichtung bei Gottfried Keller. In: ders.: Bilder lesen. Studien zu Literatur und bildender Kunst. München 1981, S. 76–128, hier S. 85.

7 Gotthold Ephraim Lessing: Emilia Galotti. Ein Trauerspiel in fünf Aufzügen. In: ders.: Werke. Zweiter Band: Trauerspiele. Nathan. Dramatische Fragmente. Hrsg. von Herbert G. Göpfert. Darmstadt 1996, S. 127–204, hier S. 181.

8 Gottfried Keller im Spiegel seiner Zeit. Urteile und Berichte von Zeitgenossen über den Menschen und Dichter. Hrsg. von Alfred Zäch. Zürich 1952, S. 188. Überliefert wird diese Bemerkung Kellers von Bernhard Seuffert.

9 Christine Renz: Gottfried Kellers *Sieben Legenden*. Versuch einer Darstellung seines Erzählens. Tübingen 1993, S. 168.

10 Diese Formulierungen finden sich noch in Briefen der Jahre 1872/73 (vgl. GB 3.2, S. 151 und 243). Für den schlichten Titel *Dietegen* entschied sich Keller erst unmittelbar vor dem Druck der Erzählung.

11 So Winfried Menninghaus: Artistische Schrift. Studien zur Kompositionskunst Gottfried Kellers. Frankfurt a.M. 1982, S. 143.

12 Vgl. P. Ovidius Naso: Metamorphosen. Lateinisch / Deutsch. Übersetzt und hrsg. von Michael Albrecht. Stuttgart 1997, S. 526–531 (Zehntes Buch, V. 243–297).

13 Ursula Amrein: Augenkur und Brautschau. Zur diskursiven Logik der Geschlechterdifferenz in Gottfried Kellers *Sinngedicht*. Bern u.a. 1994, S. 22.

14 Wolfgang Preisendanz: Gottfried Kellers *Sinngedicht*. In: Zeitschrift für deutsche Philologie 82 (1963), S. 129–151, hier S. 151.

15 Klaus Jeziorkowski: Literarität und Historismus. Beobachtungen zu ihrer Erscheinungsform im 19. Jahrhundert am Beispiel Gottfried Kellers. Heidelberg 1979, S. 61.

16 Zur Interpretation von *Don Correa* im Horizont des kolonialen Denkens vgl. die ausführliche Analyse von Amrein: Augenkur und Brautschau, S. 94–166.

17 Amrein: Augenkur und Brautschau, S. 150.

18 Ebd., S. 118.

19 Gerhard Kaiser: Experimentieren oder erzählen? Zwei Kulturen in Gottfried Kellers *Sinngedicht*. In: Jahrbuch der Deutschen Schillergesellschaft 45 (2001), S. 278–301, hier S. 289.

6. Der Staat und seine Bürger

1 Das umfangreiche und vielseitige lyrische Werk, das Keller geschaffen hat, kann in diesem Buch nur in Ausschnitten ins Auge gefasst werden. Verwiesen sei daher generell auf die Monographie von Gert Sautermeister: Die Lyrik Gottfried Kellers. Exemplarische Interpretationen. Berlin u.a. 2010.

2 Den besten Überblick über Kellers politische Ansichten im Laufe seines Lebens liefert nach wie vor das materialreiche Buch von Hans Max Kriesi: Gottfried Keller als Politiker. Frauenfeld u.a. 1918.

3 Vgl. Jakob Baechtold: Gottfried Kellers Leben. Seine Briefe und Tagebücher. Erster Band: 1819–1850. Berlin ^{4}1895, S. 90.

4 Vgl. dazu ebd., S. 248f.

5 Vgl. dazu 27, S. 204–206 (mit einer Wiedergabe des Flugblatts samt Illustration).

6 Kaspar T. Locher: Gottfried Keller. Der Weg zur Reife. Bern u.a. 1969, S. 75.

7 Vgl. dazu die detaillierten Untersuchungen von Locher: Gottfried Keller. Der Weg zur Reife, S. 47–79, und Luzius Gessler: Lebendig begraben. Studien zur Lyrik des jungen Gottfried Keller. Bern 1964, S. 20–34.

8 Carl Winter: Gottfried Keller. Zeit - Geschichte - Dichtung. Bonn 1971, S. 122.

9 Georg Herwegh: Gedichte eines Lebendigen. In: ders.: Werke und Briefe. Kritische und kommentierte Gesamtausgabe. Hrsg. von Ingrid Pepperle. Bd. 1: Gedichte 1835–1848. Bielefeld 2006, S. 5–162, hier S. 59.

10 Locher: Gottfried Keller. Der Weg zur Reife, S. 154.

11 Vgl. dazu Monika Ritzer: „Es liegt mein Stil in meinem persönlichen Wesen". Individualitätsbegriff und Kommunikationstheorie im Briefwechsel des Realismus am Beispiel Gottfried Kellers. In: Briefkultur im 19. Jahrhundert. Hrsg. von Rainer Baasner. Tübingen 1999, S. 183–206.

12 Vgl. dazu Rätus Luck: Gottfried Keller als Literaturkritiker. Bern u.a. 1970, S. 497–512.

13 Friedrich Hildt: Gottfried Keller. Literarische Verheißung und Kritik der bürgerlichen Gesellschaft im Romanwerk. Bonn 1978, S. 11.

14 Friedrich Schiller: Über die ästhetische Erziehung des Menschen in einer Reihe von Briefen. In: ders.: Werke und Briefe in zwölf Bänden. Bd. 8: Theoretische Schriften. Hrsg. von Rolf-Peter Janz. Frankfurt a.M. 1992, S. 556–676, hier S. 560.

15 Hildt: Gottfried Keller, S. 140.
16 Vgl. dazu ausführlich Luck: Gottfried Keller als Literaturkritiker, S. 115–180.
17 Richard Wagner: Ein Theater in Zürich. In: ders.: Dichtungen und Schriften. Jubiläumsausgabe in zehn Bänden. Hrsg. von Dieter Borchmeyer. Bd. 6: Reformschriften 1849–1852. Frankfurt a.M. 1983, S. 342–377, hier S. 371.
18 Ebd., S. 373f.
19 Richard Wagner: Das Kunstwerk der Zukunft. In: ders.: Dichtungen und Schriften. Bd. 6, S. 9–157, hier S. 28f.
20 Ebd., S. 17.
21 Auch der im gleichen Jahr publizierte Artikel *Die Schützenfeste* erörtert die Frage, wie man die eidgenössischen Festveranstaltungen mit der „bildende[n] Kunst", vor allem aber mit der „*Kunst des Wortes* [...] in rhetorischer wie in poetischer Form" verknüpfen könne (15, S. 230).
22 Kaspar T. Locher: Gottfried Keller. Welterfahrung, Wertstruktur und Stil. Bern 1985, S. 153.
23 Vgl. dazu Klaus Jeziorkowski: Literarität und Historismus. Beobachtungen zu ihrer Erscheinungsform im 19. Jahrhundert am Beispiel Gottfried Kellers. Heidelberg 1979, S. 133–148.
24 In 22, S. 57–72, werden die Werke, die er heranzog, aufgelistet und erläutert.
25 Conrad Ferdinand Meyer: Erinnerungen an Gottfried Keller. In: ders.: Sämtliche Werke. Historisch-kritische Ausgabe. Bd. 15: Clara. Entwürfe. Kleine Schriften. Hrsg. von Rätus Luck. Bern 1985, S. 179–185, hier S. 181f.
26 Gerhard Kaiser: Gottfried Keller. Das gedichtete Leben. Frankfurt a.M. 1981, S. 428.
27 Diana Schilling: Kellers Prosa. Frankfurt a.M. u.a. 1998, S. 143f.
28 Zitiert nach dem Wortlaut der Bürgerrechtsurkunde in 22, S. 555 (vgl. auch die Reproduktion des Dokuments auf S. 42).
29 Locher: Gottfried Keller. Welterfahrung, Wertstruktur und Stil, S. 45.
30 Hartmut Laufhütte: Geschichte und poetische Erfindung. Das Strukturprinzip der Analogie in Gottfried Kellers Novelle *Ursula*. Bonn 1973, S. 49. Laufhütte zeigt detailliert die kunstvolle Komposition der Erzählung auf und erörtert insbesondere die enge Verbindung des politisch-historischen Geschehens mit den individuellen Erlebnissen der Protagonisten.

7. Die Skepsis des Alters

1 Hans Max Kriesi: Gottfried Keller als Politiker. Frauenfeld u.a. 1918, S. 164.
2 Über Eschers Leben und seine Leistungen informiert die Biographie von Joseph Jung: Alfred Escher. 1819–1882. Aufstieg, Macht, Tragik. Zürich [5]2014.
3 Vgl. dazu im Einzelnen Martin Schaffner: Die demokratische Bewegung der 1860er Jahre. Beschreibung und Erklärung der Zürcher Volksbewegung von 1867. Basel u.a. 1982.
4 Vgl. dazu die entsprechende Passage aus Eschers Rede vor dem Großen Rat (15, S. 562) sowie Kellers früheres Urteil darüber (S. 164).
5 Vgl. zu den Tendenzen der Überarbeitung Dominik Müller: Wiederlesen und weiterschreiben. Gottfried Kellers Neugestaltung des *Grünen Heinrich*. Mit einer Synopse der beiden Fassungen. Bern u.a. 1988.
6 Vgl. dazu die entsprechende Passage in der ersten Fassung: 12, S. 344f.
7 So Hans-Peter Ecker: Gottfried Kellers Novelle *Das verlorne Lachen*. Kritik eines Rezeptionsmusters. In: Studi germanici 24/26 (1986/88), S. 141–166, hier S. 148.
8 Louis Wiesmann: Gottfried Keller. Das Werk als Spiegel der Persönlichkeit. Frauenfeld u.a. 1967, S. 157.
9 Kriesi: Gottfried Keller als Politiker, S. 194–199, weist detailliert die einschlägigen Anspielungen im Text nach.
10 Vgl. dazu die Zeittafel im Apparat der historisch-kritischen Ausgabe (24, S. 43).
11 Thomas Binder: *Martin Salander*. Zwischen Experimentierfreude und Pflichtgefühl. In: Interpretationen: Gottfried Keller: Romane und Erzählungen. Hrsg. von Walter Morgenthaler. Stuttgart 2007, S. 154–171, hier S. 160.
12 Hartmut Laufhütte: Ein Seldwyler in Münsterburg. Gottfried Kellers *Martin Salander* und die Deutungstradition. In: Gottfried Keller. Elf Essays zu seinem Werk. Hrsg. von Hans Wysling. München 1990, S. 23–43, hier S. 28.
13 Über diese wohlfeile patriotische Rhetorik hatte Keller bereits 1859 in einer kleinen Satire gespottet: Das „Wort Republik" müsse man jetzt „alle Tage wenigstens zwölf Mal hören", und es gebe Eidgenossen, „welche davon so geläufig sprechen, wie die alten Jungfern von ihrer Keuschheit" (14, S. 245). Der Text belegt einmal mehr, dass sich schon frühzeitig skeptische Bedenken in seine Begeisterung für den neuen Bundesstaat mischten.

14 Friedrich Hildt: Gottfried Keller. Literarische Verheißung und Kritik der bürgerlichen Gesellschaft im Romanwerk. Bonn 1978, S. 201.

15 Vgl. dazu Michael Böhler: „Fettaugen über einer Wassersuppe“ – frühe Moderne-Kritik beim späten Gottfried Keller. Die Diagnose einer Verselbständigung der Zeichen und der Ausdifferenzierung autonomer Kreisläufe. In: Nachmärz. Der Ursprung der ästhetischen Moderne in einer nachrevolutionären Konstellation. Hrsg. von Thomas Koebner und Sigrid Weigel. Opladen 1996, S. 292–305, hier S. 294–297.

16 Christian Begemann: Ein weiter Mantel, doktrinäre Physiognomisten und eine grundlose Schönheit. Körpersemiotik und Realismus bei Gottfried Keller. In: Methodisch reflektiertes Interpretieren. Festschrift für Hartmut Laufhütte zum 60. Geburtstag. Hrsg. von Hans-Peter Ecker. Passau 1997, S. 333–354, hier S. 345.

17 Böhler: „Fettaugen über einer Wassersuppe“, S. 302.

18 Begemann: Ein weiter Mantel, doktrinäre Physiognomisten und eine grundlose Schönheit, S. 353.

19 Verstreute Bemerkungen zur Verwüstung der Natur durch den Menschen, insbesondere zu rücksichtslosen Abholzungen, finden sich auch andernorts in Kellers Schriften; vgl. etwa 15, S. 326.

20 Bernd Neumann: Gottfried Keller. Eine Einführung in sein Werk. Königstein/Ts. 1982, S. 295.

21 Rudolf von Passavant: Zeitdarstellung und Zeitkritik in Gottfried Kellers *Martin Salander*. Bern 1978, S. 139.

22 Adolf Frey: Erinnerungen an Gottfried Keller. Zürich u.a. 1979, S. 39.

23 Vgl. dazu auch Jakob Baechtolds Bericht über ein Gespräch mit Keller zu diesem Thema: Gottfried Kellers Leben. Seine Briefe und Tagebücher. Dritter Band: 1861–1890. Berlin ^{2}1897, S. 309f.

8. Schluss

1 Zitiert nach dem Faksimile der Glückwunschurkunde in Hans Wysling (Hrsg.): Gottfried Keller. 1819–1890. Zürich u.a. ^{2}1990, S. 451.

2 Walter Benjamin: Gottfried Keller. Zu Ehren einer kritischen Gesamtausgabe seiner Werke. In: ders.: Gesammelte Schriften. Hrsg. von Rolf Tiedemann und Hermann Schweppenhäuser. Bd. 2.1. Frankfurt a.M. 1977, S. 283–295, hier S. 284.

Zeittafel

1819	Am 19. Juli wird Gottfried Keller in Zürich geboren.
1822	Die Schwester Regula kommt zur Welt.
1824	Früher Tod des Vaters, des Drechslermeisters Rudolf Keller.
1826	Neue Ehe der Mutter Elisabeth Keller mit dem Gesellen Hans Heinrich Wild.
1831	Auf der Grundlage einer neuen Verfassung übernehmen die Liberalen die Macht im Kanton Zürich.
1834	Keller wird nach einem Schülerstreich von der Industrieschule verwiesen. Die Mutter lässt sich von ihrem zweiten Ehemann scheiden.
1839	Im „Züriputsch" wird die liberale Kantonsregierung gestürzt.
1840–42	Keller hält sich in München auf, um sich zum Maler auszubilden.
1845/46	In Zürich steigen die Liberalen wieder zur dominierenden politischen Kraft auf.
1846	*Gedichte.*
1847	Im Schweizer Sonderbundskrieg werden die katholisch-konservativen Kräfte von den liberalen Kantonen besiegt.
1848	Eine liberale Bundesverfassung der Eidgenossenschaft tritt in Kraft.
1848–50	Keller betreibt Studien in Heidelberg, wo er im Winter
1848/49 die	Vorlesungen von Ludwig Feuerbach hört.
1850–55	Keller lebt in Berlin.
1851	*Neuere Gedichte.*
1854	Zweite, erweiterte Auflage der *Neueren Gedichte.*
1854/55	*Der grüne Heinrich.*

1855	Nach siebenjähriger Abwesenheit kehrt Keller in die Heimat zurück.
1856	*Die Leute von Seldwyla*, erster Band.
1861	Keller wird überraschend zum Staatsschreiber des Kantons Zürich gewählt.
1864	Seine Mutter stirbt.
1869	Der Kanton Zürich erhält eine neue Verfassung mit erweiterten Volksrechten. Zugleich lösen die Demokraten die liberale Partei an der Regierung ab; der Staatsschreiber Keller bleibt aber im Amt. Die Philosophische Fakultät der Universität Zürich verleiht ihm die Ehrendoktorwürde.
1872	*Sieben Legenden.*
1873/74	*Die Leute von Seldwyla*, zweiter Band.
1874	In einer neuen eidgenössischen Verfassung werden die demokratischen Elemente gestärkt.
1876	Keller legt sein Amt als Staatsschreiber nieder, um sich fortan ganz der Schriftstellerei zu widmen.
1876/77	*Züricher Novellen.*
1878	Verleihung des Bürgerrechts der Stadt Zürich.
1879/80	*Der grüne Heinrich*, zweite Fassung.
1881	*Das Sinngedicht.*
1883	*Gesammelte Gedichte.*
1886	*Martin Salander.*
1888	Regula Keller stirbt.
1889	Die zehnbändige Ausgabe der *Gesammelten Werke* erscheint. Zu seinem 70. Geburtstag erfährt der Dichter zahlreiche Ehrungen.
1890	Am 15. Juli stirbt Gottfried Keller in Zürich.

Auswahlbibliographie

Ausgaben:

Dichter über ihre Dichtungen: Gottfried Keller. Hrsg. von Klaus Jeziorkowski. München 1969.

Gottfried Keller: Gesammelte Briefe. 4 Bde. Hrsg. von Carl Helbling. Bern 1950–1954.

Gottfried Keller: Sämtliche Werke. 7 Bde. Hrsg. von Thomas Böning u.a. Frankfurt a.M. 1985–1996.

Gottfried Keller: Sämtliche Werke. Historisch-Kritische Ausgabe. 32 Bde. Hrsg. unter der Leitung von Walter Morgenthaler im Auftrag der Stiftung Historisch-Kritische Gottfried Keller-Ausgabe. Basel, Frankfurt a.M., Zürich 1996–2013.

Bibliographie:

U. Henry Gerlach (Hrsg.): Gottfried Keller Bibliographie. Tübingen 2003.

Zum historischen Hintergrund:

Gordon A. Craig: Geld und Geist. Zürich im Zeitalter des Liberalismus 1830–1869. München 1988.

Niklaus Flüeler und Marianne Flüeler-Grauwiler (Hrsg.): Geschichte des Kantons Zürich. Bd. 3: 19. und 20. Jahrhundert. Zürich 1994.

Epochendarstellungen:

Hugo Aust: Literatur des Realismus. Stuttgart [3]2000.

Hugo Aust: Realismus. Lehrbuch Germanistik. Stuttgart 2006.

Rolf Grimminger (Hrsg.): Hansers Sozialgeschichte der deutschen Literatur vom 16. Jahrhundert bis zur Gegenwart. Bd. 6: Bürgerlicher Realismus und Gründerzeit 1848–1890. München u.a. 1996.

Biographien und Gesamtdarstellungen:

Emil Ermatinger: Gottfried Keller. Eine Biographie. Zürich 1990 [zuerst 1915/16].

Gerhard Kaiser: Gottfried Keller. Das gedichtete Leben. Frankfurt a.M. 1981.

Gerhard Kaiser: Gottfried Keller. Eine Einführung. München u.a. 1985.

Ulrich Kittstein: Gottfried Keller. Stuttgart 2008.

Bernd Neumann: Gottfried Keller. Eine Einführung in sein Werk. Königstein/Ts. 1982.
Gert Sautermeister: Gottfried Keller. In: Deutsche Dichter. Leben und Werk deutschsprachiger Autoren. Hrsg. von Gunter E. Grimm und Frank Rainer Max. Bd. 6: Realismus, Naturalismus und Jugendstil. Stuttgart 1989, S. 87–125.

Sammelbände:

Ursula Amrein (Hrsg.): Gottfried-Keller-Handbuch. Leben – Werk – Wirkung. Stuttgart 2016.
Walter Morgenthaler (Hrsg.): Gottfried Keller: Romane und Erzählungen. Interpretationen. Stuttgart 2007.
Hans Wysling (Hrsg.): Gottfried Keller. 1819–1890. Zürich u.a. ²1990.
Hans Wysling (Hrsg.): Gottfried Keller. Elf Essays zu seinem Werk. München 1990.

Zu einzelnen Werken und Themenschwerpunkten:

Wolfgang Albrecht: Die Utopie der Liebe: Über den rahmenstiftenden Sinnzusammenhang in Kellers Novellenzyklus *Das Sinngedicht*. In: Michigan Germanic Studies 23 (1997), S. 39–56.
Ursula Amrein: Augenkur und Brautschau. Zur diskursiven Logik der Geschlechterdifferenz in Gottfried Kellers *Sinngedicht*. Bern u.a. 1994.
Christian Begemann: Ein weiter Mantel, doktrinäre Physiognomisten und eine grundlose Schönheit. Körpersemiotik und Realismus bei Gottfried Keller. In: Methodisch reflektiertes Interpretieren. Festschrift für Hartmut Laufhütte zum 60. Geburtstag. Hrsg. von Hans-Peter Ecker. Passau 1997, S. 333–354.
Michael Böhler: „Fettaugen über einer Wassersuppe" – frühe Moderne-Kritik beim späten Gottfried Keller. Die Diagnose einer Verselbständigung der Zeichen und der Ausdifferenzierung autonomer Kreisläufe. In: Nachmärz. Der Ursprung der ästhetischen Moderne in einer nachrevolutionären Konstellation. Hrsg. von Thomas Koebner und Sigrid Weigel. Opladen 1996, S. 292–305.
Eva Graef: *Martin Salander*. Politik und Poesie in Gottfried Kellers Gründerzeitroman. Würzburg 1992.
Friedrich Hildt: Gottfried Keller. Literarische Verheißung und Kritik der bürgerlichen Gesellschaft im Romanwerk. Bonn 1978.
Hans-Dietrich Irmscher: Physik und Liebe. Ein Versuch über Gottfried Kellers *Sinngedicht*. In: Klassik-Rezeption. Auseinandersetzung mit einer Tradition. Festschrift für Wolfgang Düsing. Hrsg. von Peter Ensberg und Jürgen Kost. Würzburg 2003, S. 71–87.
Klaus Jeziorkowski: Literarität und Historismus. Beobachtungen zu ihrer Erscheinungsform im 19. Jahrhundert am Beispiel Gottfried Kellers. Heidelberg 1979.
Ulrich Kittstein: Ökonomie und Individuum in Gottfried Kellers Romanen. In: Jahrbuch des Freien Deutschen Hochstifts 2011, S. 238–269.
Hartmut Laufhütte: Wirklichkeit und Kunst in Gottfried Kellers Roman *Der grüne Heinrich*. Bonn 1969.
Kaspar T. Locher: Gottfried Keller. Der Weg zur Reife. Bern u.a. 1969.
Kaspar T. Locher: Gottfried Keller. Welterfahrung, Wertstruktur und Stil. Bern 1985.
Rätus Luck: Gottfried Keller als Literaturkritiker. Bern u.a. 1970.

Dominik Müller: Wiederlesen und weiterschreiben. Gottfried Kellers Neugestaltung des *Grünen Heinrich.* Mit einer Synopse der beiden Fassungen. Bern u.a. 1988.
Rudolf von Passavant: Zeitdarstellung und Zeitkritik in Gottfried Kellers *Martin Salander.* Bern 1978.
Wolfgang Preisendanz: Gottfried Kellers *Sinngedicht.* In: Zeitschrift für deutsche Philologie 82 (1963), S. 129–151.
Wolfgang Preisendanz: Keller: *Der grüne Heinrich.* In: Der deutsche Roman. Vom Barock bis zur Gegenwart. Struktur und Geschichte. Hrsg. von Benno von Wiese. Bd. 2. Düsseldorf 1965, S. 76–127.
Christine Renz: Gottfried Kellers *Sieben Legenden.* Versuch einer Darstellung seines Erzählens. Tübingen 1993.
Wolfgang Rohe: Roman aus Diskursen. Gottfried Keller: *Der grüne Heinrich* (Erste Fassung; 1854/55). München 1993.
Gert Sautermeister: Die Lyrik Gottfried Kellers. Exemplarische Interpretationen. Berlin u.a. 2010.
Gert Sautermeister: Gottfried Keller: *Der grüne Heinrich.* In: Romane des 19. Jahrhunderts. Interpretationen. Stuttgart 1992. S. 280–320.
Hans Joachim Schrimpf: Das Poetische sucht das Reale. Probleme des literarischen Realismus im 19. Jahrhundert: Zum Beispiel Gottfried Keller. In: Wege der Literaturwissenschaft. Hrsg. von Jutta Kolkenbrock-Netz, Gerhard Plumpe und Hans Joachim Schrimpf. Bonn 1985, S. 145–162.
Bruno Weber: Gottfried Keller, Landschaftsmaler. Zürich 1990.
Kurt Wenger: Gottfried Kellers Auseinandersetzung mit dem Christentum. Bern 1971.

Register

1. Personenregister

2. Werkregister